二〇二一—二〇三五年國家古籍工作規劃重點出版項目

國家古籍整理出版專項經費資助項目

教育部全國高等院校古籍整理研究工作委員會直接資助重大項目

中華經解叢書

清經解 詩經編

整理本

董恩林 主編

鳳凰出版社

毛詩紬義

（清）李黼平 著 劉真倫 岳珍 點校

圖書在版編目（CIP）數據

毛詩紬義 /（清）李黼平著 ; 劉真倫，岳珍點校. 南京 : 鳳凰出版社，2024. 8. --（中華經解叢書 : 清經解 : 整理本 / 董恩林主編）. -- ISBN 978-7-5506-4102-0

Ⅰ. I207.222

中國國家版本館CIP數據核字第2024FY3482號

書　　名	毛詩紬義
著　　者	(清)李黼平 著　劉真倫　岳　珍 點校
責任編輯	陳曉清
裝幀設計	姜　嵩
責任監製	程明嬌
出版發行	鳳凰出版社(原江蘇古籍出版社)
	發行部電話025-83223462
出版社地址	江蘇省南京市中央路165號,郵編:210009
照　　排	南京展望文化發展有限公司
印　　刷	蘇州市越洋印刷有限公司
	江蘇省蘇州市吴中區南官渡路20號,郵編:215104
開　　本	890毫米×1240毫米　1/32
印　　張	17.375
字　　數	334千字
版　　次	2024年8月第1版
印　　次	2024年8月第1次印刷
標準書號	ISBN 978-7-5506-4102-0
定　　價	128.00圓

(本書凡印裝錯誤可向承印廠調换,電話:0512-68180638)

《清經解》點校整理工作編委會

主　任　董恩林

編　委（以姓氏筆畫爲序）

王玉德　吴　柱　周國林　陳冬冬
張固也　董恩林　趙慶偉　劉真倫
劉韶軍　譚漢生

清經解(整理本)前言

《清經解》點校整理本，經過本所研究團隊十多年的努力，終於將要與讀者見面了。按照慣例，我作爲項目主編，有責任把相關整理情况寫出來，弁於卷首，以便讀者在閲讀和使用這個整理本時，對其「身世」有所瞭解與把握。

一

經學是中華優秀傳統文化的核心與主體部分，歷來處於古典學術與文獻分類之首。而清人集歷代經學大成，涌現出諸如顧炎武、毛奇齡、胡渭、萬斯大、閻若璩、江永、惠棟、秦蕙田、江聲、王鳴盛、戴震、錢大昕、段玉裁、邵晉涵、汪中、王念孫、孔廣森、孫星衍、凌廷堪、焦循、張惠言、阮元、胡承珙、陳立、王引之、胡培翬、郝懿行、劉文淇、劉寶楠、孫詒讓，等等，一大批著名經學家。他們秉持實事求是、無徵不信的理念，皓首窮經，前赴後繼，對十三經(《周易》《尚書》《詩經》《周禮》《儀禮》《禮記》《春秋左傳》《春秋公羊傳》《春秋穀梁傳》《論語》《孝經》《爾雅》《孟子》）進行了全方位的研究與整理，撰著了系統的新注新疏，〔二〕同時對《國語》《大戴禮記》等與十三經密切相關的先秦其他典籍也作了深入探討，取得了不朽的學術成就。據不完全統計，有清一代經學著作達五千多種，可謂經師輩出，碩果累累。

正因爲如此，晚清以來，便不斷有人對清代經學成就與經學家加以總結與表彰。其著於文者，從朱彝尊《經義考》、江藩《國朝漢學師承記》、桂文燦《經學博采録》、章太炎《訄書・清儒》、劉師培《清儒得失論》等，到梁啓超與錢穆的同名《中國近三百年學術史》、支偉成《清代樸學大師列傳》等，不一而足，均着眼於人物與學派的成就總結。另一方面，徐乾學、阮元、王先謙等清

〔二〕中華書局於一九八二年開始陸續出版《十三經清人注疏》點校本，包括李道平《周易集解纂疏》、孫星衍《尚書今古文注疏》、皮錫瑞《今文尚書考證》、王先謙《尚書孔傳參正》、馬瑞辰《毛詩傳箋通釋》、王先謙《詩三家義集疏》、孫詒讓《周禮正義》、朱彬《禮記訓纂》、孫希旦《禮記集解》、黃以周《禮書通故》、孔廣森《大戴禮記補注》、王聘珍《大戴禮記解詁》、洪亮吉《春秋左傳詁》、陳立《公羊義疏》、廖平《穀梁古義疏》、鍾文烝《春秋穀梁經傳補注》、劉寶楠《論語正義》、焦循《孟子正義》、皮錫瑞《孝經鄭注疏》、郝懿行《爾雅義疏》、邵晉涵《爾雅正義》。一九九八年又出版了《清人注疏十三經》影印本，包括惠棟《周易述》（附江藩、李林松《周易述補》）、孫星衍《尚書今古文注疏》、馬瑞辰《毛詩傳箋通釋》、孫詒讓《周禮正義》、胡培翬《儀禮正義》、朱彬《禮記訓纂》、洪亮吉《春秋左傳詁》、陳立《公羊義疏》、鍾文烝《春秋穀梁經傳補注》、劉寶楠《論語正義》、焦循《孟子正義》、皮錫瑞《孝經鄭注疏》、郝懿行《爾雅義疏》、王引之《經義述聞》等。

代學者，則專注於經解文獻即學者們對「十三經」的訓解成果的集成與彙纂。徐乾學編成《通志堂經解》，收唐宋元明經解著述一百四十餘種，將清以前的經解文獻精萃彙於一編。阮元編成《皇清經解》一千四百卷，收經解一百八十三種； 王先謙編成《皇清經解續編》一千四百三十卷，收經解二百零九種，清中前期主要經解成果亦搜羅殆盡。其他中小型經解叢書，諸如陸奎勳輯《陸堂經學叢書》、吴志忠輯《璜川吴氏經學叢書》、鍾謙鈞輯《古經解彙函》、錢儀吉輯《經苑》、袁鈞輯《鄭氏佚書》、朱記榮輯《孫谿朱氏經學叢書》、孫堂輯《漢魏二十一家易注》、李輔耀輯《讀禮叢鈔》、上海珍藝書局輯《四書古注群義彙解》、王德瑛輯《今古文孝經彙刻》等等，在在皆是，不勝枚舉。

二

《皇清經解》爲阮元主持編纂，其刊刻背景不可不知。阮元（一七六四—一八四九），字伯元，號芸臺、雷塘庵主、揅經老人、怡性老人，江蘇儀徵人。乾隆五十四年（一七八九）進士，歷官户、禮、兵、工等部侍郎，浙江、河南、江西、廣東巡撫，兩湖、兩廣、雲貴總督，太子少保、體仁閣大學士，卒謚文達，是清代既貴且壽，身兼封疆大吏、學問大家的傳奇人物。而他的學問之路，也極具個性： 一是生平獎掖篤學之士不遺餘力，培育學子日日在心，每到一地主政，即建書院、立學舍，聘飽學之士教莘莘學子，如在杭州建詁經精舍、設寧海安瀾書院，在廣州建學海堂書院等，誠爲教育大家；二是始終孜孜於經學研究與經學成果的融會綜貫，先後編纂《經籍籑詁》一百零六卷、《十三經注疏校勘記》二百四十八卷、《十三經經郛》百餘卷、《皇清經解》一千四百卷等，這些都是大型類書、叢書，編纂曠日持久，耗費巨大，而嘉惠學林則如陽光雨露，滋潤萬物，不可言表。

具體到阮元編纂《皇清經解》的動機與前後經過等，學者多有揭櫫，尤以虞萬里先生《正續清經解編纂考》爲詳盡。〔一〕嘉慶三年（一七九八），阮元責成臧在東等，鈔撮唐以前群經訓詁，按韻彙纂，成《經籍籑詁》一書，爲經學研讀者提供了一部非常實用的訓詁資料工具書。八年，阮元開始命門人陳壽祺等，利用修《經籍籑詁》的資料，於九經傳注之外，廣搜古説，輯《十三經經郛》。「經郛」之名，取意於揚雄《法言·問神》「天地之爲萬物郭，五經之爲衆説郛」，其宗旨在「薈萃經説，本末兼賅，源流具備，闡許、鄭之閟眇，補孔、賈之闕遺」，而搜輯範圍則「上自周秦，下訖隋唐，網羅衆家，理大物博，漢魏以前之籍，搜采尤勤，凡涉經義，不遺一字」。陳氏秉承師意，爲定《經郛條例》，其大端有十：一曰探原本，二曰鈎微言，三曰綜大義，四曰存古禮，五曰

〔一〕虞著載其《榆枋齋學術論集》，江蘇古籍出版社，二〇〇一年。另可參閱陳東輝《〈皇清經解〉輯刻始末暨得失評騭》（《古籍整理研究學刊》一九九七年第五期）等。

存漢學，六曰證傳注，七曰通互詮，八曰辨剿説，九曰正謬解，十曰廣異文。〔一〕經陳壽祺、凌曙等人搜輯，至十六年大致編成，百餘卷。但阮元感覺采擇未周，是以未刻，輯稿後來逐漸散失。《通志堂經解》彙編清以前歷代經解著作，《經籍纂詁》與《經郛》則將清以前經師微言、古學異文、字詞訓詁等資料萃而存之，由是阮元生出廣搜本朝經學著作，纂輯《清經解》的念頭，其序江藩《漢學師承記》云：「元又嘗思國朝諸儒説經之書甚多，以及文集説部，皆有可采，竊欲析縷分條，加以翦截，引繫於群經各章句之下。譬如休寧戴氏解《尚書》『光被四表』爲『横被』，則繫之《堯典》；寶應劉氏解《論語》『哀而不傷』即《詩》『惟以不永傷』之『傷』，則繫之《論語·八佾篇》而互見《周南》。如此勒成一書，名曰《大清經解》。徒以學力日荒，政事無暇，而能總此事，審是非，定去取者，海内學友惟江君與顧君千里二三人。他年各家所著之書，或不盡傳，奥義單辭，淪替可惜，若之何哉！」〔二〕可見阮氏意想中的《清經解》原本是想將經學專著、文集與筆記等所有文獻中的經解文字分繫於群經章句之下。道光五年（一八二五），阮元命其門生嚴杰在學海堂開始輯刻《皇清經解》，至九年九月全書輯刻完畢，凡一千四百卷，分裝三十函，是爲學海堂本。

〔一〕陳壽祺《經郛條例》，《左海文集》卷一，《皇清經解》卷一千二百五十三。
〔二〕江藩《國朝漢學師承記》卷首，中華書局，一九八三年，第一—二頁。

《皇清經解》的實際主持纂修者嚴杰（一七六四—一八四三），字厚民，號鷗盟，浙江餘杭人，因寄居錢塘，又稱錢塘人。嚴杰初爲諸生，阮元督學浙江，聘其助修《經籍籑詁》。阮氏升浙江巡撫，於杭州創辦詁經精舍，嚴杰入舍就讀，遂與阮元爲師生之誼。阮元輯《十三經注疏校勘記》時，嚴氏分任《左傳》《孝經》注疏校勘。嘉慶十五年（一八一〇），阮元離浙還朝，嚴杰於次年受聘赴京，課督阮元女阮安一年餘。後阮氏與江都張氏聯姻，嚴杰又成爲阮安未婚夫張熙之師。阮元《題嚴厚民杰書福樓圖》詩云：「嚴子精校讎，館我日最長。校經校《文選》，十目始一行。」首有小序「厚民湛深經籍，校勘精詳」云云。〔一〕嘉慶二十五年（一八二〇）春，學海堂初開，嚴杰也於此時陪伴張熙來粤完婚，遂留於粤中阮元督署。道光四年（一八二四）冬，學海堂新舍建成。翌年八月，嚴杰即受阮元之命，集阮氏藏書於堂中，别擇比勘，輯刻《皇清經解》。可見嚴杰既以校勘精審爲阮氏所器重，且兼有學生、門客之誼，故阮元委以重任。

作爲經學叢書，《皇清經解》的纂修體例既不同於《通志堂經解》，又有别於《四庫全書》，而是以作者爲綱，按年輩先後，依人著録，或選其專著，或輯其文集、筆記，上起清初，下訖阮元所處時代，依次彙集了顧炎武、閻若璩、胡渭、萬斯大、陳啓源、毛奇齡、惠周惕、姜宸英、臧琳、馮

〔一〕詳見《揅經室續集》卷六，《國學基本叢書》本。

景、蔣廷錫、惠士奇、王懋竑、江永、吴廷華、秦蕙田、全祖望、杭世駿、齊召南、沈彤、惠棟、莊存與、盧文弨、江聲、王鳴盛、錢大昕、翟灝、盛百二、孫志祖、任大椿、邵晉涵、程瑶田、金榜、戴震、段玉裁、王念孫、孔廣森、錢塘、李惇、武億、孫星衍、胡匡衷、凌廷堪、劉台拱、汪中、阮元、張敦仁、焦循、江藩、臧庸、梁玉繩、王引之、張惠言、陳壽祺、許宗彦、郝懿行、馬宗璉、劉逢禄、胡培翬、趙坦、洪震煊、劉履恂、崔應榴、方觀旭、陳懋齡、宋翔鳳、李黼平、凌曙、阮福、朱彬、劉玉麐、王崧、嚴杰等七十三位學者的一百八十三種著作。其中，閻若璩《四書釋地》一卷、《四書釋地續》一卷、《四書釋地又續》一卷、《四書釋地三續》一卷算四種書，阮元《十三經注疏校勘記》算十三種書，錢大昕《十駕齋養新録》三卷、《十駕齋養新餘録》一卷算兩種書，孫志祖《讀書脞録》二卷、《讀書脞録續編》一卷算兩種書，嚴杰《經義叢鈔》三十卷算一人一書。這套叢書彙集了阮元所處時代之前清人主要經解著作，是對乾嘉經學的一次全面總結。

關於《皇清經解》作者、卷數、種數等統計歷來語焉不詳，説法不一。原因之一，《皇清經解》編者對作者著作的種數計算没有嚴格標準，如齊召南《尚書注疏考證》《禮記注疏考證》《春秋左傳注疏考證》《春秋公羊傳注疏考證》《春秋穀梁傳注疏考證》五種只算作《注疏考證》一種，而閻若璩、錢大昕、孫志祖等人的經著及續編則各算一書。原因之二，《經義叢鈔》三十卷，是嚴杰鈔輯多人多種著作組成的，過去統計《皇清經解》的子目和作者總數時，往往當作嚴杰一人作品對待，這實際上是很不嚴謹、很不準確的。《經義叢鈔》所收著作可分三種情況：一是個人專著，如顧棟高《春秋大事表》十卷，洪頤煊《禮經宫室答問》二卷、《孔子三朝記》二卷、《讀書叢録》三卷，共四種；二是單篇經義散論，共收入王昶等十三人的文章三十九篇，另有佚名經論《圜丘解》《禘祫考》《明堂解》三篇，共四十二篇；三是兩種論文集，《詁經精舍文集》六卷，收入汪家禧等四十五人的單篇論文一百四十八篇，《學海堂文集》三卷，收入張杓等十人的單篇論文十四篇。

三

《皇清經解》成書後，書版庋藏於學海堂側邊的文瀾閣，阮元制訂了「藏版章程」九條，對書版的存放、印刷及保養修補等作了嚴格規定。逮至咸豐七年（一八五七）九月，英軍攻粵，文瀾閣遭炮擊，原存書版毁失過半。咸豐十年（一八六〇），兩廣總督勞崇光等人捐資，聘請鄭獻甫、譚瑩、陳澧、孔廣鏞四人爲總校，補刻數百卷，並增刻了馮登府著作七種八卷，即《國朝石經考異》《漢石經考異》《魏石經考異》《唐石經考異》《蜀石經考異》《北宋石經考異》各一卷，《三家詩異文疏證》二卷。總計收書一百九十種、一千四百零八卷，此即「咸豐庚申補刊本」，書口皆有

「庚申補刊」四字。同治九年（一八七〇），廣東巡撫李福泰刊其同里山東濟寧許鴻磐《尚書劄記》四卷，附諸《皇清經解》之後，爲卷千四百零九至千四百十二，卷千四百十二後有「粤東省城龍藏街萃文堂刊」刊記，書口有「庚午續刊」四字，但書前目録未補入許書，是爲「庚午續刊本」。

是後上海點石齋、上海書局於清光緒十一年（一八八五）、十三年（一八八七）、十七年（一八九一），先後出版庚申補刊《皇清經解》的石印本。〔一〕但其目録，按書編號，包括馮登府《石經考異》《三家詩異文疏》二種在内，列書一百八十種，反比學海堂本《皇清經解》收書一百八十三種之數爲少，致後人枉生疑異。這是由於石印本將閻若璩《四書釋地》《續》《又續》《三續》、錢大昕《十駕齋養新録》《餘録》、孫志祖《讀書脞録》《續編》各只算作一書所致。此後，續有船山書局本《皇清經解依經分訂》、袖海山房本《皇清經解分經彙纂》、鴻寶齋本《皇清經解分經彙編》、古香閣本《皇清經解》等翻刻、分類改編之作，足見《皇清經解》編成後的社會影響巨大。

一九八八年，上海書店據庚申補刊本影印出版，分七册，並補許鴻磐《尚書劄記》四卷。二〇〇五年鳳凰出版社又據上海書局光緒十三年《皇清經解》石印本，與蜚英館本《皇清經解續編》一起放大影印出版，名《清經解 清經解續編》。新世紀以來，山東大學劉曉東、杜澤遜二位

〔一〕關於《皇清經解》版本情況，虞萬里《正續清經解編纂考》述之甚詳，讀者可參考。

學者又先後編纂了《清經解三編》《清經解四編》，分別收經解六十五、五十種，齊魯書社遂於二〇一六年將之與《皇清經解》《皇清經解續編》合爲《清經解全編》，共收清人經解著作五百餘種，是爲目前最全的清代經解叢書。

基於《皇清經解》刊刻流傳的上述情况，本次整理采用咸豐十年「庚申補刊」本爲工作底本，各經解分别根據實際情况采用其最早或最善版本爲校本，作一次性校勘。曾有專家建議收入「庚午續刊」的許鴻磐《尚書劄記》四卷，但我們考慮到底本的一致性問題，最終没有收入該書。

四

關於《皇清經解》的價值，前賢時彦多有論述，特别是虞萬里先生從經義、語言學、名物考釋、天文地理、文集筆記等幾個方面，對《皇清經解》所收經解著作的價值作了深入細緻的分析。[一]陳祖武先生也宏觀地指出了《皇清經解》的三大意義：首先，《皇清經解》彙聚清代前期的主要經學成就，從古籍整理的角度，做了一次成功的總結；其次，《皇清經解》的纂修，爲一

[一] 虞萬里《正續清經解編纂考》。

種實事求是的良好學風作了示範，對於一時知識界，潛移默化，影響深遠； 最後，《皇清經解》集清儒經學精萃於一書，對於優秀學術文化成果的保存和傳播，用力勤而功勞巨。〔一〕

茲據整理過程所得認識與體會，對《皇清經解》的價值，謹補數語如下。 第一，通過編纂《皇清經解》，首次對阮元之前的清代經解著作進行了全面清理，摸清了家底，爲以後的經學研究指明了方嚮。 如桂文燦的《經學博采録》、王先謙的《續經解》正是受到阮元的啓發而作； 又清代經學家相互間由於不通信息而重複研究者不少，如柳興恩曾著《穀梁春秋大義述》三十卷，陳澧也曾撰作《穀梁箋》及條例，久而未竟，見柳氏書，遂放棄所作； 又如劉寶楠、梅植之、劉文淇、柳興恩、陳立等人相約「各治一經」分撰新疏的佳話，正是通過阮元組編《皇清經解》才發現《春秋》三傳與《論語》等經尚無新疏。 第二，《皇清經解》所收清人經解著作有少數已成絶版，殊爲珍貴。 如凌曙《禮説》、趙坦《春秋異文箋》《寶甓齋劄記》《寶甓齋文集》、劉玉麐《甓齋遺稿》、崔應榴《吾亦廬稿》、劉逢禄《發墨守評》《箴膏肓評》《穀梁癈疾申何》等，如今只有經解本傳世； 另如李惇《群經識小》、方觀旭《論語偶記》、段玉裁《儀禮漢讀考》、汪中《經義知新記》、張敦仁《撫本禮記鄭注考異》、王崧《説緯》等經著藉助《皇清經解》彙編才得以首次版刻； 再如嚴杰

〔一〕 陳祖武《〈皇清經解〉與古籍整理》，載《傳統文化與現代化》一九九三年第六期。

《經義叢鈔》中相當一部分文章如今也别無他本可尋。第三，經過校勘，我們發現《皇清經解》的校勘精細，質量可靠，總體上比校本爲佳，本次整理校記不多，原因之一即由於此，如程瑶田《通藝録》被收入《皇清經解》的多種經解著作、盧文弨《鍾山劄記》《龍城劄記》等，底本與校本幾無差異，可見經解本校勘之精；又如汪中《經義知新記》，經解本經過王念孫校勘，可以説是目前最佳版本。第四，阮元編纂《皇清經解》收入了部分筆記和文集中的經解文獻，初步揭示了經義筆記與文集在經學研究中的重要意義，爲後人揭示了重要的資料門徑。如本人目前作爲首席專家主持的國家社科基金重大招標項目「清人文集『經義』整理與研究」，正是從《皇清經解》和先師張舜徽《清人文集别録》《清人筆記條辨》中得到啓發而設計的。

對於《皇清經解》的不足，前賢也早有總結。如清末徐時棟曾指出《皇清經解》有十二個方面的缺陷，認爲其中最大的欠缺在於次序未當，因而建議重組，將各文分别繫於《易》、《書》、《詩》、《周禮》、《儀禮》、《禮記》、《大戴禮記》、三《禮》、《春秋》、《孝經》、《論語》、《孟子》、四書、《爾雅》、群經、筆記、文集、小學訓詁、小學字書、小學韻書、天文算法等二十一類之下。〔二〕先師張舜

〔二〕見徐氏《烟嶼樓文集》卷三十六《分類重編學海堂經解贊》二十一首并序。《清代詩文集彙編》，上海古籍出版社，二〇一〇年，第六五六册，第四五四頁。

徵稱徐氏此論得其癥結，實爲後來依經分訂者開示新徑，擁彗先驅。〔一〕勞崇光補刊時亦有微詞。〔二〕從後人角度審視前賢著述，肯定會産生這樣那樣的不滿意之處，這是自然規律。我們認爲，對於《皇清經解》，更重要的是，人們在研讀與利用這套叢書時應該注意一些什麼問題。我們應該知道，《皇清經解》的最大特點在於它不是一套嚴格意義上的叢書，而是兼有類書的一些成分，這是由阮元原本是想編纂一套《大清經解》類書的動機而在當時條件下又不可能實現的背景決定的。從阮元到嚴杰，大概當時所有參與者都清楚不可能按照阮元的初衷來編纂這部大書，但又必須體現阮元彙纂清人經義成果的設想。於是，一方面以彙編清代中前期經解專著爲主而成叢書形式，却儘量删削其中大量無關直接解經的序跋與附録，儘量摒棄一切無關直接解經釋義的部分，涉卷則删卷，涉篇則删篇，涉條則删條，涉段落文字則删段落文字。如徐時棟所指責不收閻若璩《尚書古文疏證》、姜炳璋《讀左補義》、余蕭客《古經解鈎沈》、江永《古韻標準》等精博之書，可以説均不符阮元「經解」之義。閻氏之書乃考證《古文尚書》之僞；姜氏之書，《四庫全書總目》斥爲「殊非注經之體」；余氏之書輯古經解而非清人經解；江氏之書泛

〔一〕見張舜徽《清人文集别録》卷十八，華中師範大學出版社，二〇〇四年，第四五七頁。
〔二〕勞崇光《皇清經解補刻後序》，《皇清經解》庚申補刊本卷首。

論古韻而非如顧炎武《易音》《詩本音》專解《周易》《詩經》之音。另一方面又兼收清人文集與筆記中的重要經義文章，但文集與筆記中的經義文章，或一篇或數條，零金碎玉，顯然不能像最初所設想的那樣「引繫於群經各章句之下」，必須保留原文集與筆記書名以引繫其文章，這也是叢書體例所要求的。從而形成了書名仍舊而卷數與内容大爲縮水的問題。這種情況的文集與筆記有：顧炎武《日知録》原書三十二卷，經解本節爲二卷；閻若璩《潛邱劄記》原書六卷，經解本節爲二卷；毛奇齡《經問》十八卷《補》三卷，經解本《經問》節爲十四卷、《補》節爲一卷；姜宸英《湛園劄記》原書四卷，經解本節爲二卷；臧琳《經義雜記》原書三十卷，經解本節爲十卷；馮景《解春集》原書十六卷，經解本節爲二卷；王懋竑《白田草堂存稿》原書八卷，經解本節爲一卷；全祖望《經史問答》原書十卷，經解本節其《經問》爲七卷；杭世駿《質疑》原書二卷，經解本節爲一卷；沈彤《果堂集》原書十二卷，經解本節爲一卷；盧文弨《鍾山劄記》原書四卷、《龍城劄記》原書三卷，經解本分別節爲一卷；錢大昕《十駕齋養新録》原書二十卷、《餘録》三卷，經解本分別節爲三卷、一卷；錢氏《潛研堂文集》原書五十卷，經解本節爲六卷；孫志祖《讀書脞録》原書七卷、《續編》四卷，經解本分別節爲二卷；戴震《東原集》原書十三卷，經解本節爲二卷；段玉裁《經韻樓集》原書十二卷，經解本節爲六卷；王念孫《讀書雜誌》原書八十卷、《餘編》二卷，經解本節爲二卷；孫星衍《問字堂集》原書六卷，經解本節爲一卷；劉台拱《劉氏遺書》原收書九種十卷，經解本收其《論語駢枝》一書一卷而名不變； 凌廷堪《校禮堂文集》原書三十六卷，經解本節爲一卷； 汪中《述學》原書六卷，經解本節爲二卷； 阮元《疇人傳》原書四十六卷，經解本節爲九卷； 阮元《揅經室集》原有六十四卷以上，經解本節爲七卷； 臧庸《拜經日記》《拜經文集》原書分别有十二卷、五卷，經解本分别節爲八卷、一卷； 梁玉繩《瞥記》原書七卷，經解本節爲一卷； 王引之《經義述聞》原書三十二卷，經解本節爲二十八卷； 陳壽祺《左海文集》原書十卷，經解本節爲二卷； 許宗彦《鑑止水齋集》原書二十卷，經解本節爲二卷； 胡培翬《研六室雜著》一卷乃摘自其《研六室文鈔》（十卷）中的經學部分，由經解本編纂者另起書名； 趙坦《保甓齋文録》六卷，經解本易名爲《寶甓齋文集》一卷； 阮元《詁經精舍文集》原有七集，經解本取其第一集十四卷中的六卷； 洪頤煊《讀書叢録》原書二十四卷，經解本節爲三卷； 阮元《學海堂文集》原有四集，經解本取其初集十六卷中的三卷； 王崧《説緯》原書六卷，經解本節爲一卷； 馮登府《三家詩異文疏證》原書六卷、《補遺》三卷，經解本僅録二卷。

不僅文集、筆記是這樣，經解專著中也偶有這種情況，如顧炎武《音論》原書三卷十五篇，經解本節爲一卷九篇； 任大椿《弁服釋例》原書九卷，經解本删其《表》一卷； 段玉裁《詩經小學》原書三十卷，經解本取臧庸删節本《詩經小學録》四卷； 翟灝《四書考異》原書七十二卷，經解本删其《總考》

三十六卷;顧棟高《春秋大事表》原書五十卷,經解本删其表,僅録其叙及卷末考證議論散篇,節爲十卷;秦蕙田《觀象授時》原書二十卷,經解本節爲十四卷;惠棟《周易述》原書二十三卷,經解本删其末資料性質的兩卷而爲二十一卷;阮元《積古齋鐘鼎彝器款識》原書十卷,經解本節選二卷;等等,這裏不能盡舉。當然,大部分經解專著都保留了原貌,像上述删節情況只是少數。

還有一類經解,表面看經解本與原書卷數一致,但經解本内容有删節,或删條,或删篇,或删文字,如李惇《群經識小》、錢塘《溉亭述古録》、陳壽祺《左海經辨》、劉履恂《秋槎雜記》、萬斯大《學禮質疑》及程瑶田十幾種考證《小記》等等,上述抽取原書部分篇卷的經解專著、文集與筆記中,也有很多篇章條目被再加删除的情況。當然,也偶有經解本比原書卷數增多的,如惠周惕《詩説》原本三卷,經解本增入其《答薛孝穆書》一篇、《答吴超志書》兩篇文章,爲《詩説附録》一卷;沈彤《周官禄田考》卷二之末所附徐大椿序爲原本所無,書末所附沈彤《後記》三篇,而原本僅有其一。還有表面看經解本與原書卷數不一,實則是因爲經解本作了合併或分析,如程瑶田《考工創物小記》原書八卷,經解本將其每兩卷併一卷,合爲四卷,僅抽删了兩篇無關經義的「記」體文字;陳懋齡《經書算學天文考》原書二卷,經解本合爲一卷;孫星衍《尚書今古文注疏》原書三十卷,其中《堯典》《洪範》《顧命》《吕刑》《書序》各分卷上下、《皋陶謨》《禹貢》各分卷上中下,經解本則將各篇卷上中下各析爲一卷,便多出了九卷;沈彤《儀禮小疏》原書七卷,經解本析其附録《左右異尚考》另爲一卷；洪頤煊《孔子三朝記》原書七卷，嚴杰《經義叢鈔》將之合爲二卷，内容並未減少；洪震煊《夏小正疏義》原書六卷，包括正文四卷、《釋音》一卷、《異字記》一卷，經解本則將《釋音》《異字記》統附於正文四卷之末。此外，《皇清經解》所收經解，删除了大多數序跋、識語、附録之類。其删除之徹底，可舉一例以證：程瑶田《儀禮喪服文足徵記》保留了阮元之叙，却删除了卷前程氏所云「吾於《喪服》末章『長殤、中殤降一等』四句，知其確是經文，而鄭君誤以爲傳，故觸處難通，不得不改經文以從其説。今余拈出，則文從字順，全篇一貫」等百餘字提綱挈領的識語，這也是很可惜的。

在上述删減情况中，有兩類頗爲極端，值得注意。一是删減如同改編，與原書相差甚遠。如經解本中阮福的《孝經義疏》實際是阮福《孝經義疏補》十卷的節選本，僅一卷，不僅篇幅比原書大爲縮水，書名被改，且經解選輯者只是將《孝經義疏補》「補」的部分中有關解釋《孝經》各章經文大義的内容擇要摘出，組合成書，而删除了大多數訓釋字詞名物與校勘異同的文字，至於其所釋之「經」「注」「疏」原文及序文，也一字不留，致使疏義文字無所依附，上下文順序淆亂，讀之不知所指，如墜霧中，故經解本所謂阮福《孝經義疏》實無可用之處，宜以《孝經義疏補》原書爲準。二是經解本編輯者在删減中擅自改動原作者的考證與觀點，如李惇《群經識小》，經解本不僅删掉了道光六年本中王念孫《序》及阮元《孝臣李先生傳》、李培紫道光五年《群經識小凡例》等，内容較原刻本也有不少改動，如「澤中有火」條，道光六年本後半段作：「或謂日出海中,乃其象。案: 海在地中,日行黄道,相距遼遠,其説不可據。」經解本改作:「陳沛舟曰『日出海中』,較諸説尤爲可據,自昏而明,亦與革義相近。」改動前後,看法明顯不同。當然,這兩類極端情況只是少數,瑕不掩瑜。

總之,《皇清經解》所收各書,一半以上經過了删除卷、篇、條、段落、序跋、附録與文字的加工,既未收全阮元之前清人所有經解專著或個人全部經解著作,所收經解多半也非原書原貌。雖然爲叢書之型,實則具類書之實,我們應該緊扣阮元彙輯「經解」「經義」的初衷來理解,切不可以純粹叢書規則論之,也不必求全責備。

五

二〇〇九年,承蒙教育部全國高等院校古籍整理研究工作委員會領導與專家評審組的信任,筆者領銜申報的「《皇清經解》點校整理」被立爲「重大項目」給予資助,到現在已過去了十四年。十四年來,我們華中師範大學歷史文獻學研究所全體研究人員,包括一部分碩博士研究生,參與了這個項目,同時還組織了華中科技大學文學院、湖北大學歷史系與古籍所及幾所省外高校老師協助整理。首先,爲發揮整理研究人員的專業所長和專班負責作用,也爲了便於讀者分類研讀，我們從一開始就確立了分類整理、分編出版的原則，將《皇清經解》按照原目編號，然後按照《周易》、《尚書》、《詩經》、三《禮》、《春秋》三傳、《四書》《孝經》、小學、群經總義分爲八大類，每類設專人負責。下一步是製定《點校條例》，包括「基本原則」「標點細則」「校勘細則」三個部分，達四十三條之多，並組織撰寫了「標點樣稿」「校勘樣稿」「點校説明樣稿」，製定了詳細的工作方案。做完這些步驟之後，再全面鋪開八大類的點校整理工作。設想不可謂不周全，規則不可謂不完整，組織不可謂不嚴密。但所有參與者，專業教師必須在完成教學、指導碩博士研究生、撰寫學術論文等各種繁瑣日常工作之後，碩博士生則要在完成各種課程及名目繁多的組織活動和諸多論文寫作之後，纔能在「業餘」時間來展開這項點校工作，「挑燈夜戰」，即使所内專職研究人員也没有任何教學任務與科研論文數的減免，這不能不給點校質量摻進水分，留下「傷疤」，大概這也是目前部分已出版的古籍整理點校成果不盡如人意的癥結所在。其次，《皇清經解》算上雙行小注，總字數在二千萬以上，標點一遍，校勘一遍，校對清樣一遍，等於至少有六千萬字的工作量，如此大型的古籍整理點校，所遇到的各種標點疑難、校勘困惑、做事敷衍、經費拮据等等，一言難盡。所以，作爲主編，我既無法苛求參與者盡心盡意，保證其點校稿完美無誤，也没有時間與精力對所有點校稿逐字審閲（只做到了每種抽審、部分詳審），更没有經費聘請項目外的專家審稿，質量把關全壓在各點校者肩上。故對於整理本在所難免的訛誤與缺憾,只能在此祈求讀者海涵、專家指正,以待日後修訂。

本項目啓動前後,得到了全國高等院校古籍整理研究工作委員會及其秘書處安平秋主任、楊忠秘書長、曹亦冰副秘書長、盧偉主任等領導的悉心指導與關懷,得到了本校社科處與歷史文化學院的大力支持; 也曾諮詢《皇清經解》研究專家虞萬里先生,得到他的指點; 鳳凰出版社原社長兼總編輯姜小青先生、鳳凰出版社原編輯室主任王華寶先生均給予了本項目諸多幫助; 以汪允普先生爲首的責任編校人員,不辭勞苦,認真編輯,極大地保證了書稿質量; 在此一并致以衷心感謝! 另外,本項目在點校過程中,參考了部分已出版的經解標點本,也要在此向所有標點整理者致以誠摯的謝意!

華中師範大學　董恩林

二〇二三年十月五稿

清經解（整理本）凡例

一、本次整理，以《皇清經解》咸豐十年（庚申）補刊本爲工作底本。

二、本次整理，將原《皇清經解》庚申補刊本所收一百九十種書分周易、尚書、詩經、三禮、春秋三傳、四書孝經、小學、群經總義八大類，分類點校。但書種的分别與庚申補刊本稍有不同，即將齊召南原算作一書的《尚書注疏考證》《禮記注疏考證》《春秋左傳注疏考證》《春秋公羊傳注疏考證》《春秋穀梁傳注疏考證》拆開，分作五種，各歸入相關五經，而將閻若璩《四書釋地》《續》《又續》《三續》、錢大昕《十駕齋養新録》《餘録》、孫志祖《讀書脞録》《續編》原分别作爲四種書、二種書的，各回歸爲一種書。又將嚴杰《經義叢鈔》三十卷中能够獨立成書的顧棟高《春秋大事表》十卷、洪頤煊《禮經宫室答問》二卷、《孔子三朝記》二卷、《讀書叢録》三卷、阮元《詁經精舍文集》六卷、《學海堂文集》三卷各自析出，歸入八大類相關部分，而將其四卷經論雜文，作爲一書，名之曰《經義散論》，歸入「群經總義」類。這樣合併拆分後恰好仍然是一百九十種書。

三、原《皇清經解》本多無目録，本次整理，爲方便讀者檢尋，除極少數無法編目外，儘量爲之編製目録。

四、清人經解著述，多不分段。本次整理，爲便於讀者理解，對長篇經解文字，儘量根據文意，適當分段。

五、本次整理，對底本古今字、異體字、通假字等，一般不作改動；如要改動，則要求一書前後統一。

六、本次整理，對常見避諱字，如「元」（玄）之類改字避諱、「𠀉」（丘）之類缺筆避諱，及清代新産生的避諱字，如「貞觀」寫成「正觀」、「弘治」寫成「宏治」等，均徑改不出校；稀見避諱字，則出校説明。

七、本次整理，對「己」「已」「巳」、「祇」「祗」、「戊」「戌」之類易混字，又如「劉知幾」寫成「劉知己」、「百衲」寫成「百納」等偶誤之類，均據上下文意，徑改不出校。

八、古人引文較爲隨意，掐頭去尾、斷章取義等情況不少，故本次整理，對引號使用僅作三點原則規定：一是總體上要求核對引文，謹慎施加引號；二是凡一段引文前後無他人語者不加引號；三是儘量避免使用三重引號。對引號具體用法不作硬性規定，一書前後統一即可。

九、清人常對估計讀者難以辨識的特殊句子，自加一小「句」字表示此處應當斷句爲讀。

本次整理對此類情况施加標點後，即將「句」字删去，亦不出校。

十、本次標點整理，遵循國家規定的標點符號用法及古籍整理標點通例，但不使用破折號、省略號、着重號、專名號、間隔號等。對特殊書名號作如下處理：（一）一書多篇名相連者，連用書名號，中間不用頓號斷開。如「禮記王制月令曾子問」，標點爲「《禮記·王制》《月令》《曾子問》」。（二）《春秋》及其三傳某公某年的標點，一律作「《春秋》某公某年」、「《左傳》某公某年」，餘類推；另如「左氏某公某年傳」，則標爲「《左氏》某公某年傳」，餘類推。（三）凡書籍簡稱加書名號，如《毛詩》《論》《孟》《説文》等；凡書名與作者相連者，如「班書」（指班固《漢書》）、「謝沈書」（指謝沈《後漢書》），則標「班《書》」「謝沈《書》」；凡書名與篇名相連者，如「漢表」（指《漢書》諸表）、「隋志」（指《隋書·經籍志》），則標爲《漢表》《隋志》。（四）凡泛稱的「經」「注」「疏」「傳」「箋」等，以及特指的「毛傳」「鄭注」「鄭箋」「孔疏」「釋文」「正義」「音義」等常見注疏名稱，一般不加書名號；但「釋文」「正義」「音義」單獨使用時原則上需加書名號，以免與同義語詞互生歧異。

十一、本次整理，以《皇清經解》所收各書之原書較早或較好的一種版本作爲校本，與底本進行版本對校，主要校勘文字詳略、異同兩方面，不作多版本參校與考辨。校勘遵循目前通行原則，即底本誤而校本不誤者，酌情改正或不改，均出校説明；底本不誤而校本誤者則不論。

十二、本次整理，對於《皇清經解》編者所删文字，尊重原意，一律不補，亦不出校説明，只在《點校説明》中略作交代。

十三、本次整理，每種經解撰寫一篇簡明扼要的《點校説明》，内容有三：一是作者簡介，二是該書主要内容及經解本對原書的删減情況，三是該書版本及校本源流情況。

十四、《皇清經解》所收各書，目前已有少量出版了標點本，本次整理擇要吸收了這些整理成果，也改正了其中一些錯誤，並在《點校説明》中作出交代。在此，向所有點校整理成果的作者敬致謝忱。

華中師範大學歷史文獻學研究所《清經解》點校整理編委會

二〇二一年二月在原《清經解點校條例》基礎上删訂而成

目録

卷七……一一七

點校説明

《毛詩紬義》二十四卷，李黼平著。

李黼平（一七七〇—一八三二），字繡子，又字貞甫，廣東嘉應州人。幼穎異，及長，治漢學，工考證。登嘉慶十年（一八〇五）進士，選翰林院庶吉士。授江蘇昭文縣知縣，蒞事一以寬和慈惠爲宗。會粤督阮元開學海堂，聘閲課藝，並留授諸公子經。工詩，專講音韻，得古人不傳之秘。另有《文選異義》《易刊誤》《花庵集》《吴門集》《南歸集》《續集》《讀杜韓筆記》等著述傳世。《清史稿·儒林三》有傳。

《毛詩紬義》爲李氏執教學海堂爲諸生講習《詩經》所著。書中主要内容爲辨析《毛詩》汲古閣刻本中《正義》引用毛傳、鄭箋以及《經典釋文》時大量存在的混淆脱誤，目的是明傳、箋之本義，還孔氏之舊文。其説《詩》不必尊漢學以難宋儒，體現了乾嘉以後學風的變遷。

是書始作於道光三年（一八二三），成書於道光七年，有道光七年箸花庵刻本。本次整理以箸花庵刻本對校，少量李氏引書確實有誤且直接影響文義者，酌情取原書訂正。

劉真倫

毛詩紬義　卷一

嘉應李庶常黼平著

「毛詩詁訓傳」，正義有二説。一云：毛以《爾雅》之作多爲釋《詩》，而篇有《釋詁》《釋訓》，故依《爾雅》訓而爲《詩》立傳。一云：定本作「故」，以《詩》云「古訓是式」。毛傳云：「古，故也。」則「故訓」者，故昔典訓。依故昔典訓而爲傳，義或當然。按：毛傳不見于《爾雅》者多矣，不得謂全依《爾雅》。《説文》云：「詁，訓故言也。《詩》曰『詁訓』。」全《詩》無詁訓之句，惟《爾雅》有《釋詁》《釋訓》。許不稱《爾雅》而稱「《詩》曰」，即指《詩》傳。猶「㬇」字引「《詩》曰『不醉而怒謂之㬇』」也。許釋「詁訓」爲「故言」，與毛分章爲「故言」亦合。然則「詁訓」是「故昔典訓」，正義後説近是。

國風

周南

關雎

《序》「《關雎》，后妃之德也」下箋云「《關雎》，舊解」至「無所疑亂故也」。「用之邦國焉」下箋云「風之始」至「並是此義」。以上兩處箋云皆陸氏《釋文》注語，汲古閣正義本誤作箋也。「聲成文謂之音」下始有箋。觀正義于前兩處不釋箋可知。校刻注疏者當正之。

「窈窕淑女。」正義以毛同于鄭，淑女爲宫人，特以次章后妃已供荇菜，不得復言求之耳。按：毛傳云：「后妃有關雎之德，乃能共荇菜，備庶物，以事宗廟。」是泛論后妃。淑女方指太姒，言后妃必有關雎之德，乃能共荇菜，此淑女所以當寤寐求之也。若云宫人，則已窈窕然處深宫矣，尚何求之不得乎？匡衡云「后夫人之行不侔乎天地」云云，亦是泛論后夫人，與毛正同。

「君子好逑」箋：「怨耦曰仇。」依鄭破字之例，當云「逑，當作『仇』」。箋不言者，知鄭本作「仇」。傳云：「逑，匹也。」《兔罝》「好仇」無傳，知毛此章亦作「仇」，故下不復發傳也。《釋文》云：「本亦作『仇』。」《説文》「逑」字注引「怨匹曰逑」，是仇、逑本通。

葛覃

「是刈是濩」傳：「濩，煮之也。」正義曰：「《釋訓》云：『是刈是濩，濩，煮之也。』舍人曰：『是刈，刈取之。是濩，煮治之。』孫炎曰：『煮葛以爲絺綌。以煮之于濩，故曰濩煮。非訓濩爲煮。』」《爾雅》邢疏引郭云「煮之于鑊」。如孫、郭言，則濩是器名。按：「刈」已訓「取」，無緣濩獨爲器。《釋文》引《韓詩》云：「濩，瀹也。」《説文》「濩」云：「雨流霤下。」則「濩」爲浸漬淋漓之皃，與「瀹」字意同。毛意蓋謂浸漬而煮，故云「濩，煮之」。與《鵲巢》「維鳩方之」傳「方有之也」一例。《玉篇》云：「濩，煮也。」已不从孫、郭義矣。

「害澣害否，歸寧父母。」傳：「曷，何也。私服宜澣，公服宜否。寧，安也。父母在，則有時歸寧耳。」《釋文》：「害澣，户葛反，下同。曷，何也。」如《釋文》及注疏本，則經文「害」字當是「曷」字，乃得以何訓曷。然《釋文》未言「本亦作『曷』」也。如謂「曷」「何」二字俱訓「害」，則傳文爲不辭。且何以不舉經「害」字訓之也？反覆推求，傳、箋俱不得有「曷，何也」三字。傳果有之，正義釋傳應云「害、曷，何也」。《爾雅》無文而正義不釋，知傳本無之矣。鄭于《何彼襛矣》箋始訓「曷」爲「何」，而《泉水》「不瑕有害」始訓「害」爲「何」。《二子乘舟》則不徑訓爲「何」，而曰：「我思念此二子之事，于行無過差，有何不可而不去也。」此箋云：「我之衣服，今者何所當見澣乎？何所當否乎？」亦不徑訓爲「何」。與《二子乘舟》箋正同。知箋亦不得有此三字矣。《二子乘舟》釋文云：「害，毛如字，鄭音曷，何也。」此章《釋文》云：「害，户葛反，曷，何也。」「曷」上當有「音」字，陸望箋文爲解，故云「音曷，何也」。然則此三字乃《釋文》之注，校書者誤羼入傳，殊非毛意。《釋文》于《二子乘舟》分别毛、鄭。此章不言毛如字，陸以毛同鄭解。正義曰：「傳言私服宜澣、公服宜否，則經之『害澣害否』乃是問詞，下無總結，殆非文勢也。豈詩人設問，待毛傳答以足之哉？」孔亦以鄭義述毛，故有經問傳答之譏。愚謂傳以「宜」釋「害」，初無「曷，何」之義。《集韻》云害與曷、盍並通。《爾雅》云：「盍，合也。」「合」義與傳「宜」字義近。經直言我之服有合宜澣者、有合宜否者。傳以私服宜澣、公服宜否明之，蓋以二「宜」字釋二「害」字，而非有經問傳答，如正義所譏云云也。「曷，何也」三字當衍。

卷耳

「不盈頃筐」傳：「頃筐，畚屬。」《釋文》：「何休云：『艸器。』《説文》同。」正義云：「畚，《説文》云：『艸器，所以盛種。』」今本《説文》甾部「畚」云：「𤱶屬，蒲器也。所以盛種。」陸、孔在唐初所引《説文》皆云「艸器」，今本必陽冰改之也。

「我馬虺隤」箋云：「我，我使臣也。」「我姑酌彼金罍」箋云：「我，我君也。」正義用箋述毛，以傳「我」字無訓也。按：「嗟我懷人」傳云：「思君子官賢人，置周之列位。」我，是后妃自言矣。其餘不當有異。傳言欲陟彼崔嵬山巔之上，則我馬虺隤而不能升。知賢臣行役勤苦亦如此矣。我且欲于其還，君子酌金罍之酒，饗燕以勞之，我維以此之故，乃不長憂思耳。如此亦順。虺隤，《釋文》云：「虺，呼回反，徐呼懷反。《説文》作『瘣』。隤，徒回反，徐徒瓌反。虺隤，病也。《爾雅》同，《説文》作『頽』。」按：今本《説文》疒部無「瘣」字。《玉篇》《廣韻》俱作「虺隤」，而又皆别有「瘣」字，注云「馬病」。《説文》尣部亦無「虺隤」二字。如《釋文》，則唐初《説文》本有「瘣」字，下引此詩云「我馬瘣穨」。陸乃得據而爲説也。「頽」當作「穨」。

「我僕痡矣」傳：「痡，亦病也。」《釋文》云：「本又作『鋪』。」按：痡與鋪通。《爾雅·釋詁》：「痡，病也。」《釋文》云「《詩》作鋪」，即謂此詩。《江漢》「淮夷來鋪」，傳「鋪，病也」，正義謂《釋詁》文。但彼「鋪」作「痡」，音義同。《雨無正》「淪胥以鋪」，《後漢書》注引《韓詩》作「薰胥以痡」，《釋文》引王肅云「鋪，病也」，義亦作「痡」。

樛木

「樂只君子，福履綏之」箋云：「妃妾以禮義相與和，又能以禮樂樂其君子，使爲福禄所安。」正義曰：「《南山有臺》箋云『只之言是』，則此『只』亦爲『是』。此箋云『樂其君子』，猶言樂是君子矣。」按：鄭于《南山有臺》始訓爲是。彼詩主君子，故云「樂是君子」。此詩主后妃，故云「樂其君子」。孔謂此「只」亦訓是，非箋意也。「以禮樂樂其君子」，正義未有發明。按：凡言樂洛，皆有樂岳意。孟子曰：「樂之實，樂斯二者。樂則生矣。生則惡可已也。惡可已，則不知足之蹈之，手之舞之。」《關雎》「鐘鼓樂之」傳云：「德盛者宜有鐘鼓之樂。」《釋文》云：「樂之，音洛，又音樂。」然則箋義非無本矣。

螽斯

《序》云：「言若螽斯不妒忌，則子孫衆多也。」按：陸璣《艸木疏》、《爾雅》舍人、郭璞注均不言螽斯之性。箋云：「凡物有陰陽情欲者無不妒忌，維蚣蝑不耳。」鄭望《序》爲説，非有所本也。毛傳：「詵詵，衆多也。振振，仁厚也。薨薨，衆多也。繩繩，戒慎也。揖揖，會聚也。蟄蟄，和集也。」初未言螽斯不妒忌，孔以爲同于《序》，箋殆不然。

《釋文》：「蚣，粟容反，許慎息弓反。蝑，粟居反，許慎、呂忱並先呂反。」按：息弓反，東韻字也。先呂反，語韻字也。此《説文》舊音之可見者。今《説文》「徐音蚣，息恭切」，則在鍾韻。「蝑，相居切」，則在魚韻。不知何以易之。

桃夭

「宜其室家」傳云：「宜，以有室家無逾時者。」傳指春時，即《序》「婚姻以時」也。箋云：「宜者，謂男女年時俱當。」補出「年」字，即《序》「男女以正」也。傳、箋俱指春時。正義泥《東門之楊》傳有「不逮秋冬」之語，述毛此傳，亦以爲秋冬而嫁。詩人見桃華起興，何因遠指秋冬？殊非毛意。毛上二章「宜」字指不逾時。三章「宜其家人」傳曰「一家之人盡以爲宜」，則指盛德所感言，與《大學》傳引《詩》合。毛學原于孟仲子，仲子師子思，而子思師曾子，淵源遠矣。箋易傳云「家人猶室家也」，正義右之曰：「易傳者，以其與上相類，同有『宜其』之文，明據宜其爲夫婦，據其年盛，得時之美，不宜横爲一家之人。」如箋、疏，則止據年時，詩意索然。必如毛傳「一家盡宜」，乃足見后妃之所致也。

兔罝

《序》云：「后妃之化也。《關雎》之化行，則莫不好德，賢人衆多也。」正義曰：「以《關雎》求賢之事，故言《關雎》之化行。」按：《關雎序》：「哀窈窕，思賢才。」正義述毛、鄭，以爲求淑女。此疏又言求賢者，《卷耳》言后妃志在官人，則《關雎》求賢亦是寔事，特假淑女以見意耳。《離騷》「哀高丘之無女，求伏妃之所在」，屈原思得賢人，共事楚王，托之求女。其意寔本《關雎》。蓋自六國時《詩》義已然矣。毛、鄭以賢才不分男女，故以后妃、淑女寔之。《詩》無達詁，惟學者之有以自得，不可膠柱也。《釋文》：「罝，子斜反，《說文》子余反。」今《說文》徐音「子斜切」，與《釋文》同。按：《說文》：「罝，兔罟也。从网且聲。」則「子余切」爲得。

《序》言「賢才衆多」。箋云：「罝兔之人，鄙賤之事，猶能恭敬，則是賢才衆多。」毛意或不然。次章「中逵」傳云：「逵，九達之道也。」三章「中林」傳云：「中林，林中。」毛意謂四方賢才奔走偕來，或仕于朝，或處于野也。不然，九達之道安得有兔，而煩肅肅者布罝于此乎？正義述毛同鄭，非也。

芣苢

《釋文》云：「《山海經》及《周書·王會》皆云：『芣苢，木也。實似李，食之宜子，出于西戎。』衛氏傳及許慎並同。」按：《説文》「苡」云：「芣苡，一名馬舃，其實如李，令人宜子。从艸以聲。」《周書》所説在草部，未嘗以爲木也。《釋文》誤。

漢廣

「漢之廣矣。」詩兼江、漢而以《漢廣》名篇，江即漢也。「南有樛木」傳云：「南，南土也。」箋云：「南土謂荆、揚之域。」正義云：「此『南』與下『南有喬木』同。彼喬木與『厥木惟喬』亦同據荆、揚。」如箋、疏，則此詩之「南」兼有荆、揚。而詩得專以漢名篇者，非謂襄陽之漢，乃入江後之漢也。《禹貢》道漾至爲北江入海，《水經·沔水》亦直叙至毗陵入海，皆以大江歸之漢水。詩首言「漢有游女」，次江、漢並言，寔一水也。故「不可泳」「不可方」得連言之。若非一水，豈漢偏不可泳而可方，江偏不可方而可泳乎？故知爲入江後之漢。若在襄陽，則惟荆有漢，而經之

「南」字不得兼荆、揚矣。太白《客金陵》詩「花開漢水春」，謂江爲漢也。

「言秣其馬。」《釋文》云：「《説文》云：『食馬穀也。』」今《説文》作「餗」，《釋文》不言《説文》字異，經字亦當作「餗」。傳云：「秣，養也。」《鴛鴦》傳：「秣，粟也。」非訓秣爲粟，謂秣養之以粟也。箋云：「我願秣其馬，致禮餼。」正義云：「餼謂牲也。昏禮不見用牲，鄭以時事言之，或亦宜有也。」按：《説文》「氣」云：「饋客芻米也。从米气聲。《春秋》傳曰：『齊人來氣諸侯。』」或作「槩」，或作「餼」。如《説文》，則餼乃氣之或體。箋意亦言願致芻米以養馬耳。正義謂用牲，恐不然。

汝墳

「王室如燬」傳：「燬，火也。」《釋文》云：「字書作『焜』，《説文》同。」按：《説文》火部「焜」云：「火也，从火尾聲。《詩》曰：『王室如焜。』」別有「燬」字云：「火也，从火燬聲。《春秋》傳曰『衛侯燬』。」則焜、燬字別。《玉篇》以焜、燬爲一字，《爾雅·釋言》云：「燬，火也。」與毛傳同。郭注引此詩曰：「燬，齊人語。李巡曰：『燬，一名火。』孫炎曰：『《方言》有輕重，故謂火爲燬。』」《方言》云：「煤，呼愧切，火也。楚轉語也。猶齊言焜音毁火也。」《説文》雖焜、燬字別，俱訓火，徐俱音許偉切，音義皆同。火云燬也，與焜、燬互訓，然則火、焜、燬一字。毛傳「燬，火也」，非以火訓燬，蓋謂燬即火字也。此與「調，朝也」「甲，狎也」「茁，出也」之例同，皆非字訓。《玉篇》以焜爲烈火，《廣韻》以燬爲火盛，均誤。

「父母孔邇」箋云：「辟此勤勞之處，或時得罪。父母甚近，當念之以免于害，不能爲疏遠者計也。」正義述經同毛于鄭。按：傳但云「孔，甚。邇，近」，初無或時得罪當免于害之意。《小雅·四牡》傳云：「思歸者私恩也，靡盬者公義也，傷悲者情思也。無私恩非孝子也，無公義非忠臣也。」以此言之此詩，毛意蓋謂雖則王室自當勤勞，而父母甚近，亦當念也。上章「不我遐棄」，嫌君子爲己而返，故此章言當念父母，是爲能勉以正也。

麟趾

《序》云：「《麟之趾》，《關雎》之應也。《關雎》之化行，則天下無犯非禮，雖衰世之公子皆信厚如麟趾之時也。」箋因此《序》遂謂時寔不致麟，但致公子信厚。正義述經、傳、箋不别。按：傳云：「興也。趾，足也。麟信而應禮，以足至者也。」毛以詩人見物乃起興，時寔致麟，故云興，云信而應禮，云以足至，不得與鄭同也。

召南

鵲巢

《序》云：「《鵲巢》，夫人之德也。國君積行纍功以致爵位，夫人起家而居有之，德如鳲鳩，乃可以配焉。」正義曰：「文王之迎太姒，未爲諸侯，而言國君者，《召南》諸侯之風，故以夫人、國君言之。」又述傳云：「此夫人斥太姒也。」如正義説，則太姒之來，當時國人共作詩以紀之，編詩時分屬周、召二國。「之子于歸」已爲太姒，則《關雎》「淑女」是后妃，不得爲宫人矣。

箋：「鵲之作巢，冬至架之，至春乃成。」《釋文》云：「架音嫁，俗本或作『加功』。」正義述箋正依俗本。如正義，則先作巢，方可云冬至加功。按：《説文》：「舄，知太歲所在。」冬至前太歲尚屬舊歲，必不作巢。以冬至架之爲當。正義于此略不覺異，何也？

「百兩御之」傳云：「諸侯之子嫁于諸侯，送御皆百乘。」《釋文》云：「御，五嫁反，本亦作『訝』，又作『迓』，同。」又云：「送御，五嫁反，一本作『迎』。」正義述毛，亦作「送迎」。如《釋文》，則傳、經本作「訝」。《説文》「訝」云：「相迎也，从言牙聲。《周禮》曰：『諸侯有卿訝發。』」或作「迓」。訝本訓迎，故傳云「送迎」以明之。《大雅・思齊》「以御于家邦」傳曰：「御，迎也。」此經若作「御」，毛必先訓迎矣。鄭經本作「御」，故箋云：「御，迎也。」又云：「家人送之，良人迎之。」正義述箋，作「迓之」，正義誤也。

采蘩

「被之僮僮，夙夜在公」傳云：「被，首飾也。僮僮，竦敬也。夙，早也。」箋以「被」即《少牢》

之「被褐」，又即《周禮》之「次」，而「被褐」當讀爲「髲髢」。故此箋云「主婦髲髢」。又以「在公」爲前夕視濯溉饎爨之事。正義云：「夫人非正祭不服狄衣。狄衣、首服副，非被所當配。」孔以箋意服被視濯溉饎爨耳，非服以祭。下箋云：「祭事畢，夫人釋祭服而去。髲髢，其威儀祁祁然而安舒，無罷倦之失。」正義云：「釋祭服，又首服被髢之飾。」此「飾」字今正義誤作「釋」。如鄭、孔，則此祭服狄衣而配副。祭畢，釋狄衣而又服被，何經文始終言被，不一及副邪？毛則依經爲傳，在事去事，俱服被，未嘗有服副之文。正義述經不别，非也。

正義云：「定本云『祭事畢，夫人釋祭服而髲髢』，無『去』字。」按：从定本爲是。箋意釋祭服更服髲髢，故云「釋祭服而髲髢」。若有「去」字，則以「而去」屬上句，髲髢其威儀，箋文爲不詞矣。

艸蟲

「憂心忡忡」傳云：「忡忡，猶衝衝也。婦人雖適人，有歸宗之義。」箋直作「忡忡」。按：「衝」當作「衝」。《説文》：「衝，通道也。」《博雅》云：「衝衝，行也。」與毛傳「歸宗之義」合。

采蘋

「誰其尸之，有齋季女」傳：「古之將嫁女者，必先禮之于宗室，牲用魚，芼之以蘋藻。」箋云：「主設羹者季女，則非禮也。女將行，父禮之而俟迎者，蓋毋薦之，無祭事也。」正義謂毛意以教成之祭與禮女爲一。按：《昏禮》「父禮女而俟迎者」，云「俟迎」，則嫁日之事。毛云「古之將嫁女者」，又云「必先禮之」，非嫁日事也。《昏義》云：「教成之祭，牲用魚，芼用蘋藻。」《昏義》，七十子後人所作，毛亦七十子後人。同記禮文，彼云「教成之祭」，此云「禮之于宗室」，一耳。祭以行禮，故云「禮之」。毛未嘗有禮女之意，箋、疏俱誤會毛意。

甘棠

《序》云：「美召伯也。」正義曰：「食采文王時，爲伯武王時。」引《樂記》「武王伐紂，五成而分陝，周公左，召公右」以證之。又引《鄭志》張逸問《行露》箋云「當文王與紂之時」，謂此《甘棠》之詩亦文王時事。鄭答曰：「《甘棠》之詩，召伯自明，誰云文王與紂之時乎？」謂鄭以此篇所陳巡民決訟，皆是武王伐紂之後爲伯時事。然《行露序》亦曰「召伯聽訟」，箋獨謂「當文王與紂之時」，文王時，召公何得爲伯？正義于此略不發明。嘗細思之，《鄭志》言「《甘棠》之詩召伯自明」者，以詩有「召伯」二字，故箋亦云「召伯聽男女之訟」。《行露》詩無召伯，《序》雖言「召伯聽訟」，而箋内不一及之。然則《行露序》本無「召伯」二字，故箋謂「文王與紂之時」。不然，張逸于《甘棠》疑召公在文時不得爲伯，何於《行露》獨無疑耶？《行露序》「召伯」二字當衍，不則，當爲「召公聽訟」也。

行露

「室家不足」傳云：「昏禮緇帛不過五兩。」《釋文》云：「紎帛，側基反，依字絲旁才。後人遂以『才』爲『屯』，因作『純』字。」正義曰：「此《媒氏》文也。」又曰：「《媒氏》注云：『純，寔緇字也。古緇以才爲聲。』」又云：「紎帛亦緇也。傳取《媒氏》文，故合其字。定本作『紎』字。」正義凡云「定本作某字」者，皆與作疏時本異也。如《釋文》、正義，則傳引《媒氏》文當作「純」。後之校書者依《釋文》、正義改之也。《釋文》內「紎帛」、正義內「紎帛」亦緇，二「紎」字皆當作「純」。

羔羊

「素絲五紽。」如正義說，紽、緎、總皆爲裘縫。如此則一章可了，何必三章？按：首章傳云：「紽，數也。古者素絲以英裘，不失其制。」《釋文》經本作「它」，云：「本亦作『佗』，或作『紽』。」《說文》「它」云：「虫也，从虫而長，象冤曲垂尾形。」毛經文作「它」，傳云「它，數」者，言素絲之飾，其曲垂之數五也。此從表而視之也。次章傳云：「緎，縫也。」緎，《說文》作「黬」，《玉篇》作「䩼」，《爾雅》作「緎」，注云：「羔裘之縫。」孫炎云：「緎，縫之界域。」與傳義同。此明素絲所在之處，從裏而視之也。三章傳云：「縫，言縫殺之，大小得其制。總，數也。」《鄘風·干旄》「素絲紕之」傳曰：「總紕于此，成文于彼。」「素絲組之」傳曰：「總以素絲而成組也。」此「總」即彼傳之「總」，言素絲組之總數五也。傳意或然。

「委蛇委蛇」傳云：「行可從迹也。」箋云：「委蛇，委曲自得之皃。」《君子偕老》「委委佗佗」傳曰：「委委，行可委曲從迹也。」「委曲」釋「委委」也。鄭用彼傳以釋「委蛇」者。《釋文》云：「讀此兩句，當作『委蛇委蛇』，沈讀作『委委蛇蛇』。」據此，則鄭亦讀作「委委」，故用毛彼傳也。

殷其靁

《序》下箋云：「召南大夫，召伯之屬。」正義云：「時未爲伯，箋因《行露》之《序》从後言之耳。」如正義説，《行露序》「召伯聽訟」，亦爲從後稱之。然《行露序》鄭所不信，故《鄭志》云：「《甘棠》之詩，召伯自明。」言《行露》詩無召伯，《序》亦不當稱召伯也。又，張逸所未疑問，如其從後稱之，《鄭志》亦應有答。其爲衍文無疑。惟此箋「召伯」從後言之，正義説自當。

《序》：「《殷其靁》，勸以義也。召南之大夫遠行从政，不遑寧處。其室家能閔其勤勞，勸以義也。」此與《汝墳序》「婦人能閔其君子，勉之以正」同。惟《汝墳》經有「王室」，此言「從政」爲異。皆文王三分服事時詩也。傳「靁出地奮，震驚百里」，喻文之威。「山出雲雨，以潤天下」，喻文之德。言文之威懷如是，何此君子乃去此而從政于紂，而不敢或遑乎？其勤勞誠爲信厚之君子，豈嘗念歸哉！豈嘗念歸哉！傳意或當如此。箋易傳曰：「靁以喻號令。于南山之陽，又喻其在外也。」則以首二句爲奉使。又曰：「召南大夫以王命施號令于四方。」下箋又云：「轉行遠，从事于王所命之方。」其意以此詩爲受命稱王之後，大夫奉王命施號令于四方。與

《序》「从政」相違。正義述之，與序、傳不别，恐未然也。

摽有梅

「迨其今兮」傳云：「今，急辭也。」「迨其謂之」傳云：「不待備禮也。三十之男，二十之女，禮未備則不待禮會而行之者，所以蕃育人民也。」毛以此詩是二十之女，故云。然若少壯之女，則秋冬以至一春皆可行。《桃夭》傳曰：「夭夭，其少壯也。」喻女之少壯。桃以仲春華，之子于是時行，得爲及時。此詩梅熟，春更向晚，禮備亦可行。若二十之女，則不待禮備。故知毛意一春皆可行也。其云「禮未備則不待禮會而行之者」，謂《周禮》本有「仲春令會男女」之禮，今女已二十，雖迨而謂之不爲逾禮耳，非必待仲春而行之也。正義謂毛意必待仲春，則時方首春，梅子未有以首春熟者，何不思乎？又緣此傳斷毛以秋冬至首春爲婚之正時，誤矣。

《説文》：「枏，梅也。」「梅，枏也。可食。」許于桃、李、梨、柰之類俱直訓果，此梅如爲和羹、寔籩之梅，則人人皆知，何須更云「可食」？其爲别種無疑。《爾雅·釋木》「梅枏」郭注曰：「似杏實酢。」邢疏引《詩·秦風》「條梅」證之，又引《艸木疏》云：「梅樹皮葉似豫樟，葉大如牛耳，一頭尖。赤心、華赤、黄子，青不可食。」然則郭注正指枏梅。《玉篇》「枏」字注云：「葉似桑，子似杏而酸。」引《爾雅》「梅枏」，即依郭注爲説。知枏亦似杏也。郭非謂不可食，但酢耳，與《説文》合。惟陸疏爲異，要皆非此詩之梅。《秦》《陳》二風之梅，毛傳皆訓枏，此詩不訓枏，惟云「盛極則隋落者，梅也」，其爲今之梅子可知。箋明言「春」「夏」，意與毛同。陸疏于此梅云「杏類」，依傳、箋也。此詩之梅果爲今梅子，則實之隋落在春末夏初，知毛傳「迨其謂之」，非欲待仲春禮會矣。《説文》梅、枏已爲別種，又有「某」字注云「酸果也，从木从甘闕」，此當是今之楊梅。楳，云「梅也」，《爾雅》作「英梅」，乃此詩之梅。

小星

「寔命不同」傳云：「寔，是也。命不得同于列位也。」箋云：「是其禮命之數不同也。」正義不釋「寔」之爲「是」。按：《禮記》「寔能容之」，《書·秦誓》作「是能容之」。《春秋公羊》桓五年傳云：「寔來者何，猶曰是人來也。」「寔」本訓「是」，與「實」字別。《韓奕》箋云：「實墉實壑，『實』當作『寔』。趙、魏之東寔、實同聲。」如鄭言，實不可以混寔，特趙、魏閒聲同而誤耳。然此詩《韓詩》作「實」，云「有也」，與《序》「知其命有貴賤」合。然則寔與實同，《集傳》从《韓詩》。

「維參與昴」傳云：「參，伐也。昴，留也。」正義云：「伐亦爲大星，與參互見，皆得相統。」引《周禮》「熊旂六旒以象伐」，以明伐得統參。引《孔演圖》「參以斬伐」、《公羊傳》「伐爲大辰」，以明皆互舉相見。又云:「昴、留爲一,參、伐明亦爲一。」按:傳以「伐」訓「參」,以「留」訓「昴」耳。《史記・天官書》云:「參下有三星,兑曰罰,爲斬艾事。」張守節正義曰:「『罰』亦作『伐』。」《律書》云:「北至于罰。罰者,言萬物氣奪可伐也。」《春秋孔演圖》曰:「參以斬伐。」據此,則毛以「伐」爲斬伐,不以「伐」爲星也。至「昴」,《釋文》:「音卯,徐仙民音茅。」而《史》《漢》作「留」,《史記・律書》云:「北至于留。留者,言陽氣之稽留也。故曰留。」《漢書・律曆志》云:「留孰于酉。」《集韻》引此詩作「昴」。是昴、留本一字。然以「參」之訓「伐」例之毛意,亦當作「稽留」,未必以二字爲一也。

江有汜

「江有汜」傳云:「興也。決復入爲汜。」箋云:「興者,喻江水大,汜水小,然得並流,似嫡媵宜俱行。」正義謂毛不以興夫人初過而後悔,其興與鄭同。按:毛上云「決而復入」,下「其後也悔」傳云「嫡能自悔也」,正以水之復入喻初過後悔。傳意躍然。下二章傳云「水枝成渚」,「沱,江之别」。凡渚上流歧分,至下而合。沱自江别流,行百十里亦仍入江。取喻皆同于汜。傳不言者,渚、沱人易曉,且首章傳已足以明之故也。

野有死麕

「有女懷春,吉士誘之」傳云:「懷,思也。春,不待秋也。誘,道也。」按:詩言野麕包茅雖薄，亦可爲禮。有女思及春而行，爲吉士者必先以此道之也。道之即指茅包麕肉。傳意不過如此。正義述經以貞女欲男以茅裹麕肉爲禮而來，一層。既欲其禮，又欲其及時，一層。又欲令此吉士先使媒人道成之，不欲無媒妁而行，一層。此乃箋意耳。箋云：「有貞女思仲春以禮與男會，吉士使媒人道成之。疾時無禮而言然。」正義與毛混而同之，誤矣。又箋言「仲春」，而經與傳但言「春」，正義述傳，謂此思春，思開春，欲其以禮來。若仲春，則不待禮會而行之，無爲思麕肉矣。非經意，亦非毛意。説詳《摽有梅》篇。「誘」字《説文》作「羑」，誘乃或體。

「林有樸樕」傳云：「樸樕，小木也。」箋云：「樸樕之中及野有死鹿。」《爾雅·釋木》：「樕樸，心。」郭注曰：「槲樕別名。」孫炎曰：「樸樕，一名心。」邢疏云：「《召南》『林有樸樕』，此作『樕樸』，文雖別，其實一也。」《詩》釋文、正義，陸、孔俱不言文別，則唐初《爾雅》本作「樸樕，心也」。此詩正義以樸樕爲木名，傳言「小木」者，以林有此木，故言小木。按：傳言「小木」，箋言「樸樕之中」，亦謂叢雜小木耳。正義釋箋，謂不言林而言樸樕之中，則林與樸樕爲一。以樸樕木名，若一木，不得有死鹿，若木衆，即是林矣。明是謂林中有樸樕之處。其説甚辨。然既以樸樕爲木名，則于一木之疑仍未有以解之也。愚謂《釋木》云「樸枹者」郭注云：「樸屬叢生者爲枹。《詩》所謂『棫樸』『枹櫟』。」《釋文》引舍人注曰：「樸者，相追附也。」然則此詩樕是小木，樸乃叢生追附之狀，故箋得言「樸樕之中」也。

「白茅純束」箋：「純，讀如屯。」正義曰：「純讀爲屯者，以純非束之義，故讀爲屯。取肉而裹束之，故傳云『純束，猶包之也』。」按：漢儒「讀若」「讀如」之例，有取其音同者，有取其音、義俱同者。《戰國策》「錦繡千純」高誘注曰：「純音屯，束也。」純又與屯通。《春秋左氏傳》「執孫蒯于純留」，《釋文》云：「《地理志》作『屯留』。」是也。純、屯音義同，故鄭云「讀如屯」。正義作「讀爲屯」，則改其字矣。音、義同者，不煩改字。

何彼襛矣

「王姬之車」箋云：「曷，何；之，往也。何不敬和乎，王姬往乘車也。」鄭以車不可言肅雍，肅雍自繫王姬，故訓之爲往。傳意則不必然矣。知者，《桃夭》次章云：「非但有華色，又有婦德。」則以桃華喻色、桃實喻德甚明。此詩「唐棣之華」不云喻色，傳意蓋以華興車，言車而王姬自見。兩「之」字皆作語助。正義用箋述經，殆誤以毛同于鄭也。

「華如桃李」箋云：「華如桃李者，興王姬與齊侯之子顔色俱盛。」箋意以一桃一李喻王姬與齊侯之子耳。正義云：「直言華如桃李，則唐棣之華如桃李之華也。」又謂箋「以華比華，然後爲興」。按：唐棣、桃李，其華各別，安得謂如桃李？且桃李有華，自足以興，何須更假棣華？此章之華乃屬人説，是華采之華，即《桃夭》傳所謂「華色」。言何乎彼戎戎然，華色之盛如桃如李也，乃平王之孫、齊侯之子耳。如此，説自明快。正義迂曲，非箋意也。

騶虞

「壹發五豝」箋：「君射一發而翼五豝者，戰禽獸之命。必戰之者，仁心之至。」正義云：「五豝止一發，中則殺一而已。」箋義如此。傳云：「虞人翼五豝，以待公之發。」此據未發時言。未發五豝，已發即不得復言五豝。如經之言，則一發而五豝猶存，蓋雖發而不必中，是乃仁如騶虞矣。傳意或然。《說文》云：「豝，牝豕也。从豕，巴聲。一曰一歲，能相把拏也。」「豵，生六月豚。从豕，從聲。一曰一歲豵，尚叢聚也。」如《說文》，則豝與豵皆豕之幼者。《序》言庶類蕃殖蓬葭之間，自應大小俱備。而虞人所翼偶得豝豵，仁君見之聊一發焉，而不忍于必殺，亦情事之所當有也。

皇清經解卷一千三百三十一終　靈川舉人秦培璠對字

毛詩紬義　卷二

嘉應李黼平著

邶

《譜》：「成王既黜殷命，殺武庚，復伐三監。更于此三國建諸侯，以殷餘民封康叔于衛，使爲之長。後世子孫稍并彼二國。」閔二年左氏《傳》「共滕」杜預注：「共及滕，衛別邑。」《漢書·地理志》：共縣故國北山，淇水所出。孟康曰：「共伯入爲三公者，蓋其地逼近衛都，故先爲國而後并于衛也。」古共城即今河南衛輝府之輝縣治。據此，鄭言子孫稍并邶、鄘，當亦如之。惟云三國並建，究難據信。邶、鄘之民既遷洛邑，復以六族分魯，其餘以封康叔于河淇間。《書》傳亦言「以三監之民國康叔」。衛既建國，邶、鄘不假立君，當別立他小國如共、凡之類，而康叔爲之長耳。定四年，左氏《傳》祝鮀論衛始封云：「武父以南及圃田之北境。」準驗地勢，武父爲今直隸大名府之東明，圃田爲今河南開封府之中牟。東明迤西南而得中牟，中牟與河北之衛輝府汲縣相直。邶城在汲縣縣西南，爲新鄉鄘城在焉。當日封畛土略，止言朝歌東及西南之衛地，可知並無邶、鄘。即以《詩》言，《衛》有淇澳，而《邶》曰「亦流于淇」，《鄘》曰「送我乎淇之上矣」，《邶》曰「在浚之下」，《鄘》曰「在浚之野」，《邶》曰「土國城漕」「思須與漕」，《鄘》曰「言至于漕」。《書・酒誥》誥康叔，曰「妹邦」、曰「妹土」。而「沬」實見《鄘風》。如三國並建，詩人自歌土風，同一地名，〔一〕不得分屬三國，或分二國。且邶、鄘在河北，漕在河南，爲今之滑縣地，尤非邶、鄘之所得言。《邶・擊鼓》毛傳：「漕，衛邑也。」《凱風》傳：「浚，衛邑也。」《泉水》傳：「須、漕，衛邑也。」《鄘・桑中》傳：「沬，衛邑。」《干旄》傳：「浚，衛邑。」《載馳》傳：「漕，衛東邑。」二《風》所有地名，毛皆以爲衛邑。以是知實無邶、鄘，《詩》特存舊號，以二邦之民已徙于衛，其爲邶人在衛者所作即屬《邶風》，爲鄘人在衛者所作即屬《鄘風》。《載馳》，許穆夫人作，得屬鄘者，或鄘人仕衛，聘使于許而得之，故以屬《鄘》。二邦之民既入于衛，即爲衛民。復別之者，殷民遷洛尚曰庶殷，共、滕既爲衛邑，尚別之爲共、滕之民，亦此類也。邶、鄘非國，本三監之始，比于諸侯。太師編《詩》亦從而國之，或據《地理志》盡以其地封弟康叔，又引季札聞歌《邶》《鄘》《衛》，言康叔武公之德以證之，非事實也。

〔一〕「地」，原作「池」，據箸花庵本改。

柏舟

「耿耿不寐，如有隱憂」傳曰：「隱，痛也。」正義謂如有痛疾之憂，是也。按：「隱」當作「殷」。《文選》阮籍《咏懷詩》云「感物懷殷憂」，李善注引《韓詩》曰：「耿耿不寐，如有殷憂。」「殷」與「慇」同。《爾雅》：「殷殷，憂也。」邢疏引《小雅·正月》「憂心慇慇」傳云：「慇慇然痛也。」《説文》「慇」云：「痛也，从心殷聲。」《殷其靁》釋文「殷音隱」。「隱」與「殷」同。

「微我無酒，以敖以遊」傳云：「非我無酒可以敖遊忘憂也。」《文選》陶靖節《雜詩》云「泛此忘憂物」，李善注引毛傳曰：「非我無酒可以忘憂也。」無「敖遊」二字。

「亦有兄弟，不可以據」傳：「據，依也。」「兄弟」二字無傳。下「逢彼之怒」傳云：「彼，彼兄弟。」如傳，則經「兄弟」指人君言。箋云：「兄弟至親，當相據依。言亦有不相據依以爲如是者，希耳。」如箋言，則經之「兄弟」指他人言。正義述經、傳、箋不别，非也。

緑衣

「緑衣黄裳」箋：「婦人之服不殊衣裳，上下同色。」正義述經云：「鄭以婦人之服不殊裳，褖衣當以黑爲裳。」又述箋云：「言不殊裳者，謂衣裳連，連則色同，故云同色也。定本、《集注》皆云『不殊衣裳』。」凡正義引定本、《集注》云云者，皆與見行本異。今正義述經述箋，兩言「不殊裳」，則今本箋云「不殊衣裳」，不得有「衣」字，校書者誤據定本、《集注》竄入也。

燕燕

「燕燕于飛」傳：「燕燕，鳦也。」正義引《爾雅·釋鳥》云：「巂周，燕。燕，鳦。」孫炎曰：「別三名。」舍人曰：「巂周名燕，燕又名鳦。」郭璞曰：「一名玄鳥，齊人呼鳦。」按：郭《爾雅》本「燕燕」注曰：「《詩》云『燕燕于飛』，一名玄鳥，齊人呼鳦。」是郭本依《詩》傳讀「燕燕」，邢疏云「孫炎、舍人以巂周、燕燕、鳦鳥一物三名。郭所不取」可證也。正義釋傳，據孫炎、舍人則讀「巂周燕」句、「燕鳦」句，蓋依《説文》。《説文》云：「巂周，燕也。」與孫炎、舍人説合。然不可以釋傳之「燕燕」，故又引漢童謠「燕燕尾涎涎」以釋之。何如徑依郭本《爾雅》乎！

「遠于將之」傳：「將，行也。」上章「遠送于野」傳云「郊外曰野」，此言自野而行。將即蹡，《説文》「行皃」。下章「遠送于南」傳云「陳在衛南」，言欲送至于陳也。傳意層次分明，此章箋云「將亦送也」，以上下俱言「送」，此章不得獨別。傳、箋異矣。正義都不言，疏也。

「遠送于南」《釋文》云：「南，如字。沈云：協句宜乃林反。今謂古人韻緩，不煩改字。」按：《書大傳》曰：「南，任也。」《説文》云：「南，艸至南方有枝任也。」「南」與「任」音義同，不煩協句。沈音乃林反，非也。

「其心塞淵」傳云：「塞，瘞。淵，深也。」《釋文》「塞，瘞，於例反。崔《集注》本作『實』。」正義述經曰：「其心誠實而深遠也。」又曰：「定本云：『塞，瘞也。』俗本：『塞，實也。』」如正義說，正依俗本作「實」。今本校書者依定本、《集注》改之也。塞，《説文》作「寋」，云：「實也，从心塞省聲。《虞書》曰『剛而寋』。」與正義本毛傳同。

戴嬀之歸，不知的在何年。《春秋》桓四年：「二月戊申，衛州吁弑其君完。」杜注：「戊申，三月十七日。」周三月，爲今正月。于時新經國亂，州吁暴戾，諒未得歸。其年九月，衛人殺州吁于濮，而宣公立。明年夏四月，葬桓公。四月，爲今二月。或葬後之月歸，爲今三月，正春燕辭巢之候，《詩》所謂燕燕往飛矣。子死身歸，含哀自抑，猶以先君之思上勉女君。温惠淑慎，千載讀詩如見之也。

日月

《序》：「衛莊姜傷己也。遭州吁之難，傷己不見答于先君，以至困窮之詩也。」《釋文》云：「『以至困窮之詩也』，舊本皆爾，俗本或作『以至困窮而作是詩也』，誤。」正義曰：「『俗本作『以致困窮之詩』者，誤也。』」陸、孔各執一詞，義皆可通。然正義述經，曰「我夫人」，以詩爲國人所作也。若云「傷己不見答于先君，以至困窮而作是詩」，則爲莊姜自作矣。陸說近是。

「胡能有定」傳云：「胡，何；定，止也。」傳訓「定」爲「止」，蓋謂莊公其接及我者不如故處，如此則何能有所止乎？皆由曾不我顧也。四章皆言無有所止，州吁之難，當時先有以見之矣。正義述之，謂于衆事何能有定，非毛意也。箋云：「曾不顧念我之言，是其所以不能定完也。」則讀爲安定之定。正義云：「謂莊公不能定完者，隱三年《左傳》曰：『公子州吁有寵而好兵，公弗禁。石碏諫曰：將立州吁，乃定之矣。若猶未也，階之爲禍。』是公有欲立州吁之意，故杜預云：『完雖爲莊姜子，然太子之位未定。』是完不爲太子也。」如正義説，鄭以不爲太子即是不能定完，亦非箋意。據《史記》，陳女女弟生完，莊公命夫人齊女子之，已立爲太子。即如《左傳》，莊姜以爲己子，亦足明其爲嫡夫人之子。石碏云云，特故激莊公，非謂莊公真欲立州吁爲太子也。當年莊公死，桓公安然繼立其位，不可謂不定。箋意蓋謂莊公不答莊姜，而州吁好兵，寵而弗禁，不能教以義方。雖桓公立十六年，終致簒弑之禍，以是爲不能定完耳。傳、箋釋「定」字不同，而推原禍本，由于莊姜之不見答于莊公，則皆與《序》説合。

終風

「惠然肯來」傳云：「言時有順心也。」「莫往莫來，悠悠我思」傳云：「人無子道以來事己，己亦不得以母道往加之。」州吁弑逆自立，當時入見莊姜，即是有順心。惟謔浪笑傲，則無子道來事，莊姜亦不得以母道往加，故悠悠然思。下章則願以母道往加，疐跲而不行也。正義乃謂「州吁之暴，非有順心肯來」，又謂「莫往莫來，母子恩絶」，失傳意矣。

「願言則嚏」傳：「嚏，跲也。」箋云：「嚏，讀當爲『不敢嚏咳』之『嚏』。」按：經文當作「疐」字。《説文》「疐」云：「礙不行也，从專，引而止之也。專者如專馬之鼻，从止，與牽同意。」《爾雅》：「疐，跲也。」《釋文》引《説文》云：「疐，礙足不行，與躓同。」《説文》「躓，跲也」「跲，躓也」互相訓。而「躓」字下引《詩》「載躓其尾」，則疐、躓字同，故訓跲也。惟經文作「疐」，故箋云「當讀爲嚏」。如作「嚏」，鄭不必改字矣。今汲古閣本經文傳、箋俱作「嚏」，誤。王肅述毛云「願以母道往加之，我則疐跲而不行」，即從上傳看出，深得毛意。

擊鼓

《序》箋云：「伐鄭在魯隱四年。」按：州吁于四年三月弑君。是年夏，經書「宋公、陳侯、蔡人、衛人伐鄭」。《春秋》經書「人」者，左氏《傳》往往表其將帥，是年傳亦依經書「人」，非此詩，孰知有孫子仲哉！又《左傳》稱伐鄭，圍其東門，五日而還。而此詩喪馬、求林、離散、闊洵之狀，千載如見。蓋詩爲從軍之士所作。左氏生二百年後，蒐綴散亡以成紀載，固宜其事多失實。目見之與耳聞異也。正義據左氏，以爲是役不戰，特以民不得用，雖未對敵，亦有離心。夫于嗟闊遠，不相生活，不戰而何遽至是乎？

「與子成説」傳：「説，數也。」王肅云：「言國人室家之志，欲相與从生至死，契闊勤苦而不相離，相與成男女之數。」正義駁之，别述毛云：「共處契闊勤苦之中，親莫是過，當與子危難相救，成其軍伍之數。」按：《釋文》云：「説音悦。數，色主反。」《説文》云：「説，説釋也。數，計也。」而門部「閲」字注云：「具數于門中也，从門説省聲。」「具數」二字即釋門中「説」字。是「説」訓「説釋」，亦訓「數」，具數猶成説也。毛意言死生勤苦之情與子具數，惟願執子之手，俱得生存以至于老耳。若云「成男女之數」「軍伍之數」，乃是去聲，王固失之，孔亦未爲得也。

「于嗟洵兮」傳云：「洵，遠也。」《釋文》：「洵，呼縣反，本或作『詢』，誤也。詢，音荀。」「洵」之訓「遠」，正義不言。《爾雅》：「洵，均也，龕也。」又《釋水》：「過爲洵。」《説文》：「洵，過中水也。」《字林》曰：「過，水也。」《玉篇》依《説文》，俱無去聲一讀。《廣韻》去聲亦不收「洵」字。疑詩非「洵」字也。《大雅·桑柔》「其下侯旬」毛傳云：「陰均也。」與《爾雅》「洵」訓合。是毛以「旬」同于「洵」。旬本从目，作「旬」，《説文》「旬」：徐音黄絢切，惟旬訓目摇也。音同義異。《論語》「素以爲絢」，《釋文》「音呼縣反」。《玉篇》云：「絢，遠也。」《釋文》云：「洵，《韓詩》作『夐』。夐亦遠也。」《説文》：「夐，徐音朽正切。」《玉篇》：夐，詡政、霍見二切。云「深遠也」。霍見、呼縣，二切一也。夐與絢音、義皆同，故毛爲「絢」，韓爲「夐」。然則「洵」字當作

「絢」。《釋文》原本應云：「呼縣切，本或作『洵』，誤也。洵，音荀。」今本《釋文》校書者依經誤改耳。

凱風

「在浚之下」傳云：「浚，衛邑也。」正義曰：「《干旄》云『在浚之都』，傳曰『下邑曰都』，是衛邑也。」按：毛邶、鄘不分，故此與《干旄》俱言衛邑。如正義，則以此詩所指是《干旄》之浚，不思《干旄》爲鄘國耶？餘見前。

「睍睆黄鳥，載好其音」箋云：「睍睆，以喻顔色悦也。好其音者，興其詞令順也，以言七子不能如也。」箋義當矣！昌黎《贈張籍》云：「喜氣排冬温，逼耳鳴睍睆。」或據以謂唐人説此詩亦有以睍睆爲黄鳥之聲者，非也。「綿蠻黄鳥」《韓詩》注云：「文貌。」王元長《曲水序》云「亂新聲于綿羽」，非以綿蠻爲聲。昌黎祖其意，亦謂逼耳鳴黄鳥，非以睍睆爲聲也。

雄雉

《序》云：「刺衛宣公也。淫亂不恤國事，軍旅數起，大夫久役，男女怨曠，國人患之而作是詩。」正義謂上二章男曠之詞，下二章女怨之詞。望箋而爲説也。今按：「我之懷矣，自詒伊阻」箋云：「懷，安也。我安其朝而不去。今從軍旅，久役不得歸，此自遺以是患難。」「懷」字毛無傳。《終風》傳云：「懷，傷也。」此亦當訓「傷」。傳訓「阻」爲「難」，《釋文》「乃旦反」，是患難之難。宣公即位之初，以燕師伐鄭，爲鄭所敗。隱十年，又與宋、蔡伐戴，不和而敗。傳言雄雉見雌雉，鼓其翼泄泄然。宣公之行如是，我之見軍旅數起，甚傷矣。亦君自貽此喪敗之難耳。此章蓋言軍旅數起也。次章「展矣君子」箋云：「誠矣君子，愬于君子也。」正義謂以君之行愬于君子也。毛惟訓「展」爲「誠」。君子當指大夫，言宣公之行如是誠矣。此行役之君子實勞我心也。此章蓋言大夫久役也。三章「道之云遠，曷云能來」，經文自明，蓋言男女怨曠也。四章傳惟解「忮」「臧」二字云：「忮，害；臧，善也。」當指在位者言。百爾君子，豈不知德行乎？不疾害，不求備，即無爲不善矣。國人欲在位者告宣公以不忮不求，乃無喪敗之難。「臧」字正與「阻」字應。此章蓋言國人患之，作詩之意也。傳意或當然。

匏有苦葉

「濟盈不濡軌。」正義辨「軌」當爲「軓」，最爲詳核。《戴記·少儀》云：「祭左右軌范，乃飲。」鄭注云：「《周禮·大馭》：『祭兩軹，祭軓，乃飲。』軌與軹，于車同謂轊頭也。軓與范聲同，謂軾前也。」《周禮·輈人》云：「軓前十尺，而策半之。」鄭司農云：「軓謂軾前也。書或作『軌』。」玄謂軌是。軌，法也。鄭于《少儀》《輈人》俱辨「軌」之非「軓」。此傳云「由輈以上爲軌」，箋云「渡深水者必濡其軌」，不易傳者，以傳言「由輈以上」足以明之。《小戎》傳云「陰掩軓也」，箋云「掩軓在軾前垂輈上」，今傳云「輈上」，自然是軓。若爲車轍，則傳當言「輈下」矣。《釋文》

云：「軏，舊龜美反，謂車轊頭也，依傳意宜音犯。」從鄭軏與軹俱爲轊頭之説也。又云：「車轊頭，所謂軹。」陸意以舊解謂軏爲轊頭非是，當以軹爲轊頭也。然則古者軏有三義，車轍是其本訓。又爲車轊頭，鄭《少儀》注「軏與軹于車同謂轊頭」是也。又爲車軾前，鄭司農《周禮》注「軓，書或作『軏』」及此經是也。轍不可以言濡，轊頭僅居輪之半，亦不足以見水深。此經字从軌而義讀軓，軓猶濡，乃見渡之深矣。

「雝雝鳴雁」箋云：「雁者隨陽而處，似婦人从夫。」正義曰：「此皆陰陽並言。《禹貢》注云：『陽鳥，鴻雁之屬，隨陽氣南北。』不言陰者，以其彭蠡之澤近南恒暖，鴻雁之屬避寒隨陽而往居之，故經云『陽鳥攸居』。注釋其名曰陽鳥之意，故不言陰耳。定本云『雁隨陽』，無『陰』字。」如正義言，則箋本作「隨陰陽而處」，今本乃校書者依定本改之也。然箋云「隨陽而處，似婦人从夫」，則無「陰」字爲是。

「旭日始旦」《釋文》云：「旭，許玉反，《説文》讀若好。」按：《爾雅·釋訓》：「旭旭，憍也。」邢疏云：「郭璞作『好好』。」是「旭」與「好」音義同。今本《説文》云：「讀若勖。」勖與畜同。《戴記》引《詩》「先君之思，以勖寡人」，作「以畜寡人」。《孟子》曰：「畜君者，好君也。」然則旭、勖、畜、好四字並通。毛傳云：「旭日始出，謂大昕之時。」昏禮用昕，《説文》云：「昕，日將出也。」而此經云「旭日始旦」，故毛以「大昕」釋之。《釋文》引徐音「許袁反」，則讀若暄。《説文》無晅字。《廣韻》注云「暖也」。下經云「迨冰未泮」，則是正月中後時漸向暖，故云暖日。徐蓋望冰泮句爲解也，義亦通。

《雄雉序》下箋云：「烝于夷姜之等。」此詩《序》下箋云：「夫人謂夷姜。」鄭據桓十六年《左傳》爲説，《序》與傳未嘗言也。正義于鄭引《左傳》必援某公某年傳文以釋之，此兩箋獨否，又伋者，夷姜子，《二子乘舟》正義亦略而不及，孔殆以左氏《傳》不足據也。《史記·衛世家》云：「初，宣公愛夫人夷姜。夷姜生子伋，以爲太子。」裴駰、司馬禎、張守節諸人亦未引《左傳》上烝事注之，如《史記》夷姜乃宣公夫人，而左氏言上烝者。《詩·東山》「烝在栗薪」鄭箋云：「烝，塵也。」塵有久義，言宣公之情恒久于夷姜，納伋妻後乃易之。左氏所謂「烝」，亦即《史記》所謂「愛」耳。孔奉詔作疏，以鄭爲主，故述箋亦順言夷姜，而于桓十六年上烝之事終未肯一置詞也。至《序》與傳不斥夷姜，亦當指宣公夫人言。《緑衣序》云「妾上僭」，《燕燕序》云「送歸妾」，序于嫡、妾之辨甚嚴。若此《序》夫人是宣公庶母，則是莊公之妾，《序》豈得以夫人目之？今云「公與夫人並爲淫亂」，則是敵體之詞，言夫人淫于他人，而宣公亦娶伋妻，是謂並爲淫亂也。毛傳云：「衛夫人有淫佚之志，授人以色，假人以詞，不顧禮義之難，至宣公有淫昏之行。」兩「人」字正指他人，即經所謂「雉鳴求牡」。「至宣公有淫昏之行」，正指納伋妻事。蓋上二章刺夫人之淫，後二章陳昏姻正禮，刺宣公之淫也。《新臺》傳云：「水所以潔污穢，反于河上而爲淫昏之行。」與此傳相應。毛意如此，不得同鄭爲夷姜，爲宣公上烝父妾也。

谷風

《序》云：「衛人化其上，淫于新昏而棄其舊室。」此必衛君有淫新棄舊者，民乃从而效之。莊公不答莊姜而已，無新昏之事。宣公要納伋妻，是淫于新昏，無棄舊室之事。而《序》乃云衛人化之，益可證《匏有苦葉序》「公與夫人並爲淫亂」爲宣公夫人。有夫人而娶子妻，即爲棄舊室也。正義于《匏有苦葉》之「夫人」从箋作夷姜，故于此《序》不言「化其上」者爲何公也。

「涇以渭濁，湜湜其沚」傳云：「涇渭相入而清濁異。」「濁」釋上句，「清」釋下句。《說文》：「湜，水清底見也。」與毛傳合。傳以涇喻新昏，渭喻舊室，言涇渭相入而濁者自濁，清者自清，猶新舊相并而惡者自惡，善者自善。奈何以新昏之故，而不潔用我也。箋云：「涇水以有渭，故見渭濁。湜湜，持正貌。喻君子得新昏故謂己惡也。己之持正守初如沚然，不動摇。」箋以涇喻舊室，渭喻新昏，與傳迥殊。正義以箋述毛，誤也。《釋文》云：「故見渭濁，舊本如此。一本『渭』作『謂』，後人改耳。」正義云：「箋將述婦人之心，故先述涇水之意。涇水言以有渭，故人見謂己濁，猶婦人言以有新昏，故人見謂己惡也。」又云：「定本『涇水以有渭，故見其濁』。」如正義則箋中「見渭」正作「見謂」，如定本則作「見其」，二説俱明順。《釋文》云云，當是誤倒其字耳。

「不我能慉」傳：「慉，養也。」正義云：「遍檢諸本，皆云『慉養』。孫毓引傳云『慉興』，非也。」《釋文》云：「慉，許六反。毛『興也』，鄭『驕也』，王肅『養也』，《説文》『起也』。」如正義諸本皆作「慉養」，何以《釋文》本乃作「慉興」？又云：「養是王義。」則陸本孔亦未見。陸博士，陳時人，歷隋至唐，當據陳時《詩》本。《玉篇》云：「慉，丑六切，恨也。又許六切，興也。」「興」字正用毛傳。《説文》云：「慉，起也。」與「興」義近。「不能作興我，反以我爲讎」，與鄭「驕」義亦通也。今本《釋文》「興」作「與也」，誤。

「昔育恐育鞫」傳：「育，長；鞫，窮也。」上「育」字及下「既生既育」，毛無別訓，則皆訓長。蓋言昔長育之時，恐所育者至于窮匱，故及爾顛覆盡力，皆指財業言也。箋云：「昔育，育，稚也。及，與也。昔幼稚之時，恐至長老窮匱。」下「既生既育」箋云：「育，謂長老也。」鄭以「昔育」爲幼稚，「育鞫」「既育」爲長老，皆易傳也。正義以鄭義述毛，恐非傳意。

式微

《序》云：「黎侯寓于衛，其臣勸以歸也。」《旄丘序》云：「狄人迫逐黎侯，黎侯寓于衛。」正義曰：「狄者，北夷之號，此不斥其國。宣十五年《左傳》伯宗數赤狄潞氏之罪云：『奪黎氏地，三也。』服虔曰：『黎侯之國。』此詩之作責衛宣公。宣公以魯桓十二年卒，至魯宣十五年百有餘歲，即此時雖爲狄所逐，後更復其國，至宣公之世乃赤狄奪其地耳，與此不同。彼奪地是赤狄，此唯言狄人迫逐，不必是赤狄也。」云云。按宣十五年《左傳》「晉師滅赤狄潞氏」，云「酆舒爲政」。而文七年狄侵魯，傳云：「公使告于晉，趙宣子使因賈季問酆舒，且讓之。」然則赤狄之先即狄，即《旄丘序》之狄也。伯宗數酆舒之罪云「奪黎氏地」，不云「迫逐其君」。是年秋，晉侯治兵于稷，以略狄土，立黎侯而還。立者，新立君之詞。然則傳云「黎氏地」，即《詩》黎侯之故地也。推尋事迹，當日黎侯被逐，東寓于衛，狄亦旋去，不能即有其地。迨魯宣三年分爲赤狄，潞氏最强，酆舒爲政，乃始攘其故地而有之。至宣十五年晉滅赤狄，乃求黎氏子孫而立之耳。《詩》之「黎侯」，當日實未歸也。狄于魯莊三十二年伐邢始見于經。據此，《詩》黎侯寓衛當衛宣之時，則隱、桓之世已有狄患，賴詩《序》而知之矣。

旄丘

「何其處也，必有與也」傳：「言與仁義也。」箋云：「我君何以處于此乎？必以衛有仁義之道故也。」鄭以「與」爲「以」，明與毛異。正義强而同之，非也。

「狐裘蒙戎」《釋文》云：「蒙，如字。徐武邦反。戎，如字。徐如容反。」又云：「徐此音是依《左傳》讀作『厖茸』。」按：貌狀之詞，音同者字通。此詩徐仙民讀作「尨茸」，而《左傳》釋文云：「尨，莫江反，又音蒙。茸，如容反，又音戎。」是陸氏又讀《左傳》爲蒙戎。正義引《左傳》及杜預注亦直作「蒙戎」，不言字異，豈《左傳》本亦有作「蒙戎」者與？抑校刊注疏者誤寫與？《史記·晉世家》作「蒙茸」，知字通也。

「瑣兮尾兮，流離之子」傳：「瑣尾，少好之皃。流離，鳥也。少好長醜，始而愉樂，終以微弱。」正義釋傳云：「汝等今好而苟且爲樂，不圖納我。爾無德以治國家，終必微弱也。定本『偷樂』作『愉樂』。」如正義，則傳本作「偷樂」，故述毛用「苟且爲樂」。校書者據定本改之耳。按：《山有樞》「他人是愉」傳云：「愉，樂也。」箋云：「愉，讀曰偷。」則愉、偷本通。然毛以「愉樂」貼「少好」，言今好而愉樂，終必微弱。如正義云「今好而苟且爲樂」，則不詞矣。作「愉」爲是。《釋文》本亦作「愉」。正義引陸璣《疏》：「流離，梟也。自關西謂梟爲流離。其子適長大，還食其母。」故張負云「鶹鷅食母」、許慎云「梟，不孝鳥」是也。按《説文》鳥部「鶹」云：「鳥少美長醜爲鶹離，从鳥，留聲。」木部「梟」云：「不孝鳥也。日至，捕梟磔之。从鳥頭在木上。」初無梟即鶹離之説。《爾雅·釋鳥》云：「鳥少美長醜爲鶹鷅。」郭注曰：「鶹鷅，猶留離。《詩》所謂『留離之子』。」亦不言是梟。毛云「好」「醜」以貌言，喻衛大夫有褎然尊盛之服而不能稱耳，非言性有好醜也。正義用陸《疏》，恐非毛旨。

簡兮

「簡兮簡兮，方將萬舞」傳：「簡，大也。方，四方也。將，行也。以干羽爲萬舞，用之宗廟山川，故言于四方。」毛于《碩人》「俣俣」云：「碩人，大德也。俣俣，容皃大也。」則首章「簡大」不指人言，當爲大合樂之大，言大兮大兮，于祭四方山川行此干羽之大舞。《初學記》引《韓詩》：「萬，大舞也。」與毛義同。正義云：「有大德之人兮，大德之人兮，祭山川之時乃使之于四方，行在萬舞之位。」即以大德言，非毛意也。「萬」者舞之總名。《春秋》宣八年經「萬入去籥」，《公羊傳》曰：「籥者何？籥舞。萬者何？干舞。」鄭依而用之，故箋以「萬舞」爲「干舞」，而左氏則不必然矣。莊二十八年《傳》：「楚令尹子元欲蠱文夫人，爲館于其宮側，而振萬焉。」昭二十五年《傳》：「禘于襄公，萬者二人，其衆萬于季氏。」皆以萬爲舞。宣八年經「萬入去籥」，猶言「舞入去籥」耳。萬是總名，干羽得兼也。正義引孫毓評以毛爲失，故云「萬舞并兼干羽」，則碩人故能籥舞也。下二章論碩人之才藝，無爲復言左手執籥、右手秉翟也。不知舞兼干羽何止一人，自可他人舞干、碩人舞羽，且多才多藝，乃是鄭義。毛無此意，不足以相難也。

「左手執籥，右手秉翟」正義曰：「言其能而已，非碩人實爲之也。何者？此章主美其文德，不論其在職之事。」孔以首章爲仕于伶官，二章言多才多藝，卒章言宜爲王臣，故云然。按：毛萬舞兼干羽，則籥、翟身自執之。箋云碩人多才多藝，又能籥舞，言文武道備。鄭以干舞爲文，籥舞爲武，故言道備，亦非虛擬之詞。而孔云云，兩失傳、箋之意。

泉水

「毖彼泉水」傳：「泉水始出，毖然流也。」《釋文》云：「《說文》作『䀣』，云：『直視也。』」按：《說文》「䀣」云：「直視也。从目，必聲。讀若《詩》云『泌彼泉水』。」是《說文》作「泌」不作「䀣」，《釋文》誤也。如《說文》引《詩》作「泌」，知毛作傳時亦作「泌」。《衡門》「泌之洋洋」傳云：「泌，泉水也。」此經作「泌」，故彼傳得引而釋之。正義曰：「以此連云泉水，知爲始出毖然流也。是以《衡門》傳亦云：『泌，泉水也。』」如孔說，則正義經本亦作「泌」，故不言字異也。今本作「毖」，非《說文》「泌」字，下云：「俠流也。」《文選·魏都賦》「温泉毖涌而自浪」，李善注引《說文》曰：「泌，水駃流也。」泌與毖同，《玉篇》云：「水狹流。」《廣韻》入聲兩收，一云：「泌，瀄水流。」一云：「水浹流。」去聲注則云「流皃」。俠、狹、浹三字相近，未知孰當。《選》注引《說文》「駃流」，「駃」即「快」字。毛以「泌」爲泉水，訓洋洋爲廣大，其流快疾可知。今本《說文》「俠流」，當依《選》注作「駃流」，爲其與毛義合也。

「問我諸姑，遂及伯姊。」正義曰：「我之嚮衛，爲覲問諸姑伯姊而已，豈爲犯禮也哉！而止我也。」按下章箋云：「我還甫疾至于衛而返，于行無過差，有何不可而止我？」因經言「不瑕有害」，故云然。此章方思問諸姑伯姊，遽用下箋，說之誤也。

「出宿于干，飲餞于言」傳：「干、言，所適國郊也。」上章正義曰：「下傳或兼干言，所適國郊者，一郊不得二地，宿餞不得同處。『言』，衍字耳。定本、《集注》皆云：『干，所適國郊。』」如孔云云，則作正義時經本傳無「言」字。今本有「言」字，當删。

「我思肥泉」傳：「所出同、所歸異爲肥泉。」與《爾雅·釋水》合。《水經·淇水》篇注引犍爲舍人曰：「水異出流行合同曰肥。」與毛傳相反。而酈氏从之，以馬溝水出朝歌城北、美溝水出朝歌西北大嶺下爲異出之證，合流注淇水爲同流之證，遂斷以爲肥泉。如酈説，肥泉注淇乃是。首章泉水流淇爲女子出嫁諸侯之喻。此章思泉思邑，正以歸寧不得，極寫懷思。毛不指言何水，鄭亦止言自衛而來所渡水，故思此而長歎。毛、鄭説當矣。

北門

《序》：「《北門》，刺仕不得志也。」正義曰：「謂衛君之闇，不知士有才能，不與厚禄，使之困苦不得其志，故刺之也。」又云：「言士者有德行之稱。」如孔説，則《序》「仕」字當作「士」。然經文傳箋及《序》下箋並無一言及士者，不可解也。

「王事敦我，政事一埤遺我」傳：「敦，厚；遺，加也。」箋云：「敦，猶投擲也。」正義曰：「箋以役事與之，無所爲厚也。且上云『適我』，此亦宜爲『之己』之義，故易傳以爲投擲于己也。」按：傳所謂「厚」，非厚意之厚，言以役事重疊與之也。上傳「埤，厚也」，賦税之事减彼益此，且得言厚，與此正同。《説文》：「𦎫，厚也。从反亯。」徐鍇曰：「亯者，進上也。以進上之具反之于下，則厚也。」此厚意之厚。《説文》又云：「厚，山陵之厚也。从𦎫，从厂。」「培」字下云：「培，敦土田山川也。」據此，則傳訓「敦」爲「厚」，乃是培敦之意，正義誤矣。

北風

「雨雪其雱。」《説文》「雱」乃「旁」之籀文。「旁」云：「溥也。」《文選·雪賦》注引作「滂」。「其虛其邪，既亟只且」傳：「虛，虛也。亟，急也。」正義引《爾雅·釋訓》及孫炎説而斷之云：「然則虛徐者，謙虛、閑徐之義。故箋云『威儀虛徐寬仁者』也。」「但傳質，詁訓疊經文耳，非訓『虛』爲『徐』。」如孔説，則正義本傳文是虛徐也。《釋文》云：「虛，虛也。一本作『虛，徐也』。」孔據「虛徐」本爲正義，故云「非訓虛爲徐」，以《釋文》本例之，毛傳原本當是「虛，虛也」。邪，徐也。毛亦非訓「邪」爲「徐」，言「邪」「徐」一耳。故箋申之云：「邪，讀如徐。」《釋訓》云：「其虛其徐。」《文選·幽通賦》云「承靈訓其虛徐兮」，曹大家注引《詩》曰「其虛其徐」。是漢以前《詩》有作「徐」者，非止音義同，字亦通也。

靜女

《序》：「《靜女》，刺時也。衛君無道，夫人無德。」不言爲何公之夫人。傳、箋、正義亦略無一言及之。向疑《匏有苦葉》夫人爲宣公嫡夫人，此《序》云「衛君無道，夫人無德」，與彼《序》「公與夫人並爲淫亂」詞意相同,而詩在《新臺》之上,宣姜未來,則爲宣公嫡夫人無疑。古者諸侯不再娶,然魯惠公元妃孟子卒,復娶宋武公女仲子爲夫人,春秋之前已不能如禮。衛之先世如莊公娶莊姜爲嫡夫人,又娶于陳曰厲嬀。則宣公再娶,又何怪也?特要子妻尤爲無道耳。

「彤管有煒,説懌女美」傳:「煒,赤皃。彤管以赤心正人也。」箋:「説懌,當作『説釋』。赤管煒煒然,女史以之説釋妃妾之德,美之。」按:傳「赤心正人」訓次句,言此彤管煒煒然,亦猶女史赤心正陳人之德而美之。箋以傳「人」字不指静女,故以説釋妃妾之德,申傳非易傳也。正義云:「嘉善此彤管之狀有煒煒然,而喜樂其能成女德之美。因静女能循彤管之法,故又悦美彤管之能成静女。」以經「女美」指静女,乃是王肅之義。肅好與鄭異,故云:「嘉彤管之煒煒然,喜樂其成女美也。」不知《説文》無「懌」字,心部新附字有之。徐氏云:「經典通用『釋』。」然則「懌」字本當作「釋」,王肅讀爲「説懌」而孔亦從之,非也。正義釋傳又云:「必以赤者,欲使女史以赤心正人。謂赤心事夫人,而正妃妾之次序也。」如正義所言,則「赤心正人」與「説懌女美」全相戾矣。

新臺

《序》:「刺衛宣公也。納伋之妻,作新臺于河上而要之。國人惡之,而作是詩也。」詩一人作而言國人者,《春秋》桓五年經書「衛人立晉」、左氏《傳》「衛人立晉衆也」。宣公國人所立,至是躬爲淫昏之行，民始失望矣。序《詩》者本國人之意，而衆著之，其垂戒者深矣。

「籧篨不鮮。」「鮮」字，毛無傳，箋云：「善也。」上傳云：「水所以潔污穢，反于河上而爲淫昏之行。」毛意以河之絜喻得宣公之不絜，則鮮當爲鮮潔之鮮，與鄭義近。是以《釋文》云：「依鄭又音仙也。」正義用王肅「少也」之訓述之，恐非毛意。鮮有斯音，《說文》雨部「𩅿」，从雨，鮮聲，讀若斯。《小雅》「有兔斯首」箋云：「斯，白也。今俗語斯白之字作『鮮』，齊魯之間聲近斯。」是「鮮」可讀「斯」，與上「泚」「瀰」協也。

「新臺有洒，河水浼浼」傳：「洒，高峻也。」正義不釋洒之何以訓爲高峻。《爾雅·釋丘》云：「望厓洒而高，岸。」郭璞注曰：「厓，水邊；洒，水深也。」視厓峻而水深者曰岸。郭以洒爲水深，非也。《爾雅》言「洒而高」，則洒爲皃狀之詞，「夷上洒下」亦然。故傳訓爲「高峻」，與《爾雅》合。《釋文》云：「洒，七罪反。《韓詩》作『漼』，云鮮皃。音同。」《說文》：「漼，深也。滜，新也。」徐音俱七罪切。依《說文》，《韓詩》之「漼」當作「滜」，《釋文》殆以《韓》音讀毛。《說文》《玉篇》《廣韻》「洒」俱無七罪反一音也。「洒」當依《爾雅》釋文蘇典反，與「浼」「殄」協。《玉篇》：「浼，亡旦切。」

二子乘舟

「願言思子，中心養養」傳：「願，每也。養養然憂不知所定。」箋云：「願，念也。念我思此二子，心爲之憂養養然。」正義曰：「我國人傷之，每有所言，思此二子則中心爲之憂，養養然不知所定。」按《序》言，國人傷而思之。傳訓「願」爲「每」，衆詞也。「言」字亦當如箋爲我，蓋述國人之意，言每我思子則養養然憂不知所定。定指衛事言也。《史記·衛世家》：「宣公卒，太子朔立，是爲惠公。左右公子不平朔之立也。惠公四年，左右公子怨惠公之讒殺前太子伋，乃作亂，攻惠公，立太子伋之弟黔牟爲君。」又云：「懿公之立也，百姓大臣皆不服。自懿公父惠公朔之讒殺太子伋代立，至于懿公常欲敗之，卒滅惠公之後而更立黔牟之弟昭伯頑之子申爲君，是爲戴公。」又云：「初，翟殺懿公也，國人憐之，思復立宣公前死太子伋之後。伋子又死，而代伋死者子壽又無子。太子伋同母弟二人，其一曰黔牟。黔牟嘗代惠公爲君，八年復去。其二曰昭伯。昭伯、黔牟皆已前死，故立昭伯子申爲戴公。戴公卒，復立其弟燬爲文公。文公初立，輕賦平罪，身自勞，與百姓同苦，以收衛民。」云云。此太史公備摹二子死後國人傷思之事。蓋自桓十二年宣公卒，衛人必欲立二子之後。下逮閔二年，垂四十年，文公立而後定。此詩述二子初死時事，毛傳所謂「養養然憂不知所定」者也。箋云「爲之憂」，則爲二子憂而已。正義謂鄭惟「願言」句爲異，餘皆合而述之，疏矣。

皇清經解卷一千三百三十二終　靈川舉人秦培璠對字

毛詩紬義　卷三

嘉應李黼平著

鄘

柏舟

「髧彼兩髦」傳：「髧，兩髦之貌。髦者，髮至眉，子事父母之飾。」《説文》無「髧」字，引《詩》作「紞彼兩髳」。「紞」字注云：「冕冠塞耳者。臣鉉等曰：今俗别作『髧』，非是。」然則「紞」狀下垂，髦似之，故曰「兩髦之皃」。《儀禮・既夕》篇云「既殯主人脱髦」，注云：「髦之形象未聞。」《内則》注云：「髦者，用髮爲之，象幼時鬌。其制未聞。」正義謂傳「髮至眉」亦無文，故鄭云其制未聞。按：鄭注《禮》時未見毛傳，故云爾。此詩箋引《内則》「拂髦」不言未聞，蓋以毛傳爲然。《説文》「髳」云：「髮至眉也。亦作『髳』。」與毛傳合。許在鄭前，鄭注經亦嘗引《説文》。注《記》時偶有不照耳。

「實維我特」傳云：「特，匹也。」按《爾雅・釋詁》：「敵，匹也。」特與敵音義同。《秦風》

「百夫之特」傳云：「乃特百夫之德。」義亦當作匹敵。《説文》：「敵，仇也。」仇亦訓匹。特乃牛名，《説文》：「特，朴特，牛父也。」其特立之特古作「犆」，《禮·王制》「一犆一祫」、《穀梁傳》「犆言同時」是也。「犆」與「直」同，《玉藻》「鹿幦豹犆」注云：「讀如直道而行之直。」是以《韓詩》「我特」作「我直」。然注云：「相當值也。」則義亦與匹敵同。

墻有茨

《序》：「衛人刺其上也。公子頑通乎君母，國人疾之而不可道也。」按：春秋閔二年《左傳》：「初，惠公之即位也少，齊人使昭伯烝于宣姜。不可，强之，生齊子、戴公、文公、宋桓夫人、許穆夫人。」云云。宣姜以齊女配伋，宣公要之。公卒，齊人豈肯使其女再爲淫僻之事？昭伯衛之公子，何至齊人使之？不可，何至又强之？生子五人，非一乳可畢，即使孿生，亦須三載。身爲國母而年年生子，豈有不棄之平林隘巷而公然舉之？舉之矣，四方流布，而宋、許兩國又何肯以其女爲夫人也？且烝是昭伯，生是宣姜，此五人者將以爲昭伯子乎？爲宣姜子乎？種種誣妄，實難據信。服虔以昭伯爲長庶，爲伋之兄。而《史記·衛世家》則以伋爲宣公夫人夷姜之太子，而昭伯、黔牟皆其母弟，初不言昭伯有烝于宣姜之事。今以此詩觀之，宣姜當日微有醜聲，但事屬曖昧，故詩人不欲宣露，恐適足爲君之醜也。序《詩》者據所傳聞，以公子頑實之，而生子事不敢筆之于書，亦謂戴公、文公自是昭伯子也。其見勝左氏遠矣。

「中冓之言」傳：「中冓，内冓也。」中與内一耳，而傳云然者，《説文》：「冓，交積材也。象對交之形。」《漢書·梁共王傳》云「聽聞中冓之言」，應劭曰：「中冓，材冓在堂中。」顔注曰：「舍之交積材木。」蓋閫内隱奥之處。毛意蓋指閫内之地言，箋云「内冓之言」，謂宫中所冓成頑與夫人淫僻之語。箋云「冓成」，則讀「冓」如「構」。傳、箋不同，正義一之。

「不可讀也」傳：「讀，抽也。」箋云：「抽，猶出也。」正義未釋「讀」之所以爲「抽」。顔師古《匡謬正俗》曰：「抽，當爲籀。籀，讀也。从竹，擂聲。擂，即古『抽』字。」按：《説文》：「籀，讀書也。」如師古説，是傳仍以讀訓讀也。經文由「道」而「詳」，由「詳」而「讀」。上傳訓「詳」爲「審」，此傳必不仍訓爲「讀」。以調朝、茁出之訓例之，毛直以「讀」作「抽」。由聲之字如軸、妯、舳、柚皆直六切，此抽亦如之。《論語》曰：「巽與之言，能無説乎？繹之爲貴。」《説文》：「繹，抽也。」《史記·太史公自序》云「紬史記石室金匱之書」，徐廣曰：「紬，音抽。」《索隱》引如淳曰：「抽，徹舊書之事而次述之。」毛意謂其言不可抽繹而次述之耳。《文選》陸機《文賦》云「思乙乙其若抽」，李善注引《方言》曰：「乙，抽也。」《説文》：『乙，象春艸木冤曲而出，陰氣尚强，其出乙乙也。』」乙訓抽，亦爲出，故箋以「出」申「抽」也。

君子偕老

「副笄六珈」傳：「副者，后夫人之首飾，編髮爲之。笄衡，笄也。珈笄，飾之最盛者，所以別尊卑。」箋云：「珈之言加也，副既笄而加飾，如今步搖上飾。古之制所有，未聞。」按：《周禮》「追師掌三后之首服爲副、編、次」，注云：「副之言覆，所以覆首爲之飾。其遺象若今之步摇矣，服之以從王祭祀。」《禮》注不言副是編髮爲之，注《禮》時未見毛傳。此箋不易傳，蓋以毛說爲然也。傳云「笄衡笄」，《追師》云「追衡笄」，注云：「王后之衡笄皆以玉爲之，惟祭服有衡，垂于副之兩旁當耳，其下以紞懸瑱。《詩》云：『玼兮玼兮，其之翟也。鬒髮如雲，不屑髢也，玉之瑱也。』是之謂也。」笄卷髮者，宋人因鄭此注衡笄分釋，遂謂鄭「衡」「笄」爲二物，毛「衡笄」爲一物。近人又以毛傳「衡笄」不過因《追師》成文，當以二物爲是。又以此詩正義引鄭注「惟祭服有衡笄」，添一「笄」字，删去「笄，卷髮者」一句爲非。愚謂鄭雖「衡」「笄」分釋，未嘗以爲二物。觀此傳「衡笄」箋不破之，其意可見。正義不詳辨《禮》注與毛不殊，是其疏略。而引注作「惟祭服有衡笄」，未可厚非也。《追師》賈公彦釋注曰：「云『王后之衡笄皆以玉爲之』者，以《弁師》王之笄以玉，故知后與王同用玉也。」據此，則鄭言「后與王同用玉」，非謂衡與笄皆用玉也。又曰：「云『惟祭服有衡』，知者，見經后與九嬪以下別言，明后與九嬪差別，則衡笄惟施于翟衣，取此字當誤。鞠衣以下無衡矣。又見桓二年哀伯云『衮冕黻珽，帶裳幅舄，衡紞紘綖』，並據男子之冕祭服而言，明婦人之衡亦施于三翟矣。故鄭云：『惟祭服有衡也。』」又曰：「云『垂于副之兩旁當耳，其下以紞懸瑱』者，傳云『衡紞紘綖』與衡連，明言紞爲衡設矣。笄既横施，則衡垂可知。若然，衡訓爲横。既垂之而又得爲横者，其笄言横，據在頭上横貫爲横。此衡在副旁當耳，據人身竪爲從，此衡則爲横，其衡下乃以紞懸瑱也。」如賈疏言，笄以横施爲衡笄，笄之垂者爲衡，衡下以紞懸瑱，極爲明晰，故言衡即有笄。賈云「衡笄惟施于翟衣」，此詩正義云「惟祭服有衡笄」，皆知鄭注言衡即是衡笄也。賈疏又曰：「云『笄，卷髮者』，鄭注《喪服小記》亦云『笄帶所以自卷持』。」如賈疏言，則衡笄有帶，以卷持頭上之髮。鄭言笄亦即衡笄也。蓋笄有二：一《内則》纚笄韜髮畢，以笄約之，即簪也。一衡笄，施于副上。言衡，言笄，言衡笄，實即一物。故此箋不破傳也。

鄭司農釋「衡笄」云：「衡，維持冠者。」引《春秋傳》「衡紞紘綖」以説之，更不釋「笄」字，可知衡即爲笄。康成云：「笄，卷髮者。」卷與維持一也，可知笄即是衡。

「象服是宜」傳：「象服，尊者所以爲飾。」正義謂以象骨飾服。按：「副笄六珈」傳云：「笄飾之最盛。」此句「是」字正指上文。故傳云：「所以爲飾。」象，與「襐」同。《説文》云：

「褖，飾也。」《玉篇》云：「褖，首飾也。」然則象服即謂副笄六珈及所配之褘。褘是畫衣，亦得云象飾也。

「子之不淑，云如之何」傳：「有子如是，何謂不善乎？」《序》言衛夫人淫亂，箋以宣公夫人惠公母實之，毛傳無是也。正義述毛云：「今之夫人何以不善而爲淫亂，不能與君子偕老乎。」恐非毛意。「玼兮玼兮」《釋文》引《説文》云：「新色鮮也。」「新臺有泚」《釋文》云：「《説文》作『玼』，云：『新色鮮也。』」兩引皆作「新色」，不應皆誤。今本《説文》「玼」云：「玉色鮮也。」豈《説文》本作「玉新色鮮」歟？

「其之翟也」傳：「褕翟、闕翟，羽飾衣也。」按：王后服有三翟，褘衣、亦稱褘狄。褕翟、闕翟也。傳但舉褕、闕不舉褘衣者，以上章言副，即有褘衣。《記》云「夫人副褘立于東房」、《葛覃》傳「婦人有副褘盛飾，以朝事舅姑，接見于宗廟，進見于君子」是也。褘衣，祭服之最盛者，已包在象服句中，故不復舉。《説文》云：「褘，謂畫袍。」「褕翟，羽飾衣也。」與毛傳合。然則三翟，毛以褘衣爲畫衣，褕、闕爲羽飾衣，傳意明甚。下章「展衣」正義推毛意曰：「褕翟、闕翟，羽飾衣。則褘衣亦羽飾衣。褘衣以翬鳥羽，褕翟以摇鳥羽，闕翟次褕翟，則亦用摇羽矣。但飾之有闕少耳。」褕闕用摇羽，傳意或如此。褘衣用翬羽，未必然也。鄭注《司服》，三翟皆刻繒爲翟雉之形，而采畫之以爲飾，不用真羽。而「象服是宜」箋但云「褕翟、闕翟」者，因《司服》之文褘衣不稱翟，此經亦但言翟，故舉二翟明之，順經爲解耳。正義于此等處都無發明。

「其之展也」傳：「禮有展衣者，以丹縠爲衣。」箋云：「『展』字誤，《禮記》作『襢衣』。」正義曰：「以衣服之字宜从衣故也。」又《周禮・司服》「展衣」注云：「字當作『襢』。襢之言亶。亶，誠也。」按：《説文》：「䙓，丹縠衣也。」與毛傳合。字本从衣。展，轉也。二字各別。豈毛傳《詩》時字作「䙓」，後誤爲「展」乎？然不應《禮》《詩》皆誤，殆二字古本相通。如鄭言，則漢時又有「襢」字，而《説文》無之。《玉篇》云：「襢，與䙓同。」然則「襢」爲「䙓」之或體。《説文》「䙓」字下偶失注，或刊《説文》者誤脱也。

箋云：「后妃六服之次展衣，宜白。縐絺，絺之蹙蹙者。展衣，夏則裏衣縐絺。」正義曰：「又解展衣之裏不恒以絺，而云『蒙彼縐絺』者，衣展衣者。夏則裏之以縐絺，作者因舉時事而言，故云『是紲袢也』。定本云『展衣，夏則裏衣縐絺』，俗本多云『冬衣展衣』，蓋誤也。」按：《釋文》「冬衣」云：「於既反，著也。下裏衣同。」則「裏」云：「如字，舊音吏。」如《釋文》，則箋原作「冬衣展衣，夏則裏衣縐絺」，極爲明順。如今正義本則「展衣」二字爲不詞，故孔以衣展衣者述之，然究未若《釋文》之當也。俗本云「冬衣展衣」，無「夏則裏衣縐絺」六字，誠誤。若如《釋文》本，孔亦當从之矣。

「邦之媛兮」傳：「美女爲媛。」箋云：「媛者，邦人所依倚以爲媛助也。」按：媛與援同。《説文》「媛」云：「美女也，人所援也。从女，从爰。爰，引也。《詩》曰：『邦之媛兮。』」是媛本訓援。《釋文》云：「媛，《韓詩》作『援』，云取也。」「取」當爲「助」。《爾雅》郭注云：「所以結好媛。」《釋文》本作「好援」，注云：「援，音媛。本今作『媛』。」是「媛」「援」本通。正義云：「毛爲援助君子，鄭爲邦人依倚爲援助。」夫可以援助君子，則亦爲邦人所依倚以爲援助矣，似無庸强爲分別。

桑中

《序》：「《桑中》，刺奔也。衛之公室淫亂，男女相奔，至于世族在位，相竊妻妾，期于幽遠，政散民流而不可止」。正義曰：「上下淫亂，有同亡國，故《序》云『政散民流而不可止。』是以《樂記》曰：『桑間濮上之音，亡國之音也。其政散，其民流，誣上行私而不可止。』是也。」孔引此，殆以桑間即桑中也。《序》出于子夏，傳至小毛公爲河間獻王博士而獻，王又與諸生等共采《周官》及諸子云樂事者以作《樂記》，則「其政散，其民流」實用《序》説。衛于宣、惠之世即如此，一傳至懿公，爲狄所滅。左氏《春秋傳》稱衛滅時，衛之遺民男女七百三十人，益之以共、滕之民爲五千人，所謂民流者已驗。據以説此經，似得之矣。然鄭注《樂記》云：「濮水之上地有桑間者，亡國之音于此水出也。」又云：「桑間在濮陽南。」漢濮陽爲今河南衛輝府滑縣及山東曹州府屬濮州地，春秋時在河之南。此詩當宣、惠之世，衛尚在河北。桑中當在淇水左右，雖地皆有桑，而淇、濮不可混也。

鶉之奔奔

「鶉之奔奔」《釋文》云：「鴿鶉鳥。」殊混。《説文》：「雒，䧿屬。䧿，雒屬。」《爾雅·釋鳥》「鴽鴾母」，郭注曰：「鴿也。青州呼鴾母。」邢疏云：「田鼠所化者也。」《釋鳥》又云「䳺鶉，其雄鵲牝痺」，郭注曰：「鶉，鴿屬。」邢疏云：「鶉，舊云蝦蟆所化者也。」《説文》《爾雅》二鳥别矣。《玉篇》「鴿」云「鴿，鶉也」，「鶉」云「鴿也」，顧野王混而同之，《釋文》遂承其誤。

奔奔，《禮記·表記》引作「賁賁」。按：《説文》：「奔，从夭，从賁省聲。」「卉」亦「賁」字，《易·賁卦》黄穎《周易注》作「卉」。「奔」本以「賁」得聲，故二字通。《左傳》「鶉之賁賁」與「焞」「軍」「奔」協。《詩·白駒》「賁然來思」，徐音奔。今《説文》「賁」，徐音彼義切，非也。

定之方中

「定之方中，作于楚宫」箋云：「定星昏中而正，于是可以營制宫室，故謂之營室。定昏中而正，謂小雪時。」正義曰：「此定之方中小雪時，則在周十二月矣。《春秋》『正月城楚丘』，《穀梁傳》曰：『不言城衛，衛未遷。』則諸侯先爲之城其城，文公乃于其中營宫室也。建城在正月，則作室亦在正月矣。而云『得時』者，《左傳》曰：『凡土功，水昏正而栽，日至而畢。』則冬至以前皆爲土工之時。以曆較之，僖二年閏餘十七，則閏在正月之後。正月之初未冬至，故爲得時也。」正義泥城楚丘之文，因謂作宫室亦在正月，故曲爲之説。考之《春秋》僖二年無閏正月，而閏乃在元年十一月。以元年經書「壬午公子友帥師敗莒師于酈」爲十月之十三日，書「丁巳夫人氏之喪至自齊」爲十二月之十九日，上下合校而得十一月大，己亥朔，戊辰晦。閏十一月大，己巳朔，戊戌晦。僖五年正義亦曰：「杜《長曆》：僖元年閏十一月，僖五年閏十二月也。」元年閏十一月，則小雪在十二月初，大雪在十二月中，冬至在二年正月初。正月猶興土功，是爲不時。經于楚丘之城不書諸侯，意實爲此。但城在正月，而文公之營建宫室，則當在元年十二月初定星昏中而小雪之時，蓋文公在漕，使人往營，齊桓聞之，乃合諸侯，于次年正月城之耳。閔二年《左傳》曰：「衛文公大布之衣，大帛之冠，務財訓農，通商惠工，敬教勸學。元年，革車三十乘。季年，乃三百乘。」傳于此預表元年，則營建之事已隱括于務財、訓農、通商、惠工八字之中。杜元凱注云：「文公于此年冬立。」元年下亦當注云：「文公于此年作楚宫。」乃合事實也。

「椅桐梓漆」傳：「椅，梓屬。」正義曰：「《湛露》曰：『其桐其椅。』桐、椅既爲類，而梓一名椅，故以椅桐爲梓屬。」又云：「定本『椅，梓屬』，無『桐』字。于理是也。」如正義，則所據本毛傳云：「椅桐，梓屬。」後校書者依定本改之也。當如原本。

「卜云其吉」箋：「山川能説。」《釋文》：「《鄭志》問曰：山川能説，何謂也？答曰：兩讀。或言説，説者，説其形勢也。或曰述，述者，述其故事也。述，讀如『遂事不諫』之遂。」按：述，古文作「術」。《士喪禮》云：「筮人許諾不述命。」注云：「述，循也。」既受命而申言之曰述。古文「述」皆作「術」，《詩》「日月報我不述」，《釋文》云：「述，本亦作『術』。」《文選》注引《韓詩》曰：「報我不術。」《禮記·月令》：「審端徑術。」注云：「術，《周禮》作『遂』。」夫間有遂，遂間有溝。遂，小溝也。《學記》「術有序」注：「術，當爲遂，聲之誤也。」是「遂」與「述」同。如鄭後一説，則「遂」與「述」皆當讀始鋭切。《碩人》「説于農郊」，箋云：「説，當作『襚』。」《禮》《春秋》之『襚』，讀皆宜同。」所謂同者，同于「説」也，是亦讀「襚」爲始鋭切也。但《碩人》箋之「襚」本當作「祱」。《説文》「襚」云：「衣死人也。从衣，遂聲。《春秋傳》曰：楚使公親襚。」「祱」云：「贈終者衣被曰祱。从衣，兑聲。」是贈人衣被曰「祱」。「祱」與「説」皆以兑爲聲，故鄭云讀宜同矣。

「星言夙駕」箋：「星，雨止星見。夙，早也。」按：惠校相臺岳氏注疏本《釋文》引《韓詩》云：「星，精也。」影宋本《釋文》引《韓詩》云：「星，晴也。」「精」字疑誤，當以「晴」爲是。《韓詩》殆以「星」即「晴」，非訓「星」爲「晴」也。晴，《説文》作「姓」，云：「雨而夜除星見也。从夕，生聲。」徐鉉等曰：「今俗別作『晴』。非是。」如《説文》「雨而夜除星見」，與箋義合。則「星」當爲「姓」明矣。

「説于桑田」箋：「文公于雨下命主駕者：雨止，爲我晨早駕，欲往爲詞説于桑田，教民稼穡，務農急也。」「説」字毛無傳。《甘棠》「召伯所説」傳：「説，舍也。」《釋文》云：「本或作『税』，又作『脱』，同，始鋭反。舍也。」此詩《釋文》云：「説于毛始鋭反，舍也。鄭如字，詞説。陸蓋依《甘棠》傳爲解也。」正義述經云：「汝于雨止星見，當爲早駕，當乘之往詞説于桑田之野，以教民之稼穡。」合毛、鄭而一之。謂毛無傳，故以箋述。《碩人》「説于農郊」，毛亦無傳。正義別而述之，且云：「毛于《詩》皆不破字，明此『説』爲『舍』。孫毓述毛云：『説之爲舍，常訓也。』」而此詩不別，何也？

「騋牝三千」傳：「馬七尺以上曰騋。騋馬與牝馬也。」傳嫌七尺而牝者三千，故加一「與」字釋之，言騋即有牡在内。正義曰：「七尺曰騋，《庾人》文也。定本云『六尺』，恐誤也。」按：《釋文》同定本，亦云「六尺以上」。《説文》云：「六尺爲驕，七尺爲騋，八尺爲龍。」無「以上」二字。今毛云「六尺以上」，則仍是騋也。《周官·庾人》注引《爾雅》云：「騋，牝驪牡玄，駒褭驂。」《釋文》云：「牝驪絶句。牡玄絶句。」蓋依《檀弓》注引《爾雅》「騋牝驪牡玄」絶句，謂騋馬中牝驪色、牡玄色，是騋中有牝有牡也。《爾雅》「騋牝驪牡」絶句，郭注引此詩。《説文》「騋」字下亦引《詩》曰「騋牝驪牡」。《爾雅》本釋此詩，則「驪牡」二字是釋「騋」，「牝」亦言「騋」，牝中有牡也。箋以邦國六閑馬四種爲千二百九十六匹，三千已逾禮制，特文公從而能富，故國人美之。毛意則不必然矣。《序》言百姓説之國家殷富，自應兼君民言，則國馬、公馬俱有也。國馬千二百九十六匹，公馬以三百乘計之，得千二百匹，實二千四百九十六匹，舉成數而云「三千」。必知毛意如此者，《月令》「季春之月乃合累牛騰馬游牝于牧」。經言説駕桑田，適當春暮。傳言牝馬，則國馬、公馬俱游牝。可知詩人見君民之馬俱放桑田之野，阡陌成群，因極歎其畜産之蕃庶耳。僖二年城楚丘，齊桓合諸侯城之也。而此《序》云：「文公遷楚丘，始建城市而營宫室。」然則齊桓當日雖合諸侯城之以封衛爲主，未畢功而即去。城杞有闕，即其明徵。直至文公遷後始自城之，役不以時，又爲德不卒，故經譏焉。子夏親承聖意，特于此《序》著之，紀其實也。《木瓜》，美桓也。《序》亦但言「救而封之」，不及城楚丘事。《序》于此等處，實足與《春秋》相發明。

蝃蝀

《序》：「蝃蝀，止奔也。衛文公能以道化其民，淫奔之耻，國人不齒也。」經皆刺奔，而《序》言「止奔」者，由國人耻其事而自止，故《序》推本文公能化其民。《韓詩序》云：「刺奔女也。」猶是依經爲説，不及此《序》遠矣。此與《定之方中》《相鼠》《干旄序》皆明著文公當年崇教化、尚廉耻，幾無異二《南》。計文公元年下至秦始皇六年，取朝歌，徙衛君角于野王，傳世有國四百一十年，皆此數詩基之也。

「蝃蝀在東，莫之敢指」傳：「蝃蝀，虹也。夫婦過禮則虹氣盛，君子見戒而懼諱之，莫之敢指。」《釋文》云：「《爾雅》作『螮蝀』，音同。」《爾雅》云：「螮蝀謂之雩。螮蝀，虹也。」郭注云：「俗名爲美人虹，江東呼雩。」《釋文》云：「蝀，《詩》作『東』。」是《詩》爲「蝃東」，《雅》爲「螮蝀」。郭注不引此詩，殆謂《詩》《雅》各别。正義謂字雖異而音實同，良是。《爾雅》邢疏云：「虹是陰陽交會之氣，純陰純陽則虹不見。」按：《説文》「蚺」云：「籒文虹，从申。申，電也。」「電」云：「陰陽激燿也。」據此，則陰陽交而爲虹，過則激而爲電，故虹从電。夫婦，一陰陽也。過禮則象應于天而色盛如電，理有不誣者。《説文》又云：「霓，屈虹，青赤，或白色，陰氣也。」然則屈曲如弓者爲霓，申垂如大電者爲虹。黄帝母附寶夢大電繞北斗樞而生。黄帝大電，即虹也。

相鼠

「人而無儀」傳：「相，視也。無禮儀者雖居尊位，猶爲闇昧之行。」箋云：「儀，威儀也。」按箋云云，則傳「儀」字非威儀也。《説文》云：「儀，度也。」度即法度，《書》曰：「欲敗度，縱敗禮。」無禮儀猶無禮度也。傳合末章「無禮」而以闇昧之行總釋之，據行事言也。箋易爲「威儀」，則止作容儀解。正義述經，「禮儀」「威儀」混而一之。

干旄

「在浚之郊」傳：「浚，衛邑。古者臣有大功，世其官邑。郊外曰野。」正義曰：「《釋地》云：『郊外謂之牧，牧外謂之野。』此言『郊外曰野』，略《爾雅》之文。」按：《周官·載師》王畿五百里，五十里爲近郊，百里爲遠郊。自百里至二百里爲甸地，亦名爲州。自二百里至三百里爲稍地，亦名家邑，大夫之采地也，亦名爲野。鄭司農注引《司馬法》「三百里爲野」是也。自三百里至四百里爲縣地，亦名小都，卿之采地也。自四百里至五百里爲畺地，亦名大都，公之采地及王子弟所食邑也。而遂人掌邦之野，鄭注云：「郊外曰野。」此野爲甸稍縣都，則自二百里至五百里統稱野也。傳言「郊外曰野」，當如《遂人》據縣地言。縣爲卿之采地，卿亦大夫，故傳謂「世其官邑」。縣亦爲都，故下二章傳言「下邑曰都」。城，都城也。正義謂約《爾雅》之文，殆誤。

載馳

《序》：「思歸唁其兄，又義不得，故賦是詩也。」正義曰：「諸侯夫人父母終，唯得使大夫問于兄弟，有義不得歸，是以許人尤之，故賦是《載馳》之詩而見己志也。定本、《集注》皆云『又義不得』，則爲『有』字者非也。」如正義云云，正用「有」字。校書者據定本、《集注》改作「又」也。按：古「有」「又」通。《說文》有从月，又聲。《周毀敦》云：「有婚于我家，汝又惟小子。」「有」

書作「又」，「又」書作「有」，是古「有無」之「有」義兼「又」。「又」字，依《説文》乃左右之右。此《序》以「有」字爲當，未可以爲非也。《春秋》文十三年《左傳》鄭子家、襄十九年《左傳》穆叔俱賦《載馳》之四章，服注以首章論歸唁之事，總其所思之意。下四章爲許人所尤而作之。置首章于外，以下别數爲四章。正義謂其無所案據，是矣。而謂杜注并賦四章以下爲然，非也。杜于文十三年注云：「四章以下義取小國有急，欲引大國以救助。」傳意若然，則當云賦四章以卒，如襄二十年季武子賦《棠棣》之七章以卒之例。今云「四章」，難言杜注之是矣。况襄十九年注云：「四章曰控于大國，誰因誰極。」控，引也。取其欲引大國以自救助。又以「五章」爲「四章」，是杜氏且不能守其前説也。愚按：杜注兩歧，皆以義取控于大國，致有此失。不知子家、穆叔各賦四章，特取采蝱療疾之意，初非并賦五章也。服虛立首章，杜以「五章」爲「四章」，俱不可從。

「視爾不臧」箋：「爾，女；女，許人也。」卒章「百爾所思」箋：「爾，女；女，衆大夫君子也。」此鄭以「爾」當作「女」，故云然。《説文》「爾」云：「麗爾，猶靡麗也。从冂，从㸚。其孔㸚，尒聲。此與爽同意。」「尒」云：「詞之必然也。从入八。八，象氣之分散。」「汝」云：「水，出弘農盧氏還歸山，東入淮。从水，女聲。」「女」云：「婦人也。」「女我」之「女」當作「女」，汝、爾皆假借也。

「我行其野，芃芃其麥」傳：「願行衛之，野麥芃芃然方盛長。」箋云：「麥芃芃者，言未收刈，民將困也。」傳、箋義别，正義合而述之。又釋箋云：「于時十二月也，艸木已枯，野無生麥。而云問所控引，言欲觀麥者，夫人志在唁兄，思歸訪問，非是全不知也。又思欲嚮衛，得于三月、四月民饑麥盛之時出行其野，不謂當今十二月也。」按：此是箋義，觀鄭答趙商且「及城楚丘」，則夫人思歸誠不必定于閔二年十二月矣。傳義以經云「言至于漕」，又云「控于大國，誰因誰極」，尚未有齊桓救衛之事。《序》亦但言「露于漕邑」，則是閔二年十二月事。《月令》「仲秋勸民種麥」，《説文》云「麥，秋穜厚貍，金王而生，火王而死」。周十月種麥，至十二月麥亦生矣。傳云「方盛長」，箋云「未收刈」，較然有别，未可牽合也。

皇清經解卷一千三百三十三終　靈川舉人秦培璠對字

毛詩紬義　卷四

嘉應李黼平著

衛

淇奥

「綠竹猗猗」《釋文》云：「《韓詩》作『薄』，音徒沃反。云：薄，篇筑也。」按：《説文》：「薄，水萹筑也。」「苋」云：「萹苋也。」二字異。此艸生淇水之奥，則是水萹苋。經字當从《韓詩》作「薄」。

「有匪君子」傳：「匪，文章皃。」《釋文》：「匪，本又作『斐』，同芳尾反。」正義曰：「《論語》云『斐然成章』，《序》曰『有文章』，故『斐』爲文章皃。」如正義云云，不言「匪」與「斐」通，則正義本正作「斐」字。校書者依《釋文》本而改之耳。

「充耳琇瑩」傳：「充耳謂之瑱。琇瑩，美石也。天子玉瑱，諸侯以石。」正義曰：「《冬官・玉人職》云：『天子用全，上公用龍，《説文》作「駹」。侯用瓚，伯用將。《説文》作「埒」。』

鄭注云：『公侯四玉一石，伯子男三玉一石。』由此言之，此傳云『諸侯以石』，謂玉、石雜也。」案：《説文》玉部「瓚」云：「三玉二石也。从玉，贊聲。《禮》：天子用全，純玉也。上公用駹，四玉一石。侯用瓚。伯用埒，玉石半相埒也。」雖許、鄭説殊，而自天子下則皆玉、石並用。《鄘風》諸侯夫人，經言「玉瑱」，是表其玉。此詩武公侯爵，經言「琇瑩」，是表其石。正義謂「玉、石雜」者，良是。但傳「諸侯」二字非指侯爵，當兼内外五等諸侯言之也。説詳《齊風・著》篇。《釋文》云：「琇，《説文》作『璓』，弋久反。」今《説文》徐音息救切，當从《釋文》。

「寬兮綽兮」箋：「綽兮，謂仁於施舍。」正義曰：「謂有仁心于施恩惠、舍勞役。《左傳》曰『喜有施舍』是也。俗本作『人』字者誤，定本作『仁』。」按：《説文》「人」云：「天地之性最貴者也。」又「儿」云：「仁人也。古文奇字人也。」《説文》「仁」訓「親」，「仁人也」謂此「儿」字是親愛人也。《禮・中庸》：「仁者，人也。」鄭注云：「人也，讀如相人偶之人。以人意相存問之言。」《表記》：「仁者，人也。」注云：「人也，謂施以人恩也。」《春秋傳》曰：「執未有言舍之者，此其言舍之何人也。」皆是《説文》「儿」字，非「人」字也。此箋當作「儿於施舍」爲是，俗本不誤。

考槃

「考槃在澗」傳：「山夾水曰澗。」《釋文》：「澗，古晏反。《韓詩》作『干』，云：墝埆之處也。」《文選·吴都賦》「長干延亘」，注引《韓詩》注曰：「地下而黄曰干。」按：《易》「鴻漸于干」，《釋文》引荀爽、王肅云：「山間澗水也。」《詩·斯干》傳云：「干，澗也。」干、澗音義同，《韓詩》亦與毛不别。曰「墝埆」、曰「地下而黄」，釋《韓詩》者失之也。

「碩人之軸」傳：「軸，進也。」箋云：「軸，病也。」正義曰：「傳軸爲迪。《釋詁》云：『迪，進也。』箋以與『陸』爲韻，宜讀爲逐。《釋詁》云：『逐，病也。』逐與軸古今字異。」按軸、迪俱从由得聲，音同者義可通。《易》「其欲逐逐」，子夏《傳》作「攸攸」。《志林》云：「攸，當作『逐』。」蘇林音迪，是逐、迪音同，亦可與「陸」爲韻也。

碩人

「衣錦褧衣」傳：「夫人德盛而尊，嫁則錦衣加褧襜。」箋云：「褧，禪也。國君夫人翟衣而嫁，今衣錦者，在塗之所服也。尚之以禪衣，爲其文之太著。」鄭以《玉藻》「禪」爲「絅」，而《中庸》引此詩作「絅」，故以褧爲禪衣。正義釋傳但云「襜亦禪而在上」，不釋「褧」字。按：《説文》「檾」云「枲屬」，引此詩作「檾」。又衣部「褧」云：「檾也。《詩》曰：『衣錦褧衣。』示反古。」「襜」云：「衣蔽前。」傳意蓋謂錦衣之外加以枲屬之襜以蔽前而已，示反古也。《説文》：「禈，衣不重也。絅，急引也。」箋訓「褧」爲「禈」，則以單急之衣在途爲宜耳。

「巧笑倩兮」傳：「倩，好口輔。」正義引《易·咸》「其輔頰舌」，明輔近頰而非頰，當矣。但傳之「口輔」當作「酺」。《説文》「輔」云：「人頰車也。」服虔《左傳》注云：「輔，上頷車，與牙相依。」則輔在口内，與牙舌相近。《説文》：「酺，頰也。頰，面旁也。」笑皃之美在兩頰之旁，故「輔」當作「酺」也。

「施罛濊濊」傳：「罛，魚罟。濊濊，施之水中。」按：濊濊，馬融云：「大魚網目大豁豁也。」則釋「罛」而已。《釋文》引《説文》云：「凝流也。」罛施于水，水應彌散，何緣得凝？今本《説文》云：「礙流也。」河流盛大，亦非一罛之所能礙。《韓詩》云「流皃」，得之。蓋謂罛初落水，與水濊濊俱流也。得《韓詩》説，而毛旨顯然矣。

氓

「于嗟女兮，無與士耽」傳：「耽，樂也。女與士耽則傷禮義。」箋云：「于是時，國之賢者刺此婦人見誘，故于嗟而戒之。」正義述毛云：「君子則好樂于己，己與之耽樂。時賢者見己爲夫所寵，非禮耽樂，故于嗟而戒己。」按：《序》云：「美反正，刺淫泆也。」毛以經上二章述氓誘女許之事，至此章以桑起興發爲正論，正是反正之詞。故云「女與士耽則傷禮義」。

「無與」云者，〔一〕經述婦人自戒，非國之賢者刺此婦人。正義以箋述毛，誤矣。正義曰：「言士女則非自相謂之詞，故知國之賢者刺婦見誘而戒之。」下章「女也不爽，士貳其行」，「士也罔極，二三其德」，正義言「我心于汝男子也不爲差貳，而士何爲二三其行于己也。士也行無中正，故二三其德」云云，又作自相謂之詞，前後矛盾。「自我徂爾」以下亦當云「賢者見其事而戒之」，乃合箋義。

「隰則有泮」傳：「泮，坡也。」正義曰：「以隰者下濕猶如澤，故以泮爲陂。《澤陂》傳云『陂，澤障』是也。」如正義云云，則傳是「陂」字。《釋文》云：「坡，本亦作『陂』，北皮反。」亦引《澤陂》詩傳。校書者遂據《釋文》本而改之。當作「陂」爲當。

「信誓旦旦」傳：「信誓旦旦然。」按：《說文》引此詩作「㥁㥁」。「㥁」即「怛」之或體，疑毛傳《詩》時經字作「㥁㥁」，故毛以「旦旦」釋之，猶《孟子》云「旦旦而伐」也。鄭箋《詩》時經字作「旦旦」，則毛爲未釋其義，故箋釋之云：「其以信相誓旦旦耳。言其懇惻款誠也。」

〔一〕「與」，原作「輿」，據箸花庵本改。

竹竿

「泉源在左，淇水在右」傳：「泉源，小水之源。淇水，大水也。」傳云「小水之源」，明與「毖彼泉水亦流于淇」者别。故箋申之云：「小水有流入大水之道，猶婦人有嫁于君子之禮。今水相與爲左右而已，亦以喻已不見答。」箋言「相爲左右而已」，深得毛意。《水經·淇水》篇注以美溝合馬溝水入淇者爲肥泉，又曰：「斯水即《詩》所謂泉源之水也。故《衛》詩云：『泉源在左，淇水在右。』衛女思歸指以爲喻。淇水左右，蓋舉水所入爲左右也。」二溝非小水也，以水所入爲左右，非僅相左右而已也。酈氏辨「篇筑」之非竹，辨奥之非水名，一遵舊説。至此以泉源入淇，又違毛、鄭，實不可从。或謂淇泉左右酈蓋以目驗知之。無論古今水道改流者多，又安知毛、鄭之非目驗耶？

芄蘭

「芄蘭之支」箋云：「芄蘭柔弱，恒蔓延於地。」正義述之亦同。《釋文》作「恒蔓于地」，云：「本或作『蔓延於地』者，後人輒加耳。」蓋「蔓」即是「延」，當依《釋文》本無「延」字爲當。

「童子佩韘」傳：「韘，玦也。能射御則帶韘。」箋云：「韘之言沓，所以彄沓手指。」正義云：「鄭以《禮》無以韘爲玦者，故易之爲沓。」按：《説文》「韘」云：「射决也，所以拘弦。以象骨，韋系，著右巨指。从韋，枼聲。《詩》曰：童子佩韘。」許注與毛傳合，韘之爲玦信矣。《玉篇》「韘」字注曰：「决也，指沓也。」合玦、沓而一之，誤也。

「能不我甲」傳：「甲，狎也。」《爾雅・釋言》同。徐仙民音胡甲反，則甲、狎音義同也。是以《韓詩》作「狎」。《書・多方》「因甲于内亂」，正義云：「鄭、王皆以『甲』爲『狎』。王云：『狎習灾異于内外爲禍亂。』鄭云：『習爲鳥獸之行，于内爲淫亂。』」均與此傳合。傳直讀「甲」爲「狎」，非訓「狎」而已也。

河廣

《序》下箋云：「宋桓公夫人，衛文公之妹，生襄公而出。襄公即位，夫人思宋，義不可往，故作詩以自止。」正義曰：「《左傳》云：『公子頑烝于宣姜，生文公及宋桓夫人。』故知文公之妹。襄公，桓公之子，故知襄公之母。今定本無『襄公之母』四字。」如孔言，則正義本箋，内「文公之妹」下有「襄公之母」四字。校書者據定本而改之也，當依原本爲是。

「一葦杭之」傳：「渡也。」正義曰：「此假有渡者之詞，非喻夫人之嚮宋渡河也。何者？此文公之時，衛已在河南，自衛適宋不渡河。」孔據箋「襄公即位，夫人思宋」而爲此說。《序》、傳則不必然矣。《序》言「宋襄公母歸于衛，思而不止，故作是詩」，無「襄公即位」之文。則生而即出，夫人之思其子，殆無日而不然矣。傳以「渡」訓「杭」，殆指適宋渡河。《史記・年表》宋桓公七年書「取衛女」。文公弟二十二年當魯閔公二年，衛始渡河廬漕。計中間十六年，夫人生襄公而出于衛，尚在河北亦可。此詩之作即在其時，故傳指實而言渡也。

「曾不容刀」箋：「小船曰刀。」正義曰：「上言一葦桴栰之小，此刀宜爲舟船之小，故曰小船曰刀。《説文》作『舠』。舠，小船也。」《釋文》云：「刀如字。字書作『舠』，《説文》作『䑡』，並音刀。」如正義、《釋文》，則唐初《説文》本有「䑡」字，今本《説文》舟部無之，蓋陽冰校《説文》删去耳。

伯兮

「杲杲出日」箋云：「人言其雨其雨，而杲杲然日復出，猶我言伯且來，伯且來，則復不來。」《文選》阮嗣宗《咏懷詩》云「其雨怨朝陽」，李善注引此箋云：「伯且，君子字。」按上箋云：「伯，君子字也。」此箋今無如李所引句，殆李誤記上箋而益一「且」字耳。

「焉得諼艸」傳：「諼艸令人忘憂。」《釋文》云：「諼，本又作『萱』。况爰反。《説文》作『藼』，云：『令人忘憂也。』或作『蕿』。令人，力呈反。善忘，亡向反。又如字。」《爾雅·釋訓》「萲」字下《釋文》引此詩云「焉得萲艸」，毛傳云：「萲艸令人善忘。」兩處陸俱作「善忘」，今本作「忘憂」，非矣。但箋云：「憂以生疾，恐將危身，欲忘之。」是鄭箋《詩》時已作「忘憂」，故箋申之如此。正義述傳則謂「欲得令人善忘憂之艸」。合三説校之，从正義作「令人善忘憂」爲得也。《玉篇》「蕿」云：「令人善忘憂艸。」

有狐

《序》："「《有狐》，刺時也。衛之男女失時，喪其妃耦焉。」《序》不言何公之詩，經内三言「淇水」，則尚在河北也。《衛風》十篇皆在武、莊、宣、惠、懿之世。《伯兮》從王伐鄭，有《左傳》可據。《竹竿》思泉源淇水，《河廣》思渡河向宋，皆河淇間之衛。《木瓜序》言有狄人之敗出處于漕，雖詞兼懿、戴，實以懿公殿之。餘則《序》有明文，編《詩》者特以此十篇爲朝歌之衛，非無意也。

木瓜

「報之以瓊琚」傳："「瓊，玉之美者。」正義曰："「言瓊是玉之美名，非玉名也。《聘義》注云："『瑜，玉之美者，亦謂玉中有美處謂之瑜。』瑜非玉名也。」按：此説良是。《説文》："「瓊，赤玉也。」「琁」云："「瓊或从旋省。」徐鉉等曰："「今與璿同。」《説文》："「璿，美玉也。」引《春秋左氏傳》："「璿，弁玉纓。」「璿」即「瓊」字，弁以玉飾。今云「璿弁」，是許亦以瓊爲玉之美名也。二章「報之以瓊瑶」傳云："「瑶，美玉。」《釋文》云："「《説文》云：美石。」正義曰："「下章傳云『瓊瑶，美石』。」與《釋文》相合。今本《説文》「瑶」云："「玉之美者。从玉，䍃聲。」引此詩與傳合，而與《釋文》又異。今就《説文》斷之，自「瑀」字以下至「瑶」三十三字，除「琚」字不言「玉石」，餘皆「石之次玉」「似玉」，不應「瑶」字又云「玉之美者」。然則「瑶」爲「美石」，《釋文》所引《説文》

當不誤。正義謂此傳爲「美石」，當从之也。

王

黍離

「彼黍離離」《釋文》：「離如字。《説文》作『穲』。」按：今《説文》禾部無「穲」字。《玉篇》：「力支切。長沙云：禾把也。」《廣韻》云：「長沙人謂禾二把爲穲。」如《釋文》，則唐初《説文》本有「穲」字，注引此詩，陸乃得據以爲説也。

「此何人哉」箋云：「此亡國之君，何等人哉！疾之甚。」正義曰：「何等人，猶言何物人。大夫非爲不知，而言『何物人』，疾之甚也。」按：箋言「何等人」，猶有不忍斥言之意，故若爲不知也者，君臣之義也。正義易爲「何物人」，則極口肆罵矣，可謂失詞。

君子于役

「曷其有佸」傳：「會也。」上章云「曷至」，此云「會」，至而會也。《釋文》引《韓詩》云：「佸，至也。」則與上「曷至」無別矣。《説文》與毛傳同。

「鷄棲于桀」傳：「鷄棲于杙爲桀。」《釋文》作「弋」，云：「本亦作『杙』。」按：《説文》：「杙，劉，劉杙。」乃木名。「弋」云：「橜也。象折木衺鋭著形。从厂，象物挂之也。」弋之从厂，即象鷄棲之形。傳字當从弋。《爾雅》亦作「弋」。《爾雅》又云：「樴謂之杙。」《説文》：「樴，弋也。」樴杙之「杙」亦當作「弋」也。桀，《爾雅》作「㮙」。《説文》無「㮙」字。

君子陽陽

「右招我由敖」，「敖」字傳無釋。《釋文》云：「遊也。」陸殆以毛訓「陶陶」爲「和樂」，則「敖」當是「敖遊」，故訓遊耳。箋云：「君子左手持羽，右手招我，欲使我從之于燕舞之位。」如箋，則敖是舞位。《説文》有兩「敖」字。放部「敖」云：「出遊也。」出部「敖」云：「遊也。」《樂記》説武樂云：「且夫《武》始而北出。」此當是出部之「敖」，言舞者依行列而出，故字從「出」。

揚之水

《序》：「《揚之水》，刺平王也。不撫其民而遠屯戍于母家，周人怨思焉。」按：申者，楚之北門而周之南蔽也。東遷之初，勢已寖熾，非復宣王蠻荆來威之時。以國家大計言之，申自所當屯戍。惟不撫其民而役之，則雖公亦見爲私矣。經三章皆述民情，故《序》言屯戍母家而周人怨思耳。

「不與我戍甫」傳：「甫，諸姜也。」下章「不與我戍許」傳：「許，諸姜也。」正義曰：「所戍惟應戍申，不戍甫、許也。言甫、許者，以其同出四岳，俱爲姜姓，既重章以變文，因借甫、許以言申，其實不戍甫、許也。六國時秦、趙皆伯益之後，同爲嬴姓。《史記》《漢書》多謂秦爲趙，亦此類也。」按正義説，似矣，然尚未的。《史記·秦本紀》云：「秦以其先造父封趙城爲趙氏。」《始皇本紀》云：「生于邯鄲，及生，名爲政，姓趙氏。」《索隱》曰：「《世本》作『政』。又生于趙，故曰趙政。一曰：秦與趙同祖，以趙城爲榮，故姓趙氏。」是秦之稱趙，以趙城爲榮，非僅以同姓嬴也。申、呂、齊、許之先，止有一呂，三國皆以呂爲榮。《説文》：「呂，膂骨也。象形。昔太嶽爲禹心呂之臣，故封呂侯。」《國語》：「帝祚四岳國，賜伯夷姓曰姜，氏曰有呂。」是呂即伯夷之國。後漢劉昭《郡國志》云：「汝南郡新蔡縣有大呂亭，故呂侯國也。」《水經·汝水》篇酈注曰：「汝水又南徑新蔡縣故城南，昔管、蔡間王室，放蔡叔而遷之。其子胡能率德易行，周公舉之爲魯卿士以見于王，王命之以蔡中呂地也，以奉叔度祀，是爲蔡仲矣。宋忠曰：故名其地爲新蔡。今《史記》宋忠注曰：「蔡侯胡徙新蔡。」王莽所謂新遷者也。」又下文「青陂」云：「陂東對大呂亭。《春秋外傳》曰：當成周時，南有荆蠻。中呂，姜姓矣。」如酈注，中呂即大呂亭。《説文》「郙」云：「汝南上蔡亭。」郙即甫呂之改號，是上蔡、下蔡俱呂侯國。周初以其地封蔡叔父子，則呂當先徙于南陽。《水經·淯水》篇酈注曰：「紫溪又徑宛西呂城東。《史記》：『曰呂尚先祖爲四岳，佐禹治水有功，虞夏之際受封于呂，故因氏爲呂尚也。』徐廣《史記音義》曰：『呂在宛縣。』」太公封齊而稱呂尚，是齊以呂爲榮也。此南陽之呂後并于楚，《春秋》成七年《左傳》子重請取于申呂以爲賞田，即此。《史記·鄭世家》云：「鄦公惡鄭于楚。」徐廣曰：「鄦音許。

公，許靈公也。」《説文》云：「鄦，炎帝太嶽之胤，甫侯所封，在潁川。从邑，無聲。讀若許。」許沖《上説文解字書》云：「太嶽佐夏，吕叔作藩，俾侯于許，世祚遺靈。」許于周初分封而吕叔稱吕，是許亦以吕爲榮也。《崧高》爲申伯而作，其詩曰：「維嶽降神，生甫及申。」箋謂甫即訓夏贖刑之甫侯，當宣王時而遠舉，穆王時甫侯以相況，是申亦以吕爲榮也。此經言「戍申」，本其始封當曰吕。《書》孔安國傳「吕侯後爲甫侯」，故曰甫也。許即甫侯所封，故又曰許。傳于申曰姜姓國，于甫、許但曰諸姜，不言國。傳意直以甫、許爲申，非僅借言之而已。

「不流束蒲」傳：「蒲，艸也。」箋云：「蒲，蒲柳。」《釋文》：「蒲如字。孫毓云：『蒲艸之聲不與戍、許相協，箋義爲長。今則二蒲之音，未詳其異耳。』」按：許，本作「鄦」，《説文》从邑，無聲。《説文》：「橆，豐也。从林、奋。或説規模字。从大；卌，數之積也。林者，木之多。卌與庶同意。《商書》曰：『庶艸繁無。』」按：此即「有無」之「無」，李陽冰謂不當加「亡」作「𣠮」，則李本《説文》亡部無「𣠮」字矣。而徐氏非之，謂「橆」不加「亡」，何以得爲有無之無？因于亡部增「𣠮」字，而于林部「橆」字横加文甫切，作「庶艸蕃廡」之「廡」，非也。「無」聲與「蒲」自協，不必疑也。

中谷有蓷

「暵其乾矣」傳：「暵，菸皃。陸艸生于谷中，傷於水。」正義：「《説文》云：『暵，燥也。』

《易》曰：『燥萬物者莫暵乎火。今正義本作「莫熯乎火」。』《説文》云：『菸，菸也。』然則由于死而至于乾燥，以暵爲菸也。」按：正義經本作「暵」字，故釋傳如此。其實毛傳《詩》時經「暵」字當作「灘」。《説文》「灘」云：「水濡而乾也。」引《詩》曰：「灘其乾矣。」然則毛云「菸」者，尚未至于乾燥，仍有濡潤之意，如今俗語所謂潮矣。《説文》訓與傳意爲近，傳「菸」訓「灘」，非訓「暵」也。今本《説文》「暵」云：「乾也。」與正義所引亦異。

兔爰

《兔爰序》言：「桓王失信，諸侯背叛，構怨連禍，王師傷敗，君子不樂其生。」毛傳惟于首章云：「政有緩有急，用心之不均。」經旨不過如此。至箋始以「無爲」爲「軍役之事」，「百罹」爲「軍役之多憂」，「百凶」爲「王構怨連禍之凶」。語皆曲與《序》應。傳、箋不同，正義乃合而述之。

葛藟

「終遠兄弟」傳：「兄弟之道已相遠矣。」傳以經言父母，是以王爲父母，非與王爲兄弟也。言我兄弟望王爲父母，今王無恩施，于待我兄弟之道已相遠矣。是欲我謂他人爲父母也。箋云：「兄弟，猶言族親。」顧《序》「棄其九族」爲説。正義述經，傳、箋不別，豈謂鄭同于毛乎？

「在河之漘」傳：「漘，水隒也。」上二章滸、涘傳與《爾雅》說合。《釋丘》「漘」云：「夷上洒下不漘。」郭注曰：「涯上平坦而下水深爲漘。不，發聲也。」是郭以「涯」訓「漘」也。《說文》「滸」「涘」「漘」俱訓「水厓」，此傳獨訓「隒」者，《說文》：「隒，崖也。」《西京賦》「設切厓隒」，注引《說文》曰：「隒，厓也。」然則傳云「水隒」，仍是「厓」義。正義引《爾雅·釋山》「重甗隒」釋之，義雖得通，恐非傳意。

采葛

「彼采蕭兮」傳：「蕭所以共祭祀。」正義依《艸木疏》，以爲荻蒿，謂即《生民》「取蕭祭脂」、《郊特牲》「爇蕭合馨香」之「蕭」。按：傳不言蕭爲何艸。《下泉》「苞蕭」始云：「蕭，蒿也。」亦不言是何種蒿。《爾雅》蒿類多矣，「蕭荻」依《說文》當作「萩」。郭璞注云：「即蒿。」又「蘩之醜秋爲蒿」，郭璞注云：「醜類也。春時各有種名，至秋老成皆通名爲蒿。」邢疏謂：「蘩、蕭、莪之類。」然則毛訓「蕭」爲「蒿」，尚是通名。此傳並不訓「蒿」，固不可以意爲說也。

大車

「毳衣如菼」傳：「菼，鵻也。」以下傳「璊，赬也」例之，鵻言其色，與《中谷有蓷》傳「鵻也」不同。彼鵻亦作「萑」，是言其艸也。《說文》引此詩作「䋦」，云：「帛騅色也。」騅，當作「鵻」。《說文》「騅」云：「馬蒼黑雜毛。」郭景純《爾雅注》云：「菼草色如騅，在青白之間。」騅色青白，故許以訓「緂」，毛以訓「菼」，毳衣之色如之也。菼、緂字異，音義實通。《玉篇》「緂」云：「今作『菼』『毯』。」是字通之證也。《釋言》及注本作「騅」，正義引作「雖」。

「毳衣如璊」傳：「璊，赬也。」正義曰：「《説文》云：璊，玉赤色。故以璊爲赬。」按：今《説文》「璊」云：「玉赬色也。从玉，㒼聲。禾之赤苗謂之虋，言玉色如之。」而毛部「𣯌」字引此詩，作「毳衣如𣯌」，云：「以毳爲罽，色如虋，故謂之𣯌。虋，禾之赤苗也。从毛，㒼聲。」如《説文》，則「璊」「𣯌」俱取與「虋」同色，又同音。正義引「璊」字之訓以釋傳，自緣經字作「璊」。即如《説文》經字作「𣯌」，傳訓爲赬，亦得。《釋文》引《説文》云「以毳爲罽」，不引「色如虋」三句，殆以「𣯌」「璊」異色耶？

丘中有麻

「彼留之子」傳：「丘中墝埆之處盡有麻麥艸木。」正義曰：「定本云『丘中墝埆遠盡有麻麥艸木』，與俗本不同也。」如定本，則「埆」下有「遠」字、無「之處」二字。「墝埆遠」，殊不成句，恐有訛脱。孔已云「與俗本不同」，作疏自當从之，何以仍作「墝埆之處」也？《釋文》云：「墝，本亦作『墽』，苦交反。埆，苦角反，又音學。本或作『遠』，此从孫義而誤耳。」如《釋文》，則定本當是「墝遠之處」，然總不如「墝埆之處」爲妥也。

「彼留之子」箋云：「留氏之子，於思者則朋友之子。」正義曰：「此章留氏之子遺我以美道，欲留氏之子教已，是思者與留氏情親，故云『留氏之子于思者則朋友之子』，正謂朋友之身也，非與其父爲朋友。孔子謂子路『賊夫人之子』，亦此類也。」按：「子國」爲子嗟之父，則此之子爲子嗟之子，故箋于「彼留之子」云「丘中有李」，又留氏之子所治于此，又云「朋友之子」。箋意極明，正義迂曲甚矣。

皇清經解卷一千三百三十四終　靈川舉人秦培璠對字

毛詩紬義　卷五

嘉應李庶常黼平著

鄭

《譜》卒取史伯所云「十邑右洛左濟，前華後河，食溱洧焉」，今河南新鄭是也。如《譜》，是武公取十邑。如《史記》，則是桓公已取十邑。正義謂馬遷説謬。今按：《鄭世家》史伯云：「虢、鄶之君貪而好利，百姓不附。今公爲司徒，民皆愛公。公誠請居之，虢、鄶之君見公方用事，輕分公地。公誠居之，虢、鄶之民皆公之民也」云云，「桓公曰善，于是卒言王，東徙其民雒東，而虢、鄶果獻十邑，竟國之」。《世家》惟言「徙民雒東」，「虢鄶獻十邑」，未嘗指鄢、蔽、補、丹、依、暽、歷、華及虢、鄶爲十邑。正義謂八邑各爲國，非虢、鄶之地，無由得獻之桓公，非矣。鄭云武公取十邑，自以武公初遷，尚在東周畿内，後乃取虢、鄶十邑。不然，桓公未取，武公東遷，居何地乎？然如《世家》别獻十邑，則桓公時虢、鄶尚存，亦是至武公始取。如《鄭譜》則又與昭十六年《左傳》之言相戾。反覆推究，竊謂桓公取鄶，而武公取虢也。《水經》「洧水又東過新鄭縣，南鄶水从西北來注之」，酈注曰：「《竹書紀年》晉文侯二年，同惠王子一本無「惠」字，無者近是。多父伐鄶，克之。乃居鄭父之丘，名之曰鄭。是曰桓公。」皇甫士安《帝王世紀》云：「或言縣故有熊氏之墟，黄帝之所都也。鄭氏徙居之，故曰新鄭矣。王子者，厲王子多父，即桓公也。」昭十六年《左傳》子產曰：「昔我先君桓公與商人皆出自周，庸次比耦，以艾殺此地，斬之蓬蒿藜藋而共處之。」杜注云：「鄭本在周畿内，桓公東遷，并與商人俱。」傳言此地正指鄶地。雖鄭自有鄶城，然與鄭城不甚相遠，是桓公已得鄶也。正義引此傳，謂桓公寄帑之時，商人亦從而寄。若然，則鄶君猶在，安得言「艾殺其地而斬其蓬蒿藜藋」乎？不然明矣。隱元年《左傳》曰：「制，巖邑也，虢叔死焉。」制邑即虎牢也。莊二十一年《傳》曰「王與之武公之略，自虎牢以東」，杜注曰：「略，界也。鄭武公傅平王，平王賜之，自虎牢以東。後失其地，故惠王今復與之。」如此二傳，是武公始得虢也。鄭兼鄶數之，故云「卒取十邑」耳。

緇衣

《序》「以明有國善善之功焉」，箋云：「司徒掌十二教，善善者，治之有功也。」箋解「善善」甚明，言所掌十二教治之皆善耳。正義云：「武公既爲鄭國之君，又復入作司徒。已是其善，又能善其職，此乃有國者善中之善，故作此詩美其武公之德，以明有邦國者善善之功焉。」殊失箋意。

「緇衣之宜兮，敝予又改爲兮」傳：「改，更也。有德君子宜世居卿士之位。」《序》言「美武公」，又云「父子並爲司徒，善於其職，國人宜之」，「宜」字兼父子言，故箋云：「鄭國之人皆謂桓公、武公居司徒之官，正得其宜。」此傳言「宜世居卿士」，亦兼父子。如《序》、傳、箋之意，經首二句是説並爲司徒，下二句乃專美武公。正義述經，通首俱主武公，非也。

「還予授子之粲兮」傳：「粲，餐也。」《釋文》作「飧也」。按：《説文》：「餐，吞也。」「飧，餔也。从夕食。」「餔」云：「日加申時食也。」依《釋文》，作「飧」爲是。適館而還，正當夕食時也。

將仲子

《序》：「刺莊公也。不勝其母，以害其弟，弟叔失道而公弗制，祭仲諫而公弗聽，小不忍以致大亂焉。」按：經言「畏我父母」，又云：「父母之言，亦可畏也。」《序》言深得經旨。《左氏》云「譏失教也」，亦與經合。云「謂之鄭志」，則深文矣。莊公只是不勝其母，安有必死其弟之心乎？

「將仲子兮，無逾我里，無折我樹杞」傳：「將，請也。」箋云「祭仲驟諫」，又云：「仲初請曰：『君將與之，臣請事之。君若不與，臣請除之。』」正義曰：「《左傳》此言乃公子吕詞。今箋以爲祭仲諫者，詩陳請祭仲，不請公子吕，則祭仲之諫多于公子吕矣。而公子吕請除大叔，爲諫之切，莫切于此。祭仲正可驟諫耳，其詞亦不是過。仲當亦有此言，故引之以爲祭仲諫。」如正義，是謂箋以公子吕詞爲祭仲之諫也。按：箋因傳訓「將」爲「請」。請是固距，固距必由驟諫，驟諫必由初諫，反覆爲解，申明「請」字之訓。而詞偶與公子吕同，非引《左傳》文也。《左傳》叙祭仲與莊公問答，公曰「姜氏」，仲亦曰「姜氏」，全無母子、君夫人之禮，與此經不合。鄭所不取，故直據經爲説，即《序》下箋云「公不早爲之所而使驕慢」，亦非用祭仲語也。

「無折我樹檀」傳：「檀，彊韌之木。」韌，《釋文》本作「忍」，云：「本亦作『刃』，同而慎反。依字木旁作『刃』，今此假借也。」按：《説文》無「韌」字，新附有之，云：「柔而固也。」《玉篇》云：「柔也。」《説文》：「杒，桎杒也。」《玉篇》云：「木名。」以《説文》「杒」字列在梗桅之下、樬榙之上，故知是木名。陸云「彊忍」當作「杒」者，恐誤，仍當以「彊忍」爲正。今汲古閣注疏本《釋文》亦作「彊韌」，非也。

叔于田

「叔于田」傳：「叔，大叔也。」正義謂傳「明叔與大叔爲一人，以寵禄過度，時呼爲大叔。《左傳》謂之京城大叔，是由寵而異其號也。此言『叔于田』，下言『大叔于田』，作者意殊，無他義也。」按：傳以當時謂之京城大叔，當無不稱大叔者。今此經言叔，詩人之意蓋謂此君所謂大叔，實即叔耳。繕甲治兵以出于田，君何爲不禁，一任國人稱羡而謂其信美且仁乎？如傳明其爲「大叔」以証《詩》之稱「叔」，非無義也。孔以下篇「大叔于田」經亦有「大」字，故爲此説耳。

大叔于田

「大叔于田」，《釋文》本作「叔于田」，云：「本或作『大叔于田』者誤。」按：正義述經有「大」字，下章仍作「叔于田」，自是所據之本各異。《序》有「大」字，不過别于上篇，俗本遂因之而誤。詩之稱「叔」，正刺莊公不當謂之爲「京城大叔」也。説見上篇。

傳「叔之從公田也」，正義曰：「下云『襢裼暴虎，獻于公所』，明公亦與之俱田，故知從公田也。」按：《春秋》「公朝于王所」、《小雅》「吉日天子之所」，皆在外之詞，故傳謂「从公田」。然傳意不但此也。莊公既田，則當以莊公爲主，如《駟鐵》「公曰左之，舍拔則獲」、《吉日》「悉率左右，以燕天子」是也。今此經不及莊公之田，惟陳叔段射御搏獲之事，詩人之意，蓋謂君非于田乎？自我觀之，叔于田耳。傳特揭此句，則知美叔段即以刺莊公，可謂抉經之心矣。

「火烈具舉」傳：「烈，列；具，俱也。」箋：「列人持火俱舉，言衆同心。」《文選》張平子

《東京賦》云：「火列具舉。」李善注：「《毛詩》曰：『火列具舉。』毛萇曰：列，人持火也。」《詩》作「烈」，而張《賦》、李注俱引作「列」。注又以「列人持火」爲毛傳。《選》注號稱精審，當非誤引。或唐初經傳本如此也。正義曰：「此爲宵田，故持火照之。」説本《爾雅》講武曰「宵田爲獠」，郭景純注：「或曰即今夜獵載鑪照也。」然《爾雅》又云「火田爲狩」，郭注云：「放火燒艸，獵亦爲狩。」然則田之用火恒事耳，不必定爲宵田也。

「叔善射忌」傳：「忌，辭也。」箋云：「忌，讀如『彼己之子』之『己』。」按：《王風·揚之水》「彼其之子」箋云：「其，或作『記』，或作『己』，讀聲相似。」故此云「讀如『彼己之子』之『己』」。《崧高》「往近王舅」傳：「近，己也。」箋云：「近，辭也。聲如『彼記之子』之『記』。」近，本作「迈」，《説文》「迈」云：「古之遒人以木鐸記詩言。从辵，从丌，丌亦聲。讀與記同。」許、鄭讀「迈」爲「記」，毛讀「迈」爲「己」。《崧高》傳之「己」即此傳之「忌」，故箋申之云：「忌，辭也。」其、己、記、忌、迈五字通。

「乘乘鴇」傳：「驪白雜毛曰鴇。」《釋文》云：「鴇，音保。依字作『鴇』。」今本《釋文》與汲古閣注疏本《釋文》兩字俱作「鴇」，誤也。依《爾雅·釋畜》當云「作駂」。《説文》馬部無「駂」字，《釋畜》言馬雜毛者五，《説文》有其四。《爾雅》一「黄白雜毛駓」，《説文》云：「黄馬白毛也，从馬，丕聲。」二「陰白雜毛駰」，《説文》云：「馬陰白雜毛黑，从馬，因聲。」三「蒼白雜毛騅」，《説文》云：「馬蒼黑雜毛，从馬，佳聲。」「彤白雜毛騢」，《説文》云：「馬赤白雜毛，从馬，叚聲。」一「驪白雜毛鴇」，郭景純注曰：「今之烏驄。」《説文》「驄」云：「馬青白雜毛也。」許云「青」者，殆青驪色，其即《爾雅》之「駂」乎？然《詩》作「鴇」，《説文》無「駂」有「鴇」，即謂馬之似鳥亦可。《説文》無「驌驦」字，有「鷫鷞」字。《左傳》唐成公有肅爽馬，即鷫鷞也。馬融云：「其羽如練，馬似之，天下希有。」正與此同。「鴇」字从鳥，不必定从馬作「駂」也。

清人

「二矛重喬」傳：「重喬，纍荷也。」箋云：「喬，矛矜近上及室題，所以懸毛羽。」正義釋傳云：「《候人》傳曰：『荷，揭也。』謂此二矛刃有高下，重纍而相負揭。」釋箋云：「言喬者，矛之柄近于上頭及矛之銎室之下，當有物以題識之。其題識者，所以懸毛羽也。二矛于其上頭皆懸毛羽，似如重纍相負荷然，故謂之纍荷也。經、傳不言矛有毛羽，鄭以時事言之，猶今之鶡毛矟也。」按：正義謂鄭以時事言，因以鶡毛矟比之，非也。《釋文》：「喬，毛音橋，鄭居橋反，雉名。」箋止言毛羽，陸何以知是雉名？則知陸所據箋本作「懸雉羽」矣。《説文》雉十四種，其二喬雉。又「鷮」云：「走鳴，長尾雉也。」《釋文》又云：「喬，《韓詩》作『鷮』。」鄭本通《韓詩》，此箋殆以《韓》釋毛，以其上懸喬雉之羽，故謂之喬。傳云「纍荷」，是釋二矛次比之狀。箋云「懸羽」，是釋二矛所飾之物耳。

羔裘

「三英粲兮」傳：「晏，鮮盛皃。三英，三德也。」按：「二矛重英」傳以英爲英飾，故《初學記》引郭璞説「三英」云：「英，謂古者以素絲英飾裘，即上『素絲五紽』也。」郭以《召南》毛傳説此，亦無不可。而傳必云「三德」者，經三章皆首句言裘，次句言人。以上言「洵直且侯」「孔武有力」例之，則此「三英」不得更言裘飾也。故傳以爲「三德」。

遵大路

「摻執子之袪兮」傳：「摻，擥；袪，袂也。」正義曰：「以摻字从手，又與執共文，故爲攬也。《説文》摻字，參（此音反）聲，訓爲斂也。操字，喿（此遥反）聲，訓爲奉也。二者義皆少異。」按：今《説文》手部無「摻」字，惟有「操」字，云：「把持也。」與孔所引《説文》訓亦不合。如孔言，則唐初《説文》有「摻」字，訓爲斂矣。惟漢以前有「摻」字，故《魏風》亦有「摻摻」。然此詩之「摻」，毛讀爲擥，非訓爲擥也。《文選》宋玉《登徒子好色賦》曰：「遵大路兮攬子袪。」引此詩作「攬」。宋與毛俱六國時人，可見當時《詩》有作「攬」者，故傳以「摻」爲「擥」。是「摻」與「擥」字通。攬，俗字也。作「擥」爲正。

「不寁故也」傳：「寁，速也。」箋云：「子無惡我擥持子之袂，我乃以莊公不速于先君之道使然。」傳不釋「故」字，正義以箋述之。按：《小雅・伐木》「以速諸父」傳云：「國君友其賢臣，大夫士友其宗族之仁者。」此詩「故」字當作故舊。下章「好」字，《釋文》云：「或呼報反。」當作朋好。《序》言「莊公失道，君子去之，國人思望焉」，傳意蓋謂子無惡我擥持子之袂兮，我則以莊公不速召故人朋好使我然也。傳訓「寁」爲速。速，當如《易》「不速之客」，馬融云：「速，召也。」似當與箋別述。

「無我魗兮」傳：「魗，棄也。」箋云：「魗，亦惡也。」《釋文》云：「魗，本亦作『𣀓』，又作『𣀓』，市由反。」按：《釋文》攴部「𢿫」云：「棄也。从攴，𠷎聲。《周書》以爲討。《詩》云：無我𢿫兮。」徐音市流切，許訓正用毛傳。正義云：「魗與醜，古今字。魗惡，可棄之物，故傳以爲棄。言予無棄遺我。箋準上章，故云『魗亦惡』，意小異耳。」如正義，是箋與傳合。然《釋文》又云：「鄭音魗爲醜。」《說文》「醜」云：「可惡也。」鄭云「魗亦惡也」，則鄭箋《詩》時經字作「醜」，故得訓爲惡。如爲古今字，則箋必言「魗，古文醜」矣。

女曰鷄鳴

《序》：「刺不說德也。陳古義以刺今，不說德而好色也。」正義曰：「以莊公之時，朝廷之上不說有德之君子，故作此詩。陳古之賢士好德不好色之義，以刺今之朝廷之人有不說賓客有德而愛好美色者也。經之所陳，皆是古士之義。」又曰：「定本云『古義』，無『士』字，理亦通。」如正義云「陳古之賢士好德不好色之義」，云「皆是古士之義」，則孔所據經本《序》文作「陳古士義」，今本《序》「古」字下無「士」字，是校書者依定本改之也。有「士」字乃合。

「女曰鷄鳴，士曰昧旦」箋云：「此夫婦相警覺以夙興，言不留色也。」正義述之曰：「其女曰鷄鳴矣，而妻起。士曰已昧旦矣，而夫起。夫起即子興也。此子于是同興，而視夜之早晚。」又釋箋云：「鷄鳴，女起之常節。昧旦，士起之常節。皆是自言起節，非相告語。而云『相警覺』者，見賢思齊，君子恒性。彼既以時而起，此亦不敢淹留，即是相警之義也。」按：經文兩「曰」字，分明夫婦互相警覺。子興視夜，是婦語其夫之詞。箋于下章「子」字別之曰：「子，謂賓客也。」則此章「子」字是婦目夫矣。正義乃云「此子于是同興」爲詩人目之，非也。

「雜佩以贈之」傳：「雜佩者，珩、璜、琚、瑀、衝牙之類。」正義廣引《説文》《玉藻》《列女傳》以釋之，因經言「雜佩」，傳又言「之類」以包之故也。又引《周禮·玉府》注所引《詩》傳曰：「珮玉上有葱珩，下有雙璜，衝牙蠙珠以納其間。」及下篇傳「佩有琚瑀所以納間」，不言蠙珠。琚、瑀二者孰是？《大戴禮·保傅》篇云：「玭珠以納其間，琚瑀以雜之。」則又以玭珠、琚瑀爲一。愚按：經、傳惟言佩玉，不聞佩珠，恐記禮者誤耳。鄭于《周禮》注雖引《韓詩》傳爲説，及箋《詩》不易此傳，則亦以毛説爲然也。謂之「雜佩」者，謂群玉之中以石雜之。《木瓜》傳云：「琚，佩玉名也。」謂佩玉中有此琚之名也。《有女同車》傳云：「佩有琚瑀，所以納間。」亦謂佩玉中有此琚瑀。《説文》：「瑀，石之似玉者。」自「瑀」字下列三十一字，皆石似玉、石次玉、石之美者。琚在玲、⿱埶玉之下，不言石爲石可知。古人不欲過華，參以琚瑀，所以示樸，無緣更用蠙珠也。

有女同車

「彼美孟姜」傳：「孟姜，齊之長女。」《鄘風》「美孟姜矣」傳云：「姜姓也。言世族在位有是惡行。」不言長女。此云「齊之長女」，傳意謂文姜矣。《鄭志》張逸問曰：「此《序》云『齊女賢』，經云『德音不忘』。文姜內淫，適人殺夫，[一]幾亡魯國，故齊有雄狐之刺，魯有敝笱之賦，何德音之有乎？」答曰：「當時佳耳，後乃有過。或者早嫁，不至于此。作者據時而言，故《序》達經意。」按：《序》云：「《有女同車》，刺忽也。鄭人刺忽之不昏于齊。」此即桓六年《左傳》云：「公之未昏于齊也，齊侯欲以文姜妻鄭太子忽，太子忽辭也。」《序》又云：「太子忽嘗有功于齊，齊侯請妻之。」此即桓六年《左傳》云：「及其敗戎師也，齊侯又請妻之，固辭也。」《序》又云「齊女賢而不取」，申言首句「不昏于齊」也。《序》又云「卒以無大國之助，至于見逐，故國人刺之」，申言又請固辭所以見逐也。《序》依《左傳》，有兩次請妻，而以首句爲重，詩之作蓋在初次。鄭謂《序》達經意，是鄭讀《序》亦如此也。正義删《序》首句不引，專據「太子忽嘗有功于齊」二句斷

[一]「夫」，原作「大」，據箸花庵本改。

爲他女而非文姜，可謂不善讀《序》矣。傳言「齊之長女」，箋不易傳，知鄭亦以經之孟姜爲文姜也。

山有扶蘇

「不見子都，乃見狂且」傳：「子都，世之美好者也。狂，狂人也。且，詞也。」箋以狂且指臣下，言昭公不用賢者，反用小人。與《序》言「所美非美」合。傳以狡童爲昭公，則狂人亦謂昭公。正義述傳，不言與《序》相應。按：傳謂山隰之所以美者，以有扶蘇、荷華，高下得宜也。今昭公以不賢之人在上位，以賢人置下位，已失其所。以爲美，故入其朝，不見閑習禮法之人，惟見狂醜之君，是非美也。傳意當然。

蘀兮

《序》：「刺忽也。君弱臣强，不倡而和也。」「風其吹女」傳：「人臣待君倡而後和。」「叔兮伯兮」二句傳：「叔、伯，言君臣長幼也。君倡臣和也。」毛讀《序》爲不待君倡而後和，是言群臣皆强也。「風其吹女」箋云：「喻君有政教，臣乃行之。言此者，刺今不然。」「叔兮伯兮」二句箋云：「叔、伯，群臣相謂也。群臣無其君而行，自以强弱相服。女倡矣，我則將和之。」鄭讀《序》爲君不倡而群臣自相倡和，是言群臣中别有强臣也。正義于此殊少發明。

狡童

「彼狡童兮」傳：「昭公有壯狡之志。」「乃見狡童」傳：「狡童，昭公也。」正義引孫毓評云：「此狡，狡好之狡，謂有皃無實者也。云刺昭公，而謂狡童爲昭公。于義雖通，下篇言『昭公有狂狡之志』，未可用也。」如孫言，則上篇爲「姣」，此篇爲「狡」矣。正義述此經云「狡好之幼童」，亦以「狡」爲「姣」。《玉篇》云：「姣，户交切。或音狡。」是古「狡」「姣」二字原可通。但讀「狡」爲「姣好」，自是箋義。而毛則前後皆爲「狡」。「狡」之爲訓，依《説文》《篇》《韻》：「少狗也。」「狂也，猾也，疾也，健也。」上篇傳云：「狡童，昭公也。」未釋「狡」字。此傳「壯狡」，明「狡」之爲「壯」，以「壯」釋「狡」字耳。正義謂「幼壯狡好」，非傳意也。三十曰壯，非復可以言幼。此經言童，只是童昏。惟「狂狡」，故「童昏」。不能與賢人圖事，一任權臣擅命也。《玉篇》「僮」字引《褰裳》詩云「狂僮之狂也且」，傳曰：「狂行僮昏所化也。」《廣雅》云：「僮，癡也。」據此，「童」當作「僮」。

褰裳

《序》：「《褰裳》，思見正也。狂童恣行，國人思大國之正己也。」《有女同車》傳云「齊國之長女」，《山有扶蘇》《狡童》傳謂昭公，《籜兮》傳言君倡臣和。四詩《序》皆言「刺忽」，縱以爲《序》不可信，而毛傳有明據，不容别爲之説也。此詩《序》不言刺忽，毛傳亦無明文。然「狂童之狂也且」傳云：「狂行童昏所化也。」狂童非君上，安能化人？則亦不容別爲之說。惟箋以「狂童恣行，突與忽争國，更出更入，而無大國正之」。正義據此定爲忽復入之時，自是箋義。《序》、傳未必然。忽爲鄭之太子，已復入爲君，非有不正，何言正己？此當是桓十一年突歸于鄭，忽出奔衛時事。突以狂行童昏竄有鄭國，故國人思大國之正突而更立忽也。

「豈無他人」箋云：「言他人者，先鄉齊、晉、宋、衛，後之荆楚。」正義曰：「其實大國非獨齊、晉，他人非獨荆楚也。定本云『先嚮齊、晉、宋、衛，後之荆楚也』，義亦通。」如正義，則孔所據箋無「宋衛」二字，校書者據定本增入也。當如孔本改正。

丰

「俟我乎堂兮」正義曰：「此傳不解『堂』之義。王肅云：『升于堂以俟。』故以王爲毛說，謂『士禮受女于廟堂，庶人雖無廟，亦當受女于寢堂。』孫毓云：『禮，門側之堂謂之塾，謂出俟于塾前。』正義復駁之，謂『人君禮尊，故于門設塾，庶人不必有塾，不得待之于門堂』。按：上章俟巷已受女出門矣，何事復升寢堂？正義以王述毛，非也。古者二十五家爲閭，同在一巷。巷首有門，門側有左右塾，《學記》所謂『家有塾』是也。庶人家門無堂，而閭門則有堂。上章傳云：『巷，門外也。』箋云：『出門而待我于巷中。』門，謂家門也。出家門而至巷，由巷而至閭門之堂，次弟如繪。毛意當然。《釋文》云：『堂如字，門堂也。』亦用孫説。箋云：「堂，當爲棖。」棖，門梱上木近邊者，亦是謂閭門之棖。正義謂「上言待于門外，此言待之于門」，殊少分晰。箋于上章已言出門而待于巷中，不得復待之于門也。棖，依《説文》當作「棖」，云：「衺柱也。」《文選·靈光殿賦》《長笛賦》兩引《説文》，皆云「柱也」，無「衺」字。《論語》「申棖」，《史記》作「申堂」，漢《王政碑》作「申棠」，皆「棖」之省文。棖，《説文》云「杖也」。

東門之墠

「東門之墠」傳：「墠，除地町町者。」正義述經釋傳，皆作「壇」，引《左傳》「舍不爲壇」證壇爲除地去艸。又云：「遍檢諸本，字皆作『壇』，《左傳》亦作『壇』。其《禮記》《尚書》言壇、墠者，皆封土者謂之壇，除地者謂之墠。壇、墠字異，而作此壇字，讀音曰墠，蓋古字得通用也。今定本作『墠』。」如正義，則孔所據本經、傳皆作「壇」，今本校書者依定本改之也，當仍改作「壇」。《釋文》本亦是「壇」字，云：「依字當作『墠』。」按：《説文》：「墠，野土也。壇，祭場也。」祭場則除地去艸矣。作「壇」爲正。从土，亶聲。亶，多旱切，與阪自協也。

「有踐家室」傳：「踐，淺也。」正義曰：「踐，淺。《釋言》文。」按：《釋言》云：「俴，淺也。」郭景純注引《詩》曰「小戎俴收」。彼傳云：「俴，淺也。」《釋言》原是「俴」字，正義引作「踐」，豈二字本通乎？《爾雅》釋文「俴」音踐，音同者義必同，故毛此傳亦訓「踐」爲「淺」也。

風雨

「鷄鳴膠膠」傳：「膠膠，猶喈喈也。」按：字當作「嘐」，《廣韻》引此詩云「鷄鳴嘐嘐」。

子衿

《序》：「刺學校廢也，亂世則學校不修焉。」《釋文》云：「世亂，本或以『世』字在下者，誤。」正義述《序》云「鄭國衰亂，不修學校」，經内箋云「國亂人廢學業」，皆依《序》「世亂」爲説。今汲古閣本作「亂世」，緣上《風雨序》「亂世」而誤也，當仍作「世亂」爲是。

「青青子衿」傳：「青衿，青領也。學子之所服。」正義引《釋器》「衣眥謂之襟」云：「衿與襟音義同。衿是領之别名，故云：『青衿，青領也。』」按：《説文》無衿、襟二字，惟有「裣」字，云：「交衽也。从衣，金聲。」《玉篇》「裣」云：「交裣，衣領也。」是「衿」當作「裣」。《玉篇》又云：「襟，同裣。」又云：「衿，亦作『紟』，襌衣也，綴也，結帶也。」《説文》：「紟，衣系也。籀文从金作『𦁩』。」是裣、襟一字，衿、紟、𦁩一字，而衿與襟字義迥别。正義謂衿、襟音義同，以古字音同者義可通。然《釋文》云：「衿，本亦作『襟』。」「襟」即「裣」字，不如陸本之當也。

「挑兮達兮，在城闕兮」傳：「挑達，往來相見皃。乘城而見闕。」箋云：「國亂，人廢學業，但好登高見于城闕，以候望爲樂。」傳以城闕連文，恐人誤認爲城之闕，故曰「乘城而見闕」。毛意只言學子登城耳。正義述之云：「汝何故棄學而去挑兮達兮，乍往乍來，見于城之闕兮。」又曰：「宫門觀闕不宜乘之候望。此言在城闕兮，謂城之上别有高闕，非宫闕也。乘城見于闕者，乘猶登也，故箋申之，登高見于城闕，以候望爲樂。」非毛意，亦非箋意。箋言登城復登闕，故曰見于城闕。易傳，非申毛也。《釋宫》云：「觀謂之闕。」孫炎曰：「宫門雙闕，舊章懸焉，使民觀之，因謂之觀。」《戴記·禮運》云：「昔者仲尼與于蜡賓，事畢出遊于觀之上。」觀即闕也。聖人猶登，何云「宫門觀闕不宜乘之候望」？城别有闕，經典不言，殆孔胸臆。以之釋箋，强同于傳，不可從也。

揚之水

「終鮮兄弟，維予與女」箋云：「鮮，寡也。忽兄弟争國，親戚相疑，後竟寡於兄弟之恩，獨我與女有耳。」此二句毛無傳，下章「維予二人」傳云：「二人同心也。」按箋釋鮮，謂親戚諸人寡于兄弟之恩，傳意未必然。傳以《序》言閔忽無臣，則兄弟即臣。終鮮兄弟，謂同姓諸臣中無忠良者耳。正義以箋述毛，恐未確。

出其東門

「縞衣綦巾」傳：「綦巾，蒼艾色。」箋云：「綦，綦文。」正義曰：「《顧命》云『四人綦弁』，注云：『青黑曰綦。』《説文》云：『綦，蒼艾色也。』然則綦者，青色之小别。《顧命》爲弁，色故以爲青黑。此爲衣巾，故爲蒼艾色。蒼即青也。艾謂青而微白，爲艾艸之色也。」又曰：「箋亦以綦爲青色，但綦是文章之色，非染繒之色，故云：『綦，綦文。』」按：正義釋傳以青黑色、蒼艾色牽合爲一，非毛意。以箋亦爲青色，但非染繒之色，亦非箋意。《曹風·鳲鳩》「其弁如騏」傳云：「騏，騏文。言青黑如騏馬之文。」此以「綦」爲蒼艾色，則是青白色，是毛以綦、騏爲二也。《書·顧命》「四人綦弁」，《釋文》云：「馬本『綦』作『騏』。」鄭注《尚書》，即是馬本。《鳲鳩》正義引鄭「四人騏弁」注云：「青黑曰騏。」《周禮·夏官·弁師》鄭注引《鳲鳩》作「其弁如綦」，是鄭以騏、綦爲一也。此箋云：「綦，綦文。」猶言「騏文」，謂巾青黑色，易傳蒼艾色耳。下「茹藘」箋云「染巾」，何嫌此綦亦染，而必謂爲文章之色乎。

「聊樂我員」傳：「願室家得相樂也。」正義曰：「願其還自配合，則樂我心云耳。詩人閔其相棄，故願其相得則樂。」如正義願人相得，則傳爲漏釋「我」字。且傳言「得相樂」，樂指男女，何得又言以樂我心。又傳謂「得相樂」，非言相得也。按上句傳云：「縞衣，白色，男服也。」此男即作者自謂。「綦巾，蒼艾色，女服也。」此女即作者之妻。傳言如雲者，非我思所能存救，惟我縞衣與彼綦巾，願復保爲室家得相樂也。如此，即有「我」字在内矣。箋惟縞衣、綦巾俱爲女服爲異，餘與傳同。

「出其闉闍」傳：「闉，曲城也。闍，城臺也。」箋云：「闍，讀當如『彼都人士』之『都』，謂國外曲城之中市里也。」正義曰：「出謂出城，則闍是城上之臺，謂當門臺也。闍既是城之門臺，則知闉是門外之城，即今之門外曲城是也。故云：闉，曲城。闍，城臺。」正義既謂闍是城之門臺，及後釋箋，又謂「《爾雅》謂臺爲闍，不在城門之上。此言『出其』，不得爲出臺之中。」是孔于傳城臺之説猶有疑也。按：傳言「闍，城臺也」，謂即曲城之臺。《説文》「闍」字無別訓，統曰闉闍也。「闉」字云：「城曲重門。」城曲即曲城，重門即臺。《玉篇》「闍」云：「城門臺也。」《廣韻》闉、闍兩韻俱曰「城上重門」。或言臺，或言重門，一也。《文選》顔延年《登巴陵城詩》云：「經途延舊軌，登闉望川陸。」李善注引《説文》「城曲重門」釋之。闉而曰登，明爲門上之臺。臺下有門，即非不可出矣。毛以上章「出門」是出内城之門，此章「闉闍」是出外城之門，次弟如繪。至《爾雅》之作，本釋此詩。《詩》既言「出其闉闍」，因解「闍」謂之「臺」，何須更説城門？箋讀「闍」如「都」，謂曲城中別有市里，而于城上之臺自不相妨，非因臺不可出，故易傳也。今本《説文》「闉」云「城内重門也」，此詩正義引作「城曲」。《文選》謝希逸《宣貴妃誄》注引作「城闕重門」，而謝宣遠《別王撫軍詩》、顔延年《登巴陵城詩》兩注引《説文》皆作「城曲」。當以「城曲」爲是，與毛傳合故也。

「匪我思且」箋云：「匪我思且，猶匪我思存也。」正義于此箋無釋。《釋文》云：「且，音徂。《爾雅》云：存也。」按：《釋詁》云：「徂，往也。」下又云：「徂，存也。」字作「徂」非「且」。邢疏云：「且、徂音義同。」蓋即依《詩》釋文爲説。且訓存，故箋謂「猶匪我思存」也。

野有蔓草

「零露漙兮」箋云：「零，落也。」正義曰：「『靈』作『零』字，故爲落也。」如正義，則經「零露」作「靈露」矣。《釋文》不言「本亦作『靈』」，可疑也。按：《說文》「霝」云：「雨零也。从雨，吅象零形。《詩》曰：霝雨其濛。」「零」云：「餘雨也。从雨，令聲。」然則經字本作「霝」，故正義曰「『霝』作『零』字」。校書者誤以「霝」作「靈」。箋云「霝，落也」，是「霝」之本訓落，當作「零」，《說文》云「雨零也」。《釋文》不言字異，陸所見經本猶是「霝」字也。

溱洧

《序》：「刺亂也。兵革不息，男女相棄，淫風大行，莫之能救焉。」箋云：「救，猶止也。亂者，士與女合會溱洧之上。」按：上篇《東門之墠序》亦云「刺亂也」，鄭不釋「亂」字，于此「亂」字乃發箋，則彼亂爲時亂矣。此《序》云「兵革不息」，亦當爲時亂，而鄭作別解者。彼與《丰》《風雨》《子衿》共四篇，皆在忽、突争國之際，故爲時亂。此詩在《出其東門》後，《序》云「五争」，于時厲公再入鄭已定矣，兵革不息，特推原男女相棄之由，故別作此解也。然箋言亂，亦不過謂男女雜遝之意，非言淫亂。《野有蔓艸》箋云：「《周禮》：『仲春之月，令會男女之無夫家者。』」此「方涣涣兮」箋云：「仲春之時，冰以釋水則涣涣然。」箋舉仲春，蓋亦以禮許相奔矣。

「方涣涣兮」《釋文》云：「《韓詩》作『洹』。洹，音丸。《說文》作『汎』。汎，音父弓反。」按：

今本《説文》「汎」云：「浮皃。从水，凡聲。徐音孚梵切。」未引此詩。如《釋文》，則唐初《説文》本「汎」字下引此詩矣。然「父弓反」與「蕳」不協，恐陸之誤也。傳云：「渙渙，水盛也。」《説文》云：「渙，流散也。」水盛則流必散，與傳合矣。

「方秉蕳兮」傳：「蕳，蘭也。」此與《澤陂》之「蕳」，傳皆爲「蘭」。按：《説文》有「蘭」無「蕳」。《玉篇》收字，凡古文、籀文及字之別體無不載。艸部收字至一千五十四字，亦有「蘭」無「蕳」。則自漢迄梁無此字矣。古字从「艸」从「竹」多相通，是以《爾雅》竹歸《釋艸》，此詩與《澤陂》之「蕳」本皆作「簡」，毛公易之曰：「簡，蘭也。」直至隋、唐間，學者始似覺之，故陸元朗著《釋文》，定爲「蕳」字。曰：「蕳兮，古顔反。蘭香也。字从艸。《韓詩》云『蓮也』。若作竹下，是簡策之字耳。」若非經本作「簡」，陸何以爲此説乎？如《詩》作「蕳」，則《説文》既有「蘭」字，或可不再收「蕳」，《玉篇》何以亦不載也？其爲由「簡」改「蕳」無疑。《廣韻》據後定經字載入二十八山，非古也。《説文》「蘭」字下有「䔢」字，云：「艸出吴林山。从艸，姦聲。徐音古顔切。」與营、藭、虈、蘺、茝、蘼並列。《山海經·中山經》云：「洞庭之山，艸多䔢、蘼蕪、勺藥、芎藭。」其即「蕳」字乎？

「贈之以勺藥」傳：「勺藥，香艸。」正義引陸《疏》云：「今藥艸、勺藥無香氣，非是也。未審今何艸。」按：《文選·子虛賦》「勺藥之和具而後御之」，服虔曰：「具，美也。或以芍藥調食也。」文穎曰：「五味之和也。」晉灼曰：「《南都賦》曰『歸鴈鳴鵽，香稻鮮魚，以爲芍藥。酸甜滋味，百種千名』之説也。」李善謂服氏一説以芍藥爲藥名，晉氏之説以勺藥爲調和之意，又引枚乘《七發》「勺藥之醬」證之，以晉灼爲得。勺音下削切，藥音旅酌切。而蕭該云：「芍藥香艸，可和食。」《廣韻》音芍，張略切。藥，良約切。是和食之艸別爲一種。此詩「勺藥」，《釋文》：「勺，時灼反。」藥無音，則當如字讀。《韓詩》云：「勺藥，離艸也。言將離別贈此艸也。」《説文》「虈」云：「楚謂之蘺，晉謂之虈，齊謂之茝。从艸，囂聲。」「蘺」云：「江蘺，蘪蕪。从艸，離聲。」「茝」云：「虈也。从艸，臣聲。」《玉篇》「芷」云：「白芷，藥名。一名茝。」「葯」云：「白芷葉，即虈也。」勺藥也，虈也，江蘺也，蘪蕪也，茝也，芷也，葯也，一物而七名。然則勺藥即白芷，與蘭一類。《楚詞》「沅有芷兮澧有蘭」，亦以蘭、芷並稱矣。

皇清經解卷一千三百三十五終　靈川舉人秦培璠對字

毛詩紬義　卷六

嘉應李黼平著

齊

《譜》：「後五世，哀公政衰，荒淫怠慢。紀侯譖之于周，懿王使烹焉。齊人變風始作。」正義以《齊世家》上既言烹哀公而立胡公，下云夷王之時獻公殺胡公而自立，則胡公之立在夷王前。夷王上有孝王，必不受譖烹人。又上懿王王室始衰，明懿王受譖，是以知烹之者懿王。皆依《世家》爲說。然《三代世表》以哀公當共王，胡公當懿王，獻公當孝王而非夷王，武公當夷王。至共和，而《世家》又言獻公九年厲王奔彘。一獻公而三王各異，且如《世家》言，獻公由薄姑徙臨淄，又與《烝民》毛傳當宣王時者不合。則共和以上年代粗略，未可憑也。《世家》云「周烹哀公」，徐廣曰：「《周夷王本紀》云諸侯復立懿王太子燮，是爲夷王。」張守節《正義》引《紀年》云：「三年致諸侯，烹齊哀公昴。」二家之説差爲近理。蓋太公至哀公五代，而《水經·穀水》篇酈注云：「孫暢之嘗見青州刺史傅宏仕一作「宏仁」。說臨淄人發古冢，得銅棺，前和外隱，脱一

「起」字。爲隸字，言齊太公六世孫胡公之棺也。」胡公兄哀公同爲六世，即哀公以上缺一代矣。《世家》第四代癸公，《系本》作廥公，此疑爲兩人。今若增一代，以五代當懿王，哀公當孝王，至夷王三年烹。據《帝王世紀》，夷王在位十六年。《本紀》厲王三十七年，共和行政十四年。自夷王三年下至共和末，得六十五年。以爲保民耆艾。胡公之歷年，獻公約當宣王元年以後。如此，則獻公徙薄姑得在宣王時，與《烝民》詩傳合。而烹哀公者爲夷王明矣。《譜》言「烹哀公後，齊之變風始作」，而《鷄鳴》與《還》兩序皆云「哀公」，則未烹時作也。箋不以《序》爲非，知《譜》誤偶有不照耳。

鷄鳴

《序》：「思賢妃也。哀公荒淫怠慢，故陳賢妃貞女夙夜警戒相成之道焉。」《史記·周本紀》云：「懿王立，王室遂衰。詩人作刺。」《三代世表》懿王注亦云然。《齊譜》正義以《鷄鳴》詩當之，非也。《十二諸侯年表序》曰：「周道缺，詩人本之衽席，《關雎》作。仁義凌遲，《鹿鳴》刺焉。及至厲王，以惡聞其過，公卿懼誅而禍作，遂奔于彘下。」言「厲王」上云「周道缺」，即懿王時王室始衰也。其時公卿陳正風、正雅以刺王，實未作詩，故變雅有厲、宣、幽王詩而無懿王詩。太史公言詩人作刺者，亦猶《左傳》謂召穆公作《常棣》耳。且此詩如爲懿王而作，當列于《雅》，何得爲《齊風》乎？《御覽》引《韓詩·鷄鳴序》云：「讒人也。」此因詩有「蒼蠅之聲」，又有紀侯譖哀公事而爲此説。《玉海》引《韓詩章句》云：「悦人也。」此因詩有「甘與子同夢」而爲此説。皆未若毛序之當。經三章皆陳賢妃以刺今之不然，傳、箋初未明指哀公，而《序》鑿然言之者，孔子修《春秋》，遣子夏等適周，得百二十國寶書。凡列國之事及其君號謚内外傳所不見者，寶書中皆載之。故子夏得據以作《序》也。

「東方明矣」傳：「東方明則夫人纚笄而朝。」正義引《列女傳》及莊二十四年《公羊傳》何休注證之，泥矣。古者鷄初鳴，盥漱櫛畢，以纚縚髮，以笄固髻。纚笄畢，尚須加總。若有祭祀等事，又須加被首之服。如《周禮》所謂「副編次」，《葛覃》傳所謂「婦人有副褘盛飾，以朝事舅姑，接見于宗廟，進見于君子」是也。毛進見之服雖不必與鄭同服被褖，然纚笄後亦必有加飾。可知此傳言「纚笄而朝」，謂纚笄後即須朝見，甚言其早敬耳。諸言「纚笄而朝」者，其義皆當如此也。

「甘與子同夢」傳：「古之夫人配其君子，亦不忘其敬。」經言「甘與同夢」，傳以「不忘其敬」釋之，則夢非睡夢之夢也。《説文》夕部「夢」云：「不明也。从夕，瞢省聲。」傳意言蟲飛已薨薨矣，尚甘與子同昧于下情乎？誠以群臣會朝，且欲歸治其家事，無以晏起而取惡于群臣也。此傳所謂不忘其敬也。箋云：「猶樂與子卧而同夢，言親愛之無已。」則字當作「㝱」。《説文》「㝱」云：「寐而有覺也。从宀，从疒，夢聲。」傳、箋義别。正義以親愛意釋傳「不忘其敬」，迂曲甚矣。夢，莫忠切，與「薨」古韻通。又亡貢切。寢惟莫鳳切一音。

還

「並驅從兩肩兮，揖我謂我儇兮」傳：「獸三歲曰肩。儇，利也。」此詩「肩」，《豳風》作「豜」，傳云：「豕三歲曰豜。」《玉篇》「豜」又作「豣」，此「肩」即「豣」之省耳。《説文》作「豜」，而注云：「豕三歲，肩相及者。」殆亦本作豕旁肩，後人依《豳風》改之。《豳風》「豜」，傳曰「豕」，此詩「肩」，傳曰「獸」者，《爾雅》「麔絶有力豜」。則豜又獸有力之通名，不專謂豕，獸三歲亦得云有力也。《説文》「儇，慧也」，以性情言。傳「利也」，以身之便利言。然《説文》又云：「嬛，材緊也。」惟材緊乃得便利，則「儇」當作「嬛」爲是。

著

「充耳以素乎而，尚之以瓊華乎而」傳：「素，象瑱。瓊華，美石。士之服也。」《淇澳》「充耳琇瑩」傳云：「琇瑩，美石也。天子玉瑱，諸侯以石。」則自天子以下皆用石矣。《周禮・冬官・玉人職》云：「天子用全，上公用龍，侯用瓚，伯用將。」鄭注云：「公侯四玉一石，伯子男三玉二石。」而《説文》則云：「天子用純玉，上公四玉一石，侯三玉二石，伯玉石半相埒，子男無文。」許先于鄭，當从許義。伯已玉石半，則子男當又降一等，用象石雜矣。《楚語》公子張曰：「賴君之用也，故言不然。巴浦之犀犛兕象，其可盡乎？其又以繩爲瑱也。」韋昭注曰：「瑱所以塞耳，言四獸之牙角可以爲瑱。」楚子爵而用象瑱，即其證也。此傳上言象瑱，下言士服，天子元士視子男内諸侯也，故以象爲瑱，而飾以瓊華之石。次章「充耳以青」傳云：「青，青玉。」「尚之以瓊瑩」傳云：「瓊瑩，石似玉，卿大夫之服也。」天子之卿視侯，大夫視伯，亦内諸侯也，故以青玉爲瑱而飾以瓊瑩之石。或三玉二石，或玉石半相埒也。三章「充耳以黄」傳云：「黄，黄玉。」「尚之以瓊英」傳云：「瓊英，美石似玉者。人君之服也。」此人君言外諸侯也，故以黄玉爲瑱而飾以瓊英之石，蓋四玉一石以下依五等之爵而用之也。正義以「尚之」爲身之所佩，非毛意。

東方之日

「東方之日兮」傳：「日出東方，人君明盛，無不照察也。」下章傳云：「月盛於東方，君明于上若日也，臣察于下若月也。」毛以古者君臣以禮化民，故民依禮嫁娶。日出對未出而言，月盛對未盈而言，不重東方。鄭則以東方爲義，日月俱在東方，尚未明照天下，故上章箋云「日在東方，其明未融」，下章箋云「月在東方，亦言不明」，言由君臣不明致有强暴。義各有當也。正義右鄭，乃云「日之明盛在于正南」，失毛旨矣。毛、鄭皆以日喻人君，《韓詩》薛君《章句》云：「詩人言所説者顔色盛美，如東方之日。」後世詞人如宋玉《神女賦》云：「其始來也，耀乎若白日，初出照屋梁。」曹子建《洛神賦》云：「遠而望之，皎若太陽升朝霞。」皆從韓義。

「履我即兮」傳：「履，禮也。」傳謂「履」爲「禮」字，非訓「履」爲「禮」也。箋知傳意，故云：「以禮來，我則就之，與之去也。」

東方未明

《序》：「刺無節也。朝廷興居無節，號令不時，挈壺氏不能掌其職焉。」如《序》言，是由人君無節，雖有挈壺氏亦不能守其職也。經首二章言群臣早入，顛倒衣裳。卒章責挈壺不能時夜。而兩言「自公」，則無節者在公矣。歸咎挈壺乃詩人微旨，亦猶杜蕢揚觶飲曠飲調之義也。《序》達經意，故專其咎于朝廷。傳、箋皆責挈壺，以《序》已明，令人于言外得之。正義述《序》，謂由挈壺失職，不以昏明告君。非經意，亦非《序》意。

「不能辰夜，不夙則莫」傳：「辰，時。夙，早。莫，晚。」《説文》：「辰，震也。三月陽氣動，雷電振，民農時也。物皆生，从乙匕，象芒達，厂聲也。辰，房星，天時也。从二。二，古文上字。」《説文》以農時、天時釋「辰」字，是「時」者辰之本訓。時夜者，時節其夜。《漢舊儀》曰：「晝夜漏起，省中用火，中黄門持五夜。」持夜，猶時夜也。但漏刻之節定于太史，雖有準則，日久必乖，非盡挈壺之咎。縱其不失，君欲起早，雖復告以旦晚，豈遂聽從？此皆事理之顯然者，而經顧以「不能」責之，則其所以刺君者可知矣。

「南山崔崔，雄狐綏綏」傳：「國君尊嚴，如南山崔崔然。雄狐相隨，綏綏然無別，失陰陽之匹。」箋云：「雄狐行求匹耦于南山之上，形皃綏綏然。興者喻襄公居人君之尊，而爲淫泆之行。」傳言「相隨」，即雌雄相隨，綏綏然無別。謂匹行而無別，凡陰陽相匹亦貴有別，雎鳩摯而有別，所以可貴。無別，即非陰陽之匹矣。上言尊嚴如山，即言雄狐無別。傳意亦謂居人君之尊而爲淫泆之行，同于鄭也。箋惟以雄狐求匹爲異，《有狐》傳「綏綏」訓「匹行」，故此傳亦當爲「匹行」。《説文》「綏」作「夂」，云：「行遲曳夂夂，象人兩脛有所躧也。」《玉篇》「夂」云：「行遲皃。」引《詩》「雄狐夂夂」云：「今作『綏』。」箋云「形皃綏綏然」，則當用行遲曳義。正義以傳爲「兩雄相隨」，又以「南山」「雄狐」兩俱爲喻，非也。

「齊子由歸」正義曰：「傳于《詩》『由』多訓爲『用』，此當言用此道以歸魯也。」按《爾雅》，由从自也，言从此道自此道歸魯亦可，而必非訓用。下章「齊子庸止」，傳乃訓「庸」爲「用」也。

「衡從其畝」傳：「衡獵之，從獵之，種之然後得麻。」正義曰：「在田逐禽謂之獵，則獵是行步踐履之名。」又曰：「謂既耕而東西踐躡概摩之也。」按：《月令》：「孟冬祈來年于天宗。」祈年是爲耕事，下即云「臘先祖五祀」。臘之言獵，以田獵所獲之物而祭先祖及五祀之神，故曰臘。《白虎通》云：「四時之田總名爲獵，爲田除害也。」然則除去田害謂之獵，如田豕、田鼠、昆蟲、草木之類。衡從獵取于其畝而後種之，乃得麻也。獵即獵取，不必以踐躡概摩釋之。

「必告父母」傳：「必告父母廟。」箋云：「取妻之禮，議于生者，卜于死者，此之謂告。」正義曰：「傳以經言『必告父母』，嫌其惟告生者，故云『必告父母之廟』。箋又嫌其惟告于廟，故云『議于生者，卜于死者』。」比説非也。凡君娶夫人，父雖不在，母容有在者。惠公薨在春秋前，隱二年經書「十有二月乙卯夫人子氏薨」，杜注：「桓未爲君，仲子不應稱夫人。隱讓桓以爲太子，成其母喪以赴諸侯，故經于此稱夫人。」是桓公娶文姜時母亦已薨，故傳曰「父母之廟」，專爲桓公言之。箋泛言婚姻之禮，不指桓公，故曰：「娶妻之禮，議于生者，卜于死者。」不然，仲子已薨，尚何生者之可同議乎？

「曷又鞠止」傳：「鞠，窮也。」正義曰：「《釋言》文。傳意當謂魯桓縱恣文姜，使窮極邪意也。」按：左氏《傳》于桓十八年公與文姜如齊，始云「齊侯通焉」。毛意特謂桓公不合與文姜如齊，決裂禮防至于窮盡，當有禍難隨之。以經言「鞠止」，是詩人已預知有彭生之事也。桓十八年《左傳》云：「公將有行，遂與姜氏如齊。申繻曰：『女有家，男有室，無相瀆也，謂之有禮。易此必敗。』」與此經正合。鄭于《序》下箋云：「襄公素與淫通，及嫁，公謫之。」公與夫人如齊，以淫通在先。正義從之，遂以箋意釋傳，非傳意也。

甫田

《序》：「大夫刺襄公也。無禮義而求大功，不修德而求諸侯，志大心勞，所以求者非其道也。」齊襄于桓十四年十二月即位，十五年謀定許，十七年謀衛，十八年討鄭弑君，莊五年納衛惠公。初若奮發有爲，可繼莊、僖之業。然考當日會艾、定許，止魯一國，盟黄謀衛，止魯、紀二國，首止討鄭，傳止稱齊師。惟納惠公有魯、宋、陳、蔡四國。至莊八年，經書「師次于郎以俟陳人、蔡人」，杜注云：「期共伐郕，陳、蔡不至，故駐師于郎以待之。」又書「師及齊師圍郕，郕降于齊」，是齊亦共期陳、蔡，而二國不至。至是冬而無知禍作矣。經言「無思遠人，勞心忉忉」，當爲圍郕之役而作。《序》悉經意，故曰「志大心勞，所以求者非其道也」。箋與正義俱未發明，特詳著之，以明《序》説之有據。

「無田甫田」，上「田」字，傳、箋無釋。《釋文》云：「無田，音佃。」正義曰：「無田甫田，猶《多方》云『宅爾宅田』。爾田，今人謂佃食，古之遺語也。」陸、孔俱讀作佃，則音堂練切矣。《信南山》「曾孫田之」箋云：「今原隰墾辟，則又成王之所佃。」《釋文》云：「所佃，音田，本亦作『田』。」是佃、田二字通。《説文》「佃」云：「中也。从人，田聲。《春秋傳》曰：『乘中佃。』一轅車。」徐音堂練切。按：哀十七年《左傳》云：「良夫乘衷甸兩牡。」杜注云：「衷甸，一轅，卿車。」正義謂四馬爲上乘，兩馬爲中乘，但有服馬無驂馬也。《周禮·小司徒》云：「四丘爲甸。」

注云：「甸之言乘也。讀如中甸之甸。」《稍人》云：「掌令丘乘之政令。」注云：「丘乘，四丘爲甸。甸讀與維禹敶之之敶同。其訓曰乘，由是改云。」《戴記·郊特牲》云：「丘乘共粢盛。」注云：「甸或謂之乘。」鄭或讀甸爲乘，或讀乘爲甸。《左傳》正義以「中乘」釋「衷甸」，《説文》以「衷甸」爲「中佃」，是田、佃、甸、乘四字通，音皆當讀如乘。此詩之「田」亦當音「乘」，而義則當訓爲治也。

「未幾見兮，突而弁兮」《釋文》云：「見兮，一本作『見之』。」箋云：「見之無幾，突耳加冠爲成人也。」正義述經云：「未經幾時而更見之。」是鄭本、孔本皆作「見之」，今本作「見兮」，誤也。正義又云：「此言『突若弁兮』。」又云：「若，猶耳也。故箋言『突耳加冠爲成人』。《猗嗟》『頎若』，言若者，皆然耳之義。古人語之異耳。定本云『突而弁兮』，不作『若』字。」如正義，則鄭本、孔本皆作「突若弁兮」，今本乃校書者依定本改之也。仍從原本作「若」爲是。《周禮·旅師職》云：「而用之以質劑致民。」注云：「而，讀爲若，聲之誤也。」鄭言「聲誤」，知古人讀「而」與「若」同，自可通用。然鄭、孔本作「若」，不宜改也。

盧令

《序》：「刺荒也。襄公好田獵，畢弋而不修民事，百姓苦之，故陳古以風焉。」按：《戴記·郊特牲·大羅氏》：「致鹿與女，以詔客告。曰：好田好女者亡其國。」無道而好田，未有不亡者。太康、后羿其明鑒也。襄公好田，詩人陳此貝丘之事，其先知之矣。左氏叙無知之弒發難者三人耳，若非平日不修民事，百姓心離，何遽至是？此《序》足補左氏之闕略。

「盧令令」傳：「盧，田犬。令令，纓環聲。」又曰：「順時遊田，與百姓共其樂、同其獲，故百姓聞而説之，其聲令令然。」傳已釋「令令」，結復言之者，凡田狩之篇多言車馬、禽獸、射御、殺獲，此經惟有一盧，即盧亦尚是纓環之聲，則猶未田也。毛以深仁厚澤積于平日，一旦聞君于田，百姓皆樂，以爲有犬令令然出此，非惡聲爾。聞是聞君出田，聲是百姓意中之聲。正義引《孟子》「百姓聞王車馬之音」爲證，猶隔一塵。正義曰：「此言鈴鈴，下言環、鋂。鈴鈴即是環、鋂聲之狀。」以「令」作「鈴」。《説文》：「鈴，令丁也。」雨部「霝」字云：「雷餘聲也。」鈴鈴所以挺出萬物，作「鈴」自是正體。然《説文序》云：「假借者，本無其字，依聲托事，令長是也。」令本訓發號，可借爲令長之令，則亦可借爲令令。

「其人美且鬈」傳：「鬈，好皃。」箋云：「鬈，讀當爲權。權，勇壯也。」《陳風·澤陂》「碩大且卷」，傳亦訓「好」。《釋文》云：「卷，本又作『婘』。」然《説文》無「婘」字，則此「鬈」即彼「卷」。正義謂「鬈是好皃，則與美是一。『且仁』『且偲』，既美而復有仁才，則『且鬈』不得爲好皃。」不知好是通詞，細别之，則卷有委曲和柔之意，不得用此爲譏也。箋讀「鬈」爲「權」，正義以《巧言》「無拳無勇」釋之。按：權，當作「捲」。《説文》：「捲，气勢也。从手，卷聲。《國語》曰：有捲勇。」許云「气勢」，與鄭「勇壯」正同。《巧言》「拳勇」亦當作「捲」，拳乃手也。

敝笱

「其魚魴鰥」傳：「鰥，大魚。」箋云：「鰥，魚子也。」正義曰：「鰥，魚子。《釋詁》文。李巡曰：『凡魚之子總名鯤也。鯤、鰥字異，蓋古字通用。』或鄭本作『鯤』也。」按：《説文》「鰥，魚也。从魚，眔聲。李陽冰曰：當从魚罤省。」《説文》「罤」，周人謂兄曰罤。《葛藟》「謂他人昆」，傳：「昆，兄也。」昆、罤一字。鰥从罤省，即鰥、鯤一字。是以《説文》有「鰥」無「鯤」。鰥之爲魚，《説文》不言大小。此經與魴鱮並舉，必其相若。魴鱮世所常有，無絶大者。毛言「大魚」，亦謂滿尺可粥者耳。正義引《孔叢子》「其大如車」之「鰥」證之，非毛意也。箋訓「鰥」爲「魚子」，正義既引《爾雅》「鯤魚子」，又引《國語》「魚禁鯤鮞」，以見鰥爲魚子，似矣。但鰥爲魚子，則是魚子之通名，安得與魴鱮並數？尋鄭之意，乃以鰥爲如車之大魚，其子差小，得與魴鱮並稱，蓋謂是鰥魚之子。箋文脱一「鰥」字，當曰：「鰥，鰥魚子也。」下即曰「魴也，鰥也，魚之易制者，然而敝敗之笱不能制。」箋意宜然。若如《爾雅》《國語》爲魚子之通稱，其説不得通矣。

「其從如雨」箋：「以言姪娣之善惡，亦文姜所使止。」正義曰：「姪娣之善惡，亦文姜所使，今定本云：『文姜所使止』，於義是也。」如孔説，則正義本作「亦文姜所使」，無「止」字。今汲古閣本校書者依定本加之也。正義「止」字又誤作「出」。

載驅

「載驅薄薄」傳：「薄薄，疾驅聲也。」正義曰：「《序》言『疾駈』，故云『疾驅』。『駈』與『驅』音義同，皆謂駈馬疾行也。」如正義，則孔經字作「駈」，傳字作「驅」。今本經、傳皆作「驅」，非也。《釋文》云：「載驅，欺具反。又如字。下皆同。本亦作『駈』。」孔經本正作「駈」矣。《說文》無「駈」字，作「驅」爲正。

「齊子發夕」傳：「發夕，自夕發至旦。」箋云：「魯之道路平易，文姜發夕由之往會焉。」正義曰：「此言發夕，謂夕時發行，故爲夕發至旦。《小宛》云『明發不寐』，謂比至明之開發，未嘗寢寐，故爲發夕至明。」按：孔説非也。傳中「自夕發」，「發」字未嘗訓爲行。經無「旦」字，傳蓋以「旦」訓「發」，言自夕之開發至旦，故曰發夕。發夕，即旦夕也。箋申傳，亦以「發」爲「旦」，故云「發夕由之往會」。若以「發」爲「行」，不得云「行夕由之往會」也。下箋云「豈弟」，猶言發夕。鄭以「豈弟」爲「闓明」，故云猶發夕。知鄭亦以「發」爲「旦」矣。《韓詩》云：「發，旦也。」《說文》「鼜」云：「《禮》：昏鼓三通爲大鼓，夜半三通爲戒晨，旦明三通爲發明。」《易林》云：「襄送季女至于蕩道，齊子旦夕留連久處，皆以發爲旦。」與毛傳合。上有「魯道」，下言「齊子旦夕在道」，不必更言行也。《小宛》傳云「發夕至明」，正用此經「發」字。

「齊子豈弟」傳：「言文姜于是樂易然。」箋云：「此豈弟猶言發夕也。豈，讀當爲闓。弟，《古文尚書》以『弟』爲『圛』。圛，明也。」傳以上章自夕至旦，此章已與齊侯會，故云「文姜于是樂易然」。或謂淫奔之人何有豈弟，是不然。《何彼襛矣》云：「曷不肅雝，王姬之車。」婦德以肅雝爲貴，樂易乃肅雝之反，非美詞也。箋以上章是自夕至旦，此章正是旦以後事，故易傳。《爾雅·釋言》云：「愷悌，發也。」正義謂舍人、李巡、孫炎、郭璞皆云「闓明發行」，非也。舍人、孫、李之説不可知，郭注見存。云：「發，發行也。」初無闓明之説。讀豈爲闓，訓圛爲明，始于鄭君。《爾雅》訓「愷悌」爲「發發」，亦是「旦」，與毛同。定本引箋云：「此愷悌，發也，猶言發夕也。」是鄭亦因《爾雅》訓「愷悌」爲「發」，乃轉爲「闓明」也。

正義曰：「古文作『悌』，今文作『圛』。賈逵以今文校之，定以爲『圛』，故鄭依賈氏所奏，从定爲『圛』。于古文則爲『悌』，故云『《古文尚書》以弟爲圛』。」按：《説文序》云：「《書》孔氏、《詩》毛氏皆古文。」而「圛」字注云：「回行也。从口，睪聲。《尚書》曰圛。圛者，《廣韻》引《説文》有『者』字。升雲半有半無，讀若驛。」許所引已用今文。《書·洪範》孔安國傳云：「圛，氣落驛不連屬。」《書》正義曰：「圛，即驛也。故以爲兆氣落驛不連屬。」是安國已定爲「圛」，不始于賈逵。

猗嗟

「頎而長兮」正義曰：「此言頎若長兮。」又曰：「今定本『頎而長兮』，『而』與『若』義並通也。」如孔説，則正義本作「若」，今本校書者依定本改之也。

「不出正兮」箋：「大夫二正，士一正。」正義曰：「《夏官·射人》：『以射法治射義。王以六耦射三侯，樂以《騶虞》，九節五正。諸侯以四耦射二侯，樂以《貍首》，七節三正。孤卿大夫以三耦射一侯，樂以《采蘋》，五節二正。士以三耦射豻侯，樂以《采蘩》，五節二正。』是天子以下所射之正數也。彼文大夫士同射二正。今定本云『大夫二正，士一正』，誤耳。」孔已言定本誤，則所據本是「大夫士二正」。校書者依正義之説，不審文勢，遂據定本改之耳。

「展我甥兮」傳：「外孫曰甥。」正義曰：「外孫得稱甥者，按《左傳》云『以肥之得備彌甥。』引證當矣。孫毓云：「襄公雖舅，而鳥獸其行，犯禮亂類，使時人皆以爲齊侯之子，故絶其相名之倫，更本於外祖以言也。」正義駁之，謂「此是毛傳之言，不應代詩人爲絶其相名之倫」。而于毛傳所以必據外祖者，孔亦未能明也。按：成十三年《左傳》晉侯使吕相絶秦曰：「昔逮我獻公及穆公相好，戮力同心，申之以盟誓，重之以昏姻。」又云：「穆、襄即世，康、靈即位。康公我之自出。」襄二十五年《左傳》子産曰：「昔虞閼父爲周陶正，以服事我先王，我先王賴其利器用也，與其神明之後也，庸以元女大姬配胡公而封諸陳，以備三恪。則我周之自出，至于今是賴。」晉人于秦康公言我之自出而必本獻公，鄭人于陳胡公子孫言我周之自出而必本武王，此《詩》毛傳云「外孫曰甥」，據齊僖公而言，亦立文之體宜然也。

「舞則選兮」傳：「選，齊也。」正義曰：「選之爲齊，其訓未聞。當謂其善舞齊于樂節。」《韓詩》薛君《章句》云：「言其舞則應雅樂也。」與正義説同。按：《周禮》鄉大夫之職，鄉射以五物詢衆庶，五曰興舞。注：「鄭司農云：故書『舞』爲『無』。杜子春『無』讀爲『舞』，言能六舞。」如《周禮》注，是射有舞。此傳訓「選」爲「齊」，蓋謂六舞皆能也。

皇清經解卷一千三百三十六終

靈川秦培璠舊校
南海桂文熾鄒伯奇新校

毛詩紬義　卷七

嘉應李黼平著

魏

《譜》云："當周平、桓之世，魏之變風始作。"正義曰："周自幽王以上，諸侯未敢專征。平、桓以後，以强凌弱。今云『日見侵削』，明是諸侯專恣，故以爲平、桓之時變風始作。"按：《邶鄘衛譜》云："後世子孫稍并彼三國混而名之。"正義曰："以康叔不得二國，故知後世子孫也。頃公之惡，邶人刺之，則頃公以前已兼邶，淇、鄘或亦然矣。周自昭王以後政教陵遲，諸侯或强弱相陵，故得兼彼二國，混一其境。"彼疏言"昭王以後强弱相陵"，此疏言"幽王以上諸侯未敢專征"，兩疏自相矛盾。鄭于魏不得其君世之次，故約略計之，以爲平、桓時《詩》始作耳。孔必欲以諸侯專恣實之，鑿矣。

葛屨

《序》："刺褊也。魏地陿隘，其民機巧趨利，其君儉嗇褊急，而無德以將之。"正義謂"舉民俗君情以刺之」，非也。《序》意專爲君言，民俗巧利，非甚弊俗，故襄二十九年季札聞歌《魏風》曰：「大而婉，儉而易行，以德輔此，則明主也。」亦謂其君無德以輔之。《序》言「無德以將」，與季札之言合。蓋國奢則示之以儉，國儉則示之以禮，轉移之權操乎君上，故《序》專云「刺褊也」。卒章箋云：「魏俗所以然者，是君心褊急，無德教使之耳。」深得《序》意。

「摻摻女手」傳：「摻摻，猶纖纖也。」正義曰：「摻摻爲女手之狀，則爲纖細之皃，故云『猶纖纖』也。《説文》云：『纖，好手。』古詩云『纖纖出素手』是也。」按：《説文》「攕」云：「好手皃。《詩》曰『攕攕女手』。从手，韱聲。」徐音所咸切。「纖」云：「細也，从糸，韱聲。」徐音息廉切。二字音義俱别。傳云「摻摻，猶纖纖」，作纖細解。又不云「好手」，自當作「纖」字，原不必一依《説文》。惟正義已引《説文》，仍作「纖」字，不言字異，亦不言纖、攕古字通，殊不可解。豈唐初《説文》本「纖」字，下亦引此詩作「纖纖」耶？《文選・古詩十九首》注引《韓詩》曰「纖纖女手」，韓亦與毛同。

「要之襋之，好人服之」傳：「要，褼也。襋，領也。好人，好女手之人。」箋云：「服，整也。褼也領也在上，好人尚可使整治之。謂屬著之。」正義曰：「言褼之也，領之也，在上之衣尊，好人尚可使整治之。」又釋傳云：「此要謂裳，要字宜从衣，故云『要，褼也。』要是裳要，則襋爲衣領。《説文》亦云『襋，衣領也』。二者於衣於裳各在其上，且又功少，故好人可使整治屬著之。」

按：以要爲裳要，此自是箋義。傳意不必然。《玉篇》「褄」云：「褄，襻也。」「襻」云：「帥下系。」則褄、襻一也。《説文》：「帥，佩巾也。或作『帨』。」《禮·内則》云：「左佩紛帨。」又曰：「女子設帨于門右。」《召南》「無感我帨兮」傳云：「帨，佩巾也。」褄、襻爲帨下系，則褄是巾佩之類。毛於上傳云：「婦人三月廟見，然後執婦功。」未三月，非惟縫裳不可，即巾領之屬亦不宜使彼好手之人治之也。正義以箋述傳，殊非毛意。鄭于上箋云：「裳，男子之下服。賤，又未可使縫。」則此箋云「在上者」，亦未必指裳要。《史記·大宛傳》云：「騫从月氏至大夏，竟不能得月氏要領。」索隱曰：「小顔以爲要衣、要領、衣領，凡持衣者必執要與領。」《晉書·五行志》云：「泰始初，衣服上偏下豐，着衣者皆壓褄。」據此，則衣亦可稱要。鄭謂裳不可縫，衣之要領在上，尚可整治之也。正義謂於衣於裳各在其上，亦非箋意。正義傳云：「好人，女手之人。」定本「女」字上多一「好」字，今本後人依定本加之也。

汾沮洳

《序》：「刺儉也。其君儉以能勤，刺不得禮也。」《釋文》云：「『其君子』，一本無『子』字。」是陸本《序》作「其君子」也。首章箋云：「是子之德，美信無度矣。雖然，其采莫之事，則非公路之禮也。」箋亦似指大夫。正義曰：「王肅、孫毓皆以爲大夫采莫。其《集注序》云：『君子儉以能勤。』案今定本及諸本《序》直云『其君』，義亦得通。」孔言義亦得通耳，其所從本與王肅、孫毓、《集注序》同也。乃其述經云：「其采莫之事殊異于公路，賤官尚不爲之，君何故親采莫乎？」又以爲采莫是君。此述經之疏恐屬後人添改，孔所言定本是顔師古所定之本，校書者誤以爲孔所定本，遂從而改之也。

「殊異乎公路」傳：「路，車也。」箋云：「公路，主君之軞車，庶子爲之。晉趙盾爲軞車之族是也。」正義謂「主君路車謂之公路，主兵車之行列則謂之公行」。以公路、公行爲一，非也。宣二年《左傳》云：「成公即位，乃宦卿之適子而爲之田以爲公族，又宦其餘子，亦爲餘子。其庶子爲公行。晉于是有公族、餘子、公行。」杜注云：「皆官名。」傳又云：「趙盾請以括爲公族，曰：『君姬氏之愛子也。微君姬氏，則臣狄人也。』公許之。冬，趙盾爲旄車之族。」杜注云：「旄車，公行之官。」杜預見趙盾讓括爲公族，則盾自以爲庶子可知。傳言庶子爲公行，則旄車爲公行之官可知。正義據杜注，遂以彼公族即此詩公族，彼公行即此詩公行，彼無公路而公行主旄車，因以公路、公行爲一官。不思左氏果以趙盾爲公行，何以不直曰「爲公行」而曰「爲旄車之族」？杜預之言未可據也。鄭以魏、晉之制不必盡同，而《左傳》又未有趙盾爲公行之說，故此箋云「公路主君之軞車，庶子爲之」，即引晉趙盾爲證，已顯與杜異。服虔云：「旄車，戎車之倅。」倅者副車，是旄車與戎車有別。下箋云：「从公之行者，主君兵車之行列。」兵車即戎車也，是鄭以公路爲主戎車之倅，公行爲主兵車行列，各有其官，不得爲一也。

「殊異乎公族」傳：「公族，公屬。」箋云：「公族，主君同姓昭穆也。」正義謂「公族大夫訓卿之子弟恭儉孝弟」，是公族主君之同姓，故云「主君同姓昭穆」。按：《周南·麟之趾》「振振公族」傳云：「公族，公同祖。」「振振公姓」傳云：「公姓，公同姓。」以上言公子是最親者，其次親爲同祖，又次爲同姓也。《唐風·杕杜》「不如我同姓」傳云：「同姓，同祖也。」以上言同父，同父之外次親者宜爲同祖也。此經上二章惟言公路、公行，故訓公族爲公屬，謂與公有廟屬之親者，即《禮·大傳》所謂「同姓从宗合族屬」。傳以「屬」訓「族」，箋因以同姓申傳耳。宣二年《左傳》云：「趙盾爲旄車之族，使屏季以其故族爲公族大夫。」成十八年《左傳》云：「荀家、荀會、欒黶、韓無忌爲公族大夫，使訓卿之子弟恭儉孝弟。」鄭果以此詩公族同彼公族，上章公路已引趙盾以證，而此章何以不引屏季爲證也？且《左傳》公族大夫有訓卿子弟之事，此箋惟云「主同姓昭穆」，所職亦殊，未可牽合爲一。《周禮·夏官》有諸子掌國子之倅，《禮·文王世子》云：「庶子之正于公族者，教之以孝弟睦友子愛，明父子之義、長幼之序。」與此公族相同。鄭不引者，以魏無德教，其官制亦未必能依周禮也。

園有桃

《序》：「刺時也。大夫憂其君，國小而迫，而儉以嗇。不能用其民，而無德教。日以侵削，故作是詩也。」《序》「大夫憂其君」三句爲一段，「不能用其民」二句爲一段，「日以侵削」二句爲一段。經内箋云：「魏君薄公税，省國用，不取于民，食園桃而已。」即《序》「儉嗇」也。「不施德教，民無以戰，其侵削之由由是也」，即《序》「不能用其民，而無德教」至末也。《序》、箋之意以魏君不能用其民者，以無德教民，無以戰故耳。正義述《序》，謂儉嗇不用其民，誤矣。

陟岵

《序》云：「國迫而數侵削，役乎大國。」箋云：「役乎大國者，爲大國所徵發。」《釋文》云：「侵削，本或作『國小而迫，數見侵削』者誤。」正義述箋云：「箋以文承『數見侵削』，嫌爲从役以拒大國，故辨之云『爲大國所徵發』也。」如正義，則孔所據《序》正是「國小而迫數見侵削」，今本校書者依《釋文》之説易之，當仍从原本。

「陟彼岵兮」傳：「山無艸木曰岵。」「陟屺」傳：「山有艸木曰屺。」此與《卷耳》「崔嵬」「砠」俱與《爾雅》相反，正義皆疑爲傳寫之誤。而《釋文》于《卷耳》則曰：「毛此傳與《爾雅》同。」是陸作《釋文》時《卷耳》猶未誤也。于此傳則曰：「與《爾雅》異。」是本與《爾雅》異，非傳寫之誤也。《説文》「砠」作「岨」，訓同。《卷耳》毛傳「岵」「屺」訓同《爾雅》，許用毛氏古文，而「岵」「屺」訓與今毛傳異，疑今本傳誤。然此等處當據鄭箋爲定，康成云「《爾雅》孔子門人所作，以釋六藝之言」，蓋不誣也。又謂「《爾雅》之文雜，非一人所作，未可全據以難」。是鄭亦有不信《爾雅》時。此兩《詩》傳與《雅》異，箋皆仍之，是鄭亦以毛説爲然也。

「上慎旃哉，猶來無止」傳：「旃，之。猶，可也。父尚義。」正義曰：「父尚義者，解孝子所以稱父戒己之意。由父之于子尚義，故戒之。二章傳曰『母尚恩』，卒章傳曰『兄尚親』，皆于章末言之，俱明見戒之意，以其恩義親故也。」如正義説，則全以父母兄爲義，不取章末「無止」之言。按：「止」字傳、箋無訓。正義謂「無止軍事」，其説不明。《説文》「讀」云：「中止也。从言，賣聲。」引《司馬法》曰：「師多則讀。讀，止也。」然則父戒己無輕于退，是爲父尚義也。次章母戒己無棄身，是母尚恩。卒章兄戒己無死敵，是兄尚親。故皆于章末言之也。

十畝之間

《序》：「刺時也。言其國削，小民無所居焉。」正義曰：「無所居，謂土田陿隘不足耕墾以居生，非謂無居宅也。」按正義釋箋云：「古者侵其地而虜其民，此得地陿民稠者，以民有畏寇而内入。」既云「畏寇内入」，即有無居宅者矣。魏承虞、夏之遺，民知大義，地雖侵削，其民固有不盡从而遷者。春秋文十三年，魏亡久矣。畢萬有魏，傳且三世矣。然魏壽餘謀歸士會，《傳》言「秦伯師于河西，魏人在東」。士會既濟，《傳》言「魏人譟而還」。地雖入晉而人猶稱魏人，是魏民不遷于晉之驗。此詩國削民存，至無居止，《序》説不誣。「泄泄」傳云：「多人之皃。」顧《序》「無所居」爲説也。

「十畝之間兮」，正義謂「一夫百畝，今此十畝，相率十倍。魏雖削小，未必即然。舉十畝以喻其陿隘耳」。按箋云：「古者一夫百畝，今十畝之間，往來者閑閑然，削小之甚。」箋亦以十畝爲削小之証。《水經·河水》篇注云：「永樂澗水南流徑河北縣故城西，故魏國也。」又云：「今城南西二面並去大河可二十餘里，北去首山一十許里，處河山之間，土地迫隘，故《魏風》著《十畝》之詩也。」如酈注，則魏之都城本甚迫狹，加以外境侵削，量地授田，有不得不以十畝爲限者。非虚舉以喻陿隘也。

伐檀

「河水清且漣猗」傳：「風行水成文曰漣。」按《爾雅》引此詩作「瀾」，《説文》「瀾」云：「大波爲瀾。」又「漣」云：「瀾，或从連。」徐鉉等曰「今俗音力延切」，非是。則「漣」乃「瀾」之或體。《小雅·漸漸之石》箋云：「與衆豕涉入水之波漣。」《釋文》云：「波漣，音連，一本作『瀾』。」據此，則瀾、漣誠一字矣。然《玉篇》《廣韻》皆二字分載，不云字同。《説文》「瀾」字訓與《爾雅》同，次「漣」字。次「淪」字云：「小波爲淪。」引《詩》「河水清且淪漪」。「瀾」「淪」二字俱依《爾雅》爲訓，而「瀾」字不引此詩。許殆疑《爾雅》引《詩》作「瀾」爲非，故别出「漣」字。《説文》有于或體下引書者，如「譔」爲「巽」之或體引《逸周書》，「䙴」爲「罶」之或體引《國語》。「漣」字下或即引此詩，而徐氏等删之。不然，《説文》已爲一字，何以顧野王、陸法言等皆不知也？

「胡取禾三百廛兮」傳：「一夫之居曰廛。」正義曰：「謂一夫之田百畝也。」按：夫田、居宅同號爲廛，《周禮・遂人》「夫一廛，田百畝」，鄭以一廛爲居宅，百畝爲夫田。正義以取禾宜于田中，故鄭且从傳，不知鄭正以傳言「一夫之居」，非言一夫之田，與己「廛爲居宅」之説合，故不易傳耳。非特此也，魏地削小，授田十畝，安得一夫復有百畝之田，《載師》注云：「廛者，若今云邑、里居矣。」廛者，民居之區域也，里居也。以廛、里任國中，而《遂人》授民田「夫一廛，田百畝」，是廛不謂民之邑居在都城者與？是鄭以廛爲民居，即《孟子》所謂「五畝之宅」也。傳「一夫之居」亦當如《孟子》。《釋文》云：「古者一夫田百畝，别受都邑五畝之地居之。故《孟子》云『五畝之宅』是也。」陸氏解「廛」字深得傳、箋之意，正義説非。

「不素飧兮」傳：「熟食曰飧。」箋云：「飧，讀如魚飧之飧。」正義引《鄭志》答張逸云：「禮，飧饔太多非可素，不得與『不素飧』相配，故易之也。」如鄭意，不過謂《禮》飧太多，引「魚飧」者，明其少耳，非以「飧」爲「飯」也。正義引《説文》云：「『飧，水澆飯也。从夕食』。言人旦則食飯，飯不可停，故夕則食飧，是飧爲飯之别名。」按：今《説文》「飧」云：「餔也。从夕食。」「餔」云：「日加申時食也。」則「飧」亦同「食」。《釋文》云：「飧，素門反。《字林》云：水澆飯也。」《玉篇》云：「飧，水和飯也。」如《釋文》，則水澆飯之訓乃吕忱説。孔以「飧」爲「飯」之别名，故引以實其言。又誤謂《説文》語。不可从也。

碩鼠

《序》、箋俱云「大鼠」。正義曰：「《釋獸》于鼠屬有鼫鼠，孫炎曰『五技鼠』。郭璞曰：『大鼠，頭似兔，尾有毛青黄色。好在田中食粟豆，關西呼鼩（音瞿）鼠。』舍人、樊光同引此詩，以碩鼠爲彼五技之鼠也。陸璣《疏》云：『今河東有大鼠，能人立，交前兩脚于頸上跳舞，善鳴，食人禾苗，人逐則走入樹空中。亦有五技，或謂之雀鼠，其形大，故《序》云大鼠也。魏國，今河北縣是也。言其方物，宜謂此鼠非鼫鼠也。』案：此經作『碩鼠』，訓之爲『大』，不作『鼫鼠』之字，其義或如陸言也。」以上正義説。案：正義引《爾雅》郭注「關西呼鼩，音瞿」。今本《爾雅》注云：「關西呼爲鼩鼠，見《廣雅》。」邢疏云：「『鼳，音瞿。今本作『鼩』，誤也。」如正義及邢疏，則鼫鼠爲鼩鼠矣。《爾雅》釋文載注則爲「鼩鼠」，云：「『鼩，音雀，將略反。』《字林》音灼，云：『鼩鼠，出胡地。』郭注本『雀』字，或誤爲『瞿』字。沈旋因云：『郭以爲鼩鼠，音求于反，非也。』」如《釋文》則郭以鼫鼠爲鼩鼠，即雀鼠也，與陸疏之説正同，即是此詩之「碩鼠」。正義緣沈旋之誤，以鼩爲鼩，故是陸而非郭。《易》「晉鼫鼠」，子夏《傳》作「碩鼠」。碩、鼫字本通，不必以《爾雅》作「鼫」、《詩》作「碩」爲疑也。

「三歲貫女」傳：「貫，事也。」《釋文》云：「貫，徐音官。」按：古人音字，有音某字即作某字者，徐仙民殆讀「貫」爲「宦」。《説文》：「宦，史，事君也。从宀，从臣。此與『師』同意。」是

「宧」亦「事」也。《魯詩》作「三歲宧女」，《説文》：「宧，仕也。」仕則事君，是宧亦事也。《玉篇》云：「宧，宧也。」「宧」與「宧」字雖異而義大同，故《魯詩》「貫」作「宧」，而徐音宧。傳云「貫，事也」，尚作臣刺其君。箋雖亦云「事」，而下言「三年大比，民或于是徙」，則作民刺其君。傳、箋宜有别也。

唐

蟋蟀

《序》云：「刺晉僖公也。儉不中禮，故作是詩以閔之，欲其及時以禮自虞樂也。」正義曰：「欲其及時者，三章上四句是也。以禮自虞樂者，下四句是也。」按：此乃箋義，鄭讀《序》「欲其及時」爲句，故「日月其除」下箋云：「是時農功畢，君子以自樂矣。今不自樂，日月且過去，不暇復爲之。」傳則讀《序》「欲其及時以禮自虞樂」爲一句，故「日月其除」傳惟云：「除，去也。」「無已太康」二句傳云：「已，甚。康，樂。職，主也。」言無甚大樂，主思居于禮樂也。傳、箋各殊。正義尚欠分晰。

山有樞

「他人是愉」傳：「愉，樂也。」箋云：「愉，讀曰偷。偷，取也。」按：傳訓「愉」爲「樂」，與

《爾雅》合。《説文》無「偷」字，《爾雅》云：「佻，偷也。」孫刻宋本《説文》曰：「佻，愉也。」汲古閣《説文》：「佻，偷也。」又曰：「愉，薄也。从心，俞聲。《論語》曰：私覿愉愉如也。」《小雅·鹿鳴》「視民不恌」傳云：「恌，愉也。」《釋文》：「愉，他侯反，又音逾。」他侯反即「偷」字。《春秋》昭十年《左傳》引《詩》曰「視民不佻」，杜預注云：「佻，偷也。」《文選》張平子《東京賦》云「示民不偷」，薛綜注：「《毛詩》曰『視民不佻』，毛萇曰：『佻，偷也。』」是「愉」與「偷」通，故箋讀曰偷。此詩之愉亦作「媮」，張平子《西京賦》云：「他人是媮。」《説文》「媮」云：「巧黠也。」徐音托侯切。偷取物者必巧黠，音又托侯切。是媮亦偷也。《序》云「刺晉昭公」，而經中「他人是愉」「他人是保」，與《蟋蟀》「今我不樂」詞意大同。薛綜《西京賦》注曰：「《唐》詩刺晉僖公不能及時以自娱樂，曰『子有衣裳，弗曳弗婁，宛其死矣，他人是媮』，言今日之不極意恣嬌，亦如此也。」注言「刺僖公」，豈誤記耶？李善《西京賦》注曰：「舊注是者因而留之，其有乖繆，臣乃具釋，並稱臣善以别之。」今此賦善注不言其誤，或三國時《序》説亦有作「刺僖公」者，因而留之也。

「山有栲」傳：「栲，山樗。」陸《疏》云：「『山樗』與下『田樗』略無異，葉似差狹耳。吴人以其葉爲茗，方俗無名此爲栲者，似誤也。今所云爲栲者，葉如櫟木，皮厚數寸，可爲車輻。或謂之栲櫟。許慎正以『栲』讀爲『糗』。今人言栲，失其聲耳。」正義从之。按：《爾雅》云：「栲，山樗。」郭注曰：「栲，似樗，色小白。生山中，因名云。亦類漆樹。」《説文》「栲」作「柷」，云：

「山樗也。从木，尻聲。」「樗」云：「木也。从木，虖聲。」二書皆在陸前，皆以「栲」爲山樗，陸豈未之見耶？《説文》惟云「柷，从木，尻聲」，亦無「栲讀爲槈」之語。《詩》《爾雅》釋文俱音「考」。《玉篇》苦道切，《説文》徐音苦浩切，皆不从陸疏之説也。

「弗鼓弗考」傳：「考，擊也。」《釋文》云：「鼓如字，本或作『擊』，非。」正義曰：「今定本云『弗鼓弗考』，注云：『考，擊也。』無『亦』字，義並通也。」如《釋文》，則經句有作「弗擊弗考」者。如正義，則孔所據本亦是「弗擊弗考」，傳則云「考，亦擊也」。今汲古閣本如此，是校書者據《釋文》定本改之，必如原本乃合。《文選》潘岳《河陽縣詩》云「頮如槁石火」，李善注：「《毛詩》曰『子有鐘鼓，弗擊弗考』，毛萇曰：『考，亦擊也。』」「槁」與「考」古字通，李所引經、傳正與孔本同。

揚之水

「素衣朱襮」傳：「襮，領也。諸侯繡黼丹朱中衣。」箋云：「國人欲進此服去从桓叔。」正義用箋述經曰：「國人欲得造制此素衣朱襮之服，以从子桓叔于沃國也。」按：《郊特牲》云：「繡黼丹朱中衣，大夫之僭禮也。」桓叔雖封曲沃，猶是大夫。經言「朱襮」，則是桓叔已服黼領。傳「諸侯」二字，明桓叔自僭爲諸侯，國人見其服而欲歸之不得。與鄭同。正義不別，非也。

「從子于鵠」傳：「鵠，曲沃邑也。」正義曰：「晉封桓叔于曲沃，非獨一邑而已。其都在曲沃，其旁更有邑，故云：『鵠，曲沃邑也。』」按：《序》下正義引《漢・地理志》：「河東聞喜縣，故曲沃也。武帝元鼎六年行過更名。」應劭曰：「武帝于此聞南越破，改曰聞喜。」是孔以《漢志》聞喜即桓叔所封也，不知《漢志》大略言之耳。《水經・涑水》篇注云：「涑水又西徑仲郵郞北，又西徑桐鄉城北。《竹書紀年》曰『翼侯伐曲沃大捷，武公請城于翼，城，當作「成」。至洞庭乃返』者也。今《竹書》作「至桐而還」。《漢書》曰『漢武帝元鼎六年，將幸緱氏，至左邑桐鄉聞南越破，以爲聞喜縣』者也。」如酈注，則聞喜乃左邑之桐鄉也。又曰：「涑水又西南徑左邑縣故城南，故曲沃也。晉武公自晉陽徙此，秦改爲左邑縣。《詩》所謂『從子于鵠』者也。《春秋傳》曰『下國有宗廟謂之國，在絳曰下國矣』，即新城也，王莽之洮亭也。涑水自城西注，水流急濬，輕津無緩，故詩人以爲激揚之水，言不能流移束薪耳。水側即狐突遇申生處也。《春秋傳》曰：『秋，狐突適下國，遇太子，太子使登僕。曰：夷吾無禮，吾請帝以畀秦。對曰：神不歆非類，君其圖之。君曰：諾。請七日見我于新城西偏。』及期而往，見于此處。」如酈注，則左邑乃爲曲沃，而鵠即其所都，鵠與曲沃一耳。若如正義，聞喜爲曲沃，鵠爲曲沃旁邑，則桓叔方在曲沃，國人何乃從之于鵠耶？傳以曲沃爲大名，鵠是其都，故曰「曲沃邑」也。

椒聊

《序》：「刺昭公也。君子見沃之盛强，能修其政，知其蕃衍盛大，子孫將有晉國焉。」經三章皆陳沃之蕃衍，即所以刺昭公之微弱，亦猶陳古所以刺今也。正義曰：「君子之人見沃國之盛强，桓叔能修其政教，知其後世稍復蕃衍盛大，子孫將并有晉國焉。昭公不知，故刺之。」按：《山有樞序》有「四鄰謀取其國家而不知」之語，故正義爲此説。不知彼經有「他人入室」之詞，故《序》云爾。此經惟言桓叔之盛，所以刺昭公者，令人于言外得之。正義謂「刺昭公之不知」，非經意，亦非《序》意。

「椒聊之實」箋云：「椒之性芬香而少實，今一捄之實，蕃衍滿升，非其常也。」捄，《爾雅》作「莍」，《釋木》云「椒椴醜莍」，李巡、郭璞皆以莍爲椒之房是也。捄，《説文》云：「盛土于梩中也。一曰擾也。《詩》曰：捄之陾陾。」徐音舉朱切。此「捄」，《釋文》音求。按：音求者，如《詩》「有捄棘匕」「有捄天畢」，皆長曲之皃。箋言「一捄」，當是「梂」字之誤。《説文》：「梂，櫟實也。」《爾雅》：「櫟，其實梂。」莍爲椒椴實，梂爲櫟實，音義正同。捄从手，梂从木，因形近而誤耳。

「遠條且」傳：「條，長也。」正義曰：「《尚書》稱『厥木惟條』，謂木枝長，故以條爲長也。」按：正義説誤。《説文》「莜」云：「艸田器。从艸，條省聲。《論語》曰：『以杖荷莜』。今作『蓧』。」是「條」與「攸」通。「鬯」云：「以秬釀鬱艸，芬芳攸服，以降神也。」此傳謂椒氣條長，故箋申之云：「椒之氣日益遠長，似桓叔之德彌廣博。」非謂椒之枝條長也。

下傳云：「言聲之遠聞也。」聲與馨同。《說文》「馨」云：「香之遠聞者。从香，殸聲。殸，籒文磬。」「聲」云：「音也。从耳，殸聲。殸，籒文磬。」二字皆以殸得聲，古音相近。「聞」云：「知聞也。」凡从耳入者爲聞，从鼻入者亦爲聞，故香得爲聞。漢《衡方碑》云：「維明維允，耀此聲香。」聲香，即馨香，是字通之驗。如謂此傳爲椒之枝條，豈下傳亦可謂爲椒之聲乎？

綢繆

《序》：「刺晉亂也。國亂則婚姻不得其時焉。」《春秋》桓二年《左傳》云：「惠之二十四年，晉始亂，故封桓叔于曲沃。」左氏不言封桓叔者爲何人，《史記·晉世家》昭侯元年，封文侯弟成師于曲沃，而《年表》晉昭侯元年注云：「封季弟成師于曲沃。」曲沃大于國，君子譏曰：「晉之亂自曲沃始矣。」如《年表》，則是文侯封之，君子譏其亂自此始，實未亂也。《世家》及《揚之水序》則云昭公分國以封沃，沃盛强，昭公微弱，國人將叛而歸焉。合《左傳》觀之，竊謂文侯薨時桓叔必有争立之事，故《左傳》曰「晉始亂」，曰「故封桓叔于曲沃」。因亂故封，實不得已而分國。昭公在位七年中，曲沃當有伐翼事。以在春秋前，故左氏略其事，而以「始亂」二字該之。此詩刺晉亂，正昭公七年中事也。

「子兮子兮」傳：「子兮者，嗟茲也。」正義曰：「傳意以上句爲思咏嫁娶之夕欲得見良人，則此句嗟歎己身不得見良人也。子兮子兮，自嗟歎也。兹，此也。嗟歎此身不得見良人，言己無奈此良人何。」釋傳殊未明晰。按：《易》「箕子之明夷」《釋文》云：「劉向云：今《易》『箕子』作『荄滋』。鄒湛云：訓『箕』爲『荄』，詁『子』爲『滋』，漫衍無經，不可致詰。以譏荀爽。」是劉向、荀爽讀「子」爲「滋」。王輔嗣注云：「最近于晦，與難爲比，險莫如兹，而在斯中。」王从蜀才本「箕」作「其」，故以「斯」訓「其」，而从劉向、荀爽以「兹」訓「子」也。然則此詩「子」即「兹」字，故傳云「子兮者，嗟兹也」。箋不从傳，故云「子兮子兮者，斥嫁取者」。箋以「子」斥嫁取者之身，則傳非指己身，言「兹夕兹夕，如此良人何」矣。

「見此邂逅」傳：「邂逅，解説之皃。」正義不釋「解説」之義，《釋文》經作「邂覯」，云：「邂，本亦作『解』，户懈反。一音户佳反。覯，本又作『逅』，同胡豆反。一音户冓反。」毛作傳時，經字當是「解覯」。解，一音户佳反，即「諧」字也。《艸蟲》「覯止」傳云：「遇也。」箋以男女覯精申之。此詩是思得見之詞，故不訓爲遇，而以説釋之。解説，即諧説，言諧和而説也。首章「美室」，謂妻之美。此章謂妻之諧説，三章「粲者」，「粲」當作「妓」。傳云「大夫一妻二妾」，則兼姪娣言也。

杕杜

《序》：「刺時也。君不能親其宗族，骨肉離散，獨居而無兄弟，將爲沃所并爾。」昭公封其叔父，似不得謂不親宗族。而此《序》云然者，孔子曰：「尊其位，重其禄，同其好惡，所以勸親親也。」沃地大，當時若裂之以封宗族，使食采其中，必無尾大之患。計不出此，而盡予成師，如《揚之水序》有分國之詞，且又半有晉國，而宗族之無位禄者固多矣，此其所以爲不親宗族而骨肉離散與？

「其葉湑湑」傳：「湑湑，枝葉不相比也。」下章「菁菁」傳云：「菁菁，葉盛也。」正義曰：「傳于此云『湑湑，枝葉不相比』，下章言『菁菁，葉盛』，互相明耳。言葉雖茂盛而枝條稀疏，以喻宗族雖强不相親暱也。」枝條已稀，其葉安得茂盛？孔説誤也。傳以首章經言「同父」，同父人少，故謂湑湑爲枝葉不相比。下章經言「同姓」，同姓人稍多，故謂菁菁爲盛，言枝葉雖盛，與本幹亦不相比也。比，毗志反，即庇蔭之庇。孔讀爲比次之比，故誤耳。

「胡不比焉」箋云：「比，輔也。」正義曰：「比輔，《釋詁》文。彼『輔』作『俌』，亦是輔之義也。」按：《釋詁》「弼、棐、輔、比」俱爲「俌」，故云「俌亦輔之義」。《説文》「輔」云：「人頰車也。」而「俌」字注云：「輔也。从人，甫聲。讀若撫。」以輔訓俌，則字亦相通。此詩以昭公無親，求行人而輔助，不知的在何年。其後昭公弒而晉人立孝侯，孝侯弒而晉人立鄂侯，鄂侯奔而懷姓九宗有迎立反正之事，即翼滅後王猶命立哀侯之弟緡，至莊十六年，曲沃武公始以一軍爲晉侯。計魯惠公三十年昭公之死，下至莊十六年尚延國脉者六十一年，亦此詩之力也。

羔裘

「羔裘豹祛」傳：「祛，袂也。本末不同，在位與民異心。」正義曰：「《玉藻》說深衣之制云：『袂可以回肘。』注云：『二尺二寸之節。』又曰：『祛尺二寸。』注云：『袂口也。』然則袂與祛別。此以祛、袂爲一者，袂是褏之大名，祛是褏頭之小稱，其通皆爲袂。」按：此言是也。又曰：「此解直云『祛，袂』。定本云『祛，袂末』，與禮合。」又以定本爲是，斯不然矣。《說文》「袂」云：「褏也。从衣，夬聲。」「祛」云：「衣袂也。从衣，去聲。一曰祛，褢也。褢者，裛也。祛，尺二寸。《春秋傳》曰：披斬其祛。」與毛傳合。《玉篇》亦云：「袂也。」祛之爲袂，傳義確不可易。定本云「祛袂末」者非。以祛爲袂之末，言祛袂爲裘之末耳。

「豈無他人，維子之故」箋云：「此民，卿大夫采邑之民也。故云豈無他人可以歸往者乎？乃念子故舊之人。」正義曰：「箋以民與大夫尊卑懸隔，不應得有故舊恩好。而此云『維子之好』，故解之是此卿大夫采邑之民。以卿大夫世食采邑，在位者幼少未仕之時，與此民相親相愛，故稱好也。」又云：「豈無他人可歸往者，指謂他國可往，非欲去此采邑，適彼采邑。」按《大學》言文王與國人交，何卿大夫與民不應有故舊恩好？《周官·比長職》曰：「徙于國中及郊，則从而授之。」注云：「徙謂不便其居也。或國中之民出徙郊，或郊民入徙國中，皆从而付所處之吏。」《碩鼠》箋亦言：「古者三年大比，民或于是徙。」據此，國與郊民可以互徙，何此采邑不可適彼采邑？此箋蓋以經言「自我人居居」，自者用也。卿大夫非其采邑之民不得役使，故箋言此民是卿大夫采邑之民也。正義説誤。

鴇羽

《序》：「刺時也。昭公之後，大亂五世。君子下从征役，不得養其父母，而作是詩也。」箋：「大亂五世者，昭公、孝侯、鄂侯、哀侯、小子侯。」正義曰：「桓八年傳云：『冬，王命虢仲立晉哀侯之弟緡于晉。』則小子侯之後復有緡爲晉君。此大亂五世不數緡者，以此言昭公之後，則是昭公之詩。自昭公數之，至小子而滿五，故數不及緡也。」按：以世次言，則孝侯、鄂侯共一世，昭公至小子僅四世。鄭必以君數爲五者，以緡在位二十八年，未嘗有亂故耳。然經言「王事靡盬」，《序》言「下从征役」，則緡時實有从王征伐之事。桓七年《左傳》云：冬，曲沃伯誘晉小子侯殺之。八年春，滅翼。其冬，王命虢仲立晉哀侯之弟緡于晉。九年秋，虢仲、芮伯、荀侯、賈伯伐曲沃。小子侯于七年冬被弑，緡于八年冬立。則八年春滅翼之時，緡已逋竄，至冬始求得而立之也。于時緡雖立而曲沃正强，虢仲奉王命在先，欲終其事，故復合三國伐曲沃以定之。他國猶會師，豈本國全無徵發？君子從役，當在此時。《左傳》序虢仲于三國之上，明此舉亦是王命，故經言「王事靡盬」，承連年争戰之後，故有「不能蓺黍稷」之言。以此經及《左傳》觀之，則箋數大亂至小子侯止，《序》言從役在大亂五世之後，種種皆合矣。

「集于苞栩」傳：「栩，杼也。」正義曰：「『栩，杼』，《釋木》文。」又引陸璣《疏》曰：「今柞櫟也。徐州人謂櫟爲杼，或謂之栩。」又曰：「今京洛及河内多言杼，謂櫟爲杼，五方通語也。」《秦風》「山有苞櫟」傳：「櫟，木也。」正義曰：「《釋木》云：『櫟，其實梂。』」又引陸璣《疏》曰：「秦人謂柞櫟爲櫟，河内人謂木蓼爲櫟。」又曰：「此秦詩也，宜从其方土之言柞櫟是也。」陸以櫟爲柞櫟，又以櫟爲栩杼。正義引之不爲辨正，殆亦以陸疏爲然。按：毛傳及《爾雅》以「栩」「櫟」爲二木。《説文》「栩」云：「柔也。从木，羽聲。其皁，一曰樣。」「柔」云：「栩也。从木，予聲。讀若杼。」「櫟」云：「木也，从木，樂聲。」「柞」云：「木也。从木，乍聲。」如《説文》，則「栩」「櫟」「柞」爲三木。陸氏以爲一木，誤也。然此説非獨陸氏。《釋木》：「櫟，其實梂。」孫炎曰：「櫟實，橡也。有梂彙自裹也。」《説文》「樣」云：「栩實，从木，羕聲。」「梂」云：「櫟實，一曰鑿首。从木，求聲。」今以櫟實爲橡，橡即「樣」字，是孫叔然亦以「栩」爲「櫟」。《釋木》「栩杼」，郭景純注云：「柞樹。」蓋承孫、陸之誤。《玉篇》「栩」「杼」「樣」「柞」，注與《説文》同。「櫟」字雖不注木名，而「梂」字云：「櫟實。」則亦以「栩」「櫟」「柞」爲三木也。

無衣

《序》：「刺晉武公也。武公始并晉國，其大夫爲之請命乎天子之使，而作是詩也。」正義曰：「虢公未命晉之前，有使適晉，晉大夫就而請命。」是孔以莊十六年王使虢公命曲沃伯以一軍爲晉侯，因此詩請而得命也。按：《晉世家》云：晉侯緡立二十八年，曲沃武公伐晉侯緡，滅之，盡以其寶器賂周釐王。釐王命曲沃武公爲晉君，列爲諸侯。《三略》曰：「諸侯二師，方伯三師，天子六師。」師即軍也。昭五年《穀梁》「舍中軍」傳云：「貴復正也。」以舍中軍爲復正，是諸侯當二軍。今命曲沃以一軍，則雖名爲諸侯，實尚不許列爲諸侯也。此詩殆虢公命晉後晉大夫以王命僅許一軍，因時使之來，復爲是請。《春秋》文元年「天王使毛伯來錫公命」，杜注云：「諸侯即位，天子賜以命圭合瑞爲信。」既賜命圭，則亦可賜命服，如秦襄公始命有詩，受命復有詩是也。《春秋》外賜命不書，則傳往往載之。計武公在位一年，此詩請後，《左傳》未嘗書「王賜晉侯命」，則是請而不得，未可以莊十六年傳當之矣。此汲古閣本《序》作「刺晉武公」，正義述《序》，言「美晉武公」，當是汲古閣本誤。

「豈曰無衣七兮」傳：「侯伯之禮七命，冕服七章。」箋云：「我豈無是七章之衣乎？晉舊有之，非新命之服。」此傳言侯伯之禮，亦與《揚之水》傳言「諸侯繡黼丹朱中衣」同。桓叔之封也，師服曰：「吾聞國家之立也，本大而末小，是以能固。故天子建國，諸侯立家，卿置側室，大夫有貳宗，士有隸子弟，庶人、工、商各有分親，皆有等衰。是以民服事其上，而下無覬覦。今晉，甸侯也，而建國。本既弱矣，其能久乎？」言諸侯當封卿大夫，今晉封桓叔不爲卿大夫，而號爲曲沃伯，是謂建國。左氏《傳》既言建國，《揚之水》詩亦直稱爲沃，是曲沃伯服七章之衣久矣。

故此經曰「我豈無此七章之衣乎」，但不如天子之衣安且吉耳。鄭于《揚之水》箋云：「國人欲進此服去從桓叔」，則以曲沃未爲諸侯，故國人欲進以諸侯之服。此箋言晉舊有之者，蓋據唐叔以來言之。傳、箋各別，正義以箋述經，同毛于鄭，非也。

「豈曰無衣六兮」傳：「天子之卿六命，車旗、衣服以六爲節。」箋云：「變七言六者，謙也。不敢必當侯伯，得受六命之服，列于天子之卿，猶愈于否。」正義謂鄭以諸侯入爲卿大夫，各依本國命數，不服六章。故云「得受六命之服」。次于天子之卿猶愈于否，毛意則不必然。《大車》傳云：「天子大夫四命，其出封五命，如子男之服。」彼天子大夫出於封畿即得加命，反於朝廷，還服其本。則侯伯七命，入仕六命，較然可知。是以《淇澳》傳云「重較卿士之車」，《緇衣》傳云「緇衣卿士聽朝之服」，皆以卿士別之，不言侯伯車服。但鄭、衛皆實入爲卿士，晉武初并晉國，未仕王朝。此傳言「天子之卿六命」者，毛以晉大夫本請七章，特以侯伯之品視天子之卿，可以稱七，亦可以稱六。猶《王風·揚之水》本是戊申，以甫、許爲申同姓，遂變言甫、許，非謂願得六命之服。與鄭殊也。

有杕之杜

「噬肯適我」傳：「噬，逮也。」正義曰：「《釋言》文。」按：《爾雅·釋言》云：「遏遾，逮也。」郭注曰：「東齊曰遏，北燕曰遾。」皆相及。逮，《詩》作「噬」，《爾雅》作「遾」。正義不言字異，豈孔所見《爾雅》本亦作「噬」耶？邢疏謂郭所引者《方言》文，今《方言》亦作「噬」。

葛生

《序》："刺獻公也。好攻戰，則國人多喪矣。"箋云："喪，棄亡也。夫從征役棄亡不反，則其妻居家而怨思。"鄭解《序》中"喪"字爲"棄亡"，非謂死亡也。"予美亡此"，箋訓"亡"爲"無"。又云："从軍未還，未知死生。""百歲之後，歸于其居"箋云："言此者婦人專一，義之至，情之盡。"皆未嘗言其夫死亡。正義述經云："由獻公好戰，令其夫亡。"是以爲死亡也。非箋意，亦非《序》意。

采苓

"人之爲言"《釋文》："爲言，于僞反。或如字。下文皆同。本或作『僞』字，非。"正義述經，上下俱作"人之僞言"。又云："王肅諸本皆作『爲言』，定本作『僞言』。"如孔説，則正義从定本作"僞言"。今汲古閣本經文俱作"爲言"，校書者依《釋文》及王肅諸本改之也。當仍作"僞"字，乃與正義合。

皇清經解卷一千三百三十七終

靈川秦培璠舊校
南海桂文熾鄒伯奇新校

毛詩紬義 卷八

嘉應李黼平著

秦

《譜》：「遂橫有周西都宗周畿内八百里之地。」正義曰：「《本紀》云：『賜襄公岐以西之地，襄公生文公，于是文公遂收周餘民有之。地至岐，岐以東獻之周。』如《本紀》之言，則襄公所得自岐以西。如以鄭言，橫有西都八百里之地，則是全得西畿。」因以《詩》言「終南」爲非唯自岐以西之證。不知終南亘今鳳翔、岐山、郿三縣及西安一府之境，是岐西亦有終南。又引春秋時秦境東至于河，適足爲襄公未得周地之證，皆不足以難《本紀》也。按：《本紀》云：「封襄公爲諸侯，賜之岐以西之地。」又云：「戎侵奪我岐豐，秦能攻逐戎，即有其地。」上言「岐西」，下言「岐豐」，已自差互。且如《本紀》云「獻岐東地于周」，即應是周地。文公之後東拓境土，如武公伐彭戲氏。彭戲即彭衙，在今同州府白水縣東北六十里。「縣杜、鄭」。鄭即鄭桓公故封，在今同州府之華州。杜爲杜伯之國，亦在華州界。穆公滅芮，芮在今同州府朝邑縣西二里，有故臨晉城。《竹書紀年》云：「秦穆公二年，滅芮，築壘以臨晉地。故曰臨晉。」又滅梁，梁在今同州府韓城縣南二十里，秦滅之以爲少梁邑。以上皆在岐東，周人何以曾不致詰，一任秦人取之？而太史公于杜、鄭諸地，又何以不書「某年取周某地」乎？可知平王賜之，久爲秦地。襄公方事西戎，未遑東略，至子孫乃稍開闢耳。鄭以襄公能取周地，《終南序》有明文，信史遷不如信子夏，故斷以爲全得西畿也。《譜》又云：「其封域東至迤山，在荆岐終南惇物之野。」迤山不知的在何處。《漢志》「褒德」下云：「《禹貢》北條荆山在南，有疆梁，原洛水東南入渭。」《水經·渭水》篇注云：「渭水之南，沙苑之北，即懷德縣故城。《地理志》曰：《禹貢》北條荆山在南，下有荆渠，即夏后鑄鼎處也。」漢懷德故城在今同州朝邑縣西南。朝邑東去河三十五里，如《譜》舉荆山以表秦境，則襄公時東已至河。僖十五年戰于韓，韓即晉之韓原，得與秦之少梁同壤者。襄公受地未及疆理，故晉得跨河而有之。莊二十一年《左傳》：「王巡虢守。虢公爲王宫于玤，王與之酒泉。」酒泉，在今同州府澄城縣，杜注以爲周邑。則是東周畿内近虢之地錯入西都者，故天子以賜虢也。

車鄰

「寺人之令」傳：「寺人，内小臣也。」正義謂天子諸侯皆有寺人，與内小臣其官各别。因謂傳云「内小臣」，是在内細小之臣。按：《小雅·巷伯》篇「寺人孟子」《釋文》云：「寺如字。又音侍。」此詩《釋文》云：「寺如字，又音侍，本亦作『侍』。」然則毛作傳時經文是「侍人」，故毛以「内小臣」釋之。如作「寺人」，則鄭必據《周禮》以易之。箋不易傳，知鄭箋《詩》時亦作「侍人」。《序》云「有車馬禮樂侍御之好」，即據經「侍人」爲説。《孟子》亦云「侍人瘠環」，不必定如《周禮》爲寺人之官也。

駟鐵

「駟鐵孔阜」傳：「鐵，驪。阜，大也。」《釋文》經本作「驖」，汲古閣經本作「鐵」。正義曰：「鐵者，言其色黑如鐵。」是正義經本亦作「鐵」。今本或言「鐵」，或言「驖」，皆依《釋文》誤改。《説文》「驪」云：「馬深黑色。从馬，麗聲。」「驖」云：「馬赤黑色。从馬，𢧵聲。《詩》曰：四驖孔阜。」如《説文》，則驪與驖色别，故傳訓鐵爲驪。若作「驖」，毛必不訓驪矣。許作《説文》時經作「驖」，故訓與毛異。

「載獫歇驕」箋云：「載，始也。始田犬者，謂達其搏噬，始成之也。」按：《文選》張平子《西京賦》云：「屬車之簉，載獫猲獢。」賦説初出獵時事，爲以副車載此田犬而行，故薛綜與李善皆不引箋義爲解。張在鄭前，鄭不依用者，賦家引經類多假借。且此是既狩之後，「四馬既閑」傳云：「習也。」彼「閑」爲調習田馬，則此「載」當爲調習田犬，鄭故望傳爲此解也。《釋文》：「獫，《説文》音力劒反。歇，本又作『猲』，《説文》音火遏反。」此《説文》舊音，不知徐氏何以不用，别音「獫，虚檢切。猲，許謁切」。

小戎

「游環脅驅」傳：「游環，靷環也。游在背上，所以禦出也。脅驅，慎駕具所以止入也。」《釋文》本作「靳環」，云：「本又作『靷』。沈云：『舊本皆作靳。靳者，言無常處，游在驂馬背上，以驂馬外轡貫之，以止驂之出。』《左傳》云：『如驂之有靳。』居覺反，無取于靷也。」按：《説文》「靳」云：「當膺也。」《玉篇》亦同。既是當膺，不可以言背上。又「靳」訓「固也」，亦不得謂無常處。依毛作「靷」爲是。箋云：「游環在背上，無常處。貫驂之外轡，以禁其出。」《釋名》云「游環在服馬背上」，《釋文》引沈云「在驂馬背上」，毛惟言「在背上」，未云驂馬、服馬也。箋云：「脅驅者，著服馬之外脅，以止驂之入。」《釋名》云：「脅驅，當服馬脅也。」毛惟言「慎駕具」而已。詳觀傳意，不言驂馬，良以次章云「四牡孔阜」，有騏駵騧驪四色之馬。三章云「俴駟孔群」，明言一乘之馬。此章但言「駕我騏馵」，則有騏文與左足白之馬而已，是僅有二馬。《釋文》引王肅云：「小戎，駕二馬者。」子雍，述毛者也。既爲二馬，則脅驅當服馬之外脅，依《釋名》游環亦當在服馬背上。若駕四馬，以防驂馬之出入。若駕二馬，則亦備此二器。傳言「所以禦出所以止入」，姑解二器之用，非謂此章實有驂馬。正義謂此經所陳皆爲驂馬設之，非經旨。

「陰靷鋈續」傳：「靷，所以引也。鋈，白金也。續，續靷也。」正義曰：「靷者，以皮爲之，繫于陰板之上。今驂馬之引。」又引哀二年《左傳》「兩靷皆絶」以證橫軓之前別有驂馬二靷。孔以此章專言驂馬，故其言如此。傳意不必然也。哀二年《左傳》之「兩靷」，杜氏無解。僖二十八年《傳》「韅靷鞅靽」，杜注云：「在胸曰靷。」則凡駕車之馬有之，不必定爲驂馬也。《説文》「靷」云：「引軸也。」既爲引軸，則不必定繫于橫軓之前也。上句傳云：「靷環，游在背上。」此傳云：「靷，所以引。」明服馬背上有靷，過陰板下以引軸，故曰「陰靷」。其繫之處，當如《説文》在軸上矣。正義又曰：「《釋器》云：『白金謂之銀，其美者謂之鐐。』然則白金不名鋈，言鋈白金者，鋈非白金之名，謂銷此白金以沃灌靷環，非訓鋈爲白金也。」按：《説文》金部銀、鐐俱訓白金，次即「鋈」，云：「白金也。从金，渋省聲。」與毛傳合。箋亦云「白金飾續靷之環」，未可據《爾雅》以駁傳、箋也。《説文》「軜」字下引《詩》「渋以觼軜」，「錞」字下引《詩》「厹矛渋錞」，皆以鋈爲渋者，偶从省文。《釋名》云：「鋈，沃也。冶白金以沃灌靷環也。」依《説文》軜、錞二字注義而誤，孔又依劉而誤。靷非可以沃灌者也。正義又曰：「靷言鋈續，則是作環相接。」孔謂以靷爲環，無論驂服馬之靷既以引車，安能屈而爲環？當是別以一皮作環，以環在靷上，故謂之靷環。毛謂「以白金續靷」，鄭謂「以白金飾續靷之環」，傳、箋亦當有別。

「駕我騏馵」傳：「騏，騏文也。」正義曰：「色之青黑者名爲綦。馬名爲騏，知其色作綦文。」按：《説文》「綥」云：「帛蒼艾色。从糸，畀聲。《詩》『縞衣綥巾』，未嫁女所服。一曰不借綥。或作『綦』。」是綦爲蒼艾色。《鄭風》「出其東門，縞衣綦巾」，傳云「綦，綦文」是也。《説文》「騏」云：「馬青驪，文如博棊也。从馬，其聲。」驪即黑也，是騏爲青黑色。《曹風・鳲鳩》「其弁如騏」傳云：「騏，騏文。」及此傳是也。正義以「綦」釋「騏」，誤矣。至騏、綦古字本通，詳見《鄭風》。然不可以釋毛傳。

「鋈以觼軜」傳：「軜驂，内轡也。」箋云：「鋈以觼軜，軜之觼以白金爲飾也。軜繫于軾前。」按：《説文》「軜」云：「驂馬内轡繫軾前者。从車，内聲。《詩》曰：漢以觼軜。」與毛傳合。傳未解軜繫于何處，故箋以繫于軾前申之，非讀軜爲納也。《説文》「觼」云：「環之有舌者。从角，夐聲。或作『鐍』。」然則驂之内轡名軜，軜之環名觼，以白金飾觼，故謂之觼軜。正義曰：「鋈以觼軜，謂白金飾皮爲觼以納物也。」又曰：「内轡不須牽挽，故知納者納驂内，轡繫于軾前。」《釋文》云：「軜，音納，内也。」孔、陸皆讀軜爲納，殊失傳、箋之意。

蒹葭

《序》：「刺襄公也。未能用周禮，將無以固其國焉。」《序》言「未用周禮」，而經言「伊人」，「人」字，毛、鄭異義。毛以非禮則人不服，欲得人服之道，必用周禮，是以人爲國人。鄭以欲用周禮必得知周禮之人，是以人爲有位之人。看「人」字雖異，而意重周禮一也。平王初年，周之典籍从王東徙。然自文武來禮行數百年，士大夫猶能知其意。故見秦仲有車馬禮樂侍御之好則美之，見襄公有田狩之事園囿之樂則美之，其餘一切之禮行于岐豐者，一蒐輯而可具。襄公果能得人，使之講明切究，勒成一書，行之西陲，傳之東國，何患至孔子時而禮已不具哉？以襄公賢主，失此事機，子孫因循，雜以戎索，至始皇而遂有焚燒先典之事。此詩之作，係周禮之存亡者大矣。子夏本長于禮，又得列國之史考之，斷爲襄公未能用周禮。誠痛之也，誠惜之也。

終南

《序》：「戒襄公也。能取周地，始爲諸侯，受顯服。大夫美之，故作是詩以戒勸之。」《駟鐵序》言「始命」，此《序》亦言「始爲諸侯」，得不是同時者？彼是襄公以兵送平王，在洛邑受命。此在《駟鐵》《小戎》之後，已取岐豐之地。襄公爲諸侯久矣，至是始受顯服，《序》故以「能取周地」表之。《小雅·采菽》云：「又何予之，玄衮及黼。」《大雅·韓奕》云：「王錫韓侯，玄衮赤舄。」僖二十八年《左傳》：「晉文公獻楚俘于王，賜之大輅之服、戎輅之服。」諸侯朝于天子，有賜服之事。此詩言「終南」，言「君子至止」，襄公當亦朝王京師，受服歸國，大夫因而進戒也。

「終南何有」傳：「終南，周之名山中南也。」正義曰：「《地里志》稱扶風武功縣東有大山，古文以爲終南。其山高大，是爲周地之名山也。」《漢志》武功縣下作「太一」，孔引作「大山」，誤。豈《漢志》别本有作大山者邪？孔于《秦譜》云：「終南在長安東南。」此引《漢志》以爲武功之山，則不得爲長安東南矣。《水經·渭水》篇注云：「渭水又東逕武功縣故城北，王莽之新光也。《地里志》曰：縣有太一山，古文以爲終南，杜預以爲中南也，亦曰太白。山在武功縣南，去長安二百里，不知其高幾何。俗云：武功太白，去天三百。山下軍行不得鼓角，鼓角則疾風雨至。杜彦達曰：太白山南連武功山，于諸山最爲秀傑。冬夏積雪，望之皓然。」酈元據班《志》，亦以太一爲終南。然《文選》張平子《西京賦》云：「於前則終南太一。」薛綜注曰：「二山名也。」李善注曰：「《漢書》太一山，古文以爲終南。《五經要義》曰：太一，一名終南山，在扶風武功縣。此云終南大一，不得爲一山明矣。蓋終南南山之總名，太一一山之别號耳。」潘安仁《西征賦》云：「面終南而背雲陽，跨平原而連嶓冢。九嵕巀嶭，太一巃嵸。」李善于上句注云：「此賦下云太一，明與終南别山。」如張、潘二賦，則太一非終南。張云「于前則終南」，潘云「面終南」，蓋以長安南山爲終南。不但此也，班孟堅《西都賦》云：「左據函谷二崤之阻，表以太華終南之山。」《志》出孟堅，而此賦以終南在長安之左，與太華連文，然則《志》言太一爲終南，特謂古文家言如此，班氏亦所不信，而以在長安之左者爲終南可知矣。《召南》「南山」傳云：「周南山。」《曹風》「南山」傳云：「曹南山。」《齊風》「南山」傳云：「齊南山。」此終南不繫于秦，明襄公能取周地也。不言周之南山者，終南于周南西東皆有之也。潘安仁《關中記》云：「終南，一名中南。言居天之中，在都之南。」舉南以概之耳，不止于南也。

「錦衣狐裘」傳：「錦衣，采色也。狐裘，朝廷之服。」毛言朝廷之服，猶言天子命服。班孟堅《兩都賦序》云：「海内清平，朝廷無事。」李善注：「蔡邕《獨斷》曰：『或曰朝廷，亦皆依違尊者所都，連舉朝廷以明之。』」是也。傳但舉朝廷以明《序》云「顯服」，不言服于何所。正義釋傳，謂諸侯在天子之朝廷服此服，恐非毛意。

「有紀有堂」傳：「紀，基也。堂，畢道平如堂也。」箋云：「畢也堂也，亦高大之山所宜有也。畢，終南山之道名。邊如堂之墻然。」傳言畢道如堂之平耳，不云如墻。故箋易之云「邊如堂之墻然」。正義引《爾雅》「畢，堂墻」以釋傳，非毛意也。箋當云「基也堂也，亦高大之山所宜有也」。孔作正義時誤作「畢也堂也」，遂曲爲之解曰：「基亦是堂。」因解傳「畢道如堂」，遂不復云「基」，恐亦非箋意。正義曰：「定本又云『畢道平如堂』。」如孔言，則傳原作「畢道如堂」，無「平」字。今本校書者依定本改之，當依原本乃合。畢，《玉篇》作「⿰山畢」，云：「南山道。」《爾雅》釋文云：「畢，又作『⿰山畢』。」《説文》無「⿰山畢」字。

黄鳥

《序》：「哀三良也。國人刺穆公以人从死，而作是詩也。」文六年《左傳》云：「秦伯任好卒，以子車氏之三子奄息、仲行、鍼虎爲殉。」《左傳》與此《序》均言「以」，此聖人平日緒論，二子親承聖指而爲此書法也。毛傳不顯，箋云「穆公使臣从死」，與《序》説合，皆歸罪穆公。應劭《漢書》注曰：「秦穆與群臣飲酒，酒酣，公曰：『生共此樂，死共此哀。』奄息等許諾。及公薨，皆从死。」如應説，不過一時酒後之言，群臣共聞，而三子獨許以身殉，則三子亦有罪焉。《序》豈肯以以人从死坐穆公哉？應仲遠之言，非事實也。或曰：《序》下箋云「从死，自殺以从死」，何也？此鄭謂穆公令其自殺，非必身自殺之乃爲以人从死耳。王仲宣《咏史》云：「臨没要之死，焉得不相隨。」妙得《序》意。

「百夫之特」傳：「乃特百夫之德。」《鄘風·柏舟》「實維我特」傳云：「特，匹也。」此詩次章「百夫之防」傳云：「防，比也。」徐仙民云：「防，毛音方。」則爲比方之比。三章「百夫之禦」傳云：「當也。」以比之訓例之，則爲相當之當，非抵當之當。此章「特」亦當訓「匹」，言奄息之德可匹百夫。箋易之云「百夫之中最雄俊也」，乃是特出之義。傳、箋别矣。正義云：「言百夫之德莫及此人。此人在百夫之中乃孤特秀出，故箋申之云百夫之中最雄俊也。」强毛同鄭，非也。

「百夫之防」，毛作傳時經字當作「方」，故毛訓比也。鄭作箋時經字作「防」，故鄭云「防猶當也」。方、防古字通。

晨風

「忘我實多」傳：「今則忘之矣。」上句「憂心欽欽」傳云：「思望之，心中欽欽然。」兩「之」字俱指賢臣，故此箋易傳云：「此以穆公之意責康公，〔一〕如何如何乎，女忘我之事實多。」正義述經、傳、箋不別，非也。

「隰有六駮」傳：「駮，如馬，倨牙，食虎豹。」《爾雅》《說文》訓與毛傳同。《山海經·西山經》云：「中曲山有獸，如馬而身黑，二尾一角，虎牙爪，音如鼓，名曰駮。食虎豹，可以禦兵。」《爾雅》郭注引之云：「有獸如白馬，黑尾，倨牙，音如鼓，食虎豹。」《玉篇》「駮」字注云：「獸似馬，身白尾黑，一角，有爪。哮聲如鼓，食虎豹。出中曲山。」如郭、顧二家則身白，如《山海經》則身黑，較然不同，要當以毛傳及《爾雅》《說文》爲據。《爾雅》入《釋畜》，不入《釋獸》，則亦馬之類，可以畜養者。故鄭箋謂：「山之櫟、隰之駮，皆其所宜有也。」傳、箋不釋「六」字，正義引王肅云：「六，據所見而言也。」按：《廣韻》云：「六駮，獸名。」則此物自名「六駮」，非據所見。陸機《疏》以駮馬爲梓榆，正義曰：「下章云『山有苞棣，隰有樹檖』，皆山、隰之木相配，不宜云獸。」不知詩人托物起興，隨觸即言，非如後世詞人艸木禽蟲斤斤

〔一〕「責」，原作「貴」，據箸花庵本改。

相配。況上章以鴥疾之鳥入鬱積之林，已是一鳥一林。則此章一木一獸，又何嘗不相配耶？

無衣

「與子同澤」傳：「澤，潤澤也。」箋云：「襗，褻衣，近汙垢。」正義曰：「箋以上袍下裳，則此亦衣名，故易傳爲『襗』。《說文》云：『襗，袴也。』是其褻衣近汙垢也。襗是袍類，故《論語》注云：『褻衣，袍襗也。』」按：箋破字必曰「當讀爲某」，不則曰「某當作某」。今箋並不言，是未破字也。《說文》「衷」云：「裏，褻衣。从衣，中聲。《春秋傳》曰：皆衷其衵服。」「衵」云：「日日所常衣。从日，日亦聲。」「褻」云：「私服。从衣，埶聲。《詩》曰：是褻袢也。」箋云「褻衣」，即衷衵之類，故云「近汙垢」，正申傳潤澤之意。正義見箋言「褻衣」，誤謂鄭易傳爲「襗」，且引《說文》証之。不知《說文》「襗」云：「絝也。」「絝」云：「脛衣也。」《釋文》云「澤如字」，毛「澤，潤澤也」，鄭「褻衣也」，《說文》作「襗」，云「絝也」。惟云「《說文》作『襗』」，不云「箋作『襗』」，知此箋原本作「澤，褻衣近汙垢」矣。

「王于興師」箋云：「君不與我同欲，而于王興師則云『修我戈矛，與子同仇』，往伐之。」正義曰：「『箋言『王於興師』，謂于王法興師。今是康公自興之，王不興師也。以出師征伐是王者之法，故以王爲言耳。」正義誤矣。《孟子》曰：「春秋無義戰，彼善于此則有之矣。征者，上伐下也。敵國不相征也。」諸侯擅相征伐，非王法所有，箋意必不如此。鄭以傳云「天下有道，則禮樂征伐自天子出」，傳意以此章非王興師，故申之云「君不與我同欲」。假托王于興師，則云「修我戈矛，與子同仇往伐之」，謂康公飾詞以起衆耳。

渭陽

《序》言康公即位，追憶渭陽送舅而作。身爲國君，而其母不獲享一日之養，人子于此殊難處心。但僖二十四年秦納文公，康公送之。至文七年康公即位，經十有七年而詩始作，亦非無故。文七年《左傳》云：「秦康公送公子雍于晉，曰：『文公之入也無衛，故有吕郤之難。』乃多與之徒衛。」是時晉人迎立公子雍，雍爲文公之子，康公發兵送之，念及文公之入，因思渭陽贈别，見舅如見母焉。今日舅且不存，更送其子，而我更不得以見舅者見母。經所謂「悠悠我思」者此矣。《序》言及其即位思而作是詩，確不可易。

「曰至渭陽」箋云：「渭，水名也。秦是時都雍，至渭陽者，蓋東行送舅氏于咸陽之地。」正義曰：「雍在渭南，水北曰陽。晉在秦東，行必渡渭。今言至于渭陽，故云蓋東行送舅氏于咸陽之地。」按：《水經·渭水》篇云：「又東徑美陽縣南，雍水从北來注之。」酈注：「雍水合鄧公泉水出鄧艾祠北，故名曰鄧公泉。數源俱發于雍縣城南，縣故秦德公所居也。」雍水又合杜水、漆水、岐水、中亭川諸水，南流入渭。此下渭水又東徑郿塢南，又東徑槐里縣南，又東徑槐里縣故城南，又東北徑渭城南。渭城，即秦咸陽也。是雍在渭北，由雍至咸陽皆循渭水北岸東行，不須渡渭。故箋直言「東行送舅氏于咸陽」。正義謂雍在渭南，誤。箋惟言至咸陽之地，正義謂晉在秦東，行必渡渭，亦非。

權輿

「每食四簋」傳：「四簋，黍稷稻粱。」正義謂「《公食大夫禮》備設器物，故稻粱在簠。此言每食，則是平常燕食，器物不具，故稻粱在簋」。此猶泥于康成《禮》注，爲毛、鄭作調人也。按：《公食大夫禮》注云：「進稻粱者以簠。」《秋官·掌客》注云：「簠，稻粱器也。簋，黍稷器也。」而于此詩箋不易傳，知《禮》注未爲定解。《說文》「簋」云：「黍稷方器也。」「簠」云：「黍稷圜器也。」如《說文》，則簠亦可盛黍稷。如毛此傳，則簋亦可盛稻粱。《蒹葭序》云：「襄公未能用周禮」，學者于《秦風》，正不必執三禮以說之。

陳

宛丘

「子之湯兮」傳：「子，大夫也。湯，蕩也。」《序》言「刺幽公」，箋與《序》同。傳以子爲大夫，正義謂毛意以君身爲此惡，化之使然，故舉大夫之惡以刺君，非也。《孟子》曰：「長君之惡其罪小，逢君之惡其罪大。今之大夫皆逢君之惡。今之大夫，今之諸侯之罪人也。」此不獨戰國爲然，古來人君縱欲敗度，皆有諂媚之臣道之。毛學原于孟子，此經有子，毛以詩人責此大夫遊蕩無節，不引其君以當道。幽公之惡，皆此大夫逢長之，刺大夫即以刺幽公也。毛讀湯爲蕩，非訓湯爲蕩。湯與蕩，古今字。《論語》「坦蕩蕩」《釋文》云：「魯讀『蕩』爲『坦湯』，今從古。」是「蕩」爲古文。《史記·秦本紀》「寧公遣兵伐蕩社」，徐廣曰：「蕩，一作『湯』。社，一作『杜』。」《索隱》曰：「西戎之君號曰亳王。蓋成湯之胤，其邑曰蕩社。」徐廣曰「一作『湯』」，杜言湯邑在杜縣之界，故曰湯杜也。是「湯」與「蕩」通。太史公與毛皆用古文也。

「宛丘之上兮」傳：「四方高中央下曰宛丘。」《爾雅·釋丘》云：「宛中，宛丘。」郭注曰：「宛謂中央隆高。」又「丘背有丘爲負丘」，郭注曰：「此解宛丘中央隆峻，狀如負一丘于背上。」又「丘上有丘爲宛丘」，郭注曰：「嫌人不了，故重曉之。」如郭說，正與毛傳相反。正義是毛非郭，謂《爾雅》上文備說丘形，有左高、右高、前高、後高。若此宛丘中央隆峻，言中央高矣，何以變言宛中？明毛傳是也。按：「隆高隆峻」，言出郭氏。而「丘背有丘」「丘上有丘」，經文若此，非高而何？《爾雅》釋文，宛有二音。一施博士音「於阮反」。《說文》：「宛，屈艸自覆也。」《魏風》「宛然左辟」傳：「宛，辟皃。」正義謂左還而辟，是宛有屈還之義。《說文》「宛」又作「惌」，《玉篇》「惌」引《周禮》注云：「惌，小孔皃。」然則宛者屈還而有孔罅，故孫炎、李巡皆以爲下依毛傳爲説也。一音「於粉反」。郭云：「蘊積隆高也。」是郭讀「宛」爲「蘊」。音讀已分，故義從而異耳。然郭注言「高」，若專就宛丘三節論，誠與毛傳異。若合上文言之，則亦可與毛同。上文言左高、右高、前高、後高，即傳所謂四邊高也。四邊既高，則所謂「如負一丘」「丘上有丘」者，雖若高峻，以在四高之中，其勢亦爲下矣。

「值其鷺翿」傳：「翳也。」上章「值其鷺羽」傳：「鷺鳥之羽，可以爲翳。」正義謂《爾雅》「翿」作「纛」，音義同。按：《爾雅》：「翿，纛也。纛，翳也。」《釋文》云：「纛，字又作『翳』。」《説文》「翿」作「翳」，無「纛」字。《玉篇》系部增「纛」字，注云：「亦作『翿』。」而羽部「翳」與「翿」同。是「翿」當作「翳」，而纛、翳字通，非止音義同矣。「翿」之爲訓有二：一爲舞器，一爲蔽翳，一爲羽葆幢。蔡中郎云：「以旄牛尾爲之，大如斗，在左騑馬軛上，所謂黄屋左纛。」《爾雅》孫炎云：「纛，舞者所持羽。」郭云：「今之羽葆幢。」翳，郭云：「舞者所以自蔽翳。」《王風》「君子陽陽」傳云：「翿，纛也，翳也。」纛當如孫炎爲所持之羽，即此詩上傳「鷺鳥之羽」也。翳，當如郭注爲蔽翳，與此傳同。《説文》：「翳，翳也。所以舞也。」上句爲蔽翳，下句爲舞器。又云：「翳，華蓋也。」《説文》無「纛」字，故以翳爲華蓋，即羽葆幢，即左纛也。

東門之枌

《序》：「疾亂也。」上《宛丘序》言「幽公淫荒昏亂」，此言「幽公淫荒」，幽公當厲王之世，去作《序》時遠矣。《序》得鑿然言之者，古者諸侯皆有史記。《陳杞世家》「楚入陳，孔子讀史記，曰『賢哉楚莊王』」是也。胡公初封，得肅慎氏之矢，隼集陳廷，孔子尚教以求諸故府。況在陳八載，采諸傳聞，參之記載，删《詩》時授子夏序之。其于陳上世之君號謚行事，固有可得知之者。說《詩》者或疑《序》僞，過矣。

「東門之枌」傳：「枌，白榆也。」正義引《釋木》云：「榆白，枌。」孫炎曰：「榆白者名枌。」是「枌」爲「白榆」也。按：傳亦非必依《爾雅》爲說。《唐風》「隰有榆」，毛無傳。以榆是常木，人所易知。此傳釋「枌」爲「白榆」，即可因此識彼也。《説文》云：「枌，榆也。」不言「白」者，上「榆」字注云：「榆白，枌。」與《爾雅》同。上已言「榆白者爲枌」，故此不復言「白榆」也。「白榆」亦名「枌榆」，《漢書》「高祖禱豐枌榆社」，張晏曰：「枌，白榆。」《爾雅》郭注曰「枌榆先生葉，却著莢，皮色白」是也。其《爾雅》云「櫙荎」，郭注謂「今之刺榆」。云「無姑其實夷」，郭注謂「其味辛香，所謂蕪荑」者。許叔重統謂之「山枌榆」，《説文》「梗」云：「山枌榆。有朿，莢可爲蕪荑者。」以《唐風》言「山有樞」，而無姑生山中，故統謂之山枌榆。如《説文》，則無姑亦有刺，非惟樞矣。

「穀旦于差」箋云：「差，擇也。」正義謂此二句男擇女，下二句女子亦不復績麻，與男子聚會。而《序》下正義曰：「首章獨言男婆娑于枌栩之下，下二章上二句言女子候善明之日，從男子于會處。下二句陳男女相説之詞。」如此則「穀旦于差」亦當爲女擇男，前後矛盾矣。按：經兩言「婆娑」，首章是男子獨舞，次章是女子從之而舞，三章俱往所會之處。云「視尔如荍，貽我握椒」，方是男女相悦之詞也。《序》下正義誤。

衡門

《序》：「誘僖公也。愿而無立志，故作是詩以誘掖其君也。」箋云：「誘，進也。掖，扶持也。」正義曰：「云掖臂也。僖二十五年《左傳》云：『二禮从國子巡城，掖以赴外，殺之。』謂持其臂而投之城外也。此言『誘掖』者，誘謂在前導之，掖謂在旁扶之，故以掖爲扶持也。定本作『扶持』。」如正義云云，則箋原云「掖臂也」，故引《左傳》而以持其臂而投之城外釋之。末句當云「故以掖爲臂也」。校書者據定本以改箋，復改正義。當仍依原本。

「可以樂飢」傳：「樂飢，可以樂道忘飢。」箋云：「飢者見之，可飲以𤻲飢。」《釋文》云：「樂，本又作『𤻲』。毛音洛，鄭方召反。」是陸經本作「樂」，言別本有作「𤻲」者也。正義曰：「案今定本作『樂飢』。觀此傳亦作『樂』，則毛讀與鄭異。」如正義，則孔依箋經本作「𤻲」，鄭于經破字必云「當作某字」，今箋不言，是鄭作箋時經本作「𤻲」也。今汲古閣本經文作「樂飢」，是校書者據《釋文》本及定本改之。當改作「𤻲」乃合正義原本。

東門之池

「彼美淑姬」正義曰：「美女而謂之姬者，以黄帝姓姬，炎帝姓姜，二姓之後子孫昌盛，其家之美女尤多，遂以姬、姜爲婦人之美稱。」按：陳先大姬，武王元女，實配胡公，開國之祖母也。詩人願得姬姓之賢女以配其君，亦望其君之法祖。何乃遠引黄、炎以爲婦人之美稱乎？

「可與晤歌」傳：「晤，遇也。」正義不釋晤之訓遇。按：《爾雅》云：「遇，遻也。」《釋文》云：「遻，五故反。」字又作「迕」。《爾雅》又云：「逜，寤也。」《釋文》云：「逜，孫炎作『迕』。」是遻、迕、逜三字通。《詩·邶風》「寤辟有摽」，《説文》引作「晤」，是晤與寤二字通，音皆五故反。遻可通晤，故晤得訓爲遇也。

「可以漚紵」《釋文》云：「字又作『苧』。」按：《説文》作「紵」，云：「檾屬。細者爲絟，粗者爲紵。从糸，宁聲。」《文選》張平子《南都賦》云：「其原野則有桑漆麻苧。」李善注引《説文》曰：「苧，麻屬。」是漢時「紵」亦作「苧」，注故引「紵」字訓以注之。《説文》又有「芧」字，云：「艸也，可以爲繩。」徐音直吕切，與苧字音同。《南都賦》云：「艸則藨苧薠莞。」注引《説文》曰：「苧可以爲索。」此即《説文》「芧」字，而賦乃作「苧」者。《玉篇》云：「苧，與芧同，艸也。」

「可以漚菅」，正義引《白華》箋，斷以爲菅者已漚之名，未漚則但爲茅。此説是矣。又引《爾雅》郭注曰：「茅屬。」引陸《疏》曰：「菅似茅。」又以菅、茅爲二物，殊未分曉。按：《詩》有白茅，有菅茅。「白茅包之」「白茅束兮」，白茅也。「白華菅兮」，菅茅也。郭景純謂菅爲茅屬，陸元恪謂菅似茅，對白茅及他茅而言。《白華》箋云：「人刈白華于野，已漚之名之爲菅。」《説文》「菅茅也」，茅菅也，專就菅茅言也。此詩云「可以漚」，亦爲菅茅。

東門之楊

「東門之楊，其葉牂牂」傳：「興也。牂牂然盛皃。言男女失時，不逮秋冬。」按：《摽有梅》「迨其謂之」傳云：「不待備禮也。三十之男，二十之女，禮未備則不待禮會而行之者，所以蕃育人民也。」彼梅之隋落在春末夏初，尚言「迨其謂之」。此楊葉之盛在三月，時與彼一也。《序》言「婚姻失時」，傳易之爲「男女失時」，蓋謂三十之男、二十之女，男女既已失時，則雖三月可行，不必及秋冬。故男備禮而來，女應隨夫而行，乃昏而期之，至明星煌煌然而女猶不至，所以刺耳。正義謂毛依荀卿以秋冬至首春爲昏之正時，過首春即爲失時。以經及傳考之，殊未確也。

墓門

「夫也不良」傳：「夫傅，相也。」此傳當以「夫傅」二字句。毛讀夫爲傅也，「相也」二字句釋「傅」字也。正義引《郊特牲》「夫也者以知帥人者也」，注云：「夫，或爲傅。」得之矣。又云：「或爲傅者，正謂此訓夫爲傅也。」孔以毛無破字之例，故謂訓夫爲傅。不知毛傳如此者多，皆是破字，特未如鄭言「當讀爲某」「字當作某字」耳。

「歌以訊之」傳：「訊，告也。」《釋文》云：「訊之，本又作『誶』，音信。徐息悴反，告也。」《爾雅・釋詁》：「請、謁、訊、誥，告也。」《釋文》「訊」作「誶」，云：「沈音粹，郭音碎，告也。本作『訊』，音信。」如《釋文》，則「訊」「誶」二字本通。《廣韻》「誶」引此詩云：「歌以誶止。」「訊」作「誶」爲當，與上句「萃」協。之，依《廣韻》亦當作「止」。《韓詩》作「訊」，云：「諫也。」「訊」亦當音息悴反，《離騷》云：「謇朝誶而夕替。」王逸注云：「誶，諫也。」引《詩》「誶予不顧」，與《韓詩》訓同。

防有鵲巢

「誰侜予美」傳：「侜，張誑也。」按：與《爾雅・釋訓》同。《書・無逸》「譸張爲幻」，馬季長本作「輈張」。《説文》「譸」云：「讀若疇。」引《書》「譸張爲幻」。《玉篇》「嚋」云：「嚋張，誑也。」揚雄《國三老箴》云：「姦寇侏張。」「侜」「輈」「譸」「疇」「嚋」「侏」六字音皆同。皃狀之詞，音同者字可通。傳云「誑也」，《説文》「侜」云「有壅蔽也」，讒人誑欺其君，即多所壅蔽，義與傳合。箋云：「誰誑欺我所美之人乎？使我心忉忉然。」「所美」謂宣公。按：《簡兮》「西方美人」，箋謂周室之賢者。「彼美人兮」，箋謂碩人。此箋所美謂宣公，非以宣公爲美人也。《離騷》云「恐美人之遲暮」，王逸注云：「美人，謂懷王也。」人君服飾美好，故言美人。如王叔師説，則謂人君爲美人者，特以其服飾之美。然《離騷》猶指君説，箋云「所美之人」，則美是臣子心中美之。《釋文》云：「《韓詩》作『娓』，美也。」按：《説文》「娓」云：「順也。讀若媚。」《廣韻》「娓」云：「媚也。」然則《韓詩》作「娓」，訓「媚」，猶《詩》所謂「媚于天子」「媚兹一人」也。與箋義合矣。

「心焉忉忉」，傳、箋俱無釋。覩下章傳云：「惕惕，猶忉忉也。」則忉忉有傳。《釋文》：「忉忉，都勞反，憂也。」「憂也」二字當是傳文。寫書者脱之，當補入。

月出

「月出皎兮」傳：「皎，月光也。」正義釋傳曰：「《大車》云『有如皦日』，則皦亦日光。言月光者，皦是日光之名耳。以其與月出共文，故爲月光。」如正義説，則經文與傳字原作「皦」，寫書者改爲「皎」也。《釋文》經作「皦」，云：「皦兮，古了反。本又作『皎』。月光也。」當改作「皦」，乃合正義原本。汲古閣本經下《釋文》云：「皎，古了反。本又作『皦』。」誤。

株林

「胡爲乎株林？從夏南。」正義述經云：「君何爲于彼株林之邑，从夏氏子南之母爲淫泆兮。」又云：「我匪是適彼株林之邑，从夏氏子南之母爲淫泆兮。」又云：「定本無『兮』字。」如正義，則孔經本上下句末有「兮」字，校書者據定本改之也。當依原本乃合。

「乘我乘駒」傳：「大夫乘駒。」箋云：「馬六尺以下曰駒。」《釋文》云：「乘驕，音駒。沈云：或作『駒』字，是後人改之。《皇皇者華》篇同。」如《釋文》，經「駒」字當作「驕」。六朝時有改爲「駒」者，故沈云然。按：《説文》「駒」云：「馬二歲曰駒，三歲曰駣。从馬，句聲。」駒爲二歲之馬，尚須教習，故禮有攻駒之文，不可以駕車明甚。《説文》「驕」云：「馬高六尺爲驕。从馬，喬聲。《詩》曰：我馬唯驕。」《皇皇者華》篇是説大夫出使，《詩》云「我馬維駒」，《説文》引作「驕」。則傳言「大夫乘駒」，當作「驕」。箋云：「馬六尺以下曰駒。」與《説文》「驕」訓合，是鄭作箋時亦作「驕」。正義述經釋傳，略不致疑，是作正義時經、傳、箋猶作「驕」，不知何時始改作「駒」。當依《釋文》本改正。汲古閣本此章經下不載《釋文》，豈以「乘驕」駭俗，故删之耶？正義引王肅云：「陳大夫孔寧、儀行父與君淫昏于夏氏。」然則王意以爲乘我駒者，謂孔儀从君適株，故作者并舉以惡君也。傳意或當然。如王子雍説，則《序》刺靈公，傳意兼刺孔儀。竊謂傳意專刺二子，乘馬、乘駒即二子所乘，刺二子正以刺靈公。亦猶《宛丘》刺幽公，而傳以經中「子」字爲大夫也。

澤陂

「有蒲與荷」傳：「荷，芙蕖也。」箋云：「芙蕖之莖曰荷，生而佼大。」正義已謂樊光《爾雅注》引《詩》作「有蒲與茄」，則鄭作箋時經字作「茄」，故云「芙蕖之莖曰茄」。若是「荷」字，鄭應云

「荷讀如茄」。今箋不然，知鄭經字作「茄」矣。正義謂鄭取莖爲喻，以荷爲大名，故言「荷」，恐非鄭意。必如傳，乃是以荷爲大名耳。

「傷如之何」傳：「傷無禮也。」正義因傳此句分别傳、箋，是也。但謂傷此有美一人之無禮，則三章「碩大且儼」，無禮之人何有矜莊？恐不可通也。今按：傳「有美一人」當謂君子。傳意言彼澤陂之中，有女譽男：汝之性如蒲然。有男譽女：汝之色如荷然。男女相説，無禮如是。有美善之一人見之，雖一已歎傷，當可如何？時事如此，亦惟寤寐無爲、涕泗俱下滂沱然已耳。次章言無禮如是，有美善之一人見之，雖一已碩大且復静好，時事如此，亦惟寤寐無爲、中心憂之悁悁然已耳。三章言無禮如是，有美善之一人見之，雖一已碩大且復矜莊，時事如此，亦惟寤寐無爲至于輾轉伏枕已耳。傳意或當然。是時陳之風俗敗壞已甚，作者憂思感傷至于如此，精誠所感，國之人皆知淫亂之爲非。當少西難作，雖以孔儀二人亦知悔悟，猶能興楚師以討徵舒。《詩》可以興，豈不信哉！《雅》亡而後至是而《風》亦亡，持三百篇之終而開《春秋》之始，此風俗人心一大關楗。毛傳「傷無禮」一語，能窺其深矣。

「有蒲菡萏」傳：「菡萏，荷華也。」《爾雅》以菡萏爲芙蕖華，《説文》「蕳」云：「菡蕳，芙蓉華。未發爲菡蕳，已發爲芙蓉。」《爾雅》以「蕸」爲芙蕖葉，《説文》以荷爲芙蕖葉。《説文》無「蕸」字，以芙蕖爲此艸之大名，以荷當《爾雅》之「蕸」。今《説文》「荷」字，徐音胡哥切，非也。揚雄

《反離騷》云：「衿芰茄之緑衣兮。」顔師古注謂「茄」亦「荷」字。茄、荷字自通。然揚言《緑衣》則亦以荷爲葉，《説文》原于訓纂，故其説如此。毛傳據鄭詩《隰有荷華》，以荷爲大名，菡萏爲華，與《爾雅》合。傳説不可易也。

皇清經解卷一千三百三十八終

靈川秦培璠舊校
南海桂文熾鄒伯奇新校

毛詩紬義　卷九

嘉應李庶常黼平著

檜

《譜》："「檜者，古高辛氏火正祝融之墟。檜國在《禹貢》豫州外方之北，滎波之南，居溱、洧之間。」正義曰："「檜即鄭地，外方在鄭之南界，故檜居其北也。」按《鄭譜》言："「右洛左濟，前華後河，食溱洧焉。」檜先于鄭，故先明檜之賜履。然《水經·洧水》篇云："「洧水出河南密縣馬領山，又東南過其縣南。」注云："「又東徑密縣故城南，《春秋》謂之新城。《左傳》僖公六年會諸侯伐鄭，圍新密，以鄭不時城也。」「洧水又東南徑鄶城南」，注引劉氏云："「鄶在豫州外方之北，北鄰于虢。鄶滎之南，左濟右洛，居陽、鄭兩水之間，食溱、洧焉。」徐廣曰："「鄶在密縣，妘姓矣，不得在外方之北也。」檜即今河南開封府之密縣，縣東三十里有故密城，驗其地勢，乃在外方之東。酈注引劉氏之言不云「詩譜」，則此三句疑後人加之。《譜》上言「檜者，古高辛氏火正祝融之墟」，下言「祝融氏名黎，其後八姓，惟妘姓檜者處其地」。此三句以接上文，極爲明順，不應以「檜國在禹貢」三句横亘其間。正義謂外方在鄭南界，故檜居其北。鄭即今新鄭，更在密縣東八十餘里，亦爲外方之東也。

「祝融氏名黎。」正義曰：「昭二十九年《左傳》云：『少皞氏有子曰重，顓頊氏有子曰黎。』重、黎皆是其名。而《史記》以重黎爲一人，又言『以吴回爲重黎』，皆是謬耳。」按：《史記·楚世家》云：「卷章生重黎。」索隱引劉氏曰：「少昊氏之後曰重，顓頊氏之後曰重黎。對彼重則單稱黎，若自言當家則稱重黎。故楚及司馬氏皆重黎之後，非關少昊之重。」索隱以此解爲當。如小司馬説，則太史公非以少昊之重、顓頊之黎合爲一人。鄭《譜》云「名黎」，自據《左傳》，正劉氏所謂「對重則單稱黎」也。

羔裘

「羔裘如膏，日出有曜」傳：「日出照曜，然後見其如膏。」《序》下正義云：「首章二章上二句言君變易衣服以翱翔逍遥，卒章上二句言其裘色之美。是其好絜遊宴，不强政治。」此説非也。逍遥翱翔是遊燕，經文自明。以朝服燕祭服朝，箋明言「是其好絜衣服」。「先言燕後言朝」，箋明言「見君之志不强于政治」。是《序》所云「好絜其衣服，逍遥遊燕，而不能自强于政治」者，上二章盡之矣。此章言君服羔裘，勿以遊燕當于「日出有曜」之候服以視朝，然後群臣得見其如膏。而君不然，所以我思之而中心悼動也。羔裘視朝是人君正服，故于此章明之，傳意當然。

素冠

「庶見素冠兮」傳：「素冠，練冠也。」正義以毛此章爲思既練之人，特泥。練冠是練布爲之，素是白絹，故爲此說。詳觀傳意，殆不然也。《説文》：「布，枲織也，繒帛也。素，白致繒也。練，湅繒也。」素既爲繒，繒又須湅。傳意蓋謂湅此白緻之繒以爲冠紕，即箋所謂縞冠素紕，其意亦指大祥後而言，非謂練祭之冠。湅布爲冠固名練，湅繒爲冠亦名練也。昭三十一年《左傳》云：「季孫練冠麻衣。」于時季孫初無喪服，且得稱練冠，則大祥後稱素紕之冠爲練冠，亦自無嫌。觀卒章之末引子夏、閔子三年喪畢見于夫子事，知毛此章斷非思既練之人矣。

「棘人欒欒兮」傳：「棘，急也。欒欒，瘠兒。」按：《釋言》云：「悈，褊急也。」正義謂《爾雅》作「戒」，則孔所見《爾雅》本作「戒」矣。《詩》「玁狁孔熾，我是用棘」，《鹽鐵論》引作「用戒」。「匪棘其欲」，《禮記》引作「匪革」。《文選·三國名臣序贊》云：「訓革千載」，李善注：「《倉頡篇》曰：革，戒也。」《説文》「諽」云：「从言，革聲。讀若戒。」是「戒」「革」「棘」古字通。《爾雅》釋文云：「悈，本又作『亟』。」「亟」之訓「急」，常訓也。《豳風》「亟其乘屋」，箋云：「亟，急也。」正義曰：「情急哀慼者，其人必腴。故以欒欒爲腴瘠之兒。定本毛無『腴』字。」如孔說，則正義本傳又作「腴膌」，今本校書者依定本改之也。當仍依原本乃合。

「庶見素衣兮」傳：「素冠，故素衣也。」箋云：「除成喪者，其祭也朝服縞冠。朝服緇衣素裳然，則此言素衣者，謂素裳也。」按《禮記·閒傳》曰：「大祥素縞麻衣。」注云：「麻衣十五升，布深衣也。」純用布，無采飾。然《深衣》篇説深衣之制云：「孤子衣純以素。」則大祥服深衣，孤子用素爲純矣。以素緣冠爲素冠，以素緣衣亦爲素衣，故云「素冠，故素衣也」。箋以大祥深衣純用布，而祥祭朝服又是緇衣，與此經不合，故取「緇衣之素裳」。

隰有萇楚

「夭之沃沃」傳：「夭，少也。沃沃，壯佼也。」《桃夭》傳：「夭夭，其少壯也。」《書》「厥艸維夭」孔安國傳：「少長曰夭。」與毛傳合。《説文》：「夭，屈也。枖木少盛皃。」引《詩》「桃之枖枖」。孔《書》《毛詩》皆古文，豈「枖」爲今文與？《論語》「夭夭如也」注：「和舒皃。」《説文》「妖」云：「巧也。一曰女子笑皃。」引《詩》「桃之妖妖」，與和舒義近。則「夭」又與「妖」通，然究以夭爲正。《説文》訓「夭」爲屈者，艸木初芽，類皆拳曲，故謂之句萌。句即屈也。而「夭」本从大象形，故喬字从夭，从高省。由夭而高，亦少壯、少長之義，與《書》《詩》訓合。今《説文》徐音惟有於兆一切，非也。漢時無四聲之分，讀上如平。「夭」字當兼於驕切。《玉篇》「夭」云：「倚苗切。少長也，舒和也。」又引《説文》於矯切，得之。

匪風

《序》：「思周道也。國小政亂，憂及禍難，而思周道焉。」正義曰：「上二章言周道之滅，念之而怛傷。卒章思得賢人輔周興道，皆是思周道之事。」按：此是箋義，以「顧瞻周道」箋謂「回首曰顧」，「誰將西歸，懷之好音」箋謂「有能西仕于周者，我則懷之以好音」。傳意殊不然。首章傳云：「下國之亂，周道滅也。」言下國自滅周道，故至于亂也。卒章傳云：「周道在乎西。」言周道在西，知毛上傳非謂周道已滅矣。《詩》言誰將從西而歸乎？庶其歸我以好音，望有能以周道治檜國者。傳、箋不得同也。《論語》子貢曰：「文、武之道未墜于地，在人。賢者識其大者，不賢者識其小者，莫不有文武之道焉。」周道至衰，周猶在。檜當夷、厲之世，去文、武未遠，宜詩人思之切也。

「溉之釜鬵」傳：「鬵，釜屬。」正義曰：「《釋器》云：『䰙謂之鬵。鬵，鉹也。』孫炎曰：『關東謂甑爲鬵，涼州謂甑爲鉹。』郭璞引《詩》云：『溉之釜鬵。』然則鬵是甑，非釜類。亨魚用釜不用甑，雙舉者，以其俱是食器，故連言耳。」按：《說文》鬲部「䰙」云：「鬵屬。从鬲，曾聲。」「鬵」云：「大釜也。一曰：鼎大上小下若甑曰鬵。从鬲，兓聲。讀若岑。」金部「鉹」云：「曲鉹也。从金，多聲。一曰鬵鼎，讀若檜。一曰《詩》云：『侈兮哆兮。』」釋「鬵」爲「釜」，與傳合。釋「䰙」與《爾雅》合。瓦部「甑」云：「甗也。从瓦，曾聲。」「甗」云：「甑也。一曰穿也。」

从反，瓦膚聲。讀若言。」是「䴊」與「甗」字義各别，以「甗」釋「䴊」，孫炎之誤，亦由《説文》「鬳」字注有「鼎若甗曰鬳」之一説，所以參差。《爾雅》邢疏引《方言》云：「甗，自關而東，或謂之甗，或謂之鬳。」是「甗」亦名「鬳」。然《爾雅》經文是「䴊」非「甗」，而《説文》釋「䴊」「鬳」二字與《雅》傳合。正義不引而轉據孫炎以駁傳，誤矣。

曹

蜉蝣

《序》：「刺奢也。昭公國小而迫，無法以自守，好奢而任小人，將無所依焉。」《釋文》引鄭《譜》云：「《蜉蝣》至《下泉》四篇，共公時作。今《譜》無之。」豈鄭《譜》有别本，《蜉蝣》屬共公與？然《譜》言昭公好奢而任小人，《蜉蝣》箋言「喻昭公之朝，其群臣皆小人」。鄭不應有此語。《釋文》此《序》無「昭公」二字，非也。

「蜉蝣掘閲」傳：「掘閲，容閲也。」箋云：「掘閲，掘地解閲。」正義釋傳曰：「此蟲土裏化生。閲者，悦懌之意。掘閲者，言其掘地而出，形容鮮閲也。」按：《邶風》「我躬不閲」傳：「閲，容也。言我躬尚不能自容，遑恤我後世子孫。」此傳「容閲」當同《邶》傳。正義以「容」爲形容，以「閲」爲悦懌，不知何據。又云：「掘地而出，形容鮮閲。」蓋以箋義釋傳，誤也。《説文》：

「堀，突也。《詩》曰：『蜉蝣堀閲。』从土，屈省聲。」突，猶竈突。《漢書》「曲突徙薪」「魯連子一竈而五突」。《説文》：「堪，地突也。」《玉篇》：「突，穿也。」空義與穴同，故从穴部。然則毛傳《詩》時，經字作「堀」，言此蟲依地突以自容，不知夕之將死也。傳意當然。鄭箋《詩》時，經字作「掘」，故云「掘地解閲」，定本謂「開解而容閲」是也。正義釋箋作「鮮閲」。今本「解閲」，校書者依定本改之也。當仍作「鮮閲」，乃合正義原本。

「於我歸説」箋云：「説，猶舍息也。」《釋文》：「歸説，音税，協韻如字。」按：閲从門，説省聲。而「説」字从兑，雪从彗得聲。古音兑、慧自諧，無取協今韻也。

候人

「彼候人兮，何戈與祋」傳：「候人，道路送迎賓客者。何，揭。祋，殳也。言賢者之官，不過候人。」《周禮・夏官・候人職》云：「候人，各掌其方之道治與其禁令，以設候人。」注云：「禁令，備姦寇也。以設候人者，選士卒以爲之。」引此《詩》「彼候人兮，何戈與祋」。正義據《禮》注以釋傳，謂此賢者乃作候人之徒屬，非候人之官長。按：鄭注《禮》時未見毛傳，故其説多殊。然《周禮》注引《詩》，特証候人之職「選士卒以備姦寇」，未嘗以《詩》之候人爲士卒也。如鄭以《詩》之候人爲士卒，箋《詩》時當據《周禮》，以「設候人」句釋之。今不别作箋，其意亦同于傳。誠以傳言賢者之官不過候人，則是賢者爲官，非爲士卒。經言「何戈與祋」，則是此候人選士卒以何之。必知毛意如此者，下「三百赤芾」傳云「大夫以上赤芾乘軒」，言彼小人得爲大夫也。候人職上士六人，下士十有四人，是其官爲上士、下士。傳言「不過候人」，猶言不過爲士耳，此可即下傳以明之者也。《說文》：「祋，殳也。」正用此傳。又云：「杸，殳也。」殳以杸殊人也，配戈而言當作「殳」，或作「杸」。而經作「祋」者，《說文》「祋」云：「或說城郭市里，高縣羊皮，有不當入而欲入者，暫下以驚牛馬曰祋。故从示殳。」即引《詩》「何戈與祋」。然則戈以擊刺，祋則立表于外以警人之不當入者。皆送迎賓客，所以備姦寇也。

「三百赤芾」傳：「芾，韠也。」正義曰：「言芾韠者，以其形制大同，故舉類以曉人。其禮別言之，則祭服謂之芾，他服謂之韠，二者不同也。」按：《玉藻》「一命緼芾黝珩」注：「玄冕爵弁服之韠，尊祭服，異其名耳。」鄭以《玉藻》上文言「韠」，此變言「芾」，望文爲解，非定說也。《詩》「赤芾金舄」，會同也。「赤芾在股」，來朝也。「朱芾斯皇」，軍行也。芾之用，非專祭服矣。傳言「芾韠」，明一物而異名也。《說文》「芾」作「市」，云：「韠也。」正用毛傳。

《說文》「市」云：「韠也。」「韍」云：「篆文市。从韋，从犮。」徐鉉等曰：「今俗作『紱』，非是。」以「韍」爲篆文，則「市」爲古文也。「韠」云：「韍也。」即「市」之篆文。「黻」云：「黑與青相次文。」是「市」「韍」二字同，而「黻」與「市」「韍」字義迥別。《文選》曹子建《責躬詩》云：「要我朱紱。」即「韍」字。李善注：「《毛詩》『朱茀斯皇』，茀與紱同。」范蔚宗《樂遊應詔詩》云：「探己謝丹黻。」注：「《毛詩》曰：『赤茀在股。』黻與茀古字通。」江文通《擬陸平原詩》云：「朱黻咸髦士。」注：「《毛詩》曰：『朱茀斯皇，室家君王。』鄭玄曰：『茀者，諸侯黃朱。』又曰：『茀，太古蔽膝之象。』『黻』與『茀』古字通。」《擬謝光禄詩》云：「雲裝信解黻。」注：「黻與紱通。」潘安仁《楊荆州誄》云：「亦朱其紱。」注：「毛萇《詩》傳曰：『諸侯赤黻』，黻與紱古今字同。」如《選》注，是「黻」與「市」「韍」通也。經典作「芾」，而《選》注引《詩》皆作「茀」者。《采芑》「朱茀斯皇」，《釋文》云：「本又作『芾』，或作『紱』，皆音弗。下篇『赤芾』同。」是「芾」與「茀」通也。《説文》「巿」云：「艸木盛巿巿然。象形，八聲。讀若輩。」與「市」字隸體皆作「市」，而篆文「巿」「市」各殊，字義亦別。《玉篇》艸部「芾」云：「蔽芾，小皃。」引《詩》「蔽芾甘棠」。市部亦云：「蔽巿，小皃。」別有市部《廣韻》八聲「芾」云：「艸木盛也。」「市」云：「韠也。」去聲「芾」引《詩》「蔽芾甘棠」。《篇韻》之「芾」即「巿」字也。皆未嘗與「市」相通。然《廣韻》去聲「芾」字下有「茀」字，注云：「同上。」《采芑》釋文云：「茀、芾，皆音弗。」而《卷阿》「茀禄」，《釋文》引「沈云：毛音弗。徐云：鄭音廢。一云：毛音方味反。鄭芳沸反。」此詩「赤芾」引沈音甫味反，則又讀「茀」「芾」爲「市」。豈「巿」「市」二字亦得通與？

「南山朝隮」傳：「隮，升雲也。」正義曰：「『隮，升』，《釋詁》文。定本及《集注》皆云：

『隮，升雲也。』」如孔說，則正義本傳云「隮，升」，無「雲」字。今本校書者依定本及《集注》增入也。按：傳以「薈蔚」爲「雲興皃」，則「隮」自是「雲」，不假更言「雲」字。《蝃蝀》「朝隮于西」傳亦但言「隮，升」。此傳無「雲」字爲是，當改依正義原本。

「季女斯飢」傳：「季，人之少子也。女，民之弱者。」箋云：「天無大雨則歲不熟，而幼弱者飢。」正義釋傳曰：「此言斯飢，當謂幼者並飢，非獨少女而已。故以季女爲人之少子、女子。」又云：「定本云『季，人之少子。女，民之弱者。』」如孔說，則傳本作「季女，人之少子、女子」，校書者依定本改之也。釋箋曰：「此言歲穀不熟則幼弱者飢，今定本直云『歲不熟』，無『穀』字。」如此說，則箋本作「歲穀不熟」，校書者依定本改之也。均當改依正義原本乃合。

鳲鳩

《序》：「刺不壹也。在位無君子，用心之不壹也。」正義曰：「在位無君子者，謂在人君之位無君子之人。」其説是也。述經謂指曹君用心之不均，則非。經言「正是四國」，四國非曹君所得正。傳言「正長也」，箋言「可爲四國之長，言任爲侯伯」，俱非指曹君。此詩與《下泉》略同，《下泉》思明王賢伯，此則專陳賢伯以刺當時之伯，其意殆謂晉文。僖二十八年城濮之捷，王命尹氏及王子虎、内史叔興父策命晉侯爲侯伯。傳、箋所謂「四國之長任爲侯伯」也。是役也，實執曹、衛之君，分曹、衛之田，其後許復曹、衛，而歸國有先後，同罪異罰，侯獳譏之。僖三十一年《左傳》「取濟西田分曹地」也。杜預注云：「二十八年，晉文討曹，分其地，竟界未定。至是乃以賜諸侯。」而衛地之分，傳絶不載其事。則曹田分而衛田不分，其用心之不壹甚矣。此《詩》所以刺與？若指曹君，《序》當言刺共公，不當言「刺不壹」也。

「其儀一兮」箋云：「儀，義也。善人君子，其執義當如一也。」下句傳云：「言執義一則用心固。」按：傳不訓儀爲義，而直云「執義」，則作傳時經字作「義」也。箋云「儀，義也」，則作箋時經字作「儀」。《説文》「義」云：「己之威儀也。」是義、儀二字本通。故傳、箋皆以「執義」爲解。

「其弁伊騏」傳：「騏，騏文也。弁，皮弁也。」箋云：「騏，當作『璂』。以玉爲之。」按：傳先釋「騏」，次釋「弁」，疑下句非傳文。正義以毛述經未云：「鄭唯『其弁伊騏』言皮爲之璂以玉爲之，餘同。」據此，則「弁，皮弁也」四字乃是箋文，當在「騏，當作『璂』」之上，誤刊于此，并移正義釋箋之文析而釋傳，當仍改屬箋也。《書·顧命》「四人綦弁」，鄭作「騏弁」，《夏官·弁師》注引此詩直作「伊綦」，是騏、綦二字本通。此箋以爲弁飾，故曰：「騏，當作『綦』，以玉爲之。」《釋文》云：「騏，綦文也。《説文》作『璂』。」引《説文》以作「璂」別之，知箋本作「綦」。校書者據《説文》改之，當仍作「綦」爲是。至《釋文》云「騏，綦文也」，則別本傳文有作「綦」者。毛以綦爲蒼艾色，騏爲騏馬之文，則爲青黑色。此經言「伊騏」，無由釋作「綦文」，陸之誤耳。

下泉

「浸彼苞稂」傳：「苞，本也。稂，童粱。非溉艸，得水而病也。」箋云：「稂，當作『涼』。涼，艸蕭蓍之屬。」正義曰：「箋以童粱爲禾中别物，作者當言浸禾，不應獨舉浸稂。且下章蕭、蓍皆是野艸，此不宜獨爲禾中之艸。故易傳，以爲『稂當作涼』。」按：箋意或如孔説，傳意不然。《序》言「共公侵刻下民，不得其所」。經之所陳，蓋言三農失業，石田荒艸，直是有稂無禾。至卒章始以芃苗起興。經旨如此。陸《疏》云：「童粱，或謂之守田。」《爾雅》邢疏引陸《疏》。而《爾雅》别有「皇守田」，郭注云：「似燕麥子，如雕胡米，可食。生廢田中。一名守氣。」然則童粱即守田，廢田中所在多有，不必定生禾中也。

「四國有王，郇伯勞之」傳：「郇伯，郇侯也。諸侯有事，二伯述職。」箋云：「郇侯，文王之子。爲州伯，有治諸侯之功。」正義謂箋易傳者，以經、傳考之，武王、成王之時，東西太伯唯有周公、召公、太公、畢公爲之，無郇侯者，知爲牧下二伯也。按：牧下二伯始于鄭君，毛公時無此説。傳言「二伯述職」，衹是東西太伯。《王制》云：「五國以爲屬，屬有長。十國以爲連，連有帥。三十國以爲卒，卒有正。二百一十國以爲州，州有伯。」此經「四國有王」，如止四國，則尚不得謂之連帥，不應稱伯。知經言「四國」，猶言「四侯」。僖四年《左傳》管仲曰：「昔召康公命我先君太公曰：『五侯九伯，女實征之。』」《旄丘》正義引《鄭志》云：「五侯，侯爲州牧也。九伯，伯爲州伯也。一州一牧，二伯佐之。太公爲王官之伯，二人分陜而治。自陜以東，當四侯半，一侯不可分，故言五侯。」如《鄭志》，則此經亦以一侯不可分，故言四國。四國來王，而郇伯述職，非東西太伯而何？若然《鳲鳩》亦言「四國」，而不得爲二伯者，彼經言「正是四國」，正訓長，乃是州長。則四國爲州下四面之國，與此不同。《甘棠》正義引《鄭志》張逸問《行露》箋云：「當文王與紂之時。」謂《某棠》亦文王時事。鄭答曰：「《甘棠》之詩，召伯自明。誰云文王與紂之時乎？」鄭以《行露》詩無召伯，而《甘棠》詩有召伯，則巡民决訟，實爲伯時事。此經「郇伯」與《甘棠》「召伯」一耳。來王述職，亦可即本詩明之，故毛以爲東西太伯也。

豳

七月

《序》：「陳王業也。周公遭變故，陳后稷先公風化之所由，致王業之艱難也。」正義曰：「此詩主于豳之事，則所陳者處豳地之先公公劉、太王之等耳，不陳后稷之教。今輒言后稷者，以先公修行后稷之教，故以后稷冠之。」此説非也。《國語》云：「昔我先世后稷以服事虞夏。及夏之衰，棄稷弗務，我先王不窋用失其官，而自竄于戎狄之間。」世后稷者，言世爲后稷之官，非謂后稷之身。韋注云：「豳西近戎，北近狄。」戎狄即豳。不窋雖竄于豳，子孫猶在邰國，公劉嘗繼爲此官，《史記・匈奴傳序》云：「夏道衰而公劉失其稷官，變于西戎，邑于豳。」是也。《序》言「后稷先公」，蓋謂不窋與公劉二人。《譜》稱「公劉」「太王」由有事難之故，皆能守后稷之教者，特言周公，以比序己志，非釋《序》之詞。觀卒章箋云「后稷先公禮教備也」，其意亦同《序》説，謂不窋、公劉。正義于此《序》，謂以后稷冠之于卒章。箋謂以《序》言后稷，故兼言之，皆謂后稷之身。誤矣。當言處豳先公非止一人，以爲后稷之先公統之也。

「一之日觱發」傳：「一之日，十之餘也。一之日，周正月也。觱發，風寒也。」下傳云：「二之日，殷正月也。三之日，夏正月也。四之日，周四月也。」此經稱日稱月，正義因「四月秀葽」箋「物成自秀葽始」，推之云：「稱月者，由其物成，知稱日者由其物生。」其説良是。嘗由孔説推之，傳舉三正畢四之日，復從周起正朔，三而復，立文自當如此。其意總明經旨，以此數月爲三代之春。春主生物，故稱日也。經于「十月穫稻」後稱「爲此春酒」，明建子月得爲春。直至建辰月言「春日遲遲」，則中間丑寅卯月俱爲春可知。《後漢書・陳寵傳》云：「天以爲正，周以爲春。」注云：「今十一月也。」「地以爲正，殷以爲春。」注云：「今十二月也。」「人以爲正，夏以爲春。」注云：「今正月也。」其説實本此詩。傳以一爲十之餘，稱日從夏正起數，四月後稱月亦用夏正者，后稷先公爲夏諸侯故也。觱發，《説文》引作「滭冹」，云：「風寒也。」與此傳合。

「二之日栗烈」傳：「栗烈，寒氣也。」《釋文》云：「栗烈，《説文》作『颲颲』。」按：今《説文》風部「颲颲」二字下未引此詩，豈陸所見《說文》本如此，而後人删之與？但《說文》「颲」云：「風雨暴疾也。」「颲」云：「烈風也。」與毛傳「寒氣」不合。陸殆因《說文》讀若栗列，而誤以「颲颲」當之。《下泉》「洌彼下泉」、《大東》「有洌氿泉」，正義俱引此詩作「栗洌」，云：「其字从冰。」則在唐初經字作「栗洌」矣。《大東》正義引《說文》云：「洌，寒皃。」而《說文》仌部無「洌」字。「滭泼」下有「溧瀨」二字，俱訓爲寒。古字厲、烈通，故烈山氏亦曰厲山，而厲亦爲賴。是賴、烈音義同。《說文》「瀨」字即「洌」字、「颲」字，注云：「讀若栗，即溧之省。」「颲」字注云：「讀若列，即洌之省也。」《玉篇》仌部「溧」字下載「洌」字，不復更載「瀨」字。《廣韻》去聲無「瀨」字，入聲止收「洌」字。蓋自梁迄唐初，廢「瀨」用「洌」久矣。然則此經本作「溧瀨」，依《篇韻》及唐初本應作「栗洌」，今本作「栗烈」，雖古字烈亦通列，可从洌省文，然究不如作「洌」訓「寒」與毛義合也。《說文》「瀨」，徐音洛帶切，誤。

「三之日于耜」傳：「豳土晚寒。于耜，始修耒耜也。」孫毓謂毛傳言「晚寒」者，豳土寒多，雖晚猶寒，非謂寒來晚也。正義駁之云：「九月肅霜，與中國氣同。穫稻乃晚于中國，非是寒來早，明是寒來晚。」此說當矣。然寒鄉早寒，孫言近理。豳實寒鄉，所以得晚寒者，正義未言。按：豳地處山谷之間，外則涇、汭二川環之，內則皇、過二澗夾之，風氣嚴密，節氣較遲，自有他方所不得同者。寒鄉晚寒，所以足異。豳先公因時定制，周公筆之，每章紀其時令以爲豳國之典章，亦明著其與周地殊也。

「殆及公子同歸」傳：「殆，始也。」正義曰：「《釋詁》云：『殆，始也。』說者皆以爲生之始。然則殆、始義同，故爲始也。」按：今《爾雅》云：「胎，始也。」正義引之不言字異，則孔本《爾雅》作「殆」矣。《爾雅》釋文云：「胎，本又作『台』。」然則古音台讀爲胎，亦讀爲殆，音同義必同也。或《釋文》「台」字原作「殆」，故孔引之不言字異。《詩》釋文「殆」作「迨」，音待。

「猗彼女桑」傳：「角而束之曰猗。女桑，荑桑也。」正義引襄十四年《左傳》：「譬如捕鹿，晉人角之，諸戎掎之。」謂掎角爲遮截束縛之名，故云「角而束之曰猗」。按：女桑，柔弱之桑，不煩遮截。角者，卷曲之意。傳謂卷曲其枝而加束縛耳。孔引《左傳》「角掎」以釋之，《詩》作「猗」不作「掎」也，恐非毛意。正義又曰：「女桑柔桑，《集注》、定本皆云『女桑荑桑』，取《周易》『枯楊生荑』之義，荑是葉之初生者。」如孔言，則正義本傳作「柔桑」，今本校書者依《集注》、定本改之也。當仍作「柔桑」，乃合原本。

「七月鳴鵙」傳：「鵙，伯勞也。」箋云：「伯勞鳴，將寒之候也。五月則鳴，豳地晚寒，鳥物之候從其氣焉。」正義曰：「王肅云：『蟬及鵙皆以五月始鳴，今云七月，其義不通也。古五字如七。』肅之此說理亦可通，但不知經文實誤之之（疑當作「否」。）耳。」按：節氣已遲一月，則亦可有遲兩月者。「八月其穫」，禾已穫矣，十月又云「穫稻」，是一國之中，遲早已校兩月。經有明文，孔之此説猶未免爲子雍所惑也。正義又曰：「此箋當言晚温，而亦言晚寒者，鄭答張逸云：『晚寒亦晚温』。」孔意鶪以夏至鳴，今七月始鳴，是晚温之故。不知箋意不重温而重寒，故曰「伯勞鳴，將寒之候」。首章「流火」箋云：「將言寒，先著火所在。」四章「莠葽」箋云：「四者皆物成而將寒之候。」「于貉」箋云：「言此者時寒，宜助女功。」「其同」箋云：「不用仲冬，亦豳地晚寒。」五章「斯螽」箋云：「著將寒有漸，非卒來也。」「穹窒」箋云：「爲此四者以備寒。」「改歲」箋云：「當避寒氣而入所穹窒墐户之室而居之。」八章「鑿冰」箋云：「上章備寒，故此章備暑。」篇中凡八言寒，一言暑，以經首言「流火」，特爲寒謀，無緣更説晚温。《鄭志》之言亦姑答張逸，非經旨也。

「我朱孔陽，爲公子裳」傳：「朱，深纁也。陽，明也。祭服玄衣纁裳。」正義釋玄黄引「《易》注云：『乾爲天，坤爲地。天色玄，地色黄。故玄以爲衣，黄以爲裳，象天在上，地在下。土寄位于南方，南方故云用纁。』是祭服用玄衣纁裳。」既曰「黄裳」，又曰「纁裳」，釋傳殊未明。按：芾與裳同色。《斯干》「朱芾斯皇」傳云：「天子純朱，諸侯黄朱。」《車攻》「赤芾金舄」箋云：「金舄，黄朱色。」金舄即赤舄，是黄朱爲赤也。一入謂之縓，再入謂之赬，三入謂之纁，皆謂染赤。《説文》「縓」云：「帛赤黄色。一入赤黄，再入、三入亦是赤黄，但分深淺耳。」《説文》言赤黄，與毛、鄭言黄朱相合。朱深于纁。「朱色孔陽」，詞承「載黄」之下，是經明以黄朱爲纁，故傳云「玄衣纁裳」。土寄位南方，土黄色，南方朱色，土色實兼黄朱，故或稱玄黄。專就黄言，或稱玄纁，兼黄朱言也。

「一之日于貉，取彼狐貍，爲公子裘」傳：「于貉，謂取狐貍皮也。狐貉之厚以居，孟冬天子始裘。」正義曰：「于貉，言往不言取。狐貍，言取不言往。皆是往捕之而取其皮。故傳言于貉，謂取狐貍皮也。」釋傳囫圇，未見分曉。按：傳言豳民于貉，實專爲取狐貍之皮也。誠以狐貉但民自用，而狐貍可供公子爲裘。引《論語》以明于貉，引《月令》以明取狐貍，傳意如此。貉、狐、貍自是三獸，但傳狐貉句止釋于貉，貉亦狐類，故云狐貉，非謂狐與貉。正義云：「禮無貉裘之文，惟孔子服狐貉裘以居。」明貉裘賤。如兼狐言之，不得謂狐皮賤矣。故知傳狐貉，非謂狐與貉也。貉，當作「貈」。

「六月食鬱及薁」傳：「鬱，棣屬。薁，蘡薁也。」正義引《本艸》云：「鬱，一名雀李，一名車下李，一名棣。」又引《晉宫閣銘》「華林園有車下李、有薁李」，以爲車下李即鬱，薁李即薁。按：陸元恪《唐棣疏》云：「唐棣，薁李也。亦名車下李。」孔置陸疏不引，則車下李非唐棣也。《史記·司馬相如傳》「隱夫鬱棣」，裴駰按郭璞曰：「鬱，車下李也。」《爾雅·釋木》「唐棣栘」，郭注云：「似白楊，江東呼夫栘。」「常棣棣」郭注云：「今關西有棣樹，子如櫻桃，可食。」郭于《爾雅》二棣俱不言車下李，而于《上林賦》「鬱」字言之，與正義所引《本艸》合。則鬱爲車下李，信矣。《説文》《玉篇》俱以薁爲艸薁，字亦作「楠」。《玉篇》有「楠」字，云：「於六、禹九二切。」引《山海經》：「太室山有木，葉狀如梨而赤理，名曰楠木，服之不妒。」不以爲楠李。《廣韻》以「楠」爲楠李，而「蘡」字注云：「蘡薁，藤也。」此説近之。《相如傳》徐廣注：「鬱，一作『薁』。」《文選・上林賦》作「隱夫薁棣」，李善注引張揖云：「薁，山李也。」山李、薁李俱木本，定非蘡薁。《相如傳》「櫻桃蒲桃」，集解引郭璞曰：「蒲桃，似燕薁，可作酒。」燕薁，即蘡薁也。陶隱居云：「蒲桃即是此間蘡薁。」《本艸》云：「俗名野蒲桃。」蒲桃藤本，而蘡薁似之，故《説文》《玉篇》歸艸部。然則蘡薁非薁李，乃蒲桃。陶隱居之説是也。

「上入執宫功」傳：「入爲上，出爲下。」箋云：「可以上入都邑之宅，治宫中之事矣。於是時男之野功畢。」正義曰：「言治宫中之事，則是訓功爲事。經當云『執於宫公』。本或『公』在『宫』上，誤耳。今定本云『執宫功』，不爲『公』字。於是男之野功畢，宫内之事則未畢，故入之執於宫功。」如孔説，則正義本經文作「上入執宫公」，校書者依定本改之也。疏中則是訓功爲事，及末句「故入之執於宫功」，兩「功」字當作「公」字。公亦訓事，與箋内「野功」相涉而誤也。傳「入爲上出爲下」，正義無釋。疑正義本無此二句。

「晝爾于茅，宵爾索綯」傳：「宵，夜。綯，絞也。」箋云：「爾，女也。女當晝日往取茅歸，夜作絞索，以待時用。」傳不言茅索何用，箋亦止言「時用」。正義述經云：「宫中所治當是何事？即相謂云：晝日爾當往取茅艸，夜中爾當索綯，以待明年蠶用也。」以此爲宫中所執之事，又以爲蠶用，不知何據。豈以茅者萑葦之類，可作曲簿；索綯爲繩，可以猗彼女桑而采之乎？然不如箋義渾説之爲當矣。

「納于凌陰」傳：「凌陰，冰室也。」正義曰：「《天官・凌人》云：『正歲十有二月，令斬冰，三其凌。』注云：『凌，冰室也。』」又曰：「凌冰一物，既云斬冰，而又云三其凌，則是斬冰三倍，多于凌室之所容。故知三其凌者謂凌室。不然，單言凌者，止得爲冰體，不得爲冰室也。」按：《説文》「仌」云：「凍也。象水凝之形。」此今「冰」字也。「冰」云：「水堅也。」此今「凝」字也。「𠗲」云：「仌出也。「出」字誤。从仌，朕聲。《詩》曰：納于𠗲陰。」「凌」云：「𠗲或从夌。」如《説文》，則「凌」原作「𠗲」。斬冰，當作「仌」。三其凌，明是「𠗲」字。鄭注《禮》時字體未改，故注云「仌室」，與此傳同。孔謂單言凌者止得爲冰體不得爲冰室，疏矣。《玉篇》「𠗲」云：「冰室也。」與此傳合。《説文》用《毛詩》古文，亦應言「仌室」。今本《説文》乃作「仌出」，正與《詩》義相反。「出」字訛，當據此傳正之。

「九月肅霜，十月滌場」傳：「肅，縮也。霜降而收縮萬物。滌，場功畢入也。」正義曰：「肅音近縮，故肅爲縮也。霜降收縮萬物，言物乾而縮聚也。」此下又曰：「洗器謂之滌，則是淨義，故爲埽也。在場之功畢已入倉，故滌埽其場。」如正義，則傳「收縮萬物」句下，當有「滌埽也」

三字誤奪，校書者當據正義補入。《釋文》云：「滌，直歷反，埽也。」是傳原有此訓也。又《釋文》：「沖沖，聲也。」當是傳作鑿冰之聲。「躋，升也。」當是傳文誤脱。附志于此。

「曰殺羔羊」箋云：「國君閑於政事而饗群臣。」正義曰：「《燕禮記》云：『其牲狗。』此大飲大於燕禮，故用羊也。」按：《小雅·伐木》云：「既有肥羜，以速諸父。」傳：「未成羊也。」《爾雅·釋畜》云：「未成羊曰羜。」郭景純注曰：「今俗呼五月羔爲羜。」《伐木》，燕朋友故舊之詩，是燕禮亦有羔羊。鄭以此詩爲饗群臣。饗大於燕，用羊宜矣。

「萬壽無疆」傳：「疆，竟也。」箋云：「飲酒既樂，欲大壽無竟。」《釋文》云：「或音注爲『境』，非。」正義述經云：「使得萬年之壽，無有疆境之時。」釋傳云：「疆是境之别名，言年壽長遠無疆畔也。定本『竟』作『境』。」如正義，是孔傳本作「境」，後人依《釋文》改作「竟」也。按：《説文》無「境」字，新附有之，云：「境，疆也。从土，竟聲。經典通用『竟』。」據此，作「竟」爲是。然亦必改依原本乃合。又正義云「定本『竟』作『境』」，上當是「境」，下當是「竟」。孔凡言「定本作某字」者，多與見行本别也。

鴟鴞

《序》：「周公救亂也。成王未知周公之志，公乃爲詩以遺王，名之曰《鴟鴞》焉。」《釋文》云：「遺，本亦作『貽』。」正義述毛作「貽」，述箋意作「怡」，謂鄭訓「怡」爲「悦」，毛當訓「貽」爲

「遺」。又曰：「定本『貽』作『遺』。」如孔說，則正義本《序》作「貽王」，校書者據《釋文》改之也。當依原本。

「既取我子」傳：「寧亡二子，不可以毀我周室。」正義云：「人已取我子，我意寧亡此子，無能留此子以毀我巢室。以興周公之意：寧亡管、蔡，無能留管、蔡以毀我周室。」按：三章傳云：「手病口病，故能免乎大鳥之難。」次章「今女下民，或敢侮予」箋云：「今女我巢下之民，寧有敢侮慢欲毀之者乎？」是毛以取子者爲大鳥，鄭以取子者爲下民。此詩傳、箋義別，孔已細爲分釋。而于「取子」之義，猶未免以鄭述毛，亦其疏也。

「鬻子之閔斯」傳：「鬻，稚。」正義曰：「《釋言》云：『鬻，當作「鞠」。稚也。』郭璞曰：『鞠，一作毓。』是鬻爲稚也。」按：《釋言》云：「幼鞠，稚也。」郭注引《書》「不念鞠子哀」，無「一作『毓』」之言。如正義，則唐初《爾雅》郭注有此一句。但經作「鬻」而云「是鬻爲稚」，孔蓋讀「鬻」爲「毓」。《釋文》云：「鬻，由六反。」是讀爲毓。徐仙民音居六反，則讀爲鞠。是鬻、鞠、毓三字通。《廣韻》云：「毓，稚也。同育。」據《說文》，毓即育之或體。《邶·谷風》「昔育恐育鞠」，毛訓育爲長，鄭訓育爲稚。正義謂育得兩訓：《釋詁》爲長，《釋言》爲稚。是亦以《釋言》「鞠」字爲「毓」之證。《說文》「育」云：「養子使作善也。从云，肉聲。《虞書》曰：教育子。」許雖訓有爲養，然惟稚子故須教育，亦自兼有稚義也。鬻，本之六反，俗作「粥」。《說文》云：「鍵也。」別有「𩯭」字，徐音余六切。此經「鬻」字當是「𩯭」字，毓之借也。

「予所蓄租」傳：「租，爲。」正義曰：「租訓始也。物之初始必有爲之，故云『租，爲』也。」按：《釋文》云：「租，子胡反。又作『祖』，如字。」依《釋文》，則正義本經作「蓄祖」。祖本訓始，有造始、作始之義。《爾雅》造、作俱訓爲，故傳訓爲。今汲古閣本經與傳俱作「租」，校書者併正義改之，非也。當據《釋文》改作「祖」，乃合正義原本。

「予室翹翹」傳：「翹翹，危也。」箋云：「巢之翹翹而危，以其所托枝條弱也。」按：陸元恪《疏》：「鴟鴞取茅秀爲巢，以麻紩之，如刺韈然。縣著樹枝，或一房，或二房。」《文選》陳孔璋《檄吳將校部曲》云：「鷦鳩之鳥巢於葦苕，苕折子破，下愚之惑也。」李善注引《韓詩》曰：「鴟鴞所以愛養其子者，適以害之。愛憐養其子者，謂堅固其窠巢。病之者，謂不知托於大樹茂枝，反敷之葦蕳。風至蕳折巢覆，有子則死，有卵則破，是其病也。」箋義殆本《韓詩》。毛傳但訓危，不言所托枝條之弱。然《選》注又引《荀卿子》曰：「南方鳥名蒙鳩，爲巢編之以髮，繫之葦苕。苕折卵破。巢非不牢，所繫之弱也。」注引《荀子》，是李以蒙鳩即鴟鴞。荀爲毛公之師，當聞其說。此傳訓危，或亦謂所繫之弱。故孔以箋述傳，而不復別之也。

「予尾翛翛」，正義述經曰：「予尾消消而敝。」又曰：「定本『消消』作『翛翛』也。」如孔說，則正義經傳俱作「消消」，校書者依定本改之也。當仍原本。

東山

「勿士行枚」傳：「士，事。枚，微也。」箋云：「勿，猶無也。女制彼裳衣而來，謂兵服也。亦無行陳銜枚之事，言前定也。《春秋傳》曰：善用兵者不陳。」此詩毛、鄭義別，具在傳、箋。然有陸元朗義，有王子雍義。《釋文》「士行」云：「毛音衡。」衡即横字，是謂毛意作無事横銜其枚也。云「鄭音銜」，云「無行户剛反」，是謂鄭意作無事銜枚。讀經中「行」字爲「銜」，箋中「行」字自爲行陳字也。云「王户剛反」，是謂王述毛作無事行陣銜枚，義同于箋也。按：傳訓枚爲微，不以爲如箸横銜之物。《釋詁》云：「隱、匿、蔽、竄，微也。」《説文》云：「微，隱行也。从彳散聲。《春秋傳》曰：白公其徒微之。」傳意言制彼兵服而來，堂堂正正，無事行于隱微，有勞師襲遠之苦也。正義述經云：「久勞在軍，無事于行陣銜枚。」同傳于箋，恐非毛意。

「蜎蜎者蠋」傳：「蜎蜎，蠋皃。桑蟲也。」正義曰：「言在桑野，知是桑蟲。」孔意殆以蜀非桑蟲，故其言如此。《大雅·韓奕》「鞗革金厄」傳云：「厄，烏蠋，大如指，似蠶。」不言桑蟲者，以此傳已明，且《韓奕》非正言蜀故耳。《説文》云：「蜀，葵中蠶也。」此今本《説文》之誤。《韓子》云：「蟺似蛇，蠶似蜀。」《淮南子》云：「蜀與蠶相類，而愛憎異也。」《韓奕》傳、《爾雅》郭注皆言「蜀似蠶」，今以蜀爲蠶，其誤顯然。是以《廣韻》引《説文》云：「葵中蟲也。」已不作蠶字。

然猶是葵蟲，非桑蟲。許用《毛詩》古文，何至相戾？《爾雅》釋文引《説文》云：「桑中蟲也。」此乃與毛傳合，當是許氏原本。羅願云：「蜀，葵中蟲，亦食于藿，侣蠶而不食桑。《詩》云『桑野』者，葵、藿之下亦桑野之地也。」羅氏據誤本《説文》而爲此説，不可从。《玉篇》亦以爲桑蟲，而别有蠋蠋，音之欲切。《廣韻》亦然。蓋以《爾雅》「蠋蠋」非此詩之「蜀」。然樊光漢人，其注《爾雅》已引此詩，當不誤也。

「熠燿宵行」傳：「熠燿，燐也。燐，螢火也。」燐，《説文》作「粦」，云：「兵死及牛馬之血爲粦。粦，鬼火也。」正義據以駁傳，誠是。然《釋文》云：「燐，字又作『蠎』。」《玉篇》云：「蠎，螢火也。」《廣韻》亦同。如《釋文》，則傳原作「蠎」字，蠎爲螢火，傳自不誤。豈陸本孔未見與？螢，《月令》《爾雅》俱作「熒」。熒是火光熒熒然，蠎乃蟲之體也。《文選·秋興賦》：「熠燿粲于階闥兮」，李注引毛傳曰：「熠燿，蠎也。蠎，螢火也。」

破斧

「四國是皇」箋云：「周公既反，攝政，東伐此四國。誅其君罪。正其民人而已。」正義引《書序》「成王既踐奄，將遷其君於薄姑」。又引《書傳》「遂踐奄。踐之者，籍之也。籍之，謂殺其身，執其家，瀦其宫」。謂如此，則奄君見殺，是《書序》而非《書傳》。以鄭《書序》注言「奄君遷于齊」故也。若然，奄君實遷，蔡叔亦僅放之，此箋何以言誅？正義未申箋意。按《説文》：「誅，討也。討，治也。戡，棄也。」《周書》以爲「討」，然則「誅」即是「討」，或棄其身，或但治其罪，皆可謂之誅。周公殺管叔而褩蔡叔，兩見左氏《傳》，而《東山》毛傳統言公族有辟，即《金縢》所謂「我之弗辟」，不得疑蔡叔亦致辟也。傳云「皇，匡也」，則爲正四國君罪而哀其民人。箋以「正其民人」，即是哀其民人。傳、箋亦當有別。

伐柯

《序》：「美周公也。周大夫刺朝廷之不知也。」正義謂鄭以此詩刺朝廷群臣得雷風之後、啓金縢之前作。毛以此詩刺成王作《鴟鴞》之後、未得雷風之前作。按：《金縢》云：「昔周公勤勞王家，惟予冲人弗及知。今天動威以彰周公之德，惟朕小子其新迎，我國家禮亦宜之。」時實未即迎。孔傳云「遣使者迎之」，順經爲解耳。《歸禾序》云：「唐叔得禾異畝同潁，獻諸天子。王命唐叔歸周公于東，作《歸禾》。」孔傳曰：「異畝同潁，天下和同之象。周公之德所致。周公東征未還，故命唐叔以禾歸周公。」《嘉禾序》云：「周公既得命禾，旅天子之命，作《嘉禾》。」孔傳曰：「已得唐叔之禾，遂陳成王歸禾之命，而推美成王。善則稱君。」又曰：「天下和同，政之善者，故周公作書以善禾名篇。」《歸禾》正義曰：「王啓金縢，正當禾熟之月，若是前年得之，于時王疑未解，必不肯歸周公。當是啓金縢之後，喜得東土和平而有此應，故以歸周公也。」如二書《序》、傳、正義，歸禾往復在啓金縢後矣。毛于此詩惟言「禮義者治國之柄」，治國不能用禮則不安。其在雷風後先，難以臆度。然此《序》與《九罭》均言「刺朝廷之不知」，則是一時之作。《九罭》傳云「周公未得禮也」，顧成王「禮宜新迎」之語而爲説也。「禮宜新迎」爲啓金縢後語，而尚復遲之又久，是朝廷之人有疑于迎周公者。毛亦當爲刺朝廷群臣，同于鄭説。但鄭是避居東都在啓金縢之前，毛是東征未還在啓金縢之後。正義説非事實也。《九罭》之義，毛同此篇，鄭則迎而歸矣。《狼跋序》稱「王不知」，宜在《伐柯》《九罭》之前而處末者。彼詩主美周公遭難不失其聖，故復本成王未知而言。彼《序》亦稱「四國流言」，寧得謂在《鴟鴞》前作乎？

九罭

「鴻飛遵渚」傳：「鴻不宜循渚也。」箋云：「鴻，大鳥也，不宜與鳧鷖之屬飛而循渚。以喻周公今與凡人處東都之邑，失其所也。」正義以毛亦爲「大鳥」，不釋箋易傳之意。按：《易・漸卦》初六，「鴻漸于干」，其占爲「厲」。九三、上九俱「漸于陸」，三凶而上吉。此詩之「渚」與「干」皆近水處下，故傳謂鴻不宜遵陸高于渚。下經「鴻飛遵陸」傳亦云：「陸非鴻所宜止者。」傳文變「循」言「止」，以鴻之飛必漸進，愈高乃爲羽儀可用。若止于陸，則有夫征不復之凶。經言「公歸不復」，王肅述毛，訓「復」爲「反」，云：「未得所以反之道。」是《易》之不復與此詩不復同。故傳謂陸非鴻所宜止，以喻周公當歸王室。若止于東都，則渚、陸皆非所宜。傳蓋依《易》爲説，以鴻爲鴻鴈也。《史記·陳涉世家》陳涉曰：「燕雀安知鴻鵠之志？」索隱曰：「《尸子》云『鴻鵠之彀，羽翼未合而有四海之心』是也。」鴻、鵠一鳥，如鳳、皇然，非謂鴻鴈與黄鵠也。箋專取鴻喻周公爲聖人，故易爲大鳥，蓋以鴻爲鴻鵠也。

狼跋

「公孫碩膚」傳：「公孫，成王也，豳公之孫也。碩，大。膚，美也。」箋以公爲周公，讀「孫」爲「遜」，謂周公攝政七年致政成王。正義引孫毓之評，蓋右鄭也。《詩》《書》稱成王或曰「沖人」，或曰「沖子」，或曰「孺子王」，或曰「翯子」，或曰「曾孫」。此經獨稱「公孫」者，《七月》篇「陳后稷先公致王業之艱難」，題爲豳國之風。《鴟鴞》以下皆周公事耳。身未致王，何以得附于《豳風》？正以周公攝政東征，無非欲輔導成王之大美，以上繼先公之業。則此六篇者雖爲周公而作，其義實繫成王，故得附于《豳風》也。周大夫見《鴟鴞》之詩明著「翯子」，周公之心已如青天白日，故于此詩復表「公孫」，使六詩相爲首尾，其意遠矣。傳已釋公孫爲成王，而復言「豳公之孫」，亦以明此六詩附豳國之義，可謂深得經旨。孫毓乃謂《詩》《書》名例未有稱天子爲公孫者，又謂成王去豳公已遠，非惟駁傳，兼以訾經。《魯頌》稱僖公爲周公之孫，《商頌》稱成湯爲湯孫，此經「公孫」何非名例？箋以周公遜位，其説自可並行。必欲抑揚，亦何謂耶？

《鴟鴞》，罪人既得後作，次于《七月》，當矣。《東山》雖勞歸士，實未得歸，經中所陳皆預擬之詞。觀四章皆言「慆慆不歸」可證。《破斧》因不歸而追惡四國，《伐柯》《九罭》啓金縢後，刺朝廷之人疑迎周公，《狼跋》總陳周公遭難，欲成公孫之大美，次弟與《古文尚書》説合。正義謂當于《鴟鴞》之下次《伐柯》《九罭》《破斧》《東山》，然後終以《狼跋》，依箋義爲説也。

皇清經解卷一千三百三十九終

靈川秦培璠舊校
南海桂文熾鄒伯奇新校

毛詩紬義　卷十

嘉應李黼平著

小雅

鹿鳴之什

鹿鳴

「食野之苹」傳：「苹，蓱也。」箋云：「藾蕭也。」正義謂箋以蓱是水中之艸，非鹿所食，故易傳。按：《玉篇》「苹」云：「萍也。又藾蕭也。」《廣韻》「苹」云：「葭，一曰蒲白，又曰萍，别名又云藾蕭也。」皆兼从毛、鄭之訓。《說文》「苹」云：「蓱也，無根浮水而生者。从艸，平聲。」「蓱」云：「苹也。从艸，洴聲。」苹、蓱互訓，一依毛傳。苹既爲水艸，非鹿所食，而詩言「野苹」，則爲陸艸，鹿得食之。毛、許大儒，曾不以爲異者，凡蓱非是江湖始有，雖潢污行潦亦有之，故

《詩》言「野苹」。既野水有苹，水落苹枯，雜於衆艸，鹿亦自應食之。《吉日》「漆沮之從」傳云：「漆沮之水，麀鹿所生。」鹿固逐水艸者矣。《爾雅》郭本前云：「萍，蓱。其大者蘋。」後云「苹，藾蕭。」而《釋文》本及此詩正義所引皆作「苹，蓱」。是《爾雅》此文原有二本，鄭作箋時前經當是「萍，蓱」。疑毛傳與《爾雅》不合，故依後經「藾蕭」爲説，非必以其爲水艸而易傳也。

「吹笙鼓簧」傳：「簧，笙也。吹笙而鼓簧矣。」按：《月令》：「仲夏之月，調竽、笙、箎、簧。」「竽」「笙」「箎」三者皆有「簧」。簧者，管器中金薄鍱也。傳以經言「簧」，恐人誤爲别器，故以「笙」實之。曰「吹笙而鼓簧」，明其爲「笙」之「簧」，非「竽」「箎」之「簧」也。王、秦二《風》「簧」傳皆同此解。正義于《王風》傳云：「簧之爲用，本施于笙。舉笙可以見簧，舉簧可以見笙。故知簧爲笙。」而于此傳無釋，殆謂已具彼文，誤也。舉笙可見簧，不必訓簧。舉簧不能見笙，故必訓笙。

「承筐是將」傳：「筐，篚屬。所以行幣帛也。」箋云：「承，猶奉也。《書》曰：篚厥玄黄。」按：《序》言「既飲食之，又實幣帛筐篚以將其厚意」。箋言「飲之而有幣，酬幣也。食之而有幣，侑幣也」。皆兼饗食言。鄭以飲爲饗。正義謂「食禮無酒樂，饗以訓恭儉」。此詩以燕爲主，以經有「式燕」之文故也。但燕禮無幣，而經言「承筐是將」，則是首章言饗，次章言燕。《常棣》篇飫燕並舉，此經當同之。《儀禮》十七篇出于漢初，有經有記。記之所載，往往經所未言。正

《雅》周公所作，燕禮有幣，此經亦足據依，然不如兼饗爲當。古者饗亦兼燕，《春秋》宣十六年《左傳》：「晉侯使士會平王室，定王享之，原襄公相禮。殽烝，武子私問其故。王聞之，召武子曰：季氏而弗聞乎？王享有體薦，宴有折俎。公當享，卿當宴，王室之禮也。」是享亦兼燕。又有一日饗燕並行者，昭元年《左傳》「鄭饗趙孟，禮終乃燕」是也。故傳言行幣，箋以玄黄申之，不以燕禮無幣爲嫌。

「示我周行」傳：「周，至。行，道也。」正義曰：「嘉賓皆愛好我，以敬賓如是，乃輸誠矣，示我以先王至美之道也。」按：下經「德音孔昭」箋云：「德音，先王道德之教也。」又云：「嘉賓之語，先王德教甚明。」孔以下箋之義述此傳，非毛意也。王肅述毛云「好愛我則示我以至美之道」，不言先王，得之。

「視民不恌」傳：「恌，愉也。」《爾雅·釋言》文。《爾雅》作「佻」，《説文》無「恌」字。「佻」云：「愉也。」《左傳》引此詩亦作「佻」，則字當作「佻」爲正。

四牡

「周道倭遲」傳：「周道，岐周之道也。倭遲，歷遠之皃。文王率諸侯撫叛國而朝聘乎紂，故周公作樂以歌文王之道，爲後世法。」正義曰：「文王率諸侯使朝聘耳，非謂令此使臣自聘紂。」又曰：「傳言率諸侯朝聘于紂，不言自遣人聘也。若其自遣人聘，安得連朝言之？」又言

「不得以王事之文便謂天子。」按：正義釋傳「岐周之道」，以時未稱王，仍在于岐。既夫稱王，則經言王事，即是天子之事。孔必爲非聘紂者，以《序》下箋有「使臣往來于其職」之語。不知箋言「其職」，正言使臣之職。孔謂爲西伯所職之國，恐非箋意。箋云：「文王爲西伯之時，三分天下有其二。以服事殷。」引《論語》以説此經。知鄭亦以使臣爲聘紂也。

學者論《鹿鳴》《四牡》《皇皇者華》當時只是燕群臣、勞遣使臣而作，至後世乃以入樂。此説非也。事是文王時事，詩是周公作之，觀此傳極爲分明。傳言「周公作樂以歌文王之道」，作樂即是作詩，詩固樂之章也。《儀禮·鄉飲酒》燕禮用樂之節亦周公所定，當時已以入樂，欲使後世法文王之道，何待後世始入樂乎？正義曰：「《鹿鳴》《四牡》《皇皇者華》皆歌之，獨于此言者，舉中以明上下。」愚謂不獨此三詩，即下笙間所歌，亦當同此也。

「翩翩者鵻」傳：「鵻，夫不也。」箋云：「夫不，鳥之慤謹者，人皆愛之。」鵻，《爾雅》作「隹」，云：「隹其鳺鴀。」郭景純注曰：「今鵓鳩。」《爾雅》注云：「鵓鳩。」某氏引《春秋》云：「祝鳩氏司徒。」《説文》作「鵻」，云：「祝鳩也。从鳥，隹聲。」又「隼」字注云：「鵻，或从隼。一曰鶉字。」《玉篇》作「鶽」，云：「祝鳩也，急疾之鳥也。或作『隼』。」「隼」云：「祝鳩也。」「隹」云：

「鳺鴀也。」又鳥短尾之總名，《廣韻》平聲「隹」云：「《說文》曰：鳥之短尾者總名。」「鵻」云：「鳥名。」上聲「鵻」云：「《說文》曰：祝鳩也。」「隼」云：「鷙鳥也。《說文》同上。」「隼」與「祝鳩」截然兩鳥，《廣韻》尚「鵻」與「隼」別，《玉篇》乃混而同之。不知《說文》云「鵻，或从隼」，原有錯誤。蓋既云「从隼」，則字當作「鶽」。今乃作「隼」不得云「从隼」也。《玉篇》「鵻」字竟从隼作「鶽」，又音思尹切。徐鼎臣等不加辨晰，亦从其音，而「鵻」遂爲「隼」矣。《采芑》篇「鴥彼飛隼」，正義引《說文》曰：「隼，鷙鳥也。」《爾雅》「鷹隼醜」，邢叔明疏引《說文》亦同。然則唐、宋來《說文》「隼」字下自有「鷙鳥」一訓。「隼」訓「鷙鳥」，而「鵻」訓「祝鳩」，與《爾雅》舍人注合。《說文》初不誤，校《說文》者依《玉篇》而誤也。

皇皇者華

「每懷靡及」傳：「每，雖。懷，和也。」箋云：「和，當爲『私』。」正義謂鄭以傳無「每，雖」之訓，王以爲有。兩皆述毛，未知誰得其旨。按：卒章傳云：「雖有中和，當自謂無所及。」箋以傳「中和」爲「忠信」，孔雖曲爲之說，終屬牽强。王肅述毛云：「雖多內懷中和之道，猶自以無所及。」仍用經「懷」字，是殆以「懷」爲「藏」。二者均非毛意。傳「中」字對「外」而言。凡以諏謀度詢等皆外來之善，和謙諮訪是中心之善。傳言兼此五者，雖有中心之和謙，猶當自謂無所及，乃成六德也。「中」是「中心」，非《中庸》篇之「中和」也。

常棣

「雖有兄弟，不如友生」傳：「兄弟尚恩怡怡然，朋友以義切切然。」正義曰：「兄弟之多則尚恩，其聚集則熙熙然，不能相勵以道。朋友之交則以義，其聚集切切節節然。相勸競以道德，相勉勵以立身。」又曰：「切切節節者，相切磋勉勵之皃。《論語》云：『朋友切切偲偲，兄弟怡怡。』注云：『切切，勸競皃。怡怡，謙順皃。』此『熙熙』當彼『怡怡』，『節節』當彼『偲偲』也。定本『熙熙』作『怡怡』，『切切』作『偲偲』。依《論語》則俗本誤。」如孔説，則正義傳原作「兄弟尚恩熙熙然，朋友以義切切節節然」。云『節節』當彼『偲偲』」，不言「切切」者，以「切切」與《論語》同也。云「定本『切切』作『偲偲』」，當云「『節節』作『偲偲』」。《釋文》云：「切切然，定本作『切切偲偲然』」。」定本一依《論語》也。今本如此，與《釋文》本同。然當改依正義原本乃合。

「飲酒之飫」傳：「飫，私也。不脱屨升堂謂之飫。」箋云：「私者，圖非常之事。若議大疑于堂，則有飫禮焉。聽朝爲公。」按：經言「飫」，「兄弟既具，和樂且孺」文承此句之後，似專言飫禮。而下傳云「王與親戚燕」者，傳以此經非正行飫禮，故釋「飫」字，亦非正釋飫禮。言飫燕俱在堂，俱是私飲酒，特不脱屨而升堂，故謂之飫耳。其實是燕。箋以圖非常、議大疑乃有飫禮，是正釋飫禮。則上二句是飫，下二句是燕。傳、箋意别。正義同之，誤也。《爾雅》：「飫，私也。」郭景純注曰：「宴飲之私。」不言飫禮。《説文》作「𩚍」，云：「燕食也。」許用毛氏古文，

「餞」不訓「私」而訓「燕食」，正以毛釋此詩，言「王與親戚燕」故也。飫與醧同。《文選・魏都賦》「愔愔醧醼」，李善注引《韓詩》作「醧」。《説文》：「醧，私宴飲也。」亦與毛傳合。《玉篇》「飫」云：「食多也。」「醧」云：「私也。」顧氏似以「醧」爲正。然《爾雅》作「飫」，而《説文》亦于「餞」字下引此詩，則作「餞」爲正。

伐木

「伐木丁丁，鳥鳴嚶嚶」傳：「興也。丁丁，伐木聲。嚶嚶，驚懼也。」傳以經首四句統言伐木、鳥鳴、出幽、遷喬之事，于「嚶其鳴矣」二句，云「君子雖遷于高位，不可以忘其朋友」，始言興意。則首四句無所謂興也。正義引「王肅云：『鳥聞伐木，驚而相命嚶嚶然，故曰丁丁、嚶嚶相切直，以興朋友切切節節。』其言得傳旨也」。按：王以伐木、鳥鳴與朋友相切直，依《爾雅》爲説。如果毛旨亦然，首二句傳何以不言？箋引「丁丁、嚶嚶，相切直也」，正以毛無此意，故引《釋訓》以易傳「驚懼」二字。正義謂得毛旨，斯不然矣。

「伐木許許」傳：「許許，柿皃。」此章以伐木之有柿，喻人君之有朋友故舊也。《説文》：「柿，削木札樸也。从木，巿聲。陳楚謂櫝爲柿。」《文選・馬汧督誄》注引《説文》曰：「柿，削檖也。」《史記・惠景間侯者年表》曰：「諸侯子弟若肺腑。」索隱曰：「肺，音柿。腑，音附。柿，木札也。附，木皮也。以喻人主疏末之親，如木札出于木、樹皮出于樹也。《詩》云『如塗塗附』，注云『附，木皮』是也。」《漢書・楚元王傳》曰「臣幸得托肺腑」注：「一説：肺謂斫木之肺札也。」傳言：彼伐木者，其柹許許然。柹出于木，猶朋友故舊之托于君。故今釃酒以燕之也。正義曰：「毛以爲伐木其柹許許然，故鳥驚而飛去，以喻朋友之相勸，故德進而業修。」此章經無「鳥鳴」，非經旨，亦非傳意。

「無酒酤我」傳：「酤，一宿酒也。」箋云：「酤，買也。」正義曰：「箋以經、傳無名一宿酒爲酤者，既有一宿之酒，不得謂之無酒。」按：《説文》「酤」云：一宿酒也。一曰買酒。是「酤」本有二訓。《説文》又云：「醴，酒一宿孰也。」《釋名》云：「醴，禮也。釀之一宿而成，醴有酒味而已也。」《漢書・楚元王傳》：「元王每置酒，常爲穆生設醴。」顔師古注曰：「醴，甘酒。少麴多米，一宿而孰。」然則一宿酒名醴，亦名酤。「無」承上句「湑酒」而言，無湑酒則用一宿而孰者。正以見王之厚意也。正義説誤。

「坎坎鼓我，蹲蹲舞我」傳：「蹲蹲，舞皃。」箋云：「爲我擊鼓坎坎然，爲我興舞蹲蹲然。謂以樂樂己。」正義曰：「兄弟陳王之厚己，使人爲之鼓舞，言爲我者，以樂由己而作故也。」按：此自是箋義，傳于坎坎句無釋，下句云「舞皃」。傳意殆以二句俱屬舞也。《説文》用毛氏古文，「坎」作「竷」，「鼓」作「舞」，云：「繇也，舞也。樂有章，从章，从夅，从夊。《詩》曰：竷竷舞我。」《釋文》引《説文》云：「舞曲也。」「蹲」作「壿」，云：「舞也，从士，尊聲。《詩》曰：壿壿舞我。」《釋文》云：「蹲，本又作『墫』。」引《說文》云：「士舞也。」《爾雅》釋文引《說文》亦云「士舞」。據此，則毛作傳時二句經文俱作「舞我」。「坎坎」是舞曲，二字已見《伐檀》，其爲聲易識。「蹲蹲」始見經，故但釋下句。毛意當然。正義述經、傳、箋不分，恐誤。

天保

《序》：「下報上也。君能下下以成其政，臣能歸美以報其上焉。」箋：「下下，謂《鹿鳴》至《伐木》，皆君所以下臣也。臣亦宜歸美于王，以崇君之尊而福禄之，以答其歌。」正義曰：「上五篇非一人所作，又作彼者不與此計議，何相報之有？鄭云『亦宜』者，示法耳，非故報也。」按：《鹿鳴》以下五詩皆周公一人所作，歌文王之事以示後世子孫。《四牡》毛傳所言是也。既作五詩，即作此篇以示爲人臣者亦當歸美君上之義。周公作之，太師編之，以爲此次。子夏作《序》，親承聖旨，非出胸情，有何疑誤而云非相報也？

「是用孝享」傳：「享，獻也。」箋云：「謂將祭祀也。」下「于公先王」傳：「公，事也。」傳以享爲祭，釋公爲事，是所以事其先之事，言獻此酒食于禴祠烝嘗之時以事先王也。箋以公先王爲先公先王，故易傳「享獻」爲「將祭祀」，而以禴祠烝嘗爲正行祭。正義謂「毛以上雖言獻之，未是祭時，故以公爲事」。是以傳之「獻」爲「將祭祀」，同傳于箋，殆非也。

「君曰卜爾」傳：「卜，予也。」按：《釋詁》云：「卜，予也。」與傳合。正義未引。

「如月之恒」傳：「恒，弦。」《釋文》：「恒，本亦作『緪』。同古鄧反。沈古恒反。」《廣韻》平聲「緪」云：「大索。」「縆」同上。去聲「緪」云：「急張。亦作『縆』。」按：《淮南子》云：「大弦揯則小弦絶。」「揯」即「縆」也，訓「索」亦訓「急張」，與傳「弦」義合。正義曰：「縆，《集注》、定本作『恒』。」是孔經本作「縆」字，校書者依《集注》、定本改之也。當仍作「縆」字乃合。若作「恒」，乃恒心之恒，傳必不訓爲弦矣。

「無不爾或承」箋：「『或』之言有也。」箋以或者未定之詞，此歸美君上，不當言或，故轉爲有。《書·微子》云：「殷其弗或亂正四方。」《多士》云：「時乃或言，爾攸居。」孔安國傳皆云：「或，有也。」《吕覽》云：「毋或作好，遵王之道。毋或作惡，遵王之路。」高誘注曰：「或，有也。」是「或」與「有」古字通。

采薇

「薇亦柔止」傳：「柔，始生也。」按：上「薇亦作止」訓「作」爲「生」，此又訓「始生」，似與上無甚分别。及觀下「薇亦剛止」傳云：「少而剛也。」乃知此傳「始生」二字即是「少」字。由生而少，由少而剛，上下自相申成。《序》下正義曰：「毛言始生者，對剛爲生之久，柔謂初生。」猶未深悉傳義。

「歲亦陽止」傳：「曆陽月也。」箋云：「十月爲陽，時坤用事，嫌于無陽，故以名此月爲陽。」正義釋傳曰：「毛以陽爲十月，解名爲陽月之意。」又曰：「从十一月至九月，凡十有一月，已經曆此有陽之月。而至坤爲十月，故云曆陽月。」按：毛果以「陽」爲「十月」，直曰「陽月」可矣，何以言「曆」？且已經曆有陽之月而至十月，則是無陽矣，何能解名爲「陽月」？十月純坤無陽，至十一月一陽始生。傳蓋言曆至生陽之月，爲十一月也。《豳風·七月》述后稷先公之事，以夏正紀時。此詩《序》言「以天子之命，命將率遣戍役」，是述文王以服事殷之事，當以殷正紀時。毛以經之「陽」爲「十一月」，則上「歲暮」爲子月，蓋據殷正。鄭以經之「陽」爲「十月」，則上歲暮爲亥月，蓋據周正。傳、箋各殊，未可强合。

「象弭魚服」傳：「象弭，弓反末也。所以解紒也。」箋云：「弭弓反末彆者，以象骨爲之，以助御者解轡紒，宜骨也。」按：《釋文》云：「弭弓反末彆也。」如《釋文》，則傳有「彆」字。箋言「弓反末彆」者，即據傳文成句。以傳言「解紒」，不言何物之紒，故申傳云：「以象骨爲之，以助御者解轡紒，宜骨也。」《釋文》云：「彆，《説文》方血反。」正義云：「《説文》方結反。」今本《説文》無「彆」字。如陸、孔，則唐初《説文》有之，其後陽冰删去也。紒，《釋文》云：「本亦作『紛』。」《説文》「弭」云：「弓無緣，可以解轡紛者。从弓，耳聲。」作「紛」爲是。正義云：「弓必須骨，故用滑象。」箋中「宜骨也」，「骨」字疑當作「滑」。

出車

「自天子所」箋云：「自，从也。有人从王所來，謂我來矣。」按：凡言「所」，非盡在外之詞。《春秋》「公朝于王所」、《小雅》「天子之所」、《鄭風》「獻于公所」，在外之詞也。此經殷王在京師而亦言「所」者，猶漢京師亦謂之行在所。《史記·衛將軍驃騎列傳》云：「軍吏皆曰善，遂因建詣行在所。」注蔡邕曰：「天子自謂所居曰行在所。今雖在京師，行所至耳，巡狩天下所奏事處皆爲宮。在長安則曰奏長安宮，在泰山則曰奉高宮，唯當時所在。」漢去古未遠，其稱謂必有所本。由是推之，《考工記》曰「惟若寧侯，毋若女不寧侯不屬于王所」、閔二年《左傳》曰「同復于父，敬如君所」，與此經「自天子所」，皆蔡中郎所云「雖在京師，亦行所至也」。

「僕夫況瘁」箋云：「御夫則茲益憔悴。」《釋文》云：「瘁，似醉反，本亦作『萃』。依注作『悴』，音同。」按：《說文》無「瘁」字，心部「悴」云：「憂也。从心，卒聲。讀與《易·萃卦》同。」《說文》凡言「讀與某同」者，其字通。成九年《左傳》曰：「雖有姬姜，無棄蕉萃。」是「悴」與「萃」通。此經作「萃」爲正。

「往城于方」傳：「方，朔方。近玁狁之國也。」下經「城彼朔方」傳：「朔方，北方也。」「畏此簡書」傳：「簡書，戒命也。鄰國有急，以簡書相告，則奔命救之。」傳言「近玁狁之國」，又言「鄰國」，即《序》所謂「中國」。蓋西北邊近戎狄者，文王以天子命命將築城爲之守衛，初無征戰之意。及南仲到彼，玁狁方强，相度情形，有非一城守而可了者，因出師攘之。北狄已却，而西方諸國又以戎難求告，遂并伐西戎。當時遣將，以春行冬反爲期。因二役并興，出于不意，至次年春始得旋師。經言「往城于方」「城彼朔方」，城實遣將之本意也。諸國不自城而待天子遣人城之者，《春秋》僖六年《左傳》「諸侯圍新密，鄭所以不時城也」。正義曰：「傳解經書新城之意。劉炫云：先王之制，諸侯無故不造城。造城則攻其所造。《司馬法》：『産城，攻其所産』是也。」然則諸侯不造城，必待天子遣人城之。《詩》山甫城齊，召公城謝，與此一例。箋亦築城、爲壘並言。正義必謂是壘非城，且云「城是築之别名」，引《春秋傳》城、築通文証之，顯戾經文，亦非箋意。正義又以朔方爲大名，不言其地之所在。《史記·衛將軍驃騎列傳》云：「元朔二年，遂以河南地爲朔方郡。」又云：「使建築朔方城。」平陵侯蘇建。張守節曰：「《括地志》云：『夏州朔方縣北什賁故城是。』」按：蘇建築什賁之號，蓋出蕃語也。」傳又載武帝曰：「《詩》不云乎：出車彭彭，城彼朔方。」立郡之始，或借《詩》爲美名。而《水經·河水》篇云：「河水又東南徑朔方縣故城東北。」注曰：「《詩》所謂『城彼朔方』也。」道元以漢朔方縣爲即此《詩》之朔方，學者疑焉。謂漢朔方縣在北河之南、奢延水之北，于秦爲新秦地，于戰國爲燕西雲中、九原地，今爲陝西榆林府北鄂爾多斯六旗之地，去長安千有餘里。殷末西北地促，南仲不應深入如此之遠。此説非也。《春秋》昭九年《左傳》詹桓伯曰：「肅慎、燕、亳，吾北土也。」武王克商，未下車即封黄帝之後于鄭。鄭即燕也。明商末有雲中、九原，爲紂時中國地。南仲之城非深入矣。漢朔方縣即此經朔方，道元説是。

「憂我父母」箋云：「托有事以望君子。」此與《邶風·日月》箋莊姜以莊公爲父母同。而兩處俱無傳，則毛意不必同箋。《汝墳》云「父母孔邇」，此亦可以父母爲詞，言征夫久而未返，憂我在家之父母也。

魚麗

「魚麗于罶」傳：「艸木不折不操，斧斤不入山林。」正義曰：「草木不折不芟，斤斧不入山林，言艸木折芟，斤斧乃入山林也。定本『芟』作『操』。又云『斧斤入山林』，無『不』字，誤也。」如孔言，則傳本文是「艸木不折不芟，斤斧不入山林」也。定本是「草木不折，操斧斤入山林」也。「操」上無「不」字，故孔以爲誤。若「操」上有「不」字，則云「不操斧斤入山林」，義亦得通。孔必不以爲誤。今本校書者依定本將「芟」作「操」，于「操」字上加「不」字矣。復誤會孔意，于下句又加「不」字。當依原本乃合。傳又曰：「庶人不數罟。」正義曰：「庶人不總罟，謂罟目不得總之使小，言使小魚不得過也。《集注》『總』作『緵』，依《爾雅》定本作『數』，義俱通。」今本依定本將「總」作「數」，亦必依原本作「總」乃合。

「魴鱧」傳：「鱧，鮦也。」正義曰：「《釋魚》『鱧，鯇』，舍人曰：『鱧名鯇。』郭璞云：『鱧，鮦。』遍檢諸本，或作『鱧，鱑』，「鱑」與「鮦」音同。或作『鱧，鯇』。若作『鮦』，似與郭璞正同。若作『鯇』，又與舍人有異。「有」字當作「無」。或有本作『鱧，鯉』者。定本作『鱧，鮦』。」按：《説文》「鱧」云：「鳠也。」「鱯」云：「鮦也。」「鱧」「鱯」二字別。今經字作「鱧」，毛必不訓爲「鮦」。《説文》「鯉」云：「鱧也。」正義謂傳有作「鱧、鯉」者，《説文》訓「鯉」爲「鱧」，知毛本作「鱧、鯉」矣。

皇清經解卷一千三百四十終

靈川秦培璠舊校

南海桂文熾鄒伯奇新校

毛詩紬義　卷十一

嘉應李黼平著

南有嘉魚之什

南有嘉魚

「烝然罩罩」箋云：「烝，塵也。塵然，猶言久如也。言南方水中有善魚，人將久如而俱罩之，遲之也。喻天下有賢者，在位之人將久如而並求致之於朝，亦遲之也。遲之者，謂至誠也。」箋以全詩俱是興體，故其説如此。傳于三章始言興，則後二章是興，而前二章爲賦。《序》言「太平君子至誠，樂與賢者共之」。毛意蓋謂君子思魚御賓相與燕樂也。傳云：「江漢之間，魚所產也。罩罩，篧也。」似不見有至誠意。然《文選》潘安仁《西征賦》云：「紅鮮紛其初載，賓旅竦而遲御。」李善注：「毛萇《詩》傳曰：『南方有魚，遲之也。』」是唐初本傳首有此二句，言君子思待此魚以燕嘉賓，至誠如是。傳、箋意别，正義以箋述之，誤也。

「烝然汕汕」傳：「汕汕，樔也。」按：《爾雅》「罺謂之汕」，則「汕」自可訓爲「樔」，而「汕汕」

則不可以訓「欒」。傳言此嘉魚汕汕而遊于欒，非訓「汕」爲「欒」也。《説文》云：「魚遊水皃。」得傳意矣。上章「罩罩」亦同。

「翩翩者鵻，烝然來思」箋云：「喻賢者有專壹之意於我，我將久如而來遲之也。」正義述經云：「我君子亦久如願來，今來在于我君子之朝，言君子求之至，故賢者意能專壹也。」釋箋又曰：「將久如而來遲之者，賢者遲君子。物類相感，所以相思遲之也。」既云「我君子亦久如願來」，則「遲之」自是君子遲賢者。而釋箋又言「賢者遲君子」，上下矛盾，詞意亦未分明。諸經義疏非出一手，此等處疑非穎達詞也。

南山有臺

「南山有枸」傳：「枸，枳枸。」按：枳與枸二木。《文選》宋玉《風賦》「枳句來巢」，李善注曰：「枳，木名也。枳句，言枳樹多句也。《説文》曰：『句，曲也。古侯切。似橘屈曲也。』《考工記》曰：『橘逾淮爲枳。』」此一木也。陸元恪《疏》：「枸樹高大似白楊。有子著枝，端大如指，長數寸，噉之甘美如飴，八月熟。今官園種之，謂之木蜜。」此又一木也。正義已引宋《賦》，又引陸《疏》，是合二木爲一木也。然陸《疏》有云：「古語曰『枳枸來巢』，言其味甘，故飛鳥慕而巢之。」是誤始元恪。究之，似橘之「枳」固非此經之「枸」，而枸樹名「枸」，不名「枳枸」，亦與傳違。《史記·西南夷傳》云：「使番陽令唐蒙風指曉南越，南越食蒙蜀枸醬。」徐廣曰：「枸，一作『蒟』，音窶。」駰案：「《漢書音義》曰：枸木似穀樹，其葉如桑葉。用其葉作醬酢美，蜀人以爲珍味。」索隱曰：「案：晉灼枸音矩。劉德云：枸樹如桑，其椹長二三寸，味酢。取其實以爲醬美。小顏云：枸者緣木而生，非樹也。今蜀土家出枸實，不長二三寸，味辛似薑，不酢。劉説非也。《廣志》云：枸色黑味辛，下氣消穀。」如《史記》注諸家之説皃狀色味，與陸《疏》迥殊。《文選·蜀都賦》云：「其園則有蒟蒻茱萸。」劉逵注曰：「蒟蒟，醬也。緣樹而生，其子如桑椹，熟時正青，長二三寸。以蜜藏而食之，辛香，温調五臟。」此説與《廣志》略同，與陸亦異。《説文》「椒」云：「積，椒也。从禾，从又，句聲。又者从丑省，一曰木名。」《玉篇》「積」云：「曲枝果，今作『枳』。」「椒」云：「木曲枝也，果名也。今作『椇』。」然則毛傳所謂「枳枸」者，字當作「椒」，與「椇」音義同。《廣韻》「枸」云：「本名出蜀子，可食。江南謂之木蜜。其木近酒，能薄酒味也。」謂枸爲木蜜，與陸《疏》正同。而別有「椒」字，云：「曲枝果也。」則枸自別爲一木，而「積椒」之爲「枳椇」，有《玉篇》可證。以釋毛傳，當是也。《説文》《玉篇》皆枸、椒别木。

由庚崇丘由儀

《序》下箋云：「無以知其篇第之處。」正義曰：「篇第所在皆當言處，云『之意』者，以無意義可推尋而知，故云『意』也。」如正義，則箋原作「篇第之意」，當改正。

蓼蕭

「爲龍爲光」傳：「龍，寵也。」《商頌》「受天之龍」，傳訓「和」也。此則讀「龍」爲「寵」。昭十二年《左傳》引此《詩》「叔孫昭子」曰：「寵光之不宣。」是讀「龍」爲「寵」。《易》：「在師中吉，承天寵也。」《釋文》云：「鄭：光耀也。王肅作『龍』。云：寵也。」古字「龍」「寵」通。

「宜兄宜弟」傳：「爲兄亦宜，爲弟亦宜。」按：此章當指同姓諸侯。《序》言「澤及四海」，箋以夷狄戎蠻，九州外之國當之。四夷之君大抵異姓，然亦有同姓者。春秋時吴姬姓，巴子、頓子、犬戎、驪戎、鮮虞亦皆姬姓。雖其國在九州以内，然已爲戎蠻，即屬四海，不必定在九州外也。若非同姓，經何以言「兄弟」，而傳又何以言「爲兄亦宜，爲弟亦宜」乎？

「和鸞雝雝」傳：「在軾曰和，在鑣曰鸞。」箋云：「此説天子之車飾者。諸侯燕見天子，天子必乘車迎于門，是以云然。」正義曰：「《駟鐵》箋云：『置鸞於鑣，異於乘車。』是鄭以乘車之鸞不在鑣，知此天子所乘以迎賓，則亦乘車也。鸞不當在鑣矣。此箋不易之者，以《駟鐵》已明之，此从可知也。」按：此説是也。而《駟鐵》《烈祖》箋云「在鑣」，兩處正義皆云「經無正文，故鄭作兩解」。是孔尚疑而未定也。《考工記》云：「乘車之輪，崇六尺有六寸。」注云：「乘車，玉路、金路、象路也。」《駟鐵》箋云：「異于乘車，謂異于玉、金、象三路。」是鄭以乘車爲天子之車。《烈祖》「八鸞鎗鎗」箋云：「鸞在鑣，四馬則八鸞。」又云：「諸侯來助祭者，乘篆轂金飾錯衡之車，駕四牡。其鸞鎗鎗然聲和。」明言諸侯助祭，與《駟鐵》俱是諸侯之車。故《駟鐵》云「置鸞於鑣」，《烈祖》云「鸞在鑣」也。既諸侯在鑣，則天子當在衡，《史記·禮書》索隱引《續漢輿服志》曰「鸞雀集衡」。《廣韻》「鑾」字注引《古今注》曰：「玉路衡上金雀者，朱鳥也。口銜鈴鈴謂之鑾也。」或謂朱鳥，鸞也。鸞口銜鈴，故謂之鸞。玉輅有鸞在于衡上，則天子乘車，鸞在衡矣。鄭分別天子、諸侯，確有定見，初非作兩解也。《説文》「鑾」云：「人君乘車，四馬鑣八鑾。鈴象鸞鳥，聲和則敬也。从金，从鸞省。」許云「人君」，當指諸侯，其説與《烈祖》箋合。然則此箋言「天子車飾」，不易傳者，誠如正義所謂「《駟鐵》已明」。而傳言「在鑣」，則當謂諸侯車飾。言諸侯既燕而出，其車聲和敬則能受同福。傳、箋義别，當分述也。

《鄘風·干旄》正義引異義，許案：王度記天子駕六，諸侯駕四，與《易》孟京、《春秋》公羊同。許以天子駕六，六馬則不止八鸞，故知《説文》「人君乘車」指諸侯言。鄭駁異義，以駕六爲非，則天子、諸侯俱駕四。《駟鐵》箋云「異于乘車」，指天子言也。

湛露

「厭厭夜飲」傳：「夜飲，私燕也。」正義曰：「《楚茨》云：『備言燕私。』傳曰：『燕而盡其私恩。』明夜飲者亦君留而盡私恩之義，故言燕私也。」如正義，則傳是「燕私」，今本倒者，誤也。當改依原本。厭，當作「懕」。《爾雅》云：「懕懕，安也。」《說文》引此詩亦作「懕懕」，云：「安也。」《爾雅》釋文引《說文》云：「安靜也。」「厭」訓笮也，於輒切。

「在宗載考」傳：「夜飲必於宗室。」箋云：「夜飲之禮，在宗室同姓諸侯句。則成之，于庶姓其讓之則止。」按：《召南》「宗室牖下」傳云：「宗室，大宗之廟。」若然，則宗室即宗子之家也。經言「在宗」，上傳言「宗子將有事，則族人皆侍。不醉而出，是不親也。醉而不出，是渫宗也。」此傳言「必于宗室」，皆據經字爲說。是毛以天子燕同姓，諸侯夜飲在宗子之家。六國時經籍猶存，未遭秦火，故能言之鑿然。如是，鄭以毛上傳假宗子與族人燕爲說，故此箋云「在宗室同姓諸侯則成之」。讀經「在宗」爲「宗室同姓」，非謂宗子之家也。傳、箋義別。正義曰：「王與歡酣，至于厭厭安閒之夜，留之私飲。雖則辭讓，以其宗室之故，則留之而成飲。」以箋述經，是合毛、鄭而一之也。

此經以夜飲爲重，與《楚茨》不同。《楚茨》備言燕私，是祭祀已畢，歸賓客之俎，留同姓而燕于廟寢。樂具入奏，入于寢也。此經之燕在宗室，同異姓俱在，俱命之不醉無歸。至夜飲惟同姓乃成。傳言「必于宗室」，明與祭畢燕于廟寢者別也。

彤弓

「彤弓弨兮」傳：「彤弓，朱弓也。以講德習射。」《釋文》云：「赤弓也。」正義曰：「彤赤，故言朱弓。當言「赤朱」，字誤。」又云：「漆之爲色，赤之而已。彤既是赤，則知旅者爲黑也。」又云：「色以赤者，周之所尚。」陸、孔皆云「赤弓」，今本傳云「朱弓」，誤也。當改依原本。正義又云：「毛以有功者受彤弓，彤弓之賜，此「彤弓」二字疑衍。《周禮》唐弓、大弓以授勞者，此傳言彤弓以講德習射。《周禮》唐弓、大弓以授學射者，此彤弓必當唐、大二者之中有之耳。其必當唐、大，亦未能審。」按：《春秋》定八年經「盜竊寶玉大弓」，即四年《傳》所謂「封父之繁弱也」，《明堂位》亦謂之大弓。《書・召誥》「出取幣乃復入錫周公」，正義引鄭注云：「所賜之幣，蓋璋以皮，及寶玉大弓。」此時所賜成王、賜周公者爲大弓。此詩「彤弓」，其當《周禮》之「大弓」乎？

「一朝右之」傳云：「右，勸也。」正義以勸爲勸有功，引成二年《左傳》「王親受而勞之，所以懲不敬，勸有功」釋之。卒章「一朝醻之」傳云：「醻，報也。」正義以報爲報有功，引文四年《左傳》「以覺報宴」釋之。孔以勸、報俱非言飲酒，恐非毛意。古者「左右」之「右」本作「又」，《禮・王制》云：「王三又。」注云：「又，當作『宥』。」《聘禮》云：「侑幣。」注云：「古文『侑』皆作『宥』。」《公食大夫禮》云：「公授宰夫束帛以侑。」注云：「束帛十端，帛也。侑，猶勸也。主國君以爲食賓殷勤之意，未至復發幣以勸之，欲其深安賓也。」莊十八年《左傳》云：「虢公、晉侯朝王，王饗醴，命之宥。」杜注云：「王之覲群后，始則行饗禮，先置醴酒，示不忘古。飲宴則命以幣物。宥，助也。所以助勸敬之意，言備設。」此詩之「右」即「宥」也。毛以上章言饗，此章言宥，故云「右勸」耳。《小雅・鹿鳴序》下箋云：「飲之而有幣，酬幣也。食之而有幣，侑幣也。」鄭以飲爲饗，以酬幣屬饗禮，以侑幣屬食禮。然莊十八年《左傳》「虢公晉侯朝王」、僖二十五年《傳》「晉侯朝王」、二十八年《傳》「晉文公敗楚於城濮，獻功于王」皆言「王饗醴命宥」，是饗亦有侑幣，非專食禮。《爾雅》「酬」「酢」「侑」俱訓爲「報」，「報」亦與「勸同」，故箋亦云：「醻，厚也，勸也。」毛意「右，勸」「醻，報」，皆言飲酒矣。

菁菁者莪

「菁菁者莪」傳：「莪，蘿。句。蒿也。中阿，阿中也。大陵曰阿。君子能長育人材，如阿之長莪菁菁然。」正義引《爾雅》云：「莪，蘿。蒿也。」今本《爾雅・釋艸》無「蒿也」二字。如正義，則孔所據《爾雅》別本有此二字，與傳同也。舍人注曰：「莪，一名蘿。」《說文》「蘿」云：「莪也。」「莪」云：「蘿莪，蒿屬。」莪、蘿互訓，以爲蒿屬，與毛傳合。郭景純云「莪蒿」，陸元恪云「蘿蒿」，皆非也。陸《疏》云：「生澤田漸洳之處，葉似邪蒿而細。」云「生澤田」，以說「在沚」則可，與「中阿」「中陵」則乖。傳言「君子長育人材，如阿之長莪」，莪、蘿固水陸俱有矣。

「載沈載浮」傳：「楊木爲舟，載沈亦沈，載浮亦浮。」箋云：「舟者，沈物亦載，浮物亦載。」按：傳當是「載沈亦浮，載浮亦浮」。正義曰：「言汎汎然楊木之舟，則載其沈物，則載其浮物，俱浮水上。」又曰：「傳言『載沈亦浮』，箋言『沈物亦載』。」如正義，則傳原作「載沈亦浮」。蓋汎汎是浮皃，若云「亦沈」，則舟已沈矣。尚何「汎汎」之有？此急當从孔説是正者也。惟孔以經中「載」字多訓「爲」，則述經云：「則載其沈物，則載其浮物。」既言「則」，復言「載沈物」「載浮物」，于經中「載」字仍爲未釋。不如从毛、鄭訓爲「載物」之「載」較直捷也。

六月

《序》：「宣王北伐也。」箋从此至《無羊》十四篇是宣王之變小雅。按：此乃陸氏《釋文》，注誤刊入箋，當删去。箋字用小字書之，又《序》下箋云：「《六月》，言周室微而復興，美宣王之北伐也。」正義釋《序》曰：「定本此《序》注云：『言周室微而復興，美宣王之北伐也。』按：集本當作《集注》。及諸本皆無此注。」如正義，則《序》下無注，故孔不别爲作疏，當全行删去乃合。

「王于出征，以匡王國」箋云：「于，曰。匡，正也。王曰：今女出征玁狁，以正王國之封畿。」正義曰：「鄭以王不自親征，吉甫述王之詞，故言『王曰』。毛氏於《詩》言『于』者多爲『於』、爲『往』，所以爲王自征耳。」按：此與下經兩「王于」，毛皆無訓。《秦風》「王于興師」，孔謂「王家於是興師」。彼「王于」與此「王于」一也。〔一〕訓「于」爲「於」，亦無不可。而必謂毛此經爲王自征者，从王肅義也。肅謂「宣王親伐玁狁，出鎬京而還，使吉甫追伐追逐。」以「鎬」爲「鎬京」，孔已非之。而仍以宣王先歸爲得傳旨。驗經後二章宣王先歸，殊無確據。而卒章傳云：「使文武之臣征伐，與孝友之臣處內。」宣王但命吉甫而不親行，已有明文。箋訓「王于」爲「王曰」，深得毛意。王肅義不可从。

「玁狁匪茹，整居焦穫。侵鎬及方，至于涇陽」傳：「焦穫，周地。接于玁狁者。」箋云：「匪，非。茹，度也。鎬也，方也，皆北方地名。言玁狁之來侵，非其所當度爲也，乃自整齊而處周之焦穫來侵，至涇水之北，言其大恣也。」正義曰：「《釋地》云：『周有焦穫。』郭璞曰：『今扶風池陽縣瓠中是也。其澤藪在瓠中,而藪外猶焦穫,所以接于玁狁也。』又釋箋曰：「鎬、方雖在焦穫之下，不必先焦穫乃侵鎬、方。據在北方，在焦穫之東北。若在焦穫之內，不得爲長遠也。」孔以焦穫在池陽，故其説如此。按：如在池陽，則去長安僅六七十里。藪在瓠中，豈得藪外仍爲焦穫而遠接于玁狁乎？傳言「周地」，不言「藪澤」，則非《爾雅》之焦穫，名偶同耳。鎬、方，毛無傳。《出車》「往城于方」傳云：「方，朔方。近玁狁之國。」朔方在今陝西榆林府北塞

〔一〕「王」，原作「玉」，據箸花庵本改。

外，爲戰國時燕西雲中九原之地，去長安千餘里。鎬，據劉向之言，去長安亦千里。焦穫當又在鎬、方之外，皆周初燕地。對玁狁而言，故傳曰「周地」。由焦穫而鎬、方，由鎬、方而涇水之北，經文確有次第，不可倒也。

「織文鳥章」傳：「鳥章，錯革鳥爲章。」箋云：「鳥章，鳥隼之文章。」正義曰：「《釋天》云：『錯革鳥曰旟。』孫炎曰：『錯，置也。革，急也。畫急疾之鳥於縿也。』《鄭志》答張逸亦云『畫急疾之鳥隼』。是也。」按：孔引孫炎訓「革」爲「急」，自釋箋義，傳意未必然。《斯干》「如鳥斯革」傳云：「革，翼也。」然則革鳥者，張翼而飛之鳥。《說文》「旟」云：「錯革畫鳥其上，所以進士衆。旟旟，衆也。」「畫鳥」二字申明「錯革」，不以革爲急。其意亦同于毛也。

「白旆央央」傳：「白旆，繼旐者。央央，鮮明皃。」按：白旆，當作「帛茷」。正義述經曰：「以帛爲行旆，央央然鮮明。」又釋箋曰：「九旗之物皆用絳，則此亦絳也。言白當作「帛」。旆者，謂絳帛。猶通帛爲旃，亦是絳也。」如正義，則字原是「帛」非「白」。定四年《左傳》「綪茷旃旌」，杜預注云：「綪茷，大赤，取染艸名也。」此詩《釋文》、正義引《左傳》「綪」皆作「蒨」。《說文》「綪」云：「赤繒也。从茜染，故謂之綪。从糸，青聲。」徐音倉絢切。「茜」云：即「蒨」字。「茅蒐也。从艸，西聲。」徐音倉見切。茅蒐染絳，《左傳》之「茷」即此經之「旆」，無緣得有白色矣。《釋文》經作「茷」字，注云：「本亦作『旆』。」正義經亦作「茷」字，釋傳曰：「《釋天》云『繼旐曰旆』，故云『白茷，繼旐者也』。茷與旆，古今字也。」今汲古閣注疏本、《集傳》本均作「白旆」，當改作「帛茷」爲當。正義又曰：「此旟也而言旐，散則通名。」孔以經二句皆言「旟」，恐非毛意。《説文》用毛氏古文「旆」字，注亦云：「繼旐之旗，沛然而垂矣。」

「如輊如軒」傳：「輊，摯也。」箋云：「从後視之如摯，从前視之如軒。」按：傳以輊爲摯，非字訓也。古軒輊之字作「摯」。《考工記》云：「大車之轅摯，其登又難。」《輈人》云「軒摯之任」是也。《説文》無「輊」字。「摯」云：「抵也。」《玉篇》「輂」云：「前頓曰輂，後頓曰軒。」「輊」云：「同上。」《淮南・人間訓》云：「道者置之前而不輂，錯之後而不軒。」从車，與《説文》合。然則「輂」乃本字，「摯」則古文假借也。

「至于大原」傳：「言逐出之而已。」説大原者或以爲漢大原郡，今山西之陽曲也。近儒謂玁狁西北來侵，不應逐之東出，其言是也。或以爲漢高平縣，今甘肅之固原州也。然漢高平後魏改置曰平高，唐始爲原州，無大原之名，猶非的證。毛、鄭不言大原所在，以經自有明文，不煩立説也。經言「薄伐玁狁，至于大原」，言吉甫追奔逐北遠至大原之地。下經云「來歸自鎬」，則大原即鎬之别名。鎬、方文連，方爲朔方，鎬其九原乎？《水經・河水》篇云：「河水又東徑九原縣故城南。」酈注曰：「秦始皇置九原郡治此，漢武帝元朔二年更名五原也，王莽之獲降郡成平縣矣。西北接對一城，蓋五原縣之故城也，王莽之塡河亭也。」《史記・衛將軍傳》：元朔二年收河南地，使蘇建築朔方城。武帝詔引《詩》「薄伐玁狁，至于大原」「出車彭彭，城彼朔方」。漢初已以九原爲即大原，故改置五原郡于此，與朔方郡東西分立。《元和志》曰：「敬本古城在中受降城北四十里。鄭虔《軍録》曰：『時人以張仁愿河外築三城，自古未有。敬本城周一萬八百七十二步，壕塹深峻，亦古之堅守。』賈耽《古今述》曰：『以地理求之，前代九原郡城也。』」今陝西榆林府北塞外廢勝州西南有漢稒陽縣故城五原，東部都尉治也。《漢志》云：「稒陽縣北出石門障，得光禄城。」乃古入匈奴大路。吉甫之逐玁狁，實出于此。若然，九原即大原，大原即鎬。《史記·匈奴傳》：「秦通直道自九原至雲陽。」張守節正義引《括地志》云：「自九原至雲陽千八百里。」而劉向云「鎬去長安千里」者，秦郡寬大至四十四縣，若自九原南界計之，亦僅可千里。或劉向言千里，舉其大率言也。

采芑

「鉤膺鞗革」傳：「鉤膺，樊纓也。」按：傳「樊纓」二字，釋馬膺之飾。鉤膺，猶云當胸。《文選》張平子《東京賦》云：「鉤膺玉瓖。」薛綜注曰：「鉤膺，當胸。玉瓖，帶鞅，以玉飾。帶即樊鞅，即纓也。」然正義釋傳云：「言鉤膺樊纓者，以此言鉤是金路，故引金路之事以説之。在膺之飾惟有樊纓，故云鉤樊纓也。」如正義，則此傳原云「鉤膺，鉤樊纓也」，今本脱一「鉤」字。《春官·巾車職》云：「金路、鉤、樊纓。」故毛引以爲説「鉤」釋經中「鉤」字，「樊纓」釋經中「膺」

字。若傳文無「鉤」字，則經典言「樊纓」者多，孔何以知毛必引金路爲説乎？當據正義增一「鉤」字乃合。《大雅·韓奕》云：「鉤膺鏤錫。」毛「鉤膺」無傳。箋云：「鉤膺，樊纓也。」誤與此同。亦當增一「鉤」字。《巾車》注云：「鉤，婁頷之鉤也。」樊，讀如鞶帶之鞶，謂今馬大帶。纓，今馬鞅。

「約軝錯衡」傳：「軝，長轂之軝也，朱而約之。錯衡，文衡也。」正義曰：「《説文》『軝，長轂也』則轂謂之軝。《考工記》説兵車，『乘車，其轂長于田車』。是爲長轂也。」按：《説文》「軝」云：「長轂之軝也，以朱約之。从車，氏聲。《詩》曰：約軝錯衡。」「𨋎」云：「軝，或从革。」正用毛氏古文爲説。《廣雅》云：「軝，轂篆也。」《玉篇》云：「軝，轂飾。」今引《説文》删去「之軝」二字，則是無篆飾之轂，未爲得也。正義又曰：「錯者，雜也。雜物在衡，是有文飾。其飾之物，注無云焉，不知何所用也。」按：《爾雅》：「錯革鳥曰旟。」孔引孫炎、《鄭志》皆以錯爲畫急疾之鳥。《説文》「文」云：「錯畫也。」許以「錯」訓「文」，毛以「文」訓「錯」，皆謂畫耳，不必别有物飾之。

車攻

《序》：「宣王復古也。宣王能内修政事，外攘夷狄，復文、武之竟土。」正義曰：「言復文、武之竟土，以文、武周之先王，舉以言之，此當復成、康之時也。」按：《序》言「復古」，即據上二詩而言。文王時化洽庸彭，《召南》歌其闢國，威懷獯串朔北，咏其往城。及武王克商，光有天下。巴濮楚鄧，吾南土也。肅慎燕亳，吾北土也。厲王時《小雅》盡廢，四夷交侵。蠻讐大邦，而荆州促矣。狄居焦穫，而并地促矣。宣王南征北伐，攘而去之，即爲復文、武之舊。《序》説未可非也。《序》曰：「修車馬，備器械，復會諸侯于東都。」正義謂復者對上篇爲復，猶卷耳言又也。此説亦不然。《雨無正》篇，鄭謂刺厲王也。《詩》云「邦君諸侯，莫肯朝夕」，則厲王時諸侯背叛甚矣。《周本紀》稱宣王即位，諸侯復宗周。十二年，魯武公來朝。是復會諸侯亦復古之事也。

「東有甫草」傳：「甫，大也。」箋云：「甫艸者，甫田之草也。鄭有圃田。」按：經「甫草」《釋文》云：「甫，毛如字，大也。鄭音補，謂圃田，鄭藪也。」箋「甫田」《釋文》云：「舊音補，十藪。鄭有圃田，下同。毛如字。甫，大也。」如《釋文》，則箋「鄭有圃田」句「圃」字亦當作「甫」，音補。《楚詞》劉向《九歎》云「覽芷圃之蠡蠡」，王逸注引《詩》曰「東有圃草」。《文選》班孟堅《東都賦》云「豐圃草以毓獸」，李善注引《韓詩》曰「東有圃草」，薛君曰：「圃，博也。有博大茂艸也。」《韓詩》雖作「圃草」，而薛注訓爲「博大」義，與毛同，亦當讀爲甫也。

「搏獸于敖」箋云：「獸，田獵搏獸也。」按：《文選》張平子《東京賦》云：「薄狩于敖。」薛綜注曰：「謂周王狩也。」引《詩》曰「薄獸于敖」。《水經·濟水》篇注引《詩》亦作「薄狩于敖」。張賦作「狩」，注以周王之狩釋之，引《詩》仍作「獸」，蓋讀「獸」爲「狩」也。《説文》云：「獸，守備者。一曰：兩足曰禽，四足曰獸。」今《説文》無下二句。此从《爾雅》釋文引。「獸」字原有兩解：守備之訓，義與狩同。《孟子》「巡狩者」，巡所守也。《易》「夷于南狩」，《釋文》云：「狩，本亦作『守』。」箋云：「獸，田獵搏獸。」鄭以經中「獸」字非禽獸之獸，故特解之「搏獸」，猶言「搏狩」也。正義謂「搏取禽獸」，誤矣。

「決拾既佽」傳：「佽，利也。」箋云：「佽，謂手指相次比也。」按：《説文》「佽」云：「便利也。」引《詩》作「佽」。《文選·東京賦》云「決拾既次」，李善注引《毛詩》曰「決拾既次」。是鄭箋《詩》時經作「次」，故以「次比」釋之。《唐風》「胡不佽焉」，正義：「佽，古次字。」

「弓矢既調」。「調」字《釋文》無音。或謂《離騷》「勉升降以上下兮，求矩矱之所同。湯禹儼而求合兮，摯咎繇而能調」，當作徒紅切，音同。按：詩與佽、柴韻，不與同韻。《周南》「惄如調飢」傳：「調，朝也。」《釋文》云：「朝也，又作『輖』。」《周禮·考工記》云：「大車之轅摯。」注云：「摯，輖也。」《釋文》云：「輖，音周。一音弔。或竹二反。」《儀禮·既夕》篇云：「志矢一乘，軒輖中。」注云：「輖，墊也。」賈公彦疏謂鄭讀「輖」從「墊」。然則經「調」字當作「輖」，音竹二反矣。

吉日

「漆沮之從」傳：「漆沮之水，麀鹿所生也。從漆沮驅禽，而至天子之所。」雍州有二漆沮，一在漢扶風，一在漢馮翊。此經「漆沮」，東萊《讀詩記》、朱子《集傳》皆主馮翊之水，蓋本《禹貢》孔傳。《水經·漆水》篇酈注引《山海經》、太史公《禹本紀》、孔安國《書》傳，馮翊之漆沮也。引許慎《説文》、潘岳《關中記》、班固《地理志》、闞駰《十三州志》，扶風之漆沮也。後言「川土奇異，今説互出，考之經史，各有所據。識淺見浮，無以辨之。」是道元亦不能定其孰是也。而《沮水》篇注云：「鄭渠故瀆又東逕北原下，濁水注焉。《書》正義引此作「濯水」。自濁水以上無。濁水上承雲陽縣東大黑泉，東南流謂之濁谷水。又東南出原注鄭渠，又東歷原逕曲梁城北，又東逕太上陵南原下，北屈逕原東與沮水合，分爲二水。一水東南出，即濁水也，至白渠與澤泉合，俗謂之柒水，又謂之爲柒沮水」云云。《禹貢》「道渭」孔傳云：「漆沮，二水名，亦曰洛水。出馮翊北。」正義云：「《地理志》漆水出扶風漆縣。依《十三州記》，漆水出岐山東入渭，則與漆沮不同矣。此云『會于涇』，又『東過漆沮』，是漆沮在涇水之東，故孔以爲洛水一名漆沮。」又引《水經》「濁水名柒沮」者以證孔傳，而斷之曰：「以水土驗之，與《毛詩》古公『自土沮漆』者别。」即《書》正義言漆沮之爲洛水，信矣。近世説經者又謂酈注濁水一名柒沮者，本出于方俗之言。而孔傳出于魏、晉間，亦難憑信。按：《説文》：「沮，水。出漢中房陵。」别有瀘水，即沮水也。注云：「水。出北地直路西，東入洛。」與地志、《水經》合。「漆」字下云：「水，出右扶風杜陵岐山，東入渭。一曰入洛。」漆出岐山，中隔涇水，斷無入洛之理。而許後一説云「入洛」，蓋即謂鄭渠所合之濁水一名柒沮者，是柒沮入洛，漢時實有是説。孔傳與俗語不足憑，《説文》則可憑也。既漆沮入洛，則自下互受通稱，故一曰洛水，一曰漆沮之水。《綿》詩「自土沮漆」傳云：「沮水，漆水也。」《潛》詩「猗與漆沮」傳云：「漆、沮，岐周二水也。」皆漆、沮分言，且以岐表之。而此傳云「漆沮之水」，則毛意亦爲洛水矣。《水經·渭水》篇云：「渭水又東過華陰縣北。」注云：「洛水入焉，闞駰以爲漆沮之水焉。」即用毛此傳爲説也。

「儦儦俟俟」傳：「趨則儦儦，行則俟俟。」《文選·西京賦》云：「群獸駓騃。」李善注引薛君《韓詩章句》曰：「趨曰駓，行曰騃。」駓，音鄙。騃，音俟。《韓詩》字雖異，而訓與毛同。《説文》「俟」云：「大也。」引《詩》曰「伾伾俟俟」。「伾」與「駓」字異音同，似許用《韓詩》。然「俟」訓「大」，而「伾」訓「有力」。大而有力，雖與毛趨行義别，而毛于「其祁孔有」傳云：「祁，大也。」大即指此趨行之獸。是許亦用毛傳爲説也。

皇清經解卷一千三百四十一終

靈川秦培璠舊校
南海桂文熾鄒伯奇新校

毛詩紬義　卷十二

嘉應李黼平著

鴻雁之什

鴻雁

「之子于征」傳：「之子，侯伯卿士也。」箋云：「侯伯卿士，謂諸侯之伯與天子卿士也。」箋易傳「侯伯」爲「諸侯之伯」，則傳意不與鄭同。《衛風・淇澳》傳云：「重較，卿士之車。」《鄭風・緇衣》傳云：「緇衣，卿士聽朝之服。」鄭、衛兩武公俱以侯伯入爲天子卿士，宣王時樊侯申伯亦卿士也。《烝民》「仲山甫出祖」傳云：「述職也。」正義謂仲山甫爲王之卿士，職當覲省諸侯。言此出行者，述其卿士之職也。《崧高》「生甫及申」傳云：「堯之時姜氏爲四伯，掌四嶽之祀。述諸侯之職。於周則有甫、有申、有齊、有許也。」箋云：「四嶽，卿士之官，掌四時者也。因主方岳巡狩之事。」此宣王時樊侯、申伯爲卿士之證也。但卿士非惟侯伯，公亦爲之。宣王時召穆公以上公作二伯而兼卿士，韋昭《國語》注云：「召公，康公之後，卿士也。」服虔《左傳》注云：「召穆公，王卿士也。」召公以二伯爲卿士，故《崧高》：「王命召伯，定申伯之宅。」王子雍謂召公爲司空，主繕治。而《黍苗序》云「卿士不能修召伯之職」，是宣王時召公亦爲卿士。此傳言「侯伯卿士」，所以别于上公卿士也。必知傳如此者，經言「于征」，則是自王朝而出。若爲州牧，無假言征。正義以鄭述毛，失之。

「百堵皆作」傳：「一丈爲板，五板爲堵。」箋云：「五板爲堵，五堵爲雉。雉長三丈，則板六尺。」按：如板六尺，則五板爲堵，堵已三丈。雉當十五丈矣。鄭以五板爲堵纍之，而五板廣二尺，堵高一丈，其意亦同于毛。但此一堵之墻長六尺，接五板而爲雉，故云雉長三丈，則板六尺。正義引王愆期注《公羊》云：「諸儒皆以爲雉長三丈，堵長一丈，疑五當爲三。」蓋謂三堵爲雉也。杜預《左傳》注云：「方丈曰堵，三堵曰雉。一雉之墻長三丈，高一丈。」其言足通毛、鄭兩家。箋「板六尺」不必泥也。

「雖則劬勞」箋云：「此勸萬民之詞。女今雖病勞，終有安居。」按：首章傳云：「劬勞，病苦也。」下二章劬勞不更發傳。傳意皆指「之子」，此章箋以劬勞指萬民。毛、鄭義别。正義以箋述之，非也。

庭燎

「夜未央」傳：「央，旦也。」正義曰：「央旦者，旦是夜屆之限，言夜未央者，謂夜未至旦，非謂訓央爲旦。故王肅云：『央，旦。未旦，夜半是也。』」按：《釋文》：「且，七也反。又子徐反，又音徂。」則傳本作「且」。古「且」「祖」字通。《檀弓》曾子曰：「夫祖者，且也。」《嘯堂集古録》載《商祖戊尊》《祖丁尊》，「祖」皆作「且」。《周穆公鼎》「皇祖穆公」、《周雝公緘鼎》「用追享孝于皇祖考」，「祖」皆作「且」。「祖」訓「始」，言始夜也。宣王言「夜如何其」，豈夜尚未始乎？已見庭燎之光矣。始，對次章「艾久」而言。正義用王子雍說讀「且」爲「旦」，失之。《爾雅》「艾」有四訓：長也，歷也，相也，養也。歷有歷久之意，與毛傳義近。宣王言「夜如何其」，豈夜尚未久乎？已見庭燎晳晳矣。由央始而艾久，立文之序如此。正義以未央未久，毛意大同，特以意度之。「未央先于未艾」，非毛旨也。

「夜鄉晨」按：此章「煇」从軍聲，旂从斤聲，與晨協。証之僖五年《左傳》、晉童謡，前人論之當矣。而此詩《釋文》：「煇，音暉。旂，音祈。」與「晨」協，則「晨」當音「時」。《說文》：「晨，早昧爽也。从臼，从辰。辰，時也。辰亦聲。」又辰部：「辰，震也。三月陽氣動，靁電振民農時也。」又云：「辰，房星天時也。」《爾雅》云：「不辰，不時也。」《齊風》「不能辰夜」、《秦風》「奉時辰牡」，傳云：「辰，時也。」「辰」與「時」，一物也。「震」「振」「農」三字皆从「辰」得聲。《書·盤庚》云「爾謂朕『曷震動萬民以遷』」，石經作「祇動」。《皋陶謨》云「日嚴祇敬六德」，《史記·夏本紀》作「振敬」。是「震」「振」與「祇」通。《爾雅》云：「麎：牡麔，北麎。」某氏注引《詩》「瞻彼中原，其麎孔有」。今《小雅·吉日》云「其祁孔有」，箋云：「『祁』當作『麎』。」是「麎」與「祁」通。「時」「祇」「祁」皆今「支」韻字，古支、微相通。即以晉童謡言，「丙之晨，龍尾伏辰。均服振振，取虢之旂。」「晨」「辰」「振」从「辰」聲，讀「時」，與「旂」協。「鶉之賁賁，天策焞焞。火中成軍，虢公其奔。」賁，音肥，《廣韻》微韻中亦載「賁」字。《説文》「萉」从艸，肥聲。又作「䵚」，云：「萉，或从麻賁。」是「肥」「賁」一字。《小雅·采芑》「嘽嘽焞焞」，與「雷」協。「軍」字，《説文》無聲，然訓云：「圜圍也。从車，从包省。包亦圍也。」《左傳》上言「八月甲午，晉侯圍上陽」，下言「火中成軍」。成，即成其圍事。軍有圍義，音當从之。是以「揮」「煇」「輝」「暉」「翬」「楎」「⿰氵翬」「⿸㫃軍」「⿰犭軍」皆八微韻。《説文》「奔」云：「从夭，賁省聲。」賁音肥，是晉謡亦可从支微韻讀也。

沔水

「誰無父母」傳：「京師者，諸侯之父母也。」箋云：「女誰無父母乎？言皆生于父母也。臣之道，資於事父以事君。」如傳言，則經「父母」即京帥也。古地名如亢父、莒父、勝母、西王母之類，皆以父母爲地名。傳言「諸侯之父母」，猶《論語》云「父母之邦」、《孟子》云「去父母國」。諸侯受封之始皆本于京師，傳以地言，故曰「京師者諸侯之父母」。箋以人言，故曰「臣之道資於事父以事君」。易傳非申傳矣。又箋云：「女自恣，聽不朝。」正義曰：「箋云『自恣不朝』，《集注》及定本『恣』下有『聽』字。」如孔言，則正義本無「聽」字，校書者依《集注》、定本增入。當改依原本乃合。

「讒言其興」傳：「疾王不能察讒也。」箋云：「王與侯伯不當察之。」傳惟言「疾王」，而箋兼「侯伯」。正義以箋述經，不言毛異，誤也。

鶴鳴

「鶴鳴于九皋」傳：「興也。皋，澤也。言身隱而名著也。」箋云：「皋澤中水溢出所爲坎，自外數至九，喻深遠也。鶴在中鳴焉，而野聞其鳴聲。」按：傳不釋「九」字，言喻賢者身隱則鶴鳴，當在隱僻之處。《離騷》云：「步余馬于蘭皋兮。」王叔師注曰：「澤曲曰皋。」引《詩》「鶴鳴于九皋。」《釋文》引《韓詩》云：「九皋，九折之澤。」然則澤曲折者爲皋。經已言皋，曲折可知。傳明皋之爲澤，而以「身隱」二字表澤之曲折。既有曲折，則九字不待釋而明矣。正義謂「鄭以一鳥不鳴九澤，云九皋者，明深九坎。」是謂毛傳爲一鳥鳴九澤也，非毛旨也。

「可以爲錯」傳：「錯，石也。可以琢玉。」按：《説文》「鑢」云：「錯銅鐵也。」《玉篇》「錯」云：「鑢也。」《廣韻》「錯」云：「鑢别名。」金吉甫《書傳》云：「錯以鐵爲之，今鑢是。」如諸書所言，錯即是鑢。此經言「石可爲錯」，傳云「錯石」，下經「可以攻玉」傳云：「攻，錯也。」如傳意，則錯爲攻治器物之通名，其用以錯玉者則爲石耳。但石可以錯，玉亦即名之爲錯。《禹貢》「錫貢磬錯」，孔安國傳曰「治玉石曰錯。治磬錯」也。與毛傳合。《説文》引此詩作「厝」，云：

字注云：「亦作『錯』。『錯』與『厝』古字通。」是許亦以錯玉者爲石也。《篇韻》以「錯」爲「鑢」，其訓偏矣。

「厲石也。」磨厲與攻錯一也。《爾雅》「犀謂之剒」，《釋文》云：「剒，本亦作『厝』。」《玉篇》「剒」

祈父

「祈父」箋云：「此司馬也。時人以其職號之，故曰祈父。《書》曰：『若疇圻父。』謂司馬也。」正義曰：「若疇圻父，《酒誥》文也。彼注云：『順壽萬民之圻父。圻父，謂司馬，主封畿之事。』與此同意也。定本作『若疇』，與鄭義不合。誤也。」如孔言，則正義本箋文作「若壽」，故以定本作「若疇」爲誤。校書者不細繹正義，乃依定本作「若疇」，當正之。《釋文》云：「𠷎，此古疇字。本或作『壽』。」是箋本有作「壽」者也。

「予王之爪牙，胡轉予于恤」傳：「恤，憂也。宣王之末，姜戎爲敗。」箋云：「予，我。轉，移也。此勇力之士責司馬之詞也。我乃王之爪牙，爪牙之士當爲王閑守之衛，女何移我于憂，使我無所止居乎？」按：上傳云：「祈父司馬也，職掌封圻之兵甲。」傳意謂司馬當起封圻内之兵甲，封圻之外則不當令之從戎。《史記·周本紀》：「宣王三十九年，戰于千畝，王師敗績于姜氏之戎。宣王已亡，南國之師乃料民于大原。」注：「韋昭曰：敗于姜戎時所亡也。南國，漢江之間。唐固曰：南國，南陽也。」如韋、唐二家，則姜戎之役有南國之師。南陽地近漢江，宣王時爲申伯之國，非封圻内地。蓋徵其兵以戍守京師，亦如春秋時諸侯戍周也。以戍守徵，故經曰「予王之爪牙」。司馬使之伐戎，故經曰「轉予于恤」，傳言「姜戎爲敗」。則詩是既敗後作。本非封圻之内，徵之戍守，轉之伐戎，所以怨也。合上下傳觀之，毛意顯然。正義傳、箋合述，非毛旨也。

「有母之尸饔」正義曰：「千畝之戰，王之郊内勝負不至多時，而恨其不得代母爲父陳食者，時王室既衰，戰則恐敗，恨其轉已，故舉此以刺，不得爲多歷時日而恨也。」杜預以千畝爲晉地，孔、晁以千畝爲籍田，在王之近郊。正義从孔、晁，故爲此解。按：桓二年《左傳》云：「初，晉穆侯之夫人姜氏以條之役生太子，命之曰仇。其弟以千畝之戰生，命之曰成師。」如《左傳》猶未知千畝當屬何處。而《史記·晉世家》云「穆侯戰千畝有功」，則是王師近在晉地。穆侯聞敗而救之，故云有功，而名其子爲成師也。杜預言西河介休縣南有地名千畝，其説近是。王師在晉地，則多歷時日，固有已从軍而母爲父陳食者矣。

白駒

「白駒」《釋文》云：「馬五尺以上曰駒。」按：五尺以上即六尺，《説文》「馬高六尺爲驕」是也。駒是二歲馬，尚須攻習，未堪乘駕。《陳風·株林》釋文具言之。此不言字誤，作《釋文》時猶是「驕」字也。當改正。

「爾公爾侯」傳：「尔公尔侯，即何爲逸樂無期以反也？」按：《陳風・株林》傳云：「大夫乘驕。」此篇首章傳云：「賢者有乘白驕而去者。」是此賢者爲周之大夫也。古者天子卿大夫稱内諸侯。《王制》言天子之三公之田視公侯，天子之卿視伯，天子之大夫視子男。孟子言天子之卿受地視侯，大夫受地視伯。此經賢者既爲大夫，視公視侯，皆分所應得。故經公侯兼舉，傳亦以二「耶」字釋之，言尔非視公耶？尔非視侯耶？何爲棄職事而貪逸樂無期以反也？正義謂「公侯之尊可得逸豫，若非公侯，無逸豫之理。尔豈是公也？尔豈是侯也？何爲亦逸豫無期以反乎？」殊失傳意。

「勉爾遁思」正義曰：「此『來思』『遁思』二『思』皆語助，不爲義也。」按：《釋文》云：「遁，字又作『遯』。」《易・遯卦》釋文云：「遯，字又作『遁』。又作『逯』。」《大雅・雲漢》云「寧俾我遯」，《釋文》云：「本亦作『逯』。」《漢書・匈奴傳》云「逯逃竄伏」、《叙傳述贊》云「攜手逯秦」，顔師古注皆云：「逯，古『遁』字。」《毛詩》本古文，字當作「逯」。逯从彖得聲，《説文》彖聲之字或讀若「腞」。腞，户佳切。逯有腞音，與來、期韻。二「思」是語助，正義説是。但未言「遁」之何以協上來、期，故詳著之。

「生芻一束，其人如玉」箋云：「此戒之也。女行所舍，主人之餼雖薄，要就賢人，其德如玉然。」正義曰：「汝於彼所至，主人禮餼待汝雖薄，止有其生芻一束耳，當得其人如玉者而就之，不可以貪餼而棄賢也。」按：首二章兩「所謂伊人」，皆指賢者。三章則四「爾」字指賢者。此章有「人」有「爾」，故箋以「人」屬他人，「爾」屬賢者。但鄭言女行所舍，則不以空谷爲義。故正義云：「空谷非一，猶未知其所在。」傳于空谷云：「空，大也。」此賢者已處空谷，則其人爲谷中主人。傳意言女乘白驕至于空谷，致生芻于主人，必爲其人有德如玉。然不可以得所依歸，遂不寄聲于我而有遠我之心也。後漢徐孺子詣郭林宗，致生芻一束于廬前而去。林宗曰：「《詩》不云乎？『生芻一束，其人如玉』，吾無德以堪之。」即此詩之義也。傳、箋當别。

黄鳥

「復我邦族」正義曰：「言此邦之人『復我邦族』者，言夫與己不善，居異所耳，不必即他邦也。」按：經明言「此邦」「我邦」，傳言「宣王之末，天下室家離散，妃匹相去，有不以禮者」，明非止一邦庶人之禮得連姻外國。《邶風》棄婦而言涇渭濁清，即秦女嫁衛之証。何言此之邦族非他邦乎？

「復我諸兄」傳：「婦人有歸宗之義。」箋云：「宗，謂宗子也。」正義曰：「因此『諸兄』之文，故言歸宗。《喪服》『爲昆弟之爲父後者』，傳曰：『何以期也？婦人雖在外，必有歸宗。曰小宗，故服期也。』此以諸兄爲宗之文也。」又曰：「箋恐謂宗是大宗，故云『謂宗子』，亦謂宗兄也。」按：《艸蟲》傳云：「婦人雖適人，有歸宗之義。」正義于彼傳云：「歸宗，謂被出也。」此傳「歸宗」亦當泛言被出，非謂兄也。箋知傳意，故以「宗子」解之。婦人于外家，宗子不必定是兄弟行，亦當有伯叔行。下經言「復我諸父」，傳云：「諸父，猶諸兄。」父、兄行別，何以言「猶」？知傳意「歸宗」是指「宗子」，不係父兄爲義矣。箋得傳旨，正義失之。

我行其野

「言采其蓫」傳：「蓫，惡菜也。」箋云：「蓫，牛蘈也。亦仲春時生，可采也。」正義曰：「此《釋艸》無文。陸璣《疏》云：『今人謂之羊蹄。』定本作『牛蘈』。」如正義，則箋云「蓫羊蹄也」，正義凡言「定本作某」者，皆與所據之本異。箋作「羊蹄」，故引陸《疏》証之。校書者不加詳勘，遂依定本改爲「牛蘈」耳。《釋文》：「蓫，敕六反。本又作『蓄』。」《文選》曹子建《七啓》云：「霜蓄露葵。」李善注引此詩云：「蓫，與蓄音義同也。」與《釋文》説合。《廣雅》云：「堇，羊蹄菜。」《廣韻》「堇」字注云：「羊蹄菜。」「蓫」字注云：「同上。」《齊民要術》云：「羊蹄菜一名蓨，即苗蓨也。」《類篇》亦云：「苗，羊蹄。」按：《釋文》無「蓫」字，「蓄」云：「積也。」不以爲菜名。「堇」云：「艸也，讀若釐。」與「蓫」音不近。惟「䔰葍」「蓨苗」「薚」五字連列。䔰葍，即此詩下章之「葍」。次「蓨苗」，當爲此詩之「蓫」。《廣韻》「苗」，他六、徒歷、丑六三切。又音「剔」，丑六切，與《釋文》「敕六切」合，其爲「蓫」無疑。《玉篇》「薚」字注云：「蓫薚，馬尾蔏陸也。」引《説文》曰：「艸。枝枝相值，葉葉相當。」則《説文》「薚」即《爾雅》之「蓫」，因此詩之「蓫」連類而次于「苗」字下也。《廣韻》「蓄」「堇」「苗」「蓫」四字並在「丑六切」中，音同義俱得通矣。若然羊蹄即苗蓨，苗蓨即蓫，《釋艸》有「苗蓨」而孔言無文者，以《爾雅》前云「蓧蓨」後云「苗蓨」，郭景純注俱云未詳。而「蓧蓨」之「蓨」亦音「剔」，與「苗」音正同。未審何者足當羊蹄，故云無文也。

「求爾新特」傳：「新特，外昏也。」箋云：「女不思女老父之命而棄我，而求女新外昏特來之女。責之也，不以禮嫁，必無肯媵之。」按：傳以「外」釋「新」，以「昏」釋「特」。《鄘・柏舟》云：「實維我特。」傳云：「特，匹也。」此傳猶言外來之昏匹耳。《邶・谷風序》云：「淫于新昏而棄其舊室。」「昏」字亦可指婦人言，非必婦人之父爲昏也。箋云「新外昏特來之女」，則以昏爲此女之父。傳、箋各別，正義合而述之，誤也。

「成不以富」箋云：「女不以禮爲室家，成事不足以得富也。」正義述經曰：「女如是不以禮爲室家，誠不以是而得富。」經與箋俱作「成」，正義述之乃作「誠」。雖《論語》引此詩作「誠」，然箋意謂不以禮爲室家，則雖成室家之事，亦不足以得富。正義乃云「誠不以是而得富」，非經旨，亦非箋意。

斯干

《序》：「宣王考室也。」箋云：「宣王于是築宮廟群寢，既成而釁之，歌《斯干》之詩以落之。」正義述《序》曰：「與群臣安燕而樂之。」又曰：「與群臣安燕爲歡以樂之。」又述箋曰：

「設盛食，燕群臣，歌《斯干》之詩以歡樂之。」又曰：「昭四年《左傳》叔孫爲孟丙作鐘，饗大夫以落之。服虔云：『釁以豭豚爲落。』《雜記》云：『路寢成，則考之而不釁。』注云：『設盛食以落之。』即引《檀弓》『晉獻文子成室，諸大夫發焉。』是樂之事。下箋亦云『安燕爲歡以樂之』。」又曰：「本或作『樂』，以釁又名『落』。定本、《集注》皆作『落』，未知孰是。」如孔言，則所據箋本作「樂之」，校書者依定本、《集注》改爲「落之」也。按：服虔《左傳》注則「落」即是「釁」。《雜記》云「考而不釁」，鄭注言「設盛食以落之」。彼正義引庾蔚云：「落，謂與賓客燕會以酒食澆落之。即歡樂之義也。」以《雜記》之文明言「不釁」，則鄭注「落之」不得爲「釁」，故以「歡樂」釋之。對文則以豭豚釁爲落，與賓客燕爲樂。散文則落、樂皆通。此箋上已言「釁之」，不必更言「落之」，作「樂」爲是。

「似續妣祖」傳：「似，嗣也。」箋云：「似，讀如巳午之巳。巳續妣祖者，謂已成其宮廟也。」正義謂「古者似、巳字同。『於穆不已』，師徒異讀，孟仲子引《詩》云「於穆不似」。是字同之驗。」此説是也。至謂「《周禮》左宗廟在雉門外之左門，當午地，則廟當巳地。謂既在巳地，而續立其妣祖之廟。」則非鄭意。箋讀「巳午」之「巳」爲「已然」之「已」，故云「巳續妣祖者，謂已成其宮廟」，未嘗言巳地成其宮廟也。《説文》巳部云：「巳，已也。四月，陽氣已出，陰氣已藏。萬物見，成文章，故巳爲蛇，象形。」亦讀爲已然之已，與鄭正同。古者似、以、巳三字通。《易·明夷》「文王以之」「箕子以之」，鄭氏《易》皆作「似之」。《檀弓》注云「以巳字」是也。但似、巳二字同物同音，何假更言「讀如」？則知此詩之「似」原作「巳」。毛知「巳」與「似」同，故訓爲嗣。《玉篇》「巳午」之「巳」云：「嗣也。」即用毛此傳爲訓。鄭正恐人誤作「巳午」之「巳」，故但讀如「巳午」而云「巳成其宫廟也」。

「君子攸芋」傳：「芋，大也。」《釋文》云：「芋，或作『吁』。」按：芋，與吁同。《説文》「芌」云：「大葉實根，駭人，故謂之芌也。从艸，亏聲。」徐鍇曰：「芌，猶言吁。吁，驚詞，故曰駭人。」如《説文》，是芋本有大義，以其大可駭人，故又同吁。此傳云「大也」，蓋謂君子見而大之。下章方言「攸躋」「攸寧」，此章尚是未躋時事，故歎其大，非謂「君子居中以自光大」如正義云云也。王文考《靈光殿賦》云「吁可畏乎，其駭人也」，正用此詩。

「如鳥斯革」傳：「革，翼也。」按：訓「革」爲「翼」，則非皮革之革。《韓詩》作「勒」，云：「翄也。」翄、翼二字，《説文》互訓，則韓義亦與毛同。惟其字作「勒」，疑當爲「䩒」，《説文》「䩒」正訓「翄」。《文選》何平叔《景福殿賦》云「勒分翼張」，李注引劉熙《釋名》云：「勒與肋同。」不引《韓詩》者，以《韓詩》「勒」訓爲「翄」。若云「翄分」，不得更言「翼張」，故置而不引。亦知《韓詩》之「勒」當與「䩒」同，而此詩之「革」則又「䩒」之省文也。《釋文》謂「革，毛如字」者，殆非。

「噲噲其正，噦噦其冥」傳：「正，長也。冥，幼也。」正義引王子雍説，謂宣王之臣長幼有禮。又曰「本或作『冥窈』者，《爾雅》亦或作『窈』。孫炎曰：『冥，深闇之窈也。』某氏曰：『《詩》曰：噦噦其冥。』爲冥窈于義實安。但于『正長』之義不允，故據王注爲毛説。」按：《釋文》云：「長，王丁丈反，崔直良反。幼，王如字，本或作『窈』，崔音杳。」是崔靈恩讀傳爲「長短」之「長」。《説文》「長」云：「久遠也。」《序》曰：「假借者，本無其字，依聲托事。令長是也。」然則直良切乃長之本音，其令長及長幼之長皆假借字。此傳「正長」當从崔讀長，言其寬闊。窈言其邃深也，不必以《釋詁》「育孟耆艾正伯」之文爲疑。

「下莞上簟」箋云：「莞，小蒲之席也。竹葦曰簟。」正義曰：「《釋艸》云：『莞，苻蘺。』某氏曰：『《本艸》云：白蒲一名苻蘺，楚謂之莞蒲。』郭璞曰：『今西方人呼蒲爲莞蒲，今江東謂之苻蘺。西方一名蒲，用爲席。』」按：《爾雅》釋文云：「莞，本或作『莀』。」《説文》「莀」云：「夫蘺也。从艸，睆聲。」不云「可爲席」。是《爾雅》「莞」本作「莀」，某氏及郭璞注所云「莞蒲」皆當作「莀蒲」，非此詩之「莞」。正義引以釋箋，誤矣。《釋艸》前文云：「藺鼠莞。」郭注云：「亦莞屬也。纖細似龍須，可以爲席。蜀中出好者。」《説文》「莞」云：「艸也，可以爲席。」此莞乃此詩之莞，以其纖細，故箋謂之「小蒲」矣。正義又曰：「《司几筵》設席，皆麤者在下，美者在上。其職云：『諸侯祭祀之席，蒲筵繢純，加莞席紛純。』以莞加蒲，明莞細而用小蒲，故知莞爲小蒲之席也。」此解深得箋意。但莞細于蒲，而竹簟之麤何以反加莞上？《玉篇》引此詩作「上莞下簟」，于義爲安。蓋梁時經本有如此者。正義謂常鋪在上宜用堅物以釋「上簟」，似爲有理。而于禮經設席麤者在下、美者在上，終自相乖也。箋兼葦言，不專于竹。正義惟釋竹簟，亦疏。

無羊

「衆維魚矣，實維豐年」傳：「陰陽和則魚衆多矣。」箋云：「魚者，庶人之所以養也。今人衆相與捕魚，則是歲熟相供養之祥也。」正義曰：「傳云『魚多』者，言由魚多，故捕魚者衆。解人共捕之意。」按：經以魚多爲豐年之祥，以旐旟之多爲室家之祥，初無人衆之事。此傳亦明言「魚衆」不言「人衆」。下傳云「旐旟所以聚衆也」，是解旐旟所以得爲室家之祥者，以旐旟本所以聚衆。今牧人夢見之，知將來子孫衆多，亦非謂此牧人夢見旐旟之下聚有多人也。正義强傳同箋，實誤。

皇清經解卷一千三百四十二終

靈川秦培璠舊校

南海桂文熾鄭伯奇新校

毛詩紬義　卷十三

嘉應李黼平著

節南山之什

節南山

《序》："家父刺幽王也。"箋："家父，字，周大夫也。"正義謂："《雲漢》《瞻卬》箋俱引《春秋》，此不引《春秋》，注有詳略，鄭無義例。"是也。謂："《春秋》家父、凡伯之等並應別人。"則非。桓五年《春秋》書"仍叔之子來聘"，若如孔說，春秋時趙氏世稱孟，智氏世稱伯，仍氏或亦世字叔，則經書"仍叔"可耳，何爲必稱"仍叔之子"乎？正以此"仍叔"是《雲漢》詩人，天下皆知，故特著之以見《雅》詩已亡之意。以此推之，隱七年凡伯即《瞻卬》詩人，桓八年家父即此《節南山》詩人。桓五年仍叔上距宣王初年百二十一年，父没子聘，于理無妨。隱七年凡伯上距幽王初年六十六歲，桓八年家父至十五年仍見經，上距幽王初年八十五歲，年月非甚久遠。古人長壽者多，何足疑也。

「節彼南山，維石巖巖」傳：「興也。節，高峻皃。巖巖，積石皃。」箋云：「興者，喻三公之位，人所尊嚴。」按：《文選・吳都賦》云：「夤緣山嶽之岊。」劉淵林注引許氏《記字》曰：「陬隅而山之節也。」今《説文》作「高山」。許以「陬隅」二字釋「岊」而云「高山之節」，是許以「岊節」字同「陬隅」。《玉篇》又作「⿰山取嵎」，云：「高崖積石相向。」是「節」字中已有積石意。《釋文》云：「巖，本又作『嚴』。」傳非以積石訓「嚴嚴」，言維有積石，所以高峻，令人視之嚴嚴然也。箋云「人所尊嚴」，亦以經作「嚴」字，故云然。若作「巖巖」，則二句皆屬山言，何以興下「具瞻」乎？正義雖云巖巖、具瞻「互相發見」，然訓釋迂迴，不如作「嚴嚴」爲直捷矣。

「維周之氐」箋云：「氐，當作『桎鎋』之『桎』。[一] 言尹氏作大師之官，爲周之桎鎋，持國政之平。」正義曰：「《説文》云：『桎，車鎋也。』則桎是鎋之别名耳。以鎋能制車，喻大臣能制國政，故以大師之官爲周之桎鎋也。」按：《説文》「桎」云：「足械也。」並無車鎋之文。箋以「桎」易「氐」字，未嘗云桎即是鎋。正義合桎、鎋爲一，亦非箋意。詳觀正義「鎋能制車」之文，乃知正義原本必非如此。《釋文》云：「桎，礙也。」《説文》云：「軔，礙車也。」《楚詞》「朝發軔于蒼梧兮」，王逸注云：「軔，楮輪木也。」《玉篇》云：「軔，礙車輪木。或作『杒』。」是軔與杒同。《説

[一]「氐」，原作「氏」，據箸花庵本改。

文》「杒」云：「桎杒也。」此原是木名，以礙輪者不擇何木，或此木亦可斬以礙輪，故名桎杒。而桎有礙義，杒與軔通。正義原本當曰：「《説文》云：『桎，車杒也。』則桎是杒之别名耳。以杒能制車，喻大臣能制國政。」蓋杒所以止車，故言能制車。若鎋則所以行車，不得言制車。然則正義不誤，校書者因箋「桎鎋」連文，故改「杒」爲「鎋」，而正義遂不可通。

「式夷式已，無小人殆」傳：「式，用。夷，平也。用平則已，無以小人之言至於危殆也。」箋云：「殆，近也。爲政當用平正之人，用能紀理其事也，無小人近。」正義曰：「易傳者，以上文欲王躬親爲政，則宜爲己身之己，不宜爲已止也。」按：箋讀「已」爲「紀」，故言用能紀理其事。且又明言用平正之人，亦是人而非己。正義緣上「躬親」解爲己身之己，非箋意也。

正月

「胡爲虺蜴」傳：「蜴，螈也。」《釋文》：「蜴，星歷反。字又作『蜥』。」是蜴、蜥字同。按：此「虺蜴」與《斯干》「虺蛇」不同。《斯干》之「虺」當作虫，一名蝮。《爾雅·釋魚》云：「蝮虺，博三寸，首大如擘。」舍人曰：「蝮，一名虺。江淮以南曰蝮，江淮以北曰虺。」孫炎曰：「江淮以南謂虺爲蝮，廣三寸，頭如拇指，有牙，最毒。」郭璞曰：「此自一種蛇，人自名爲蝮虺。」《説文》「虫」云：「一名蝮。博三寸，首大如擘指。象其卧形。」「蝮」云：「虫也。」是《斯干》之「虺」本爲虫，一名蝮也。《釋魚》又云：「蠑螈，蜥蜴，蜥蜴，蝘蜓。蝘蜓，守宫也。」《説文》「虺」云：

「虺以注鳴。《詩》曰：『胡爲虺蜥。』从虫，兀聲。」「蜥」云：「蜥易也。」「蚖」云：「榮蚖，蛇醫，以注鳴者。」陸《疏》云：「虺蜴，一名蠑螈，蜴也。或謂之蛇醫。」是此詩之「虺」爲「虺蜥」，與《斯干》殊也。正義于此殊少區別。

「褒姒威之」傳：「褒，國也。姒，姓也。威，滅也。」《釋文》「姒」云「音似」，毛云「姓也」，鄭云「字也」。「威」云：「呼悦反，齊人語也。《字林》武劣反。」按：傳後今無箋，如《釋文》，則古本有箋，今汲古閣本脱也。褒姒，褒國君所獻，故冒姒姓，其實童妾觸龍漦而生，有母無父，故鄭以姒爲字。威，齊人語，似非元朗所能言，亦當是箋。又此章傳、箋不少，孔總釋經文後更不別釋傳、箋。褒姒爲后始末亦不疏明，疑正義亦有脱簡也。

「乃棄爾輔」傳：「大車重載，又棄爾輔。」正義曰：「爲車不言作輔，此云乃棄爾輔，則輔是可解脱之物，蓋如今人縛杖于輻以防輔車也。」按：車上之具皆以輔車，其可解脱者亦不少。傳不指言何物，以經文自具，不煩解説也。此章「乃棄爾輔」與「將伯助予」相對，則此輔是人非物。下章云：「無棄爾輔，員于爾輻。屢顧爾僕，不輸爾載。」則僕即是輔。可知經言大車既重載矣，乃棄爾輔車之人。至輸傾爾載，乃請長者相助，晚矣。若不棄爾輔車之人，則有益于輪輻。輔車何人？爾僕是也。果能屢顧念之，即不至輸傾爾載矣。如此經意自明，不必別有物也。

十月之交

《序》：「大夫刺幽王也。」箋云：「當爲刺厲王。作《詁訓傳》時移其篇第耳。」如鄭言，是毛公改《序》「厲王」爲「幽王」，而移其篇第于此也。説此以下四詩者，或从毛，或从鄭，皆無確然可據之文。正義已云：「各从其家，不復强爲與奪。」而「百川沸騰」不同「三川之震」，又以鄭義爲安，是爲自亂其例。毛公先鄭四百餘年，去孔子未遠。既已改《序》，即當从之，正不必紛紛辨難也。

「朔日辛卯」箋云：「周之十月，夏之八月也。八月朔日，日月交會而日食。」正義曰「此朔月辛卯自是所食之月」云云。如孔説，經文是「朔月」，今汲古閣本作「朔日」者涉箋而誤也。當改正乃合。

「不用其行」箋云：「行，道度也。不用之者，謂相干犯也。」正義曰：「日月告天下以王有凶亡之徵，故不用其常道度，所以横相干犯也。」按：日月行天，各自有道。至朔相逢，而道有表裏。若月先在裏，依限而食者多。若月先在表，雖依限而食者恒少。然有交會而不食者，即有不交而亦食者。《春秋》襄二十一年九月十月頻食，二十四年七月八月頻食，漢高帝三年及文帝前三年皆十月、十一月晦頻食。于法一百七十二日有餘而一交，交乃有食。若比月則未交，何由有食？而《春秋》、漢史現皆有之，曆家推之不得，諱言術疏，多云昔誤。而不知天道深遠，固有如是之神明而莫可測者。既有不交而食，故箋謂「横相干犯」，屬之厲王。毛以此詩爲幽王，則是依限而食。是以梁虞劆、唐一行推之，在幽王六年乙丑歲。國初學者以《授時》推之，是歲十月辛卯朔泛交，十四日五千七百九分入食限。既依限而食，即非「横相干犯」，毛解此句必不得與鄭同。《唐·曆志》曰：「四序之中，分同道，至相過，交而有食。然《春秋》于曆應食而不書者尚多。蓋日食必在交限，而入限不必盡食。若過至未分，月或變行以避之；或五星潛在日下，禦侮而救之；或涉交數淺，或在陽曆，陽盛陰微則不食；或德之休明而有小眚焉，則天爲之隱。四者皆德之所生。」曆家之言如此，是月有避日之理。此章毛無傳，以上傳日君道、月臣道推之，毛意蓋謂月不用其臣道而變行以避日也。正義以箋義述毛，未爲得矣。

「胡憯莫懲」箋云：「憯，曾也。」此用《節南山》傳也。憯从朁聲。《説文》：「朁，曾也。」毛無讀若之例，「憯」訓「曾」即讀爲曾。鄭亦不言「當作朁曾」「讀若朁曾」，音同者義可通。是漢以來曾、朁、憯三字一也。《釋文》仍音七感反，非。

「豔妻煽方處」傳：「豔妻，褒姒。美色曰豔。」箋云：「七子皆用，后嬖寵方熾之時，並處位。言妻黨盛、女謁行之甚也。敵夫曰妻。」正義曰：「皇父及伯、仲是字之義，故知皇父、家伯、仲允皆字，蓋與后同姓剡也。」《序》下正義引《中候》「剡者配姬以放賢」，以剡、豔爲古今字。按：鄭惟據經「妻」字疑《正月》言褒姒，此詩言「艷妻」，當別爲一后，故以爲厲王后耳，未嘗言姓剡也。宣王元舅申伯，是厲王后申國女也，姓姜不姓剡。鄭解艷妻亦當爲美色，正義云云誤也。

「日予不戕」箋云：「戕，殘也。言皇父既不自知不是，反曰：『我不殘敗女田業。禮：下供上役，其道當然。』言文過也。」《釋文》云：「戕，在良反，王作『臧』。臧，善也。孫毓評以鄭爲改字。」如孫毓言，則經本作「臧」字。毛無破字之例，此二句當爲皇父述人之言，云「女謂予所爲不善，當知下供上役，禮則有然矣。」陸、孔同時，《釋文》所言，孔豈不知？乃猶以鄭述毛，非毛意也。

「悠悠我里，亦孔之痗」傳：「悠悠，憂也。里，居也。痗，病也。」箋云：「里，居也。悠悠乎我居今之世，亦甚困病。」正義述毛曰：「毛以爲詩人見王政之惡如此，故言悠悠乎可憂也。爲此而病，亦甚困病矣。」正義「可憂也」之下當釋「里居」，乃云「爲此而病」，則傳「里」不訓「居」明矣。《釋文》云：「里如字。毛病也，鄭居也，本或作『㾖』，後人改也。」如《釋文》，則傳原云：「悠悠，憂也。里、痗，病也。」「居也」二字當衍，涉箋而誤也。

雨無正

「旻天疾威」正義曰：「上有昊天，明此亦昊天。定本皆作『昊天』，俗本作『旻天』，誤也。」

孔明言俗本之誤，今汲古閣經文此句作「旻天」，不合正義原本。《釋文》云：「旻，密巾反，本又作『昊天』者非也。」陸謂當作「旻天」，校書者依《釋文》而誤也，當改正。

「周宗既滅」正義述經曰：「毛以爲周室爲天下所宗，今可宗之道既滅，國亦將亡，無所止而安定也。」又「靡所止戾」傳：「定也。」正義釋曰：「此傳質略，王述之曰：『周室爲天下所宗，其道已滅，將無所止定。毛以刺幽王，理必異于鄭。』當如王說。」按：《正月》「褒姒威之」傳云：「有褒國之女，幽王惑焉而以爲后。詩人知其必滅周也。」此句不復發，傳當同于前。《史記·周本紀》幽王三年云：「欲廢申后并去太子宜臼，以褒姒爲后，以伯服爲太子。周太史伯陽讀史記曰：『周亡矣。』」又云：「竟廢申后及太子，以褒姒爲后，伯服爲太子。太史伯陽曰：『禍成矣，無可奈何。』」周太史言「周亡矣」「禍成矣」，即此詩「既滅」之義。孔以王肅義述毛，謂「可宗之道既滅」，雖亦可通，究非毛旨。

小旻

「國雖靡止」傳：「靡止，言小也。」按：下「民雖靡膴」句，傳不釋「膴」字，鄭讀爲「模」，云：「法也。」正義以鄭述毛，而王肅讀爲「幠」，云：「大也。」言無大有人。《韓詩》作「腜」，云：「猶無幾何。」皆謂民少，皆依經分釋也。傳意「膴」即「周原膴膴」之「膴」，良以此經當言「國靡」「膴民」「靡止」，今言「國靡止」，則是民因國無腴美之地而言，故以「小也」二字統釋之。

是「膴」字已于「靡止」句釋之矣。「靡止」「靡膴」只一「小」足以盡之，不煩更爲立説。以鄭述毛，非傳意也。

小宛

《序》「刺宣王也」，誤。當作「幽王」。

「中原有菽」傳：「菽，藿也。力采者則得之。」箋云：「藿生原中，非有主也。」正義曰：「菽者，大豆。故《禮記》稱『啜菽飲水』。菽葉謂之藿，《公食禮》云『鉶羹牛用藿』是也。此經言『有菽』，傳、箋皆以藿爲菽，以言采之，明采取其葉，故言藿也。」按：《説文》「藿」作「𧆑」，云：「尗之少也。」則藿原是菽，既在原中，宜乎易得。傳言「力采乃得」者，正以其少故也。《説文》此訓直爲毛傳作箋，未可以爲菽之葉矣。

「宜岸宜獄」箋云：「仍得曰宜。」正義曰：「時政苛虐，民多枉濫，此人數遭之。在上以爲此實有罪，宜其當然，由其仍得，故曰宜也。」如孔説，是讀箋「仍得」爲「應得」也。按：箋言「可哀哉，我窮盡寡財之人，仍有獄訟之事。」釋經「我」字是遭獄訟者自言，不應得而得，非在上者謂其應得也。《説文》「仍」从「乃」聲，古者「乃」亦音「仍」。《爾雅》：「仍，乃也。」是「仍」「乃」二字音義同。鄭蓋以「仍」爲「乃」，言不應得而乃得也。

小弁

「何辜于天，我罪伊何」傳：「舜之怨慕，日號泣于旻天、于父母。」正義曰：「毛意嫌子不當怨父以訴天，故引舜事以明之。」又曰：「引此者，言大舜尚怨，故太子亦可然也。」孔此解猶未深得毛意。傳引「號泣于旻天」釋「何辜于天」，引「于父母」釋「我罪伊何」耳。《孟子》述公明高曰：「我竭力耕田，供爲子職而已。父母之不我愛，於我何哉！」釋《書》「于父母」句，與此詩正同。故傳引而釋之也。

「不屬于毛，不離于裏」傳：「毛在外，陽以言父。裏在内，陰以言母。」孫毓謂傳意母斥褒姒正義譏之，謂太子非離裏褒姒而生。按：上傳云「幽王取申女生太子宜咎」，又説「褒姒生子伯服立以爲后」，則經中「母」字自指褒姒，以褒姒見爲后也。傳但以毛裏爲内外，亦未嘗以太子爲褒姒所生。箋云「我獨不得父皮膚之氣乎？獨不處母之胞胎乎？何曾無恩于我？」似以離裏指申后。然觀下箋云「太子不爲王及后所容而見放逐」，則此箋離裏亦當指褒姒。「不處胞胎」因上「不得皮膚之氣」而連言之耳，不必泥也。

「雉之朝雊」箋云：「雊，雉鳴也。」正義曰：「雄雌之於朝旦雊然而鳴。」又引《説文》云：「雊，雄雉鳴也。」按：今《説文》「雊」云：「雄雌鳴也。雷始動，雉鳴而雊其頸。」《玉篇》「雊」云「雄雌鳴」，與《説文》同。《廣韻》「雊」云「雉鳴」，與此箋同，初無雄雉鳴之説。《文選》潘安仁《射雉賦》云「雉鷕鷕而朝雊」，徐爰注曰：「鷕鷕，雉鳴也。」又云：「雉之朝雊，尚求其雌。雌雉不得言雊。顔延年以潘爲誤用也。按：《詩》『有鷕雉鳴』則云求牡，及其『朝雊』則云求雌。今云『鷕鷕朝雊』者，互文以舉，雄雌皆鳴也。」徐注爲潘賦曲圓其說，而不知雊之爲訓本兼雄雌。孔以「雄雉鳴」釋箋，又引別本《說文》以實其說，非鄭訓「雉鳴」之本意也。

「析薪扡矣」傳：「析薪者，隨其理。」箋云：「扡，謂觀其理也。必隨其理者，不欲妄挫折之。」正義曰：「析薪而言扡，明隨其理。扡者，施也。言觀其裂而漸相施及。」按：从也，从它之字，隸書多混而爲一。扡，依《說文》當从手，从它。但其訓爲「曳」，非此詩之「扡」明矣。《玉篇》引此詩作「杝」，云：「謂隨其理也。」《廣韻》「杝」字注亦云：「析薪。」是經有作「杝」字者。然《說文》「杝」訓「落也」，亦與傳、箋不合。《廣韻》「扡」云：「離也。」說《詩》者或謂「扡」是以手離之。「析」既是離，安得「扡」又爲離？正義讀「扡」爲「施」，得之。但亦非「漸相施及」，蓋「施」有「从」義，有「伺」義。《孟子》云：「施从良人之所之。」《丘中有麻》詩「將其來施施」，箋云：「施施，舒行，伺閒獨來見己之皃。」是「施」有隨从伺視之義，故毛以爲「隨其理」，鄭以爲「觀其理」，「扡」與「施」音義同也。

「予之佗矣」傳：「佗，加也。」正義曰：「此佗謂佗人也。言舍有罪而以罪與佗人，是從此而往加也。故曰：佗，加也。」按：以罪加佗人，義自得通。但如孔言，則經既言「予」，又復言

「佗」，必「予」不訓「我」訓爲「與」，而後可爲以罪與佗人也。《説文》「佗」云：「負何也。」舍彼有罪而妄加于太子，太子身負此罪，故經曰「佗」，而傳曰「加」矣。

「我躬不閲，遑恤我後」傳：「念父，孝也。」《孟子》引舜孝以論此詩，故毛亦引《孟子》而斷太子之爲孝，用師説也。于時太子已奔申國，不忘幽王，其哀痛憯怛之心必有流露于言面者，故其傳述之如此。經曰「遑恤」，似已決絶者，痛之切，正其念之深也。幽王果欲殺太子，亦無難詭詞召反，至而戮之。當年不聽讒言，而于所謂「我躬不閲」者卒能容其逋竄，以成東周數百年之基。則此詩之孝，有以感動其心矣。

巧言

「曰父母且」箋云：「始者言其且爲民之父母，今乃刑殺無罪無辜之人。」正義述經曰：「王之始者言曰：『我當且爲民之父母也。』自許欲行善政。今乃刑殺其無罪無辜之衆人。」又釋箋曰：「無道之君皆自謂所爲者是道，非知其不可而爲之也。」按：箋云「始者言其且爲民之父母」，則經中「曰」字是詩人之言。孔以爲幽王自言，非箋意也。

「亂如此憮」傳：「憮，大也。」箋云：「憮，敖也。」《爾雅·釋詁》云：「憮，大也。」《釋言》云：「憮，敖也。」而《釋言》之「憮」，陸氏《釋文》本作「憮」。是二字本通。此詩兩「憮」字，毛作傳時上經當作「憮」，故訓爲「大」。下經作「憮」，以「憮」之爲「敖」人所易知，故不釋也。鄭箋

《詩》時兩經皆作「憮」，故訓爲「敖」。正義以毛訓「憮」爲「大」，述下經云：「昊天乎，王甚虐大。我誠無辜而辜我，是虐大也。」「大」字釋「憮」字，而「虐」字於經並無所指，未得毛意。按：上「憮」字訓「大」，是總言亂之大。下「已威」「大憮」分承。此句言「王甚可畏」「王甚敖慢」。毛意亦當同鄭也。

「僭始既涵」傳：「僭，數。涵，容也。」正義曰：「亂之初所以生者，讒人數緣事始自入，盡得容受其言，知王不察真僞，遂以漸進讒也。」蓋本王肅説。按：傳意讀「僭」爲「譖」，故訓爲「數」。數，色主切。言此譖人數説于王之始，王既容受其言也。《釋文》云：「僭，毛側蔭反。」陸亦以傳讀「僭」爲「譖」矣。而「數」乃音朔，又襲子雍之誤。

「君子信盜」傳：「盜，逃也。」正義曰：「毛解名曰：『盜，意也。』《風俗通》亦云：『盜，逃也。言其晝伏夜奔逃避人也。』」如孔言，是毛以經「盜」字爲盜賊之盜。按：《書·牧誓》云：「乃惟四方之多罪逋逃，是崇是長，是信是使。」與此經正同。毛訓「盜」爲「逃」，言此讒人逋逃而來，君子信之耳。

「匪其止共，維王之邛」箋云：「邛，病也。小人好爲讒佞，既不共其職事，又爲王作病。」二句毛無傳，正義以箋述之，毛意不必然也。蓋上章言亂初生于王，又生于君子。君子怒則可沮，祉則可已。此章承上章而言，君子非惟不怒，而反與盟。君子非惟不祉，而反信盜。既惟盜言是甘，亂由是日進，此在位君子以聽讒爲事，非惟于其職止而不供而已，實足爲王之病害也。「止共」屬在位之君子，不屬讒人。毛意或然。

「遇犬獲之」箋云：「遇犬，犬之馴者，謂田犬也。」正義曰：「遇犬者，言兔逢遇犬，犬被獲耳〔一〕。遇非犬名，故王肅云『言其雖騰躍逃隱其迹，或適與犬遇而見獲』是也。」按：如孔言，遇爲逢遇，箋何爲以「馴」字釋之？《釋文》云：「遇犬，如字。世或讀作『愚』，非也。」如陸言，則有讀作「愚犬」者。愚犬何能獲兔？其説誠非。然鄭特釋「遇犬」，必非如字讀也。《爾雅·釋言》云：「遇，偶也。」此犬出入與人相偶，故號曰偶犬，而釋爲犬之馴者耳。遇、偶皆从禺得聲。《史記·孟嘗君傳》「木偶人與土偶人相與語」，索隱曰：「偶，音遇。」是遇、偶音同也。

「無拳無勇」傳：「拳，力也。」按：拳與捲同。《説文》「捲」云：「气勢也。从手，卷聲。《國語》曰：有捲勇。」《文選》司馬子長《報任安書》云：「更張空拳。」李善注曰：「李登《聲類》云：拳，或作『捲』。此言兵已盡，但張空拳以擊耳。」桓寬《鹽鐵論》曰：『陳勝無將帥之兵，師旅之衆，奮空捲而破百萬之軍。』何晏《白起故事》：『白起雖坑趙卒，向使預知必死，則前

〔一〕「犬」，疑當作「則」，參見《毛詩注疏》。

驅空捲，猶可畏也，況三十萬披堅執鋭乎？』」如《聲類》及李注所引「空捲」，皆與「拳」通。傳訓「拳」爲「力」，音同假借耳。

何人斯

《序》：「蘇公刺暴公也。暴公爲卿士而譖蘇公焉，故蘇公作是詩以絶之。」箋云：今本誤作傳。「暴也，蘇也，皆畿内國名。」正義曰：「遍檢書傳，未聞畿外有暴國。今暴公爲卿士，明畿内，故曰皆畿内國名。」孔不言暴在何地。《春秋》「文八年，公子遂會雒戎，盟于暴」，杜注云：「鄭地。」而不言地之所在。按：左氏《傳》云：「晉人以扈之盟來討。冬，襄仲會晉趙孟，盟于衡雍，報扈之盟也，遂會伊雒之戎。書曰『公子遂』，珍之也。」經上言「公子遂會晉趙盾盟于衡雍」，下言「盟于暴」，傳言「會伊雒之戎」而不言「于暴」，傳殆以暴即衡雍也。説《詩》者或以此暴爲暴公之國，謂幽王時鄭尚在西都，此地是東都畿内之邑。然以蘇國例之，蘇國名，而地乃爲温。暴亦國名，而地未必即在暴。此孔所以不引與？

「云何盱矣」正義曰：「毛於下章以祇爲病，言使我病是使蘇公之病。則此盱亦爲蘇公之病也。」又曰：「毛以此云『何其盱』，與下『俾我祇也』互文，皆言云何而使我有罪病也。」按：上章「祇攪我心」，下章「俾我祇也」，經有「我」字，可以言我病。此章無「我」字，當指何人？傳意言一者之來見王，于汝何病，乃使我病耳。與下章自相呼應之詞。孔以「我病」釋之，未爲安也。

「否難知也」箋云：「否，不通也。」又云：「反又不入見我，則我與汝情不通。汝與于譖我與否，復難知也。」《釋文》云：「否，方九反。一云：鄭符鄙反。」按：此句毛無傳，箋以「不通」二字釋「否」。又云「我與汝情不通」，正解經中「否」字。其云「汝與于譖我與否」，非經中「否」字也。陸以「方九反」列在前，以「符鄙反」列在後，是讀箋爲「然否」之「否」，非鄭意也。當以「符鄙反」爲是。

「俾我祇也」傳：「祇，病也。」箋云：「祇，安也。」《釋文》云：「祇，祁支反。一云：鄭止支反。」按：祁支反，是讀爲「疷」也。《爾雅》云：「疷，病也。」《白華》云「俾我疷兮」，傳云：「疷，病也。」此「俾我祇」與彼「俾我疷」一耳。二字聲近，可以通借，故傳訓「祇」爲「病」，或作傳時經字亦作「疷」也。鄭訓「祇」爲「安」，則「止支反」爲是。其「祁支反」之「祇」乃「神祇」之「祇」也。

「視人罔極」箋云：「人相視無有極時，終必與汝相見。」正義以箋述毛。按：「以極反側」傳云：「反側，不正直也。」箋云：「反側，輾轉也。」毛、鄭異矣。此言「罔極」，下言「以極」，上下自相申成。毛意言汝有姡然之面目，何視人亦反側而罔極乎？我今作此八章之歌，正以窮極汝不正不直之情也。

巷伯

《序》：「刺幽王也。寺人傷於讒，故作是詩也。」箋云：「巷伯，奄官。寺人，内小臣也。奄官上士四人，掌王后之命，於宫中爲近，故謂之巷伯，與寺人之官相近。讒人譖寺人，寺人又傷其將及巷伯，故以名篇。」正義曰：「此經無『巷伯』之字，而名篇曰『巷伯』，故《序》解之云：『巷伯，奄官。』言奄人爲此官也。官下有『兮』字，衍。定本無『巷伯奄官』四字，於理是也。以俗本多有，故解之。」如孔言，則「巷伯奄官」四字是《序》文，校書者誤移作箋也。正義又曰：「巷伯，是内官也。其官用奄上士四人爲之。」又曰：「又解内小臣而謂之巷伯者，以其此官於宫中爲近，故謂之巷伯也。」如孔言，則「寺人，内小臣也」句，「寺人」二字當作「巷伯」。校書者既移「巷伯奄官」四字作箋文，不得再言「巷伯」，因改爲「寺人」，而不知「寺人」與「内小臣」，鄭意各有其官也。當悉改依正義原本乃合。

《釋文》「巷伯奄官」下云：「官，本或將此注爲《序》文者。」如陸言，則所據箋首有「巷伯奄官」四字。既有四字，不可再言「巷伯」，當是「寺人，内小臣也。」《秦風》「寺人之令」，《釋文》云：「寺，本亦作『侍』。」傳云：「寺人，内小臣也。」彼正義謂爲在内細小之臣。既「寺」字爲「侍」，則凡在内官俱得稱侍人，亦不必以細小釋之。此箋「寺人」亦可讀爲「侍人」。如此，則「巷伯，奄官」四字釋

《序》中「巷伯」「寺人」「内小臣」也。釋《序》中「寺人傷于讒」，其義亦可通也。然此經「寺人」不聞亦作「侍」。《秦風》正義引此箋云：「巷伯，内小臣。」《文選·宦者傳論》云：「《詩》之《小雅》亦有《巷伯》，刺讒之篇。」李善注引毛萇曰：「巷伯，内小臣也。」雖誤以爲毛萇，亦足證此箋首爲「巷伯内小臣」而非「寺人内小臣」矣。箋文从正義爲當。

「萋兮斐兮，成是貝錦」傳：「萋斐，文章相錯也。貝錦，錦文也。」箋云：「錦文者，文如餘泉、餘蚳之貝文也。」正義釋傳曰：「錦而連貝，故知爲貝之文。」如孔言，則傳「錦文」二字當作「貝文」。箋以傳言「貝文」，不明爲何貝，故曰「貝文者餘泉餘蚳之貝文。」傳、箋兩「錦文」皆誤。《爾雅·釋魚》言貝多矣，獨取餘泉、餘蚳者，以《爾雅》諸貝不言文，惟「餘泉」云「白黃文」，郭注曰：「以白爲質，黃爲文點。」「餘蚳」云：「黃白文」，郭注曰：「以黃爲質，白爲文點。」此外惟云「玄貝、貽貝」，郭注曰：「黑色貝也。」邢疏云：「《山海經》曰：陰山濁浴水出焉，南流注蕃澤，其中多文貝。」皆謂此「餘蚳」「餘泉」也。《説文》云：「文錯畫也。文以相錯而成，玄惟一色，不可言錯。二貝兼黃白之文，故鄭獨有取焉。然箋引二貝，申傳「文章相錯」耳。其實錦文非止黃白，故箋又云：「猶女工之集采色以成錦文。」言「集采」，則不止黃白二色矣。《釋文》云：「萋斐，文相錯也。」無「章」字。依《釋文》爲當。

「猗于畝丘」傳：「猗，加也。」箋云：「欲之楊園之道，當先歷畝丘。」傳言「加」，箋言「歷」，義各殊矣。按：傳意言楊園之道惟可至楊園，今增加一道，即可以至畝丘。以興讒人本不能譖君子，今若增加其言，即可以及君子也。正義以箋合而述之，誤也。

「作爲此詩」箋云：「作，起也。孟子起而爲此詩，欲使衆在位者慎而知之。」正義曰：「當云『作賦詩』。定本云『作爲此詩』，又定本箋有『作，起也』『作，爲也』二訓，自與經相乖，非也。」如孔言，則正義經文是「作爲作詩」，故其述經曰「讒人立意如此，故我寺人之中字曰孟子者，起發爲小人之更讒，而作《巷伯》之詩。」「起發」句釋上「作」字，「而作」句釋下「作」字，且讀「爲」字爲去聲也。其言當云「作賦詩」者，謂箋當云「作，起也」「作，賦詩也」。然箋言「孟子起而爲此詩」，則鄭經本是「作爲此詩」，「作」訓「起」，「爲」讀平聲，定本爲得箋意。定本箋當是「作，起也。爲，作也」。傳云：「寺人而曰孟子者，罪已定矣。而將踐刑，作此詩也。」「將踐刑」釋經「作」字，「作此詩」釋經「爲」字。箋申傳意，故曰「作，起也」「爲，作也」。其云「孟子起而爲此詩」，亦當言「起而作此詩」。如此，則種種皆合矣。

皇清經解卷一千三百四十三終

靈川秦培璠舊校
南海桂文熾鄒伯奇新校

毛詩紬義　卷十四

嘉應李黼平著

谷風之什

谷風

「維風及頹」傳：「頹，風之焚輪者也。風薄相扶而上，喻朋友相須而成。」正義曰：「頹者，風從上而下之名。回風從上而下，力薄不能更升。谷風與相遇，二風并力，乃相扶而上。以喻朋友二人同心，乃相率而成也。」按：頹是暴風，不可以言力薄。既從上而下，而谷風乃和調之風，安能與之并力，反相扶而上？孔泥《爾雅》李、孫二家之注而爲此說，非毛意也。傳「風之焚輪」釋經中「頹」字，「風薄」釋經中谷風和調故力薄，得頹風相扶而上。傳蓋以頹風爲從下而上之風。《爾雅》之文惟言「焚輪」，謂頹扶摇謂之猋耳。其以頹爲從上下，猋爲從下上，乃李巡、孫炎之説。毛公六國時人，固未知後人爲此解也。今世存郭注《爾雅》，其説與李、孫同。然《莊子·消摇遊》篇「摶扶摇而上者九萬里」，《釋文》云：「司馬云：『上行風謂之扶摇。』《爾雅》

云：『扶搖謂之飆。』郭璞云：『暴風从上下也。』」《文選》曹子建《贈徐幹詩》云「流猋激櫺軒」。李善注：「《爾雅》曰：『扶搖謂之飈。』郭璞曰：『暴風从上下也。』猋與飈同，古字通。」陸、李引郭注「扶搖」皆作「暴風从上下」，與今本不同。則郭注「焚輪」必爲「暴風从下上」矣。若然，焚輪爲風从下上，正可引以釋傳。而孔不引者，以經字作「頹」，頹訓下墜。李巡謂「焚輪暴風从上來降謂之頹」，與此詩合。故置郭不引。不知字書無「頹」字，訓下墜者當作「隤」。此詩之「穨」从禿，从貴。「穨」訓「禿皃」，又訓「暴風」。傳言「風之焚輪」，釋穨非釋隤也。《莊子》「摶扶搖而上」，彼上指大鵬。摶，亦作「搏」，音博，言風从上而下。而大鵬从下而上。鵬力猛，故能與逆風相搏而上。此傳「相扶而上」謂穨風、扶谷風从下而上也。

「維山崔嵬」傳：「崔嵬，山巔也。」按：此「崔嵬」當作「厜㕒」。《爾雅·釋山》云：「山頂冢崒者厜㕒。」《十月之交》「山冢崒崩」，箋以「崒」爲「崔」，「嵬」亦當依《釋山》作「厜」。㕒，《說文》云：「厜㕒，山巔也。」正用毛此傳爲說。《釋山》別有「崔嵬」，即《周南》之「崔嵬」。《爾雅》所謂「石戴土」，毛傳所謂「土戴石」者也。

「無草不死，無木不萎」傳：「雖盛夏萬物茂壯，艸木無有不死葉萎枝者。」正義曰：「以其天時不齊不能無死者，故《月令》『仲夏靡艸死』，故曰『死生分』。是草木無能不有枝葉萎槁者。定本及《集注》本云『草木無有不死葉萎枝者』。」如孔言，是傳本云「艸木無能不有枝葉萎槁者」，校書者依定本、《集注》改之也。按：盛夏萬物壯茂，故言無能不有枝葉萎槁者。若作「無有不死葉萎枝」，則非理矣。盛夏之時草木何嘗盡如是乎？當改依原本爲當。

蓼莪

「出則銜恤，入則靡至」正義曰：「作詩之日已反于家，故言出入之事。」按：箋云：「孝子之心怙恃父母，依依然以爲不可斯須無也。出門則思之而憂，旋入門又不見，如入無所至。」如箋是孝子心中擬之如此，故下「南山烈烈」箋：「民人自苦見役，視南山則烈烈然。」若此章已返于家，下章何爲又言「見役」乎？必不然矣。

「出入腹我」傳：「腹，厚也。」箋云：「腹，懷抱也。」正義述傳曰：「出入門户之時常愛厚我。」釋箋曰：「腹我，謂置之于腹，故謂懷抱。以父母厚己非獨出入之時，故易傳也。」按：「腹」訓「厚」，與《爾雅》《説文》同。《月令》「水澤腹堅」，《釋文》云：「腹，本又作『複』。」《吕覽》正作「複」。《説文》：「複，重衣皃。」然則腹、複音義同。以重衣裹小兒，出入抱之，故傳謂之厚，而箋以「褱袌」申之。傳箋俱讀腹如複，非有别也。

大東

「無浸穫薪」傳：「穫，艾也。」箋云：「穫，落，木名也。既伐而折之以爲薪。」正義釋傳曰：「穫，讀如穫稻之穫。故爲刈也。」釋箋曰：「穫，落。《釋木》文。文在《釋木》，故爲木名。」如孔言，則正義本經文作「檴」字，故毛讀「檴」爲「穫」。今汲古閣本作「穫」，誤也。正義讀箋「穫落」二字句，「木名也」三字句，依《爾雅・釋木》之文自應如此。然《月令》季秋云：「草木黄落，乃伐薪爲炭。」《説文》云：「艸曰零，木曰落。」箋意以檴爲落木之名，非依《爾雅》也。《釋文》云：「穫，毛刈也，鄭落木名也。」得之。

「鞙鞙佩璲」傳：「鞙鞙，玉皃。璲，瑞也。」箋云：「佩璲者，以瑞玉爲佩，佩之鞙鞙然。」正義述經曰：「言王政既偏，其所用之人皆鞙鞙然佩其璲玉，居其官職，不以其才之所長。」又曰：「鄭唯言『佩璲』，云是玉也，故鞙鞙爲玉皃。『璲，瑞』，《釋器》文。郭璞曰：『玉瑞也。』禮以玉爲瑞，信其官謂之典瑞。此瑞正謂所佩之玉，故箋云：『佩璲者以瑞玉爲佩。』《玉藻》云『古之君子必佩玉』是也。」如孔言，則今本傳文「鞙鞙玉皃璲瑞也」七字皆箋文也。孔以毛「鞙鞙」指人言，故云「所用之人皆鞙鞙然佩其璲玉」。鄭「鞙鞙」指玉言，故用「鄭唯言」三句以别于毛。校書者因孔下文言「故箋云佩璲者以瑞玉爲佩」，遂分「璲瑞也」以上爲傳文，下爲箋文。當據正義改依原本。《爾雅・釋訓》「皋皋琄琄」、《釋器》「璲瑞也」，兩處邢疏引此皆云「毛傳」，蓋自宋初已誤矣。賴正義本文具在，可細繹而得也。

「維北有斗」正義曰：「箕、斗俱在南方之時，箕在南而斗在北，故言南箕北斗也。」如孔，是以經之「斗」爲南斗。按：《月令》：「孟秋，昏建星中。」建星近斗，其時斗正南而箕在西，不得謂箕南而斗北也。孟秋北斗柄指申，經所謂「西柄之揭」矣。

四月

「先祖匪人，胡寧忍予」箋云：「匪，非也。寧，猶曾也。我先祖非人乎？人則當知患難，何爲曾使我當此難世乎？」正義曰：「人困則反本，窮則告親。故言我先祖非人，出悖慢之言，明怨恨之甚。猶《正月》之篇怨父母生己，不自先後也。」正義説誤。《詩》是士大夫所作，悖慢先祖，庸奴販婦且不肯言，豈謂士大夫而出此乎？鄭蓋讀經「人」字爲「儿」。《説文》：「儿，仁人也。古文奇字人也。」「儿」是親愛人之意，與「人我」之「人」有别。鄭于《中庸》《表記》兩「仁者人也」，或云：「讀如『相人偶』之『人』。」或云：「施以人恩。」皆是「儿」字。彼文「仁」「人」並列，恐涉「人我」之「人」，故須訓釋以明之。此經「人」字與「忍」相對，其爲「儿」字可知。儿則不忍，非「儿」則「忍」，理亦易明，故不煩更爲解説。箋言：「我先祖獨非儿乎？儿則當知患難，何爲曾使我當此難世乎？」如此解則詞非悖慢，鄭意當然。

「百卉具腓」傳：「腓，病也。」《文選》謝靈運《九日从宋公戲馬臺集送孔合詩》云：「淒淒陽卉腓。」李善注曰：「《韓詩》曰：『秋日淒淒，百卉俱腓。』薛君曰：『腓，變也。俱變而黄也。』毛萇曰：『痱，病也。』今本作『腓』字，非。」如李言，則毛經字作「痱」。按《爾雅·釋詁》云：「痱，病也。」《説文》云：「風病也。」毛上言「淒淒，涼風。」下言「痱，病。」箋亦言「涼風用事而衆草皆病。」《説文》「風病」之訓，依毛傳爲解也。作「疿」爲是。具，《韓詩》作「俱」。《文選》鮑明遠《苦熱行》李注引《毛詩》作「俱腓」，是唐本有作「俱」者。《釋文》不言，何也？

「廢爲殘賊」傳：「廢，忕也。」正義曰：「《説文》云：『忕，習也。』恒爲惡行，是慣習之義。定本『廢』訓爲『大』，與鄭不同。」按：今《説文》心部無「忕」字。正義所引明有其訓，豈唐初《説文》有之邪？箋云「言在位者貪殘，爲民之害，無自知其行之過者，言大於惡。」《釋文》云：「忕，時世反。下同。又一本作『廢，大也』。此是王肅義。」《釋文》言「下同」，謂箋亦作「忕於惡」也。今汲古閣本作「大於惡」，校書者依定本之訓改之。但《爾雅·釋詁》云：「廢，大也。」郭注引此詩。合之定本，是毛、鄭有作「大」者，與《爾雅》合。未可因王肅亦作「大」而并廢《雅》訓也。傳、箋俱作「大」爲是。

「曷云能穀」傳：「曷，逮也。」箋云：「曷之言何也。」正義曰：「我此諸侯日日構成其禍亂之行，逮何時能爲善？言其日益禍亂，不能逮於善時。」按：傳言諸侯構成其禍，我逮于禍云耳，豈能穀乎？孔仍以「何時」釋傳，則「逮」爲衍字矣。《爾雅》：「遏，逮也。」孔引《釋言》不云字異，則《爾雅》「遏」有作「曷」者。《釋文》云：「曷，舊何葛反。一云：毛安葛反。」後音是也。

「南國之紀」傳：「滔滔，大水皃。其神足以綱紀一方。」正義謂傳意亦喻江漢之旁國，故言一方。箋以江漢喻吴楚之君能長理旁側小國，使得其所。孔以毛傳附于鄭箋，故爲此説。按：

《序》言「下國構禍」，即經中「南國」。傳意以江漢大水，其神綱紀一方，喻幽王不能綱紀四方，致南國諸侯構禍也。詩八章，首章言先人不庇佑己，使生于此世。二章「亂離瘼矣」，正言遭亂。三章「民莫不穀」，言他國不亂而我南國獨亂。四章、五章言致亂之由起于在位貪殘，下國構禍。六章、七章言幽王不能綱紀天下，故致南國構禍，在位貪殘，傳「鶉、鳶，貪殘之鳥」是也。八章言艸木之不如，作歌告哀。《大東》篇言東國困于役而傷于財，此詩言南國構禍。蓋江漢間小國大夫所作，故次于《大東》也。大國構禍則小國懼。《春秋》文十三年《左傳》云：「鄭伯與公宴于棐，子家賦《鴻雁》。季文子曰：『寡君未免于此。』文子賦《四月》。」時晉楚方争諸侯，鄭、衛貳于楚，因公而請平于晉。文子以天子不能綱紀四方，致伯主争盟，實同構禍，故言「寡君亦未免」。有微弱之憂，即賦此詩。當取義于「我日構禍，曷云能穀？」杜注謂「義取行役逾時，思歸祭祀，不欲爲還晉。」蓋用王肅《詩》義。既違左氏之意，亦與《詩序》不合，誤也。

北山

「我從事獨賢」傳：「賢，勞也。」箋云：「王不均大夫之使，而專以我有賢才之故，獨使我從事于役。自苦之詞。」王肅難鄭，孔申之，具在正義。按：《孟子》論此詩云：「此莫非王事，我獨賢勞也。」孟子既以「勞」釋「賢」，傳依而用之。賢之得爲勞者，《説文》云：「臤，堅也。从又，臣聲。凡臤之屬皆从臤。讀若鏗鏘之鏗。古文以爲賢字。」《春秋・公羊》成四年經云：

「鄭伯臤卒。」《釋文》云：「臤，本或作『堅』。」疏云：「《左氏》作『堅』，《穀梁》作『賢』字。」然則臤、堅、賢三字通。而《東觀漢記》云「陰城公主名賢得」，《續漢書·天文志》作「堅得」。是「賢」即「堅」字。上經言「王事靡盬」，謂王事無不堅固，使已盡力以堅固之。此章言不均大夫之使，而我從王事獨盡力以堅固之，故得爲勞也。

「鮮我方將」傳：「將，壯也。」按：《釋詁》將、壯俱訓「大」，故「將」可訓「壯」。《釋言》又曰：「奘，駔也。」邢疏曰：「秦晉謂大曰奘。」《説文》曰：「奘，駔大也。」是「奘」亦訓「大」。《爾雅》樊光、孫炎二本無「奘駔也」而有「將且」，則「將」即「奘」字也。凡訓「大」訓「壯」之「將」，其「奘」之借乎？

「旅力方剛」傳：「旅，衆也。」箋云：「王謂此事衆之氣力方盛乎？何乃勞苦使之經營四方？」正義傳箋無釋。玩箋「何乃勞苦」云云，似指行役之士子説。後人因謂一人不可以言衆，「力」改訓爲「陳力」。按：傳「旅」不訓「陳」而訓「衆」。傳意此二句指在朝諸大夫言。王善我年未老，鮮有如我之方壯者乎？其實衆大夫氣力方剛，亦可使之經營四方也。鮮，《釋文》云：「息淺反。沈云：鄭音仙。」

無將大車

《序》：「大夫悔將小人也。」經「無將大車」傳云：「大車，小人之所將也。」經以大車喻小人，言大車即有小人在内。故傳以「小人所將」釋之。正義引《書》「肇牽車牛，遠服賈用」證「大車」爲小人之所將，此乃編户細民，非《序》與傳所謂小人也，誤甚。箋云：「將，猶扶進也。」《説文》「牂」云：「扶也。从手，爿聲。」「將」當作「牂」。今作「將」，聲同假借也。

小明

「日月方除」傳：「除，除陳生新也。」箋云：「四月爲除。昔我往至于艽野以四月，自謂其時將即歸。何言其還，乃至歲晚，尚不得歸。」正義釋傳曰：「上云『二月初吉』，爲始行之時，故言『除陳生新』，二月也。下章云『日月方奥』，傳曰『煖』，即春温，亦謂二月。」釋箋曰：「下章云『日月方奥』，文與此同。《洪範》『庶徵：曰燠、曰寒。』寒爲冬，則燠爲夏矣。若毛以『方燠』爲二月之初，則接于正月之末，時尚有霜，不可云燠。且《爾雅》稱四月爲除，故據以易傳也。」按：傳言「除陳生新」及「奥煖」耳，未嘗言二月也。傳意以上「二月初吉」爲周二月建丑之月。知者，此經「日月方除」「歲聿云暮」，與《唐風》「歲聿其暮」「日月其除」同。彼傳云：「聿遂除去也。」彼正義云：「時當九月，則歲未爲暮而言『歲聿其暮』者，言其過此月後則歲遂將暮耳。謂十月以後爲歲暮也，此月未爲暮也。《采薇》云：『曰歸曰歸，歲亦暮止。』其下章云：『曰歸曰歸，歲亦陽止。』十月爲陽，明暮止亦十月也。《小明》云：『歲聿云暮，采蕭穫菽。』采穫是九月之事也。云『歲聿』、云『暮』，其意與此同也。」彼正義以此經「采穫」爲九月，則自丑月初吉而行，先歷寒，次歷暑，而至建戌之月，次第秩然。此章「日月方除」即承上「離寒」，下章「日月方奧」即承上「離暑」。「昔我往矣」者，往徂也。承上「我征徂西」言。今尚未歸，追憶昔我徂行時矣。已離歷有寒之日月，其時萬物方除舊生新，何言其還？至今歲遂將暮，猶未得乎？夏正月正除舊生新時也。下章言已離歷有暑之日月，其時天氣奧煖，何言其還？至今歲遂將暮，猶未得乎？奧煖即暑也，經文傳旨至爲明白。自孔以方除、方奧爲二月，而傳遂不可通矣。至箋以四月爲除，上箋又言至今則更夏暑冬寒，自據夏正。或謂如此則歲之將暮爲十一月，于時安得尚有蕭菽？不知蕭菽之類至冬而槁，拔其根莖，亦可爲禦寒之用。義亦得通也。

鼓鐘

「淮水湯湯」傳：「幽王用樂不與德比，會諸侯于淮上，鼓其淫樂以示諸侯。賢者爲之憂傷。」正義引王基謂「淫樂爲鄭、衛桑間濮上之音，師延所作新聲之屬」，王肅謂「作樂而非所，則謂之淫」，未知誰當毛旨。按：桑間濮上，亡國之音，非徒淫而已。肅駁王基而重在非所，亦未爲得毛旨也。毛以天子巡守朝諸侯，有享燕自應有樂。雖在淮上，未爲非所。惟不與德比，即爲淫樂耳。正義又引孫毓不信毛爲會諸侯，箋于上下皆不言諸侯，或亦如毓。按：《春秋》昭四年《左傳》椒舉曰：「幽王爲太室之盟而戎狄叛之。」杜注：「太室，嵩高。」《紀年》：「幽王十年春，王及諸侯盟于太室。」《漢志》「崈高」，古文以爲「外方」。《書·禹貢》「熊耳、外方、桐柏，至于陪尾。」孔安國傳云：「四山相連，東南在豫州界。」正義謂「四山接華山而相連，東南皆在豫州界也。」桐柏，淮水所出，北至外方約四百里。此傳言「會」，《左傳》及《紀年》言「盟」，春秋時會盟異日異地者多，然則幽王先會于淮水之上，復盟于太室。毛傳非無據矣。抑又有説焉：《水經·潁水》篇云：「潁水出潁川陽城縣西北少室山，東南流逕蜩蟟郭東，俗謂之鄭城。又東南入于淮。」《漢志》謂出陽乾山。少室、陽乾實與太室一山，幽王盟太室，鼓鐘水上，此詩所陳當是潁水。而經言淮水者，雍州漆沮下流入洛，《瞻彼洛矣》篇以爲洛水。潁水下流入淮，故此經以爲淮水與？「將將」「湯湯」無釋，觀次章傳云：「喈喈，猶將將。湝湝，猶湯湯。」則不應無之。《釋文》：「將，七羊反，聲也。湯，音傷，流盛也。」當是傳文。今汲古閣本誤脱，當補入。

「憂心且妯」傳：「妯，動也。」箋云：「妯之言悼也。」按：傳「動」與「慟」同。箋知傳意，故以爲悼。《説文》無「慟」字，新附中有之。經典通用「動」，《論語》「顔淵死，子哭之動」，俗本作「慟」。馬融云：「哀過。」鄭云：「變動容皃。」知字本作「動」。鄭于彼注言「變動」，悼傷之至即能變動其容皃，動與悼一也。《説文》「妯」云：「動也。」正依《爾雅》及此傳。而心部「怞」云：「朗也。」引《詩》「憂心且怞」。《説文》引《詩》一句而屢異其字者多，或據此以謂《詩》字當作「怞」者，誤也。

「笙磬同音」傳：「笙磬，東方之樂也。同音，四縣皆同也。」箋云：「同音者，謂堂上堂下八音克諧。」按：《儀禮·大射》：「樂人宿縣阼階東，笙磬西面，其南笙鐘，其南鑮，皆南陳。」注云：「笙猶生也。東爲陽中，萬物以生。」鄭解笙磬與毛此傳同，故此箋不易傳。正義釋箋「八音克諧」曰：「經言鐘、琴、笙、磬，是金、石、絲、匏四者。舉此明土、革、竹、木亦和同可知。」是謂箋以笙、磬爲二器。非箋意也。

「以雅以南，以籥不僭」傳：「爲雅爲南也。舞四夷之樂，大德廣所及也。東夷之樂曰昧，南夷之樂曰任，西夷之樂曰株離，北夷之樂曰禁。以爲籥舞，若是爲和而不亂矣。」正義述經曰：「以爲王者之雅樂，以爲四方之夷樂，又以爲羽舞之籥樂。」按：《文選·魏都賦》張載注引《韓詩内傳》云：「王者舞六代之樂，舞四夷之樂，大德廣之所及也。」與毛義同。然則雅兼六代，南兼四夷，此外不聞更有所謂籥樂，豈指《七月》之篇別領于籥章者乎？然傳言「以爲籥舞」，只是言雅、南之樂皆爲籥舞耳。雅兼六代。《禮記·孔子閒居》云「夏籥序興」，《賓之初筵》云「籥舞笙鼓」，鄭箋以爲殷禮。《周官·籥師》云：「祭祀則鼓羽籥之舞。」三代樂皆籥舞，其餘可知。是雅樂以籥舞也。《春秋》襄二十九年《左傳》云：「見舞《象箾》《南籥》者。」《白虎通》引《樂元語》曰：「南夷之樂，持羽舞，助時養也。」是南樂以籥舞也。孔見箋分雅、南、籥爲三舞，以毛亦爲三舞，非傳意。正義又云：「定本作『朱離』，其義不合。」按：《文選·東都賦》注引《鉤命決》作「株離」，引毛此傳作「朱離」。李善云：「説樂是一，而字並不同，蓋古音有輕重也。」依定本作「朱離」亦得。

楚茨

「我庾維億」傳：「露積曰庾，十萬曰億。」箋云：「倉言盈，庾言億，亦互辭，喻多也。十萬曰億。」正義以庾在于空，非有可滿之期。倉無一億者，疑箋互辭爲非。按：斛方一尺、長二尺七。假令倉高二丈，方廣二丈七尺，一倉已容粟二千斛，五十倉即十萬斛。孔欲以一倉計之，泥矣。《説文》「庾」云：「水槽倉也。一曰：倉無屋者。」無屋，即傳所謂「露積」。庾亦倉類，四周必有垣墻，非無可滿之期也。正義釋箋，自「黍與與」至「喻多」止，今本箋「十萬曰億」四字衍文，當删也。

「以妥以侑」傳：「妥，安坐也。」箋云：「既又迎神，使處神坐而食之。」正義以毛述經曰：「當饋獻，又迎尸于室以拜安之。」釋箋亦云：「拜以安之。」按：《釋文》于箋「神坐」音才卧反，則毛「坐」如字，謂神安坐也。鄭讀爲「座」，謂神之位也。古坐、座一字，而音各不同，義从而異。《史記・高祖本紀》云：「高祖因狎侮諸客，遂坐上坐。」正義上在果反，下在卧反。此傳「安坐」，傳、箋異讀。正義不别，疏矣。《説文》無「妥」字。「綏」字云：「从糸，从妥。」徐氏謂當从爪，从安省。然《詩》《禮》《爾雅》俱有「妥」字，《説文》偶脱耳。

「或剥或亨，或肆或將」傳：「亨，飪之也。肆，陳。將，齊。或陳于牙，或齊于肉。」箋云：

「有解剥其皮者，有煮熟之者，有肆其骨體于俎者，或奉持而進之者。」正義曰：「易傳者，以祭雖有牙，不施于既亨之後，非文次也。」按：《禮運》云：「腥其俎，熟其殽。」鄭注：「腥，謂豚解而腥之。熟，謂體解而爓之。」此經「剥」「亨」以熟言，《禮運》所謂「熟其殽」也。「肆」「將」以腥言，《禮運》所謂「腥其俎」也。腥故宜陳于牙而分齊之，經四「或」分兩平，非相承説下，故傳云然。自孫毓駁傳「不待既熟乃齊」，孔承其誤，遂爲「祭雖有牙不施亨後」之説，非傳意也。正義釋箋是「解剥其肉」，定本、《集注》箋作「解剥其皮」。今汲古閣本依定本、《集注》改之也，當依正義原本。

「先祖是皇」箋云：「皇，暀也。先祖以孝子祀禮甚明之故，精氣歸暀之。」正義曰：「《信南山》箋云：『皇之言暀也。』《泮水》箋云：『皇，當作暀。暀，猶往也。』不同者，注意趣在義通，不爲例也。」按《爾雅·釋詁》：「暀暀、皇皇，美也。」邢疏引「《少儀》云：『祭祀之美，齊齊皇皇。』鄭玄云：『皇皇，讀如歸往之往。』彼言『皇皇』，則此『暀暀』也。」如邢疏言，則「皇」與「暀」一字。此箋「皇，暀也」，明「皇」爲「暀」字。而言「精氣歸暀」，《泮水》箋言「暀猶往」，《少儀》注言「皇讀如歸往之往」，是「皇」「暀」「往」三字同也。「皇」「暀」得爲「往」者，《説文》之部「㞷」字云：「艸木妄生也。从之在土上，讀若皇。」徐音户光切。《説文》讀若之例，有言音同者，有音義並同者。「㞷」讀若「皇」，是「皇」本作「㞷」也。《爾雅》之往也，之在土上。「㞷」有「往」義，故

「皇」得爲「往」。而「暀」「往」皆以「㞷」爲聲，故「暀」得爲「往」也。

「爲豆孔庶」箋云：「庶，胗也。祭祀之禮，后夫人主共籩豆，必取肉物肥胗美者也。」正義曰：「庶，胗也。《釋言》文。」按：今《爾雅》作「侈」。如孔言，則唐本《爾雅》作「胗」矣。《釋文》云：「胗，何、沈都可反。」《説文》無「胗」字。奢部「奲」字云：「富奲奲皃。从奢，單聲。」徐音丁可反。富奲奲，即箋所謂「肥胗」矣。

「徂賚孝孫」傳：「賚，予也。」《釋文》載傳云：「與也。」正義述經云：「既而因以所嘏之物往與主人孝孫也。」是正義經、傳亦作「與」。孔引《釋詁》云：「賚，予也。當亦作『與』。」校書者據今本《爾雅》改之，并改毛傳。賴《釋文》、正義尚可尋繹，當依原本乃合。

信南山

「畇畇原隰」傳：「畇畇，墾辟皃。」〔一〕正義曰：「《釋訓》云：『畇畇，田也。』注引此『畇畇原隰』，與勻音同也。」如正義，孔以「畇」當爲「勻」矣。《説文》無「畇」字，而「勻」訓少也，與「墾辟」之義不合。《釋文》：「畇，音勻，又作『眴』，又音旬。」《説文》亦無「眴」字。「旬」訓「徧也」，於義爲近。《爾雅》釋文引《字林》云：「均，均田也。」是呂忱作「均」。均，其訓爲平徧。《爾雅》

〔一〕「皃」，原作「兒」，據箸花庵本改。

本釋此詩作「均」爲得矣。

「曾孫田之」傳：「曾孫，成王也。」正義謂周「祖文王而宗武王，成王繼文、武爲太平之主，特異其號，故《詩》通稱成王爲曾孫。不繼于文王直言孫者，以太王亦王迹所起，見其王業之遠。又不稱玄孫者，以玄孫對高祖爲定名，世數更多，則不得稱玄孫。曾者，重也。自曾祖以至無窮，皆得稱曾孫。明周德之隆久。」按：傳以經上言「禹甸」、下言「曾孫」，而《序》又稱幽王不能修成王之業，疆理天下以奉禹功，故以曾孫爲成王。義係于禹，不係于周之祖也。《書·武成》篇曰：「底商之罪，告于皇天后土、所過名山大川。曰：惟有道曾孫周王發。」王者于天地山川尚稱曾孫，况周祖后稷爲堯弟，與堯同祖玄囂。禹祖昌意，皆黄帝子孫，故成王于禹得稱曾孫。此篇及《甫田》《大田》之「曾孫」皆係于禹，他篇曾孫乃當如正義説耳。

「雨雪雰雰」傳：「雰雰，雪皃。豐年之冬必有積雪。」《釋文》：「雨，于傅反。崔如字。」如字則是雨雪，並下雪而兼雨，到地即化，此冬安得有積雪？崔讀與毛義違，不可从也。雰，乃氛之或體。《説文》「氛」云：「祥氣也。」傳言「雪皃」者，《文選》謝惠連《雪賦》云：「連氛累靄，掩日韜霞。霰淅瀝而先集，雪紛糅而遂多。」則「氛氛」是將雪時皃狀，故傳以爲「雪皃」也。

「疆埸有瓜」傳：「剥瓜爲菹也。」箋云：「于畔上種瓜，瓜成又入其税，天子剥削淹漬以爲菹，貴四時之異物。」正義引《地官·場人》「凡祭祀，共其果蓏瓜瓠之屬」，謂「天子之瓜自令有司供之，不稅于民」。按《載師》曰：「以場圃任園地。」又曰：「凡任地，國宅無征，園壥二十而一。」注：「鄭司農云：『任地，謂任土地以起賦稅也。』玄謂國宅，凡官所有宮室，吏所治者也。國稅輕近而重遠，近者多役也。園壥亦輕之者，壥無穀，園少利也。古之宅必有樹，而畺場有瓜。」是鄭以《載師》稅瓜矣，孔何不引以證與？豈以《載師》園地在近郊之内，鄭注雖引此詩而非民田之疆場。然稍縣畺之地行井田，則于公田種穀，田畔種瓜。穀是曾孫之穡，瓜爲皇祖之菹。亦統在任地起稅之内，不可謂不稅民瓜矣。

皇清經解卷一千三百四十四終　靈川舉人秦培璠對字

毛詩紬義　卷十五

嘉應李黼平著

甫田之什

甫田

「倬彼甫田」傳：「倬，明皃。甫田，謂天下田也。」正義釋傳曰：「言明者，疾今不能言古之明信，故云明也。」按：傳言「明皃」，不云「明也」，自是皃狀彼田，言明乎彼天下之田如彼其廣也。箋云「明乎彼太古之時」，乃有明信之義。孔以箋述傳，誤。《釋文》云：「倬，《韓詩》作『菿』，云『卓也』。」卓，疑當作「晫」。《韓奕》「有倬其道」，《釋文》云：「明皃。《韓詩》作『晫』，音義皆同。」然則「卓」即「晫」字，其義爲「明」，與毛傳合。菿，《玉篇》引《韓詩》作「菿」，从艸不从竹。《爾雅》釋文引《説文》云：「菿，艸大也。」今《説文》艸部「菿」云：「艸木倒。从艸，到聲。」「菿」云：「艸大也。从艸，致聲。」「菿」即「菿」之訛。菿訓「艸大」，與《釋文》合。《玉篇》《廣韻》俱無「菿」字，而今本有之，後人妄加耳。

「歲取十千」傳：「十千，言多也。」箋云：「甫之言丈也，明乎彼太古之時，以丈夫稅田也。歲取十千，於井田之法，則一成之數也。九夫爲井，井稅一夫，其田百畝。井十爲通，通稅十夫，其田千畝。通十爲成，成稅百夫，其田萬畝。欲見其數，从井、通起，故言十千。上地穀畝一鍾。」箋以「甫」爲「夫」，不據天下之田，當據畿内言之。以畿内雖用貢法，而采地有井田也。然亦以「成稅萬畝」，其數與經「十千」相合，故約略言之，實則並無此數。《小司徒》：「九夫爲井，四井爲邑，四邑爲丘，四丘爲甸，四甸爲縣，四縣爲都，而令貢賦，凡稅歛之事。」注曰：「九夫爲井者，方一里，九夫所治之田也。此制小司徒經之，匠人爲之溝洫，相包乃成耳。邑丘之屬相連比，以出田稅。溝洫爲除水害。四井爲邑，方二里。四邑爲丘，方四里。四丘爲甸，甸之言乘也，讀如衷甸之甸。甸方八里，旁加一里，則方十里爲一成。積百井，九百夫。其中六十四井，出田稅。三十六井，治洫。」云云。六十四井，井稅一夫，夫百畝，計僅六千四百畝，不滿十千之數。是鄭「十千」亦言其多耳。正義因「井稅一夫」之言，遂謂：「周制有貢有助。助者，九夫而稅一夫之田。貢者，什一而貢一夫之穀。通之二十夫而稅二，夫是爲什中稅一。」又疑鄭以井稅一夫，無二十畝爲廬舍之事，皆與鄭相違。什一者，先王不易之定法，故曰：重于什一，大桀小桀。輕于什一，大貉小貉。什一行而頌聲作矣。以助法而論，八家各受私田百畝，什一稅，之本當家取十畝，因借其力以助耕。八十畝之公田，即以償一家十畝之入，是名爲九夫稅一，實爲什中取一。《匠人》「九夫爲井」，注曰：「采地制井田，異于鄉遂及公邑。」又曰：「采地者，在三百里、四百里、五百里之中。《載師職》曰：『園廛二十而一，近郊十一，遠郊二十而三，甸稍縣都皆無過十二。』謂田稅也。皆就夫稅之輕近重遠耳。」彼注言井田稅夫，與此箋同。而即引《載師》「無過十二」，此鄭以井田爲什中取一之明証也。《匠人》注又曰：「周之畿內稅有輕重，諸侯謂之徹者，通其率以什一爲正。」此言邦國行助而謂之徹。徹，通也。貢固什一，助亦什一，通其率以什一爲正，無復輕近重遠如畿內也。又引《孟子》云：「野九夫而稅一，國中什一。」「是邦國亦異外內之法耳。」此言邦國亦不過內貢、外助別其法也。若如孔言，助爲九而稅一，貢爲什一而貢一，則郊內田少，郊外田多且數倍，安能通率以爲什一乎？至《遂人》「夫一廛」註明引《孟子》「五畝之宅」，而《七月》「亟其乘屋」箋言「治野廬之屋」，此詩「攸介攸止」箋以介爲廬舍，《信南山》「中田有廬」箋釋中田爲田中，則以公田在九百畝之中有二十畝之廬舍，亦足見矣。

「我取其陳」箋云：「民得賒貰取食之。」正義釋箋云：「是倉廩有餘，賒貸取而食之也。」又云：「定本及《集注》『貸』作『貰』，義或然也。」如孔言，則正義箋本作「貸」，校書者依定本、《集注》改之也。當改依原本。

「攸介攸止。」毛不爲傳，惟下句云：「烝，進。髦，俊也。治田得穀，俊士以進。」治田，如指上「或耘或耔」。得穀，如指上「黍稷薿薿」。則經「攸介」句爲衍文矣。細繹傳意，蓋即以「治田」

釋「攸介」，「得穀」釋「攸止」。「介」與「界」通。《思文》「無此疆爾界」，古本作「介」。傳意謂既治田于所界之處，又得穀于所止之處，將進我爲俊士耳。正義用王肅義述毛云：「所以成大功，所以自安止。」不如以毛述毛之爲當矣。箋訓「介」爲「舍」，則以古「介」字多作「个」。《大學》「若有一个臣」，《書》作「介」是也。《說文》無「个」字。徐鼎臣云：「个亦不見義，無以下筆。明堂左右个者，明堂旁室也。當作介。」然則「介」本室名，故箋訓爲舍也。

「以穀我士女」傳：「穀，善也。」按：傳以「穀」爲「善」，則與上章「烝進」同。上以男言，此以女言。士女，猶云君子女。言女子亦有士君子之行也。正義述經謂「士與女」，則與上「髦士」複矣。

「嘗其旨否」。此章箋以「攘」爲「饟」，以「喜」爲「饎」，謂成王親率王后世子饋彼農人。田畯至，又加酒食以慰其典田。又饟己之左右親嘗其美與否。箋義允矣，不煩更爲立說。正義以毛無破字之例，其義必不與鄭同，因用王義述毛，復載其說云：「田畯之至，喜樂其事，教農以閒暇攘田之左右，除其艸萊，嘗其氣旨土和美與否也。」按：田官教農人以嘗艸、嘗土，自是平日之事，恐未可施于穀已大熟之時。今試爲述之「曾孫來止」，來于公所。《月令》所謂「田舍東郊」，《孟子》所謂「出舍于郊」也。農人聞成王已來，率其婦子饁彼在田之人，益勤其事。田畯言至，至田間也。喜即喜其饁餉。「攘其左右」六句，謂田畯攘辟其左右，勿令蹂踐，自取黍稷之穗嘗其美否，而告于成王。言其禾治理而條列，可卜其終之善而且有。于是成王不怒，亦喜農人之能疾也。田畯，箋謂司嗇。《周禮》無司嗇而有司稼，其職云：「掌巡邦野之稼，而辨穜稑之種，周知其名。」既須辨别而周知，固應有嘗穀之事矣。

「禾易長畝」傳：「易，治也。長畝，竟畝也。」上二章言黍稷，卒章兼言稻粱，此變言禾，又言長畝者，《説文》「禾」云：「嘉穀也。二月始生，八月而孰，得時之中，故謂之禾。」又曰：「莖節爲禾。」然則此詩是表其莖節之特異者。傳達經意，故以「竟畝」釋之。成王時唐叔得禾，異畝同穎，見于《書序》，不知此詩亦有之。信乎！太和在成周宇宙間也。

「曾孫之稼」箋云：「稼，禾也。」正義述箋作「稼，禾稼」。今本「也」字誤，當改正。

大田

「大田多稼」箋云：「大田，謂地肥美，可墾耕，多爲稼，可以授民者也。」正義曰：「《艸人》『掌土化之法』，《稻人》『掌稼下地』，《秋官・薙氏》『掌殺艸』，《月令》云『燒薙行水』，皆是爲稼也。爲稼，謂多爲此等之稼。以糞美其地，故云多稼。若其不然，鄭則不宜言爲也。」按：稼之爲訓有四：《説文》曰：「禾之秀實爲稼。一曰：稼，家事也。一曰：在野曰稼。」《周禮・司稼》注云：「種穀曰稼。」此箋「多爲稼」，猶言多爲秀實，即下文庭、碩、方、阜、堅、好之等也。箋又云「將稼者必先相地之宜」，則是種穀曰稼之義。正義云云，未得箋意。

「既方既皁」傳：「實未堅曰皁。」正義曰：「皁，音爲造，訓爲成也。文在『堅』上，是成而未堅，故云『實未堅曰皁』。」按：皁，本作「草」，借作「皁」。《說文》「草」云：「草斗，櫟實也。一曰：象斗子。从艸，早聲。」徐音自保切。臣鉉曰：「今俗以此爲艸木之艸，別作皁字爲黑色之皁。按：櫟實可以染帛爲黑色，故曰草。通用爲皁棧字。今俗書皁或从白从十，或从白从匕，皆無意義，無以下筆。」如徐鼎臣說，是「皁」乃俗書也。然《說文》木部「栩」云：「柔也。从木，羽聲。其皁，一曰樣。」彼注已作「皁」字，是漢時草、皁字通。《說文》以「皁」爲「栩實」，此傳以「皁」爲「禾穀實之未堅者」，其義一也。孔訓爲「成」，不知何據。《說文》「栩」字注云：「其皁曰樣。」「樣」字注云：「栩實。」而「草」字注云：「櫟實。一曰象斗子。」象即橡之省文，即「樣」字。與「栩」字注義不合，誤也。殆因「栩」有柞櫟之名，校《說文》者誤改之。《玉篇》「草」字引《說文》亦作「櫟實」，則其誤久矣。

「及其蟊賊。」按：蟊，當作「蟊」。《說文》「蟊」云：「蟲食艸根者。从蟲，象其形。吏抵冒取民財則生。」「蟊」云：「蠿蟊也。」「蠿蟊，作网蛛蟊也。」二字別矣。《釋文》云：「蟊，本又作『蛑』。」依《說文》，「蛑」即古文「蟊」字。《毛詩》本古文，作「蛑」爲是。

「此有不斂穧」。「穧」字，傳、箋皆無釋。正義曰：「穧者，禾之鋪而未束者。秉，刈禾之把也。《聘禮》曰：『四秉曰筥。』注云：『此秉爲刈禾盈手之秉。筥，穧名也。』」孔引鄭《聘禮》注以「筥」釋「穧」，蓋謂禾四把爲穧。按：《釋文》云：「穧，穫也。」此訓當是傳文，陸據六朝別本載之。《説文》「穧」云：「穫刈也。一曰撮也。」正與陸所載合。上句言幼禾有不穫者，下句言穫禾有不斂者。「遺秉」承「穉」言，「滯穗」承「穧」言。若以「穧」爲「筥」，是穧、秉相對，經文參差，未必得箋意也。

「以其騂黑」傳：「騂，牛也。黑，羊、豕也。」正義述經云：「以其騂赤之牛，黑之羊、豕。」釋傳云：「毛以諸言騂者皆牛，故云『騂赤牛也』。定本、《集注》『騂』下無『赤』字，是也。」如孔言，則正義本「騂」下有「赤」字。校書者因孔言無「赤」字爲是，因删之也。當改依原本乃合。

瞻彼洛矣

「韎韐有奭」傳：「韎韐者，茅蒐染艸也。」箋云：「韎韐者，茅蒐染也。茅蒐，韎韐聲也。」正義釋箋云：「傳言『韎韐，茅蒐染』，故解之云『茅蒐，韎韐聲也』。言古人之道茅蒐，其聲如韎韐，故名此衣爲韎韐也。」如孔言，則傳文無「艸」字。箋云「韎韐者，茅蒐染也」七字，正述傳文。《文選·西京賦》「緹衣韎韐」，李注引毛萇曰：「韎者，茅蒐染也。」亦無「艸」字。今汲古閣本乃校書者見正義有「茅蒐之章」句而加之也，當删去乃合。

箋云：「此諸侯世子也。除三年之喪，服士服而來，未遇爵命之時，時有征伐之事。天子以其賢，任爲軍將，使代卿士將六軍而出。」按：《序》言：「思古明王爵命諸侯，賞善罰惡。」則此詩必爲幽王不能爵命諸侯之賢者，故陳古以刺今也。箋之所言自是古明王時事，然嘗考《史記·年表》晉穆侯二十七年卒，弟殤叔自立。四年，穆侯太子仇攻殺殤叔而自立。當幽王之元年。《紀年》云幽王元年晉世子仇歸于晉，殺殤叔，晉人立仇，是爲文侯。二年，晉文侯同王子多父伐鄶，克之。是文侯初除喪而即位，未受爵命，來朝京師。幽王命之伐鄶。于時將兵而行。猶未得命，故詩人援古以刺之與？《白虎通》云：「世子上受爵命，衣士服，何謙不敢自專也。故《詩》曰：『韎韐有赩，世子始行也。』」箋義本此。

「鞞琫有珌」傳：「鞞，容刀鞞也。琫，上飾。珌，下飾。珌下飾者，天子玉琫而珧珌，諸侯璗琫而璆珌，大夫璙琫而璆珌，士珕琫而珕珌。」正義曰：「天子、諸侯琫珌異物，大夫、士則同言，尊卑之差也。」又曰：「定本及集本皆以諸侯璆珌〔一〕，字从玉。又以大夫鏐珌，恐非也。」又其釋玉、珧、璗、鏐、鐐、珕次序秩然，則孔所據本「諸侯」作「鏐珌」，「大夫」作「鐐珌」。今本不知

〔一〕「集」下「本」，疑當作「注」，參見《毛詩注疏》。

何所據而改之也。按：《説文》「璗」云：「金之美者，與玉同色。从玉，湯聲。《禮・佩刀》『諸侯璗琫而璆珌』。」正與今本毛傳合。然《説文》「球」云：「玉磬也。璆乃球之或體。」又「琫」云：「佩刀上飾。天子以玉，諸侯以金。」「珌」云：「佩刀下飾。天子以玉。」惟言「天子以玉」，則諸侯不得用玉可知。是《説文》「諸侯璆珌」亦當作「鏐珌」。《書》「梁州厥貢璆鐵銀鏤」，《釋文》云：「璆，韋昭、郭璞云：紫磨金。」案：郭注《爾雅》璆即紫磨金。如陸言，似璆亦是金。然《爾雅・釋器》云：「黄金謂之璗，其美者謂之鏐。」郭注曰：「鏐即紫磨金也。」郭注是「鏐」非「璆」，陸蓋誤引。此詩《釋文》云：「璆，玉也。鏐，黄金之美者。」亦不以璆爲金。諸侯作「鏐珌」爲是。至「大夫鐐琫」，《釋器》云：「白金謂之銀，其美者謂之鐐。」上飾用銀，未有下飾反以金者。大夫當作「鐐琫」。而「鐐珌」與士「琫珌」同物，乃與正義原本合也。

裳裳者華

「芸其黄矣」傳：「芸黄，盛也。」箋云：「華芸然而黄。」正義曰：「此華黄，以黄爲盛，謂艸木之有黄華者也。苕之華紫赤而繁，黄則衰矣，與此不同也。」孔言「華黄」，以下經有「或黄或白」，而黄者以黄爲盛，理本如此，未言芸之所以訓爲黄盛。按：《釋文》：「芸，音云。徐音運。」徐仙民多通古義，「芸音運」則以毛意，不作「芸」字解也。《説文》：「䪨，面色䪨䪨皃。从頁，員聲。讀若隕。」《玉篇》「䪨」字引《説文》曰：「面色䪨䪨也。」「䪨」字注云：「同上。又黄皃。」俱云粉切。頁部「𩑭」字引《説文》曰：「面色顛𩑭皃。」「顛」字注云：「上同。」俱云粉切。合《篇韻》繹之，《説文》「𩑭」字即「顛」字，「顛」與「填」通，即《玉藻》所謂盛氣顛實揚休顛實。而「顛」是面色黄盛之皃。古人言黄盛，其聲若隕。「芸」與「顛」，聲同假借也。

「或黄或白」箋云：「華有黄者，或有白者，興明王之德時有駁而不純。」下箋云：「我得見明王德之駁者，雖無慶譽，猶能免於讒諂之害，守我先人之禄位。」正義曰：「華一時而黄白雜色，以興明王亦一時而善惡不純。非先盛而後衰爲不純也。故言時有駁而不純者，言時有善多而惡少，非善惡半也。若惡與善等，則是闇君，不得爲明王矣。」按：箋以黄白是華之色，而駁是雜色，故假此以喻德之不純。所謂不純者，特在神思之間，不若聖人待人至誠惻怛耳。孔以善惡釋純駁，自交言過是無心，惡是有心。既已爲惡，縱善多惡少，又豈得稱爲明王乎？可謂失詞。

桑扈

「有鶯其羽」傳：「興也。鶯然有文章。」箋云：「桑扈，竊脂鳥也。興者，竊脂飛而往來有文章，人觀視而愛之。喻君臣以禮法威儀升降於朝廷，則天下亦觀視而仰樂之。」如傳、箋，則此詩取興全在一「鶯」字。《爾雅》邢疏以竊脂爲淺白色。如僅淺白而已，何「鶯然」之有？《春秋》

昭十七年《左傳》「九扈」，賈、杜注以桑扈居弟八。而《爾雅・釋鳥》前已有桑鳸，後又以桑鳸居竊玄、竊藍、竊黄、竊丹四者之中。殆以桑鳸兼五色，故《詩》稱「鶯羽」「鶯領」矣。《玉篇》「鶯」字云：「鳥有文。」《廣韻》「鶯」字云：「鳥羽文。」而皆别載「鸎」字爲「黄鳥」。《文選》潘安仁《射雉賦》云「鸎綺翼而赬撾」，徐爰注：「鸎，文章皃。」引《詩》「有鸎其羽」。則鶯又作「鸎」，然其訓皆依毛傳。惟《説文》鳥部「鶯」云：「鳥也。从鳥，榮省聲。《詩》曰：有鶯其羽。」訓「鶯」爲「鳥」，殊不可解。許豈欲以鶯爲黄鳥乎？反覆契勘，乃知今本《説文》作「鳥」者誤也。陸元朗《經典釋文》凡稱「《説文》云者」，泛引《説文》也。其稱「《説文》作某字」者，必《説文》曾引此經與經字别，乃得據以爲説。隹部「雇」字注中「雇」「扈」並見，其云「桑雇竊脂」，未引此詩，惟「鶯」字引「有鶯其羽」。然則《説文》原本當云「鶯，雇也」，故陸云《説文》作「雇」。「鶯，雇也」，與「鶪，雇也」一例，唐初《説文》如此。既《説文》作「鶯，雇也」而得訛爲「鳥」者，《説文》「鳸」是「雇」之籀文，《爾雅》皆作「鳸」。寫《説文》者或从「鳸」作之，云「鶯，鳸也」。歲久字爛，去「户」存「鳥」。校書者不復深思，以「鶯」之訓「鳥」，與「鴇」「鮁」「鷛」「鴞」訓「鳥」正同。不知他字可以訓「鳥」，而「鶯」字不可訓「鳥」，許君斷不孟浪若是也。

「之屏之翰」傳：「翰，幹也。」箋云：「王者之德，外能捍蔽四夷之患難，内能立功立事，爲之楨幹。」正義謂「楨幹皆以築墻爲喻」。按：《易》稱「貞者事之幹」，又曰「幹父之蠱」。而《説卦》「爲乾卦」鄭注云：「乾當爲幹，陽在外能幹正也。」《大雅・文王》篇「維周之楨」傳云：「楨，幹也。」箋云：「則是周家幹事之臣。」彼傳以「楨」爲「幹」，箋又但言「幹事」，則「楨」「幹」一耳。此箋「楨幹」，正用彼傳。但此箋上言立功立事，已有幹事、幹正之義。下復言「爲之楨幹」，則當用本幹之義。《説文》「榦」云：「築墻耑木也。从木，倝聲。」《文選・魏都賦》「本枝別榦」，盧諶《贈劉越石詩》云「稾澤洪幹」，李善注兩引《説文》，皆曰：「榦，本也。」然則榦亦訓本。箋意言立功立事爲之本榦耳。「榦」「幹」同。

《釋詁》：「楨，幹也。」殆專釋《詩》。犍爲舍人注曰：「楨，正也。築墻所立兩木也。幹，所以當墻兩邊障土者也。」如此，則是釋《書・費誓》之「楨幹」。然「楨」即《説文》之「栽」，所謂築墻長版也。「幹」與《説文》略同，「楨」與「幹」截然兩器，豈得以「幹」訓「楨」？舍人之言明失《雅》旨，尤不可引以釋此箋也。

「兕觥其觩」《釋文》云：「觩，本或作『觓』。」《絲衣》「其觓」《釋文》云：「本一作『觩』。」《説文》無「觩」而有「觓」字，注云：「角皃。」引《詩》「兕觵其觓」。雖不知何篇，然以「觓」爲正。《良耜》「有捄其角」箋云：「角皃。」則「觓」之借也。

鴛鴦

「摧之秣之」傳：「摧，莝也。秣，粟也。」箋云：「摧，今莝字也。古者明王所乘之馬繫於廄，無事則委之以莝，有事乃予之穀，言愛國用也。」正義曰：「傳云『摧，莝』，轉古爲今，而其言不明。故辨之云：『此摧乃今之莝字也。』」按：傳、箋有脱誤。正義順文爲解，亦不能詳。《釋文》云：「摧，采卧反，芻也。秣，音末，穀馬也。」此釋經「摧之秣之」也。又云：「芻也，楚俱反。」此釋傳也。又云：「今莝，采卧反。《韓詩》云：『委也。』則委紆僞反，猶食也。」此釋箋也。傳如有「莝」字，陸應先釋，何至箋「莝」字始發注乎？「芻也」二字大書，則是傳文。然則傳言「摧，芻也」。箋解傳訓「摧」爲「芻」之意，以「摧」即「莝」字，故得訓爲芻也。摧爲古文，莝爲今文。《説文》「莝」云：「斬芻也。」即用毛氏古文爲説。《韓詩》訓莝爲委，是《韓詩》經作「莝之秣之」。《韓詩》與《説文》皆今文也。以此言之，傳無「莝」字明矣。既傳訓摧爲芻，則箋不應言「委之以莝」，當言「委之以芻」。以「莝」即「摧」字，「芻」乃「莝」之訓也。陸、孔同時，《釋文》多引别本。此傳不言「芻亦作莝」，則是當時並無訓「摧」爲「莝」之本。而今正義本如此，殆後人亂之。毛傳如調朝、甲狎之類轉古爲今者多矣，孔未嘗譏。此傳如云「摧莝」，則其言甚明，何反以爲不明？尤足見其爲後人竄改，决非出于潁達手也。

頍弁

「蔦與女蘿」傳：「女蘿，菟絲、松蘿也。」正義曰：「《釋艸》云：『唐蒙，女蘿。女蘿，菟絲。』毛意以菟絲爲松蘿，故言松蘿也。陸璣《疏》云：『今菟絲蔓連艸上生，黄赤如金，今合藥菟絲子是也，非松蘿。松蘿自蔓松上生，枝正青，與菟絲殊異事。』或當然。」如孔言，是以毛傳爲誤。按：女蘿施於松上即爲松蘿，所疑者菟絲耳。《楚詞·山鬼》篇「被薜荔兮帶女蘿」，王逸注曰：「女蘿，菟絲也。」又曰：「薜荔、菟絲皆無根，緣物而生。」既云「緣物」，則不僅蔓連艸上，雖竹木亦可，足知非合藥之菟絲。《古詩十九首》「菟絲附女蘿」，注以爲「異物故言附」，非也。詩云：「冉冉孤生竹，結根泰山阿。」竹有根，以喻夫也。「與君爲新昏，菟絲附女蘿。」菟絲、女蘿無根，以喻婦。附者，附于孤生之竹。言絲、蘿，取纏綿之意。一物雙舉，亦猶劉越石詩宣尼、孔丘並言耳。「菟絲生有時，夫婦會有宜。」即專言菟絲，不復及女蘿。是古詩亦以爲一物。但菟絲雖即女蘿，而古詩此句及郭景純《遊仙詩》「緑蘿結高林，女蘿辭松柏」、陸士衡《悲哉行》「女蘿亦有托」，李善注四引此傳，皆云：「女蘿，松蘿也。」並無「菟絲」二字。李所據當是宋齊善本。今正義本「女蘿」下有「菟絲」，乃後人依《爾雅》之文附益之。不知毛傳正不必全依《爾雅》也。此傳當从《選》注所引爲當。

「先集維霰」傳：「霰，暴雪也。」正義曰：「以比幽王漸致暴虐。且初霰者久必暴雪，故言暴雪耳。非謂霰即暴雪也。」正義釋傳，可云委婉。然傳言暴雪，乃對説物之雪而言。《説文》：「霽，凝雨，説物者。」蓋雪如綿絮，如鵝毛，悠揚而下，不疾不徐，故足以説物。《説文》又曰：「雹，雨冰也。」冰則力猛勢大，禾稼竹木遭之皆足爲害。《爾雅》：「雨霓爲霄雪。」霓即霰。郭注曰：「冰雪雜下者。」《説文》曰：「霰，稷雪也。」《釋名》曰：「霰，星也。冰雪相搏如星而散。」許言「稷」，劉言「星」，皆謂冰之碎者。冰與雪雜于物，不能不小有所傷。《大戴禮·曾子》云：「陽之專氣爲霰，陰之專氣爲雹。」雹之與霰，大小之别耳。故傳以爲「暴」也。《釋文》云：「霰，消雪也。」所據傳本不同，其義亦通。然不及訓「暴」爲當，以詩本刺幽王暴戾無親也。夏侯孝若《雪賦》曰：「集洪霰之淅瀝，焕璀磊以纚索。」亦是暴意。

車舝

「間關車之舝兮，思孌季女逝兮」傳：「興也。間關，設舝也。孌，美皃。季女，謂有齊季女也。」箋云：「逝，往也。大夫嫉褒姒之爲惡，故嚴車設其舝，思得孌然美好之少女有齊莊之德者往迎之，配幽王，代褒姒也。既幼而美，又齊莊，庶其當王意。」正義述經曰：「言己欲間關然以設車之舝兮，思得孌然美好齊莊之少女兮。」按：傳以首二句爲興，箋乃直言設舝以迎少女，毛、鄭意别。正義不分，非也。《序》云：「周人思得賢女以配君子，故作是詩。」經中有「季女」，有「碩女」，正當是《序》中「賢女」。而毛以「季女」爲興者，傳意以褒姒雖立，申后猶在，周之臣子不應舍申后而更求他人。《白華》廢黜已久，俾遠俾獨，詩人傷之。此詩次在其前，則是初黜時事，爲大夫者豈反默無一言？特諷刺之章，不欲明斥。《序》達經意，亦以賢女君子爲詞，而其實爲申后作也。既爲申后，則不可以幼少之女言，故以季女爲興，言大夫之家尚設車舝以迎季女，以興王當迎復賢后也。傳意蓋以「碩女」當《序》中「賢女」矣。正義釋傳作「設舝皃」，今汲古閣本「也」字誤，當改正。

「以慰我心」傳：「慰，安也。」《釋文》云：「慰，怨也。於願反。王申爲怨恨之義。《韓詩》作『以愠我心』。愠，恚也。本或作『慰，安也』，是馬融義。馬昭、張融論之詳矣。」正義載王肅云：「新昏，謂褒姒也。大夫不遇賢女，而後徒見褒姒讒巧嫉妒，故其心怨恨。」孔駁之曰：「此詩五章皆思賢女無緣，末句獨見褒姒爲恨。」按：如《釋文》，則「慰安」是馬融之説，六朝舊本皆作「慰怨」。如正義，則以「慰怨」爲非。箋云「我得見女之新昏如是，則以慰除我心之憂也」，似鄭箋《詩》時傳亦作「慰怨」者。如作「慰安」，則箋言「慰安我心」可矣。惟作「慰怨」，故以「慰」爲「除」，謂慰除其怨憂之心也。如是，則亦與「安」義無别。但王解「慰怨」爲「徒見褒姒而恨」，鄭解「慰怨」爲得見賢女而除。以上傳「季女」爲興推之，毛意又殊于王。鄭傳蓋直本申后初配幽王，而言我覯女之新昏，益以恚怨我之心也。《白華》卒章本之，乘石之履，亦同此義。

青蠅

「營營青蠅，止于樊」傳：「營營，往來皃。樊，藩也。」《釋文》云：「營如字。《說文》作『謍』，云：『小聲也。』」陸殆以《說文》「小聲」之訓爲釋《詩》也。按：「楙」字注云：「楙，藩也。从爻，从林。《詩》曰：營營青蠅，止于楙。」字仍作「營」「楙」，訓亦同此傳。然則言部「謍」字引《詩》特謂小聲之字當作「謍」，非謂此《詩》之「營」當作「謍」。《說文》稱用毛氏古文，此其顯而易見者也。樊，《說文》云：「鷭不行也。」經「樊」字當是通借。

「構我二人」箋云：「構，合也。合，猶交亂也。」正義曰：「構者，搆合兩端，令二人彼此相嫌，交更惑亂。與上章義同，故云『猶交亂也』。」按：「構」與「冓」同。《鄘風》「中冓」箋云：「内冓之言，宫中所冓成。」是讀「冓」如「構」。《說文》：「冓，交積材也。象對交之形。」《爾雅》「合」亦訓「對」，故云：「合，猶交亂也。」

賓之初筵

「烝衎列祖」。鄭以將祭而射爲大射，則上章爲射，此章爲祭。毛以爲燕射，則上章與此章皆爲射。此句毛不爲傳，王肅述之，言燕樂之義得，則能進樂其先祖。猶《孝經》説大夫士之行曰：「然後能守其宗廟而保其祭祀。」非惟祭之日然後能保而行之。以此，故言烝衎非實祭也。正義述毛曰：「燕樂之和可使神明降福，子孫耽樂。」又釋「有壬有林」，謂：「有祭祀之大禮，有孝子之人君。」按：上章「以祈爾爵」，此章「酌彼康爵」，經文上下自相呼應。方述射事，何緣忽及燕樂之和可以守宗廟保祭祀而降福子孫？決非毛意。籥舞笙鼓樂既和，奏傳秉籥而舞，與笙鼓相應，此言奏樂以爲射節，如《騶虞》之類。孔子所謂循聲而發是也。「烝衎烈祖，以洽百禮」，此言樂已奏矣。王于是烝遲衎樂于先祖，以和洽百禮，猶《貍首》逸詩言「曾孫侯氏，四正具舉」。彼對其祖而稱曾孫，此謂君稱其祖。禮者燕射之禮，其儀文繁重，百言其多也。「百禮既至，有壬有林」傳：「壬，大。林，君也。」此言百禮無不周至，有會射之大邦，有主射之人君，猶逸詩言「小大莫處，御于君所」。「有壬」舉大以該小，「有林」即君所也。「錫爾純嘏，子孫其湛」傳：「嘏，大也。」此言先祖錫王以大大之樂，則王爲子孫其湛樂矣。猶逸詩言「以燕以射，則燕則譽」。彼燕訓安，安樂一義。「子孫」即逸詩所謂「曾孫」，指君身言，非謂君之子孫也。「其湛曰樂，各奏爾能」六句，正説射事。主人又射酌爵，與上章相應。毛意當然。《射義》「曾孫侯氏」一章，正義曰：「諸侯出于王，故稱曾孫。若曾孫蒯聵之類。」按：「《春秋》哀二年《左傳》衛太子禱曰：『曾孫蒯聵，敢昭告皇祖文王、烈祖康叔、文祖襄公。』彼是臨戰禱勝之詞，口中籲呼先祖。此詩約舉射祝，故亦稱烈祖也。

「其湛曰樂」上言「烝衎烈祖」，《南有嘉魚》箋：「烝，塵也。」久如而遲之也。衎，樂也。天以衎樂遲之，祖以湛樂錫之。所謂樂者，何哉？《考工記》載祭侯之詞曰：「惟若寧侯，無或若女不寧侯不屬于王所，故抗而射女。」鄭注：「屬，猶朝會也。」《白虎通》引《禮祝》曰：「嗟爾不寧侯，爾不朝于王所，以故天下失業，亢而射爾。」《説文》「侯」字注亦引《禮祝》曰：「毋若不寧侯，不朝于王所，故伉而射汝也。」夫天子與天下相期者，六服承弼，萬姓安寧而已。燕射之禮養諸侯而兵不用，故能措天下于磐石之安。幽王飲酒無度，沈湎淫液，樂非所宜。故詩人言此，乃所以爲樂其輔道誘掖之誠，可謂至矣。

「各奏爾能」《釋文》：「能如字。徐奴代反。又奴來反。」按：《禮運》「故聖人耐以天下惟一家」，注云：「耐，古能字。」傳書世異，古字時有存者，則亦有今誤者。《樂記》：「故人不耐無樂，樂不耐無形。形而不爲道，不能無亂。」注云：「耐，古書『能』字也。」後世變之，此獨存焉。古以「能」爲三台字，據此，「能」字古作「耐」，是奴代反，又作三台字。《史記・天官書》云：「魁下兩兩相比者名曰三能。」蘇林曰：「能，音台。」然《文選》潘正叔《贈王元貺詩》「濟治由賢能」，與「材」「臺」協，是「賢能」字奴來反也。《易・屯》彖云：「宜建侯而不寧。」《釋文》云：「鄭讀『而』曰『能』。」蓋本爲「耐」，字誤不安「寸」，直作「而」字。故鄭讀作「能」。《説文》「耏」云：「罪不至髡也。」「耐」云：「或从寸，諸法度字从寸。」「能」云：「熊屬，足似鹿。从肉，㠯聲。能獸堅中，故稱賢能。而彊壯，稱能傑也。」《説文》雖「耐」「能」字別，而「能」與「台」俱从㠯得聲。則「能」「台」聲同，是漢時「能」字猶不同今讀。此詩《釋文》「能」讀如字，非也。當从徐仙民讀如「耐」矣。箋主祭時言，故以奏能爲子孫各酌獻尸，尸酢而卒爵。毛主射言，而此句無傳。「各」字當指賓與室人。正義述毛，此句略焉，疏也。

「舍其坐遷，屢舞僊僊」傳：「遷，徙。屢，數也。僊僊然。」正義曰：「僊僊，舞皃也。傳直云『僊僊』者，是皃狀之詞。下『傲傲』『傞傞』俱是皃狀，亦宜然矣。」按：傳于下「傲傲」始云「舞不能自正」。「傞傞」云「不止」。此傳不釋「舞」字，但言「僊僊然」，疑毛讀經「舞」字非樂舞之舞。古者「布武」「接武」，字亦作「舞」。文承「坐遷」之下，「僊僊」二字恐仍是釋「遷」。不然，何于下傳始言「舞」乎？《釋名》云：「仙，遷也。遷入山也。」「僊」與「仙」同。

「俾出童羖」傳：「羖，羊不童也。」箋云：「羖羊之性，牝牡有角。」正義傳、箋俱無釋。按：《爾雅》「夏羊」，牡羭、牝羖。《說文》同。孫刻本「羭」「羖」俱爲「牡」。是夏羊牝者名羖。傳言「羖羊不童」，是以羊之牝者言。箋以羖羊之名不專于牝，故云：「羖羊之性，牝牡有角。」是牝、牡皆名爲羖也。傳、箋不同，似當別白。

皇清經解卷一千三百四十五終

靈川秦培璠舊校

南海桂文熾鄒伯奇新校

毛詩紬義　卷十六

嘉應李庶常黼平著

魚藻之什

魚藻

「有頒其首」傳：「頒，大首皃。」正義曰：《釋詁》云：『墳，大也。』頒與墳字雖異，音義同。」按：《説文》「頒，大頭也」引此詩正作「頒」字。《書·盤庚》篇「用宏兹賁」，孔安國傳云：「宏、賁皆大也。」正義曰：「宏、賁皆大，《釋詁》文。樊光曰：『《周禮》云：其聲大而宏，《詩》云：有賁其首。是宏、賁皆大之義也。』」孔不言賁與《釋詁》字異，則「賁」即「墳」字。樊亦後漢時人，而引《詩》如此，「墳」與「頒」非特音義同，字並通矣。《説文》「頒」訓「大頭」外，一曰「鬢也」。而宀部「寡」字下云：「少也。从宀，从頒。頒，分賦也，故爲少。」則與斑、班同，故徐音布還切。然許言「从頁分聲」，不如《釋文》「符云反」爲得矣。《廣韻》作「朌」，云：「大首皃。」音汾。

「豈樂飲酒」箋云：「豈亦樂也。天下平安，萬物得其性，武王何所處乎？處於鎬京，樂八音之樂，與群臣飲酒而已。」《序》下《釋文》云：「樂，音洛。篇内唯注『八音之樂』一字音岳，餘並同。」如陸，則經中「樂」字亦音洛。正義述經曰：「在于鎬京，樂此八音之樂。」如正義，則經中「豈」字訓「樂」，音洛。「樂」字音岳。箋以「八音之樂」釋經中「樂」字，而上云「豈亦樂也」，則「豈」訓「樂」音岳。《説文》云：「豈，還師振旅樂也。」故鄭依而用之。陸、孔皆失箋意。《白虎通》曰：「王者食，所以有樂。何樂？食天下之太平富積之饒也。明天子至尊，非功不食，非德不飽。故傳曰：天子之食時舉樂。王者所以日食者何？明有四方之物，食四時之功也。四方不平，四時不順，有徹樂之法焉。所以明至尊，著法戒也。」據此，知天下平安，萬物得所，然後可作樂飲酒。今幽王方有危亡之禍，法宜徹樂。而亦豈樂飲酒，詩人所以刺矣。

采菽

「采菽采菽」傳：「興也。菽所以芼太牢而待君子也。羊則苦，豕則薇。」箋云：「菽，大豆也。采之者，采其葉以爲藿。三牲牛、羊、豕芼以藿。王饗賓客，有牛俎，乃用鉶羹。故使采之。」正義釋傳曰：「舉牛之芼，則羊、豕之苦、薇从之可知，故云：太牢以總之。」又釋箋曰：「言三牲牛、羊、豕者，解傳言太牢之意。明舉菽以見三牲，牛不獨爲太牢也。」按：傳分别羊、豕，明以太牢爲牛。蓋少牢羊、豕，加牛而爲太牢，是太牢之名本以牛定。古「大」「太」一字。《說文》云：「牛，大牲也。」又曰：「牛爲大物。」然則爲物大故曰太牢。《東都賦》云「嘉珍御太牢饗」，李善注引《大戴禮》曰：「牛曰太牢。」是古亦有名牛爲太牢者。唐人稱牛奇章爲太牢公，本《大戴》及此傳也。傳不明言牛，箋言牛、羊、豕，又言「牛俎」，正釋傳「太牢」二字。正義說誤。

傳無「三牲」字，箋忽云「三牲」，疑傳原本云「菽所以芼三牲」。既三牲通以菽芼，復云「羊苦豕薇」者，蓋謂尋常燕禮用羊、豕，則以苦、薇也。箋云「三牲牛羊豕芼以藿」，申明傳「芼三牲」之意。其所以通用藿者，以王饗則有牛俎，以其汁爲鉶羹，故通用藿芼之。《公食大夫禮》云：「鉶芼、牛藿、羊苦、豕薇。」《說文》「芐」字引《禮記》曰：「鈃毛、牛藿、羊芐、豕薇。」彼是諸侯禮，此是天子饗禮，或當有異，故三牲皆以藿。正義載定本箋「三牲」下無「牛羊豕」字，則是直云「三牲芼以藿」，其文更明。如此讀傳、箋較爲直快，似亦可備一說也。

「觱沸檻泉」傳：「觱沸，泉出皃。檻，泉正出也。」正義引《爾雅·釋水》亦作「檻泉」，不云字異。《釋文》云：「檻，銜覽反。徐下斬反。」引《爾雅》亦作「檻泉」。《爾雅》釋文經作「濫」而音胡覽反，仍是檻音。是唐時《爾雅》「檻」「濫」二本並行，而音皆从「檻」也。《廣韻》「濫泉」，胡黤切，與「檻」同在上聲。「汎濫」，盧瞰切，在去聲。一字而音義迥别。《説文》引此詩作「濫」，徐音盧瞰切。緣《説文》濫有三義：一汎也，一濡上及下也，一清也。雖引此詩而無「正出，涌出」之訓，故从去聲音之。《玉篇》「濫」作「灠」，云：「涌泉也。」而音盧瞰切。則非矣。當依《釋文》《廣韻》。

「言采其芹」箋云：「芹，菜也。可以爲菹，亦所用待君子也。我使采其水中芹者，尚潔清也。《周禮》：芹菹鴈醢。」按：《説文》「芹」云：「楚葵也。从艸，斤聲。」徐音巨巾切。「菦」云：「菜，類蒿。从艸，近聲。《周禮》有菦菹。」徐音巨巾切。《天官·醢人職》云「芹菹兔醢」，徐仙民音謹。是《周禮》本有作「菦」讀者。《釋艸》云：「芹，楚葵。」郭注云：「今水中芹菜。」邢疏引《本艸》别本注云：「芹有兩種：荻芹取根，白色。赤芹取莖葉。並堪作菹及生菜。」《玉篇》「菦」云：「蔞蒿也。」然則「菦」即荻芹，故許叔重以爲菜，類蒿。此箋引《周禮》作「芹」，未知箋意定指何種。然俱生水中，俱可作菹，則「菦」「芹」原通耳。

「紼纚維之」傳：「紼，繂也。纚，緌也。明王能維持諸侯也。」箋云：「舟人以紼繫其緌以制行之，猶諸侯之治民御之以禮法。」正義釋傳曰：「紼訓爲繂，繂是大緪。縭訓爲緌，緌又爲繫。正謂舟之止息，以緪繫而維持之。」釋箋曰：「舟人以紼繫舟而制行之，喻人亦得禮法而行，不以舟止爲喻。」按：孔以「綍」爲「繫」，傳意或然，箋即未必然矣。箋言「以紼繫其綍」，則「綍」亦是繩索之類。《韓詩》「縭」訓「筰」。《説文》「筊」云：「竹索也。」「筰」云：「筊也。」《玉篇》「綍」云：「索也。」梁簡文樂府云「芙蓉作船絲作綍」，「綍」與「筰」一也。以《韓詩》訓「縭」爲「筰」例之，則「綍」不爲「繫」。《説文》「綍」云：「繫冠纓也。」在冠爲繫冠之繩，則在舟爲繫舟之繩，即纜也。箋蓋言舟人以大組繫續其舟上之纜，在岸上牽制以行之，不至汎汎然而無所定也。縭，《爾雅》作「縭」。

角弓

「騂騂角弓，翩其反矣」傳：「騂騂，調和也。不善紲檠巧用則翩然而反。」正義曰：「檠者，藏弓定體之器，謂未成弓時納于檠中。此弓已調和，而言檠者，蓋用訖内于竹閉之中，恐損其體，亦謂之檠。紲即緄縢也。傳言『巧用』，明是既已成弓，非未定體也。故知檠義爲然。」按：孔以「紲」即「緄縢」，非傳意。《秦風·小戎》「竹閉緄縢」傳云：「閉，紲。緄，繩。縢，約也。」是「紲」乃竹閉，「緄」是繩。謂以「繩」約此「紲」也。《周禮·弓人》注云：「紲，韣也。」《儀禮·既夕》注云：「柲，弓檠也。弛則縛之于弓裏，備損傷也。以竹爲之。」《弓人》注引《詩》作「竹韣」，《既夕》注引《詩》作「竹柲」。又言「柲，古文爲柴。」「韣」「柲」「柴」「閉」四字音義實通。《説文》「榜」云：「所以輔弓弩。」「檄」云：「榜也。」如鄭《禮》注，則「紲」「檠」皆「竹閉」之別名。

如《説文》，則「檠」又輔正弓弩之名。此傳言「紲檠巧用」，謂「紲」以「檠」之巧而用之耳。《釋文》云：「紲，弓鞑也。檠，音景，弓匣也。」以「紲」「檠」爲二器，亦誤。

《弓人》六材：幹、角、筋、膠、絲、漆也。幹爲弓表，角爲弓裏，皆弓之體也。筋、膠、絲、漆，所以成弓之用也。幹有柘、檍、桑、橘、木瓜、荆竹，無一定之名。餘五材之中，用角爲多，故名角弓。傳言「調和」，謂用角調和，正釋經中「騂」字。騂本从羊、从牛、从角。《説文》「觲」云「用角低仰使也」，引此詩「觲觲角弓」。許氏稱用毛氏古文，「低仰」便正與調和義合。「用角」二字，妙與傳義申成。正義謂「騂騂爲角弓之狀，謂弓有用角之處，不得即名角弓。蓋别有角弓，如北狄所用。」非也。《説文》「弲」云：「角弓也，洛陽名弩曰弲。」此自弩之别名，訓以角弓，亦謂用角多耳。又云：「觹，角觹，獸也。狀似豕，角善爲弓，出胡休多國。」此乃真北狄之角弓，而不可以釋此詩。

「老馬反爲駒」傳：「已老矣，而孩童慢之。」正義釋傳，引《説文》、引《内則》皆作「咳」。《釋文》云：「孩，本作『咳』。」是孔經本作「咳」，校書者誤改之也。「孩」爲「咳」之古文。毛詩本古文，从「孩」自當。然必改作「咳」，乃合正義原本。

「如食宜饇」傳：「饇，飽也。」箋云：「王如食老者，則宜令之飽饇。」《釋文》：「於據反。

徐又於具反。」《説文》食部無「饇」字。勹部「匓」字云：「飽也。从勹，𣪘聲。祭祀曰：厭匓。」徐音已又切，又乙庶切，即此「饇」字。故于食部不更收。今世「饜飫」字作「食」旁「夭」，誤也。當作「饇」，或作「匓」。幽王不親九族，骨肉相怨，縱能設族食、族燕之禮，不依法度，族中老人亦有不得飽者。傳意蓋言此等老人如有食即宜飽，如有酌即孔取。極言老人之性情，非謂王賜之食，王飲之酒也。知者，上傳言「孩童慢之」，當亦父兄所親見，固無望于王能食之而酌之矣。傳、箋不同，正義合述，似誤。

「毋教猱升木」箋云：「毋，禁詞。」又云：「以喻人之心皆有仁義，教之則進。」孫毓難之云：「若喻人心皆有仁義，教之則進，何爲禁之而云毋乎？」正義釋箋，謂「此章先言人心易教，王不教之。下章乃言其樂善，故言毋爲禁止之意。言小人之易教，故反詞以體之，非禁王不聽教小人。」述經云：「如人之禁彼云：無得教猱之升木。」已言「非禁王」，又言「如人之禁彼」，申鄭不明。按：此章「毋」字與上章「不顧其後」同，皆指王身而言。上章言馬老矣而反視爲駒，如人老矣而反慢爲孩童，王自不顧其後日年老亦如是耳。其實老人之性情，如有食則宜饇，如有酌則孔取，何可慢視乎？此章言王自爲禁止毋教猱升木，遂謂其未必升耳。王自不以塗塗附遂，謂其未必著耳。其實猱善升、塗善著，如人有仁義，教之則進。故君子有美道，小人即樂與之連屬也。經意、箋意如此，非詩人禁王，亦非人之禁彼也。

「雨雪瀌瀌，見晛曰消」。按：下傳云：「浮浮，猶瀌瀌也。」則瀌瀌不應無傳。《釋文》云：「瀌，雪盛皃。」此三字是傳文誤奪，當補入。箋云：「喻小人雖多，王若欲興善政，則天下聞之莫不曰：小人今誅滅矣。」張平子《四愁詩序》曰：「屈原以美人爲君子，以珍寶爲仁義，以水深雪雰爲小人。」自屈原以來，詩義如此。箋以雪消喻小人之誅滅，非無本也。傳以「晛」爲「日氣」，箋以「晛」爲「日將出其氣始見，人則皆稱曰雪今消釋矣。」《韓詩》、劉向俱作「聿消」，毛作傳時經當是「聿」字。聿，遂也。言雪見日氣而遂消也。箋作「曰消」，云「雪今消釋」，則是未消之詞，以日將出之氣不能消甚盛之雪也。傳、箋各別，未可强同。

「莫肯下遺」二句，毛不爲傳。《釋文》云：「遺，王申毛如字。婁，王力住反，數也。」正義用以述傳曰：「必須教之者，以此小人皆爲惡行，莫肯自卑下，而遺去其惡心者。用此之故，其與人居處，數爲驕慢之行。」按：《說文》新附「屢」字，徐鼎臣以爲後人所加。婁即屢也。《賓之初筵》「屢舞僊僊」，毛訓「屢」爲「數」，故王子雍用之。《邶·北門》「政事一埤遺我」傳云：「遺，加也。」亦可用以述傳。此經下字當指王說，言王莫肯下加以啓教，故小人數爲驕慢也。傳意當然。

「式居婁驕」箋云：「婁，斂也。」正義曰：「《釋詁》云：『婁、斂，聚也。』俱訓爲聚，則義得通。故云：『婁，斂也。』」按：《釋詁》云：「鳩、摟，聚也。」《釋文》云：「摟，从手，本或作『樓』，非。」此詩《釋文》又引作「樓」，正義則引作「婁」，不言與《詩》字別，則爾雅本有作「婁」者。

是婁、摟、樓三字並通。《説文》「婁」本訓空，空故能斂聚。《史記・天官書》云：「婁爲聚衆。」張守節曰：「婁三星爲苑，牧養犧牲以供祭祀，亦曰聚衆。占動摇則衆兵聚金火守之，兵起也。」而《律書》云：「北至于婁。婁者，呼萬物且内之也。」内即斂納，是婁自有聚斂之義，不煩通借。摟、樓，箋當據《史記》爲説，未必一依《爾雅》矣。

「如蠻如髦」傳：「蠻，南蠻也。髦，夷髦也。」箋云：「髦，西夷别名。」正義引《牧誓》曰：「彼髳此髦，音義同也。」按：《説文》：「鬏，髮至眉也。」「髳」云：「鬏或省。漢令有髳長。」是「髳」即「鬏」之或體。《鄘・柏舟》「髧彼兩髦」、《内則》「總髦」俱作「髦」，是字通之証。《釋文》云：「髦，舊音毛。尋毛、鄭之意，當與《尚書》同音莫侯反。」然徐鼎臣以《切韻》音《説文》「鬏」字，只作亡牢切。舊音爲當。詩人言小人無良，王若不啓教，則將日肆其驕慢，勢必行若蠻髦。我是用大憂之。不數年而驪山禍作，豐鎬之際，遍地皆戎，平王避亂東遷，棄爲秦有。自幽王十一年庚午下至漢高帝元年乙未入關，淪爲夷狄者五百六十有五年。詩人之言，蓋早有以知其禍變之極矣。

菀柳

「上帝甚蹈」傳：「蹈，動。」箋云：「蹈，讀曰悼。」正義曰：「蹈者，踐履之名，可以蹈善亦可以蹈惡，故爲動。言王必無恒數，變動也。」按：《鼓鐘》「憂心如妯」傳：「妯，動也。」箋云：「妯之言悼也。古者从由之，字亦作舀。」《鄭・清人》「左旋右抽」，《説文》引作「搯」。是由、舀一聲。此蹈从足从舀，則聲與妯同，故傳亦訓動。動即慟也。《檜·羔裘》「中心是悼」傳：「悼，動也。」箋云：「悼，猶哀傷也。」箋以傳訓悼爲動，而妯蹈亦皆訓動，是毛讀妯、蹈爲悼傷之悼，故申傳曰「妯之言悼」。蹈，讀曰悼。是毛義與鄭一也。正義用王肅、孫毓之説述毛，恐非毛旨。「曷予靖之」傳：「曷，害。」正義曰：「傳雖曷爲害，亦訓爲何，故『害澣害否』皆爲何也。」按：傳如果爲何，則曰「曷，何也」可矣，何爲又轉爲「害」？傳意蓋讀「曷」爲「害」，言王有禍害，使我謀之也。《周南》「害澣害否」，傳、正義無釋，用鄭述毛。此云「皆爲何」，亦是鄭義。《葛覃》傳「曷，何也」三字乃是誤本，亦未嘗訓「害」爲「何」也。

都人士

「彼都人士」箋云：「古明王時都人之有士行者。」正義曰：「士者，男子行成之大稱。《叙》言『則民一德』，是所陳者人也。人而言士，故知都人之有士行者，非爵爲士也。」按：《叙》言：「古者長民，衣服不貳，從容有常，以齊其民。則民德歸壹。」此「人士」當據「長民」者言。襄十四年《左傳》引「行歸于周，萬民所望」以贊子囊。子囊，楚令尹，正民所望矣。《論語》子貢問：「何如斯可謂之士矣？」子曰：「行己有恥，使于四方，不辱君命，可謂士矣。」又問：「今之從政者何如？」子曰：「斗筲之人，何足算也。」曰「使四方」，曰「從政」，則士之稱上兼大夫。箋言人有士行，亦謂長民者。正義泥箋此言，以爲庶人，誤也。下三章士與女對，可如孔説。此章士與民對，經文本自不同，知箋必不以士爲庶人。「狐裘黃黃」，《序》所謂「衣服」。「不貳」「從容」，有常也。「萬民所望」，統下三章「士」「女」，《序》所謂「民德歸壹」也。

「綢直如髮」傳：「密直如髮也。」箋云：「其情性密緻，操行正直，如髮之本末無隆殺也。」正義曰：「傳變綢言密，則以綢爲密也。綢者，綢緻之言，故爲密也。」按：《說文》「綢」云：「繆也。」「絫」云：「麻一耑也。」「繆」云：「枲之十絫也。一曰綢繆。」是「綢」但有綢繆之訓。《說文》又云：「周，密也。」此傳蓋讀「綢」爲「周」，故云「密直」。綢、周聲近假借耳。孔謂以綢爲密，誤。綢當音職流反。《釋文》「直留反」，仍從「綢」字音之，亦誤。此士女俱言民德歸壹。士舉「笠撮」，即外以徵内。女言「綢直」，即内以見外。互相足也。傳意「密直」俱主心言，箋以密爲情性，直爲操行。傳、箋不同，亦當別述。

「謂之尹吉」傳：「尹，正也。」箋云：「吉，讀爲姞。尹氏、姞氏，周室昏姻之舊姓也。人見都人之家女，咸謂之尹氏、姞氏之女，言有禮法。」正義引《詩》爲「韓姞相攸」，引左氏《傳》「姬姞耦」，而于尹氏但言「世爲公卿」，明與周室爲昏姻，不詳尹氏所自始。按：《晉語》「文王諏于蔡原而訪于辛尹」，韋昭注：「辛，辛甲。尹，尹佚。皆周太史。」則尹氏爲史佚之後，自文王時有之矣。然尹是氏非姓。《十月之交》正義言「《節》刺師尹不平，亂靡有定。此篇譏皇父擅恣，日月告凶。」專國家之權，任天下之責，不得並時而有二人。其意依鄭以皇父七子爲厲王時人，《大雅・常武》經「太師皇父」下云「王謂尹氏」，嘗疑宣王命皇父爲大將，即命皇父自擇司馬。彼經「尹氏」，當即爲皇父之氏。但毛、鄭所不言，未敢臆斷。而《汲郡紀年》云：「幽王元年，王錫太師尹氏皇父命。五年，皇父作都于向。」實以尹氏、皇父爲一人。是幽王時《節南山》之「尹氏」，即《十月之交》之「皇父」也。如毛義，皇父爲褒姒親黨，則是姒姓爲文王后妃太姒之族。如鄭義，爲厲王后親黨，則申國姜姓，正義以豔妻爲剡姓，箋無是説。爲后稷母姜嫄、大王太姜、武王邑姜之族。故以爲皆周室昏姻舊姓。説《十月之交》者，近儒多從毛義。則尹氏姒姓爲確。鄭樵《通志》以尹氏爲少昊後者，誤也。此箋雖易傳，而尹本訓正。《左傳》云：「姞，吉人也。」姞，亦訓吉。仍與傳義申成。

「垂帶而厲」傳：「厲，帶之垂者。」箋云：「而，亦如也。而厲，如鞶厲也。鞶必垂厲以爲飾，厲，字當作『裂』。」正義釋傳曰：「毛以言『垂帶而厲』爲絶句之詞，則厲是垂帶之皃，故以厲爲帶之垂者。」按：凡言「帶」俱指下垂者言，非謂束腰者。故《玉藻》云「肆束及帶」，言約結之餘齊于帶也。《爾雅》云「繇帶以上爲厲」，言水深及于帶之垂處也。《説文》云「帶象佩巾之形」，亦指言其下垂者。傳以帶既是下垂之名，而經復言「垂帶」，則是帶末有物垂之同于厲矣。箋達傳意，故以鞶囊垂下名裂者釋之，言帶末所垂之飾如鞶之有裂。鄭以毛亦讀「厲」爲「裂」也。古者「如」「而」字通，「厲」「列」聲同。孔以「厲」爲垂皃，非傳意。

采緑

「終朝采緑」箋云：「緑，王芻也。易得之菜也。」《釋文》：「芻，楚俱反，艸也。」是箋文乃「草」字。今汲古閣本作「菜」誤，當改正。

「五日爲期」傳：「婦人五日一御。」箋云：「婦人過于時乃怨曠。五日、六日者，五月之日、六月之日也。期至五月而歸，今六月猶不至，是以憂思。」按：首章行役逾時，望君子之歸也。次章追憶初别情事，遇進御之期而遲君子不至也。三章、四章又追憶君子在家時，狩則我韔其弓，釣則我綸之繩，且得見魚之多，有倡隨之樂也。此傳「五日一御」，正釋經中「期」字。五日、六日皆是實情實事。箋以經「爲期」是君子與之期歸，不應近在五日，故易傳。則此章亦是逾期怨曠之詞。孔、晁謂毛以六日不至爲過期之意，非止六日。正義謂毛以常時以五日爲御之期而望之至，六日而不至尚以爲恨，况今日月長遠，能無思乎？皆以期爲歸期，故述毛迂曲。而不知此章爲追叙初别，正應言五日、六日乃爲得其實也。

「言綸之繩」箋云：「綸，釣繳也。」又云：「其往釣與，我當從之，爲之繩繳。」正義曰：「《釋言》云：『緡，綸也。』則綸是繩名。弋是繫繩于矢而射，謂之繳射。則釣繳者，謂繫繩于釣竿也。經云『言綸之繩』，謂與之作繩。此猶今人接綎謂之繩綎也。《説文》云：『繳，生絲縷也。』則釣與弋，其繩皆生絲爲之。」按：《説文》「綸」云：「青絲綬也。」徐音古還切。「緡」云：

「釣魚繁也。从糸，昏聲。吴人解衣相被謂之緡。」「繁」云：「生絲縷也。」是綸與緡字别。而《爾雅・釋言》云：「緡，綸也。」則二字通。鄭因以綸爲緡，而以釣繁釋之。《説文》「繩」云：「索也。」凡釣用絲而不用索，此經言「繩」，箋云「爲之繩繁」，非繩索之繩也。《禮記・深衣》云：「繩取其直。」《玉篇》云：「繩，直也。」此繩當訓直，言君子如釣，則我當爲之申直其繁。「綸」與上句「弓」字對，「繩」與上句「韔」字對。經不言其「繩」而言「綸之繩」，言我則爲其釣綸之是直也。正義謂「與之作繩」，釋箋殊欠分曉。

黍苗

「蓋云歸哉」箋云：「蓋，猶皆也。」又云：「其所爲南行之事既成，召伯則皆告之云：可歸哉。」正義曰：「蓋者，疑詞，亦爲發端。」又曰：「此詩人指事而述，非有可疑。事在末句，不爲發端。而其上歷陳四事，故爲皆也。」未釋「蓋」之何以爲「皆」。按：蓋，去入兩讀。《禮記・檀弓》曰：「子蓋言子之志于君乎。」《釋文》「蓋」依註音「盍」，户臘反，何不也。是「蓋」與「盍」通。《爾雅》：「盍，合也。」《説文》「合」云：「合口也。」「皆」云：「俱詞也。」合口、俱詞，其義則一，故曰「猶皆」。而蓋古太切，皆古諧切。古者四聲未分，音同義亦得通也。

「我徒我御，我師我旅」傳：「徒行者，御車者，師者，旅者。」箋云：「召伯營謝邑，以兵衆行。其士卒有步行者，有御兵車者。五百人爲旅，五旅爲師。」《春秋傳》曰：「諸侯之制，君行師從，卿行旅從。」正義曰：「旅屬于師，徒行御車還，是師旅之人。而經別之，以其所司各異，故亦歷言以類上章也。」按：箋言「以兵衆行」，則徒行是步卒，御車爲甲士。徒、御即師旅之人，而旅即屬于師，誠如孔説。而傳劃分四者，其意不得與鄭同。傳不言兵車、徒御，當爲召伯隨行之人。僕從則徒行，官屬則御車，不在師旅之數。《崧高》云：「王命傅御，遷其私人。」傳云：「御，治事之官也。」箋云：「傅御者，貳正治事，謂冢宰也。」是當日同行尚有冢宰。召穆公以上公爲二伯，主九州諸侯之半，自當依諸侯之制，行則師從。冢宰雖天子之卿，下于二伯，自依卿制，行則旅從。此經所以言「我師」，復言「我旅」，旅不屬于師也。傳意當然。

「肅肅謝功」傳：「謝，邑也。」《序》言「卿士不能修召伯之職」，觀經此句而知之也。召穆公在宣王時事業多矣，獨舉營謝之事者，是時宜臼奔申。《鄭語》曰：「王欲殺太子以成伯服，必求之申。申人弗畀，必伐之。」《紀年》：「幽王十年，王師伐申。」此詩蓋爲伐申之役，師旅困苦，還歸無期，詩人不欲顯諫，托召伯營謝以微諷之。《序》所言「卿士」，即皇父也。若曰：召伯爲卿士則爲謝平其水土，皇父爲卿士則爲謝謀其國都。刺皇父正以刺幽王也。申侯之先曾爲卿士，南邦是式，諸侯屬焉。《采菽》《菀柳》之作，刺王之無信而甚蹈。蓋諸侯稍稍畔矣，爲幽王者正當善撫申侯以勸來者，乃反興師伐之，甚非宣王推恩申伯意也。卒章云：「召伯有成，王心則寧。」幽王安心伐申，此其所以卒致驪山之禍也。夫申伯宣王時遷國于謝，故此經言謝，傳亦止言謝邑，不復表申焉。

隰桑

「隰桑有阿，其葉有難」傳：「阿然，美皃。難然，盛皃。有以利人也。」箋云：「隰中之桑，枝條阿阿然長美，其葉又茂盛可以庇蔭人。」正義釋傳曰：「阿那，是枝葉條垂之狀，故爲美皃。」釋箋曰：「以『有阿』之下别言其葉，則阿非葉狀，故枝條長美。」按：傳不言「阿」爲「阿那」，亦未言「阿」是「枝葉條垂」，孔自誤釋傳意耳。傳言「阿然美皃」，統指桑身。以經上三章首句俱言「有阿」然後言「葉」也。箋言「枝條長美」，正申傳意。言「葉又茂盛可以庇蔭人」，亦與傳「利人」不殊。未可强爲區别。

「心乎愛矣，遐不謂矣，中心藏之，何日忘之」箋：「遐，遠。謂，勤。藏，善也。我心愛此君子，君子雖遠在野，豈能不勤思之乎？宜勤思之也。我心善此君子，又誠不能忘也。孔子曰：『愛之能勿勞乎？忠焉能勿誨乎？』」按：《禮記·表記》引此詩，鄭注云：「謂，猶告也。」此箋訓「謂」爲「勤」，因《序》言「思見君子，盡心以事之」，故隨文易訓。曰「勤思」，即思見也。曰「誠不能忘」，即盡心也。引《論語》「愛之」句申明「勤思」，「忠焉」句申明「誠不能忘」。正義曰：「引《論語》者，彼以中心善之不能無誨，此則中心善之故心不能忘，其義略同，故引以爲驗。」似鄭引《論語》專以釋「中心」二句者，誤也。藏，當作「臧」。陸氏《釋文》經正作「臧之」，故箋訓爲善。正義不辨藏、臧字别，知正義本亦作「臧」。後之校書者依俗本改之也。

白華

《序》箋云：「褒姒，褒人所入之女，姒其字也。」正義曰：「褒，國。姒，姓。言姒其字者，婦人因姓爲字也。」按：褒姒，褒人所入，因冒褒國之姓。實則龍漦所生，並無氏姓，故箋以爲字也。古婦人以字傳者多矣，《説文》「娥」云：「帝堯之女，舜妻。娥皇，字也。」「嫄」云：「台國之女，周棄母字也。」餘「嬿」「妸」「嬃」「婕」「嬩」「嫈」「嫽」「婡」「婤」「姶」「改」「姓」「㚤」，皆云「女字」。而「改」，〔一〕《玉篇》作「妀」。「改」云：「紂妻也。」「妀」「改」爲字，褒姒亦爲字可知。娥皇姬姓，姜嫄姜姓，曷嘗因姓爲字乎？正義説誤。

「滮池北流」傳：「滮，流皃。」箋云：「池水之澤，浸潤稻田，使之生殖。喻王無恩意于申后，滮池之不如也。豐、鎬之間水北流。」正義曰：「此池在豐水之左右，其池污下。引豐以灌溉，故言浸彼稻田也。池水當得停，而亦言北流者，以池上引豐水亦北流，浸灌既訖，而決而入豐，亦爲北流。」按：傳不釋「池」字，箋雖言「池水之澤」，未言「污下之池」。覿下復云「豐、鎬之

〔一〕「改」，原作「改」，據箸花庵本改。

間水北流」，其意亦統指諸水耳。《上林賦》云：「終始灞、滻，出入涇、渭。酆鎬潦潏，紆餘委蛇。經營乎其内，蕩蕩乎八川。分流相背而異態。」李注引潘岳《關中記》曰：「涇渭灞滻酆鎬潦潏凡八川。」諸水惟涇在渭北，餘俱北流入渭，俱可灌田，不必定引豐水也。《水經》：「渭水又東北與鎬水合。」酈注云：「水上承鎬池於昆明池北。」又云：「鎬水又北流，西北注與滮池合。水出鎬池西，而北流入于鎬。《毛詩》云『滮流皃也』，而世傳以爲水名矣。鄭玄曰：豐、鎬之間水北流也。」滮池，後人附會，酈言信然。鎬池之名見《史記·秦始皇本紀》，當是周時水名。酈亦不引以證此詩，則知所謂滮池者非池矣。此詩與《無羊》《皇矣》《召旻》之「池」，毛皆無傳。《陳風》「東門之池」傳云：「池，城池也。」《召南》「江有沱」傳云：「沱，江之别者。」此滮池已非城池，則毛意與沱同，故不復發傳。《説文》「沱」字，徐鼎臣注云：「沱沼之沱通用此字，今别作『池』，非是。」此説誤也。隸書之興先于二篆。「沱」「池」作篆是一，隸體各殊。《説文》大字用小篆，注文用隸。「滇」字云：「益州池名。」「浄」字云：「魯北城門池也。」「海」字云：「天池也。」「汪」字云：「一曰汪池也。」「洼」字云：「深池也。」「潢」字云：「積水池。」「沼」字云：「池沼。」「污」字云：「一曰小池爲污。」以上皆从水、从也。「浸」字云：「水出魏郡武安東北，入呼沱水。」「滋」字云：「一曰滋水，出牛飲山白陘谷，東入呼沱。」以上皆从水从它。「滮」字云：「水流皃，从水彪省聲。《詩》曰：滮沱北流。」引《詩》正作「沱」字。然則凡水決出別流者皆得爲沱。《漢志》扶風鄠縣下云：「古國有扈谷亭。扈，夏啓所伐。酆水出東南，又有潏水，皆北過上林苑入渭。」《上林賦》注云：「潏水出杜陵，今名泬水。自南山黄子陂西北流，經至昆明池入渭。」《水經》：「渭水又東北徑渭城南，而泬水注之。」又云：「渭水又東與泬水枝津合。」枝津即決出別流也。酈注曰：「泬水又北流注渭。亦謂是水爲潏水也。故呂忱曰：『潏水出杜陵縣。』《漢書音義》曰：『潏，水聲。』而非水也。亦曰高都水。前漢之末，五侯王氏大治池沼，引它水入長安城。」如酈注，則泬水別流，又有它水之目。蓋即此經之池矣。

「卬烘于煁」傳：「卬，我。烘，燎也。煁，烓竈也。桑薪，宜以養人者也。」箋云：「人之樵取彼桑薪，宜以炊饔饎之爨，以養食人。桑薪，薪之善者也。我反以燎于烓竈，用炤事物而已。」按：傳先釋「卬烘」句，次釋上句傳意。謂人取桑薪宜燎于烓竈以養人，喻王取申后宜主中饋以母養天下。今反廢黜之也。箋以桑薪不用于饔饎之爨，而用以烓竈，喻由后失所。易傳也。正義謂爲申傳，合而述之，誤矣。《釋文》：「烘，《說文》巨凶、甘凶二反。」此《說文》舊音也。今徐氏音《說文》「烘」，呼東切。依《釋文》則爲《廣韻》三鍾字，依今本《說文》則爲一東字。舊音爲是，《說文》「烘」本从「共」聲。

「有扁斯石」傳：「扁扁，乘石皃。王乘車履石。」正義曰：「上車履石之皃扁扁然也。」《釋文》：「扁，邊顯反，又必淺反。」按：如傳，則當音芳連切也。

綿蠻

「止於丘阿」傳：「丘阿，曲阿也。鳥止於阿，人止於仁。」正義辨丘阿一物，是也。又引《卷阿》以證，則微誤。彼是「大陵曰阿」，乃阿之卷然者。此則丘之曲而阿也。毛惟釋此二句，「道之云遠」以下皆無傳。正義以箋士爲末介从大夫而行述之。按：《序》云：「大臣不用仁心，遺忘微賤，不肯飲食教載之。」傳意當言：鳥則止托于丘阿，人則止托于仁人。今仁人在遠，不得依托，我心之勞，當可如何？大臣無仁心，豈復望其飲食教載我乎？如此述傳，較與《序》合。

「命彼後車」箋云：「後車，倅車也。」正義曰：「《夏官》：『戎僕掌倅車之政，道僕掌貳車之政，田僕掌左車之政。』是朝祀之副曰貳，兵戎之副曰倅，田獵之副曰佐。此是聘問之事，宜與朝祀同名，當言副車。言倅者，《周禮》以相對而異名，其實貳、倅皆副也。」按：《春官・車僕》：「掌戎路之萃，廣車之萃，闕車之萃，苹車之萃，輕車之萃。凡師，共革車，各以其萃。」所言皆兵車，萃即倅也。是兵戎副車專稱爲倅。古者卿行旅從。《黍苗》「我師我旅」箋云：「召伯營謝邑，以兵衆行。其士卒有步行者，有御兵車者。」此箋言卿大夫出聘，則後車正是戎車之副，故鄭以「倅車」釋之。正義謂聘問之事當與朝祀同名，誤也。倅，又作「萃」。《說文》無「倅」

字，新附有之。《春秋》昭十一年《左傳》釋文云：「艸皃。」未引《左傳》。如《釋文》，則《説文》原本「莛」字引《左傳》「薳氏之莛」矣。《廣韻》「莛」「篷」字通。《文選》馬融《長笛賦》注引《説文》曰：「篷，倅字如此。」又江淹《擬顔延之詩》注引《説文》曰：「篷，倅字如此。」是説文「莛」字下又當有「倅字如此」四字。亦如「絑」字注云「《虞書》『丹朱』如此」、「旄」字注云「《虞書》『髦』字从此」也。

瓠葉

「君子有酒」傳：「幡幡，瓠葉皃。庶人之菜也。」箋云：「此君子，謂庶人之有賢行者也。」又下章箋云：「每酌言言者，禮不下庶人，庶人依士禮，立賓主爲酌名。」按：傳以「庶人」二字釋經「君子」。《白虎通》曰：「或稱君子何？道德之稱也。君之爲言群也。子者，丈夫之通稱也。故《孝經》曰：『君子之教以孝也，所以敬天下之爲人父者也。』何以言知其通稱也？以天子至于民，故《詩》云：『凱弟君子，民之父母。』《論語》云：『君子哉若人。』此謂弟子。弟子者，民也。」是君子得爲庶人也。傳意以庶人尚不以微薄廢禮，王有牲牢饔餼乃不肯用，所以爲刺。箋以君子爲有賢行者，又謂庶人依士禮，則以經獻酢醻皆是士禮。與傳義迥殊。正義混而同之，惟以鄭「有兔斯首」爲異，誤也。

「有兔斯首」箋云：「斯，白也。今俗語『斯白』之字作『鮮』，齊魯之間聲近斯。」正義曰：「斯爲兔首之色，故言『斯，白也。』又解斯得爲白之意，『今俗斯白之字當作鮮』，以鮮明是絜白之義故也。鮮而變爲斯者，齊、魯之間其語鮮、斯聲相近，故變而作斯耳。」按：箋如果以「斯」爲「鮮」，必曰：「斯當爲鮮。鮮，白也。」今箋先云：「斯，白也。」又云：「今俗語『斯白』之字作『鮮』。」謂世俗之人以「斯白」之「斯」作「鮮」，非鄭謂當作鮮也。又云：「齊、魯之間聲近斯。」謂以斯爲正，齊魯之間語猶如此也。《爾雅·釋詁》云：「鮮，善也。」《釋文》云：「鮮，本或作『尟』。沈旋云：古斯字。」是鮮、斯二字本通。《説文》「𩅥」云：「从雨，鮮聲。讀若斯。」是鮮讀斯爲正也。《春秋》宣二年《左傳》曰：「于思于思。」服虔注云：「白頭皃。」思與斯聲同，故斯得訓爲白。正義乃謂「『斯』當作『鮮』」，非鄭意。《釋文》云：「斯，毛如字，鄭作『鮮』，音仙。」亦誤。二章箋云「鮮者毛炮之」，謂新殺者。亦非鮮白之謂也。

「炮之燔之」傳：「毛曰炮，加火曰燔。」正義曰：「傳直言『毛曰炮』，當是合毛而炮之，未必能如八珍之食去毛炮之也。」按：《文選·西都賦》云：「陳輕騎以行炰。」李善注：「《毛詩》曰『炰之燔之』，毛萇曰：『以毛曰炰。』薄交切。」「毛」上有「以」字，可知是合毛而炰。唐初本經傳如此。《釋文》云：「炮，本作『炰』。」而載傳亦爲「毛曰炮」。陸、孔俱所未見，此傳當从《選》注也。

漸漸之石

《序》言：「下國刺幽王也。戎狄叛之，荆舒不至，乃命將率東征。役久病在外，故作是詩也。」正義謂毛以首章上四句爲征戎狄，下二句爲征荆舒。鄭以首章上二句喻戎狄不可伐，下四句爲征荆舒。按：鄭義具在箋，誠如孔說。毛初無此義，不過以傳言「漸漸山石高峻」六字在首章上四句下，王肅、孫毓皆謂征戎，孔因據爲毛説耳。毛作傳時本不連經，「山石高峻」自釋首句。後人以傳文散付經句中，此傳當在首二句下，誤置在第四句下。傳意果爲統釋征戎，第三章豕涉波、月離畢，何以又不統釋？且首二章有山有川，山石高峻，非可以釋川也。總之，毛釋首二句，餘皆無傳。可同于鄭，而斷不可以王、孫二家爲毛説。正義曰：「定本、《集注》『役』下無『人』字，其箋注亦無『人』字。俗本有誤者也。」今本《序》「役」下無「人」字，而正義釋箋，兩言「役人久病」，亦屬不檢。

「維其勞矣」箋云：「邦域又勞勞廣闊，言不可卒服。」正義曰：「廣闊遼遼之字，當从遼遠之遼，而作勞勞者，以古之字少，多相假借。《詩》又口之咏歌，不專以竹帛相授。音既相近，故遂用之。此字義自得通，故不言當作遼也。」按：《上林賦》「酆鎬潦潏」，《漢書》師古注：「潦，音牢。」《文選》李善注：「潦，即澇也。」《説文》正作「澇」。昭七年《左傳》「隸臣僚」，服虔云：「僚，勞也。」遼與潦、僚俱从尞聲，是尞、勞音義得通。然《釋文》云：「勞如字。」孫毓云：「鄭音遼。」則自孫以前皆讀「勞勞」爲魯刀切也。

「有豕白蹢」箋云：「四蹄皆白曰駭。」《釋文》云：「駭，户楷反。《爾雅》《説文》皆作『豥』，古哀反。」按：《釋獸》云：「豕四豴皆白豥。」《説文》豕部無「豥」字，「彖」字注云：「豕走也。从彑，从豕省。」徐音通貫切。而心部「⿰忄彖」字注云：「怨恨也。从心，彖聲。讀若膎。」膎與⿰忄彖俱户佳切，則彖聲亦可讀户佳切矣。古文豕、亥爲一字，故豕有亥聲。户佳切即亥聲也。《玉篇》云：「彖，豕走捝也。」此箋云：「豕之性能水，又唐突難禁制。四蹄皆白曰駭，則白蹄其尤躁疾者。今離其繒牧之處，與衆豕涉入水之波漣矣。」以「離其繒牧」之文參之，〔一〕「豕走」之訓，《説文》「彖」字，即《爾雅》之「豥」，無可疑者。箋作「駭」，正義謂「駭」與「豥」字異義同。《玉篇》「豥」有胡來、古來二切。

苕之華

《序》：「大夫閔時也。幽王之時，西戎、東夷交侵中國，師旅並起，因之以饑饉。君子閔周室之將亡，傷己逢之，故作是詩也。」按：《漸漸之石》篇經有「武人東征」，與《序》相應，其爲王師征荆舒無疑。此篇經無用師之事，《序》言如此，特著作詩之由，于

〔一〕「繒」，原作「繪」，據上文及箸花庵本改。

經無所當也。箋以爲「大夫將師出，見戎狄之侵周而閔之」。傳意未必然。首章傳：「苕，陵苕也。將落則黄。」次章傳云：「華落，葉青青然。」以苕華興周室，華以喻興，黄落以喻亡也。卒章傳云：「『牂羊墳首』，無是道也。『三星在罶』，不可久也。」喻將亡不久。「人可以食，鮮可以飽」，直云治日少而亂日多，則作詩之意顯然矣。是傳以經三章皆爲閔周室將亡，傷己逢之，無出師之事。「知我如此」，我即詩人自謂。正義皆同之鄭説，不可从也。

傳言「將落則黄」，箋言「苕之華紫赤而繁」，陸《疏》亦言其華紫色，當無誤矣。正義謂「如《釋艸》，則苕華本自有黄有白」，因以傳、箋所言合之《爾雅》，謂「就紫色之中，有黄紫、白紫。及其將落，則全變爲黄。」此過信《爾雅》之失，傳、箋之訓不必全依《爾雅》。《説文》「蔈」云：「苕之黄華也。」此《雅》訓也。「茇」云：「艸根也。一曰艸之白華爲茇。」即不用《雅》訓矣。且《釋艸》云：「苕，陵苕。黄華蔈，白華茇。」謂苕有黄、白二種，名蔈名茇耳。其紫赤一種，則別爲大菊、蘧麥。《本艸》謂陵苕，即茈葳。《廣雅》云：「茈葳，麥句薑，蘧麥也。」《釋艸》「蘧麥」，郭注云：「一名麥句薑，即瞿麥。」《本艸》：「瞿麥，一名巨句麥，一名大菊，一名大蘭。」陶注云：「一莖生細葉，華紅紫赤可愛。」即此詩之「苕華」矣。

何艸不黄

「何人不矜」箋云：「無妻曰矜。从役者皆過時不得歸，故謂之矜。」按：《白虎通》云：「庶人稱匹夫者，匹偶也。與其妻爲偶，陰陽相成之義也。一夫一婦成一室，明君人者不當使男女有過時無匹偶也。」又曰：「古者師出不逾時者，爲怨思也。天道一時生一時養人者，天之貴物也。逾時則内有怨女，外有曠夫。」此白虎諸儒之説，以釋此經，與箋義合。先王用兵，上承天道，下體人情。若此今征役逾時，至于無人不矜，其亡可翹足而待矣。

「有棧之車」傳：「棧車，役車也。」箋云「棧車輂者」。正義辨棧車非士車，役車非庶人車，以爲即鄉師之輂，从箋義也。按：《唐風》「役車」，毛不爲傳。此以棧車爲役車者，《説文》云：「輂，輓車也。棚，棧也。棧，棚也。竹木之車曰棧。」輂與棧别。然則以竹木爲棚，故謂之棧車。民間常用徵以供役，故謂之役。車固非《巾車》所言之棧，役亦非《鄉師》之輂車矣。箋云「輂者」，謂輓車之人耳，亦非必以爲輂也。

皇清經解卷一千三百四十六終

靈川秦培璠舊校
南海桂文烜鄬伯奇新校

毛詩紬義　卷十七

嘉應李黼平著

大雅

文王之什上

文王

《序》：「文王受命作周也。」箋云：「受命，受天命而王天下，制立周邦。」按：經言「陳錫哉周」，《春秋》宣十五年《左傳》引此詩云：「文王所以造周，不是過也。」「造」與「作」義同，《序》依經爲説也。經内言命者凡八，箋言「受天命而王天下」。「於昭于天」，箋言「故天命之以爲王，使君天下」。亦依經爲説也。《洛誥》及《緯候》注多言赤雀、丹書，自是嗜奇愛博之故。及箋此詩，乃無一言及之，蓋其慎也。正義乃廣引《緯候》之注以釋受命，非箋意矣。

「其命維新」傳：「乃新在文王也。」正義不釋「乃」字。按：《爾雅·釋詁》云：「維，侯也。」其上文云：「侯，乃也。」傳「乃」字釋經中「維」字矣。

「文王陟降，在帝左右」傳：「言文王升接天，下接人也。」箋云：「在，察也。文王能觀知天意，順其所爲從而行之。」正義釋傳曰：「言『文王升接天，下接人』，謂與之交接，天則恭敬承事以接之，人則恩禮撫養以接之。」按：傳「升接天」解「陟」與「在帝」三字，「下接人」解「降」與「左右」三字。《易·泰卦》象曰：「后以財成天地之道，輔相天地之宜，以左右民。」「下接人」正是「左右民」，其義當音佐佑。箋云「順其所爲」，則是順其左右之宜，其字當作「𠂇又」。隸書今不用「𠂇又」，字通作「左右」。是傳、箋義別，正義合述之，誤也。

「亹亹文王」傳：「亹亹，勉也。」《釋文》云：「亹，音尾。」按：徐鼎臣《説文俗書》云：「亹，字書所無，不知所从，無以下筆。《易》云：『定天下之亹亹。』當作『娓』。」亹，即亹字。然則《易》《詩》《爾雅》所有「亹」字，殆是《説文》「斖」字。隸書假借作「亹」，音同。門與勉一聲之轉，「亹亹文王」，即「勉勉我王」，故毛以爲勉也。箋不言「亹當作勉」，以毛已讀爲勉，故曰「勉勉乎不倦，文王之勤，用明德也。」不復破字。正義引《釋詁》不言亹之何以爲勉，故詳之。

「不顯亦世」傳：「世者，世禄也。」正義曰：「仕者，世禄。《孟子》文。」如孔言，則傳「世者」當作「仕者」，今本誤也。當改正。

「侯于周服」箋云：「至天已命文王之後，乃爲君于周之九服之中。」正義曰：「王肅云：『天既命文王，則維服于周，盛德不可爲衆。』毛于上章訓侯爲維，則其意如肅言也。」按：上章傳訓侯爲維，此不發傳，則當如字。下經「殷士膚敏」傳云：「殷士，殷侯也。」正義釋傳，謂「此殷士即前商之孫子服周者，故知殷侯也。」下傳以士爲侯，則此經侯之爲君，傳意顯然。正義以子雍之義爲毛說，誤也。

「駿命不易」傳：「駿，大也。」箋云：「宜以殷王賢愚爲鏡。天之大命，不可移易。」按：「不易」，毛無傳。故正義同之鄭箋，俱爲不可移易。《釋文》云：「易，毛以豉反。不易，言甚難也。鄭音亦，言不可改易也。下文及後『不易』，維王同。」未詳何據。

大明

「摯仲氏任」傳：「摯國任姓之中女也。」按：《春秋》隱八年《左傳》云：「天子建德，因生以賜姓，胙之土而命之氏。諸侯以字爲氏，因以爲族。官有世功，則有官族，邑亦如之。」言天子于諸侯因其所由生而賜之姓，報之土而命之爲氏。諸侯之臣以王父字爲氏，或以官以邑爲族。族猶氏也。《周語》云：「帝嘉禹德，賜姓曰姒氏，曰有夏。胙四岳國，賜姓曰姜，氏曰有吕。」是古者姓與氏別。《史記・五帝本紀》曰：「禹姓姒氏，契姓子氏，棄姓姬氏。」《秦本紀》曰：「柏翳姓嬴氏。」《始皇本紀》曰：「姓趙氏。」《高祖本紀》曰：「姓劉氏。」姓氏合而爲一，學者譏之。

今觀此經以任爲氏，《都人士》謂之尹吉，氏姓並稱。箋云：「尹氏、姞氏，周室昏姻之舊姓。」《崧高》「生甫及申」傳云：「堯之時姜氏爲四伯，以姜爲氏。」然則氏姓大同，太史公未可妄議。氏姓所以得並稱者，《禮記·大傳》云：「繫之以姓而弗别。」鄭注曰：「始祖爲正姓，高祖爲庶姓。」正義曰：「正姓，若周姓姬，本于黄帝。齊姓姜，本于炎帝是也。庶姓，若魯之三桓，鄭之七穆是也。」是子孫其姓而别氏，仍謂之庶姓，則氏亦可稱姓也。《晉語》「黄帝以姬水成」，《説文》云：「黄帝居姬水以爲姓。」而姬、酉、祁、已、滕、葴、任、荀、僖、佶、儇、依，十二姓皆黄帝之子。由姬姓而分，實則氏也。故任姞可稱爲氏。《晉語》云「炎帝以姜水成」，《説文》云：「神農居姜水以爲姓。」伯夷爲炎帝之裔，帝堯即以其本姓賜之，實則氏也。故姜可稱氏。猶之陳胡公本舜子孫，武王賜姓曰嬀，命氏曰陳。而《説文》云：「虞舜居姚墟，因以爲姓。」居嬀汭因以爲氏，是武王改氏爲姓以賜胡公，實則嬀亦氏也。正義謂婦人稱姓，不知此經實以任爲氏，與尋常稱姓者不同。傳言「任姓」，互文以明姓亦可爲氏耳。

「曰嬪于京」傳：「嬪，婦。京，大也。」箋云：「京，周國之地，小别名也。」王肅述毛，謂「盡其婦道于大國」，正義以爲不詞。孫毓以京爲京師，正義謂「裸將于京」可得以爲京師，此王季時，不得爲京師。又以孫毓爲不通。按：《鄘風》「景山與京」傳云：「京，高丘也。」《皇矣》「依其在京」傳云：「大阜曰京。」皆别之爲丘阜。《公劉》篇「乃覯于京」無傳，而「京師之野」傳云：

「是京乃大衆所宜居之野。」「大」釋「京」，「衆」釋「師」，與此「京」釋「大」正同。《公劉》得爲京師，何王季獨不得爲京師？王肅稱「大國」，誠非毛旨。孫毓未爲失也。此章「周」「京」並稱，下經「命此文王，于周于京」，正申明此句。《白虎通》曰：「何以知即政？立號也。《詩》云：『命此文王，于周于京。』此改號爲周，易邑爲京也。」又論三軍，引此二句云：「此言文王誅伐，故改號爲周，易邑爲京也。」後漢之初，諸儒皆以此經之京爲京師，同于毛傳。但毛于文無稱王之義，則所謂京者，是後人追稱。觀「造舟爲梁」傳云：「言受命之宜，王基乃始于是也。天子造舟，諸侯維舟，大夫方舟，士特舟。造舟然後可以顯其光輝。」傳意謂當日但以造舟爲備禮，其後武王有天下，周公制禮，乃定爲天子之制。故曰「王基乃始于是」。則公劉、王季之京，當日亦但爲大衆所居。其後乃以爲天子之居，而詩人追正其稱也。

「有命既集」傳：「集，就。」正義曰：「鳥止謂之集，是集爲依就之義，故以集爲就也。」按：《書・顧命》曰「克達殷集大命」，蔡邕石經「集」作「就」。《小雅・小旻》曰「謀夫孔多，是用不集」，《韓詩》「集」作「就」。是古「集」與「就」通。故毛以爲「就」也。

「在洽之陽」傳：「洽，水也。」正義曰：「洽與渭連文。又水北曰陽，渭是水名，則洽亦水也。」如孔言，是傳之洽水特因渭水推而知之也。按：《水經・河水》篇云：「河水又徑郃陽城東。」酈道元注曰：「周威烈王之十七年，魏文侯伐秦至鄭，還築汾陰郃縣，即此城也。故有莘邑矣，爲大姒之國。《詩》云『在郃之陽，在渭之涘。』又曰：『纘女維莘，長子維行。』謂此也。城北在北瀵水，南去二水各數里。其水東徑其城内，東入于河。又于城南側中有瀵水東南出城，注于河。城南又有瀵水東流，東注于河。水南猶有文母廟，前有碑，去城一十五里，水即郃水也，縣取名焉。故應劭曰：在郃水之陽也。」如酈注，實有郃水，傳非假渭水推而知之矣。郃陽，《漢・地里志》《説文》俱作「郃」，《史記・魏世家》作「雒陰合陽」，此詩作「洽」，音義同。

「俔天之妹」傳：「俔，磬也。」《釋文》云：「《韓詩》『俔』作『磬』，譬也。」正義引《説文》：「俔，譬諭也。」合《韓詩》釋之，述經云：「言尊敬之，磬作是天之妹然，言尊重之甚也。」此與箋言「尊之如天之有女弟」合，傳意未必然也。「文王嘉止」傳云：「嘉，美也。」文王已嘉美大姒之賢，則必真知灼見，得其異于常人之實。《左傳》「室如縣磬」本又作「罄」，是「磬」與「罄」同。《爾雅・釋詁》「罄」與「悉」俱訓爲「盡」，「罄」與「悉」一也。傳言文王嘉美此大邦之子，罄悉爲天帝之女弟，故其文德能安定而善祥也。俔，《釋文》牽、遍反，與「磬」字一聲之轉，故可讀爲「磬」。《釋詁》云：「閒，俔也。」「閒」是「閒諜」之「閒」。《説文》：「俔，譬諭也。一曰聞見。」孫刻宋本《説文》作「一曰閒見」。與《釋詁》合。蓋媒氏往來，「閒見」其實，與「罄悉」義同，轉勝譬諭之義矣。

「親迎于渭」傳：「言賢聖之配也。」箋云：「賢女配聖人得其宜，故備禮也。」正義曰：「此解本之親迎意，以賢聖宜相配，故備禮而親迎之。是言親迎，亦明大姒之有德，故箋申之，言賢女配聖人得其宜，故備禮也。」按：傳、箋俱言賢聖，而意各不同。婚姻之經，周公始定。夏、殷世質，未必六禮俱全。由文王尊敬大姒，一賢一聖，配合得宜，故特備六禮，後遂沿爲定制。是箋言賢聖，意重備禮，故上箋歷言求昏、問名、卜吉、納幣之次也。傳以經言「天妹」，則是天帝女弟，非人所得而婚。今文王親迎于渭，已居然爲賢聖之配，是由「天妹」句轉出「賢聖」二字，只作人字看，其意非惟不重備禮，且亦不係于賢聖。若必賢聖而後親迎，非賢聖即可不親迎乎？無是理也。傳、箋不同，正義合之，誤矣。大姒家在洽水之北，經惟「親迎于渭」者，由渭厓北上至大姒家，中限兩瀵水，故下句言造舟爲梁矣。

「會朝清明」傳：「會，甲也。不崇朝而天下清明。」箋云：「會，合也。以天期已至，兵甲之强，師率之武，故今伐殷，合兵以清明。《書・牧誓》曰：『時甲子昧爽，武王朝至于商郊牧野，乃誓。』」定本傳「會甲」作「會甲兵」，則箋云「會兵」，亦同于傳。正義謂傳爲「會值甲子之朝」，非也。但以傳爲「會甲兵」，亦非毛意。按：傳已言「會甲也」，即云不崇朝，則甲有未終一朝之義。會甲，蓋「㬴甲」之省文也。《説文》「㬴」云：「日月合宿爲辰。从會，从辰。辰亦聲。」徐氏音植鄰切。《玉篇》「㬴」云：「時真切，日月會也。今作『辰』，又音會。」《廣韻》十七真不收，十四泰載「㬴」字，黃外切。經典言日月合宿，或作「會」，或作「辰」，各从「㬴」字之半。而辰亦作「晨」，《説文》「辰」云：「房星，天時也。」「曟」云：「房星，爲民田時者。」「晨」云：「曟或省。」是「辰」「晨」一字。《爾雅》「晨」云：「早也。」《説文》「晨」即「晨」字，云：「早昧爽也。」「㫳」云：「晨也。从日在甲上。」然則經「會朝」是「㬾」之省文，故傳讀「辰」而訓「㫳」，「甲」則「㫳」之省文。雖屆朝且而時尚㫳，故云「不崇朝而天下清明」也。《楚詞·哀郢》云：「出國門而軫懷兮，甲之鼂吾以行。」五叔師注云：「甲，日也。朝，旦也。屈原放出郢門，心痛而思始去，正以甲日之旦而行。紀時日清明者，刺君不聽明也。」王子雍以「甲子昧爽」述毛，則以「會朝」爲「甲朝」，亦無不可。惟「會」何以得訓爲「甲」，終無文以明之耳。

綿

「綿綿瓜瓞」傳：「興也。綿綿不絶皃。瓜，紹也。瓞，瓝也。」箋云：「瓜之本實繼先歲之瓜，必小，狀似瓝，故謂之瓞。綿綿然若將無長大時。」正義曰：「瓜之族類本有二種：大者曰瓜，小者曰瓞。」又曰：「后稷乃帝嚳之胄，是嚳爲瓜而稷爲瓞。自稷以下、祖紺以前皆爲瓞。」按：《爾雅·釋艸》云：「瓞，瓝。其紹瓞。」舍人曰：「瓞名瓝，小瓜也。紹繼謂瓞子。」孫炎曰：「瓞，小瓜，子如瓝。其本子小，紹先歲之瓜曰瓞。」是紹繼即爲小瓜。如箋義，當以先歲之瓜喻嚳。經中「瓜」字爲近本之實，其小如瓝，喻自后稷以下。如傳義，則直以瓜紹如瓞喻大王遷岐，初時尚未隆盛，至胥宇築室以後乃日見隆盛也。正義云云，兩失毛、鄭之旨。瓜有二義：《豳風·七月》爲瓜之本名，此詩之瓜在《爾雅》則爲紹，在《説文》則爲瓞。《説文》云：「瓜，瓞也。」「㼌」云：「本不勝末，微弱也。从二瓜，讀若庾。」蓋近本實小，不及近末實大，故云微弱。「㼌」與「紹」一也。

「民之初生」傳：「民，周民也。」正義曰：「此時在豳，言『民，周民』者，此民自豳居周，復以周爲代號。此述周國之興，故以周言之。」按：大王居岐，國號尚仍豳舊，文王始改號爲周。此傳言「周民」者，周即周原，謂周地之民也。觀下句「自土沮漆」傳訓爲「用居沮漆」，明是已居周地，故曰周民，非代號也。孔以首章爲在豳時事，故爲此説耳。詳見下條。

「自土沮漆」傳：「自，用。土，居也。沮，水。漆，水也。」本章末二句傳「古公處豳，狄人侵之」引《孟子》云云，箋云「傳自古公處豳而下爲二章發」。鄭以首章爲公劉居沮漆，是未遷岐時事。次章乃言大王遷岐，故以傳引《孟子》爲二章發。詳觀傳意，實不然也。三章傳云：「周原，沮、漆之閒也。」《周頌·潛傳》云：「漆、沮，岐周之二水也。」是岐地自有沮、漆水。經《漆水》篇云：「漆水出扶風杜陽縣俞山，東北入渭。」酈注引闞駰《十三州志》云：「漆水出漆縣西北岐山，東入渭。」又言「今有水出杜陽縣岐山北柒谿，謂之柒渠，西南流注岐水。」又《渭水》篇注云：「雍水又東南流，與杜水合。水出杜陽山，其水南流，謂之杜陽川。東南流，左會漆水。水出杜陽縣之漆溪，謂之漆渠。故徐廣曰『漆水出杜陽之岐山』者是也。漆渠水南流，大欒水注之，出西北大道川，東南流入漆，即故岐水也。《淮南子》曰：『岐水出石橋山東南流。』相如《封禪書》曰：『牧䶂於岐。』《漢書音義》曰：『岐，水名也。』謂斯水矣。二川洋逝，俱爲一水，南與杜水合，俗謂之小横水，亦或名之米流川，徑岐山而又屈徑周城南。城在岐山之陽而近西，所謂居岐之陽也。非直因山致名，亦指水取稱矣。又歷周原下，北則中水，鄉成周聚，故曰有周也。水北即岐山矣。」此下岐水又東合中亭川水注于雍水而注渭。是漆水在岐山之北，西南流合岐水而徑岐山之南。岐水當即沮水。酈注于前「鄧泉東流注于雍」云：「自下雖會他津，猶得通稱。故《禹貢》有『雍沮會同』之文。」此雖道元誤引《禹貢》，亦可證岐水合雍，有沮水之目。岐地有沮漆，故傳以爲古公遷岐居之。二章、三章，乃即岐下周原而築室也。《漢志》扶風杜陽下云：「杜水南入渭，公劉避狄而來居杜與漆沮之地。」公劉自邰之豳，未嘗避狄，當爲大王。是漢人已有此説。若爲公劉居之，是未遷時事，不應至大王時尚云未有家室也。豳地亦有漆沮。《周本紀》大王去豳渡漆沮。《漢志》漆縣，漆水在其縣西。《元和志》漆水在新平縣西九里，北流注于涇。唐新平即漢漆縣，今邠州也。沮則未詳。豳地之漆注涇以入渭，岐地之漆合杜岐雍以入渭，而皆在涇水之西。馮翊之漆沮一名洛水者，則在涇水之東。正義于此詩「漆沮」引《書》孔安國傳「漆沮，一名洛水」，誤也。

傳引《孟子》「逾梁山，邑乎岐山之下」。正義曰：「《韓奕》箋云：『梁山在馮翊夏陽縣西北。』鄭于《書傳》注云：『岐山在梁山西南。』然則梁山横長，其東當夏陽縣西北，其西當岐山東北，自豳適周當逾之也。」按：漢夏陽梁山在今韓城、郃陽兩縣境。《春秋》成五年「梁山崩」，《公羊》曰：「梁山，河上山。」《穀梁》曰：「壅遏河三日不流。」彼梁山乃近河，西自豳適周何緣逾之？《史記》「秦始皇帝三十五年幸梁山宫」，徐廣曰：「在好時。」《漢書·地里志》好時縣有梁山宫，秦始皇起好時爲今之乾州。梁山在州西北五里，自豳適周，梁山必由之路。鄭《書傳》注：「岐山在梁山西南。」當指此山。正義乃引《韓奕》之梁山，非也。

「陶復陶穴」傳：「陶其土而復之，陶其壤而穴之。」箋云：「復者，復於土上，鑿地曰穴，皆如陶然。」正義曰：「《説文》曰：『陶，瓦器，竈也。』蓋以陶去其土而爲之，故謂之陶也。」又曰：「覆者地上爲之，取土于地，復築而堅之，故以土言之。穴者，鑿地爲之。土無所用，直去其息土而已，故以壤言之。」按：《考工記》摶埴之工二，有陶人、旊人。甗、盆、甑、鬲、庾皆陶人職之。此詩之陶，當如《考工》，土與壤别。《禹貢》孔安國傳云：「無塊曰壤。」《釋文》引馬融云：「壤，天性和美也。」《説文》云：「壤，軟土也。」《釋名》云：「壤，瀼也。」然則土粗而壤細。陶其土壤，謂以塗塈屋也。傳讀復如𡪫。《説文》：「𡪫，地室也。」𡪫之穴之，猶言爲𡪫爲穴，初無取土復築，息土不用之意。《史記·文帝紀》云：「郎中令武爲復土將軍。」如淳曰：「主穿壙塡瘞事者。」索隱曰：「復，音伏，謂穿壙出土下棺，已而塡之，即以爲墳，故云復土。復，反還也。又音福。」箋云「復于土上」，即反還之義。則取土復築，息土不用當如孔說。其云「皆如陶然」，亦謂如陶人之治土也。正義以箋義釋傳，又以陶爲窯，失之。《説文》云：「窯，燒瓦竈也。」其「㝮」字引《詩》，乃作「陶窯」，音搖。陶音桃，何可同也？

「未有家室」傳：「室内曰家。未有寢廟，亦未敢有家室。」正義謂「古公在豳之時，迫于戎狄，國小民少，未有寢廟，故未敢有家室。」又謂「豳地實有寢廟宮館，此言未有者，以文王在岐而興，本大王初來之事，歎美在岐新立，故言在豳未有。下云『作廟翼翼』，故此言『未有寢廟』。下云『俾立室家』，故此言『未有家室』，以爲立文之勢」云云。總緣以此章同之鄭説爲在豳時事，故欲言其無而豳地實有，欲言其有而又明與傳違，故遁而爲立文之勢。夫他凡小事或可以有作無，宗廟之事至尊至重，豈可意爲有無以就吾立文之勢哉？此言尤非理也。大王初居沮漆，岐土未開，故傳以爲未有寢廟家室耳。

「來朝走馬，率西水滸。」按：此到沮漆，次日相度廟室之事。寢廟未作，不敢一日而安，故于次日即走馬相度。《春秋》昭二十五年《左傳》「左師展將以公乘馬而歸」，杜預注：「展，魯大夫。欲與公俱輕歸。」劉炫云：「欲共公單騎而歸，此騎馬之漸。」不知此經古公在商世已單騎矣。漆水由岐山北西南流，合杜水岐水，而後屈而徑岐山之南。則在西頭水滸較多，故曰西水滸。循水而至岐山，再至周原，次第如繪。古公已相，於是及大姜相之。「聿來」，猶遂來。自沮漆到岐，至近之詞也。《書傳略説》曰：「遂杖策而去，過梁山，邑岐山，周人束修奔而从之者二千乘。」首章民居沮漆，即同遷之民。故此章「胥宇」不再及之。若以此章爲述在豳始遷時事，不應惟言古公夫婦二人，更無一語及于百姓。古之聖王以得民爲重，《篤公劉》篇言公劉自邰遷豳，積倉槖囊，亦首言民也。

「堇荼如飴」傳：「堇，菜也。荼，苦荼也。」箋云：「膴膴然肥美。其所生菜雖有性苦者，甘如飴也。」正義引《釋艸》「芨，堇艸。」《晉語》「寘堇於肉」，郭璞、賈逵之注斷以爲烏頭。按：《釋艸》前文尚有「齧，苦堇」，郭注曰：「今堇葵也。葉似柳，子如米汋，食之滑。」邢疏曰：「齧，一名苦堇，可食之菜也。」又曰：「《本艸》唐本注云：『此菜野生，非人所種，俗謂之莖菜。葉似蕺，花紫色者。』《内則》云『堇、荁、枌、榆』是也。《本艸》云『味甘』，此云『苦』者，古人語倒，猶甘艸謂之大苦也。」《爾雅》明言「苦堇」，郭注不言甘苦，而《本艸》獨云「味甘」，殆未可信。《説文》「芨」云：「堇艸也。从艸，及聲。讀若急。」此即郭注所謂烏頭者也。又大篆从「茻」字，中有「堇」字云：「艸也。根如薺，葉如細柳，蒸食之甘。从艸，堇聲。」此即齧苦堇也。然則堇艸本苦，蒸之乃甘。周原之堇則不待蒸而自甘者，故詩人美之與？《釋文》引《廣雅》亦謂非烏頭，箋統言性苦，蓋以爲苦堇也。正義以烏頭釋之，殊失箋旨。

「爰契我龜」傳：「契，開也。」正義曰：「『契開』者，言契龜而開出其兆，非訓契爲開也。」又曰：「《春官》『卜師掌開龜之四兆』，注云：『開，謂出其占書也。』是既契乃開之。但傳文質略，直言『契開』耳。」如孔言，則契與開是兩事，傳「開」字疑誤。按：以火灼龜謂之契，灼龜所以問吉凶也。《説文》「卟」云：「卜以問疑也。」「貞」云：「卜問也。」「占」云：「視兆問也。」「𠧩」云：「卜問也。」然則凡卜皆是問疑。《文選》潘元茂《九錫文》「爰契爾龜」，李善注引此傳曰：「契，問也。」當从《選》注。

「自西徂東」箋云：「於是從西方而往東之人皆於周執事，競出力也。豳與周原不能爲西東，據至時从水滸言也。」正義引《鄭志》答張逸而斷之曰：「發豳西南行，從沮水之南，然後東行以適周也。」按：《尚書·禹貢》「道渭」，傳正義説豳地漆、沮，云彼漆即扶風漆水，彼沮則未聞。誠以《水經注》言漆縣漆水爲豳水，杜陽縣漆溪爲岐水，而沮皆不言所在。今孔言「從沮水之南」，不知欲以何水當之？鄭答張逸云：「豳地今爲栒邑縣，在廣山北、沮水西有涇水從此西南行，正東乃得周。故言東西。」云：「岐山在長安西北四百里，豳又在岐山西北四百里。」如《鄭志》言，初未有从沮水之南然後東行之説。孔誤讀《鄭志》，因以誤解此箋。鄭于首章「自土沮漆」箋云：「其後公劉失職，遷于豳，居沮漆之地。」鄭以彼爲豳水也。三章「周原沮漆之閒」，箋不易傳。則鄭意岐地亦有沮、漆，是以答張逸云：「正東乃得周。」此箋云「據至時从水滸」，夫至時水滸即至岐時之水滸，是鄭以漆出岐山北，西南合杜岐者爲西。水滸爲自西方而東至周原，莫明于此矣。

「其繩則直，縮版以載」傳：「言不失繩直也。乘謂之縮。」箋云：「繩者，營其廣輪方制之正也。既正則以索縮其築版，上下相承而起，廟成則嚴顯翼翼然。乘，聲之誤。當爲繩也。」正義述經曰：「營度位處，立繩正之。」釋箋曰：「傳言『不失繩直』，故言用繩之意。『繩者營其廣輪方制之正』，言營制之時當用繩也。」按：《玉篇》「繩」云：「直也，度也。」《東京賦》云：「周公初基，其繩則直。」薛綜注曰：「周公繩度之合于制度。」訓繩爲度。傳意亦謂不失繩度之直耳。箋則以「營」釋「繩」，營亦度也。是傳、箋于經「繩」字皆不訓爲繩索。傳言「繩謂之縮」，箋言「以索縮其築版」，此方是索。以縮是約束，必當有繩。釋「縮版」句，非指經中「繩」字也。正義合經、注「繩」字而一之，實與經旨乖違，非僅失毛、鄭之意。

「度之薨薨」傳：「度，居也。言百姓之勸勉也。」箋云：「度，猶投也。築牆者捊取壤土，盛之以虆，而投諸版中。」正義述經曰：「既取得土，送至牆上。牆上之人受取而居于版中。居之亟疾，其聲薨薨然。」釋傳曰：「王者度地以居民，故度爲居也。」按：古者「度」與「宅」字同，故度可訓居。《書》稱「懋遷有無化居」，《史記》稱「奇貨可居」。居有積貯之義，言居積此土于版中也。正義述經言「居于版中」，而釋傳引「度地以居民」。彼度是圖度，彼居是民居，與述經之言自相違戾。傳「勸勉」二字釋經「薨薨」，謂百姓勸勉積土之聲薨薨然衆也。王子雍以「薨薨」爲「亟疾」，正義用以述傳，非毛意。

「柞棫拔矣」箋云：「柞，櫟也。」正義曰：「《釋木》云『櫟其實梂』，不言櫟是柞。陸璣《疏》云：『周秦人謂柞爲櫟。』蓋據時人所名而言之。」孔依陸《疏》以栩杼爲柞，故于此箋訓柞爲櫟，謂據時人所言。按：《詩》《爾雅》栩、櫟二木別，《説文》栩、櫟、柞三木別。陸元恪以《唐風》「苞栩」爲柞櫟，郭景純注《爾雅》「栩杼」，亦云「柞樹」。陸又以《秦風》「苞櫟」亦爲柞櫟，于是栩、櫟、柞三木混而爲一。説《詩》者分「苞栩」及二《雅》之柞爲一種，「苞櫟」爲一種，從陸《疏》及郭注耳。三木《説文》原別，此詩之「柞」如果爲「栩」，箋應云「柞栩也」。如爲《秦風》之「櫟」，則櫟乃無火之木。《淮南·時則訓》云「官獄其樹櫟」，高誘注云：「木不生火，惟櫟爲然。」《周禮·夏官·司爟》注云：「冬取柞楢之火。」則柞之非櫟明矣。箋意謂柞樹自名櫟，不關于「苞栩」「苞櫟」也。

「混夷駾矣」箋云：「混夷，夷狄國也。見文王之使者、將士衆過己國，則惶怖驚走，奔突入此柞棫之中而逃，甚困劇也。是之謂一年伐混夷。」正義曰：「殷之末世，戎狄内侵，所聘之道近于混夷。」又曰：「混夷見聘而怖，終不臣服，故至受命四年而伐之。此因混夷之驚，遂言其伐之事，不謂此即伐也。」按：《孟子》「文王生于岐周」，趙邠卿注謂「岐山下周之舊邑，近畎夷」。又齊宣王問交鄰，孟子稱湯事葛，文王事昆夷。是周與混夷鄰境，自后稷受邑以來已然，不待殷之末也。孟子以文王爲以大事小，此箋言文王無征伐之意，聘使過境，驚走奔突，即與事之同。《書》傳言「受命四年伐混夷」者，乃奉天子命，非以其終不臣服，文王自伐之也。若然，混夷近周，而《采薇》《出車》説伐西戎之事往反逾年，南仲由朔方而并伐西戎，深入且千里者，案驗此經「混夷駾矣，維其喙矣」，則當文王時混夷畏威，已舉國外徙，其故地周似兼之。《召旻》篇「昔先王受命，有如召公，日闢國百里」，當謂此時。迨受命四年，與玁狁掎角而起，紂命伐之。《采薇序》稱「北有玁狁之難，西有昆夷之患」，蓋爲患于中國，非爲患于周。其犬夷伐周一日三至，乃《帝王世紀》之言，不見正經，難可據信。文王始終，無自伐混夷之事也。

「駾矣」傳：「駾，突。」正義曰：「《説文》云：『駾，馬疾行皃。』今《説文》云：「馬行疾來皃。」引《詩》云：『混夷駾矣。』然則馬之疾行即有奔突之義，故云突也。」按：《説文》「駻」云：「馬突也。」則疾行未即是突。駾，他外切。突，他骨切。古者四聲無別，駾、突音同。音同者義可通，故傳讀「駾」爲「突」。《文選》王文考《魯靈光殿賦》云「盜賊奔突」，張載注曰：「突，唐突也。《詩》云：昆夷突矣。」以「駾」爲「突」，李善不以爲誤。是晉唐時經有作「突」字者，殆三家詩如此。然則「駾」「突」古字通。

「維其喙矣」傳：「喙，困也。」正義曰：「喙之爲困則未詳。」按：《方言》云：「㱚㑊，倦也。」倦即困。《玉篇》「㹭」云：「困極也。或作『瘃』。」「瘃」云：「困極也。亦作『喙』。」《廣韻》「瘃」云：「困極也。《詩》曰：『昆夷瘃矣。』亦作『㹭』『喙』。」是「㹭」「瘃」「喙」三字通。毛讀「喙」如「瘃」，故云「困也。」《説文》引此詩作「犬夷呬矣」，其訓爲「息」。「息」亦有「困」義，詳見《假樂》篇。

「文王蹶厥生」傳：「蹶，動也。」箋云：「虞、芮之質成，而文王動其綿綿民初生之道，謂廣其德而王業大。」正義曰：「虞、芮既平，歸周益衆。文王于是動其大王初生之道。言大王始生王業，文王增而長之，使王業益大也。」按：以生爲生王業，自是箋義。傳訓蹶爲動，蓋指民生。觀引虞、芮爭田讓田，末云「天下聞之而歸者四十餘國」，正釋「蹶生」二字。言天下民生歸周者多蹶赴如恐後也。正義以箋述傳，未得毛旨。

皇清經解卷一千三百四十七終　靈川舉人秦培璠對字

毛詩紬義　卷十八

嘉應李黼平著

文王之什下

棫樸

「左右奉璋」傳：「半圭曰璋。」箋云：「璋，璋瓚也。祭祀之禮，王祼以圭瓚，諸臣助之，亞祼以璋瓚。」正義曰：「傳惟解璋而不言瓚，則不以此爲祭矣。」按：《郊特牲》云「祼以圭璋玉人」，云「祼圭尺有二寸，有瓚，以祀廟」，又云「大璋中璋九寸，邊璋七寸，射四寸，厚寸。黄金勺，青金外，朱中，鼻寸。衡四寸。」《郊特牲》言祼玉人，言勺，言鼻，爲瓚自明。《尚書·顧命》曰：「大保受同，降，盥以異同，秉璋以酢。」孔安國傳曰：「大保以盥手洗異同，實酒秉璋以酢祭。半圭曰璋，臣所奉。王已祭，大保又祭。報祭曰酢。」正義曰：「於上祭後更復報祭，猶如正祭大禮之亞獻也。」又引「《祭統》云：『君執圭瓚，大宗執璋瓚。』謂亞獻用璋瓚，此非正祭，亦是亞獻之類，故亦執璋。」《尚書》惟言「秉璋」，彼正義以「璋瓚」釋之，何于此傳獨謂毛不言瓚而定爲非祭祀乎？《古文尚書》與《毛詩》同出，子國解書多用《毛傳》，如《大禹謨》「仁覆閔下謂之旻天」、《伊訓》「湯有功烈之祖」，皆本于毛。《顧命》傳「半圭曰璋」，即用毛此傳。是臨淮亦以毛義爲祭祀，故依而用之。王肅引《顧命》但謂從王行禮，此自子雍之誤，安可據爲毛說？鄭知傳意，以瓚申之。傳與箋同，不必分也。

「六師及之」傳：「天子六軍。」箋云：「二千五百人爲師，今王興師行者，殷末之制。未有《周禮》『五師爲軍，軍萬二千五百人。』」正義曰：「若是當時實事，文王未必已備六軍。因言師不言軍，故爲此解耳。鄭之此言未是定說。」復引趙商、臨碩兩答及《易》《書》《詩》之注，謂「鄭自言有六軍、三軍之法，何故于此獨言殷末？」按：《瞻彼洛矣》《常武》箋以六師爲六軍，明師、軍無別。此箋獨分晰師、軍人數，非無故也。《文王》《大明》《綿》三篇，經有文王所言制度爲後人追稱之詞，顯然易見。此篇次三篇之後，《序》言「文王」，而經變稱「辟王」「周王」，則是據當時實事。故「周王壽考」箋云：「文王是時九十餘矣。」年數既據其實，興師不當有異，故以爲殷末之制。臨碩以《詩》難《禮》，答言「《詩》之六師，謂六軍之師。」統答三文，未遑細别。趙商專問此經，答言「師者衆之通名，故人多云焉。欲著其大數，則乃稱軍。」鄭已明謂此經非著大數矣。然則此經六師止有萬五千人，箋依經立義，不可謂非定說。《白虎通》曰：「《詩》云：『周王于邁，六師及之。』三軍者何法？法天、地、人也。以爲五人爲伍，五伍爲兩，四兩爲卒，五卒爲旅，五旅爲師，師二千五百人。師爲一軍，六師一萬五千人也。」東漢初儒者已作是説矣。

旱麓

「瞻彼旱麓」傳：「旱，山名也。」正義不言山在何處，王伯厚始引《漢志》南鄭旱山以當之，閻百詩又引《後漢郡國志》及《水經注·沔水》篇云：「南鄭縣漢水右合池水，水出旱山。山下有祠。池，即『沱』字也。」又引《明一統志》云：「旱山在漢中府治西南六十五里，一名峄山。上有雲輒雨。」按：旱山，《玉篇》《廣韻》俱作「峄」，云：「山名。在南鄭。」然旱山有二。《水經》下文云「漢水又東過魏興安陽縣南，涔水出自旱山北注之。」酈注引《華陽國記》曰：「安陽縣，故隸漢中。魏分漢中立魏興郡，安陽隸焉。涔水出西南，而東北入漢。」安陽，魏改置黄金縣，宋併入真符縣，元省入洋州，今其故城在洋縣東北一百三十里。洋縣在南鄭東一百二十里，而上旱山又在南鄭西南六十五里。二山相距幾三百里，是洋縣即安陽亦有旱山，但酈注于此不復言山，意與上山爲一。則漢江南岸自南鄭東抵洋縣，綿亘闊遠，宜其能興雲致雨矣。詩喻大王、王季干禄以貽子孫，當時所咏已及荆州之山。至文王而庸、蜀、盧、濮首先被化，實基乎此，《序》所以言「受祖」也。

「瑟彼玉瓚，黄流在中」傳：「玉瓚，圭瓚也。黄金，所以飾流鬯也。九命然後錫以秬鬯、圭瓚。」箋云：「瑟，潔鮮皃。黄流，秬鬯也。」《釋文》云：「黄金所以流鬯也，一本作『黄金所以爲飾流鬯也』，是後人所加。」正義釋傳亦作「黄金所以流鬯也」。又曰：「定本及《集注》皆云『黄金所以飾流鬯也。』若有『飾』字，于義易曉，則俗本無『飾』字者誤也。」陸、孔所見各異，而孔必以有「飾」字爲易曉者，蓋謂黄金爲圭瓚之飾，謂毛訓流爲鬯也。故其述經曰：「瑟然而鮮潔者乃彼圭玉之瓚，而以黄金爲之勺，令得流而前注其秬鬯之酒，爲金所照，又色黄而流在于其中也。」又釋傳曰：「『以器是黄金，照酒亦黄，故謂之黄流也。』不知毛傳「金」字釋經「黄」字，「鬯也」二字釋經「在中」二字。言黄金之勺所以流在中之鬯，初非訓流爲鬯，謂金黄酒亦黄也。如正義述毛以黄流爲鬯，則横益黄金。如以黄金爲勺，則又横益黄流。進退俱違毛意。此傳當从《釋文》，以無「飾」字爲得。正義謂箋易傳，而釋毛「黄流」又復同箋，不可从也。

正義謂毛意以王季爲東西大伯，故以九命言之。又引《大宗伯》云「八命作牧」，謂鄭以「王季唯八命，所以亦得圭瓚之賜者，侯伯有功德加命得專征伐。以專征當州之内，亦當賜之如上公，故王季爲西伯，得受圭瓚也。」按：如孔言，則王季爲雍州牧，特加命而賜圭瓚耳。然《孔叢子》載子思之言，王季以九命作伯于西，若非東西大伯，何以得稱西伯牧在雍州？此詩所咏，又何以得及荆州之山乎？箋亦言王季爲西伯，不言爲牧。其言以功德受此賜者，蓋雖東西大伯，亦必有功德而後賜以圭瓚、秬鬯也。

思齊

《序》：「文王所以聖也。」正義曰：「言文王所以得聖，由其賢母所生，文王自天性當聖，聖亦由母大賢，故歌咏其母。言文王之聖有所以而然也。」按：言「所以聖」，猶子思子言「文王之所以爲文」，不專歌咏賢母。「所以」者何，肅雝是也。故言本分五章。今以毛義説之：首章言大任齊莊，媚愛大姜，徽嗣大姒。齊莊則肅雝之本也。二章言文王有所以順于宗神，而神無怨恫，有所以爲法于寡妻兄弟，而人亦用迎其法于家邦。所以者，即下文肅雝是也。三章正言肅雝，言家邦之人迎迓其法，但見其肅肅焉爾，雝雝焉爾，蓋以顯臨之而人皆安而無厭，所謂恭己正南面而已矣。四章言當日之民已安于文王之化，故今日周民有大疾害人者，不殄絶而自絶，其功業之大，豈不長遠乎？此由文王不忘肅雝，雖不聞而亦式，于是雖不諫而亦入于是，其性與天生物之德合。民感其化，至今皆相率而不爲惡也。五章言民不爲惡，故今日成人小子皆有德業，有造就，由古我文王無斁于肅雝，令其臣下皆爲譽髦之士，其性與天成物之德合，人感其化，至今相率而止于善也。文王終始能肅雝，兹其所以聖也。

「惠于宗公」傳：「宗公，宗神也。」箋云：「宗公，大臣也。文王爲政咨于大臣，順而行之，故能當于神明。」正義曰：「《書序》云：『班宗彝。』《中庸》云：『陳其宗器。』皆謂宗廟爲宗。又下頻言『神罔』，則宗公是宗廟先公，故云『宗神』也。」又釋箋曰：「若論宗廟，當以王統之，不當言公。且經傳未有以宗廟之神爲宗公者也。」按：上順祖宗，安寧百神，無失其道，其説出于王子雍。而以宗廟之神爲宗公，則孔以己説横爲毛義，傳意初不如是。《尚書》「禋于六宗」、《月令》「祈來年于天宗」、《祭法》「幽宗祭星雩宗祭水旱」，凡言「宗」，皆屬天神。而伏生説六宗云：「天地四時。」馬蝠《尚書注》同之。則六宗有天，是天亦得稱宗神。下「不聞亦式」二句傳云：「言其性與天合。」全詩無「天」字，而傳云然，知毛以此宗神爲天神，言文王奉若天道，先天不違，後天而奉，故天無怨恫也。其所以順于宗神者，即肅雍是也。箋以宗公爲大臣，自成一義。必欲抑傳而申箋，殊可不必。

「以御于家邦」傳：「御，迎也。」箋云：「御，治也。」正義述經曰：「又以爲法迎治于天下之家國，亦令其先正人倫，乃和親族。」又釋箋曰：「易傳者言迎于家邦，則于義不通。若如王肅之言，則是横益治字。故鄭讀爲馭訓爲治也。」按：迎治于家邦，非惟横益治字，亦同傳于箋，正義駁之是也。但謂迎于家邦于義不通，未得毛意。「刑于寡妻」傳云：「刑，法也。」此言文王之肅雍足以爲法，寡妻兄弟皆法之。然則迎者指一家一邦之人，言迎其法于家邦，皆將先正人倫，後和親族也。

「烈假不瑕」箋云：「厲、假皆病也。瑕，已也。」正義曰：「鄭讀『烈假』爲『厲瘕』，故云皆病也。」又曰：「瑕已，《釋詁》文。」按：箋破字，每云「讀若某字」。此不言「烈讀爲厲」「假讀爲瘕」，則鄭所見經本作「厲假」也。「烈」與「厲」古字本通，而「假」「瘕」俱从叚聲，音同者義必通。《説文》「叚」云：「借也。」此外「假」云：「不真也。」「徦」云：「至也。」三字本別，今經傳「叚」借「徦」，至通作「假」。《説文》無「遐」字，新附有之，徐鉉謂或通用「假」。《詩》中「瑕」字，毛、鄭或訓遠，是「瑕」亦「徦」字。而《聘義》注「瑕」爲「玉病」，則義又與「瘕」通。是「徦」「假」「瑕」「瘕」四字互通，故箋以「假」爲「病」也。《釋詁》云：「假，已也。」正義引爲「瑕已」，不言字異，是唐初《爾雅》「假」有作「瑕」者，故箋以「瑕」爲「已」也。《説文》「癘」云：「惡疾也。」「瘕」云：「女病也。」正義引作「癘，疫疾也。」「瘕，病也。」與今本《説文》異。孔所據是唐初本也。

「古之人無斁，譽髦斯士」傳：「古之人無厭於有名譽之俊士。」箋云：「古之人，謂聖王明君也。」正義釋傳箋俱云：「古之人，謂前世聖君，非謂文王。」按：此是箋義。《釋文》云：「一本此下更有『古之人無厭于有譽之俊士也』，此王肅語。」如陸言，則「古人」二句毛本無傳。毛分此詩爲五章，上章「不聞亦式，不諫亦入」傳云：「言性與天合也。」則此章「古之人」二句已解在上章性與天合内。上章言有戎疾之人而不殄絶，是與天生物之德合。此章言令其臣下皆成譽髦之士，是與天成物之德合。孔同傳于箋，雖緣所據傳有「古之人無厭于有名譽之俊士」十二字，然「古之人」三字終以指文王爲得傳意也。

皇矣

「維彼四國，爰究爰度」傳：「彼，彼有道也。四國，四方也。究，謀。度，居也。」箋云：「四國，謂密也、阮也、徂也、共也。度亦謀也。」正義述毛曰：「此桀、紂二君政雖不得民心，身實居天子之位。維四方有道之衆國以天命未改之故，於是从之謀，於是从之居。言皆从紂之惡，與之謀爲非道也。」按：箋以四國爲密、阮、徂、共，可云「與紂謀爲非道」。傳以四國爲有道，其意必不得如正義所云。《書》「宅西曰昧谷」，《今文尚書》作「度西曰柳穀」。臣瓚《漢書注》：「按：古文宅、度同。」下「此維與宅」傳云：「宅，居也。」此傳訓「度，居也」，是毛以「度」亦爲「宅」。傳意言：維彼四方有道之國，天于是爲之謀，與之宅也。「上帝耆之」二句申明二國不獲，「乃眷西顧」二句申明四國究度。蓋又于有道之中眷顧岐周，與《序》「天監代殷莫若周」合。有道，當謂八百諸侯及庸、蜀、羌、髳、微、盧、彭、濮之國。其从紂爲惡者，奄、飛廉五十國耳。不得謂之有道也。

「上帝耆之」傳：「耆，惡也。」正義曰：「耆，老也，人皆惡己之老，故耆爲惡也。」按：《周頌》「耆定爾功」，《韓詩》亦讀耆爲巨夷反，云「惡也」。《爾雅・釋訓》云：「居居、究究，惡也。」《唐風・羔裘》云：「自我人居居。」傳云：「居居，懷惡不相親比之皃。」「居」與「耆」聲同，義可通。故毛、韓俱訓惡耳。孔謂「人皆惡己之老」，恐非。

「其菑其翳」傳：「木立死曰菑，自斃爲翳。」正義引《釋木》云：「立死，菑。斃者，翳。」又云：「自斃者，生木自倒，枝葉覆地爲蔭翳，故曰翳也。」《爾雅》直云「斃者」，傳以其非人斃之，故曰「自斃。」按：今《爾雅》云：「木自斃，柛。立死，椔。蔽者，翳。」《釋文》引《爾雅》云：「木自斃，柛。蔽者爲翳。」明毛傳與《爾雅》異也。而正義云云，若不知《爾雅》上文有「木自弊柛」一句者，豈孔所據《爾雅》本無此句，而「蔽者翳」句「蔽」作「斃」歟？然陸、孔同時，《爾雅》釋文博采諸家，何以不載？孔殆順傳爲説也。毛傳與《爾雅》前後不可知，縱使《爾雅》在前，而「柛」字非《詩》所有，「菑」「翳」二字正與《詩》同，故毛讀「蔽」爲「斃」，「斃」即「獘」之或體。《説文》「獘」云：「頓仆也。」菑爲立死，則此當爲仆死。枝柯枯朽横塞道路，故曰翳。《韓詩》「翳」作「殪」，云：「因也，因高填下也。」亦爲死木，與毛義同。正義謂「生木自倒」，恐非。

「其灌其栵」傳：「灌，叢生也。栵，栭也。」《爾雅・釋木》「栵栭」，郭注曰：「栭樹似槲樕而庳小，子細如栗，可食。今江東呼爲栭栗。」邢叔明引陸《疏》云：「葉如榆也，木理堅韌而赤，可爲車轅。」又云：「《禮記・内則》『芝栭蔆椇』是也。」《釋文》引陸《疏》亦云：「今人謂之芝栭。」如邢疏及《釋文》，則「栵栭」即「芝栭」矣。《禮・内則》「芝栭」，正義曰：「無華而實者名栭，芝屬也。」《本艸别録》云：「木生者爲栭，地生者爲菌。」然則「芝栭」乃芝菌之類，與「似栗」之「栭」别。此詩正義引陸元恪《疏》不云「謂之芝栭」，意从《爾雅》郭注。然以經求之，則二栭皆不可以解此詩。蓋「桯」「梠」「槩」「柘」四者皆爲木名。而「菑」「翳」「灌」「栵」爲一類，菑爲立死，翳爲自斃，灌爲叢生，皆非木名，何獨以「栵」爲「栭栗」？《説文》「栵」云：「栭也。从木，列聲。《詩》曰：其灌其栵。」「栭」云：「屋枅上標。从木，而聲。」《爾雅》曰「栭謂之格」，《説文》稱用毛氏古文，「栵」「栭」二字列于「櫨」「枅」之下，「櫽」「橑」「桷」「椽」之上，初不以爲木名。此傳「栵栭」，當謂木之枝格相交，上承下附，狀如欂櫨侏儒者耳。

「串夷載路」傳：「串，習。夷，常。路，大也。」箋云：「串夷即混夷，西戎國名也。」《釋文》云：「串，古患反。一本作『患』。或云：鄭音患，混音昆。」按：《爾雅·釋詁》云：「串、貫，習也。」《釋文》「貫」作「慣」，云：「本又作『貫』，又作『遦』。」《玉篇》「串」云：「或爲慣、遦。」是「串」即「慣」字，通作「貫」也。古文「貫」作「毌」，《嘯堂集古録》載《周晉姜鼎》云「令威貫通」，「貫」作「毌」；《周南宮中鼎》云「南國貫行」，「貫」作「[illegible]」是也。《説文》有「貫」字「遦」字、「摜」字，而無「串」「慣」二字。心部「患」字云：「从心，上貫吅，吅亦聲。」「吅」字注云：「讀若讙。」「讙」以「雚」爲聲，則「患」音如「雚」，與「貫」音同。又云：「古文患作『[illegible]』。从心，从串。」是《説文》以「遦」「摜」即《爾雅》訓習之「貫」，以古文「患」即《爾雅》訓習之「串」。「串」「患」字同，皆讀作「貫」，故毛訓爲「習」，而鄭訓爲「混夷」。「貫」與「昆」一聲之轉，「混」即「昆」也。

「維此王季。」春秋昭二十八年《左傳》引作「維此文王」。此章箋内兩言「王季」，鄭本自作王季。傳文不顯，正義同鄭述之。按：毛釋各句「度順比文」與《左傳》同。而「貊其德音」傳云：「貊，静也。」即不用《左傳》矣。《左傳》九德中，《周書・謚法解》有其七。惟「貊」與「君」無之。然則心能制義曰度，慈和遍服曰順，擇善而從曰比，經緯天地曰文，毛依《周書》爲説。《周書》無「德正應和曰貊」，故毛自爲訓。明知有《左傳》而不用也。毛于各句不全依《左傳》，知首句必不作「文王」。王子雍自用《韓詩》述毛，亦未必其所見本真作「文王」也。

「貊其德音」傳：「貊，静也。」《釋文》作「貉」，云：「本又作『貊』。」或謂《左傳》作「莫」，故毛不用「德正應和」之訓。然《楚茨》「君婦莫莫」傳云：「清静而敬至。」此傳訓「貊」爲「静」，毛非不知「貊」「莫」音義並同矣。正義引《釋詁》：「貊、莫，定也。」今《爾雅》作「貉嗼」。謂「定是静義，故云貊静。」按：《大學》「定而后能静」，則定、静義别。毛訓爲静，自是經文作「貉」，《釋詁》亦云「貉静」也。

「比于文王，其德靡悔」傳：「經緯天地曰文。」箋云：「王季之德比于文王，無有所悔也。」正義述毛曰：「以此王季之德比于經緯天地文德之周王，其德無爲人所悔恨者。言文王之德不爲人恨，而王季可以比之。」按：王季之德比于文王，自是箋義。傳意未必然也。經言王季之德凡有六克，比在六克之内。此句「比」字不連上文。《漢志》曰南郡有比景縣，《水經・温水》注云：「越烽火至比景縣，日中頭上影當身，下與影爲比。」如淳曰：「故以比景名縣。」闞駰曰：「比，讀蔭庇之庇。影在己下，言爲身所庇也。」此「比」字讀當如之，言王季以此之德庇蔭于經緯天地之文王耳。上章「載錫之光」，毛謂王季錫文王以大位。此章「比」字讀「庇」，與上章「錫」字意同。「其德靡悔」自當指文王。以此章兩言「其德」，而此「其德」句已接文王之後也。

「以按徂旅」傳：「旅，地名也。」箋云：「整其軍旅而出，以却止徂國之兵衆。」正義曰：「上言侵阮遂往侵共，蓋自共復往尋旅。以上文不見，故于此言之。」按：「共」與「旅」當是一地。經中如《泉水》「泲」「禰」，于言出宿飲餞，非有二地。《揚之水》「甫」「許」即「申」。當日周人戍「申」，非戍「甫」「許」。《唐風・揚之水》「沃」是大名，「鵠」即沃都。如此類，皆是一地。此經上言「徂共」，下言「徂旅」，故知共旅爲一。正義據王子雍説，謂别有旅地，總緣未悉經有一地二名之例，故解釋迂迴。若然，「徂旅」即「徂共」，即訓爲往共之兵衆亦何不可？而傳必以旅爲地名者，蓋《孟子》引此詩作「徂莒」。毛學原于孟子，作傳時經字是「莒」，無緣解作「兵衆」，而「莒」从「吕」，聲與「旅」同，故「心吕」之「吕」亦作「膂」，寫經者轉「莒」爲「旅」，鄭乃訓爲徂國之兵衆耳。因思孟子長於《詩》，所引當不誤。如此句作「徂莒」，則箋義阮、徂、共三國外復有一國，不解前儒難鄭、申鄭，何以不一及之？

「度其鮮原」傳：「小山别大山曰鮮。」箋云：「度，謀。鮮，善也。」又云：「乃始謀居善原廣平之地，亦在岐山之南，居渭水之側。」按：《公劉》「巘原」傳云：「小山别于大山也。」《釋文》經作「甗」字，云：「甗，本又作『巘』。」《説文》無「巘」字，「巘」通作「獻」。《月令》「鮮羔開冰」，《吕覽》作「獻羔」。是鮮、獻古字通。傳讀「獻原」爲「鮮原」，故兩處訓同。「度」字毛不爲傳，首章度訓居，此章與居岐對言，則度亦爲居。自大王居岐，下傳至文王沮漆之閒，生齒日繁，漸徙而出。文王之宅鮮原，蓋亦久矣。經于此言之者，首章言此維與宅，次章言帝遷明德，尚未明文王居在何處，故于此表之。曰度，曰居，曰在，正與首二章相應。傳無于此時别起都邑之意。正義述毛爲謀度，强同于箋，非也。箋雖以「鮮原」爲「善原」，然云「亦在岐山之南」，則未離岐山。正義釋箋既謂「去舊都不遠」，又引《周書》「文王在程作《程寤》《程典》」。據皇甫謐之言，「文王徙宅於程，蓋謂此地。」按：《漢志》安陵，闞駰謂周之程邑。安陵今之咸陽，在陝西西安府西北五十里，在岐山東約三百里，不可謂不遠，亦不得爲岐山之南。正義誤也。雍州之地名原者多，故《書》稱「原隰厎績」。如毛傳，則凡小山旁有廣平之地即爲鮮原。如鄭箋，則「鮮原」即「善原」，初無一定之名。《周書·和寤解》云：「王乃出圖商，至于鮮原。」《汲郡古文》云：「帝辛五十二年庚寅，周始伐殷。秋，周師次於鮮原。」皆武王宅鎬以後事。此兩「鮮原」不知的在何處，但云「伐殷」「圖商」，其爲鎬京東出師行必由之路可知。未有商紂在東，周師乃向西而發，轉由岐山舊都者也。孔晁注《和寤》，以鮮原爲近岐周之地，本屬臆見。説《詩》者或乃據《周書》《竹書》以當此經之「鮮原」，未可信也。

「是絶是忽」傳：「忽，滅也。」正義曰：「忽滅者，言忽然而滅，非訓忽爲滅也。」按：《春秋》莊十一年《左傳》：「桀、紂罪人，其亡也忽焉。」杜注：「忽，速皃。」文五年《左傳》：「皋陶庭堅不祀忽諸。」杜注：「忽然而亡。」正義説蓋本此。然《釋詁》「卒」「泯」「忽」「滅」俱訓「盡」也。則「忽」「滅」義同，「忽」亦可訓爲「滅」。傳意謂絶之而又盡耳。

靈臺

「不日成之」傳：「不日有成也。」箋云：「不設期日而成之。言説文王之德，勸其事，忘己勞也。」正義傳、箋合述，以箋爲申傳。按：傳意言不一日而已有成，似神靈爲之，正釋臺之所以名靈。不然，下傳「囿沼」毛且釋「靈」字，豈于「靈臺」反無釋乎？《文選・東京賦》云：「經始勿亟，成之不日。」薛綜注曰：「不用一日即成之。」深得毛意。箋言不設期日，是顧經「勿亟」爲説。趙邠卿注《孟子》云：「不與之相期日限。」韋昭注《國語》云：「不課程以時日。」皆與鄭同。傳、箋別矣，分述爲得。

「王在靈囿」傳：「囿，所以域養禽獸也。天子百里，諸侯四十里。靈囿，言靈道行於囿也。」正義曰：「天子百里，諸侯四十里，解正禮耳。其文王之囿則七十里，故《孟子》云云。」如孔言，是文囿七十里，七十里即靈囿矣。按：孟子言，于傳有之，順宣王之問，姑妄應之，意在與民共之諷勸宣王耳。毛知孟子之意，故此傳直言「四十里」，以文王未爲天子也。若然，文囿四十里，有雉兔者往來其中，麀鹿、白鳥何以能嬉遊得所？則知四十里之囿與靈囿亦當有别。《周禮》：「囿人，職掌囿游之獸禁，牧百獸。」鄭注曰：「囿游，囿之離宮小苑觀處也。養獸以宴樂視之，禁者，其蕃衛也。」賈公彦疏云：「《孟子》：『文王之囿方七十里』，是田獵之處。今此云禁，知非大囿，是小苑觀處也。」如《周禮》注疏，是小苑在大囿中，故曰囿之小苑。文王靈囿亦即在四十里中爲小苑内，以時觀遊節勞逸外，以供四時之畋。此囿又自有蕃衛，以畜鹿鳥之等，其外乃與民共之。故鹿鳥能得所也。傳「域養」三句統釋四十里之囿，「靈道」一句專釋靈囿。正義不爲剖析，亦疏。

「於論鼓鐘，於樂辟廱」《釋文》云：「於音烏，鄭如字。下『於樂』『於論』皆同。」正義述毛云：「於是思念鼓鐘，使人和諧，於是作樂在此辟廱宮中。」箋云：「於得其倫理乎？鼓與鐘也。於喜樂乎？諸在辟廱宮者，言感于中和之至。」是毛如字，而鄭音烏也。上箋云：「鳥獸肥盛喜樂。」《釋文》云：「樂音洛。」下文「於樂」注：「喜樂皆同。」正義述毛「於樂」云：「於是作樂。」是鄭音洛，而毛音岳也。陸、孔各異，當以正義爲長。《釋文》「於」字下當云：「於音烏。毛如字。」「於樂」下當云：「毛音岳，鄭音洛也。」

下武

「媚兹一人，應侯順德」傳：「一人，天子也。應，當。侯，維也。」箋云：「媚，愛。兹，此也。可愛乎武王，能當此順德。謂能成其祖考之功也。」按：上「王配于京」傳云：「王，武王也。」此傳「天子」當謂帝辛，言武王媚茲天子，當維順德也。下經「昭哉嗣服」。服，事也。即嗣文王之服事。《論語》曰：「三分天下有其二，以服事殷，周之德其可謂至德也已矣。」「周德」詞兼文、武。十三年以前武王固恪守臣節者也。下篇《序》言「繼伐」，而此篇《序》言「繼文」，則是武王初繼位事。《序》雖言「武王復受天命」，特據卒章「受天之祜」而言，此章的是服事，傳義與經、序相應。箋以「天子」爲武王，「嗣服」爲伐紂。正義同鄭述之，全失毛旨矣。

「昭茲來許」傳：「許，進。」正義曰：「以禮法既許而後得進，故以許爲進。許之訓進，《爾雅》無文。前儒以《東觀漢記》引作『昭茲來御』，疑『許』字傳寫之誤。」按：傳無讀若之例，凡字異而訓同者，明古字相通，如「度」「宅」皆訓「居」，「誘」「牖」皆訓「道」是也。《六月》「飲御諸友」傳云：「御，進也。」此「許」亦訓「進」，是「御」「許」古通。

文王有聲

「有此武功」箋云：「武功，謂伐四國及崇之功也。」正義曰：「非獨伐崇而已，受命之後所伐邘、耆、密、須、混夷之屬皆是也。故云：武功，謂伐四國及崇之功。」按：《皇矣》「維彼四國」箋云：「四國，謂密也，阮也，徂也，共也。」此箋「四國」，即《皇矣》之四國。若以邘、耆等國當之，則密、須外尚有阮、徂、共三國，是七國矣。

「築城伊淢，作豐伊匹」傳：「淢，成溝也。匹，配也。」箋云：「方十里曰成。淢，其溝也。」

又云：「築豐邑之城，大小適與成偶。大于諸侯，小于天子之制。」正義謂天子之城九里、十二里，鄭有兩解。《典命》注每言「蓋」，《匠人》注云「立王國若邦國」者，皆爲疑詞，以見二途之意。今按：注《禮》在前，箋《詩》在後，此箋明言十里，大小相偶，並無疑詞，似豐城十里爲小于天子十二里矣。然《周書·作雒解》云：「乃作大邑成周于土中，城方千六百二十丈。」以方一里三百步，每步六尺計之，九里得二千七百步，爲千六百二十丈。彼天子之城九里，而此豐城得十里者，《小司徒》注云：「甸方八里，旁加一里，則方十里爲一成。積百井，九百夫。其中六十四井出田稅，三十六井治洫。」《匠人》注云：「方十里爲成，成閒容一甸。甸方八里，出田稅。緣邊一里治洫。」然則築城伊淢，亦止有成閒一甸之地，其外以爲城溝。是豐城八里，爲小于天子九里也。《說文》云：「淢，疾流也。从水，或聲。」「洫」云：「十里爲成。成閒廣八尺深八尺謂之洫。从水，血聲。」此詩「淢」字，作「洫」爲正。《釋文》云：「淢，字又作『洫』。」

「鎬京辟廱」傳：「武王作邑于鎬京。」箋云：「自，由也。武王于鎬京行辟廱之禮，自四方來觀者皆感化其德，心無不歸服者。」按：經兩「皇王烝哉」，箋于上章云：「文王武王今得作邑于其旁地，爲天下所同心而歸。大王爲之君。」又云：「變王后言大王者，武王之事又益大。」此章言「武王于鎬京行辟廱之禮」，是鄭以兩「皇王」皆爲武王。傳于上章「皇王維辟」云：「皇，大也。」不言文、武。此章始言「武王作邑于鎬京」，則以上章「皇王」爲文王，此章「皇王」似爲武王。但既以上章爲文王，此章不應有異。文王受命之年，毛無明説。《鴟鴞》傳言「寧亡二子」，則毛意周公無除喪攝政避居東都之事，其受命之年必不得與鄭同，《文王》篇正義已言之。是毛以文王受命九年而崩，同于《古文尚書》之説。《汲郡紀年》云：帝辛三十三年，「王錫命西伯得專征伐」，爲受命元年。三十五年，「西伯自程遷于豐」，爲受命三年。三十六年，「西伯命世子發營鎬」，爲受命四年。《周書·文傳解》云：「文王受命之九年，時維暮春，在鎬召太子發。」九年在鎬，明三年遷豐，四年營鎬。此傳言「作邑于鎬京」，實在文王時。是毛以此章「皇王」亦爲文王也。作之即應居之，故下章「宅是鎬京」，毛不復發傳。經言「考卜維王」，爲武王成之作引也。鄭以《史記·周本紀》及伏生《書傳》俱言文王受命七年而崩，伐崇作豐爲六年事。明年即崩，則鎬京爲武王作之，武王宅之。傳、箋不同，正義不爲區別，疏矣。

皇清經解卷一千三百四十八終

靈川秦培璠舊校

南海桂文烜鄦伯奇新校

毛詩紬義　卷十九

嘉應李庶常黼平著

生民之什

生民

「時維姜嫄」傳：「姜，姓也。后稷之母，配高辛氏帝焉。」箋云：「姜姓者，炎帝之後。有女名嫄，當堯之時爲高辛氏之世妃。」正義謂箋本《命曆序》「帝嚳傳十世」，則堯非嚳子，姜嫄不得爲帝嚳之妃，引張融難毛爲得鄭旨。融言「堯有賢弟七十，不用須舜舉之，明稷非堯弟。」按：「即有邰家室」傳云：「堯見天因邰而生后稷，故國后稷于邰。」是堯時稷爲諸侯。《周本紀》亦言堯舉棄爲農師，何嘗不用？《春秋》文十八年《左傳》無后稷之名，稷在八元，一家之説，何可爲據？融又言：「帝嚳聖夫，姜嫄正妃，配合生子，人之常道。《詩》何故但歎其母，不美其父，而云『赫赫姜嫄，其德不回。上帝是依，是生后稷。』周、魯何殊，特立姜嫄之廟？」按：詩人之詞例得專美。「思齊大任，文王之母」，不美王季。若執《魯頌》謂稷但有母，亦將據《思齊》而謂文王無父乎？至姜嫄有廟，別自有說。周自后稷，世爲諸侯，天子非所宜祖。不廟帝嚳，禮亦不廟姜嫄。閟宮，傳引孟仲子說，以爲禖宮。是則姜嫄因郊禖而生子，後王以爲嘉祥，祀之禖宮，以配上帝。蓋自虞夏以來然矣。周以先妣之親仍而不毀，實非殊特立之也。稷爲嚳子，毛義實長。箋之所言自成別趣，必欲抑此伸彼，未敢雷同。

「履帝武敏歆」傳：「履，踐也。帝，高辛氏之帝也。武，迹。敏，疾也。从于帝而見于天，將事齊敏也。歆，饗。」箋云：「帝，上帝也。敏，拇也。」又云：「祀郊禖之時，時則有大神之迹。姜嫄履之，足不能滿，履其拇指之處，心體歆歆然。其左右所止住，如有人道感己者也。于是遂有身，而肅戒不復御。後則生子而養長之，曰棄。」按：傳、箋義別，而大致相同。「誕寘之隘巷」傳云：「天生后稷，異之于人，欲以顯其靈也。帝不順天，是不明也，故承天意而異之于天下。」是毛意亦以帝嚳謂稷天生，同于箋也。感天之說已同于箋，御夫與否可勿深求。無論房闈之事非後世所得知，假使復御于夫，感天何礙？許叔重《說文》「姓」字注曰：「人所生也。古之神聖母感天而生子，故稱天子。」然則華胥履迹，是生庖犧。女登遇龍，攸降炎帝。大電繞斗，附寶實孕軒轅。瑶光貫月，昌僕爰懷顓頊。自古神靈之后靡不受精于天，不係于夫之御不御矣。箋言「肅戒」，據禮而言。正義謂簡狄吞卵復御于夫，姜嫄不御。何其泥哉！

「先生如達」傳：「達，生也。姜嫄之子先生者也。」箋云：「達，羊子也。大矣后稷之在其母，終人道十月而生。生如達之生，言易也。」正義釋傳曰：「達生者，言共生易如達羊之生。但傳文略耳，非訓達爲生也。」按：《説文》羊部「羍」云：「小羊也。从羊，大聲。讀若達。」辵部「達」云：「行不相遇也。从辵，羍聲。《詩》曰：挑兮達兮。」《廣韻》「羍」「達」二字外別有「達」字，云：「通達，音唐割切。」《説文》無「通達」之字，「羍」讀若「達」，實兼「通達」之「達」，即毛此傳訓「生」之義。《玉篇》「羍」云：「生也，小羊也。」一依《詩》傳，一依《説文》。然則經「達」字本作「羍」，訓生。凡婦人免身，初生者難，已生者易。先生如生，猶言初生如已生，義不係于小羊也。正義欲同傳于箋，故云「達非訓生」，誤會傳意。《載芟》「驛驛其達」，《釋訓》統云「生也」。

「誕寘之隘巷」傳：「天生后稷，異之于人。」箋云：「天異之。」正義謂異之于人，猶有奇表異相。若孔子之河目海口、文王之四乳龍顔之類。但書傳不言后稷異狀，無得而知之耳。」按：傳、箋言異，取之于經。祀郊禖者多矣，不必皆得子。今祀而即得，是一異也。人之生也，類多横逆人道。今后稷之生無坼副菑害，是二異也。兒生而啼，古今一致。《書》云「啓呱呱而泣」、《斯干》云「其泣喤喤」是也。后稷經三寘之後始呱然而啼，則初生時不泣可知。此其尤異于人者。故傳、箋皆以爲天異之，非必有奇表異相也。

「牛羊腓字之」傳：「腓，辟。字，愛也。」正義釋傳自「字愛」起，不釋「腓」字。傳本無「腓辟」二字，以《采薇》傳已訓「腓」爲「辟」，故不復爲傳。《釋文》云：「腓，符非反，避也。」校書者依《釋文》增入也。下傳云：「牛羊而辟人者，理也。」傳義自明，不增入爲是。凡字同而訓異者，明古文字別。《四月》「百卉具腓」，傳訓爲「病」。據《選》注，字本作「痱」，此與《采薇》訓辟者易。《咸卦》「腓」，荀爽作「肥」。《艮卦》「腓」，《釋文》云：「本又作『肥』。」是「腓」即「肥」字，而「肥」與「飛」通。「肥泉」歸異出同。「肥遁」，《九師》易作「遁而能飛」。「肥」「飛」皆有「離辟」之義，故得訓爲「辟」。《周本紀》云：「棄之隘巷，馬牛過者皆辟不踐。」于時毛傳未顯，太史公讀此詩「腓」字已解作「辟」。遷生十歲而誦古文，豈古文「腓」字本訓「辟」歟？周之先公公非，字辟方。「非」即「腓」也，其訓古矣。

「即有邰家室」傳：「堯見天因邰而生后稷，故國后稷於邰，命使事天，以顯神順天命耳。」正義曰：「此邰爲后稷之母家，其國當自有君。所以得封后稷者，或時君絶滅，或遷之他所也。」按：《説文》：「邰，炎帝之後，姜姓所封，周棄外家國。从邑，台聲。右扶風斄縣是也。《詩》曰：有邰家室。」是姜嫄父爲炎帝之後。伯夷亦炎帝後，爲堯四岳，佐禹治水有功。稷封于邰，伯夷封于吕，明邰國已絶，故稷得居其政地，而以伯夷續炎帝之後也。《列女傳》稱「大姜有邰氏女」者，言大姜與姜嫄同祖炎帝耳，非殷時邰國尚存。《周語》伶州鳩曰：「我皇妣大姜之姪，伯陵之後，逢公之所憑神。」是大姜乃有逢國女。《周本紀》張守節正義曰：「《國語》云：齊、許、申、呂四國皆姜姓也。四岳之後，大姜之家。」知大姜不家于四國，亦可知大姜不家于有邰矣。稷得事天，宋世儒者頗以毛傳爲失，以諸侯不得祭天也。以傳觀之，乃出于堯之特賜。簡狄吞卵生契，契封于商，當亦得祭天。知者，《論語》曰：「敢用玄牡，敢昭告于皇皇后帝。」此湯伐桀告天之詞。湯爲諸侯而得祭天，蓋因于契。不然，則殷以前諸侯得祭天也。

「誕降嘉種」箋云：「天應堯之顯后稷，故爲之下嘉種。」正義曰：「如此言，則功成受封之後始天與之種，唯四穀而已。」引《閟宫》「百穀」辨其不止四穀，又謂非天實降之。按：此皆不足致辨。如稷非天生，則穀非天降。天實因郊而生稷，則亦可因堯顯后稷而降之穀矣。正義于思文臣工貽我來牟皆信之，而獨疑于此，何歟？

「維秬維秠」傳：「秬，黑黍也。秠，一稃二米也。」《爾雅·釋艸》同。李巡曰：「黑黍一名秬。」郭璞曰：「秠，亦黑黍。但中米異耳。」如郭言，則秠亦黑黍。傳不言黑黍，因于上也。《春官·鬯人》鄭注云：「釀秬爲酒，秬如黑黍，一秠二米。」《鄭志》答張逸云：「秠即皮，其稃亦皮也。《爾雅》重言以曉人。」如《春官》注及《鄭志》，是鄭讀《爾雅》以秠爲秬之皮，故云「其稃亦皮」。又云「重言以曉人」，是合秬、秠爲一穀。下箋云：「后稷以天爲已下此四穀之故，則遍種之。」乃分秬、秠爲二與？麇、芑爲四穀，正義引《春官》注但辨稃得爲秠，而于《禮》注「一穀」、下箋稱「四穀」處略不分解，亦疏。

「恒之秬秠」傳：「恒，遍。」正義曰：「以言種之廣多，故以恒爲遍。定本作『恒』，《集注》作『亙』。」按：恒，本「桓」字。《説文》「桓」云：「竟也。古文作『亙』。」毛詩本古文，作傳時經字是「亙」，故訓爲「遍」。「竟」與「遍」，其義一也。《廣韻》不收「桓」字，有「亙」字，注云：「通也，遍也，竟也。出《方言》。」是「亘」訓「竟」，亦訓「遍」。《文選·西都賦》云：「北彌明光而亘長樂。」李善注引《方言》曰：「亘，竟也。亘與絙古字通。」此「竟」之義也。《西京賦》「繚亘綿聯」今本賦作「繚垣」，依注當作「亘」。薛綜注曰：「繚亘，猶繞了也。」善曰：「今並以亘爲垣。」如薛注，是「遍」之義也。定本作「恒」，乃「桓」之省文耳。正義於此殊略。桓，古鄧切。

「釋之叟叟」傳：「釋，淅米也。叟叟，聲也。」正義曰：「《説文》云：『淅，汰米也。』《孟子》曰：『孔子去齊，接淅而行。』謂洮米未炊，漉之而去，言其疾也。」又云：「傳以洮米則有聲，故言『溲溲，聲。』」按：《説文》：「釋，漬米也。淅，汰米也。」二字截然不同，而得訓「釋」爲「淅」者，「淅」訓「汰米」，亦爲「漬米」。《説文》「滰」字下注云：「浚乾漬米也。从水，竟聲。《孟子》曰：『夫子去齊，滰淅而行。』」是許以「滰」爲「浚乾」，以「淅」爲「漬米」。趙邠卿《孟子注》亦云：「淅，漬也。」毛蓋讀「淅」如「漬」。漬米將烝，以手起之，故叟叟有聲，非洮米之淅。正義述經，釋傳「叟叟」俱作「溲溲」。《釋文》云：「叟，所留反。字又作『溲』。」經字當作「溲溲」，乃合正義原本。

行葦

《序》：「忠厚也。周家忠厚，仁及艸木，故能内睦九族，外尊事黄耇，養老乞言，以成其福禄焉。」説此經者或據班叔皮《北征賦》、《後漢書·寇榮傳》及王符、趙長君之説，斷爲公劉詩。按：《序》言周家忠厚，詞無專屬。經八章，箋以上六章爲先王，後二章爲成王。傳雖不顯，而于曾孫爲主始言成王，則亦與箋不别。言先王而公劉在其中矣。然「洗爵奠斝」傳云：「斝，爵也。夏曰醆，殷曰斝，周曰爵。」傳意以斝亦是爵，主周而言。箋云：「用殷爵者，尊兄弟也。」以殷爵爲尊，必周有天下之後乃可劃分殷、周，是毛、鄭以「肆筵」「授几」而下爲武王時也。然則首章統指先王，二章以下爲武王，七章、八章爲成王。如此，則衆家之義皆合矣。

「或歌或咢」傳：「歌者，比於琴瑟也。徒擊鼓曰咢。」正義曰：「徒擊鼓曰咢，《釋樂》文。孫炎曰：『聲驚咢也。』王肅述毛作『徒擊鼓』。今定本、《集注》作『徒歌』者，與《園有桃》傳相涉而誤耳。」如孔言，是以作「徒歌」爲誤。《釋文》載毛「徒歌曰咢」，復引《爾雅》，其意亦以「徒歌」爲誤也。按：如孫炎之注，謂徒然擊鼓其聲令人驚咢。此經主言歡燕，何取乎驚咢之聲？

《説文》「咢」云：「譁訟也。」「訟」云：「一曰歌訟。」讙譁歌訟，是咢與歌爲一類事。《園有桃》傳云：「曲合樂曰歌，徒歌曰謡。」明謡不能合樂。此傳云：「歌者，比於琴瑟也。徒歌曰咢。」明咢不比琴瑟。傳意咢與謡同，言酒殺既備，作樂助勸，時或有比于琴瑟而歌者，時或有不比琴瑟而咢者耳。毛傳不用《雅》訓者多矣，曰咢必依《爾雅》，比于琴瑟豈《爾雅》乎？正義據王子雍以述毛，非毛意也。

「敦弓既堅」傳：「敦弓，畫弓也。天子敦弓。」正義曰：「作者主言天子之弓而已，其諸侯公卿宜與射者自當各有弓，不必畫矣。其等級無文以明之也。定四年《公羊傳》何休注云：『天子雕弓，諸侯彤弓，大夫嬰弓，士盧弓。』事不經見，未必然也。」惠氏引《荀子》以證之，是矣。何邵公之説與《荀子》合，孔不信者。《尚書·文侯之命》：「彤弓一，彤矢百。盧弓一，盧矢百。」孔安國注曰：「彤，赤盧黑也。諸侯有大功賜弓矢，然後專征伐。彤弓以講德習射，藏示子孫。」彼正義曰：「司弓矢云：唐弓大弓以授學射者、使者、勞者。鄭云『勞者勤勞王事，若晉文侯受弓矢之賜者。』鄭玄以此『彤弓』『旅弓』經作「盧」，疏作「旅」。爲《周禮》『唐弓』『大弓』。」如彼正義，則彤、盧即唐、大，乃天子之弓以賜諸侯之有功者。而何邵公以盧弓爲士弓，此其所以疑也。至謂敦與雕古今之異，敦弓即雕弓，孔亦以何説爲然。《文選·東京賦》「雕弓斯彀」，薛綜注曰：「雕弓，謂有刻畫也。」直作雕弓。相如《子虛賦》「左烏號之雕弓」，張揖曰：「黄帝乘龍上天，小臣不得上，挽持龍鬚。鬚拔墮黃帝，弓臣下抱弓而號，名烏號也。郭璞曰：「雕，畫也。」然則天子畫弓起于黃帝，其來遠矣。敦，《說文》作「弴」，云：「畫弓也。」正用毛傳。徐音都昆切，《廣韻》都昆、丁僚二音。

「敦弓既句」傳：「天子之弓，合九而成規。」正義曰：「傳言此者，明『既句』是引滿之時也。以合九成規，此弓體直。今言『既句』，明是挽之。《說文》云：『彀，張弓也。』《二京賦》曰：『雕弓既彀。』『彀』與『句』字雖異，音義同。」按：《說文》「彀」云：「張弩也。」「張」云：「施弓弦也。」「引」云：「開弓也。」「弙」云：「滿弓有所鄉也。」則「彀弓」非即引滿。《弓人》云：「往體寡，來體多，謂之王弓之屬。」注云：「王弓，合九而成規。」其上文云：「爲天子之弓，合九而成規。」注云：「材良則句少也。」賈疏云：「此言角弓形未張之時。」如賈言，則此傳引「合九成規」，正謂「往體寡來體多」，以釋經中「句」字。「既句」者，言略有句形，是弓尚未張。與上章「既堅」一例，皆謂弓之良也。正義以「句」爲「彀」，又以「引滿」釋之，全違毛意。句，讀如「鉤」，與「鍭」協。《釋文》音古豆反，亦非。

既醉

「永錫爾類」傳：「類，善也。」箋云：「長以與女之族類，謂廣之以教道天下也。」按：《說文》「頪」云：「難曉也。从頁米。一曰：鮮白皃。从粉省。」《釋詁》鮮、類俱訓爲善。此傳訓善，字當作「頪」。《説文》「類」云：「種類相似，惟犬爲甚。从犬，頪聲。」此箋以類爲族類，即種類之類，字當作「類」。頪，盧對切。類，力遂切。音義迥别。箋不言「頪當爲類」，則經本作「類」。傳讀爲「頪」而訓「善」，假借也。

「室家之壼」傳：「壼，廣也。」正義曰：「《釋宫》云：『宫中巷謂之壼。』以宫中巷路之廣，故以壼爲廣。」按：《釋宫》又云：「廟中路謂之唐，堂塗謂之陳。」毛于「中唐有甓」「胡逝我陳」皆訓爲堂塗。此傳訓廣，知毛不依《釋宫》矣。《説文》「壼」云：「宫中道，从口，象宫垣道上之形。《詩》曰：室家之壼。」宫垣之道，繚亘聯綿，有廣闊之象。而《爾雅》釋文「壼，或作『𡇃』。」《漢書·成帝紀》：「風拔甘泉畤中大木十韋以上。」師古注：「韋與圍同。」圍亦有廣大之義，故《外傳》釋「壼」爲廣，毛公依而用之。然如王子雍述毛云：「以其善道施於室家，而廣及天下。」則「廣」字不屬室家，宜爲正義所駁。傳意言天錫善道，如何乎使女室家之内意誠心廣，皆有士君子之行也。如此，乃與篇義相應。《説文》「廣」云：「殿之大屋也。」「廙」云：「闊也。一曰廣也，大也。一曰寬也。」經典言「致廣大」「志意得廣」「德廣所及」，皆當从心作「廙」。

「永錫祚胤」傳：「胤，習也。」正義述經云：「天又長與汝之福祚，至于胤嗣之子孫。」《釋文》：「胤，羊刃反，嗣也。」陸、孔皆作「胤嗣」，今汲古閣本「胤，習也」，恐誤。

鳧鷖

「鳧鷖在涇」傳：「鷖，鳧屬。」正義曰：「鷖與鳧俱在涇，故知鳧屬。《蒼頡解詁》云：『鷖，鷗也。一名水鴞。』」如孔言。是以鷖、鷗爲一鳥也。按：《説文》「鷖」云：「鳧屬。从鳥，殹聲。《詩》曰：鳧鷖在梁。」「鷗」云：「水鴞也。从鳥，區聲。」以爲二鳥。《説文序》曰：「凡《倉頡》已下十四篇，凡五千三百四十字。群書所載略存之矣。」是《説文》之字悉本《倉頡》。不知《解詁》何以合爲一鳥。鷖是鳧屬，則與鳧相若。而《吴都賦》「鸛鷗鷁鸕」，李善注引《蒼頡篇》曰：「鷗大如鳩。」鳩固小于鳧也。《周禮・春官・巾車》云：「安車，雕面鷖總。」注云：「鷖總者，青黑色，以繒爲之。」賈公彦疏云：「取鳥之鷖色青黑爲義。」是鷖鳥青黑色。自來詞人惟云白鷗未，聞有青鷗、黑鷗者。其不得爲一鳥明矣。

「鳧鷖在沙」傳：「沙，水旁也。」正義曰：「上言在涇，此云在沙，則在涇水之旁沙也。故云『沙水旁』。《易・需卦》九二：『需于沙。』注云：『沙，接水者。』亦是水旁矣。《説文》云：『沙，水中散石也。水少則沙見，故字从水少耳。』」按：《説文》沙是細碎之石，故云「水散石」。《説文》本無「中」字。此經之「沙」當謂疏土，濱江之地所在多有。太白詩所謂「相迎不憚遠，直至長風沙」者是也。《需卦》正義云：「沙是水旁之地，稍近於水。」與彼注「沙接水」合。與此傳「沙水旁」亦合。孔于此乃引《説文》以釋傳，誤也。

「鳧鷖在亹」傳：「亹，山絶水也。」箋云：「亹之言門也。」正義曰：「謂山當水路，令水勢絶也。」按：《釋水》云：「正絶流曰亂。」郭璞注曰：「直横流也。」凡兩岸有山，或山在水中，其脉皆横流而過。《禹貢》「道岍」，孔傳謂「荆山之脉逾河而爲壺口雷首」是矣。非令水絶。《説文》「虋」从艸釁聲，《爾雅》从艸从舋。「舋」即「亹」之省。「亹」即「虋」也，聲同假借耳。箋云「亹之言門」，蓋與門通。《漢志》「浩亹水東至允吾入湟水」，孟康注：「浩亹，音閤門。」今俗呼此水爲閤門水。《水經・河水》篇酈注：「湟水又東與閤門河合，即浩亹河也。」是字通之證。浩亹之爲門，酈注但稱閤門。河又東逕養女北山，無横流而過之形。大河上有孟門山，酈注稱「此石經始禹鑿，河中漱廣，夾岸崇深，傾崖返捍，巨石臨危，若墜復倚。」下有龍門山，酈注稱「大禹所鑿，通孟津河口，廣八十步。」又下有底柱，亦名三門山，酈注稱「三穿既決，水，流疏分，指狀表目，謂之三門。」此外，大江有海門二山，海有碣石山。《秦始皇本紀》刻揭石門，皆山之絶水稱門者也。

假樂

《序》：「嘉成王也。」正義曰：「作假樂詩者，所以嘉美成王也。」又云：「正詩例不言美，以見爲經之正，因訓假爲嘉，故轉經以見義。」按：古者「假」「嘉」一字。首章傳讀「假」爲「嘉」，非字訓也。是以《中庸》引此詩直作「嘉樂」。箋云「天嘉樂成王有光光之善德」，是「嘉」者，天嘉之也。正義云云，失《序》意矣。

「民之攸塈」傳：「塈，息也。」正義曰：《釋詁》云：「『呬，息也。』某氏曰：『《詩》云：民之攸塈。』郭璞曰：『今東齊呼息爲呬。』則塈與呬，古今字也。」按：孔引《爾雅》某氏，以「呬」當此詩之「塈」，非也。《説文》「呬」云：「東夷謂息爲呬。从口，四聲。《詩》曰：昆夷呬矣。」《綿》詩「昆夷駾矣，維其喙矣」傳云：「喙，困也。」《方言》云：「⿰女彖⿰亻⿰谷几，倦也。」郭注云：「今江東呼極爲⿰女彖。」《方言》又云：「⿸疒彖，極也。」郭注亦云：「江東呼極爲⿸疒彖。」《廣韻》二十廢「⿸疒彖」字注云：「許穢切，困極也。」合毛傳、《方言》釋之也。引《詩》云「昆夷⿸疒彖矣。」又云：「本亦作『喙』『⿰女彖』。」《廣韻》引《詩》與《説文》同，皆指「維其喙矣」句。《史記·匈奴傳》「蚑行喙息，蠕動之類。」索隱注曰：「或以蚑行，或以喙息。」是「喙」有「息」義，故許叔重以「呬」當《詩》之「喙」。「呬」「喙」「⿸疒彖」「⿰女彖」四字通也。然則《爾雅》之「呬息」乃釋《綿》篇之「喙」字。此詩之「塈」不見《爾雅》，然《爾雅》云：「憩，息也。」《玉篇》云：「屭，息也。今作『憩』。」《廣韻》亦同《爾雅》。《釋文》云：「憩，本或作『愒』。」《説文》「愒」云：「息也。」徐鼎臣謂今別作「憩」，非是。此詩「塈」字當是「屭」字，即《爾雅》之「憩」、《説文》之「愒」字耳。

公劉

「篤公劉」傳：「公劉居于邰，而遭夏人亂，迫逐公劉。公劉乃辟中國之難，遂平西戎，而遷其民邑于豳焉。」按：不窋竄于戎狄，公劉應自狄而遷。傳言「居于邰」者，《國語》云：「我先王不窋用失其官，而自竄于戎狄之閒。明不窋一人自竄，非盡室而行，子孫猶在邰國。至公劉復爲稷官，故《史記·匈奴傳》謂「夏道衰而公劉失其稷官，變于西戎，邑于豳。」爲稷官必在邰國，故言「居於邰」。《白虎通》云：「后稷封于邰，公劉去邰之豳。」同于毛也。夏有三亂，一爲大康時，一爲帝相時，一則帝辛時。傳言「夏亂」，未知傳意當夏何帝。正義謂在大康後少康前，約略言之耳。《史記·周本紀》索隱曰：「《帝王世紀》云：『后稷納姞氏，生不窋。』而譙周按《國語》云：『世后稷以服事虞、夏。』言世稷官，是失其代數也。若不窋親棄之子，至文王千餘歲惟十四代，亦不合事情。」嘗以索隱之言參之《春秋》內外傳，乃知寃却太史公。昭九年《左傳》詹桓伯曰：「我自夏以后稷，魏、駘、芮、岐、畢，吾西土也。」后稷封邰乃在堯世，不得言「自夏」。今言「自夏」，則謂夏世爲后稷之官，與《國語》「世后稷」之文合。《周本紀》曰：「封棄於邰，號曰后稷，別姓姬氏。后稷之興，在陶唐、虞夏之際，皆有令德。后稷卒，子不窋立。不窋末年，夏后氏政衰，去稷不務。不窋以失其官，而奔戎狄之閒。自「后稷之興」至「后稷卒」，言「皆有令德」，非止一世之詞。蓋依內外傳統稱不窋以上諸君官后稷者，非謂后稷之身也。《劉敬傳》曰：「周之先，自后稷堯封之邰，積德纍善十有餘世。公劉辟桀居豳。」以公劉當帝辛時逆推之，則鞠陶當帝臯、帝發二帝，在位共十年。而不窋當帝孔甲。《夏本紀》曰：「帝孔甲立，好方鬼神，事淫亂，夏后氏德衰。」即《周本紀》「不窋末年，夏后氏政衰」也。禹至桀十七世，除兄弟同世者，實十三世。后稷至公劉十餘世足以當之。湯至紂二十九世，除兄弟同世者，實十五世。公劉至文王十二世足以當之。如此，則所謂千餘歲惟十四世者，非所難矣。然則傳言「夏亂」，謂夏桀時。《夏本紀》曰：「夏桀不務德而武傷百姓，百姓弗堪，乃召湯而囚之夏臺。」因湯，正所以迫逐公劉。公劉見幾而作，故免於難。傳言「遂平西戎而遷其民」者，公劉先世爲西土之長，豳當屬岐。自不窋卒後，子孫居邰，其地爲西戎所占，必先平之然後可遷。傳明所以得遷之意，于經無所當也。

「既登乃依」傳：「賓已登席坐矣，乃依几矣。」正義曰：「上言筵几，此言登依，則是登筵依几。故云『賓已登席矣，乃依几矣。』以傳此言，則知上筵几者，毛意以公劉爲群臣設之。」又引孫毓言此篇無饗燕尊賓之事，其意以孫評爲然。按：首章傳言「諸侯之从者十有八國」，三章經言「于時廬旅」，謂同遷諸侯寄寓豳邑，如衛戴公之廬漕也。此章筵几之設，即燕廬，寄之諸侯。「食之飲之」，飲即是饗。驗之上下，經旨瞭然，何言無饗燕尊賓之事？孫評未確，正義以筵几爲群臣設，亦非。

「酌之用匏」傳：「酌之用匏，儉以質也。」正義曰：「匏是自然之物，故云『儉且質也』。」定本云『儉以質也』。」如孔言，是傳作「且質」，今本校書者依定本改之也。當作「且質」乃合正義原本。

「君之宗之」傳：「爲之君，爲之大宗也。」箋云：「宗，尊也。公劉雖去邰國，來遷群臣从而君之尊之，猶在邰也。」正義釋傳曰：「此以諸侯爲一國之所尊，故云爲之大宗也。」按：訓「宗」爲「尊」，自是箋義。孔以鄭釋毛，殆爲孫毓所惑。毓謂國君不統宗，以毛爲失。按：《春秋》襄十二年《左傳》云：「同宗于祖廟。」又云：「爲邢、凡、蔣、茅、胙、祭，臨於周公之廟。」杜元凱注云：「即祖廟也。六國皆周公之支子，别封爲國，共祖周公。」如《左傳》，則六國以魯爲大宗，不得謂諸侯不統宗矣。孫毓之言本非了義，然傳意殊不謂此禮。大小宗法，一姓之宗耳。諸侯爲一國臣民之宗，天子爲天下臣民之宗。乾吾父，坤吾母，大君者父母之宗子，其大臣宗子之家相也。此乃所謂大宗。横渠《西銘》義，蓋本于此傳。

「既景迺岡」傳：「既景乃岡，考於日景，參之高岡。」正義曰：「定本『影』皆爲『景』字。」其述經釋傳皆作「影」，今本校書者依定本改之也。傳中「景」字當仍作「影」，乃合正義原本。

「其軍三單」傳：「三單相襲也。」箋云：「單者，無羡卒也。」正義曰謂「三行皆單而相重爲軍也。此謂發邰在道及初至之時，以未得安居，慮有寇鈔，故三重爲軍，使强壯在外，所以備禦之也。」釋箋又謂上已至豳，不宜方説在道。戎地無寇，無所用兵意。右鄭矣。然三重爲軍，乃王肅之義，毛所未言。按：二章「于胥斯原，既順迺宣」，邰民已處原地而時耕矣，而此章復言治田。三章「陟岡覯京」，已依京而作室矣，而此章復相陰陽觀流泉。詳觀經意，此章相度乃以處新來之衆。蓋公劉以邰民遷，亦有他國之民聞風景附者。公劉已處邰民，故復度隰原、度夕陽以處之。傳達經意，釋爲「相襲」，則「三單」二字非復可以數目言。蓋襲者重也，隰原在內，夕陽在外，既度隰原以爲田，重度夕陽以爲宅，故云「相襲」耳。古者兵民不分，箋以「三單」爲「無羨卒」，亦以兵言。正義不譏此等處，未免故爲與奪。

「豳居允荒」傳：「荒，大也。」箋云：「允，信也。夕陽者，豳之所處也。度其廣輪，豳之所處，信寬大也。」按：傳以夕陽爲人之所處，箋以夕陽爲豳之所處。而釋允荒爲信大，則傳、箋意同經。此句結上五章，起下末章。上胥原、溥原、隰原、夕陽，皆公劉新國。下章皇過，則不窋舊居。《史記正義》云：「公劉徙漆縣。」爲今陝西之邠州。康成以豳在栒邑，則爲今邠州屬之三水縣，相距六十里。實則一地。是公劉新國在邠州。《寰宇記》慶州安化縣尉李下引《水經注》云：「尉李城，亦曰不窋城。」白馬水下引《水經注》云：「洛川南徑尉李城東北，合馬嶺水，號白馬水。」真寧縣大陵水下引《水經注》云：「大陵小陵水出巡和南殊川西南，徑寧陽城，故《豳詩》云『夾其皇澗』。」陵水即皇澗也。安化爲今甘肅慶陽府附郭首邑，寧陽即慶陽府南百六十里之寧州。經有「皇澗」「過澗」，則是北得不窋舊居。《説文》「邠」云：「周大王國在右扶風美陽。从邑，分聲。」「豳」云：「美陽亭，即豳也。民俗以夜市，有豳山。从山，从豩，闕。」「郋」

云：「周文王所封，在右扶風美陽中水鄉。从邑，支聲。」漢美陽故城在今陝西乾州武功縣，許叔重以邠、岐爲一地者，公劉時自邠州南至渭水皆爲豳國，故大王遷岐山，《綿》詩傳猶訓古公爲豳公。至文王受命，始改號爲周也。計自慶陽南至渭水約七百餘里，「豳居允荒」，經言信不誣矣。

「取厲取鍛」傳：「鍛，石也。」箋云：「鍛石，所以爲鍛質也。會取鍛厲斧斤之石。」正義釋傳曰：「礪既是石，則知鍛亦石也。」釋箋曰：「鍛者，治鐵之名，非石也。傳言鍛石，嫌鍛是石名，故明之云鍛石，所以爲鍛質者。質，椹也。言鍛金之時須山石爲椹質，故取之也。」按：《釋文》：「鍛，本又作『碫』。」《春秋左傳》宋有褚師段，鄭有公孫段、印段，皆字子石。「段」即「碫」之古文也。《左傳》與《毛詩》俱古文，此經應作「段」，故傳訓爲石。至鄭箋《詩》時，經與傳字皆作「鍛」，則「鍛」不可以訓「石」，故鄭以「鍛質」釋之。良由字易而訓殊，正義猶欠分晰。《説文》：「碬，厲石也。从石，叚聲。《春秋傳》曰：鄭公孫碬字子石。」徐音乎加切。「碫」「碬」字形相近，傳寫誤耳。《玉篇》《廣韻》「碫」「碬」並載，《玉篇》以「碫」爲厲石，《廣韻》以「碬」爲厲石，二字混淆已久。宋本《釋文》引《説文》云：「碫，厲石。《字林》大喚反。」注疏本《釋文》引《説文》云：「碬，厲石。《字林》大喚反。」雖二本互異，然以吕忱之音觀之，則晉時《説文》猶未誤，《字林》固本《説文》者也。況「碬」从「叚」聲，如果《説文》爲「碬」，則必公孫段作「叚」而後可。

自來左氏《傳》鄭公孫段未見有作「公孫叚」者，則《説文》是「碫」非「碬」，莫明于此矣。

「芮鞫之即」傳：「芮，水厓也。鞫，究也。」箋云：「芮之言内。水之内曰隩，水之外曰鞫。」正義釋傳曰：「《釋言》云：『鞫、究，窮也。』俱訓爲『窮』，故轉『鞫』爲『究』。此『鞫』是水厓之名，言其曲水窮盡之處也。故傳解其名鞫之意。」按：「昔育恐育鞫」，「曷又鞫止」，傳皆訓「窮」。此傳非訓「鞫」爲「究」，蓋讀「鞫」爲「究」。鞫，居六切。究，居又切。古無入聲，二切一耳。《漢書·地里志》扶風汧縣下云：「芮水出西北，東入涇。《詩》『芮⿰阝尻』，雍州川也。」師古注：「⿰阝尻，讀與『鞫』同。《韓詩》作『⿰阝尻』。」《周禮·職方》鄭注引此詩作「⿰氵尻」。「⿰阝尻」「⿰氵尻」二字俱从「尻」，「尻」與「究」俱从「九」得聲。聲同者義必同，是「鞫」「⿰阝尻」「⿰氵尻」「究」四字同物，故傳轉爲「究」。《水經·温水》篇注説九德縣云：「九德浦内徑越裳究、九德究、南陵究。」又云：「竺枝《扶南記》：『山谿瀨中謂之究。』《地里志》曰：『郡有小水五十二并行大川。』皆究之謂也。」外又有金山郎究、金谿究之名。此經承皇、過二澗之下，則皆山谿小水，故傳以爲究矣。箋云「芮之言内」，「内」字疑誤，當云「芮之言隩」。經有「鞫」無「隩」，故轉「芮」爲「隩」。芮，如鋭切。隩，於六切。古無人聲，二切亦通。不然，水之内曰隩，而轉芮爲内，則水之外曰鞫，何以不轉鞫爲外乎？正義以經爲互文，强爲之説，殊可不必。今本《爾雅·釋丘》：「隩，隈也。厓内爲隩，外爲隈。」此詩正義與陸氏《釋文》本俱作「外爲鞫」。《爾雅》釋文鞫引《字林》作「⿰土尻」，云：「隈，厓外也。」《説文》「澳」云：「隈厓也。其内曰澳，其外曰隈。」與今本《爾雅》合。然觀《字林》以「鞫」爲「垠」，又訓「隈厓外也」，則「隈」「垠」亦一字也。

泂酌

「可以餴饎」傳：「餴，餾也。饎，酒食也。」正義曰：「蒸米謂之饙。饙必餾而熟之，故言饙餾。非訓饙爲餾。」按：《爾雅·釋言》：「饙、餾，稔也。」郭景純注：「今呼餈飯爲饙，饙熟爲餾。」邢叔明疏云：「稔，熟也。」引孫炎曰：「蒸之曰饙，均之曰餾。」如《爾雅》饙餾俱訓稔，故孫、郭皆以熟爲解。正義據之，遂謂傳非訓饙爲餾。按：《釋文》引字書云：「饙，一蒸米也。」《玉篇》云：「半蒸飯也。」《説文》：「饙，滫飯也。」蓋以水沃而蒸之也。參之孫炎「蒸之曰饙」，則「饙」之爲「蒸」無異詞。《説文》云：「餾，飯氣蒸也。」則非「均之曰餾。」饙，熟而餾之謂。是「餾」與「饙」皆爲「蒸」，故傳訓「饙」爲「餾」矣。

卷阿

《序》：「召康公戒成王也。言求賢用吉士也。」正義曰：「《説文》云：『賢，堅也。』以其人能堅正，然後可以爲人臣，故字从臣。吉者，善也。吉士亦是賢人，但序者别其文以足句，亦因經有吉士之文故也。」按：求賢是統詞。《序》意言求賢當用吉士，以吉士爲重。《書》曰「彰厥有常吉哉」，又曰「庶常吉士」、曰「其惟吉士用勱相我國家」。《小宰》以六計弊群吏之治，一曰廉善，皆以吉士爲重。孔以序者别其文，誤也。《説文》：「賢，多才也。臤，堅也。古文以爲賢字。」毛詩本古文，《序》「求賢」當是「臤」字。正義引《説文》不爲分晰，亦疏。

「來游來歌，以矢其音」傳：「矢，陳也。」箋云：「王能待賢者如是，則樂易之君子來就王游，而歌以陳出其音聲。言其將以樂王也，感王之善心也。」傳甚簡略，正義以箋意述之。按：卒章「矢詩」傳云：「明王使公卿獻詩以陳其志，遂爲工師之歌焉。」此「矢音」與彼一也。傳意言今王莅政，當求樂易之君子使之來游，王朝而作歌，以陳其音。蓋欲成王先求直言，不得與鄭同也。

「伴奂爾游矣」傳：「伴奂，廣大有文章也。」箋云：「伴奂，自縱弛之意也。」《釋文》：「伴，音判。徐音畔。奂音唤，徐音换。」正義曰：「傳之此言以二字分而爲義。蓋伴爲廣大，奂爲文章。」又曰：「毛當讀爲伴奂，不得如徐音。徐音自爲鄭讀也。」按：《説文》：「伴，大皃。」依此傳爲説。《論語》：「焕乎其有文章。」《説文》無「焕」字，新附有之。蓋通用「奂」字。孔以傳伴、奂二字分，良是。但以徐音爲鄭讀，則非。依徐音當讀「畔换」。《漢書·高帝紀贊》「項氏畔换」，韋昭注：「畔换，跋扈也。」與箋「縱弛」義異。鄭音亦當如毛。王肅、孫毓、孔晁皆以縱弛爲譏，孔申之，具在正義。「縱弛」二字若作放縱懈弛，其理誠短。然箋言「縱弛」，復引《論語》「恭己正南面」證之，則非放縱懈弛之謂。「弛」與「施」通，《釋文》本作「施」。爲人君者最忌操切，若能自縱舍施，與賢者共之，乃是人君美德。是以《周書》曰：「尊賢貴義曰恭，尊賢敬讓曰恭。」蓋不自用而用人，則收用賢之益，故鄭言縱弛，復以「恭己」明之也。正義申箋引「子之燕居申申如也」爲縱弛之狀，非鄭意也。

「似先公酋矣」傳：「酋，終也。」正義曰：「遒終，《釋詁》文。彼『遒』作『酋』，音義同。」按：《詩》《爾雅》皆作「酋」。如孔言，則正義經作「遒」故曰「彼遒作酋」。今本校書者改之也。當仍作「遒」，乃與正義本合。

「茀祿爾康矣」傳：「茀，小也。」箋云：「茀，福。康，安也。」正義釋傳曰：「福之大者莫過永年。命長已是大福，則茀福宜爲小福。故以茀爲小福。」按：經有祿無福，訓茀爲福，乃是箋義，傳無是也。「茀小」對下傳「嘏大」而言，傳意謂爾受命已永長矣，身之小祿亦于爾安矣，若得樂易之君助終爾之性命，即大大之祿亦于爾爲常矣。未可以箋義述之。《釋言》云：「芾，小也。」《廣韻》八未「芾」引毛萇《詩傳》曰：「蔽芾，小皃。」下有「茀」字，注云：「同上。」是「茀」「芾」一字，故傳訓爲「小」。《釋詁》云：「祓，福也。」郭景純注引《詩》曰「祓祿康矣」。是經「茀」字本有作「祓」者，故箋訓爲「福」也。

「矢詩不多，維以遂歌」傳：「不多，多也。明王使公卿獻詩以陳其志，遂爲工師之歌焉。」箋云：「矢，陳也。我陳此詩不復多也。」按：首章望賢人矢音，此章賢人已盛，陳詩必多。維在遂令大師日誦于側，非謂歌此一篇。必知傳意如此者，召公作詩，非假公卿獻之。即云召公亦是公卿，陳戒于王，自出召公之意，復誰使乎？明是召公勸成王法古明王，使人獻詩，廣其聰聽。正義以傳爲召公自言作詩之意，同于鄭箋，未爲得也。

《汲郡古文》：「成王三十三年游於卷阿，召康公從歸于宗周。」所紀自是實事，而詩不必作于是時。《公劉》《泂酌》《卷阿》三篇，一時之作。《公劉序》云：「召康公戒成王也。成王將莅政，戒以民事，美公劉之厚於民，而獻是詩也。」言「將莅政」，則是周公攝政之七年末、成王八年初作。下至游卷阿，尚二十餘年。故毛、鄭釋此詩，皆謂賢士來游王朝，不言成王游也。至執毛、鄭之説，謂《古文》附會，則又不可。汲郡之書出于晉世，于時《毛序》已行，誠欲附會，何爲反示參差？以此知載筆者自紀王游，非傍詩史矣。

民勞

《序》：「召穆公刺厲王也。」箋云：「厲王，成王七世孫也。」正義曰：「《左傳》服虔註云：『穆公，召康公十六世孫。』然康公與成王同時，穆公與厲王並世，而世數不同者，生子有早晚，壽命有長短故也。」按：服註依《世本》爲説，《紀年》：「康王二十四年丁酉，召康公薨。」至厲王元年戊申，百三十二年。除康公一世，尚有十五世。每世不及十年，理難據信。《江漢》箋云：「召公名奭，召虎之始祖。」不言幾世。亦知《世本》未可全依。正義不引《江漢》箋，反據服虔强爲申説，誤也。

「汔可小康」傳：「汔，危也。」箋云：「汔，幾也。」正義釋傳曰：「以『汔』之下即云『小康』，明是由危須安，故以汔爲危也。」釋箋曰：「箋以汔之爲危，既無正訓，又小康者安此勞民，直以勞民須安，不當更云危也。《釋詁》云：『譏，汔也。』孫炎曰：『汔，近也。』郭璞曰：『謂相摩近。』反覆相訓，是汔得爲幾也。」如孔言，是謂傳訓危爲誤。按：傳「危」字非安危之危。《釋詁》云：「幾，危也。」又云：「幾，近也。」危有近義。又云：「譏，汔也。」孫炎曰：「汔，近也。」是汔亦有近義。《玉篇》《廣韻》皆云：「譏，危也。」是「譏」即「幾」，「汔」即「危」。《爾雅》重言以曉人，故傳訓「汔」爲「危」。《易·未濟》「小狐汔濟」，《釋文》引鄭云：「幾也。」《井卦》「汔至亦未繘井」，王注訓「幾」，亦與此箋合。鄭明毛義危之爲近，故訓汔爲幾。傳、箋同矣。至《釋詁》郭注謂「相摩近」，乃是讀「汔」爲「扢」，故《釋文》音古愛反。《文選》曹子建《贈丁儀王粲詩》云：「承露概太清。」李善注曰：「《西都賦》『扢仙掌與承露』，《廣雅》曰：『扢，摩也。』概與扢同，古字通。」是「扢」爲「摩近」。正義引郭注，不言「汔」之何以得爲「摩近」，亦疏。

「憯不畏明」傳：「憯，曾也。」正義曰：「憯曾，《釋言》文。《爾雅》本或作『憯曾』，音義同。」如孔言，則經作「慘」字，《釋文》亦同。云：「慘，七感反。本亦作『憯』。」今汲古閣註疏本及《集註》本經文皆作「憯」，校書者依爾雅改之也。當仍作「慘」乃合。

「以爲民逑」傳：「逑，合也。」箋云：「合，聚也。」正義曰：「逑合，《釋詁》文。」按：《釋詁》：「仇，合也。」仇與逑同，故好逑亦作好仇。傳以逑爲仇，故訓合也。箋言合聚，仍以逑字申傳。《説文》「逑」云：「斂聚也。从辵，求聲。《虞書》曰：『旁逑孱功。』」《書》作「旁鳩」。《釋詁》曰：「鳩，聚也。」正義尚欠分晰。

「戎雖小子」傳：「戎，大也。」箋云：「戎，猶女也。」正義引王肅云：「在王者之大位，雖小子，其用事甚大也。」按：如子雍述傳，但言居位用事，不屬王躬，殊非經意。上「以近有德」以爲王休，及卒章「王欲玉女」，皆指王躬而言。此傳訓戎爲大，亦當指王躬。《易乾鑿度》曰：「《易》有君人五號也：帝者天稱也，王者美行也，天子者爵號也，大君者與上行異也，大人者聖明德備也。」《老子》曰：「域中有四大，王居一焉。」《説文》曰：「天大地大人亦大。」大言其德，非言其位。傳意王能「無縱詭隨」「式遏寇虐」，如此德將日大，雖小子而亦用以大大也。訓詁之言，取申經意。孫毓謂「大雖小子，於文不便」，用此爲譏。説經者不當如此。箋義固允，何必抑毛。

板

《序》：「凡伯刺厲王也。」經「板板」傳云：「反也。」上篇云「無俾正反」，則厲王初年猶未反先王之正道，至是而憲憲泄泄，更立法度，盡與先王之道反，故凡伯刺之，而以板名篇。經八章，前五章言道反民病，後三章言牖民之道，在法祖而敬天也。此與《瞻卬》尸伯，當是父子。經云「匪我言耄」，傳云「八十曰耄」。于時凡伯年已八十。經云「善人載尸」，箋云「時厲王虐而弭謗」。弭謗爲厲王八年事，後四年而流彘，又歷共和十四年、宣王四十六年而至幽王，年逾百四十餘歲，恐不能如此壽長。故以爲父子也。

「天之方難，無然憲憲；天之方蹶，無然泄泄」傳：「憲憲，猶欣欣也。蹶，動也。泄泄，猶沓沓也。」箋云：「天斥王也。王方欲艱難天下之民，又方變更先王之道。臣乎，女無憲憲然、無沓沓然爲之制法度，達其意以成其惡。」正義釋「泄泄」句曰：「王之方欲動變先王之道而行邪僻之政，汝臣等無得如是沓沓競隨从而助之。」又曰：「泄泄，猶沓沓，競進之意也。謂見王將爲惡政，競隨从而爲之制法也。」按：孔以沓沓爲隨从競進，非也。泄，《説文》作「呭」，又作「詍」，云：「多言也。」即引此《詩》。「沓」云：「語多沓沓也。从水，从曰。」《小雅·十月之交》「噂沓背憎」，《釋文》云：「沓，本又作『嗒』。」《廣韻》作「誻」。《説文》口部言部無「嗒」「誻」二字，以曰者詞也，从口，乙聲，象口氣之出。沓已从曰，不假更从口从言。泄泄、沓沓爲言語之多，古訓如此。傳引《孟子》，箋言「變更先王之道」，皆依《孟子》爲説。《孟子》曰：「遵先王之法而過者，未之有也。」又曰：「爲政不因先王之道，可謂智乎？」其下引此詩而釋之曰：「泄泄，猶沓沓也。事君無義，進退無禮，言則非先王之道者，猶沓沓也。」然則沓沓者，以先王爲不足法，極口詆毁，議論風生，非隨从競進之謂。經已戒其「無然」，即言「辭輯」「辭懌」，良以語多複叠則不能和，非毁先王則不能懌，故以泄沓戒之，又以輯懌教之也。箋云「無沓沓然」，據傳不據經。下「囂囂猶謷謷」「灌灌猶款款」，箋皆據傳爲義。而此箋「無憲憲然」獨據經文，疑傳寫之誤。當云「無欣欣然」乃合。《爾雅》「憲憲洩洩」，邢叔明疏引此箋，亦作「無憲憲然」，則其誤久矣。「達其意以成其惡」，孔以俗本作「逢」爲誤，却與《孟子》「逢君之惡」合，俗本勝也。

「及爾同僚」《釋文》云：「僚，字又作『寮』。」言字與「寮」同，是陸氏經作「僚」也。正義述經釋傳皆作「寮」，今汲古閣本經傳皆作「僚」，校書者依《釋文》改之也。當改作「寮」，乃合正義原本。

「無爲夸毗」傳：「夸毗，體柔人也。」箋云：「女無夸毗以形體順從之。」正義釋傳作「以體柔人」，是傳有「以」字。今本傳寫脱落，當增入。

「天之牖民」傳：「牖，道也。」按：《召南》「吉士誘之」傳亦訓「道」。訓同者，明古字通。《韓詩外傳》「牖」作「誘」。《易·坎卦》「納約自牖」，《釋文》云：「陸作『誘』。」《説文》「㕗」云：「訹誘也。或作『誘』。古文羑。」「羑」云：「進善也。文王居羑里。」《玉篇》「𡕝」云：「今作『羑』。」是「羑」爲古文「誘」字。《尚書大傳》云：「文王有四鄰，以免乎牖里之害。」是「牖」與

「誘」本通，故皆訓道也。箋云：「道民以禮義，則民和合而从之如此。」與《説文》「進善」之訓合。

「宗子維城」箋云：「宗子，謂王之適子。」正義曰：「以上言大宗，謂同姓之適。此言宗子，嫌與上同，故辨之。」是鄭以大宗爲王同姓之適子，宗子爲王之適子也。毛無傳，正義以箋述之。按：《召南》「宗室牖下」傳云：「宗室，大宗之廟。」《湛露》「在宗載考」傳云：「夜飲必於宗室。」意謂天子諸侯同姓之宗子，與上「大宗」箋别。而「大宗維翰」傳云：「王者天下之大宗。」則合同姓異姓而其宗之。大宗既與鄭異，則此「宗子」亦必不得與鄭同。傳意謂天子者乾坤之宗子耳，詳見《公劉》篇。

皇清經解卷一千三百四十九終

靈川秦培璠舊校
南海桂文烜鄒伯奇新校

毛詩紬義　卷二十

嘉應李庶常黼平著

蕩之什上

蕩

「蕩蕩上帝，下民之辟」傳：「上帝以托君王也。辟，君也。」箋云：「蕩蕩，法度廢壞之皃。厲王乃以此居人上，爲天下之君，言其無以象之甚。」按：《序》言厲王時「天下蕩蕩無綱紀文章」，則「蕩蕩」屬天下言。箋云「法度廢壞」，又云「無可則象」，則「蕩蕩」屬王身言。「上帝板板」傳訓「板」爲「反」，而此「蕩蕩」無傳。下經「天降滔德」傳云：「天，君也。滔，漫也。」毛意以「滔」即是「蕩」，經已言之，故不發傳。《説文》無「蕩」字。水部「潒」字云：「水潒漾也。从水，象聲。讀若蕩。」徐音徒朗切。《玉篇》水部「蕩」字注云：「或作『潒』。」是「潒」即「蕩」字，「潒漾」與「滔漫」正同，則毛意「蕩蕩」屬王心言。蓋紀綱法度蕩然無存，其耑皆由于君心之蔑古。《春秋》莊四年《左傳》楚武王曰：「余心蕩。」鄧曼曰：「王禄盡矣。盈而蕩，天之道也。」杜元凱注云：「蕩，動散也。」干令升《晉紀總論》曰：「況我惠帝以蕩蕩之德臨之哉。」李善注引此詩。皆屬君心言也。

「文王曰咨」傳：「咨，嗟也。」正義曰：「咨是歎辭，故言嗟以類之，非訓咨爲嗟也。」按：《説文》「咨」云：「謀事曰咨。从口，次聲。」「嗞」云：「嗟也。从口，茲聲。」則「咨」自訓謀事。「嗟咨」當作「嗞」。然《爾雅·釋詁》云：「嗟、咨，⿰镸差也。」《釋文》云：「⿰镸差，又作『⿰镸左』。《字林》云：皆古『嗟』字。」是「咨」之訓「嗟」，《爾雅》然矣，安得謂此傳非訓「咨」爲「嗟」乎？正義説泥甚。

「曾是掊克」傳：「掊克，自伐而好勝人也。」正義曰：「自伐解掊，好勝解克。定本『掊』作『倍』。倍即掊也。倍者，不自量度，謂己兼倍於人而自矜伐。《論語》云『願無伐善』是也。克者，勝也。己實不能，恥於受屈，意在凌物必勝而已。如此者謂之克也。」按：掊不可以言自伐，故據定本「倍」字釋之。但謂己兼倍于人，亦是好勝，仍爲「克」字之義。傳文疑有脱矣。《釋文》所載，不分别衆家者多是毛義。此經《釋文》有「聚斂也」三字，竊疑毛傳原本云：「掊，聚斂也。克，自伐而好勝人也。」《説文》「掊」云：「把也。今鹽官入水取鹽爲掊。」又「掊」亦作「裒」，《釋詁》：「裒，聚也。」與聚斂義合。凡自伐者皆求争勝于人，故《書》曰：「爾惟不伐，天下莫與爾争功。」「自」字與「人」字對，謂自伐勝人，非謂自伐好勝之人也。傳意或當如此。

「侯作侯祝」傳：「作、祝，詛也。」正義曰：「作即古詛字。詛與祝別，故各言侯。傳辨『作』爲『詛』，故言『作、祝，詛也。』」按：《釋文》云：「作，側慮反。祝，詛也。」與正義同。如陸、孔說，傳惟解「作」字，則言「作詛也」可矣，何爲并「祝」言之？詛、祝大同，經各言「侯」，文勢之常耳。傳蓋言作、祝皆爲詛也。祝字入聲外，去聲有兩義：有告神而求其福祐者，《春官》「大祝掌六祝之辭」及《春秋》昭二十年《左傳》晏子曰「祝有益也，詛亦有損」是也。有告神而加之咎殃者，《尚書·無逸》曰「否則厥口詛祝」、襄十七年《左傳》子罕曰「宋國區區而有詛有祝」，及此詩「侯作侯祝」是也。《說文》「祝」云：「祭主贊詞者。从示，从人口。一曰：从兑省。《易》曰：兑爲口爲巫。」此贊詞而兼求福祐者也。其詛祝字則爲「詶」。言部「譸」云：「詶也。从言，壽聲。讀若醻。《周書》曰：無或譸張爲幻。」「詶」云：「譸也，从言，州聲。」「詛」云：「詶也。从言，且聲。」「䛆」云：「詶也。从言，由聲。」四字連列，轉互相訓，皆所謂譸張爲幻者也。惟今本《說文》「詶」云：「譸也。」徐音市流切。《玉篇》「詶」云：「時游切。詶答也。《說文》職又切，詛也。」《玉篇》所據，是《說文》古本「詶」爲職又切，即是「詛祝」之「祝」訓「詛」，即用毛此傳。是「祝」與「詛」一也。

「覃及鬼方」傳：「鬼方，遠方也。」正義曰：「《易·既濟》九三：『高宗伐鬼方，三年乃克。』象曰：『憊也。』言疲憊而後克之。以高宗之賢，用師三年，憊而乃克，明鬼方是遠國也。」

按：學者言鬼方各異，有以爲即荆楚者，據《史記·楚世家》索隱注引《世本》「陸終娶鬼方氏之妹」。《史記》云：「生子六人，其六曰季連，芊姓，楚其後也。」有以爲西羌者，據《文選》揚子雲《趙充國頌》「鬼方賓服」注引此詩及傳，復引《世本注》云「鬼方于漢則先零戎」是也。有以爲北狄者，據干令升《易注》「鬼方北方國」。《唐書》亦言突厥北部有流鬼國，去京師萬五千里，濱于北海也。《汲郡紀年》：「武丁三十二年，伐鬼方，次于荆。三十四年克鬼方，氐羌來賓。荆者師行次宿之地，既克鬼方。」即言氐羌來賓，則以鬼方即西羌者近是。然此可以釋《易》，而不可以釋此詩。此詩自二章以後詞托殷商，非是徵引故事。傳達經意，故以鬼方爲遠方。正義反引高宗事以實之，失其旨矣。古者「鬼」與「九」字通。《殷本紀》命西伯昌、九侯、鄂侯爲三公。徐廣曰：「一作鬼侯。鄴縣有鬼侯城。」索隱曰：「九，亦依字讀鄒。誕生音仇也。」是「鬼」即「九」字。《小明》「至于艽野」，傳訓爲遠荒之地，《説文》亦同。「艽」以「九」爲聲，艽爲遠荒，故鬼亦得爲遠方也。

「顛沛之揭」傳：「顛，仆。沛，拔也。」正義曰：「顛是倒頓之名，仆是偃僵之義，故以顛爲仆，謂樹倒也。沛者，忽遽離本之言。此論木事，故知爲拔，謂樹拔也。」正義釋傳甚略。按：「顛」本訓「頂也」，其樹木顛仆當作「槇」。《説文》「槇」云：「木頂也。从木，真聲。一曰：仆木也。」徐音都年切。今作「顛」，借也。古者「沛」「拔」聲同，《易》「豐其沛」，《釋文》云：「本或作『旆』。」是「沛」「旆」一字。《詩·商頌》「武王載旆」，《説文》作「載坺」。《周禮·大司馬》「中夏教茇舍」，鄭注云：「茇，讀如萊沛之沛。」「坺」「茇」「拔」俱从「犮」聲，是古「沛」「拔」聲同，故傳得訓「沛」爲「拔」也。

抑

《序》：「衛武公刺厲王，亦以自警也。」按：《楚語》云：「昔衛武公年九十有五矣，猶箴儆於國曰：『自卿以下，至于師長，苟在朝者，無謂我耄而捨我。』於是乎作《懿》以自儆。」如《楚語》，初不言刺厲王，又是耄年後作也。後漢侯包云：「武公刺王室，亦以自戒。行年九十有五，猶使臣日誦是詩，而不離于其側。」則以此詩年未耄作，已不依《楚語》矣。子夏作《序》時，《楚語》未出，據太師編次，以爲刺厲王。《賓之初筵序》云：「武公已入而作是詩」，明此作之在先，未入相也。若然，未入爲相，尚在僖侯之世，則是諸侯庶子而得作詩刺王者。《關雎序》云：「形四方之風謂之雅。」《國語》云：「公卿至于列士獻詩。」《大東》，譚國大夫作詩以告病。諸侯庶子，士也，故亦得獻詩。正義依韋昭《楚語注》斷爲耄年後追刺厲王，自厲王元年下至平王十四年，得九十六年。假使武公上壽年百二十，至作詩時亦在宣王末年，太師何緣編之宣王以上乎？「其在於今」箋云：「于今，謂今厲王。」「實虹小子」箋云：「《禮》：天子未除喪稱小子。」如鄭之言，直以此詩作于厲王三年之内。鄭殆以武公生孝王時，至厲王三年未除喪，年近弱冠，固應能作詩刺王也。

「洒埽庭内」傳：「洒，灑也。」正義曰：「洒埽者，以水灑地而埽之，故爲灑，謂洒水濕地也。」《唐風》「弗洒弗埽」傳：「洒，灑也。」正義亦謂「洒，以水濕地。灑是散水之名。」按：正義未明傳意。《論語》「當洒埽」，《釋文》云：「洒，正當作『灑』。」是「灑埽」之字當作「灑」也。《説文》「洒」云：「滌也。古文爲灑埽字。」《説文》稱古文者有二例：字下注「古文」者，音義皆同。云「古文以爲某字」者，音義多别。「灑」云：「汎也。」此下不云古文作「洒」，是古文借「洒」爲「灑」也。毛詩本古文，故傳讀「洒」爲「灑」。「洒」與「洗」同，《左傳》云「洒濯其心」，《孟子》云「願比死者一洒之」，義皆同「洗」。然《内則》「屑桂與薑以洒諸上而鹽之」，義又同「灑」。是以古文借爲灑埽矣。

「用逷蠻方」傳：「逷，遠也。」箋云：「逷，當作『剔』。剔，治也。蠻方，蠻畿之外也。此時中國微弱故復戒將帥之臣以治軍實，女當用此備兵事之起，用此治九州之外不服者。」按：箋以蠻方爲九州之外，傳意當謂荆蠻、淮夷之等。《史記・楚世家》云：「熊渠甚得江漢閒民和，乃興兵伐庸、揚、粵，至于鄂。熊渠曰：我蠻夷也，不與中國之號謚。乃立其長子康爲句亶王，中子紅爲鄂王，少子執疵爲越章王。皆在江上楚蠻之地。及周厲王之時暴虐，熊渠畏其伐楚，亦去其王。」如《史記》，則厲王初年楚方猖獗，故武公陳戒及之。史雖稱厲王暴虐，熊渠去其王號，亦未必不因此詩已獻，厲王益蒐軍實，楚人稍稍知懼也。《汲郡古文》：「厲王三年，淮夷侵洛，王命虢公長父伐之，不克。」是淮夷亦熾。淮夷亦南蠻，故經統稱蠻方。傳訓「遏」爲「遠」，欲王驅而遠之。正義述毛，不別解蠻方，殆謂同鄭「蠻畿之外」，恐未然。

「尚不愧于屋漏」傳：「西北隅謂之屋漏。」箋云：「屋，小帳也。漏，隱也。禮祭於奧，既畢，改設饌于西北隅而厞隱之處。此祭之末也。」按：《釋宮》云：「西北隅謂之屋漏。」郭注云：「《詩》曰：『尚不愧于屋漏。』其義未詳。」邢疏引鄭此箋，復引孫炎云：「屋漏者，當室之白日光所漏入。」郭云「其義未詳」者，孫、鄭之説皆無所據，故不取也。竊謂室中四隅本皆幽闇，日光漏入，爲明幾何？《中庸》云：「君子之所不可及者，其唯人之所不見乎？」引此《詩》以證其幽闇。可知孫説誠爲無據。鄭以屋爲小帳，又以《釋言》云「厞、陋，隱也」，因讀漏爲陋，是鄭據《釋言》而爲説也。毛義同于《釋宮》，當泛言居室。鄭依《釋言》施小帳于陋隱之處，又爲宗廟之室。傳、箋别矣。正義合而述之，誤也。《説文》：「漏，以銅受水，刻節，晝夜百刻。屚，屋穿水下也。西，側逃也。陋，阨陜也。」「阨陜」與「厞隱」義近。屋漏，當作「陋」。

「淑慎爾止」傳：「止，至也。爲人君止于仁，爲人臣止于敬，爲人子止于孝，爲人父止于慈，與國人交止于信。」正義曰：「止者，所居之名，故爲至。至是所至之處也。『爲人君止于仁』至『止于信』，皆《大學》文也。彼既爲此言，乃引此詩以證之，故傳依用焉。其説君子唯當言止于仁耳，因彼成文而盡引之。」按：《説文》云：「室，从宀，从至。至，所止也。」至可訓止，則止可訓至。然傳言「至」者，謂至極。武公欲王上法文王，各至其極也。正義未明傳意。《大學》此後引「子曰：聽訟吾猶人也」，並未引此詩，孔偶不檢也。

「言緡之絲」傳：「緡，被也。」正義曰：「《釋言》云：「緡，綸也。」綸則繩之別名。「言緡之絲」，正謂以絲爲繩被之於木，故云「緡被」，不訓緡爲被。」按：《説文》云：「緡，釣魚繁也。从糸，昏聲。吴人解衣相被謂之緡。」云「釣魚繁」，即《釋言》之「綸」也。云「解衣相被」，即毛此傳。「緡」之訓「被」古矣。

「告之話言」傳：「話言，古之善言也。」《釋文》云：「話，《説》文作『詁』。云：『故言也。』」如陸言，殆謂《説文》引《詩》作「詁言」。按：《釋詁》云：「話，言也。」則「話」與「言」一。《書·立政》「一話一言」，孔安國傳云：「言政當用一善，善在一言而已。欲其口無擇言。」則訓「話」爲善。《板》之「出話不遠」及本篇「慎爾出話」，傳皆爲「善言」。此經如作「告之詁言」，毛何緣以「善言」釋之？《説文》云：「詁，訓故言也。《詩》曰詁訓。」自指《詩傳》，與此「話言」無涉。話，《説文》作「䛡」，云：「合會善言也。傳曰：告之䛡言。」「善言」即用此傳。合會，釋「从𠯑」。𠯑，塞口也。群言淆亂，衷諸聖善言合會，則談者可以塞口也。引「傳」不言《春秋傳》，當別有傳記之言。若襄二年《左傳》君子譏季文子明引此詩，許必不舍《詩》而引傳矣。

「曰喪厥國」正義曰：「此『曰』爲詞，故《韓詩》作『聿』。」孔以傳、箋不釋「曰」字，故引《韓詩》釋之。按：《爾雅》孫炎注云：「遹，古述字，讀聿。」上經「亦聿既耄」正義曰：「《爾雅》之訓聿曰述也，亦爲自也。」今《爾雅·釋言》云：「遹，述也。」《釋詁》云：「遹，自也。」如孫、孔之説，《爾雅》之「遹」即「聿」字矣。《文王有聲》云「遹求厥寧」，《説文》引作「欥」，云：「詮詞也。从欠，从曰。曰亦聲。《詩》曰：欥求厥寧。」「曰」即「欥」之省文，故《韓詩》以「曰」爲「聿」。許云「曰亦聲」，而徐音余律切，與「聿」同一切也。《離騷》「忽奔走以先後兮」，《文選》載王叔師注引《綿》詩亦作「予聿有奔走，予聿有先後」，殆亦《韓詩》。

桑柔

《序》：「芮伯刺厲王也。」詩十六章，兼有責臣下之詞。用人不當咎歸于王，責諸臣亦所以刺王也。《周書·芮良夫解》不著何王之世，而《紀年》云：「厲王八年初，監謗。芮伯良夫戒百官于朝。」所謂「戒」者，即指芮良夫之篇。此詩所陳與《周書》略同，其作書作詩先後不可知，要在流彘以前矣。經言滅我立王者，忠臣進規，直言無諱其義當與周宗既滅褒姒威之同。此篇本名《桑柔》，而《春秋》文元年《左傳》稱爲「周芮良夫之詩」，則又名「芮良夫」，與《周書》名篇一例。

「其下侯旬」傳：「旬，言陰均也。」正義曰：「《釋言》云：『旬，均也。』某氏引此詩。李巡曰：『旬，遍之均也。』則旬是均之義，故云『言蔭均也。』」按：今《釋言》作「洵」，孔不言《爾雅》

字異，是孔所據《爾雅》作「旬，均也。」古「旬」與「勻」聲同。《説文》「旬」从目，勻省。又从旬作眴。是旬、勻本通。故《玉篇》「勻」有弋旬、居旬二切。《易・豐卦》「雖旬无咎」，荀慈明本作「雖均无咎」。是「旬」又與「均」同也。《釋文》：「陰，於鴆反。本亦作『蔭』。」正義釋傳云：「蔭，均。」今本从《釋文》，當改作「蔭」乃合正義原本。

「倉兄填兮」傳：「倉，喪。兄，滋。填，久也。」箋云：「喪亡之道滋久長。」正義曰：「況訓賜也。賜人之物則益滋多，故況爲滋也。」如孔言，則正義經作「況」字。「況」與「貺」通，故以「貺」字之訓釋之。《釋文》云：「兄，本亦作『況』。」校書者依《釋文》而定作「兄」也。當改作「況」乃合正義原本。《説文》「兹」云：「艸木多益。」「滋」云：「益也。」《常棣》「況也永歎」箋云：「兹對之長歎。」訓「況」爲「兹」。彼「兹」即此傳之「滋」。彼《釋文》云：「況，本亦作『兄』。」是「兄」即「況」之省文耳。「況」之得訓爲「兹」者，古「況」「兄」與「皇」一字。《書・無逸》篇「無皇曰」「則皇自敬德」，蔡邕石經「皇」作「兄」。書正義云：「王肅本『皇』作『況』。」《秦誓》篇「我皇多有之」，《公羊傳》作「而況乎我多有之」是也。《釋艸》云：「皇，榮也。」是發榮滋長之義。《爾雅》之「皇」即《説文》之「㞷」。《説文》云：「㞷，艸木妄生也。讀若皇。其字从屮在土上。」屮者象艸。過中，枝莖益大，有所之也。則「皇」有艸木多益之義。「皇」即「況」，故「況」訓爲「兹」也。倉，初亮反。傳殆讀「倉」爲「喪」。「填」與「塵」聲同，故訓爲「久」。具如正義。

「靡國不泯」傳：「泯，滅也。」箋云：「軍旅久出征伐，而亂日生不平，無國而不見殘滅也。」言王之用兵不得其所，適長寇虐。」按：厲王用兵，他無可考。《汲郡紀年》載厲王三年，王命虢公長父伐淮夷而已。觀此詩，則當年軍旅之興，殆無虚日，不但此也。周初，列國見于文王廟者千七百七十三諸侯。入春秋已來，惟餘百數十國，春秋以前其爲强大兼并者固多。如此詩所陳，則爲厲王翦滅者抑亦不少，傳故釋「泯」爲「滅」。而箋言「殘滅」，亦謂厲王用兵之不得其所也。共和時，亦有召穆公帥師追荆蠻至于洛之事。惟二相行政，帥師者又是召公，芮伯不應刺之，經斷屬流彘前事，此據征伐一節言之耳。假令共和時有作詩者，亦得爲刺厲王，以王固尚在也。《史記·十二諸侯年表》庚申後即書共和元年，自是太史公之誤。如謂厲王已没，宣王尚少，則當屬之宣王。如謂王已流彘，太子監國，仍當屬之厲王。乃前後兩無所屬，而繫以共和，此王莽居攝改元所由藉口也。然其失不始于太史公。《春秋》魯隱公元年不行即位之禮，經據其實，而《左氏》曰：「不書即位，攝也。」是謂隱公攝位之元年也。太史公承其誤以作《年表》，非《春秋》書「公在楚」「公在乾侯」之義。《紀年》于庚申仍書厲王十三年，以迄二十六年癸酉，得之。

「國步蔑資」箋云：「蔑，猶輕也。」又云：「國家爲政，行此輕蔑民之資用，是天不養我也。」「蔑之爲輕，正義不釋。按：《説文》「蔑」云：「勞目無精也。」「懱」云：「輕易也。从心，蔑聲。《商書》曰：「以相陵懱。」箋讀蔑爲懱，故曰「蔑猶輕也」。《文選》沈休文《奏彈王源》云：「蔑祖辱親。」李善注引《説文》「懱」字釋之，云：「蔑與懱古字同。」

「大風有隧」傳：「隧，道也。」正義引《左傳》「當陳隧者，井湮木刊」，陳隧爲陳道，証隧爲道。是矣。而不言隧之何以得訓爲道。按：《説文》無「隧」字，隧即遂也。遂與術一字。《説文》：「術，邑中道也。」《月令》「審端徑術」，鄭讀「術」爲「遂」。遂，田閒道也。故遂得訓道。《曹風》「匪風發兮」傳云：「發發飄風，匪有道之風。」《釋天》：「回風爲飄。」回旋之風从地陡起，故曰「匪有道」。此大風从空谷而來，故爲有道。《楚詞·河伯》云：「衝風起兮水橫波。」《説文》：「衝，通道也。」故王叔師注云：「衝，遂也。屈原設意與河伯爲友，俱遊九河之中，想蒙神祐，反遇遂風，大波涌起。」即據此傳爲説。王意亦以「遂」爲「道」也。

「民之未戾，職盗爲寇」傳：「戾，定也。」正義曰：「毛以『職盗爲寇』爲民所主行，則是民自作盗賊相寇害也。」按：經末二章切指民心。上章言民之無極，則主爲涼薄，以背上民之回邪，則主爲競力以凌人。此章「未戾」承上章而言，無極回邪，如是則民心動摇而無定，將主爲盗賊而寇害于王矣。《周書·芮良夫解》曰：「以予小臣良夫觀天下有土之君，厥德不遠，罔有代德。時爲王之患，其惟國人。」孔晁注曰：「是國人爲患也。」此詩「職盗爲寇」，正謂國人爲患，與《周書》之旨相符。正義謂「民作盗賊自相寇害」，非經意也。

雲漢

「天降喪亂」箋云：「天仍下旱災，亡亂之道。」正義述經曰：「乃使上天下此喪亂之災。」釋箋曰：「定本、《集注》『仍』字皆作『乃』字。」是正義本箋文作「仍」字，而述經用「乃」，字誤也。雖《釋詁》「仍」亦訓「乃」，「乃」亦音「仍」，必改从「仍」字方合正義原本。

「后稷不克」正義引「王肅曰：『后稷不能福祐我邪？上帝不能臨饗我邪？天下耗敗當我身邪？』傳意或然。」按：毛無傳。孔以王説爲毛説，訓「克」爲「能」，而「能」下横益「福祐」二字。此釋經者所忌也。《説文》云：「克，肩也。」徐氏曰：「肩，任也。負何之名也。與人肩膊之義通。能勝此物謂之克。」經言雨澤不降，豈先祖后稷不克肩邪？皇天上帝不臨鑒邪？如此方合毛意。

「靡有孑遺」傳：「孑然遺失也。」正義述經曰：「其餘不死之衆民，無有孑然得遺漏而不餓病者。」釋傳云：「靡有孑遺，謂無有孑然得遺漏。定本及《集注》皆云『孑然遺失也』。」如孔言，是正義傳文作「孑然遺漏」。今本校書者依定本、《集注》改之也。當改作「遺漏」乃合正義原本。

「先祖于摧」傳：「摧，至也。」箋云：「摧，當作『嗺』。嗺，嗟也。天將遂旱餓殺我民，先祖何不助我恐懼，使天雨也？先祖之神于嗟乎！告困之辭。」正義釋傳引「孫毓云：『我今死亡，先祖之神於何所至？』言將無所歸也。」按：孫釋傳「于」字下益「何所」二字，經無是也。經言「昊天上帝」，則不以雨澤爲我遺矣。相與恐畏者，亦尚有神，何不相與恐畏乎？先祖之神，爰來至矣。傳意如此。箋以「摧」爲「嗺」，又以「嗺」爲「嗟」，故下即云「于嗟乎」。《説文》無「嗺」字。《廣韻》「嗺」云：「送歌也。」《詩序》曰：「言之不足故嗟歎之，嗟歎之不足故永歌之。」永歌與嗟歎義同，故「嗺」得爲「嗟」也。箋讀「于」爲「吁」，《釋文》無音，亦誤。

「如惔如焚」傳：「惔，燎之也。」正義述經曰：「如炎之惔燒，如火之焚燎。」又曰：「定本經中作『如惔如焚』。」如孔言，則當時經本有作「如炎」者，正義从定本也。《説文》：「惔，憂也。炎，火光上也。燎，放火也。」放火則光騰上。傳讀「惔」爲「炎」，故訓燎也。《節南山》「憂心如惔」傳云：「惔，燔也。」彼《釋文》云：「惔，《韓詩》作『炎』，字書作『焱』。」是「炎」「焱」「惔」古字通。彼傳訓「惔」爲「燔」。燔，爇也。言憂心如火之燔爇耳。此經下有「如焚」。焚既是燒，則「惔」不得訓「燔」而已，故訓「燎」以别之。傳曰：「若火之燎于原，不可鄉邇，其猶可撲滅？」「燎」固甚于「焚」也。正義謂「焚燎俱是燒之名，故以惔爲燎」，疏矣。《釋文》載傳「燎也」，無「之」字。今本傳文「之」字當衍。

「靡人不周」傳：「周，救也。」箋云：「周，當作『賙』。王以諸臣困於食，人人賙給之，權救其急。後日乏無，不能豫止。」正義釋箋曰：「以周救于人，其字當从貝，故轉爲『賙』。」按：《論語》「君子周急不繼富」、《左傳》「周亟矜無資」、《孟子》「君之於氓也固周之」，字作「周」。《大司徒》「五黨爲州，使之相賙」，字作「賙」。箋言「賙給之」，又言「權救其急」，則「賙」亦周救之義。《説文》貝部不收「賙」字，其義當與「周」通用。不解箋何以必別其字。竊意經文本是「舟」字，毛無破字之例，故讀爲「周」而訓「救」。鄭則改「舟」爲「周」，「周」即「賙也」，故爲賙給。亦如改「摧」爲「嗺」，訓「嗺」爲「嗟」耳。

崧高

《序》：「尹吉甫美宣王也。天下復平，能建國親諸侯，襃賞申伯焉。」正義曰：「建謂立其國，親謂親其身也。」又曰：「此申伯舊國已絶，今改而大之。」按：自共和時荊楚漸張，故召穆公有追荊至洛之役。宣王時勢當又熾，南方諸侯必有畔而從之者，故加申伯爲侯伯，以爲連屬之監。一時控制之宜，撫綏之略，皆于此詩見焉。建者，即經「于邑于謝」是也。親者，即經「揉此萬邦，聞于四國」是也。若如孔，言宣王當日惟是推恩外戚，後世史法應以爲譏，豈復有可美者乎？《國語》稱「申、吕、齊、許由大姜」，則自周初受封。經已明言「維周之幹」，至厲王尚娶于申，何至宣王而遽絶？此又必無之事也。

「崧高維岳」傳：「崧，高皃。山大而高曰崧。嶽，四嶽也。東嶽岱、南嶽衡、西嶽華、北岳恒。堯之時姜氏爲四伯，掌四嶽之祀，述諸侯之職。于周則有甫、有申、有齊、有許也。」正義引韋昭《國語注》云：「四伯，謂四岳也。爲四岳伯，故稱四伯。是當堯之時姜氏爲四伯也。《周語》惟云四岳，不言名字。其名則《鄭語》所云『伯夷能禮于神以祐堯』者也。」正義又曰：「何知此言崧高非中岳，而以崧爲高皃？廣舉四岳者，此詩之意言四岳降神祐助姜氏，姜氏不主崧高，故知『崧高維嶽』謂四岳也。」按：傳因伯夷爲四岳之伯，故統稱四岳。堯時官名四岳，而岳實有五。《史記·封禪書》云：「《尚書》曰『歲二月，東巡狩至于岱宗。』岱宗，泰山也。柴，望秩于山川，遂覲東后。東后者，諸侯也。合時月正日，同律度量衡，修五禮，五玉、三帛、二牲、一死贄。『五月，南巡狩，至南岳。』南岳，衡山也。『八月，巡狩至西嶽』，西岳，華山也。『十一月，巡狩至北岳。』北岳，恒山也。皆如岱宗之禮。中岳，嵩高也。」索隱曰：「獨不言至者，蓋以天子所都也。」《春秋》隱八年《公羊傳》何休注：「《尚書》曰：『歲二月，東巡守，至于岱宗』云云。『十有一月朔，北巡守，至于北嶽，如西禮。還至嵩，如初禮。歸，格于禰祖，用特。』」今《尚書》無「還至嵩如初禮」六字。而何邵公引《書》有之，與《封禪書》合。應劭《風俗通》：「按《尚書》與太史公所言略同，而皆如岱宗之禮。」後云「中嵩高也，王者所居，故不巡焉。」應氏言「不巡」者，亦據《書》「還至嵩」而言，非謂不祀中岳。據此，則堯時伯夷兼掌五嶽之祀。隱十一年《左傳》稱許爲「大岳之胤」，莊二十二年《左傳》稱姜爲「大岳之後」，皆不稱「四岳」而稱「大岳」，蓋兼中岳言也。伯夷既兼掌五嶽，而此詩言「生甫及申」，二國實近中嶽，不得謂姜氏不主崧高矣。然則傳舉四岳，特以明姜氏官爲四伯，未嘗言此詩崧高非中嶽也。應仲遠序五岳曰：「中央曰嵩山。嵩者，高也。《詩》云：『嵩高維嶽，峻極于天。』廟在潁川陽城縣。」以崧高爲中岳，其説可从。正義之言，未免誤會傳意。

「維嶽降神，生甫及申」傳：「嶽降神靈，和氣以生，申甫之大功。」正義述經曰：「維此至天之大嶽，降其神靈和氣，以福祐伯夷之後，生此甫國之侯及申國之伯。」按：下箋云：「申，申伯也。甫，甫侯也。皆以賢智入爲周之楨幹之臣。」以甫、申爲二人，自是箋義，傳意不然。申、吕、齊、許之初，惟有一吕。吕即甫也。是有甫而後有申，故經言「生甫及申」。既申由甫出，則「維申及甫」，甫亦是申。「維周之幹」，申爲周邦之楨幹也。傳言「生申甫之大功」，不分二人，妙得經意。此與殷商、荆楚同，知殷商、荆楚爲一，即知申甫不得爲二。《王風·揚之水》以甫許爲申，同于此也。正義以箋述傳，失之。詳見《揚之水》篇。

「于邑于謝，南國是式」傳：「謝，周之南國也。」正義曰：「經言南國者，謂謝旁諸國，解其居謝邑而得南國法之，故云謝是周之南國。」杜預云：『申國在南陽宛縣。』是在洛邑之南也。」如正義言，是謂謝即申也。按：《黍苗》「肅肅謝功」傳云：「謝邑也。」此言周之南國，邑與國一耳。傳意以謝本周南方之一國，舊有居于是者，國已他徙，其地空虚，故宣王以封申伯，因是謝人。箋云「因是故謝邑之人而爲國」，言故謝邑，其意亦同于傳。《國語》史伯謂鄭桓公曰：「當成周者，南有荆蠻、申、吕、陳、蔡、應、鄧、隨、唐。」《水經·溳水》篇注云：「溳水又西南流，謝水注之。水出謝城北，二源微小，至城漸大。城周迴側水，《詩》所謂『申伯番番，既入于謝』者也。世祖建武十三年封樊重少子丹爲謝陽侯，即其國也。」然則是水即謝水也。又云：「謝水又東南徑新都縣左，注泚水。」又云：「泚水又西南與南長陂門二水合，其水東北出湖陽東隆山。」又云：「其水西南流，徑湖陽縣故城南。《地里志》曰：『故蓼國也。』《竹書紀年》曰：『楚共王會宋平公于湖陽者矣。』」又云：「其水南入大湖，湖水西南流，又與湖陽諸陂散水合，謂之板橋水。」又云：「板橋水又西南與南長水會，水上承唐子襄鄉諸陂散流也。唐子陂在唐子山西南，有唐子亭。漢光武自新野屠唐子鄉，殺湖陽尉于是地」云云。《後漢書·光武紀》「進屠唐子鄉」注云：「唐子鄉有唐子山。」謝城故址與湖陽故城及唐子山皆在今河南南陽府唐縣南，中國在今南陽府附郭南陽縣，唐縣在南陽東一百二十里。當日徙居于謝，蓋擇形勝之地以爲方伯治所。漢荊州刺史治南陽，而後魏復設東荊州刺史治泚陽，其故城亦在今唐縣東。以後準前，謝在周時爲形勝之地可知。然則謝與唐鄰，距申蓋遠，不得爲一地矣。謝之先爲徐。《楚辭·七諫》云：「偃王行其仁義兮，荊文寤而徐亡。」王叔師注曰：「荊，楚也。徐偃王，國名也。周宣王之舅申伯所封也。《詩》曰『申伯番番，既入于徐。』周衰，其後僭號稱王也。偃，謚也。言徐偃王修行仁義，諸侯朝之三十餘國，而無武備。楚文王見諸侯朝徐者衆，心中覺悟，恐爲所并，因興兵擊之而滅徐也。」如王叔師言，則偃王舊國于謝，其言「周衰」，言「楚文王」，順《七諫》之文爲説耳。《史記》、昌黎俱不言楚文王。《秦本紀》云：「繆王西巡守，樂而忘歸，徐偃王作亂，造父爲繆王御，長驅歸周，一日千里以救亂。」昌黎《衢州徐偃王廟碑》云：「穆王聞之，恐。遂稱受命，命造父御，長驅而歸，與楚連謀伐徐。徐不忍鬥其民，北走彭城武源山下，百姓隨而從之萬有餘家。」以《秦本紀》及韓碑觀之，則徐先居謝，自繆王時已走徐城，故宣王以其地封申伯。傳以謝爲周之南國，非無本也。謝以水得名，因徐先居之，故《詩》或作「謝」，或作「徐」耳。

「王命傅御，遷其私人」正義曰：「謂申伯私家之臣在京師者遷之，使從申伯共歸其國也。」又曰：「王命使遷其私人，告令其人使之裝載耳。其遷猶與申伯同行也。」按：孔以申國已絶家于京師，故爲此説。申伯由申國入爲卿士，家仍在申，王命遷在申之家臣往居謝邑耳。王命在先，城宅既成，即應遷徙。申伯則尚由鎬至岐，由岐往謝，勢亦不得同行也。

「鉤膺濯濯」傳：「鉤膺，樊纓也。」正義曰：「明言膺者，謂膺上有飾，故取《春官·巾車》之文以足之。」如孔言引《巾車》文，則傳當云「鉤膺鉤樊纓也」，誤與《采芑》傳同。詳見《采芑》篇。

「錫爾介圭，以作爾寶」傳：「寶，瑞也。」箋云：「圭長尺二寸謂之介，非諸侯之圭，故以爲寶。諸侯之瑞圭自九寸而下。」正義釋傳引王肅云：「桓圭九寸，諸侯圭之大者。」當矣。又引孫毓云：「特言賜之以作爾寶，明非五等之玉。且申伯受侯伯之封，當信圭七寸，又不得受上公之制九寸桓圭。」意存右鄭，非也。《釋器》云：「圭大尺二寸謂之介。」《玉人》云：「鎮圭尺有二寸，天子守之。」此鄭所用也。以《説文》考之，則不然。《説文》云：「珽，大圭，長三尺。抒上，終葵首。瑒，圭。尺二寸，有瓚，以祠宗廟者也。瑁，諸侯報圭朝天子。天子執玉以冒之，似犁冠。《周禮》曰：「天子執瑁四寸。」玠，大圭也。从玉，介聲。《周書》曰：「稱奉介圭。」「玠」字注獨不言尺寸，則大圭乃是通詞。《書・顧命》「賓稱奉圭兼幣」，無「介」字。許用孔氏古文引作「介圭」。彼諸侯享王之圭得稱爲介，則朝王之圭亦得稱介。《春官・典瑞》云：「公執桓圭，侯執信圭，伯執躬圭，繅皆三采三就。子執穀璧，男執蒲璧，繅皆二采再就。以朝覲宗遇會同于王。」而《韓奕》云：「韓侯入覲，以其介圭。」韓侯爵，圭應七寸，得稱介圭。是則介圭之名通于五等，故傳以介圭作寶，訓爲瑞也。子雍述毛，以桓圭九寸爲圭之大者，猶落第二義。王文考《魯靈光殿賦》云「錫介珪以作瑞」，正用毛此傳。

「往近王舅」傳：「近，已也。」箋云：「近辭也。」正義釋箋曰：「以命往之國，不復得與之相近，故轉爲已，以爲辭也。」按：《説文》作「迈」，讀與「記」同。《釋文》云：「近，音記。」是陸經本作「迈」，故音「記」。如孔言，則正義經本作「近」，故云「不復得與之相近」。或欲據《説文》改作「迈」，轉與正義原本不合。字有當仍其誤者，此類是也。

「王餞于郿」傳：「郿，地名。」箋云：「時王蓋省視岐周，故于郿云。」正義曰：「時宣王蓋省視岐周，申伯從王至岐，自岐遣之，故餞之于郿也。」按：箋以岐周爲大名，實即郿耳。周自大王、王季居岐山下中水鄉之周原，至文王漸徙而南。《皇矣》篇所謂「度其鮮原」「居岐之陽」「在渭之將」是也。彼箋云「文王見侵阮而兵不見敵，知己德盛而威行，可以遷居定天下之心，乃始謀居善原廣平之地，亦在岐山之南，居渭水之側」云云，不明言其地名。以此經觀之，其即郿乎？今陝西鳳翔府郿縣在渭水南，古郿地在渭水北，側近渭水，以亦在岐山之南，故統號岐周。時宣王省方在郿，非自岐遣之而餞之于郿也。《江漢》「于周受命」，經無「郿」字，可云在岐。然言「自召祖命」。召祖，謂召康公奭也。康公食采于召。《水經·渭水》篇注云：「雍水又東逕邵亭南，世謂之樹亭川。蓋邵、樹聲相近誤耳。亭，故邵公之采邑也。京相璠曰：『亭在周城南五十里。』《後漢郡國志》曰：『郿縣有邵亭。』謂此也。」召祖在郿，則《江漢》「于周受命」亦謂郿矣。二《雅》之文未有言宣王至岐者。《吉日》「漆沮」，毛傳謂「漆沮之水」，則在漢馮翊鳳翔。石鼓或以爲文王，或以爲成王，而昌黎詩云「宣王奮起揮天戈」，又云「蒐于岐陽騁雄駿」，以爲宣王獵碣，殆據此詩及箋。蓋已省岐陽，則順時蒐狩，亦禮之所有也。

「以峙其粻」箋云：「粻，糧。」正義曰：「粻，糧。《釋言》文。」按：「粻」與「糧」通。《說文》「餱」字注引《周書》「峙乃餱粻」，今書作「糗糧」，是「粻」與「糧」通。《說文》米部無「粻」字，徐鉉新附有之。然「餱」字注及「糇」字注中皆有「粻」字，又見于《詩》《爾雅》，或米部偶脱耳。峙，《釋文》作「時」，云：「本又作『峙』，直紀反。兩通。」正義以俗本作「時」爲誤，其實「儲峙」當作「偫」。《説文》「儲」云：「偫也。」「偫」云：「待也。从人，从待。」徐音直里切。「時」與「峙」皆假借也。

「申伯番番」傳：「番番，勇武皃。諸侯有大功則賜虎賁。」箋云：「申伯之皃有威武番番然。」毛以下經言「文武是憲」，則申伯兼有文武，故以番番屬虎賁之士。鄭以下章言申伯之德，此章當言申伯之威，故易傳言申伯之皃。「有威武」，明指申伯之身。傳、箋別矣。正義同箋于傳，失之。

皇清經解卷一千三百五十終

靈川秦培瑶舊校
南海陳韶番禺金錫齡新校

毛詩紬義　卷二十一

嘉應李黼平著

蕩之什下

烝民

「生仲山甫」傳：「仲山甫，樊侯也。」正義曰：「僖二十五年《左傳》說晉文公納定襄王，王賜之樊邑。則樊在東都之畿内也。杜預云：『經傳不見畿内之國稱侯男者。天子不以此爵賜畿内也。』如預之言，畿内本無侯爵。傳言『樊侯』，不知何所按據。」按：正義以樊在畿内，故疑不得稱侯。毛意不然也。傳記言樊者有三：隱十一年「絺樊」、莊二十九年「樊皮」、僖二十五年「陽樊」、昭二十二年「樊頃子」，杜元凱注無一言及于山甫。而《史記·晉世家》注服虔曰：「陽樊，周地陽邑名也。樊仲山之所居，故曰陽樊。」《晉語》倉葛曰：「陽有夏商之嗣典，樊仲之官守焉。」此一説也。《水經》「泗水又徑平魯城南」注曰：「城魯宗之所築也，東對樊仲山甫之所封也。」《泚水》篇注引司馬彪曰：「仲山甫封于樊，因氏國焉。」《廣韻》：「樊，周宣王封仲山甫于樊，後因氏焉。今在南陽。」此又一說也。《史記·周本紀》張守節正義曰：「毛萇云：『仲山甫，樊穆仲也。』《括地志》云：『漢樊縣城在兗州瑕丘縣西南古樊國，仲山甫所封也。』」此又一說也。《漢書·杜欽傳》注引《韓詩》言仲山甫封于齊。瑕丘近齊，張守節正義得之。《晉語》謂陽有樊仲之官守，司馬彪謂仲山甫封于樊，因氏國焉，皆指其子孫而言。顧氏《春秋大事表》謂陽樊，東遷後仲山甫子孫所封，後徙于河南。其說是也。瑕丘非畿内，故可稱樊侯。然如張守節所引，安知毛傳原本不作「樊穆仲」乎？陽樊，今河南懷慶府濟源縣地。瑕丘，今山東兗州府滋陽縣地。樊城，今湖北襄陽府襄陽縣地。

「我儀圖之」傳：「儀，宜也。」箋云：「儀，匹也。」《釋文》云：「我義，毛如字，宜也。鄭作『儀』。儀，匹也。」正義曰：「儀，匹。《釋詁》文。然則鄭讀爲儀，故以爲匹。」如孔言，則正義本與《釋文》本皆作「我義圖之」，今汲古閣本校書者依鄭箋誤改也。當仍作「義」，乃合正義原本。

「愛莫助之」傳：「愛，隱也。」箋云：「愛，惜也。」正義曰：「愛，隱。《釋言》文。」按：《爾雅》作「薆」，正義不言字異，則唐《爾雅》本有作「愛」者也。《說文》艸部無「薆」字，竹部「篓」云：「蔽不見也。」人部「僾」云：「仿佛也。」引《詩》「僾而不見。」二字之訓皆有隱義。《廣韻》「篓」「僾」二字注皆云：「隱也。」「愛」即「篓」「僾」之省文，故傳訓爲「隱」。《說文》「愛」云：「行皃。」「㤅」云：「惠也。」箋云「愛惜」，字本作「㤅」。隸書「㤅」「愛」通，故不曰「愛當作忑也」。

「仲山甫出祖」傳：「言述職也。」箋云：「祖者，將行犯軷之祭也。」正義曰：「既言在内佐王，又説外行述職，言仲山甫既受王命，將欲適齊，出于國門而爲祖道之祭。」按：「祖」與下「徂齊」同。古文作「且」，訓「往」，故傳云「述職」。毛意以山甫爲王卿士，職當眺省諸侯，此行自述其卿士之職。及已在道，乃奉王命城齊，與召伯奉命專爲城謝者不同。正義謂「既受王命，將欲適齊」，非毛意矣。

「城彼東方」傳：「東方，齊也。古者諸侯之居逼隘，則王者遷其邑而定其居，蓋去薄姑而遷於臨菑也。」正義曰：「《史記·齊世家》云：『獻公元年徙薄姑，都治臨菑。』計獻公當夷王之時，與此傳不合，遷之言未必實也。」按：《齊世家》本缺一代，若于哀公上加一代，則獻公可當宣王。詳見《齊譜》。惟《史記》稱「太公都營丘」，營丘即臨菑也。胡公徙薄姑，獻公復都臨菑，而《春秋》昭二十年《左傳》晏子曰：「昔爽鳩氏始居此地，季萴因之，有逢伯陵因之，蒲姑氏因之，而後太公因之。」杜預注曰：「蒲姑氏，殷周之閒代逢公者。」昭九年《傳》詹桓伯曰：「蒲姑、商奄，吾東土也。」杜預注曰：「樂安博昌縣有蒲姑城。」服虔曰：「蒲姑，齊也。商奄，魯也。」《水經·濟水》篇注曰：「濟水又徑薄姑城北。《後漢郡國志》曰：『博昌縣有薄姑城。』《地里書》曰：『吕尚封于齊郡薄姑，薄姑故城在臨菑縣西北五十里，近濟水。』」如彼諸文，是太公初封即都薄姑。此傳云「去薄姑而都臨菑」，毛意謂至是始由薄姑徙都臨菑。異于《史記》矣。博昌爲今山東青州府博興縣地，距臨菑五十里，在太公初封百里之内。而沂州府屬莒州，亦有薄姑，則成王時與四國作亂，周公滅之，遷奄君于此。《水經·濰水》篇注曰：「靈門縣有高原山，浯水所出。其水東北徑姑幕縣故城東，故薄姑氏之國也。」姑幕故城，在今莒州界。《書序》「成王既踐奄，將遷其君於蒲姑。周公告召公，作《將蒲姑》。」孔安國注曰：「蒲姑，齊地。近中國，教化之。」又周公在豐，將没，欲葬成周。公薨，成王葬于畢。告周公，作《亳姑》。」孔安國注曰：「周公徙奄君于亳姑，因告柩以葬畢之義，斥及奄君已定亳姑，言所遷之功成。」如《書序》，是奄君遷于薄姑。而酈注引闞駰曰：「周成王時薄姑與四國作亂，周公滅之，以封太公。是以《地里志》曰：『或言薄姑也。』」此説非是。計奄君遷此不久國除，故春秋初莒子自介根徙都焉。齊終春秋不能有莒，何得太公時已封薄姑？孔傳及鄭《書序》注言薄姑齊地者，據漢初三齊言之耳。若然，薄姑有二地，而薄姑之君豈應有二？竊嘗以事勢推之，奄本居曲阜，薄姑本居博昌。二人皆紂黨，武王誅紂，徙奄君于淮水上，徙薄姑于姑幕，而以其故地封齊。魯武王崩，二人遂誘禄父反。《書傳》曰：「奄君薄姑謂禄父曰：武王已死矣，成王尚幼矣，周公見疑矣。此百世之時也，請舉事。然後禄父及三監叛也。」周公酌罪之輕重，誅薄姑而赦奄君。至成王即政，奄與淮夷又叛。成王翦滅之，乃徙新立奄君于姑幕。如此，則《左傳》《書序》《漢志》及服、孔之言一一皆合。此傳云「去薄姑」，亦當謂博昌薄姑，非姑幕薄姑也。「薄」「蒲」「亳」三字通。

韓奕

《序》箋云：「韓，姬姓之國也。後爲晉所滅，故大夫韓氏以爲邑名焉。幽王九年，王室始騷。鄭桓公問於史伯曰：『周衰，其孰興乎？』對曰：『武實昭文之功，文之祚盡，武其嗣乎？武王之子應韓不在其晉乎？』」正義釋「大夫韓氏」，據桓三年《左傳》服虔注：「韓萬，晉大夫，曲沃桓叔之子，莊伯之弟。」又謂引史伯者證幽王之時，韓猶在也，皆非箋意。按：《史記・韓世家》云：「韓之先與周同姓，姓姬氏。其後苗裔事晉，得封于韓原，曰韓武子。」索隱曰：「按左氏《傳》云『邘晉應韓武之穆』，則韓是武王之子。然《詩》稱『韓侯出祖』，則是有韓而先滅。今據此文云『其後裔事晉，封于原，曰韓武子』，則武子本是韓侯之後，晉又封之于韓原，即今之馮翊韓城是也。」如小司馬說，武子非桓叔之子。此箋但云「韓氏」，不云「韓萬」。言「故大夫者」，謂韓故時大夫，其意亦以此大夫即韓苗裔，與《世家》同。春秋、戰國時晉興而韓繼，引鄭語者以此大夫之後爲六國韓王，證史伯之言驗耳。

「有倬其道」傳：「禹治梁山，除水災。宣王平大亂，命諸侯。有倬其道，有倬然之道者也。」按：禹除水災，定田賦，所以養民。宣王平大亂，建侯伯，所以靖民。倬然著明之道，傳指宣王能繼禹功也。箋以「有倬」句屬韓侯，故云「今有倬然著明復禹之功者，韓侯受王命爲諸侯。」傳、箋不同，正義合而述之，誤也。

「韓侯受命」傳：「受命，受命爲侯伯也。」以經言「因以其伯」，故傳言「爲侯伯」。經先受命而後來覲，傳依經爲訓也。箋云「受王命爲諸侯」，不言「侯伯」。次章箋云「此覲乃受命。先言受命者，顯其美也。」如箋，則首章爲初受諸侯之命，尚未命爲侯伯。直至卒章，始言「以其先祖侯伯之事盡予之」。傳、箋義別矣。正義述經，于此句亦用傳侯伯之義，非箋意也。繼世而立，列國之常。然觀春秋諸侯有錫命有不錫命，則錫命者爲榮。故箋以「受命爲諸侯」爲顯其美也。

「以其介圭」箋云：「《書》曰：『黑水西河，其貢璆琳琅玕。』」正義曰：「不言雍州而云黑水西河者，以《禹貢》大界，略言所至地形，不可如圖境界互相侵入。且堯與周世州境不同，命韓侯言『奄受北國』，則是北方之國，非雍州也。《夏官·職方氏》『正北曰并州』，韓屬并州矣。以韓國實在西河而非雍州，故唯得言西河不得言雍州也。」按：《序》下箋云：「梁山于韓國之山最高大，爲國之鎮，所望祀焉。」下即云：「梁山，今在馮翊夏陽西北。」已明言韓在夏陽，引黑水西河，明韓國在雍州。引璆琳琅玕，明大圭爲雍產。不言雍州，初無義例。孔謂韓實在西河而非雍州，豈以漢夏陽之地非周之雍州耶？《職方》「正北曰并州，其澤藪曰昭餘祁，其川虖池、嘔夷，其浸淶、易」。初不言河漢。《地里志》曰：「周監于二代而損益之，改禹徐、梁二州合之于雍、青，分冀州之地以爲幽、并。」校其地勢，并在冀州之北，與雍分河水爲界。夏陽在西河之西，不得爲西河。豈并州在西河之東，反得稱西河耶？孔以經言「奄受北國」，疑韓亦在北，故以并州當之。不知經言「北國」，正謂雍州之北耳。詳見後條。

「炮鼈鮮魚」箋云：「炮鼈，以火熟之也。」正義曰：「按字書：炰，毛燒肉也。缹，烝也。服虔《通俗文》曰：『燰煮曰缹。』然則炰與缹別。而此及《六月》云『炰鼈』者，音皆作缹。然則炰與缹『以火熟之』，謂烝煮之也。」按：《說文》「炮」云：「毛炙肉也。」《周禮·地官·封人》「毛炮之豚」，鄭注云：「爓去其毛而炮之，以備八珍。」《小雅·瓠葉》「炮之燔之」，傳以「毛曰炮」，正義謂「此述庶人之禮，當是合毛而炮之」。是「炮」之爲訓，原兼去毛、合毛言也。《禮記·内則》「炮取豚若將」，鄭注：「炮者以塗燒之爲名也。」《禮運》「以炮以燔」注：「炮，裹之也。」此箋言「以火熟之」，何知不是塗裹燒之，而必謂烝煮之乎？《瓠葉》傳言：「以毛曰炮，所以別于燔炙。」此及《六月》鱠鯉鮮魚俱是生食，炮爲熟食，其義易明，故毛不發傳。箋言「火孰」，對魚之生食而言。蓋「炮」與「庖」通。《漢書·律曆志》「炮犧氏之王天下也」，顔師古注云：「炮與庖同。」庖人治之則塗裹，烝缹皆兼之矣。鮮，當讀如斯。《爾雅·釋言》：「斯，離也。」斯離其魚，即是作膾。正義謂《六月》云「膾鯉」，此云「鮮魚」，欲取魚字爲韻，恐非也。

「維筍及蒲」傳：「筍，竹也。蒲，蒲蒻也。」箋云：「筍，竹萌也。蒲，深蒲也。」正義曰：「言筍竹、蒲蒻，亦謂竹萌、深蒲。但傳文略耳。」按：陸璣《疏》云：「筍，竹萌也。皆四月生。惟巴竹筍八月、九月生。」此説非是。竹春冬有筍，春賤而冬貴。《吴都賦》云「苞筍抽節」，劉淵林注曰：「苞筍，冬筍也。出合浦，其味美于春夏時筍也。見《馬援傳》。」《説文》云：「竹，冬生艸也。象形。下垂者，箁箬也。」正指冬生之筍而言。《説文》又曰：「筍，竹胎也。」然則三時竹胎通謂之筍，冬月所生專謂之竹，筍之外裹爲箁箬。許所謂象形，象筍之形。《書·顧命》「敷重筍席」，孔傳：「筍，箁箬是也。」「竹」即是「筍」。毛訓「筍」爲「竹」，其義古矣。箋以「竹」爲大名，故易傳爲「竹萌」，言筍是竹之所萌生也。《釋艸》云：「䈽箭萌，專謂箭竹之萌。」正義引《釋艸》云：「筍竹萌。」或孫炎本《爾雅》如是，然與傳毛義殊也。《説文》：「蒲，水艸也。蒻，蒲子也。䕭，蒲蒻之類也。」「䕭」與「蒲蒻」別矣。箋言「深蒲」，即「䕭」之省文，非謂蒲蒻入水深也。正義以「筍竹」爲「竹萌」，以「蒲蒻」爲「深蒲」，同傳于箋，兩失毛、鄭之意。

「蹶父孔武，靡國不到」。按：首章「王親命之」，毛、鄭俱無釋。如箋義先入覲而後受命，則爲親命韓侯。如傳義先受命而後入覲，則韓侯尚在其國，不得云親命矣。上下契勘，乃知此章言蹶父相攸，實爲首章補序。蓋銜命必有卿士。《常武》「王謂尹氏」傳云「掌命卿士」是也。蹶父爲王卿士，則親命者命此蹶父。汲郡《古文》云：「宣王四年，王命蹶父如韓。韓侯來朝。」

與此經合。

「溥彼韓城，燕師所完」箋云：「溥，大。燕，安也。大矣彼韓國之城，乃古平安時衆民之所築完。」按：下箋云：「韓侯先祖有功德者受先王之命，封爲韓侯，居韓城爲侯伯。其州界外接蠻服。」又云：「今撫柔其所受王畿北面之國。」王畿，謂鎬京也。鎬京北面爲今陝西榆林府邊墻外地，是鄭以韓城在雍州，而撫柔雍州界北蠻服之國。正義謂韓爲并州牧者，非矣。毛于「韓城」無釋，但韓受北國，其治所當在北方。《水經·聖水》篇注引王肅云：「涿郡方城縣有韓侯城。」肅以燕師爲燕國之民，故爲此説。然申伯國申而爲侯伯，則居于謝，同在豫州。韓侯國韓其爲侯伯治所，亦應在雍州。此經「韓城」當以《六月》毛傳釋之。《六月》：「玁狁匪茹，整居焦穫。侵鎬及方，至于涇陽。」傳云：「焦穫，周地接于玁狁者。」夫鎬爲九原，方爲朔方，詳見《六月》。而焦穫又在鎬、方之外，乃玁狁諸國出入之要路。韓之先祖居其地以撫柔百蠻，則韓城之在焦穫審矣。

「因時百蠻」傳：「因時百蠻，長是蠻服之百國也。」箋云：「因見使時節，百蠻貢獻之往來。」傳以「因時」爲「長」，是。箋以「因時」爲時節。傳、箋不同，正義以鄭述毛，誤也。

「其追其貊」箋云：「其後追也、貊也，爲玁狁所逼，稍稍東遷。」正義釋箋作「獫夷」，云：「定本、《集注》皆作『玁狁』。」校書者依定本、《集注》改爲「狁」，當仍作「夷」，乃合正義原本。《水經注》引此箋亦作「獫，夸也」。鄭言追貊東遷，明周時爲北國。《說文》「貊」作「貉」，云：「北方豸種。从豸，各聲。孔子曰：貉之爲言惡也。」又「貔」字注云：「豹屬，出貉國。从豸，毘聲。《詩》曰：『獻其貔皮。』《周書》曰：『如虎如貔。』貔，猛獸。」以貉爲北國。鄭注《周禮》以九貊爲東夷，又以爲東北夷。據漢時言之耳。正義謂貊者東夷之種，分居于北，與箋義相違，非鄭意也。

江漢

「淮夷來求」傳：「淮夷，東國，在淮浦而夷行也。」正義曰：「春秋時淮夸病杞，齊桓公東會于淮以謀之。《左傳》謂之東略，是淮夸在東國。」又曰：「召公伐淮夷，當在淮水之南。」按：春秋僖十六年會淮謀鄫，非爲病杞，自是偶有不照。惟引「東略」以證「東國」，而淮夷所在仍未明也。傳言「東國」，言「在淮浦」，是明有其國邑。今江蘇淮安府安東縣即漢之淮浦縣，漢屬臨淮郡，後改屬廣陵郡，故《水經》云「淮水又東至廣陵淮浦縣入于海」，注引應劭曰：「蓋側淮瀆，故受此名。」淮水正在縣南，然則安東即淮夷，召公所伐在淮北矣。

「經營四方」箋云：「召公既受命伐淮夷，服之。復經營四方之叛國，從而伐之。」按：此爲經之二章，言「經營四方」，「四方既平」。三章言「式辟四方，徹我疆土」。四章至卒章皆言錫祉召伯之事，惟首章「來求」「來鋪」言伐淮夷耳。是召公自此役而後尚有許多勛勞。《序》言「興衰撥亂」者指此。正義謂經六章皆命召公平淮夷，誤也。

「于疆于理」箋云：「于，往也。于，於也。」正義曰：「或『往』下有『于於』二字，衍也。定本、《集注》皆有『于於』二字，有者是，非衍也。」如孔言，是正義本無「于於」二字。「有者是非衍也」，此六字是述定本、《集注》之言。校書者誤以爲孔遵定本、《集注》，輒爲增入。按：箋云：「召公於有叛戾之國，則往正其經界，修其分理。」止訓「于」爲「往」。正義述經云：「往正其疆界，往修其分理。」釋箋云：「以召公承王命而往治之，故以『于』爲『往』。」是正義原本止有「于往」之訓，無「于於」二字也。刪之乃合。

「來旬來宣」箋云：「旬，當作營。宣，徧也。」正義曰：「宣訓爲徧，旬不宜亦訓爲徧。旬之與營字相類，故知當爲營。來旬謂勤勞于經營四方，來宣謂勤勞于徧理。」按：「旬」「營」二字，隸書、篆文俱不相類，孔言殆誤。「旬」之得爲「營」者，《爾雅・釋言》云：「洵，均也。」《桑柔》「其下侯旬」傳云：「旬，言陰均也。」是「旬」即「洵」字。《邶風・擊鼓》「于嗟洵兮」，《釋文》云：「《韓詩》作『敻』。」《説文》云：「敻，營求也。从夏，从人在穴上。《商書》曰：『高宗夢得説，使百工敻求，得之傳巖。』巖，穴也。」徐鍇曰：「人與目隔穴經營而見之，然後指使以求之。」今《書序》及《史記・殷本紀》「敻求」俱作「營求」，是古者「旬」「洵」「敻」「營」四字音義互通，故得爲「營」也。

常武

正義曰：「此經淮浦非淮夷，徐國非春秋之徐子。」其説是也。《江漢》經無「淮浦」，而毛傳言「淮夷」在淮浦，繫之東國，其爲今之安東無疑。此經「淮浦」在徐國之上，必非《江漢》毛傳之「淮浦」，故孔以爲非淮夷也。鄭于仍叔、家父及譚、韓諸國皆引《春秋》内外傳以明之，此經徐國闕焉，故孔以爲非春秋之徐子也。但淮自發源至海，其可名淮浦者多。據《禹貢》，徐州爲國當亦不少。經所謂「淮浦」「徐國」者果安在乎？《汲郡古文》云：「宣王六年，王師伐徐戎。皇父休父從王伐徐戎，次于淮。」彼「次淮」即《詩》「淮浦」，彼「徐戎」即《詩》「徐國」。《春秋》僖十六年經「會于淮」，杜注云：「臨淮郡左右。」是淮浦即臨淮也。《漢志》臨淮郡，武帝元狩五年置，治徐縣。縣即春秋時徐子之國，爲今安徽直隸州泗州地。伐徐戎而次于此。明徐戎之國更在其東。《書·費誓》「徂兹淮夸、徐戎並興」，《序》云：「魯侯伯禽宅曲阜，徐、夷並興，東郊不開。」則徐戎爲魯東之戎，與淮夷鄰近，同在安東可知。泗州去安東二百八十里，王師既服淮浦諸國，宜徐戎驛騎聞之不戰而自屈也。「王猶允塞」箋云：「兵雖臨之，尚守信自實。」與《紀年》言「次于淮」合。淮浦爲臨淮，徐國爲徐戎，傳、箋所未言。然古文不可廢也。經不稱徐戎而稱徐國者，已服王化，所以進之。春秋時有北戎，允姓之戎。揚、拒、泉、皋、伊、雒之戎，茅戎、犬戎、驪戎。其無名號專稱戎者，如隱公時會濳盟唐，皆魯西南之戎，獨不見徐戎。意宣王此役而後革面洗心，既與中國無異，所以至春秋而不復見與。

「南仲大祖，大師皇父」傳：「王命南仲于大祖，皇父爲大師。」箋云：「南仲，文王時武臣也。顯著乎，昭察乎，宣王之命卿士爲大將也。乃用其以南仲爲大祖者，今大師皇父是也。」正義引孫毓云：「宣王之大將復字南仲，傳無聞焉。且古之命將皆于禰廟，未有于后稷大祖之廟者。」孔意以孫言爲然。按：《白虎通》云：「封諸侯于廟者，示不自專也。明法度皆祖之制也，舉事必告焉。《王制》曰：『王命卿士，南仲大祖。』《詩》云：『爵人于朝與衆共之也。』《禮·祭統》曰：『古者明君爵有德必于大祖。』」又曰：「天子遣將軍必于廟何？示不敢自專也。獨于祖廟何？制法度者祖也。《王制》曰：『受命于祖，受成于學。』此言于祖廟命遣之也。」如《白虎通》引此詩，是南仲在宣王時。後漢之初諸儒已同毛説，而命于大祖，《禮》有明文。孫氏之評，未爲得矣。

「徐方繹騷」傳：「繹，陳。騷，動也。」箋云：「繹，當作『驛』。」又云：「徐國傳遽之驛見之，知王兵必克，馳走以相恐動。」按：傳言王舒徐安行，匪繼以遨遊，將于徐方陳旅以恐動之也。《周頌·載芟》「驛驛其達」，《釋訓》云：「繹繹，生也。」二字本通，故箋以「繹」爲「驛」。正義述毛云：「故徐土之方，斥候之使見其如此，乃陳説王之此威，往告以恐動之。」是以箋、傳「遽」之義爲毛義也，恐不然。

「如震如怒」箋云：「而震雷其聲，而勃怒其色。」《釋文》云：「如震如怒，一本此兩『如』字皆作『而』。」正與箋合，是鄭作箋時經字作「而」也。正義述經云：「如天之震雷，其聲如人之勃怒其色。」孔所據經字作「如」，故述經如此。不言箋異，其所據箋亦作「如」也。今本箋兩「而」字不知誰所校定。雖「而」與「如」古字本通，然必改作「如」乃與經合。

「鋪敦淮濆」箋云：「敦，當作『屯』。」《釋文》云：「敦，王申毛如字，厚也。」正義釋箋曰：「敦訓爲厚，于義不協，故破之爲屯。毛無破字之理，必以爲厚，宜爲布陳敦厚之陣也。」按：《邶・北門》傳訓敦爲厚，施之此經，誠爲不協。然《行葦》「敦」訓「聚皃」，安知毛意不以爲聚乎？訓聚則與箋讀爲屯者一矣。揚子雲《甘泉賦》云「敦萬騎于中林兮」，李善注：「敦，與屯同。」故鄭謂「當作屯」。

「仍執醜虜」傳：「仍，就。」正義曰：「《釋詁》云：『仍，因也。』因是就之義也。」按：《釋詁》「仍」有三訓：「厚也，乃也，因也。」無訓「就」者。《釋文》云：「仍，本或作『扔』。」《說文》仍、扔俱訓因，而別有「⿰扌因」字云：「就也。从手，因聲。」傳讀「仍」爲「⿰扌因」，故訓爲「就」耳。

「如飛如翰」傳：「疾如飛，摯如翰。」箋云：「其行疾，自發舉如鳥之飛也。翰，其中豪俊也。」正義曰：「鳥飛已是迅疾，翰又疾於飛，故云『翰，其中豪俊』者，若鷹鸇之類摯擊衆鳥者也。」按：《說文》「翰」云：「天鷄赤羽也。从羽，倝聲。《逸周書》曰：『文翰，若翬雉，一名鷐風。周成王時蜀人獻之。』」今《周書》云：「蜀人以文翰。文翰者，若皋、鷄。」當从許所引爲正。是翰爲鷐風。《秦風》「鴥彼晨風」傳云：「晨風，鸇也。」《説文》「鸇」云：「鷐風也。」是翰爲鸇，故傳云「摯」，而箋言「豪俊」矣。正義統云「鷹鸇之類」，疏也。

瞻卬

「譖始竟背」箋云：「譖，不信也。」正義曰：「讒譖者皆不信之言，故以譖爲不信也。」按：《釋文》云：「譖，本又作『僭』，子念反。」是鄭箋詩時經文作「僭」，故訓爲不信也。《巧言》「僭始既涵」，箋訓不信，與此正同。孔未免曲爲之説。「譖」「僭」皆以「朁」爲聲，二字本可通借。是以《巧言》傳訓「僭」爲「數」，讀側蔭反。然箋有破字之例，如此經作「譖」，鄭欲訓爲「不信」，則必曰「譖當作僭」矣。

「舍爾介狄，維予胥忌」傳：「狄，遠。忌，怨也。」箋云：「介，甲也。」又云：「乃舍爾被甲之夷狄來侵犯中國者，反與我相怨。」正義釋傳曰：「毛讀狄爲逖，故爲遠也。則介當訓爲大，不得與箋同也。」釋箋曰：「幽王荒淫惑亂，將至滅亡。兵在其頸尚不知悟，安能復知大道遠慮？又大道遠慮非幽王之所有，何云舍汝乎？」按：「舍爾大道遠慮，反與我賢者怨乎」，是王子雍述毛之説。正義據之以爲與奪，非毛意也。「介」字毛不爲傳，當从本訓。《説文》：「介，畫也。从入，从人。人各有介。」即疆介之介。宣王復文武之竟土，幽王承之，其竟土與宣王同。

此「舍爾介狄」對下「邦國殄瘁」，「維予胥忌」對下「人之云亡」，言天何以刺責爾乎？神何以不福爾乎？以王自舍置爾疆介之遐逖而惟與予群臣相怨。如是則不能至道，不能致祥，威儀益多不善，群臣之賢者皆言逃亡爾。王之邦國雖疆介遐逖，亦將盡病矣。毛意當然。

召旻

「我居圉卒荒」箋云：「荒，虚也。」正義曰：「荒，虚。《釋詁》文。某氏曰：『《周禮》云：野荒民散則削之。』唯某氏之本有『荒』字耳，其諸家《爾雅》則無之。」按：《釋詁》云：「漮，虚也。」《釋文》云：「郭云本或作『荒』。荒亦丘虚之空無。」今本《爾雅》郭注惟引《方言》云：「漮之言空也。皆謂丘虚耳。」無「本或作荒」四字。如《釋文》，是郭注《爾雅》「本亦作荒」殆即某氏本矣。《易·泰卦》「包荒」，《釋文》云：「鄭讀爲康，云虚也。」然則荒、漮一字，非漮之外又有荒字。正義當云「唯某氏『漮』作『荒』也。」

「蟊賊内訌」傳：「訌，潰也。」箋云：「訌，争訟相陷入之言也。王施刑罪，以網羅天下衆爲殘酷之人，雖外以害人，又自内争相讒惡。」按：《抑》篇「實虹小子」傳云：「虹，潰也。」謂無角自用之，言實潰亂小子。此傳與彼訓同，則謂王施罪罟于天下，以此蟊賊之臣在内潰亂王心也。箋以「訌」爲争訟，又謂蟊賊之臣自相讒惡。傳、箋義别，正義合而述之，誤也。

「臯臯訿訿」傳：「訿訿，窳不供事也。」正義曰：「《説文》云：窳，嬾也。艸木皆自竪立，惟瓜瓠之屬臥而不起，似若嬾人常臥室。故字从穴，音眠。」按：今《説文》穴部「窳」云：「汙窬也。」無如孔所引之説。陸氏《釋文》作「寙」，亦引《説文》云：「嬾也。」而《説文》「宀」部並無「寙」字。豈唐初《説文》「窳」字下本有此訓，而陸氏誤作「寙」與？然《説文》瓜部有「㼌」字，注云：「本不勝末，微弱也。讀若庾弱，與嬾惰義同。」此傳「窳不供事」，當作「㼌」。

「我位孔貶」傳：「貶，隊也。」箋云：「我王之位又甚隊矣。言見侵侮，政教不行。後犬戎伐之，而周與諸侯無異。」按：《説文》云：「导，傾覆也。从寸，臼覆之。寸，人手也。从巢省。杜林説：以爲貶損之貶。」傾覆與隊義同，傳意言王位之必隊，箋言犬戎伐之，亦據後事，見凡伯之言驗耳。正義謂言「其卑微與諸侯無異」。大幽王十年尚盟諸侯于太室，王師尚能伐申，何言與諸侯無異哉？

「草不潰茂」傳：「潰，遂也。」箋云：「『潰茂』之『潰』當作『彙』。彙，茂皃。」按：《説文》「儹」云：「嫺也。一曰長皃。」「長」義與「遂」義近，而「潰」「儹」聲同，傳讀「潰」爲「儹」也。箋作「彙」者，古「貴」聲與「胃」聲同，故「喟」字从口从胃，亦或从口从貴。鄭讀「潰」如「謂」，而「謂」與「彙」通。《爾雅·釋木》云：「謂櫬，采薪。」《釋文》云：「舍人引上句『櫬梧』來合在此句，以『謂』字作『彙』。」是「彙」與「謂」通。《説文》「𧰲」云：「蟲，似豪豬者。从㣇，胃省聲。或从虫作蝟。」𧰲，今隸書作「彙」，是由「貴」「胃」聲同，故作「彙」而訓「茂」矣。正義隨傳、箋順釋，無所發明，故詳之。

「不云自蘋」傳：「蘋，厓也。」箋云：「蘋，當作『濱』。」正義曰：「以水厓之濱，其字不當作蘋，故破之也。傳作蘋者，蓋以古多假借，或通用故也。」按：《説文》云：「頻，水厓人所賓附，頻蹙不前而止。从頁，从涉。」臣鉉等曰：「今俗别作水濱，非是。」然則毛作傳時經文是「頻」字，故直訓「厓」也。鄭作箋時經文是「蘋」字，故鄭謂「當作濱」。《釋文》載張揖《字詁》云：「頻，今濱。」則「頻」是古文，「濱」是今文。毛傳自依古文，非關通假。徐氏謂「濱」爲俗字，亦非。「蘋」乃俗字耳。

「昔先王受命，有如召公」箋云：「言有如昔時賢臣多，非獨召公也。」按：《風》始《周》《召》，而《風》之終以周公，《雅》之終以召公，先儒多如此説。則經稱「召公」，不爲無意。而此箋獨言「非獨召公」者，《周南》正義論詩六字爲句，引此云「有如召公之臣」。是此句本有「之臣」二字，故箋云「非獨召公」。不知何時脱去，正義于此亦更不言及，不可解也。

皇清經解卷一千三百五十一終

靈川秦培璠舊校
南海陳韶番禺金錫齡新校

毛詩紬義　卷二十二

嘉應李黼平著

周頌

清廟之什

清廟

《序》：「祀文王也。周公既成洛邑，朝諸侯，率以祀文王焉。」正義曰：「周公攝王之政，營邑于洛。既已成此洛邑，於是大朝諸侯。既受其朝，又率之而至于清廟而祀此文王焉。」又曰：「此言率者，周公使二伯率之。」正義以箋成洛邑爲居攝五年，則朝諸侯在六年，故爲此説。《序》意不必然也。按：洛邑之作本爲諸侯，以居天下之中，四方道里均焉。其事周公主之，故《序》繫于周公，而朝諸侯者自爲成王。《書·洛誥》孔傳謂成洛邑在攝政七年，今亦無論七年、六年，但據《洛誥》論之。曰「王在新邑」，是成王在洛也。曰「汝其敬識百辟享」，是成王朝諸侯也。特其所謂「烝祭歲」者，爲封周公之後祭告文、武，與此祀文王者異耳。然其上文曰「肇稱殷禮祀于新邑」。曰「肇稱」、曰「新邑」，所祀者非文王而何？既成王朝諸侯祀清廟，則率之者亦惟成王。《顧命》：「大保率西方諸侯，畢公率東方諸侯。」彼朝新王，故二伯率之而見。洛邑之祭，諸侯咸在廟中。主祭者率之，何須復令二伯率也？正義云云，全違《序》意。箋云：「天德清明，文王象焉，故祭之而歌此詩。」明祭時歌此詩矣。正義曰：「以其祀之得禮，詩人歌咏其事，而作此清廟之詩。」是謂祭後始作也。《書傳》云：「周公升歌文王之功烈德澤，苟在廟中嘗見文王者，愀然如復見文王。」箋本《書傳》爲説。如正義祭後始作，則當日周公所升歌者又是何詩？如謂朝諸侯之年禮樂未作，無有升歌笙間之節，是此祭禮祭未備，萬事草創，又何足以歎美而作詩以頌之乎？亦非箋意。

「肅雝顯相」傳：「相，助也。」按：作洛之年，傳文不顯。《鴟鴞》傳云：「寧亡二子，不可以毀我周室。」毛意周公無避居東都之事，則成王元年周公攝政，七年成洛邑，作《召誥》《洛誥》。《召誥》孔安國傳：「王與周公俱至洛。」《洛誥》曰：「王在新邑。」《汲郡古文》云：「成王七年，王如洛，諸侯來朝。」是洛邑既成，成王在洛。此傳訓「相」爲「助」，謂助成王之祭清廟，非助周公。正義述經曰：「毛以爲於乎美哉，周公之祭清廟也。」傳、箋不分，失之。

「秉文之德」傳：「執文德之人也。」箋云：「濟濟之衆士皆執行文王之德。」正義曰：「經云『秉文之德』，謂多士執文王之德。故傳申其意，言此多士皆是執文德之人，謂是能執行文王之德之人也。」按：「文定厥祥」傳言：「大姒之有文德也。」「告于文人」傳：「文人，文德之人也。」不必皆指文王。此傳亦謂多士有文德，與「顯」相對耳。正義乃同傳于箋，誤也。

維天之命

「維天之命，於穆不已」傳：「孟仲子曰：大哉天命之無極，而美周之禮也。」箋云：「命猶道也。天之道於乎美哉，動而不止，行而不已。」按：傳引師說，以「無極」釋「不已」，故「文王之德之純」，傳亦訓「純」爲「大」。箋依《中庸》以「不已」爲無倦已，故言「純亦不已」。傳、箋迥殊。正義述毛曰：「動行而不已，言天道轉運無極止也。」同傳于箋，未得毛意。孟仲子學于子思，其言蓋有所授。《中庸》于「純亦不已」之後即曰「大哉聖人之道，洋洋乎發育萬物，峻極于天」。此言聖人之道之大，與天無極也。則所謂「純亦不已」者，亦言文王之德之大，與天無極，而爲周禮之所自出可知矣。又曰：「優優大哉，禮儀三百，威儀三千，待其人而後行。故曰：苟不至德，至道不凝焉。」與此《詩》「假以溢我，我其收之，駿惠我文王」同。假，嘉。溢，慎。收，聚也。言文王以嘉美之道戒慎子孫，惟周公能收斂之，制爲六典，以順文王之意。「凝」與「收」一也。又曰：「故君子尊德性而道問學，致廣大而盡精微，極高明而道中庸，温故而知新，敦厚以崇禮。」與此詩「曾孫篤之」同。篤之，言成王能厚行之也。「敦厚」與「篤」一也。子思本此詩之意以作《中庸》，孟仲子即本《中庸》之意以釋此詩，故傳依用焉。傳言「美周之禮」，則周禮已行。箋爲「居攝五年」，則周禮未作。亦可以箋意述毛也。

「假以溢我」傳：「假，嘉。溢，慎。」按：「假」與「嘉」通，「假樂君子」，《中庸》作「嘉樂」是也。《爾雅》舍人注：「溢，行之慎也。」《左傳》引作「何以恤我」、《説文》引作「誐以溢我」、《廣韻》引作「誐以謐我」者，「假」又與「遐」同。《法言》：「假言周于天地，贊于神明。」注「假」作「遐」。而「遐」與「何」通。《詩》「遐不謂矣」「遐不作人」，皆訓「何」。故《左傳》引作「何」。「假」「嘉」一字。而「誐」之訓「嘉善也」，故《説文》《廣韻》引作「誐」。「溢」與「謐」形相類，而「謐」與「恤」通。《書》「惟刑之恤哉」，今文作「謐哉」。故《左傳》引作「恤」，而《廣韻》引作「謐」。《釋文》載徐仙民云：「毛音謚。」「謚」字疑誤。「謚」乃笑皃也，當作「謚」。《釋詁》「謚」「溢」「謐」「慎」又同訓「静」，是「謚」亦得爲「慎」。俗書「謚」字多作「謚」，傳寫誤耳。

維清

《序》：「奏《象》舞也。」箋云：「《象》舞，象用兵時刺伐之舞。武王制焉。」正義曰：「謂文王時有擊刺之法，武王作樂，象而爲舞，號其樂曰《象》舞。至周公、成王之時，用而奏之于廟。詩人以今太平由彼五伐，覩其奏而思其本，故述之而爲此歌焉。」按：凡樂有歌有舞，歌其詩即舞其詩。詩者，樂章。《説文》「竷」云：「繇也，舞也，樂有章。从章，从夅，从夊。《詩》曰：竷竷舞我。」是舞必依《詩》而舞也。戴《記》「下管《象》，舞《大武》」。鄭于《文王世子》注云：「《象》，周武王伐紂之樂也。以管播其聲，又爲之舞。」于《祭統》注云：「吹管而舞《武》《象》之樂也。」彼《大武》之《象》用簫管吹之，干戚舞之。此《象》亦當然。襄二十九年《左傳》云「見舞《象箾》《南籥》者」，服虔注曰：「《象》，文王之樂，舞象也。箾，舞曲名，言天下樂削去無道。」杜預注曰：「箾舞者，所執南籥，以籥舞也。」雖所解不同，要有舞有曲，則舞此詩可知。如正義言，成王時乃作此詩，則當武王制之。名爲《象》舞，所舞者何詩？而成王所奏者又是何詩乎？如謂武王時本無詩，則未有樂而無章者。如謂武王時有詩，至成王時更作，又未有周公而敢輕易武王詩者。謂爲成王時作，義實難通。箋言「武王制焉」，知鄭意詩、樂並制矣。

「肇禋」傳：「肇，始。禋，祀也。」箋云：「文王受命，始祭天而枝伐也。《周禮》以禋祀祀昊天上帝。」按：《生民》「以歸肇祀」傳云：「始歸郊祀也。」周之祭天自后稷然矣。此經之「禋」如爲文王祭天，不應言「肇」。《尚書》「禋于六宗」固爲天神，而我不敢宿則禋，于文王、武王宗廟亦得稱「禋」。《説文》云：「禋，潔祀也。一曰精意以享爲禋。」兩訓皆無祭天之義，是禋乃祭祀通辭。《王制》：「天子將出，類乎上帝，宜乎社，造乎禰。」《爾雅》「是類是禡，師祭也」。出而征伐有三祭，通禡爲四。然則「禋」者，包四祭而言。傳訓爲始，言始禋祀而征伐，義不繫于祭天也。鄭于《生民》言「二王後得祭天」，至文王時已非二王之後，故言「受命始祭天而枝伐。」傳、箋不同，所宜別白。正義以箋述毛，非也。

「維周之禎」傳：「禎，祥也。」按：陸氏《釋文》經作「祺」，云：「音真。」《爾雅》同。徐云：「本又作『禎』，音貞。與崔本同。」正義曰：「祺，祥。《釋言》文。舍人曰：『祺福之祥。』某氏曰：『《詩》云維周之祺。』定本、《集注》『祺』字作『禎』。」如孔言，正義經文作「祺」，校書者依定本、《集注》改之也。《行葦》「壽考維祺」傳云：「祺，吉也。」此經如作「祺」，傳不應別訓，惟作「禎」乃訓爲「祥」。《釋言》：「祺，祥也。祺，吉也。」而《説文》云：「禎，祥也。祺，吉也。」从毛傳不从《爾雅》，則經文作「禎」爲是。然必改作「祺」方合正義原本。

烈文

《序》：「成王即政，諸侯助祭也。」箋云：「新王即政，必以朝享之禮祭于祖考，告嗣位也。」按：《閔予小子》《訪落》《敬之》《小毖序》皆言「嗣王」，此《序》獨言「即政」，不言「嗣王」，則是周公歸政明年即政也。箋言「新王」又言「告嗣位」，則是武王崩之年即政也。《序》、箋不同，正義一之。又言「箋意于經亦有卿士，《序》不言者，以諸侯爲重，故舉諸侯以總之。」子夏作序，但知有諸侯助祭耳，不能預知箋意有卿士，未可强爲牽合也。

「烈文辟公，錫兹祉福」傳：「烈，光也。文王錫之。」正義曰：「文王是周之創業之王，文王造此周國，此等得在周統内列爲諸侯，乃是文王之所錫，故言文王錫之。其實武王封建，亦是武王賜之矣。」按：傳意于「無封靡于爾邦」句始言武王，此指文王時言。文王爲西伯，得以天子命黜陟諸侯。今來助祭者，皆文王之所不黜者也。即戡黎伐崇，而黎、崇二國尚見于春秋之世。《皇矣》「是致是附」傳曰：「致，致其社稷群神。附，附其先祖，爲之立後，尊其尊而親其親。」以此言之，文王之錫祉福也多矣。

天作

《序》：「祀先王先公也。」箋云：「先王，謂大王已下。先公，諸盩至不窋。」正義以此爲時祭四親廟及后稷，故以后稷爲先公。因謂：「箋欲明諸盩等皆爲先公，非獨后稷，故除去后稷而指此諸盩等爲先公。」按：經無后稷，《序》何緣以后稷爲先公？鄭于《天保》箋云「后稷至諸盩」，《中庸》注云「組紺以上至后稷也」，組紺即諸盩。一上一下，同數后稷。《司服》注云「不窋至諸盩」，此箋云「諸盩至不窋」，一上一下，皆不數后稷。或數或不數，初無義例，孔於《天保》正義論之詳矣，何又以此箋不數后稷爲有義例？鄭自解周之先公，非謂《序》之先公有諸盩以上至不窋及后稷也。經惟有「先王」，而《序》必言「先公」者，蓋以此爲合祭大王、文王于岐山下之詩。《春秋》昭四年《左傳》椒舉曰：「成有岐陽之蒐。」《汲郡紀年》曰：「成王六年大蒐于岐陽。」是成王巡狩至岐。《江漢》「于周受命」箋云：「岐周，周之所起。爲其先祖之靈，故就之。」

正義曰：「《祭統》云：『賜爵禄必於太廟。』以岐是周之所起，爲其有先王之靈，謂有别廟在焉，故就之也。禮：宗子去國，則以廟從。此周既徙都，仍得有廟存者，宗子去國，則所居之處非復己有，故以廟從。文、武雖則去岐，岐仍天子之地，故因留其廟爲别廟焉。」如彼正義，是岐有先王廟，成王巡守至此，以大王始遷岐，文王自岐受命，故祫祭二祖于大王廟而歌此詩，亦猶至洛邑祫祭文王、武王于文王廟焉。《綿》詩「古公」，毛傳訓爲「邠公」。《序》之「先公」，謂大王矣。正義引或説以此詩爲祫祭，其説不知何如。若謂毁廟未毁廟俱祭，則此經惟有大王、文王，其説誠非，宜爲正義所駁。若云祫祭大王、文王，何可非耶？

「天作高山，大王荒之」傳：「作，生。荒，大也。天生萬物于高山，大王行道，能大天之所作也。」正義述經曰：「大王居岐，修其道德，使興雲雨，長大此天所生者，即陰陽和，是其能長大之。」如正義，則傳中「安」字誤，當云「能大天之所作」乃與訓「荒」爲「大」合。箋申傳，亦言「大王自豳遷焉，則能尊大之」也。檢各本傳文俱作「能安」，其誤已久，當亟改正。

「彼作矣，文王康之」箋云：「彼萬民居岐邦者皆築作宮室，以爲常居。文王則能安之。」正義曰：「此『作矣』，即《綿》詩所謂『曰止曰時，築室于兹』，故云『皆築作宮室以爲常居』。」按：「天作」傳：「作，生也。天生萬物于高山，大王行道，能大天之所作也。」此「作」字不更發，傳同上可知。傳意言彼大王能大天之所作矣，文王復能安天之所作也。正義以「築作宮室」述毛，未得傳旨。「岐有夷之行」，傳訓「夷」爲「易」，言岐邦之君有夷易之道，乃當作民之往岐者説耳。

昊天有成命

《序》：「郊祀天地也。」正義曰：「《春官・大司樂職》曰：『冬日至，于地上之圜丘，奏樂六變，則天神皆降。夏日至，于澤中之方丘，奏樂八變，則地祇皆出。』注云：『天神則主北極，地祇則主崑崙。』彼于二至之日祭之於丘，不在於郊。此言郊祀，必非彼也。」按：《大宗伯》：「以禋祀祀昊天上帝。」注云：「玄謂昊天上帝，冬至于圜丘所祀天皇大帝。」又「以蒼璧禮天」，注云：「此禮天以冬至，謂天皇大帝，在北極者也。」如《禮》注，北極即昊天上帝。此經言「昊天」，正是冬至圜丘之祭。而《序》謂之「郊」者，《郊特牲》曰：「郊之祭也，迎長日之至也，大報天而主日也。兆于南郊，就陽位也。」又曰：「於郊，故謂之郊。」《孝經》曰：「昔者周公郊祀后稷以配天。」邢疏載孔傳云：「郊謂圜丘，祀天也。」然則于南郊爲圜丘，故謂之郊。郊、丘一也。箋以昊天爲天大號，故正義爲此説。傳不釋昊天，以昊天即昊天上帝。經文自明，當同《序》義。

「成王不敢康」，毛無傳。箋云：「文王、武王受其業，施行道德，成此王功。」正義引《周語》而斷之曰：「此詩作在成王之初，非是崩後，不得稱成之謚。所言成王，有涉成王之嫌。韋昭云：『謂文、武修己自勤，成其王功，非謂周成王身也。』」孔據韋昭斷爲文、武，昭言即取此箋，非有別據。按之《周語》，亦未有以見其必非成王身也。叔向告單子之老曰：「《昊天有成命》，頌之盛德也。即全引此詩。云：「是道成王之德也。成王能明文昭定武烈者。」又曰：「始於德讓，中於信寬，終於固和，故曰成王。」如《周語》之文，明言成王身矣。成王猶存而得稱其謚者，《周書·酒誥》馬融本「成王若曰」注云：「言成王者，未聞也。俗儒以爲成王骨節始成，故曰成王。或曰：以成王爲少成二聖之功，生號曰成王，没因爲謚。衛、賈以爲戒成康叔以慎酒，成就人之道也，故曰成。此三者，吾無取焉。吾以爲後録《書》者加之，未敢專从，故曰未聞也。」生稱成王，馬融不信，然其説非全無本。伏生《書傳》奄君蒲姑謂禄父曰：「武王已死矣，成王尚幼矣。」《史記·魯世家》周公戒伯禽曰：「我文王之子，武王之弟，成王之叔父。」是漢初諸儒皆謂生稱成王，與《外傳》及此詩合。《噫嘻》「成王」傳謂「成是王事」，而此不爲傳，其義當謂成王之身。正義以無迹可據，同之于鄭，誤也。

「夙夜基命宥密」傳：「基，始。命，信。宥，寬。密，寧也。」箋云：「早夜始順天命，不敢解倦，行寬仁安静之政以定天下。」按：《周語》曰：「其中也恭儉信寬，帥歸于寧。」以「命宥」爲「信寬」，非首句「昊天有成命」之「命」。傳訓一依《周語》，其解亦當從之。正義曰：「早起夜卧，始于信順天命，不敢解倦。」仍以命爲天命，非毛意也。「命」「令」俱從「卩」。卩，瑞信也。故「命」得爲「信」。

我將

「維羊維牛」箋云：「我奉養我享祭之羊牛，皆充盛肥腯，有天氣之力助。」正義引《郊特牲》「帝牛不吉，以爲稷牛」，明「配者與天異饌」，謂天用特牛配者用太牢。又引《羊人》「釁積，共羊牲」注：「積柴祭天」，謂祭司中司命之等乃有羊，其説辨矣。然《郊特牲》言「帝牛」，偶不及帝羊。《羊人》註明謂祭天，未嘗言祭司中司命。如鄭以祭天無羊，箋必辨之。今此箋不言，是鄭亦以祭天有羊也。《史記·封禪書》曰：「天神貴者太一，太一之佐曰五帝。古者天子以春秋祭太一，東南郊用太牢。」又曰：「古者天子三年壹用太牢，祠神三：一天，一地，一太一。」祭天太牢，《史記》與此經合，未可專據小戴，自加葛藤矣。

「維天其右之」。「右」之訓「助」，常訓也。毛無傳，則當與《彤弓》「右之」「饗之」彼同。傳云：「右，勸也。」傳意言我大我享，獻之禮維有羊焉，維有牛焉。維天在上，其以此右勸之乎。下二句「右」乃當訓「助」，以文是「既右」，與上句不同。右即右助以典，傳意言我善用法，此文王之常道，伊我大德之文王既右助我以典，我其以比饗獻之乎。「嘏」字毛無傳。然《釋文》云：「毛大也。」是本有傳誤脱。王子雍謂「天大文王之德」正義以箋義「右助」、王義「天大」述毛，恐非毛意。

時邁

《序》：「巡守告祭柴望也。」箋引《書》曰：「歲二月，東巡守，至于岱宗，柴。望秩于山川，遍于群神。」正義以鄭爲誤引，又以後箋「來安百神」「望于山川」証之，益知引《書》不應有「遍于群神」一句。非也。按：鄭以經有「懷柔百神」，故并引上文。以俱是《書》詞，不復分別，非謂《書》「望秩于山川」下有此一句也。後箋云：「其至方岳之下，來安群神，望于山川，皆以尊卑祭之。」「其至方岳」二句釋經「懷柔」句，以《序》言「告祭柴」，則是至方岳而告，至祭昊天而焚柴燎也。百神統于天神，祭天所以安百神。是鄭以經「懷柔」句應《序》中「告祭柴」三字。而此《序》下箋引「遍于群神」，亦此時事也。「望于山川」二句釋經及河句，鄭以「懷柔」句内已包岱宗，故以此嶽即山河，即川尊卑祭之，以應《序》中「望」字。正義釋箋曰：「百神者，謂天與山川之神。神以王爲主，祭之則安，故云『來安群神』，謂望于山川。《堯典》云：『望秩于山川。』秩者，次秩。故云『皆以尊卑祭之』。此解百神止，云山川而已。益明《序》下之箋無『遍于群神』句也。」正義以百神即山川，故釋箋增一「謂」字。不知百神、河嶽，經分爲二。由百神而及河嶽，故曰「及」。如孔言，百神即山川，經言「河嶽」足矣，何爲必言「百神」？以此知百神之言爲昊天之神，與天所屬之神不兼山川。《序》下箋必當有「遍于群神」句，乃能與經相應。正義云云，已非箋意，亦背經文，不可從也。

「及河喬嶽」傳：「喬，高也。高嶽，岱宗也。」箋云：「其至方岳之下，來安群神，望于山川，皆以尊卑祭之。」按：傳以喬嶽爲岱宗，則「懷柔百神」爲祭天以安百神，而河岳皆爲望祭。《般》之「高山」，傳以爲四嶽，則四嶽已有岱宗，而「墮山喬嶽」不過岱宗旁稍高之山，與此喬嶽不同。箋于「懷柔」句補方岳，則「及河喬嶽」爲望祭之山川。以《般》頌上言「高山」，高山已爲四嶽，則「墮山喬嶽」不得復爲四嶽。故《般》箋云：「其所至則登其高山而祭之，望秩于山川。小山及高嶽，皆信按山川之圖而祭之。」是鄭以兩經「喬嶽」皆非岱宗也。傳、箋不同，正義未能別白，疏也。

「肆于時夏，允王保之」傳：「夏，大也。」箋云：「我武王求有美德之士而任用之，故陳其功，于是夏而歌之。樂歌大者稱夏。」正義引鄭《春官·鐘師》注辨《肆夏》非《時邁》，當矣。然以夏爲樂歌之大，自是箋義，傳意不然。《春秋》宣十二年《左傳》楚子曰：「武王克商，作頌曰：『載戢干戈，載櫜弓矢。我求懿德，肆于時夏，允王保之。』」以保大爲武王七德之一。又曰：「暴而不戢，安能保大？」是「大」字即指「載戢載櫜」及「求德」而言。杜元凱于「我求懿德」三句注曰：「肆，遂也。夏，大也。言武王既息兵，又能求美德，故遂大而信王保天下。」杜言「保天下」，自依《左傳》爲説。而以「大」字承「息兵」「求德」而言，則本毛此傳。傳蓋言戢于櫜弓，又求美德之士，而其德遂于是而益大。信乎王能保其德之大也。必知傳意如此者，「明昭有周」傳云：「明矣，知未然也。昭然，不疑也。」息兵求德者已然之事，遂于是大即，是知其未然。信王能保，即是昭然不疑。傳意上下自相申成，最爲明白。正義述經，同毛于鄭，失之。

孔引宣十二年《左傳》「武王克商作頌」，斷此篇爲武王事。又引《外傳》「周文公之頌」，斷此篇周公在成王時作。周公相武王、定天下，武王巡守，當時亦可作詩。而孔必謂成王時者，泥于太平而後頌作，武王身未太平故也。按：《説文》云：「頌，皃也。从頁，公聲。」《詩序》云：「頌者，美盛德之形容，以其成功告于神明者也。」以盛德而形容之，故用容皃字。此《雅》《頌》之頌，六詩之一體，有詩則有頌，故鄭于《豳風・七月》亦分其樂成功者爲頌。武王已爲聖人，非無盛德成功可告神明，何不可作頌之有？其經典言「太平而後頌聲作」者，乃是民間歌謡，字當作「訟」。《説文》云：「訟，争也。从言，公聲。一曰歌訟」是也。其後專以「訟」爲争訟之字，而歌訟之字通用「頌」。歌訟之聲太平後起，自屬成王之時。而詩頌之體亦必以爲成王時作，頌、訟不分，其戾經旨也大矣。

執競

《序》：「祀武王也。」箋云：「執競，其敬反。執，持也。《韓詩》云：『執，服也。』」按：

此乃陸氏《釋文》語，誤刊作箋，當正之。

「不顯成康，上帝是皇」傳：「不顯乎其成大功而安之也。顯，光也。皇，美也。」箋云：「不顯乎其成安祖考之道，言其又顯也。天以是故美之，予之福禄。」正義釋傳曰：「大功，謂伐紂也。安之，謂安祖考也。武王祖考，其心冀成王業。未就，心皆不安。武王既伐紂，是成大功、安祖考，故云『成大功而安之。』其意與鄭同。」按：陸氏《釋文》云：「大功，本或作『天功』。」然則傳言「成天功而安之」，「之」字指上帝。天下未定，即上帝亦爲之不寧。武王成其功而安之，上帝所以嘉美也，初無成安祖考之意。《序》言「祀武王」。下「鐘鼓」「磬筦」「威儀」「醉飽」，自説武王廟中祀禮耳。箋以下有「鐘鼓」「磬筦」之等，當爲武王之祭其先，故云「成安祖考。」然箋意亦不過言紂時大亂未平，祖考之心不安，武王成功而安之，亦無武王祖考冀成王業之意。《孟子》云：「君子創業垂統，爲可繼也。若夫成功，則天也。」説大王心事如青天白日，何嘗希冀王業之成乎？正義云云，兩失毛、鄭之旨。

「鐘鼓喤喤，磬筦將將」傳：「喤喤，和也。將將，集也。」正義曰：「喤喤、將將，俱是聲也，故言『和』與『集』。謂與諸聲相和，與諸樂合集也。」按：箋言「八音克諧」，正義顧箋爲解，傳不必然。經「磬筦」承「鐘鼓」之下，當謂笙入立之時，故傳言「集」。集，即就也，謂入而就于堂下或縣間也。《説文》引此詩作「磬筦蹡蹡」，訓爲「行皃」，亦指樂工入立而言，蓋用毛氏古文義也。喤喤是小兒泣聲，此「喤」當作「鍠」。《廣韻》「鍠」云「和也」，用毛傳。「樂也」，用《爾雅》。「鍠聲」，用《説文》也。又正義述經云：「其聲鏘鏘然。」豈孔所據經本作「鏘鏘」，故云「與喤喤俱是聲」與？如經作「鏘鏘」，傳何緣得訓爲「集」？殆校書者見正義云「俱是聲」，改作「鏘鏘」。當正之。

「威儀反反」傳：「反反，難也。」箋云：「反反，順習之皃。」正義釋傳曰：「箋以反反爲順習之皃，傳言反反難者，謂順禮閑習，自重難也。」按：鄭正讀傳「難」字爲「重難」，故易爲順習。正義乃合而一之，非鄭意。《隰桑》云：「其葉有難。」傳云：「難然盛皃。」此傳以反反爲難，傳意當謂威儀之盛。威儀已盛，自必重難，義原可通。然不如以傳義釋傳之爲得矣。《桑扈》：「不戢不難，受福不那。」戢訓聚，那訓多。難字無訓，其義亦當謂盛。彼難與此難，《釋文》皆無音，非也。當如《隰桑》「難」音乃多反。

思文

《序》：「后稷配天也。」正義曰：「《國語》云：『周文公之爲頌，曰：思文后稷，克配彼天。』是此篇周公所自歌，與《時邁》同也。」《時邁序》下正義曰：「治天下而使之太平者，乃是周公爲之。得自作頌者，於時和樂既興，頌聲咸作。周公采民之意以追述先王，非是自頌其身，故得親爲之。」按：皆讀「訟」爲「頌」，故有此失。説詳上篇。

「貽我來牟，帝命率育」傳：「牟，麥。率，用也。」箋云：「貽，遺。率，循。育，養也。武王渡孟津，白魚躍入于舟，出涘以燎。後五日，火流爲烏，五至，以穀俱來。此謂『貽我來牟』。」按：箋以「貽」爲貽我武王，傳義異是。上「立我」指謂成王時，此「貽我」當同之。傳意言后稷立我，衆民得復其性，莫匪于爾。后稷得受天之中，后稷貽我以天來之牟麥，民得遂其生，實帝命用以育養我衆民也。成王時禾麥大熟，《尚書》有《嘉禾》《歸禾》之篇，而《周書·嘗麥解》曰：「維四年孟夏，王初祈禱于宗廟，乃嘗麥于太祖。」又曰：「邑乃命百姓遂享于富。」是成王時麥熟之驗。正義述經，以毛亦爲武王時，恐非傳旨。毛在焚書前，不得知有今文《泰誓》也。傳不釋「來」字，《説文》云：「來，周所受瑞麥。來麰一麥二夆，从正義引。象芒束之形。天所來也，故爲行來之來。」「一麥二夆」二句解瑞麥，「天所來也」二句解名來之意。是「來」爲天來，非麥也。故傳惟言牟麥。《釋文》引《廣雅》云：「麳，小麥。麰，大麥。」分來、牟爲二，非傳意。麥自有名來者，其字當作「𥝩」。《説文》云：「𥝩，齊謂麥𥝩也。从禾，來聲。」而「來」字注云：「天所來也故爲行來之來。」言此詩「來牟」當作「來」字，不當作「𥝩」字也。解説文者誤認「來」爲「麥」，借爲行來之字以説此詩，全乖經意矣。

「陳常于時夏」箋云：「陳其久常之功，于是夏而歌之。」毛無傳，當同《時邁》言民沐后稷之德無有疆介，則后稷陳久常之道于是大矣。「大」字即指「無此疆爾介」言，不得與箋同也。

皇清經解卷一千三百五十二終

靈川秦培璠舊校

南海陳韶番禺金錫齡新校

毛詩紬義　卷二十三

嘉應李黼平著

臣工之什

臣工

「嗟嗟臣工」傳：「工，官也。公，君也。」箋云：「臣，謂諸侯也。」按：傳以公爲君，則公即諸侯。而臣工爲諸侯之官，不訓臣者，「臣工」常語，人所易曉也。箋以臣爲諸侯，則工爲諸侯之卿大夫，而公爲君之事。傳、箋別矣。正義曰：「我臣之下諸官，謂諸侯之卿大夫也。汝等皆當敬慎于汝在君之事。」是合傳、箋而一之也。

「嗟嗟保介」箋云：「保介，車右也。」又曰：「車右，勇力之士，被甲執兵也。」正義謂「諸侯朝天子，應唯上相入廟。此得卿大夫及車右俱在廟中者，諸侯將歸，召入而戒之」。按：諸侯車右多大夫爲之如《春秋傳》言步毅御晉厲公，欒鍼爲右。彭名御楚共王，潘黨爲右。石首御鄭成公，唐苟爲右。皆非尋常勇力之士，容可召入廟中戒之。然如此，則是惟戒其臣，轉置諸侯於度外矣。《烈文》「無封靡于汝邦」，直敕諸侯。此序言「遺于廟」，亦當召諸侯而遺之。而作詩以「保介」爲詞，亦猶《出車》命將率而詞及于僕夫耳。

「奄觀銍艾」傳：「銍，穫也。」正義曰：「《釋名》云：『銍，穫禾鐵也。』《説文》曰：『銍，穫禾短鐮也。』然則銍器可以穫禾，故云『銍，穫也。』」按：銍既是田器，又訓爲穫，解終費力。《釋文》引「《小尒雅》云：『截穎謂之銍。』截穎即穫也。」此解近之。《禹貢》「甸服二百里納銍」，孔安國傳曰：「銍，刈，謂禾穗。」彼銍與總、秸、粟、米並稱，不爲鐵器。禾穗是已穫之禾，故此傳訓爲穫。然《良耜》「穫之挃挃」傳云：「挃挃，穫聲也。」《釋訓》云：「挃挃，穫也。」《説文》云：「挃，穫禾聲也。」挃與銍俱珍栗切，毛蓋讀銍爲挃，以其音義同也。

噫嘻

「噫嘻成王」傳：「噫，歎也。嘻，和也。成王，成是王事也。」正義謂「噫嘻皆是歎聲，傳因其文重分而屬之，非訓噫嘻爲歎敕也。此噫嘻猶上篇云嗟嗟耳。毛亦以上篇重農嗟嗟而敕保介，此文類之，明亦噫嘻而敕之。」按：《釋文》云：「嘻，音僖。毛云：『噫，歎也。嘻，和也。』」如正義，則傳作「敕」，今汲古閣本依《釋文》改作「和也」。《説文》無「嘻」字，有「譆」字。《玉篇》「譆」云：「敕也。」正用毛此傳。是六朝舊本毛傳作「敕」，故正義從之，自當仍改作「敕」乃合正義原本。但以經義論之，則作「和」爲當。《臣工》是遺諸侯，故嗟嗟爲敕，此篇祈穀於上帝，「噫嘻」之文在「成王昭假」之上，即「率時農夫」，亦天子自率之，無所用敕。《釋文》音嘻爲僖。《易》「婦子嘻嘻」本或作「喜喜」。僖與喜皆訓樂，和亦樂也。傳意言：噫乎時之和也，我成王成是王事，昭格于上下已有然矣。今率是農人，種其百種之穀，將以祈膏雨於上帝也。「爾」字毛無傳，箋云「其德已著至矣」。以「矣」字代經「爾」字。《説文》云：「尒，詞之必然也。从入、丨、八。八象氣之分散。」然則經字當作「尒」，作「爾」者，聲同假借也。

「率時農夫」，箋以農夫爲主田之吏。正義曰：「文承『成王』之下，則是王者率之。若田農之夫，非王所親率。而《釋言》云：『畯，農夫也。』畯即《豳風》《小雅》及《春官・籥師》所云『田畯』者也。田畯主典田之官，而《爾雅》謂之農夫，故知農夫是典田之吏也。」按：以農夫即田畯，義自可通，傳意不然。《豳風》「田畯」傳云：「田大夫也。」《甫田》「食我農人」傳云：「農夫食陳。」而「農夫之慶」「農夫克敏」及此「農夫」皆不發傳，則毛意田畯、農夫别。農夫即農人，下文「爾私」「爾耕」皆指此農夫。《國語》曰：「王耕一墢，班三之，庶人終于千畝。」庶人即農夫，何言田農之夫非王所率？正義述毛，亦云「率是典田之官」，非傳意也。

振鷺

「于彼西雝」傳：「雝，澤也。」箋云：「白鳥集于西雝之澤，言所集得其處也。」正義曰：

「以鷺是水鳥，明所往爲澤，故知雝澤也。謂澤名爲雝，故箋云『西雝之澤』也。明在作者之西有此澤，言其往嚮彼耳，無取于西之義也。」按：《說文》云：「邕，四方有水，自邕成池。《說文》作「城池」，此从《廣韻》引。者，从川，从邑。」《廣韻》云：「雍與邕略同。又雍奴，縣名，在幽州。《水經》云：「四方有水曰雍，不流曰奴。」《靈臺》「於樂辟廱」傳云：「水旋丘如璧曰辟廱，以節觀者。」水旋丘即四方有水，然則雝者雝水而成。《說文》云：「巛，害也。从一雝川。《春秋傳》曰：『川雝爲澤，凶。』」是雝得爲澤，而辟廱所以稱澤宮也。箋言「西雝之澤」，正以雝爲辟廱。辟廱宮在西郊，故曰西雝。《韓詩》薛君《章句》曰：「鷺，潔白之鳥。西雍，文王之雍也。言文王之時辟雍學士皆潔白之人也。」是《韓詩》以西雝爲辟雍，鄭義同之。正義泛指水澤，非也。如傳義，雝當作邕。如箋義，雝當作廱。雝、雍皆假借也。

「亦有斯容」箋云：「興者，喻杞、宋之君有潔白之德，來助祭于周之廟，得禮之宜也。其至止亦有此容，言威儀之善如鷺然。」正義曰：「以鷺鳥之白興客之威儀。所云潔白之德，即鷺鳥之容也。」又曰：「言威儀之善如鷺然，正謂潔白之德也。」按：德性在內，威儀在外。箋分兩層：鷺鳥白，故以喻德性。鷺飛行有序，而《陳風》「植其鷺羽」，舞者持以自障。《爾雅》「鷺春鉏」，郭注曰：「白鷺也。頭翅背上皆有長翰毛。今江東人取以爲睫攡，名之曰白鷺縗。」是其羽又可用爲儀，故箋言「威儀之善如鷺然」，非以威儀爲潔白也。

豐年

《序》：「秋冬報也。」箋云：「報者，謂嘗也，烝也。」正義曰：「不言祈而言報者，所以追養繼孝，義不祈于祖父。至秋冬物成，以爲鬼神之助，故歸功而稱報，亦孝子之情也。作者見其然，而主意于報，故此序特言報耳。其餘則不然，故《那》與《烈祖》實爲烝嘗，而《序》稱爲祀，以義不取于報故也。」按：《那》與《烈祖》經有「烝嘗」，何以義不取于報？此經無「烝嘗」，何以意反主于報？豈周人有孝子之情而殷人獨無乎？其説皆不可通。《載芟》言「春祈社稷」，《良耜》言「秋報社稷」，此序惟言「秋冬報」，則非祈報之報也。《魯語》展禽曰：「周人禘嚳而郊稷，祖文王而宗武王。」又曰：「高圉大王，能帥稷者也，周人報焉。凡禘郊祖宗，報此五者，國之典祀也。」如《魯語》，禘郊祖宗之外，别有報祭以祀祖宗有大功德于民者。成王時大王尚在四親廟，高圉廟毁久矣。而《汲郡古文》云：「成王七年冬，王歸自東都，立高圉廟。」與《魯語》之言合。以《周頌》考之，《昊天有成命》「祭天圜丘」，所謂禘嚳也。《思文》「后稷配天」，所謂郊稷也。《我將》「明堂享帝」，所謂祖文王而宗武王也。此經有「祖妣」而《序》言「報」，其爲報祭高圉大王之詩審矣。后稷豐殖百穀，二王帥之，故經陳黍稌萬億，以明其功。祭用秋冬，取物成也。不言所祭之王者，《思文》言后稷，《我將》言文王，而不及武王。《昊天有成命》當有帝嚳，《噫嘻》當有后稷。《序》皆不言，或及或不及，初無義例。且報爲一代之典祀，言報已足以明之也。四時嘗烝非可言報。箋云「報謂嘗烝」，是鄭亦以爲四時外別有嘗烝矣。

「豐年多黍多稌」傳：「豐，大。稌，稻也。」箋云：「豐年，大有年也。」正義釋箋曰：「年之豐孰必大有物，豐訓爲大，故云：豐年大有之年也。」按：《説文》云：「秊，穀孰也。从禾，千聲。《春秋傳》曰：『大有秊。』稔，穀孰也。从禾，念聲。《春秋傳》曰：『鮮不五稔。』秌，禾穀孰也。从禾，龜省聲。」秊與稔、秌一例，豐訓爲大，年訓爲孰。「豐年」二字即「大孰」二字。《春秋》書「有年」者「有孰」也，書「大有秊」者「大有孰」也。箋據《春秋》申傳，初無二義。正義讀年爲年載之年，則此傳豐年爲大年，《魯頌》「歲其有」傳「歲其有豐年」爲「歲其有大年」，皆不可通矣。

「萬億及秭」傳：「數萬至萬曰億，數億至億曰秭。」正義曰「今數爲然」，是唐時數如此也。然「數萬至萬曰億」者，謂由一萬十萬百萬千萬至萬萬爲億也。則數億亦當由一億十億百億千億至萬億而爲秭。是以定本、《集注》及陸氏《釋文》皆作「數億至萬曰秭」。《説文》云：「秭，五稷爲秭。从禾，𠂔聲。一曰：數億至萬曰秭。」《説文》詩用毛氏古文，其後一訓當據毛傳爲説。此傳作「數億至萬曰秭」爲合。

有瞽

《序》：「始作樂而合乎祖也。」箋云：「王者治定制禮，功成作樂。合者，大合諸樂而奏之。」正義謂「合諸樂器一時奏之」。又據經鞉磬柷圉簫管之屬爲周之樂器，無他代之樂。按：凡樂有器，一器不備不可成樂，器不待合而自無不合者也。柷圉鞉磬見《虞書》《商頌》，夏筍虡、殷崇牙見《明堂位》，亦不可謂無他代樂器也。但器雖他代所同，而箋言合諸樂者，實非他代之樂。何則？他代之樂，他代聖人作之，不假周公始作。《序》言「始作樂」，則是周樂，而合亦惟周樂矣。《酌》頌序下箋云：「周公居攝六年，制禮作樂，歸政成王。後乃祭于廟而奏之，其始成告之而已。」據此，則凡樂始成而告，告然後奏，至是又合《大武》《象》舞及《清廟》而下諸樂而奏之也。正義于《周頌》三十一篇皆是詩人見周公、成王行此事述此詩，是詩非樂。既詩、樂分而爲二，而周家一代止有文之《象》舞、武之《大武》，不可以言諸樂，故創而爲合諸樂器，顯與箋相戾，不可从也。正義曰：「定本、《集注》直云『合于祖』，無『大』字。此大祖謂文王也。」又其述經作「合于大祖」，〔一〕《釋文》作「而合乎祖也」。今汲古閣本依《釋文》，當改依正義原本作「而合于大祖也」。

「應田縣鼓」傳：「應，小鞞也。田，大鼓也。」箋云：「田，當作『朄』。朄，小鼓，在大鼓旁，應鞞之屬也。聲轉字誤，變而爲田。」正義釋傳曰：「應已是小，田宜爲大，故曰：田，大鼓

〔一〕「又」，原作「文」，據箸花庵本改。

也。」釋箋曰：「古有名朄引導鼓，故知『田』當爲『朄』。又爲『朄』以『柬』爲聲，聲既轉去『柬』，惟有『申』在，又誤去其上下，故變作『田』也。」按：《靈臺》「賁鼓維鏞」傳云：「賁，大鼓也。」此以「田」爲大鼓，字異訓同，明其相通。「賁」即「鼖」，《釋樂》云：「大鼓謂之鼖。」《説文》云：「鼖，大鼓謂之鼖。鼖八尺而兩面，以鼓軍事。从鼓，賁省聲。」《孟子》曰：「填然鼓之，兵刃既接。」「填」與「田」通。《釋名》云：「田，填也。」是田然爲鼖鼓之聲，賁以其形，田以其聲。田鼓即賁鼓，故曰：「田，大鼓。」非以「應已是小，田宜爲大」也。箋以《周禮》有「應」有「朄」，故謂「田」當爲「朄」。「朄」以「柬」爲聲，與「田」聲近。而「朄」字與「陳」字形又相類，聲轉而字誤作「陳」。「陳」「田」一字，齊陳成子亦爲田成子，故又變而爲「田」。「申」字篆文作「申」，古文作「□」，籀文作「□」。毛詩本古文，如正義説「去柬存□」，縱復去上下，亦不至爲「田」字也。若然，《周禮》有「應」有「朄」，箋義密矣。而毛不从者，《小師職》上云「擊應鼓」，下云「鼓朄」，則「朄」未即爲鼓名。《説文》云：「朄，擊小鼓引樂聲也。」是其義爲「引」。《初學記》曰：「《纂要》曰：應鼓曰鞞鼓，亦曰朄鼓。」則又與「應」「鞞」爲一。毛蓋以《周禮》之「朄」即「應」「鞞」也。

「既備乃奏」箋云：「既備者，縣也，朄也。皆畢已也。」按：上箋云：「田當作『朄』。朄，小鼓在大鼓旁，應鞞之屬也。」如彼有「應」有「朄」，而此箋惟言「朄」也，則是鄭讀「應朄」爲應和大鼓之「朄」，其上箋言「應鞞之屬」者，謂此「朄鼓」是「鞞鼓」之類耳，非謂有「應鼓」又有「朄鼓」。

故此箋惟言「鶇」也。正義謂「鄭以應、田俱爲小鼓」，誤也。

潛

「猗與漆沮」傳：「漆沮，岐周之二水也。」正義曰：「漆、沮自豳歷岐周以至豐、鎬，以其薦獻所取不宜遠于京邑，故不言豳。言岐周者，鎬京去岐不遠，故繫而言之。其實此爲潛之處，當近京邑。」按：有豳之漆、沮，有岐之漆、沮，説詳《緜》詩。鎬京去岐三百數十里，不可謂不遠。傳言「岐周」，明此爲成王六年蒐于岐陽薦獻先王別廟之詩，與《天作》皆一時事。乃是就地取魚，故經表以漆沮也。其後周公制禮，有季冬薦魚、季春獻鮪之典，則不必遠取諸漆沮。關中八川分流，《上林賦》稱「鮔䲛漸離，鰅鰫鰬魠，揵鰭掉尾，振鱗奮翼。潛處乎深巖，魚鱉讙聲，萬物衆夥。」其爲魚也多矣。李奇注云：「周洛曰鮪，蜀曰鮔䲛。」是春獻之鮪亦非鎬京所少也。正義云云，未得傳旨。鮔，《説文》作「䱭」。䲛，《説文》作「鯍」，武登切。「鮪」「䱭」「鯍」「鮥」四字連列，皆鮪魚也。

「潛有多魚」傳：「潛，糝也。」《釋文》謂「舊《詩》傳及《爾雅》本並作米旁參，《小爾雅》作『槮』。郭景純因改《爾雅》从《小爾雅》作木旁槮。」正義亦謂「槮用木不用米，當从木爲正」。按：謂从木爲正，以積柴水中故耳。而《説文》積柴水中以取魚，字乃作「罧」，不作「槮」。是槮亦未爲正也。潛，《韓詩》作「涔」，字本相通。槮、罧、糝則聲同假借。傳必作「糝」者，《天官·醢人》四豆：饋食之豆，豚拍、魚醢。加豆之實，筍菹、魚醢。羞豆之實，酏食、糝食。傳意言配糝食者有衆多之魚也。今以積柴取魚强改米旁作木，恐非毛旨。汲古閣本作「糝」，得之。

「有鱣有鮪」箋云：「鱣，大鯉也。」正義以鱣鮪已釋于《衛風》，故不再釋。按：《衛風·碩人》傳云：「鱣，鮪也。」此箋因下有鰋鯉，故以大鯉別之。《爾雅·釋魚》云：「鯉，鱣。」郭景純注以爲二魚。《碩人》正義據郭言，以毛傳爲誤。然舍人《爾雅》注云：「鯉，一名鱣。」《説文》亦「鱣」、「鯉」互訓，皆與毛、鄭合。郭景純據今之赤鯉魚，故謂與鱣别。不知鱣自名鯉，非謂今之赤鯉。《水經·河水》篇云：「河水又南得鯉魚。」酈注曰：「歷澗東入窮溪首便其源也。《爾雅》曰：『鱣，鮪也。』出鞏穴三月則上渡龍門，得渡爲龍矣，否則點額而還。非夫往還之會，何能便有兹稱乎？」如酈注，鱣渡龍門，而其水名鯉魚，則鱣之名鯉審矣。成公子安《大河賦》曰：「鱣鯉王鮪，暮春來遊。」鱣鯉與王鮪對舉，其意亦以鱣鯉爲大鯉也。《玉篇》「鯉」云：「今赤鱓。」「鱣」云：「鯉也，大魚也。」最爲明晰。《釋魚》「鯉」「鱣」「鰋」「鮎」「鱧」「鯇」皆以下一魚釋上一魚，此《爾雅》之通例。若如郭注别爲六魚，則是空列魚名，無復訓釋，有此例乎？正義釋「鱣」「鰋」皆从郭注，誤也。

雝

《序》：「禘大祖也。」箋云：「禘，大祭也。大于四時，而小于祫。大祖，謂文王。」正義曰：「知大祖謂文王者，以經云『假哉皇考』，又言『文武維后』，是此皇考爲天下之人后，明非后稷。若是后稷，則身非天子，不得言『維后』也。大祖謂祖之大者，既非后稷，明知謂文王也。」按：《釋詁》：「皇王后辟公侯，君也。」君兼天子、諸侯，未嘗專屬天子。必天子而後得爲后，則文王亦未爲天子，而从來稱稷者又何以皆曰后稷乎？以《序》之「大祖」，經之「皇考」爲文王，自是箋義，《序》、傳不必然也。成王時五廟，后稷爲大祖廟，大王、王季、文王、武王爲四親廟，不聞廢后稷而立文王爲大祖廟也。傳于「比于文王」曰「經天緯地曰文」，于《噫嘻》「成王」曰「成是王事」，于「不顯成康」曰「成大功而安之」。此詩「文武維后」獨不發傳，則謂文武之身文武並舉，明非禘文王，而皇考當爲后稷矣。是傳意以此詩爲禘于后稷之廟，「宣哲維人」，兼祭功臣也。「文武維后」，兼及群廟也。「燕及皇天，克昌厥后」，皆指后稷而言。祖前孫名，故不爲犯文王之諱。正義以序、傳悉同于箋，過矣。

「宣哲維人，文武維后」箋云：「又遍使天下之人有才知，以文德武功爲之君故。」按：箋爲禘祭文王，故以文武爲文德武功。毛不爲傳，則謂文王、武王言后稷神靈，遍使才知之人輔佐文、武爲君也。禘兼祭功臣，而周之功臣，文、武爲多，故經及之。《史記・楚世家》曰：「熊繹當周成王之時，舉文武勤勞之後嗣，而封熊繹于楚蠻。」是成王時曾録文武功臣，明此禘亦及之矣。

載見

《序》：「諸侯始見乎武王廟也。」正義謂「《序》言始見于武王廟，不言始見成王者，以作者美其助祭，不美朝王，意主于見廟，故《序》特言之。」此説是矣，而未盡也。蓋此詩與《清廟》同。《清廟》，洛邑初成，諸侯助祭。《書傳》曰：「苟在廟中，嘗見文王者，愀然如復見文王。」武王大封天下，《烈文》言「無大累于爾邦」者，皆仍其爵秩，諸侯之戴德深矣。今兹來朝，武王已不復見，于是思我之得有龍旂，武王之賜也。我之得有鈴革，武王之賜也。見龍旂鈴革如見武王焉。《序》達經意，故以見廟爲詞也。

「曰求厥章」箋云：「求其章者，求車服禮儀之文章制度也。」正義曰：「諸侯謹慎法度，即是自求其章。」按：箋意諸侯見成王而求之，是據未有文章制度而言也。傳于「龍旂」句曰「有文章也」，于「鞗革」句曰「有法度也」，是據既有而言。傳意以諸侯之來本爲見廟，則求厥章者乃見成王而求武王之文章法度。龍旂、鈴革皆武王昔日所賜，是即文章法度之猶存，故曰「有」也。傳、箋迴殊，正義同之。又以「自求其章」爲説，于毛、鄭之旨蓋兩失矣。

有客

「有萋有且」傳：「萋且，敬慎皃。」箋云：「其來威儀萋萋且且，盡心力于其事。」按：《卷阿》「菶菶萋萋」傳云：「臣竭其力，則地極其化。」《釋訓》云：「藹藹、萋萋，臣盡力也。」孫炎曰：「言衆臣竭力，則地極其化。梧桐盛也。」亦依毛傳爲説。是萋萋爲盡力也。《鄭風》「匪我思且」，箋謂「猶匪我思存」。《釋文》引《爾雅》云：「且，存也。思存于此。」是且且爲盡心也。盡心力于其事，即是敬慎矣。正義未有解釋，故詳之。

「有客宿宿，有客信信」傳：「一宿曰宿，再宿曰信。」箋云：「其所館宿，可以去矣。而言絆其馬，意各殷勤。」正義曰：「言其所館宿可以去矣，是宿宿信信之後也。」又曰：「此惟言可以去矣，亦不知于信信之後幾日乃可去也。」按：此微子將歸，周人欲其再留宿宿，再留信信，猶《豳風》言「于女信處」「于女信宿」耳。箋云「其所館宿」，宿猶處也，非經中之宿。亦是言助祭事畢，館處已久，可以去矣。而周人欲絆其馬，言其意之殷勤也。若以爲經中「宿」字則當，據最後之日而言館信不當言館宿。以此知箋之「館宿」非一宿之宿。正義誤以信宿爲朝祭之正限，故云「在宿宿信信之後不知幾日」，拘滯甚矣。

「既有淫威，降福孔夷」傳：「淫，大。威，則。夷，易也。」箋云：「既有大則，謂用殷正朔行其禮樂如天子也。神與之福，又甚易也。言動作而有度。」按：箋用「殷正朔」三句爲「大則」，「動作有度」句爲得福之所以易傳意。大則當承敬慎而言，敬慎則能獲福。成十三年《左傳》劉文公曰：「民受天地之中以生，所謂命也。是以有動作禮義威儀之則以定命也。能者養以之福，不能者敗以取禍。」杜元凱注曰：「養威儀以致福。」「有萋有且」，是威儀之大則。「降福孔夷」，即所謂養之以福也。傳、箋似當有別。

武

《序》：「奏《大武》也。」正義曰：「作《大武》之樂既成，而於廟奏之。詩人睹其奏而思武功，故述其事而作此歌焉。」按：此與奏《象》舞也一例，奏即奏此篇也。述事作歌，在他篇不可知，而此與《清廟》《維清》，戴《記》屢載之，皆祭祀時一堂上下之樂。如必謂此是詩而非樂，則必升歌《清廟》，下管《象》，別有《清廟》《象》舞之樂章，非今《周頌》所載《清廟》《維清》而後可。不然，則此序所云「奏《大武》」者，即奏此詩以爲舞節，其理甚明。正義云云，未可从也。

「耆定爾功」傳：「耆，致也。」正義曰：「宣十二年《左傳》引此文『耆定爾功』，耆昧也。其意言致討于昧，故以耆爲致。王肅云：『致定其大功，謂誅紂定天下。』」按：《左傳》下文乃引此詩，其上文引「仲虺有言曰『取亂侮亡』，兼弱也。《汋》曰『於鑠王師，遵養時晦』，耆昧也。《武》曰『無競維烈』。撫弱耆昧，以務烈所，可也。」「撫弱」二字釋仲虺，「耆昧」二字釋《汋》頌，「以務烈所」釋《武》頌。杜元凱于「耆昧」句注曰：「耆，致也，致討于昧。」孔據杜注以釋此傳，蓋謂「耆定爾功」與「耆昧」一也，故云「致討于昧」，而不知非傳意也。「勝殷遏劉」，既致討矣，何須更言致討？耆之得爲致者，《説文》「耆」本从老省，从旨聲。旨、致聲同假借。《説文》「致」云：「送詣也。」此經上言「克開」「嗣受」，成此勝殷遏劉之大功，皆文王所送詣也。故曰「致定爾功」。致即文王致之。善則歸親之義，傳意當然。

閔予小子之什

閔予小子

「遭家不造，嬛嬛在疚」傳：「造，爲。疚，病也。」箋云：「造，猶成也。」又云：「遭武王崩，家道未成，嬛嬛然孤特在憂病之中。」正義述經曰：「閔病乎我小子也，往日遭此家之不爲。言先王既崩，家事無人爲之，使己孤特，嬛嬛然在于憂病之中。賴周公代爲家事，得致太平。」又引孫毓云：「傳以閔爲病，以造訓爲，雖義不異，于辭不便。箋説爲長。」按：傳意言：病乎予小子也，往日遭家不爲，以先王崩，嬛嬛然在憂病之中故耳。傳閔、疚俱訓爲病，正釋「不爲」之故。正義謂「無人爲之」，又云「使己孤特」，抑似武王既崩，並無嗣君，專待周公代爲之者。語甚不經。總緣以「閔予」「在疚」俱作成王自悼之詞，故有此失。若如傳，「閔」「疚」俱訓爲「病」，則「不爲」是因病不爲，何等直捷，于辭又有何不便乎？《説文》疒部無「疚」字。「宀」部「宊」云：「貧病也。《詩》曰：煢煢在宊。」《釋文》亦云：「嬛，崔本作『煢』。疚，本又作『宊』，音救。」「嬛」與「煢」通，「疚」作「宊」爲正。

「於乎皇王，繼序思不忘」箋云：「於乎君王，歎文王、武王也。我繼其緒，思其所行不忘也。」正義曰：「上文之意，言皇考自念皇祖，非成王念之。此言『繼緒思不忘』，宜爲繼武王之緒，思不忘武王耳。而以爲兼念文王，以成王美武王能念文王，明成王亦當念之。」按：上文「於乎皇考」二句，成王思武王也。「念茲皇祖」二句，成王思文王也。箋于上言「於乎我君考武王」，于下言「念此君祖文王」。經文、箋義俱屬兩平，故於此「皇王」總歎美之，以致其不忘之意，初未嘗言「念茲皇祖」爲武王之念文王也。正義云云，未知何本。殆依《訪落》篇「紹庭上下」之箋爲此説也。

訪落

「繼猶判渙」傳：「猶，道。判，分。渙，散也。」正義曰：「汝若將我就之使我繼此先人之業，則先人之道乃分散而去矣。」蓋依王子雍之説。按：如正義，則成王自謂業必分散，先自推諉，又安用訪于群臣？傳意言：於乎先王之道悠遠哉，我曾未有歷，汝諸臣庶扶予就之，以繼係乎道之分散者耳。先王之道有大有小，分布散列于方策之中。人存政舉，則可係于一身。《釋詁》：「艾，歷也。係，繼也。」

「休矣皇考，以保明其身」箋云：「美矣，我君考武王，能以此道尊安其身。謂定天下，居天子位。」按：「休」字，毛有定也、美也、止也之訓。此不爲傳，當从本字之訓。《説文》云：「休，息止也。从人，依木。休或作『庥』。」《釋言》云：「庥，廕也。」「廕」亦有「息」意。既依「休」字本訓，則不得與鄭同。傳以經言武王紹文王正直之道，陟降厥家，即是庥廕成王。故成王言休矣我君考，我將以此道自保明其身也。

敬之

「陟降厥士」傳：「士，事也。」正義曰：「士，察也。獄官謂之士者，言其能察理衆事，是士爲事之義也。」按：《説文》云：「士，事也。數始于一，終于十。从一，从十。孔子曰：推十合一爲士。」是士之訓事，正訓也。不必援士師察理衆事爲説。

「維予小子」傳：「小子，嗣王也。」正義曰：「上二篇亦有『小子』，于是始解者舉下以明上。」按：《閔予小子》經有「皇考」，《訪落》經有「昭考」「皇考」，則「小子」爲嗣王，其文自明，不煩解釋。此篇經無「皇考」，而「敬之敬之」六句皆群臣進戒之詞。突接此句，嫌于群臣自稱，故傳以「嗣王」明之也。

「佛是仔肩」傳：「佛，大也。仔肩，克也。」箋云：「佛，輔也。仔肩，任也。」正義釋傳曰：「佛之爲大，其義未聞。」又曰：「仔肩二字共訓爲克，猶『權輿』之爲『始』。」釋箋曰：「《釋詁》云：『肩，勝也。』即堪任之義，故爲任也。」按：《説文》云：「𡘋，大也。从大，弗聲。讀若予違汝弼。」毛蓋讀「佛」爲「𡘋」，而《廣韻》云：「胇肸，大皃。」「胇肸」即「佛肸」，是「佛」亦本訓「大」也。《説文》：「弗，撟也。从丿，从乀，从韋省。」丿，右戾也。房密切。雖不云从丿聲，而古文「弼」字作「㢸」，从弓，从弗。是古者「弗」「弼」聲同。「佛」从「弗」聲。《曲禮》「獻鳥者佛」，其首注云：「佛，戾也。蓋爲小竹籠以冒之。」《釋文》經作「拂」，云：「本又作『佛』。」是「弼戾」之「弼」作「拂」，亦作「佛」，故箋讀「佛」爲「弼」而訓「輔」矣。《説文》云：「仔，克也。克，肩也。」《釋詁》云：「肩，克也。」二字析之皆訓「克」，故傳統言之，與「權輿」爲「始」亦微不同。箋以「仔肩」爲「任」，當如孔説。

小毖

「肇允彼桃蟲，拚飛維鳥」傳：「桃蟲，鷦也，鳥之始小終大者。」「終」字《釋文》作「後」。箋云：「始者信以彼管、蔡之屬，雖有流言之罪，如鷦鳥之小，不登誅之。後反叛而作亂，猶鷦之翻飛爲大鳥也。鷦之所爲鳥，題肩也。或曰鴞，皆惡聲之鳥。」正義謂：「始爲桃蟲，長大而爲鷦鳥。」又謂：「題肩非惡聲之鳥，諸儒皆以鷦爲巧婦，與題肩不類。箋以鷦與題肩及鴞三者爲一，其義未詳。」按：《釋鳥》「鷹隼醜」，疏引陸璣云：「隼，鷂屬也。齊人謂之擊征，或謂之題肩，或謂之雀鷹，即春化爲布穀者是也。」如陸言，題肩即隼，布穀乃鳲鳩也。而《左傳》杜預注：「祝鳩，鷦鳩也。」《玉篇》「鵻」云：「祝鳩也，急疾之鳥也，或作隼。」「隼」云：「祝鳩也。」「鶗」云：「鶗鵳應仲春化爲鳩。」如杜、顧二家，則鷦即祝鳩，祝鳩即隼，隼爲題肩。春化祝鳩，秋又化題肩，與箋鷦之所爲鳥題肩者合矣。陸璣以鷦與鴟鴞爲一鳥，與箋引或説亦合。然趙岐《孟子注》

以鴟鴞爲小鳥，《鴟鴞》傳言「免乎大鳥之難」，其爲小鳥可知。鷦與鴟鴞與此傳「始小終大」不合，不如爲題肩之説當也。定本箋云「皆惡鳥也」，無「聲之」二字。鷹隼貪殘，故爲惡鳥。如从定本，則正義謂題肩非惡聲之鳥者亦可無疑。然則孔言「始爲桃蟲長大而爲鷦鳥」者誤矣。拚，毛無傳。「弁彼譽斯」傳云：「弁，樂也。」「弁」即「拚」之省，言樂飛而爲大鳥也。箋讀爲「翻」。「拚」有方問一切。與「奮」聲同。「奮」與「翻」一聲之轉也，故爲「翻」。《釋文》芳煩反，乃箋義也。

載芟

「載芟載柞」傳：「除艸曰芟。」正義曰：「隱六年《左傳》云：『如農夫之務去艸焉，芟夷蘊崇之。』是除艸曰芟也。」按：「芟」字自有本義。《説文》：「芟，刈艸是也。」左傳之「芟」，《説文》作「癹」，云：「以足蹋夷艸。」音普活切。音義各别。

「徂隰徂畛」傳：「畛，埸也。」《釋文》作「易」，云：「本又作『埸』。」正義曰：「畛謂地畔之徑路也。至此而易之主，故以畛爲易。」是正義本作「畛，易也」，當改依原本乃合。

「有略其耜」傳：「略，利也。」按：《釋詁》云：「䂮，利也。」《爾雅》本釋此詩，疑經本作「䂮」，故訓爲利。《説文》「㓤」云：「刀劍刃。籀文作『䂮』。」則「䂮」未即是利，言其㓤之利耳。然經言「有略」，是皃狀之詞。若作「有㓤其耜」，于文不便，是以《釋文》云「略如字」。《玉篇》

「䂮」云：「今作『略』。」則「䂮」「略」字同。正義引《爾雅》不云字異，亦不言音義同，何也？

良耜

「畟畟良耜」傳：「畟畟，猶測測也。」箋云：「良，善也。農人測測以利善之耜，熾菑是南畝也。」正義曰：「以『畟畟』文連『良耜』，則是刃利之狀，故猶測測以爲利之意也。《釋訓》云：『畟畟，耜也。』」舍人曰：「畟畟，耜入地之皃。」郭璞曰：「言嚴利也。」按：箋申傳言「農人測測」，則「測測」二字屬農人。良爲利善，乃是説耜。《説文》云：「畟，治稼畟畟進也。从田、人，从夊。《詩》曰：畟畟良耜。」田人即農人，夊訓行遲，曳言從容而進。傳轉爲「測」。測，《説文》云：「測深所至也。」傳意言農人測土深之所至，測而又測，《孟子》所謂深耕是已。孔引舍人，郭璞《爾雅注》以釋之，未得傳、箋之旨。

「以薅荼蓼」傳：「蓼，水艸也。」正義曰：「《釋艸》云：『薔虞蓼。』」某氏曰：「薔，一名虞蓼。」孫炎曰：「虞蓼是澤之所生，故爲水艸也。」按：《爾雅》：「薔、虞、蓼」列于「蘢、蘇」之下。《説文》「蘇」「荏」「芺」「荳」「葵」「蘁」下列「蓼」字，注云：「辛菜，薔虞也。」則蓼是菜名，曰薔虞。自舍人讀《爾雅》以爲「虞蓼」，孫炎又謂「澤之所生」，郭景純承其誤注云「虞蓼、澤蓼」，遂并忘其爲辛菜矣。此蓼如爲虞蓼，傳應實舉其名。今但云「水艸」者，上篇「厭厭其苗，綿綿其麃」傳云：「麃，耘也。」《説文》「麃」作「穮」，云：「耕禾間也。」「耘」云：「除苗間穢也。」《漢志》云：「苗葉以上稍薅隴艸，因壝其土以附苗根。」正謂此時。本篇上言「實函斯活」，苗已生矣。下言「荼蓼朽止，黍稷茂止」，艸除而禾茂。是此句之「薅」乃除苗間之穢也。傳以「蓼」爲辛菜，農人應采之，非穢艸可比。而水澤之蓼生于江皋河濱之上，不生于苗間。特以田有山澤之分，則穢有陸水之異。故但以水艸釋之，而不實其名，蓋艸之艻秀亦爲「荼」，艸之長大亦爲「蓼」。古無四聲之分，「六」聲與「了」聲一也。

「續古之人」箋云：「續古之人，求良有司穡也」。按：此句毛不爲傳，以上章「振古如茲」，「振」訓爲「自」，言自其古老父祖以來已如此也。此「古之人」亦當指其父、祖。《書·大誥》曰：「厥父菑，厥子乃弗肯播，矧肯穫？」《無逸》曰：「厥父母勤勞稼穡，厥子乃不知稼穡之艱難。乃逸乃諺。既誕，否則侮厥父母曰：『昔之人無聞知。』」此不能續古之人者也。今經言「續古」，則是農服先疇盡緣南畝，其獲社稷之右者多矣。

絲衣

《序》：「繹賓，尸也。高子曰：靈星之尸也。」正義曰：「言祭靈星之時以人爲尸。後人以高子言靈星尚有尸，宗廟之祭有尸必矣，故引高子之言以證賓尸之事。」按：《史記·封禪書》云：「周興而邑邰，立后稷之祠，至今血食天下。于是高祖制詔御史，其令郡國縣立靈星祠，常以歲時祠以牛。」張守節正義曰：「《漢舊儀》云：五年修復周家舊祠，祀后稷于東南，爲民祈農報厥功。夏則龍星見而始雩。龍星左角爲天田，右角爲大庭。天田爲司馬，教人種百穀，爲稷靈者神也。辰之神爲靈星，故以壬辰日祠靈星于東南，金勝爲土相也。《廟記》云：靈星祠在長安城東十里。」如《史記》及《漢舊儀》之説，是周别立后稷祠以祀天田之神教人種百穀者，其名爲后稷也。天田即農祥。《周語》伶州鳩曰：「昔武王伐殷，月在天駟。」又曰：「月之所在，辰馬農祥也。我大祖后稷之所經緯也。」周之興得農祥之助，故周人祀之。高子以此詩爲賓事靈星之尸，其説最古。《春秋》昭十年《左傳》齊陳鮑伐欒高，五月庚辰戰于稷。杜預注云：「稷，祀后稷之處。」今山東青州府臨淄縣西南十三里有稷山，此稷即天田之神，教人種百穀者。是春秋時猶祀天田。高子去春秋時近，故能鑿然言之。毛公引《序》冠篇，不删其説，意亦同之。正義从鄭，專主宗廟賓尸，偏矣。

箋：「周曰繹，商謂之肜。」《釋文》「箋」作「融」〔一〕，云：「餘戎反。《尚書》作『肜』，音同。」按：《文選·思玄賦》云「展洩洩而肜肜」，注引左氏《傳》曰：「鄭莊公入而賦：『大隧之中，其樂也融融。』姜出而賦：『大隧之外，其樂也洩洩。』」杜預云：「融融，和也。洩洩，舒散也。」「融」

〔一〕「箋」，疑當作「肜」，參見《經典釋文》。

與「彤」古字通。《説文》無「肜」有「彤」，音徒冬切。「融」云：「炊气上出也。」《爾雅》孫炎曰：「肜者，亦相尋不絶之意。」炊气上出，正是相尋不絶。依《釋文》作「融」爲是。

「不吴不敖」傳：「吴，譁也。」正義曰：「人自娱樂必歡譁爲聲，故以娱爲譁也。定本『娱』作『吴』。」如正義，則經與傳皆作「不娱」。今汲古閣本依定本改作「吴」也。按：《釋文》云：「吴，舊如字。」《史記·封禪書》「不虞不驁」，索隱曰：「《毛詩》傳云：『吴，譁也。』又曰：『此作虞者，與吴聲相近，故假借也。』或者本文借此虞爲歡娱字也。」〔一〕如《釋文》《索隱》，則本是「吴」字。吴、虞、娱古字相通，故得訓吴爲譁。然必改作「娱」，方合正義原本。

酌

「遵養時晦」傳：「遵，率。養，取。晦，昧也。」箋云：「養是闇昧之君，以老其惡。」正義釋傳曰：「宣十二年《左傳》引此云：『遵養時晦，耆昧也。』故轉晦爲昧，言取是闇昧。則謂武王取紂，不得與鄭同也。」按：《易》言文王「用晦而明」，此經「遵養時晦」，即晦也。「純熙」「大介」，即明也。傳言武王遵率文王，酌取其用晦之道，於時大明矣。是用大而又大，謂不汲汲于

〔一〕「爲」，原作「與」，據箸花庵本改。

伐紂，其道大光明也。《左傳》杜注謂「致討于紂」，自是斷章取義，非正釋此詩。《武》樂遲之又久，聲淫及商，孔子以爲有司失傳。此經「養晦」若爲「取昧」，則是自文王以來即有取紂之心，武王遵而行之，與「聲淫及商」何別乎？傳大意與箋不殊，特非養闇昧以老其惡耳。

「我龍受之」傳：「龍，和也。」正義曰：「龍之爲和，其訓未聞。王肅云：『我周家以天人之和而受殷，用武德嗣文之功。』傳意或然。天人之和，謂天助人从，和同與周也。」按：龍，乾道也。《易》稱乾道變化，各正性命，保合太和，故龍得爲和。經上言武王不汲汲于伐紂，其道光明。此言我以和利萬民之故，而受殷矯矯乎。王之所爲，則用文王之道，可謂有嗣矣。正義以子雍述毛，恐非傳意。

桓

《序》：「講武類禡也。桓，武志也。」正義曰：「《序》又說名篇之意。桓者，威武之志，言講武之時，軍師皆武，故取桓字名篇也。」按：武王伐殷，志在安萬邦而屢大熟。「武志」，即武王之志也。孔以經「豐年」爲伐紂之後即有豐年，依僖十九年《左傳》爲說，故不以此爲武王之志，而云「威武之志」，淺之乎言武王矣。

「克定厥家」箋云：「于是用武事于四方，能定其家先王之業，遂有天下。」正義曰：「家者，承世之詞，故云『能定其家先王之業，遂有天下。』先王雖有其業，而家道未定。故于伐紂，其家始定也。」按：箋以家爲武王之家，傳意不必然。經言武王保有綏萬邦之事，于以四方，能定其家。蓋謂四方民之家也。武王之所志所事在于四方民，如此於哉昭著于天，故天美武王以伐殷紂矣。正義傳、箋不分，非也。

賚

《序》：「大封于廟也。賚，予也。言所以錫予善人也。」正義曰：「《古文尚書·武成》篇説武王克殷而反祀于宗廟，列爵惟五，分土惟三，大賚于四海而萬民悦服，皆是武王大封之事。」按：《武成》篇「大賚于四海」文在「列爵」「分土」之上，彼「大賚」承上散財、發粟而言，非此序之所謂「賚」也。《史記·周本紀》云：「命南宫括散鹿臺之財，發巨橋之粟，以振貧弱萌隸。」又云：「乃罷兵西歸，行狩記政事，作《武成》，封諸侯，班賜宗彝，作分殷之器物。」注引鄭玄云：「宗彝，宗廟尊也。作《分器》，著王之命及所受物也。」如《周本紀》，《武成》篇後即《分器》，今《古文尚書·武成》篇後次《洪範》，次《分器》。《序》云：「武王既勝殷，邦諸侯，班宗彝，作《分器》。」孔安國傳曰：「賦宗廟彝器酒尊賜諸侯。」正義曰：「詩《賚序》云：『大封于廟』，謂此時也。」兩正義皆出孔手，彼引此「賚」以證「分器」，而此引「大賚」以證「大封」，則《書》正義之説長矣。序言「賚，予也」，明此「賚」非分財粟，乃以宗廟彝器錫予諸侯。諸侯之有功者，即「善人」也。《論語》稱「善人是富」，亦指《武成》「大賚」。孔安國傳云：「施舍己責，救乏賙無，所謂周有大賚。」即據《論語》，故言「所謂」也。「大封于廟」與《書序》「邦諸侯」同。「賚，予也」與《書序》「班宗彝」同。未可輒引《武成》「大賚」矣。

「敷時繹思」傳：「繹，陳也。」箋云：「敷是文王之勞心，能陳繹而行之。」箋以「繹思」爲武王陳繹而行之，正義以箋述毛。按：篇名「賚」而《序》言「錫予」，不應經中全不一及。「敷」字毛不爲傳，而訓「繹」爲「陳」。陳者，陳其彝器也。「繹」已爲「陳」，則「敷」當爲「分」。《禹貢》「禹敷土」，馬融云：「敷，分也。」經言文王勤勞而有天下，我當而受之。今分此彝器予汝諸侯。繹陳而思我往日求安天下者，體文王勤勞之心。是周之所以受命於哉。汝亦當繹陳分器，而思文王之勤勞也。傳意當然。

般

《序》：「巡守而祀四嶽河海也。」箋云：「般，樂也。」正義曰：「經無『般』字，《序》文說其名篇之意。般，樂也，爲天下所美樂。定本『般樂』二字爲鄭注，未知孰是。」如孔言，正義本「般樂也」三字爲《序》文。今汲古閣本依定本改之也。當删去「箋云」乃合正義原本。正義曰：「經無『海』而《序》言『海』者。海是衆川所歸，經雖不說，祭之可知。故《序》特言之。」按：經言「允猶翕河」，傳云：「翕，合也。」合河者，即《禹貢》所謂同爲逆河。逆河在周時謂之北海，《春秋》僖四年《左傳》云「君處北海」是也。亦謂之少海，《韓非子》云「齊景公與晏子遊于少海」是也。言合河而海在其内矣。

「裒時之對」傳：「裒，聚也。」箋云：「裒，衆。對，配也。遍天之下衆山川之神，皆如是配而祭之。」正義述毛曰：「遍天之下山川皆聚其神于是配而祭之。」按：箋義明顯，以傳爲聚其神而配祭之，殆未必然。《常棣》「原隰裒矣」、《殷武》「裒荆之旅」，傳訓「聚」，皆屬人説，此亦當指天下之民。對，如對揚王休之對，言天下之人于巡守所至，皆聚是方而對。僉曰是懷柔百神，乃周之所以受命也。言人美而樂之，與名篇爲「般」之義合。傳意或當然也。

皇清經解卷一千三百五十三終

靈川秦培璠舊校

南海陳韶番禺金錫齡新校

毛詩紬義　卷二十四

嘉應李黼平著

魯頌

駉之什

《譜》：「初，成王以周公有太平制典法之勳，命魯郊祭天。三望，如天子之禮。故孔子録其詩之頌，同于王者之後。」正義引《明堂位》以證命魯郊天，又引《禮運》杞之郊禹、宋之郊契證王者之後得郊天。又云：「王者之後而有頌正謂宋有《商頌》，解《魯頌》所以得與《商頌》同稱頌之意也。」按：正義不言王者爲何人，魯周公之後，周公得用天子禮耳，未嘗爲天子也。箋言「王者之後」，蓋謂文王。襄十二年《左傳》「臨于周廟」杜注云：「周廟，文王廟也。周公出文王，故魯立其廟。」《史記·魯周公世家》云：「于是成王乃命魯得郊祭文王。」集解引鄭玄曰：

「魯以周公之故立文王廟也。」隱元年《公羊傳》曰：「王者孰謂？謂文王也。」是孔子以魯爲文王之後，故作《春秋》而書王，編《詩》而次于《周頌》之後、《商頌》之前。而箋亦言同于王者之後也。禮諸侯不得祖天子，以周公故特許之，是之謂同。

魯有郊禘，《明堂位》《祭統》皆言之。宋代學者始以戴《記》爲誣，謂此乃東遷後之僭禮，惠公請之而平王賜之也。又謂成王賢王，伯禽賢君，不應躬行非禮，啓後世人臣加九錫之漸。爲此説者，是譏孔子不當進《魯頌》于《周》《商》也。曹丕下壇，迹同舜、禹，豈可因曹丕而謂舜、禹非禪？王莽篡漢，迹同伊、周，豈可因王莽而謂伊、周非攝。人臣加九錫，誠爲亂階，然亦不得因此而謂無賜魯郊禘之事也。非常之禮所以待非常之人，昔者堯見天因邰而生后稷，因命稷得祀天。堯，大聖人也，賜之不以爲嫌。稷亦聖人也，受之不以爲僭。成王之于周公，亦若是焉爾矣。以成王爲非禮，豈堯亦非禮乎？觀孔子之録《魯頌》，一切紛紛之論其亦可以息矣。

駉

《序》：「頌僖公也。僖公能遵伯禽之法，儉以足用，寬以愛民，務農重穀，牧于坰野。魯人尊之，于是季孫行父請命于周，而史克作是頌。」正義曰：「儉以足用，寬以愛民，説僖公之德，與務農、重穀爲首引耳，于經無所當也。」按：孔以箋言「牧馬避民田」，故爲此説耳。經云「思無疆」，言僖公思伯禽之法無有竟已。則足用愛民皆在所當思，即皆在所當遵。《序》正指經「無疆」句而言，不得謂于經無所當也。

「駉駉牡馬」傳：「駉駉，良馬腹幹肥張也。」按：傳、箋不釋「牡」字，《釋畜》云：「牡曰騭。」郭注曰：「今江東呼駁馬爲騭。」《説文》「騭」云：「牡馬也。从馬，陟聲。讀若郅。」正義釋傳不引《爾雅》「郊外曰牧」之意，謂「彼『郊外之牧』與此經『牧馬』字同而事異。若言郊外牧，嫌與牧馬相涉，故略之也。」是正義經文作「駉駉牧馬」。箋云「牧於坰野」，下傳云「牧之坰野」，毛、鄭經亦作「牧」，並無「牡」字。《釋文》經作「牡」云：「本或作『牧』。」定本亦作「牡」。是唐初牡、牧二本並行，今汲古閣本依《釋文》、定本作「牡馬」也。當改作「牧」乃合毛、鄭原本。《文選》李少卿《答蘇武書》云：「牧馬悲鳴。」李善注引此詩，正作「牧馬」。

「在坰之野」傳：「坰，遠野也。邑外曰郊，郊外曰野，野外曰林，林外曰坰。」正義謂《爾雅》「郊外謂之牧，牧外謂之野」，傳不言「郊外牧」，嫌與「牧馬」相涉，故略之。按：《鄘風·干旄》傳亦云「郊外曰野」，與此正同，是傳不依《爾雅》爲説也。《説文》「冂」云：「邑外謂之郊，郊外謂之野，野外謂之林，林外謂之冂，象遠界也。古文冂作『冋』。云：从口，象國邑。」又云：「冋，或从土。」許所言亦無「郊外謂之牧」句，未可專執《爾雅》以釋毛傳矣。

「有驔有魚」傳：「豪骭曰驔。」正義曰：「驔，《爾雅》無文。《説文》云：『骹也。』郭璞曰：『骹，腳脛。』然則骭者，膝下之名。《釋畜》云：『四骹皆白，驓。』無『豪骭白』之名。傳言『豪骭白』者，蓋謂豪毛在骭而白長，名爲驔也。驓則四骹皆白而毛短，故與驔異也。」按：《爾雅》云：「驪馬黄脊，騽。」郭注云：「背脊毛黄。」《説文》云：「驔，驪馬黄脊。从馬，覃聲。讀若簟。」「騽」云：「馬豪骭也。」然則此經之「驔」即《爾雅》之「騽」。《釋文》云：「騽，今《爾雅》本亦有作『驔』。」者。許書稱用毛氏古文，以「騽」爲「馬豪骭」，明「驔」與「騽」同。是以《玉篇》「騽」字注云：「驪馬黄脊，又馬豪骭。」亦知「騽」即「驔」之别名矣。孔讀傳「曰驔」爲「白驔」，故解釋迂曲。《釋文》載傳亦作「豪骭曰驔」，此傳當改作「白」以合正義原本，而解則當依《釋文》作「曰」也。

「思馬斯徂」箋云：「徂，猶行也。」正義引「王肅云：『徂，往也。所以養馬得往古之道。』毛于上章以『作』爲『始』，則未必不如肅言。但無迹可尋，故同之鄭説。」按：上傳訓「作」爲「始」者，以「作邱甲」「作三軍」「作州兵」「作爰田相土」「作乘馬」，「作」皆爲「始」義。故箋以使可乘駕申明傳義已作而始駕，故此章言「徂」。毛不爲傳，意與箋同耳。若如子雍説，養馬及乎古始，無論伯禽養馬，經、傳不載，即及乎古始而以此爲能遵伯禽之法，全乖經意矣。

有駜

「君子有穀，詒孫子」箋云：「穀，善。詒，遺也。君臣安樂，則陰陽和而有豐年，其善道則可以遺子孫也。」正義傳、箋合述。按：「歲其有」傳云：「歲其有豐年也。」則傳以此穀承歲有之後，當爲穀禄之穀。以經文自明，故不發傳。必知毛意如此者，振鷺喻臣之絜白，言臣不以禄爲念也。臣不懷禄，而君不可不以禄養之。敬事後食，事君之大義。忠信重禄，勸士之恒經。《序》所謂臣有道者此矣。

泮水

「魯侯戾止」傳：「戾，來。止，至也。」正義曰：「《釋詁》：『戾、來，至也。』俱訓爲至，是戾得爲來也。止者，至而止住，故云至。非訓止爲至也。」按：《春秋》隱五年《公羊傳》云：「登來之也。」《禮記·大學》「一人貪戾」，鄭注云：「戾之言利也。《春秋傳》曰：登戾之。」所引即《公羊》文也。來、戾音義同，故訓戾爲來。《大雅·抑》篇「淑慎爾止」傳云：「止，至也。」引《太學》「爲人君止於仁」云云。傳以止於仁即至於仁，故訓止爲至。《説文》：「上，下基也。」本與址同，而止與至一聲之轉，聲同可假借也。稱魯侯者行父請命于周而作頌，則亦上之天子，職之大師。對天子言，故稱魯侯。正義謂「若外人之辭，非獨魯人所頌」。夫外人則安得而頌魯君哉？

「薄采其茆」傳：「茆，鳧葵也。」《釋文》云：「茆，音卯。徐音柳。」《周禮・醢人》「茆俎」，《釋文》云：「茆，音卯。北人音柳。」如陸氏，則从卯者俱可讀柳。于此經「飲酒」，古音自協。《説文》：「从艸，从丣。」丣，古文酉字也。《説文》凡偏旁用古文者必注古文某字。如「㓹」云：「㓹，古文鋭字。」「廣」云：「炗，古文光字。」「宗」云：「𤓽，古文保字。」「莉」云：「𥝢，古文利字。」如此類甚多。木部「柳」字注云：「从木，丣聲。丣，古文酉字。」以此而言，《説文》丣聲之字未注「古文酉字」者，皆當从卯。今茆从艸，丣聲。不注「古文酉字」，知《説文》原本作「茆」，〔一〕與《詩》《周禮》同。以篆文戼、丣相似，〔二〕後人誤連其上横也。茆，《爾雅・釋艸》無文。《廣雅》「茆鳧葵」，據《説文》也。然張平子《南都賦》「藻茆蔆芡」，李善注引《爾雅》曰：「茆，鳧葵。」唐初諸家《爾雅》俱存，或别本有之。或《選》注《爾雅》本是《廣雅》，校《文選》者誤改也。

「淮夷攸服」箋云：「言僖公能明其德，修泮宫而德化行，于是伐淮夷，所以能服也。」《譜》云：「僖十六年冬，會諸侯于淮上，謀東略，公遂伐淮夷。」正義曰：「此言謀東略者，謂東征伐

〔一〕「茆」，原作「丣」，據箸花庵本改。
〔二〕「文」下「丣」字，疑當作「戼」。參見上下文。

而略地也。淮會既有此謀，公所以遂伐淮夷。」此説是也。又謂「《詩》稱『既作泮宮，淮夷攸服』，則是受成于學，然後出師，非因會而遂行。」此説非也。按：僖十六年《左傳》云：「十二月會于淮，謀鄫，且東略也。城鄫，役人病。有夜登丘而呼曰：『齊有亂。』不果城而還。」如傳言，是諸侯有東略征伐者，有城鄫者也。十七年《傳》云：「師滅項。淮之會，公有諸侯之事，未歸，而取項。齊人以爲討，而止公。」杜注云：「諸侯之事，會同講禮之事。」非也。「事」即指「東略」，以諸侯所共謀，故曰「諸侯之事。」伐淮夷，魯受伯主之命，故曰「公有」。鄭《譜》于「東略下」曰：「公遂伐淮夷。」即據傳此句爲説。于時魯師東伐淮夷，齊師與徐伐英氏，公與齊侯俱在會。《詩》云：「濟濟多士，克廣德心。桓桓于征，狄彼東南。」是魯遣將伐之，齊聞魯人取項而止公。若公自伐淮夷，齊侯亦自伐英氏，則相距千餘里，無由止公。以是知公與齊侯猶在會也。傳又云：「秋，聲姜以公故，會齊侯于卞。九月，公至，書曰：『至自會。』猶有諸侯之事焉，且諱之也。」齊人既止公，其秋，齊侯以公還至卞。卞爲今山東兖州府泗水縣，在魯都曲阜之東。故聲姜會齊侯而請公，九月始反魯。杜注云：「恥見執，故托會以告廟。」正義曰：「實無諸侯之事而言『至自會』者，尚似有事焉爾。」杜、孔並誤。果無諸侯之事，言其「似有」即是諱之，何須復言「且」也？傳之言「且」，詞有兩層：謂本尚有征伐之事，且亦所以諱之也。時伐淮夷之師固未還也。《左傳》兩言「有諸侯之事」，魯伐淮夷，莫明于此。然則《詩》言「既作泮宮，淮夷攸服」者，泮宮既成，即有謀鄫之會。在會命將，亦猶牡丘之役遣公孫敖帥師救徐，不必受成于學然後出師矣。此箋言伐淮夷，下箋言僖公既伐淮夷而反在泮宮，皆謂遣將東伐，以詩主美僖公，故箋言僖公也。

「矯矯虎臣」箋云：「矯矯，武皃。」又云：「使武臣獻馘。」按：經作「虎」而箋作「武」，疑鄭箋《詩》時經字本作「武」。《文選・漢高祖功臣頌》云「矯矯三雄」，李善注引《毛詩》曰「矯矯武臣」。是唐時經尚有作「武」字者。正義謂「有威武如虎之臣」，非箋意也。下經「濟濟多士」，箋云：「多士謂虎臣及如皋陶之屬。」亦應作「武臣」乃合。

「不吳不揚」傳：「揚，傷也。」箋云：「吳，譁也。」正義曰：「揚與誤類，故爲傷，謂不過誤，不損傷也。」按：《陳風》「傷如之何」，《爾雅》注引《魯詩》云：「陽如之何。」揚與陽音義通，故得爲傷也。「吳」字毛不爲傳，當同《絲衣》。是以鄭箋即用彼傳毛意，言多士不爲歡譁，不有損傷耳。孔謂「揚」與「誤」類，因用王子雍之説述毛，恐非傳旨。況《釋文》載王肅音「吳」作「吴」，音話。尚未定誰是。王義作「誤」者，「吳」與「虞」本通，「虞」又訓「誤」，《閟宮》「無貳無虞」傳訓「虞」爲「誤」是也。作「吴」者，《絲衣》「不吳不敖」《釋文》載何承天、《史記》索隱載姚氏皆云「《説文》作『吴』，大言也。」今本《説文》作「吳」，乃徐氏所校定。「過誤」與「大言」兩義皆非無據，然總不若仍依《絲衣》傳訓「譁」爲得也。

閟宮

《序》：「頌僖公能復周公之宇也。」正義曰：「復周公之宇，雖辭出于經，而經之所言，止爲常許。此則總序篇義，與經小殊。其言復周公之宇，主以境界爲辭。但僖公所行善事皆是復，故非獨土地而已。」按：經「泰山巖巖，魯邦所詹」，言北境所至也。「遂荒大東，至于海邦」，言東境所至也。「居常與許」，傳言「南鄙」「西鄙」，則南西之境所至也。經合四境而言，非止常、許二邑矣。蓋首二章叙有魯之由，三章「王曰叔父」至「如岡如陵」，叙山川土田附庸，見啓宇之大，而以僖公「保彼東方」六句結之，言保此宇如岡陵之堅固也。四章言保東方之實，「公車千乘」復革車千乘之舊，而頌其眉壽以保之。五章、六章、七章合北東南西之境，明復周公之舊。「黄髮兒齒」，亦頌其永年，以保此宇。卒章寢廟並作，萬民皆順，猶文王作靈臺而民始附，是能保其宇之效。全篇皆言復宇，正義云云，《序》與經乖，不可从也。

「閟宫有侐」傳：「閟，閉也。先妣姜嫄之廟，在周常閉而無事。孟仲子曰：是禖宫也。」正義曰：「先妣立廟非常，而祭之又疏。月朔四時，祭所不及，比于七廟，是閉而無事也。」又曰：「孟仲子曰：『是謂禖宫。』蓋以姜嫄祈郊禖而生后稷，故名姜嫄之廟爲禖宫。」按：傳非謂姜嫄之廟爲禖宫，乃謂周人以禖宫爲姜嫄廟也。《月令》「高禖」鄭注云：「高辛氏之世，玄鳥遺鳦卵，簡狄吞之而生契。後王以爲禖官嘉祥，而立其祀焉。」以爲由高辛有嘉祥，故稱高禖。

如鄭之言，是高辛以前求子，以先禖配天而祭。高辛以後求子，以簡狄爲先禖，配天而祭。簡狄爲先禖，則姜嫄亦爲先禖可知。稱「後王」，則自虞、夏以來已然也。商、周亦立禖宫，而先禖之神實爲二代之祖母，故名「先妣」。在商無文以明之，周則《周禮·大司樂》「舞大濩以享先妣」是也。樂用大濩，與天神、地示、四望、山川同用先代之樂，與享先祖用《大武》者特殊。蓋已不敢以人鬼視之，故孟仲子説此詩，以爲本是禖宫。既爲禖宫，則惟玄鳥至之日一祭。傳所以言「常閉而無事」矣。

「稙穉菽麥」傳：「先種曰稙，後種曰穉。」正義曰：「當謂先種先熟，後種後熟。但傳文略而不言其熟耳。《七月》傳曰：『後熟曰重，先熟曰穋。』《天官·内宰》鄭司農注云：『先種後熟謂之穜，後種先熟謂之稑。』是傳亦略而不言其種，與此互相明也。」按：《七月》傳但言後熟、先熟，可得云略而不言其種。此傳不然。凡禾皆先種者先熟，後種者後熟，經何容表異，與重穋連稱？傳之「先後」，乃「長幼」之異名也。《爾雅·釋親》云：「女子同出，謂先生爲姒，後生爲娣。」又云：「長婦謂穉婦爲娣婦，娣婦謂長婦爲姒婦。」郭景純注曰：「今相呼先後，或云妯娌。」《釋文》引《廣雅》云：「先後，妯娌。」《史記·封禪書》云：「神君者，長陵女子。以子死悲哀，故見神于先後宛若。」孟康曰：「兄弟妻相謂爲先後。宛若。」索隱曰：「鄒誕生音『先後』並去聲，即今妯娌也。孟康以兄弟妻相謂也。韋昭云『先姒後娣』。」如彼諸文，皆謂婦之長幼爲先後，此傳兩「種」字讀如「穜稑」之「種」，謂穀種也。先種猶言長種，是天生一種長大之禾。後種猶言幼種，是天生一種幼小之禾。《韓詩》曰：「稙，長稼也。穉，幼稼也。」韓詩之「長幼」即毛傳之「先後」也。先後並當音去聲。《釋文》無音，亦誤。

「莊公之子」傳：「莊公之子，謂僖公也。」按：此傳正義不釋。「新廟奕奕」傳云：「新廟，閔公廟也。」傳以僖公既後閔公，則當爲閔公之子。經言「莊公之子」，是史克謂之也。文二年《經》：「八月丁卯，大事于大廟，躋僖公。」《左傳》曰：「逆祀也。于是夏父弗忌爲宗伯，尊僖公。且明見曰：『吾見新鬼大，故鬼小。先大後小，順也。躋聖賢，明也。明順，禮也。』君子以爲失禮。禮無不順。祀，國之大事也，而逆之，可謂禮乎？子雖齊聖，不先父食，久矣。」《公羊》曰：「譏逆祀也，先禰而後祖也。」何休注：「僖公以臣繼閔公，猶子繼父。故閔公于文公爲祖。」《穀梁》曰：「先親而後祖也。」楊士勛疏云：「親謂僖公，祖謂閔公。」三傳皆以閔、僖爲父子，蓋弟死兄及，則以弟兄爲昭穆，與父子同，各爲一世。今以僖長而躋僖公，是升僖爲昭，以閔爲穆，世次亂，故云逆祀。杜元凱「躋僖公」注云：「僖公，閔公庶兄，繼閔而立，廟坐宜次閔下。今升在閔上，故書而譏之。」如杜言，則兄弟同昭穆，不過一廟中坐位之逆，而以後群公昭穆仍自不亂，何以定八年復須順祀？先公以此知當日升僖爲昭，降閔爲穆，世次悉亂。在僖公爲子先父食，在文公爲先禰後祖。此詩之作，不知在文公何年。《序》云：「季孫行父請命于周，而史克作頌。」行父于文六年始見經，已在躋僖公之後，則所謂「莊公之子」者逆祀已定。詩人雖明知非所當稱，而亦不得不順文公之意矣。

「龍旂承祀」箋云：「交龍爲旂。承祀，謂視祭事也。」又云：「春秋，猶言四時也。」正義謂：「古《詩》毛説以龍旂承祀爲郊祀，自是舊説之謬。而《明堂位》祀帝用日月之章，與此龍旂不同，故箋直言『視祭』，不言祭天。」按：「古《詩》毛説」不知何人，當是後漢諸儒之説。龍旂，《春秋》，毛皆無傳，何以知毛意爲祭天？惟以經文核之，則當天、祖並祭，而以「春秋匪解」句爲之綱。「春」即下文「皇皇后帝」，周之孟春郊天也。「秋」即下文「秋而載嘗」也。郊天而建龍旂者，《周禮·司常》云：「日月爲常，交龍爲旂。」又云：「王建大常，諸侯建旂。」「旂」與「常」原別，《明堂位》云：「魯君孟春乘大輅，載弧韣旂，十有二旒，日月之章，祀帝于郊，配以后稷。」則「常」亦爲「旂」。《郊特牲》云：「旂十有二旒，龍章而設日月，以象天也。天垂象，聖人則之，郊所以明天道也。」彼説祭天之旂有龍與日月，則知郊天建旂，實兼日月，非僅有龍而已。《明堂位》言日月而不言龍，此詩言龍而不言日月，皆各舉其一。是「龍旂」句得爲祭天也。正義以毛無傳，同之鄭説，義亦可通。但不當引《明堂位》以駁龍旂耳。

「皇皇后帝」箋云：「皇皇后帝，謂天也。成王以周公功大，命魯郊祭天，亦配之以君祖后稷。」正義曰：「《明堂位》『祀帝于郊』注云：『帝謂蒼帝靈威仰也。昊天上帝，魯不祭。』是魯公所祭，惟祭蒼帝耳。蒼帝亦太微五帝之一，故同稱『皇皇后帝』焉。」按：鄭注《禮》在前，箋《詩》在後。「昊天上帝」與「靈威仰」，此箋不復區別，當以箋爲定說。《雜記》孟獻子曰：「正月日至，可以有事於上帝。」正月，建子之月。是言冬至祭昊天上帝也。襄七年《左傳》孟獻子曰：「夫郊祀后稷，以祈農事也。故啓蟄而郊，郊而後耕。」啓蟄，建寅之月。是言祈穀郊祭靈威仰也。獻子以魯人談魯掌故，子、寅二建魯皆祭天，當得其實。《春秋》書「郊」，亦非止祈穀之祭。宣三年、成七年、定十五年、哀元年之改卜皆在春正月，是冬至之祭也。孔于《郊特牲》疏言「魯以冬至郊天，建寅之月又郊以祈穀」，其說是已。此詩復引《明堂位》注，謂魯郊惟祭蒼帝，非箋意也。

「犧尊將將」傳：「犧尊，有沙飾也。」正義曰：「王肅云：『大和中，魯郡于地中得齊大夫子尾送女器，有犧尊，以犧牛爲尊。然則象尊，尊爲象形。』王肅此言以二尊形如牛象，而背上負尊，皆讀犧，與毛、鄭義異，未知孰是。」按：《周禮》「獻尊」，鄭司農讀爲「犧」。犧尊，飾以翡翠象尊以象鳳皇，與此傳「沙飾」合，皆讀如婆娑之娑。箋不易傳，蓋與毛同，義當然矣。《說文》「犧」云：「宗廟之牲也。从牛，羲聲。賈侍中說：此非古字。」孔安國《尚書序》「伏犧氏」，《釋文》引張揖《字詁》云：「羲，古字。犧，今字。」《說文》：「羲，氣也。从兮，義聲。」古讀「義」如「俄」，與「娑」聲諧。然則經典中「犧牲」字皆應作「羲」。秦篆已出之後乃有「犧」字，依字造器，作爲牛形，顯屬後人僞托。齊子尾當春秋時，古文見用，安得已有「犧」字，而依以作牛尊哉？

「公車千乘」傳：「大國之賦千乘。」正義曰：「地雖廣，以千乘爲限。」又謂「千乘當有七萬五千人，與下『公徒三萬』不合者，公徒三萬，謂諸侯三鄉之所出，非此千乘之衆。『公車千乘』自謂計地出兵，非彼三軍之事。二者不同，故不相合。」按：鄭以「公車」「公徒」分説，故孔從之。傳言「大國之賦千乘」，而「公徒」無傳。則毛意車徒合説，有車千乘即應有徒三萬，不得與箋同。兵車一乘，甲士三人，步卒七十二人，此《司馬法》也。計千乘當有七萬五千人，與此「公徒三萬」不合。《周禮·小司徒》注引《司馬法》曰：「六尺爲步，步百爲畝，畝百爲夫，夫三爲屋，屋三爲井，井十爲通。通爲匹馬，三十家，士一人，徒二人。通十爲成，成百井。三百家，革車一乘，士十人，徒二十人。成十爲終，終千井，三千家，革車十乘，士百人，徒二百人。終十爲同，同方百里。萬井三萬家，革車百乘，士千人，徒二千人。」以百乘三千人計之，千乘適得三萬人。閔二年《左傳》：「齊侯使公子無虧率車三百乘、甲士三千人以戍漕。」杜注云：「車甲之賦異于常，故傳別見之。」計車百乘，士千人。三百乘，適合甲士三千人。《孟子》「戎車三百兩，虎賁三千人」亦然。《左傳》《孟子》惟言甲士，此詩合士徒計之，故千乘爲三萬人。此亦是《司馬法》。杜元凱謂傳別見之，然則古者出軍有二法矣。傳意當然。

「公徒三萬」箋：「以三萬爲三軍。」正義引鄭答臨碩，謂此爲二軍。因疑僖有三軍，其後無之，《春秋》何以不書「作」「舍」？斷爲僖實二軍。與此箋相戾。按：《泮宮》新廟、伐淮夷，《春秋》

不書，孔謂史文有闕。僖有三軍，不書「作」「舍」，又安知非史偶闕乎？《周禮》「大國三軍，次國二軍，小國一軍」，言其大法，亦視其國之能具與否。衛文公元年革車三十乘，季年乃三百乘。以出軍常法論，三百乘適滿一軍。其初年一軍不備，是有能具有不能具也。魯自周公時革車千乘，伯禽之伐淮夷，三郊出軍，已備三軍。僖公復周公伯禽之舊，故詩人頌之。然魯人出軍亦無一定，《春秋》書一卿將者一軍，二卿將者二軍。昭五年舍中軍矣，而十年伐莒，季孫意如、叔弓、仲孫貜三卿並將。哀二年伐邾，季孫斯、叔孫州仇、仲孫何忌三卿並將，仍用三軍。成二年戰于鞌，未作三軍也。季孫行父、臧孫許、叔孫僑如、公孫嬰齊四人帥師，且四軍矣。《春秋》何以不書？然則鄉出三軍，不必盡用。已盡用矣，或敵衆我寡，亦許更調遂軍，非以三軍爲限。襄、昭之世，書「作」、書「舍」，自緣三家欲分公室，而書義不係於三軍、二軍之得失也。僖有三軍，當从箋義。

「遂荒大東」傳：「荒，有也。」正義曰：「荒訓爲奄。此云『荒有』者，亦謂奄有之也。」按：《釋詁》云：「幠庬，有也。」郭景純引《詩》曰「遂幠大東。」邢叔明疏曰：「今《詩》本作『遂荒大東』。此言『遂幠』者，所見本異，或當在《齊》《魯》《韓詩》。」如郭注、邢疏，則毛作傳時經是「幠」字，故訓爲「有」耳。訓「荒」爲「奄」，乃是箋義，未可以釋毛也。

箋云：「大東，極東。」正義曰：「『大東』之下即云『至于海邦』，故以東爲極東，言其極盡地之東偏。」正義渾言，不實指其地之所極。按：《魯頌譜》云：「其封域在《禹貢》徐州大野蒙羽之野。」《水經・淮水》篇注云：「游水又北歷羽山西。《地里志》曰：羽山在祝其縣東南。《尚書》曰：堯旹曰四岳得舜，進十六族，殛鯀于羽山，是爲檮杌。」漢祝其縣故城在今江蘇海州、直隸州屬贛榆縣西五里，羽山在縣西北八十里。《春秋》定十年夏，公會齊侯于夾谷。《左傳》云：「會于祝其，實夾谷。」夾谷山亦在今贛榆縣。祝其沿海，爲齊、魯境上之地。是魯東境自周公以來即至海也。

「保有鳧繹」傳：「鳧山，繹山也。」正義曰：「《禹貢》徐州『嶧陽孤桐』，謂嶧山之陽有桐木也。」按：《漢志》東海下邳縣：「葛嶧山在西，古文以爲嶧陽。」《後漢・郡國志》下邳東海縣有「葛嶧山，本嶧陽山。」是《書》之嶧陽乃葛嶧山。《書》正義引《漢志》下邳縣葛嶧山，謂即嶧陽是也。《漢志》又云：「魯國騶縣，故邾國嶧山在北。」《水經・泗水》篇注云：「漷水又徑魯國鄒山東南而西南流。《春秋左傳》所謂嶧山也。邾文公之所遷。」又曰：「山北有絶巖，秦始皇觀禮于魯，登于嶧山之上，命丞相李斯以大篆勒銘。山嶺名曰書門，《詩》所謂『保有鳧繹』者也。」是此詩之「繹」乃嶧山也。正義乃以《書》之嶧陽當之，誤矣。嶧山在今山東兖州府鄒縣東南二十五里。

商頌

那之什

《譜》：「商者，契所封之地。」正義引服虔、王肅，以契孫相士居商丘，故湯以爲國號。而鄭以湯取契之所封以爲號者，以經典言商皆單謂之商，不言商丘。成湯以商受命，故當以商爲國號。其説辨矣。但契之所封不言何地，《玄鳥》箋：「爲堯司徒有功，封商。」正義亦略而不言。按：《史記·殷本紀》云：「契封于商，賜姓子氏。」集解引「鄭玄曰：『商國在大華之陽。』皇甫謐曰：『今上洛商是也。』」索隱曰：「堯封契于商，即《詩·商頌》云『有娀方將，帝立子生商』是也。」張守節正義曰：「《括地志》云：商州東八十里商洛縣，本商邑，古之商國。帝嚳之子卨所封也。」《水經·丹水》篇云：「丹水又東南過商縣南。」酈道元注曰：「契始封商。魯連子曰：『在大華之陽。』皇甫謐、闞駰並以爲上洛商縣也。殷湯之名起于此矣。」然則契所封商地爲今陝西商州直隸州，非河南歸德府商丘縣地也。

那

「置我鞉鼓」傳：「夏后氏足鼓，殷人置鼓，周人縣鼓。」箋云：「置，讀曰植。植鞉鼓者，爲楹貫而樹之。」正義引《金縢》「植璧秉圭」注云：「植，古置字。」是植爲古文，置爲今文。《論語》「植其杖而耘」，蔡邕石經作「置其杖而耘」。《論語》古文也，故作「植」。毛詩亦古文，而此作「置」者，《説文》「植」云：「户植也。从木，直聲。或作『櫂』，从置。」置，即櫂之省耳。《釋文》：「植，時職反。又音值。」《明堂位》釋文「植我」云：「市力反，又音置。徐音徒吏反，又徒力反。」此「音值」，「值」字誤，當云「又音置」也。

「依我磬聲」傳：「依，倚也。磬，聲之清者也，以象萬物之成。」正義曰：「象萬物之成者，以秋天是萬物成就之時，其律吕數短，聲調皆清。故《楚詞》宋玉云：『秋之爲氣也，天高而氣清。』」如正義，仍是釋「清」字，未釋萬物之成。按：《白虎通》曰：「磬者，夷則之氣也。象萬物之盛也。其氣磬，故曰磬。有貴賤焉，有親疏焉，有長幼焉。朝廷之禮，貴不讓賤，所以明尊卑也。鄉黨之禮，長不讓幼，所以明有年也。宗廟之禮，親不讓疏，所以明有親也。此三者行然後王道得，王道得然後萬物成。天下樂用磬也。」是樂之有磬，原以象萬物之成。傳之言此，蓋釋經之「依」字。《孟子》曰：「金聲玉振。金聲也者，始條理也。玉振也者，終條理也。」振，收也。擊特磬所以收衆樂之聲，故衆聲皆倚之。衆聲之成，即象萬物之成矣。

烈祖

「嗟嗟烈祖」正義曰：「毛以爲中宗崩後，子孫祀之。中宗之有天下，乃由成湯創業。作者述成湯之功，言其福流于後，故言：嗟嗟乎我功烈之祖，成湯也。」按：上篇傳以烈祖爲湯之上祖，以湯孫爲成湯者，以經言「置我鞉鼓」是湯改夏制，言奏鼓衎祖，明是湯功烈之祖。言湯孫奏假爲奏大樂，明是湯孫爲烈祖之孫。此篇「烈祖」「湯孫」，毛皆不釋，則當如上傳，統指中宗以上有功烈之祖。末句「湯孫之將」，則專指湯善爲人子孫，顯大之所致孫者，對祖之稱湯有祖，故湯得稱孫。若以烈祖即湯，湯既爲祖矣，何得又稱爲孫？正義述毛，以烈祖爲成湯，非毛意也。鄭上篇烈祖爲湯，而湯孫爲大甲。言大甲之祀成湯也。此篇烈祖亦爲成湯。而「湯孫」箋云：「中宗之享此祭，由湯之功，故本言之。」則以湯孫爲中宗之子孫。以烈祖既爲成湯，則湯孫不得復爲湯也。

「鬷假無言」傳：「鬷，總。假，大也。總大，無言無争也。」箋云：「又總升堂而齊一。」訓假爲升。《釋文》云：「鄭音格，訓至。非也。」正義曰：「鬷、總，古今字之異。」按：《長發》「百禄是總」，《釋文》云：「本亦作『鬷』。」是鬷、總本通。依《説文》，鬷乃釜屬，而得爲總者，鬷从㚇聲。《説文》「㚇」云：「斂足也。鵲鵙醜，其飛也㚇。」徐音子紅切。《書序》「湯伐三鬷」，《殷本紀》作「三㚇」。㚇有斂聚之義，故得爲總。《中庸》引此作「奏假無言」。奏，讀當如湊。《説文》：「湊，水上人所會也。」《廣韻》：「湊，水會也，聚也。」湊亦總也，言助祭者湊集大衆，無言無争。字雖異而義實同矣。

玄鳥

「天命玄鳥，降而生商」傳：「湯之先祖有娀氏女簡狄配高辛氏帝，帝率與之祈于郊禖而生契。故本其爲天所命，以玄鳥至而生焉。」箋云：「降，下也。天使鳦下而生商者，謂鳦遺卵，娀氏之女簡狄吞之而生契。」按：毛不信鳦卵之説，而謂本其爲天所命，則亦以契是天生，與《生民》傳「堯見天因郃而生稷」同。以玄鳥至而生，正釋經「降」字。正義謂「天無命鳥生人之理」，泥矣。箋以爲吞鳦卵者，正義謂鄭據《中候》及《史記·殷本紀》。但吞鳦卵止應生鳦，何以孕而生人，孔不言也。《易·序卦》傳云：「有天地然後有萬物，有萬物然後有男女，有男女然後有夫婦。」是古者人由物化，聖人不語怪，而序卦之言如此。此其所以録《生民》《玄鳥》而不疑其誕也。

「宅殷土芒芒」箋云：「自契至湯，八遷始居亳之殷地而受命。」正義曰：「《書序》云：『自契至于成湯，八遷，湯始居亳。』又云：『盤庚五遷，將治亳殷。』則殷是亳地之小别名，故知湯是亳之殷地而受命者也。」按：皇甫謐以穀熟爲南亳，湯所都。即《孟子》「湯居亳，與葛爲鄰」。葛則寧陵之葛鄉也。蒙爲北亳。湯所盟偃師爲西亳，盤庚所遷也。鄭以湯都偃師，正義謂據《漢書·地里志》舊説，而于皇甫謐寧陵、偃師相去八百里，亳衆往耕非理之難究，未有以解也。《史記·殷本紀》云：「自契至湯八遷，湯始居亳，从先王居。」張守節曰：《括地志》云：

「宋州穀熟縣西南三十五里南亳故城，即南亳，湯都也。宋州北五十里大蒙城爲景亳，湯所盟地，因景山爲名。河南偃師爲西亳，帝嚳及湯所都，盤庚亦徙都之。」集解引孔安國《書序》注曰：「契父帝嚳都亳，湯自商丘遷焉，故曰从先王居。」張守節按：「亳，偃師城也。商丘，宋州也。湯即位都南亳，後徙西亳也。」商丘爲今河南歸德府首邑。商丘縣南亳，穀熟舊縣，在歸德府城東南四十里。是南亳即商丘。如孔安國及張守節説，則《孟子》「湯居亳」在湯未遷時，故得使亳衆往爲葛耕。皇甫謐之言非所難矣。《本紀》又云：「帝盤庚之時，殷已都河北。盤庚渡河南，復居成湯之故居。」又云：「乃遂涉河南，治亳。」集解引鄭玄曰：「治于亳之殷地，商家自此徙而改號曰殷。」是鄭以亳有殷地，故此頌言「宅殷土」也。

「正域彼四方」傳：「正，長。域，有也。」正義曰：「域有者，言封域之内皆爲己有。非訓域爲有也。」按：「奄有九有」，《韓詩》作「九域」。此傳以「域」爲「有」，與《韓詩》正同。域，本「或」之或體。《説文》「或」云：「邦也。从口，从戈，以守一。一，地也。」古「或」與「有」通。《書·微子》云：「殷其弗或亂正四方。」《多士》云：「時乃或言，爾攸居。」孔安國傳皆云：「或，有也。」《吕覽》：「毋或作好，遵王之道。毋或作惡，遵王之路。」高誘注云：「或，有也。」《詩》「域」字本作「或」，故毛訓爲「有」耳。

「景員維河」傳：「景，大。員，均。何，任也。」正義曰：「傳解維河之義，既以景員爲大均，則維河者當謂政教大均，如河之潤物。然言其霑潤無所不及也。」按：傳無霑潤之義。古字「河」與「何」通。《漢書·天文志》云：「牽牛爲犧牲，其北河鼓。」《爾雅·釋天》云：「何鼓謂之牽牛。」郭景純注曰：「今荆州人呼牽牛爲檐鼓。檐者，荷也。」傳蓋讀「河」爲「何」，言政教大均，無所不任，與百禄是何同。故傳統以「任」釋之。《釋文》云：「維河，本亦作『何』。王子雍以爲河水。」故正義以王述毛，非傳意也。「百禄是何」，本亦作「苛」。古「河」「何」「苛」「荷」字俱通。

長發

《序》：「大禘也。」箋云：「大禘，郊祭天也。《禮記》曰『王者禘其祖之所出，以其祖配之』是謂也。」正義曰：「《祭法》稱殷人禘嚳而郊冥，此若郊天，當以冥配。而不言冥者，此因祭天歌咏天德，言其能降靈氣，祐殷興耳。其意不述祭時之事，不美所配之人。《昊天有成命》『郊祀天地』，亦是南郊之祭。而詞不及稷，何怪此篇不言冥也。」又云：「王肅以大禘爲殷祭，謂禘祭宗廟，非祭天也。毛氏既無明訓，未知意與誰同。」按：《祭法》：「殷人禘嚳而郊冥，祖契而宗湯。周人禘嚳而郊稷，祖文王而宗武王。」稷、契感天而生，著于《雅》《頌》。周郊以稷配，殷郊何乃以冥配？冥勤其官而水死，雖有功烈，未能比契，且非感天而生，明是戴《記》錯誤，實當郊契祖冥而宗湯。殷人以契爲大祖，故學者不以祖契爲非。不知明堂配帝謂之祖宗，《魯語》禘郊祖宗報五者皆祭名，非大祖之祖也。殷自以契爲大祖，而以冥爲明堂配帝之祖，與周之文王同。此箋云「以祖配之」。「帝立子生商」箋云「帝，黑帝也」。「玄王桓撥」箋云：「承黑帝而立子，故謂契爲玄王。」是鄭已明以殷人郊天，契配黑帝，何以言「不美所配之人」乎？毛無明訓，當與雍同。「降予卿士」與「宣哲維人」一例，以功臣配享，蓋謂宗廟五年一祭之禘。《序》以爲大禘者，對三年吉禘言也。

「至于湯齊」箋云：「天之所以命契之事，世世行之，其德浸大，至于湯而當天心。」正義曰：「相土至湯，有令聞者惟有冥，勤其官而水死耳。其餘不能漸大。」按：《魯語》云：「上甲微，能帥契者也，故殷人報焉。」是冥之外尚自有人，不可謂不能漸大。《汲郡古文》云：「帝泄十六年，殷侯微以河伯之師伐有易，殺其君綿臣。」沈約注云：「中葉衰而上甲微復興，故殷人報焉。」

「百禄是遒」傳：「遒，聚也。」《說文》「遒」訓「迫也」，「揫」云「束也」。引此詩作「百禄是揫」。《爾雅・釋詁》：「揫，聚也。」然則「遒」「揫」字通，故毛訓「遒」爲「聚」也。正義不釋，故詳之。

「武王載旆」傳：「武王，湯也。旆，旗也。」箋云：「于是有武功，有王德。及建旆興師出伐。」按：「武王靡不勝」，傳意言武丁爲人孫子，能行其先祖武德，王道無不勝任也。故不訓武王爲湯。此傳已訓爲湯，則武王是湯之號。《殷本紀》云：「于是湯曰：吾甚武，號曰武王。」太史公之言與此傳合。正義述毛云：「有武功，有王德。」同傳于箋，非毛意也。《說文》：「旆，从巿聲。」旆即《左傳》之「茷」。《易》「豐其沛」，本又作「旆」，子夏《傳》作「芾」。「巿」「芾」亦音「弗」。《說文》引此詩作「坺」，《荀子》引作「發」，而「坺」與「發」通，音同假借作「坺」「發」耳。「旆」有「弗」音，與「烈」「曷」韻協。《釋文》惟音蒲貝反，蓋誤。

殷武

「罙入其阻」傳：「罙，深。」箋云：「罙，冒也。」正義釋傳曰：「罙者，深入之意，故爲深也。」釋箋曰：「以其遠處險阻宜爲冒突之義，故易傳爲冒也。」按：《釋文》引《說文》云：「作冞，从网米。云：冒也。」今本《說文》云：「周行也。」則罙、冞字別矣。《廣韻》云：「冞，罟也。」《玉篇》同。「罙」云：「深入也，冒也，周行也。」「深入」即毛訓，「冒」即鄭訓，「周行」即《說文》訓。如《廣韻》，似以《說文》作「冞」爲非，故从《詩》作「罙」，而并載鄭、許之義。《說文》《玉篇》冖部俱無「罙」字。惟《說文》穴部有「𥥍」字，注云：「深也。一曰竈突。从穴，从火，从求省。」徐氏音式鍼切。字本作「𥥍」，隸轉作「罙」，訓「深」，與毛傳合。然則經「罙」字當作「𥥍」。箋之訓「冒」，字當作「冞」。正義「罙」「冞」不分，疏也。

箋云：「冒入其險阻，謂逾方城之隘。」正義曰：「僖四年《左傳》稱楚大夫屈完對齊桓公曰：『楚國方城以爲城，漢水以爲池。雖君之衆，無所用之。』服虔云：『方城，山也。漢，水名。皆楚隘塞耳。』今言『冒入其阻』，故知逾方城之隘。」按：方城有二：僖四年《傳》杜預注云：「方城山，在南陽葉縣南。」《水經·潕水》篇注云：「盛弘之云：葉東界有故城始犨縣，東至瀙水，達泚陽界。南北聯聯數百里，號爲方城。一謂之長城云。酈縣有故城一面，未詳里數，號爲長城，即此城之西隅。其間相去六百里，若南北無基築，皆連山相接，而漢水流其南，故屈完答齊桓公云：『楚國方城以爲城，漢水以爲池。』《郡國志》曰：『葉縣有長城曰方城。』指此山也。」此一方城也。《史記·齊世家》集解引服虔曰：「方城山，在漢南。」文十六年《左傳》云：「楚人使廬戢黎侵庸，及庸方城。」杜預注云：「方城，庸地。上庸縣東有方城亭。」《水經·沔水》下篇注云：「堵水又東北徑上庸郡，故庸國也。《春秋》文公十六年楚人、秦人、巴人滅庸。庸小國，附楚。楚有災不救，舉群蠻以叛，故滅之以爲縣，屬漢中郡。漢末又分爲上庸郡。城三面際水堵水。又東徑方城亭，而北歷嵾山下，而北徑堵陽縣，南北流注于漢，謂之堵口。」此又一方城也。楚在殷高宗時，其國都不知在何處。經言「居國南鄉」，大界與春秋之楚無異，故箋據《春秋傳》「方城」爲説，論地則兩方城俱爲險隘。然葉縣方城爲楚北户，又綿亘六百里。箋云「方城之隘」，當指此。正義引服子慎注，其意謂庸方城，非箋意也。葉方城山在今河南南陽府裕州東北四十里，庸方城山在今湖北鄖陽府竹山縣東四十里。

「命于下國」箋云：「謂命湯使由七十里王天下也。」正義曰：「契爲上公，受封舜之末年。又益以土地，則當爲大國，過百里矣。而成湯之起止由七十里，蓋湯之前世有君衰弱，土地減削，故至于湯時止有七十里耳。」按：契始封在陝西之商州，舜末年益封百里，當亦其地。其後昭明居窮石，相土居商丘，《汲郡古文》：「帝芒三十三年，商侯遷于殷。帝孔甲九年，殷侯復歸于商丘。帝癸十五年，商侯履遷于亳。」即《書序》所謂「湯始居亳」也。箋言湯由七十里，蓋謂偃師之亳，非謂契初封商地也。

皇清經解卷一千三百五十四終

工部都水司郎中臨川李秉綬刊

靈川秦培瑶舊校　南海陳韶番禺金錫齡新校

《中華經解叢書·清經解（整理本）》書目

詩經編

詩本音　詩説　（清）顧炎武 著，（清）惠周惕 著，劉真倫、岳珍 點校
毛詩稽古編　（清）陳啓源 著，劉真倫、岳珍 點校
毛詩注疏校勘記　（清）阮元 著，劉真倫、岳珍 點校
毛詩故訓傳　（清）段玉裁 訂，岳珍 點校
詩經小學　毛詩補疏　（清）段玉裁 著，岳珍 點校；（清）焦循 著，劉真倫 點校
毛鄭詩考正　杲溪詩經補注　三家詩異文疏證　（清）戴震 著，（清）戴震 著，（清）馮登府 著，劉真倫、岳珍 點校
毛詩紬義　（清）李黼平 著，劉真倫、岳珍 點校